David Gibbins

David Gibbins est universitaire à Cambridge. Docteur en archéologie, passionné de plongée, il fait autorité dans le domaine des civilisations disparues. Il s'est inspiré de la légende et des données scientifiques concernant l'Atlantide pour écrire son premier roman, *Atlantis* (2005), vendu à 200 000 exemplaires en France. Ce succès sera suivi de bien d'autres best-sellers, où l'on retrouve son héros culte, l'archéologue Jack Howard : *Le Chandelier d'or*, *Le Dernier Évangile*, *Tigres de guerre*, *Le Masque de Troie*, *Les Dieux d'Atlantis* (suite d'*Atlantis*) et *Pharaon*. Il a également entamé une série intitulée *Total War Rome*, inspirée du jeu vidéo éponyme ; le premier volume, *Détruire Carthage*, a paru en 2013 aux Éditions Les Escales. En 2014, David Gibbins publie chez le même éditeur un nouveau roman, *Pyramide*.

PHARAON

DU MÊME AUTEUR

CHEZ POCKET

LES ENQUÊTES DE L'ARCHÉOLOGUE JACK HOWARD

ATLANTIS

LES DIEUX D'ATLANTIS

LE CHANDELIER D'OR

LE DERNIER ÉVANGILE

TIGRES DE GUERRE

LE MASQUE DE TROIE

PHARAON

DAVID GIBBINS

PHARAON

Traduit de l'anglais
par Anath Riveline

LES ESCALES

Titre original :
PHARAOH

FSC
www.fsc.org
MIXTE
Papier issu de sources responsables
FSC® C003309

Pocket, une marque d'Univers Poche,
est un éditeur qui s'engage pour la préservation
de son environnement et qui utilise du papier fabriqué
à partir de bois provenant de forêts gérées
de manière responsable.

ISBN : 978-2-266-24762-7

Vois donc le « Béhémoth »
que j'ai créé comme toi.
Sa queue se dresse comme un cèdre,
les nerfs de ses cuisses sont entrelacés.
Il est une des œuvres capitales de Dieu.
Qui a ouvert les doubles battants de sa gueule ?
La terreur habite autour de ses dents.
Imposantes sont les lignes d'écailles
qui lui servent de boucliers
et pressées comme un sceau qui adhère fortement.
Ses éternuements font jaillir la lumière,
ses yeux sont comme les paupières de l'aurore.
De sa bouche partent des flammes,
s'échappent des étincelles de feu.
Dans son cou la force réside,
devant lui bondit la terreur.
Quand il se dresse, les plus vaillants tremblent
et se dérobent sous le coup de l'épouvante.
Il fait bouillonner les profondeurs
comme une chaudière.

À propos du Léviathan, Le Livre de Job, 40-41

Maintenant NOTEZ BIEN CELA,
si le corps expéditionnaire
– et je ne demande pas moins de deux cents hommes –
n'arrive pas d'ici dix jours, la ville tombera ;
et j'aurai fait de mon mieux
pour l'honneur de mon pays.
Adieu. C.G. Gordon.

Dernière entrée dans le journal
du major-général Charles Gordon
à Khartoum, 14 décembre 1884

C'est pourquoi tout homme pieux
doit t'implorer à l'heure qui est propice,
ne serait-ce que pour que la violence
des grandes eaux ne vienne pas l'atteindre.

Psaumes 32 : 6

Prologue

Dans le désert de Nubie, la deuxième année du règne du pharaon Amenhotep IV, dans la XVIIIe dynastie du Nouveau Royaume, 1351 av. J.-C.

L'homme qui portait le bâton du Grand Prêtre se tenait à l'entrée du temple. Il admira un instant les rais du soleil levant dont la lumière venait lécher le corps de la statue dominant le mur du fond. Devant, dans l'obscurité, les autres s'écartèrent pour le laisser avancer, diffusant de l'encens et articulant à voix basse des incantations. Ils étaient tous présents, les prêtres de ce culte, mais aussi les prêtres d'Amon de Thèbes : ceux qui avaient grossi des richesses qui lui appartenaient de droit et qui avaient douté de son allégeance aux dieux. Ils étaient venus ici, à plus de mille cinq cents kilomètres au sud des pyramides, à l'extrémité du monde connu, croyant qu'il avait choisi cet endroit pour se prosterner devant eux, pour désavouer son hérésie et se purifier devant les dieux, pour s'élever une nouvelle fois grâce aux privilèges de la prêtrise qui avait accablé son père et des générations de pharaons avant lui. Il passa à côté d'eux, des hommes aux crânes rasés et aux expressions pieuses qui portaient des robes bordées d'or et des sandales, signe d'opulence, et il ne ressentit rien d'autre que du mépris. Bientôt, ils connaîtraient la vérité.

Alors que ses yeux s'accoutumaient à la pénombre, il aperçut des rangées de momies derrière la statue. Leurs visages semblaient le gronder. Elles avaient été déposées là comme offrandes par les prêtres qui avaient officié dans ce temple depuis sa construction dans la pierre, trente générations plus tôt, au temps du pharaon Amenemhat et de ses fils. Ensuite les armées égyptiennes s'étaient étendues par la force dans le désert de Nubie, espérant élargir le royaume des pharaons jusqu'à la source du Nil dans le vaste lac, au-delà de l'horizon, pour exercer leur contrôle sur l'origine même de la vie. Mais ils avaient été repoussés par un ennemi si terrifiant qu'ils ne s'étaient plus jamais aventurés dans cette zone sur le Nil. Ils avaient, au lieu de cela, construit ce temple pour apaiser celui qui régnait sur la rivière et dont ils avaient transgressé le sombre domaine. Jamais plus une armée égyptienne ne dépasserait le voile de poussière du Sud vers les terres où les guerriers brandissaient leurs épées. Ils les avaient représentés sur le mur de ce temple, une scène de bataille dans laquelle des hommes nus avec des lances assassinaient des soldats égyptiens. Le pharaon avait abandonné les corps aux vautours et aux charognards des profondeurs, ceux qu'ils avaient vus rôdant autour du lac, dans cet endroit qui ressemblait tant à leur vision des ténèbres primitives.

Mais les prêtres qui étaient retournés avec le pharaon en Égypte avaient adopté le culte de la bête, à Thèbes, dans le Fayoum, réduisant la bête à un simple code, à une autre manifestation du culte d'Amon qui donnait aux prêtres le contrôle sur le peuple et sur le pharaon. Ils avaient attrapé les bêtes, les avaient faites prisonnières dans des lacs et les avaient dressées. Ils avaient offert leurs momies au dieu. Mais là-bas, à l'extrémité de l'obscurité, la vérité subsistait : dure, viscérale, une vérité de peur et d'apaisement, du sacrifice nécessaire pour maîtriser la force et le pouvoir de la bête, afin de protéger le pharaon et l'armée. Ici, dans un endroit si reculé dans le désert que les dieux du Nord n'exerçaient pratiquement aucune emprise, un endroit où l'homme pouvait regarder dans les âmes de ses ancêtres lointains, ici, les mots que le prêtre lecteur allait bientôt réciter prendraient leur vrai sens. Ici, plonger les pieds dans le Nil signifiait les plonger non pas dans une rivière contrôlée par les hommes, mais dans la nuit des temps. Aujourd'hui, l'homme au bâton rendrait tout le pouvoir à cet endroit et il laverait l'Égypte des mensonges et des artifices créés par les prêtres. Il avait vu la lumière dans le désert. Ce jour marquerait un nouveau début, le commencement d'une époque de lumière qui se répandrait sur le monde.

Il voyait la statue plus clairement désormais ; le rayon de lumière qui filtrait par une ouverture tout en haut de la paroi continuait à monter le long du corps tandis que le soleil se levait à l'ouest. La partie basse était le corps d'un homme, un pied en avant, vêtu d'une jupe et torse nu, un sceptre dans une main et l'ânkh dans l'autre. La statue dominait l'homme, au moins deux fois sa taille, la musculature imposante de son torse et de ses bras rendant la tête presque naturelle, comme si une telle créature aurait pu naître ainsi. Mais c'était la tête d'un crocodile, s'élevant jusqu'au sommet du temple, féroce et terrifiante. Elle était toujours dans l'ombre, une silhouette sombre, mais au-dessus, il apercevait la coiffure à plumes d'Amon et le disque de lumière cornu de Râ, le serpent sacré s'enroulant tout autour. Comme la lumière montait encore, le museau apparut, marbre vert bigarré flanqué de dents de quartz trouble, irrégulier et chatoyant. Les yeux à peine visibles, perles noires limpides, s'effaçaient derrière les narines, évasées et remplies de cristaux d'agates rouges, qui semblaient révéler un feu ardent, comme si la bête brûlait de l'intérieur.

Le lecteur prêtre se tenait devant la statue et il ouvrait son parchemin couvert de hiéroglyphes imprimés en or et rouge et vert. Le lecteur prêtre commença à lire, sa voix aiguë et perçante résonnant sur les murs :

« Salut à toi, qui te soulèves des eaux noires,
Seigneur des basses terres, maître des bordures du désert,
Qui règnes sur la rivière, qui traverses les contrées inconnues ;
Dieu puissant, qu'on ne peut saisir,
Qui vis de pillages,
Qui remontes le courant en quête de ta propre perfection,
Qui redescends après la chasse ;
Un grand nombre tu dévoreras :
Créateur du Nil,
Sobek, l'enragé. »

L'homme contempla la tête de la statue, attendit. Lui aussi remonterait le courant pour chercher la perfection. Et soudain, l'instant sacré : le rayon de lumière atteignit sa gueule et ses narines. Un faisceau rouge sembla jaillir des cristaux, illuminant la fumée de l'encens qui se soulevait des prêtres, volute tourbillonnante qui entourait la tête du dieu comme si elle se hissait des flammes. Le rai de soleil semblait le noyer de lumière, allumer ses yeux et ses dents, et en même temps aspirer de lui l'énergie incandescente, comme s'il réveillait la bête pour rendre son essence à l'astre majestueux.

L'homme murmura tout bas : « Tu n'es plus Sobek. À présent tu es Sobek-Rê, la voie de lumière vers Aton. Et bientôt tu ne seras plus Sobek-Rê, et Aton régnera en maître. »

Il avait terminé le rituel de purification et se tournait pour partir. Par la porte ouverte, il voyait la boule de feu monter vers l'horizon à l'ouest, orange et rayonnante. Sur le mur gauche, en face de la scène de bataille, il lisait le cartouche de son propre nom surmonté du crocodile, symbole du pharaon, signifiant force et puissance. Devant, se trouvait l'image qu'il avait demandé aux maçons de graver la dernière fois qu'il était entré ici, quand il avait quitté l'Égypte, alors que son père était encore vivant, fuyant vers le sud avec son ami esclave pour échapper aux habitudes étouffantes du palais et au contrôle mièvre des prêtres, à la vie qui serait un jour la sienne. Il avait ordonné qu'on sculpte sur le mur du temple son image, qu'il mettait désormais partout par défi, à Thèbes et à Gizeh et dans sa nouvelle capitale Amarna, avec son ventre protubérant, son menton proéminent, dont les prêtres s'étaient si souvent moqués quand il était enfant, et qui soudain symbolisaient un cadeau des dieux maintenant qu'il était devenu pharaon et qu'il avait épousé la plus belle femme d'Égypte. La gravure le représentait devant Aton, ses rayons l'enveloppant comme des bras, une image qui avait tant perturbé les prêtres. Il était dépeint sans les artifices des prêtres, mais pieds nus et vêtu d'une simple jupe. Les prêtres s'attendaient sans doute à ce qu'il demande aux maçons d'ajouter les décorations de rigueur, mais ils seraient détrompés.

Il jeta un nouveau regard derrière lui. Les prêtres continuaient leurs incantations, lui tournant le dos. Le rayon de lumière s'était élevé au-dessus de la statue et le faisceau rouge avait disparu, ne laissant qu'une lumière pâle comme le reflet s'effaçait. Bientôt il serait entièrement éteint. Il regarda le symbole ânkh et ensuite la rangée de dents irrégulière. *Il donne la vie, il la reprend.*

Il retira sa couronne et la jeta à terre avec son bâton, puis il enleva sa robe. Dessous, il ne portait qu'un pagne, comme les esclaves. Il ouvrit les bras, le visage orienté vers le soleil, se délectant de sa chaleur, plus du tout honteux de son corps. Sous Aton, tous étaient créés égaux et tous étaient beaux. Il franchit le seuil et longea le sentier taillé dans la pierre qui menait du Nil vers le temple. Le chemin était désormais sec, mais parsemé de mottes de boue desséchées provenant de la rivière qui dégageait une odeur putride, une odeur de reptiles. Il avança vers une femme, sensuelle dans sa robe blanche, ses longs cheveux d'ébène bouclés et ses yeux entourés de khôl. Les courbes de ses seins, de ses cuisses lui plurent, l'excitèrent, quand il pensa aux jours et aux nuits à venir où ils se retrouveraient enfin homme et femme et non plus pharaon et grande prêtresse. Il lui prit la main et la souleva au ciel.

— Néfertiti-Aton, lança-t-il en lui souriant et en utilisant son nouveau nom pour la première fois. Qu'Aton brille sur nous et sur nos enfants.

— Il t'illumine déjà, Akhen-Aton. Notre fils Toutânkhamon sera Toutânkh-Aton et sera connu ainsi jusqu'à la fin des temps, parce que lui aussi embrassera la lumière et son règne sera long.

Il inspira profondément, savourant chaque instant. Akhenaton, et plus Aménophis, Grand Prêtre d'Amon, mais Akhenaton, celui sur qui la lumière d'Aton brille, celui qui retournera bientôt vers le nord pour retirer le voile d'ignorance de son peuple et révéler la présence du Dieu unique. Il sourit de nouveau et recommença à marcher avec elle, levant les yeux pour voir les soldats alignés le long de la falaise, les gardes et les gardiens des prêtres se tenant au bord de la rivière tout en bas. Ils arrivèrent auprès d'un petit groupe d'esclaves et s'arrêtèrent devant leur chef, un jeune homme avec du feu dans les yeux, affublé de la barbe des Cananéens. Il avait été maintenu entre deux gardes des prêtres, mais deux soldats étaient venus le libérer et il marchait vers eux pour les saluer.

— Akhenaton ! s'exclama-t-il en le prenant dans ses bras. Néfertiti-Aton, ma sœur, dit-il, lui embrassant la main.

Elle le prit par les épaules et lui baisa les deux joues.

— Salut à toi, Moïse, mon frère.

Akhenaton le serra une nouvelle fois contre lui.

— Tout se déroule comme nous l'avons projeté, mon frère, quand tu es venu dans mon palais en tant qu'esclave et que nous nous sommes pour la première fois assis pour contempler le soleil au-dessus des pyramides, et que tu es ensuite venu ici avec moi. Maintenant je suis le pharaon et ta vision est devenue ma quête. J'irai dans le désert vers le pays de mes aïeux pour voir où Aton se lève et ensuite je rapporterai la lumière et elle illuminera l'Égypte. Où iras-tu ?

— Je conduirai mon peuple vers le nord, vers le pays de mes pères, répondit Moïse en montrant les esclaves. Et nous vivrons sous la lumière du Dieu unique. J'attendrai que tu m'informes depuis ta ville qu'Aton baigne l'Égypte de sa lumière, et alors nous partirons ensemble et l'annoncerons au monde entier.

— Qu'Aton tende ses bras vers toi pour t'enlacer comme les rayons du soleil, pria Néfertiti. Que ton peuple et toi trouviez votre chemin vers le nord en sécurité.

Akhenaton ferma les yeux. Il ferait aussi autre chose. Bientôt il libérerait toute la connaissance des temples, le savoir du passé que les prêtres avaient enfermé et gardé pour eux. Les prêtres s'étaient moqués de son physique quand il était un petit garçon, avaient prétendu savoir comment guérir son mal, mais Amon et ses disciples leur avaient interdit de le faire, leur avaient ordonné de garder secret leur remède. Pour cela, il rendrait son jugement sur les prêtres et leurs dieux : il les détruirait tous. Il sortirait les connaissances des bibliothèques du temple et les rassemblerait toutes dans un seul lieu, dans le seul temple du Dieu unique, et il y présiderait ; à travers lui, la lumière d'Aton éclairerait ceux qui viendraient recevoir des dons divins, qu'il délivrerait gracieusement : le savoir des anciens serait dispensé librement. Il avait déjà commencé à décrire sa vision d'un temple de lumière, cette ville de la connaissance. Il avait ordonné aux maçons de la dépeindre à l'instar de son image sur le mur du temple, et bientôt quand il atteindrait le berceau d'Aton, il inscrirait tout sur la pierre, quand la lumière lui fournirait la révélation pour bâtir son temple et qu'il pourrait enfin demander aux maçons, aux sculpteurs et aux ouvriers de commencer les travaux.

Il ouvrit les yeux, et Moïse fit un geste en direction des esclaves, puis vers le temple.

— Mais ils ne peuvent quitter l'Égypte. Les prêtres exigeront un sacrifice.

Akhenaton esquissa un nouveau sourire, l'esprit serein. Il regarda l'ombre qui s'élevait sur un flanc du temple, voyant que le soleil ne passerait que par l'ouverture tout en haut pendant quelques minutes encore. C'était le signe que la cérémonie de propitiation touchait à sa fin et que les prêtres allaient partir. Le signe que le dernier acte de l'apaisement commencerait. Mais il leva un bras et deux bataillons de soldats fermèrent les lourdes portes en pierre et les condamnèrent avec deux poutres en bois. Il scruta la jonction entre le canal et la rivière et leva une nouvelle fois la main. Les esclaves des prêtres avaient été poussés sur le côté par ses propres soldats qui s'étaient mis à tirer les cordes de chaque côté d'un cadre en bois au-dessus du canal, soulevant lentement la bonde. Les premières gouttes d'eau se transformèrent en torrent, conduisant le canal vers l'endroit où il disparut sous la pierre et vers le temple. L'eau n'envahirait que la salle avec les prêtres, à hauteur d'homme, mais cela suffirait.

Soudain, l'agitation se fit sentir autour de la bonde. Les hommes reculaient, pivotaient, enfouissaient leurs visages dans leurs mains, terrifiés de poser les yeux sur celui qui ne devrait pas être vu. Une vague submergea le canal, poussée en avant par une force inconnue. Et soudain le Léviathan surgit, cinq fois plus grand qu'un homme, son immense queue vénérable s'abattant sur les bords du canal alors qu'il se propulsait en avant, invisible sous la surface boueuse de l'eau. Et aussitôt qu'il était arrivé, il repartit, comme s'il avait creusé la pierre pour s'engouffrer dans le temple, un rouleau succédant à son passage, emportant dans ses flots les soldats qui s'agglutinaient des deux côtés de l'entrée et s'assuraient que les portes restaient fermées.

Il était affamé, vorace. Pendant des jours et des jours, les prêtres l'avaient maintenu à jeun dans la mare, et quand la procession des esclaves était arrivée, il avait commencé à cogner sa tête contre la bonde, sachant ce qui l'attendait. Seulement, cette fois, le festin serait bien plus copieux que d'ordinaire, au lieu des esclaves décharnés, avec seulement la peau sur les os, ce serait ceux qui s'étaient laissés aller à leur appétit débordant, et dont la chair procurerait un repas succulent pour le dieu.

Pendant un moment, le déferlement de l'eau dans le temple couvrit les cris des hommes à l'intérieur. Puis un hurlement terrible s'en échappa, suivi d'un autre, l'écho décuplé par le vide à l'intérieur. Le soleil partit se cacher derrière la falaise, laissant l'ouverture se muer en une fente d'obscurité et le bruit en un râle d'agonie.

Le dieu avait dévoré son dernier sacrifice. À présent, la bête dominait le temple, dégagée de la volonté des prêtres, libre de retourner dans sa mare dans la rivière et chasser les hommes assez imprudents pour s'y attarder. Mais la bête régnerait selon son instinct et plus comme un dieu.

Akhenaton leva le bras une dernière fois, faisant signe au chef des hommes sur la pente du temple. Ils tirèrent sur une corde attachée à une dalle à côté de l'ouverture par laquelle la lumière s'était insinuée tout en haut sur le mur, pour la combler définitivement. Le frottement de la pierre cessa et les derniers bruits qui venaient de l'intérieur se turent. On n'entendait plus que le souffle faible du vent dans leurs vêtements et au loin les rapides vers le sud. Tout le monde restait figé : son propre entourage, ses soldats sur la falaise, les esclaves et leurs gardes. Un des gardes frappa son fouet au sol et les autres l'imitèrent. Les soldats leur foncèrent dessus, brandissant leurs lances. Les gardes ne serviraient pas de nourriture pour le temple, mais de charogne pour les vautours.

L'eau qui avait afflué dans le temple avait atteint son niveau et refoulait désormais, une vague qui léchait les bords du canal en retournant vers la rivière. Akhenaton baissa les yeux vers l'eau qui lui éclaboussait les pieds et vit que le liquide boueux était teinté de sang.

Terminé.

Il se tourna vers le soleil couchant. Les soldats au sommet de la falaise soulevèrent leurs cornes faites de défenses d'éléphant et soufflèrent dedans, le son se répercutant dans le Nil pour disparaître ensuite, comme le dernier cri d'une immense bête. Il ouvrit les bras, les yeux rivés sur le globe orange, sentant ses rayons incendier sa peau, laissant son âme se refléter dans son regard pour ne devenir qu'un avec Aton.

L'ancienne religion était morte.

Que commence la nouvelle.

PREMIÈRE PARTIE

1

Au large de la côte sud de l'Espagne,
de nos jours

Jack Howard s'avança dans l'espace confiné du submersible, se soulevant sur les coudes pour voir par le hublot le miroitement azur de la mer Méditerranée. L'épais cône de Plexiglas était conçu pour supporter les fortes pressions des profondeurs abyssales et il déformait la vue sur les bords si bien que le navire océanographique *Seaquest II*, quelque vingt mètres plus haut, donnait l'impression d'être un mélange bizarre de super structure blanche et de coque sombre tordue. Mais, au centre du hublot, l'image était parfaite, un tunnel de clarté qui s'harmonisait avec la détermination qui avait conduit Jack aussi loin dans sa quête. Alors qu'il distinguait la pente de rochers et de sable des fonds marins à cinquante mètres sous eux, son cœur se mit à battre d'excitation. Quelque part ici, quelque part juste à sa portée, reposaient les plus beaux trésors de l'Antiquité. Le tunnel de clarté semblait le tirer en avant tel un tireur concentré sur une cible éloignée, et l'espace d'un instant, Jack aperçut l'image qu'il avait vue dans ses rêves depuis des jours, un sarcophage en basalte noir se soulevant à peine du lit de la mer, statue déchue d'un pharaon à moitié enseveli dans le sable du désert, comme l'Ozymandias de Shelley, le roi des rois. Seulement, là, ce n'était ni un rêve ni l'imagination d'un poète. *Ce qu'il voyait était réel.*

— Jack, bouge un peu, j'ai besoin de place.

Un grognement et un juron en grec. Son coéquipier le poussa un peu pour se glisser sur le dos à côté de lui et examiner l'enchevêtrement de câbles qui pendaient du panneau de contrôle ouvert au-dessus d'eux. Costas Kazanzakis se déplaçait avec une agilité qui contrastait avec son torse puissant et ses bras musclés, mais sa petite taille s'adaptait mieux à l'espace réduit du submersible. Sans se laisser déconcentrer, Jack regarda Costas travailler habilement sur le panneau, débranchant des câbles ici, en rebranchant d'autres là. Dans le reflet déformé du hublot, Jack vit son visage se superposer sur celui de Costas, ses épais cheveux noirs dominant le menton grisonnant de son ami, et un instant, ils semblèrent fusionner, leurs deux corps n'en faisant plus qu'un. Cela faisait près de vingt ans désormais qu'ils collaboraient et parfois c'était vraiment l'impression que cela leur donnait. Il s'écarta encore pour donner plus de place à Costas, regardant ses yeux se promener sur les boutons. Observer Costas à l'œuvre augmentait encore l'enthousiasme de Jack quant à la découverte qui les attendait. Costas avait été son principal compagnon de plongée avant même qu'il fonde l'International Maritime University et ensemble ils avaient organisé plus de mille plongées dans le monde entier grâce aux projets IMU. Celle-ci s'annonçait des plus prometteuses, à condition, bien sûr, que Costas puisse libérer le câble d'amarrage qui maintenait le submersible suspendu sous le *Seaquest II* tel un appât au bout d'une canne à pêche.

Costas se tourna vers lui.

— Ça va ? Tu es bien, là ?

— Je serais plus content si je pouvais plonger librement dehors, répondit Jack en bougeant encore. Un mètre quatre-vingt-quinze, c'est environ trente centimètres de trop, ici.

— Une fois que j'aurai réussi à démarrer cet engin, tu auras l'impression que c'est une extension de ton corps. Tu oublieras la promiscuité, je te le promets.

— Ça va te prendre encore longtemps ?

Costas jeta un œil aux raccordements électriques.

— Une fois, j'ai observé un panneau de contrôle pendant dix-huit heures et soudain, bingo, j'ai trouvé !

— Je croyais qu'un ingénieur spécialisé dans les submersibles avec un doctorat du MIT m'aurait facilement sorti de ce mauvais pas.

— Et moi je pensais qu'un doctorat de Cambridge en archéologie ferait de toi un expert en tout, rétorqua Costas en plissant les yeux. J'essaye de me rappeler le nombre de fois où j'ai vu la pression de l'air diminuer jusqu'à zéro pendant que j'attendais que tu déchiffres une quelconque inscription ancienne.

— D'accord, touché, sourit Jack.

— Patience, marmonna Costas. Je vais y arriver.

Un mouvement depuis l'écoutille, dans le compartiment arrière au bout des pieds de Jack, et le troisième membre de l'équipe apparut. Boucles noires, lunettes et sweat-shirt aux armes de l'IMU, Sofia Fernandez avait travaillé comme médecin dans la marine militaire espagnole et était désormais archéologue au musée de Carthagène. À bord du submersible, elle représentait les autorités des antiquités espagnoles. Elle n'était arrivée sur le *Seaquest II* qu'une heure plus tôt et Jack ne l'avait jamais rencontrée auparavant, mais elle avait tout de suite plu aux deux hommes. Pour le moment, tout ce qui préoccupait Jack était qu'elle fût assez petite pour ne pas prendre trop de place et réduire encore son confort de façon intolérable.

Elle se faufila à l'intérieur et s'installa sur le siège du conducteur.

— Ça donne quoi ? demanda-t-elle.

— Désolé pour le contretemps, répliqua Costas en la regardant, penaud. C'est un nouvel engin, tout droit sorti du département d'ingénierie de l'IMU, et aujourd'hui, c'est son premier test en mer. Je ne l'ai même pas encore baptisé. *Seaquest II* ne pourra rester ici qu'un jour ou deux, il doit repartir en Angleterre pour se refaire une beauté pendant l'hiver, et c'était ma seule occasion de voir comment il se comporterait dans les conditions réelles d'une opération.

Costas s'interrompit.

— Je voulais vous demander… Vous le tenez d'où, cet accent ? Cette fougue ? Ne le prenez pas mal, j'aime beaucoup.

— C'est venu en bossant avec des types comme vous, plaisanta Sofia. J'ai été élevée à Porto Rico par une mère américaine.

— Mais vous avez fini dans la marine espagnole ?

— J'étais citoyenne espagnole par mon père, et la marine proposait de me payer mes études de médecine à Séville. Après ma première année, un appel a été lancé pour rejoindre le contingent espagnol en Afghanistan et je me suis portée volontaire pour y aller comme médecin militaire. Après ça, j'ai estimé que j'avais suffisamment apporté ma contribution à la médecine et qu'il était temps que je passe à autre chose. À la fac de médecine, je me suis intéressée aux outillages de chirurgie à distance dans le bloc opératoire, alors j'ai fait un master en robotique.

— Incroyable ! s'exclama Costas. Ça rejoint exactement mon domaine de recherche. On utilise le même type de technologie pour les fouilles à distance depuis les submersibles, avec des bras manipulateurs. On va avoir de quoi parler pendant les longues heures que je passe à observer ce panneau !

— Pas des longues heures ! lança Jack fermement. De courtes minutes.

— Oui, eh bien, mon autre centre d'intérêt, c'était l'archéologie, et après un autre tournant décisif de ma vie, j'ai décidé de m'orienter dans cette direction. J'ai dû repartir de zéro et j'ai passé un diplôme d'anthropologie qui m'a permis de décrocher ce poste au musée de Carthagène. Ma mère était monitrice de plongée à Porto Rico et j'ai pratiquement appris à plonger avant de savoir marcher, alors en trouvant l'IMU sur Internet l'année dernière, je me suis dit que c'était ce que je voulais vraiment faire. Quand on a su que vous envisagiez de venir rechercher l'épave du *Beatrice* au large de Carthagène, je ne voulais pas laisser passer une telle chance. Je sais que j'ai l'air d'avoir beaucoup hésité, mais j'étais perturbée après mon retour d'Afghanistan, et il fallait vraiment que je sois sûre d'avoir choisi la bonne voie.

— Médecin militaire, ingénieur en robotique, archéologue, plongeuse, récapitula Costas. Pas mal du tout, selon moi.

— En tout cas, et pour en revenir aux accents,

qu'est-ce qu'un Grec de la famille Kazanzakis fait avec un accent du New Jersey ? Et qui est le meilleur ami d'un Britannique avec ça ?

— Ce n'est pas du New Jersey, mais de New York, corrigea Costas. J'ai fait mes études à Manhattan. Et Jack n'est vraiment anglais que par ses ancêtres. Il a grandi entre la Nouvelle-Zélande et le Canada avant d'entrer dans un internat en Angleterre. On est internationaux, je dirais plutôt. L'Université maritime internationale. Une équipe internationale de barjots.

— En parlant de barjots, un type bizarre avec de longs cheveux ternes et une blouse blanche m'a alpaguée avant que je ne monte dans le submersible. J'ai oublié de vous le dire.

— Oh, bon sang, marmonna Costas. Lanowski. Qu'est-ce qu'il veut ?

— Il a dit que, même si Kazanzakis *pense* qu'il sait tout sur les submersibles, il n'est qu'un théoricien, plutôt nul en fait pour tout ce qui est système informatique et circuit électronique. Il a dit que, puisque vous avez accepté d'être témoin à son mariage, vous étiez désormais son ami et n'auriez aucun problème à reconnaître sa nette supériorité intellectuelle. Je pense que c'était ses termes exacts. Sa nette supériorité intellectuelle.

— Ça va, j'ai entendu, ronchonna Costas. Il m'en veut parce que, quand il s'est marié avec sa femme top model dans notre submersible le plus avant-gardiste, on a eu un petit problème sur la mise en scène.

— Correction, intervint Jack. Tu as saboté la mise en scène, oui. Ils se sont retrouvés au fond de la fosse des Mariannes, plutôt que juste en dessous de la surface.

— C'était l'occasion de tester la coque épaisse ! se défendit Costas. C'est pour ça que j'ai accepté d'être son témoin.

— C'est de mieux en mieux, s'amusa Sofia. Lanowski a une femme top model, et ils se sont mariés sous l'eau. Attendez, laissez-moi deviner, ils se sont rencontrés sur Internet et c'était le coup de foudre ?

— Tu parles. Le coup de foudre pour les submersibles. Elle adore les très gros sous-marins.

— Humm, je vois. Alors elle en a un. Et je parie qu'elle a aussi un doctorat.

— Nanotechnologie des submersibles. Elle envoie des sous-marins minuscules voguer dans les abysses. Tout tourne autour des submersibles. C'est pour ça que Lanowski l'aime autant.

— Je n'en doute pas.

Costas tendit la main, résigné.

— OK, qu'est-ce qu'il vous a donné ?

Sofia lui passa un bout de papier chiffonné.

— Il a dit que c'était un schéma électrique. Il l'a griffonné rapidement pendant que je me préparais.

Costas lissa le papier et l'examina. Il laissa échapper un grognement.

— Mais pourquoi il ne m'a pas montré ça plus tôt ?

— Il a dit qu'il vous laissait le temps d'essayer de comprendre tout seul, mais que c'est mission impossible pour vous.

Costas se souleva légèrement et brancha un câble sur un autre, ce qui fit clignoter une lumière rouge sur le panneau.

— OK. On doit avoir environ trente minutes jusqu'à ce que le système redémarre.

Il s'appuya sur le Plexiglas et regarda Jack.

— Ce qui te donne assez de temps pour m'expliquer précisément pourquoi on est ici. J'ai loupé ta présentation tout à l'heure parce que je me battais avec ce truc, à essayer de comprendre ce que Lanowski savait depuis toujours. Alors, qu'est-ce qu'on connaît de notre cible ?

Jack ne se réjouissait pas de passer encore une demi-heure coincé dans cet espace confiné immergé sous le *Seaquest II*, il fut donc heureux de s'occuper en répondant à Costas. Il s'empara de son ordinateur portable et le tourna pour que ses deux coéquipiers puissent regarder l'écran.

— C'est une histoire fascinante. De tous les objets anciens pillés par les voyageurs européens sur toutes les terres du monde au cours des XVIIIe et XIXe siècles, celui-ci doit être l'un des plus extraordinaires. En 1837, un officier britannique, le colonel Richard Vyse, et un ingénieur, John Perring, ont utilisé de la poudre à canon pour s'introduire dans la chambre funéraire principale de la pyramide de Mykérinos, l'une des trois pyramides de Gizeh. À l'intérieur, ils ont trouvé un grand sarcophage en basalte et un cercueil en bois. Des fragments du cercueil en bois sont exposés au British Museum. Après avoir déployé des efforts incroyables pour tirer le sarcophage jusqu'à l'entrée, Vyse et ses assistants égyptiens ont réussi à le sortir de la pyramide et à l'emporter à Alexandrie, où il a été chargé à bord du *Beatrice*. Le navire a quitté l'Égypte et on a encore sa trace le 13 octobre 1938 quand il a quitté Malte. C'est la dernière fois qu'on a entendu parler de lui.

— Tu sais de quoi il a l'air ce sarcophage ?

— Dans le livre de Vyse on en trouve une illustration, répondit Jack en cliquant sur son portable pour faire apparaître une image. Basalte, deux mètres et demi de long, près d'un mètre de haut sur un mètre de large. Pas de hiéroglyphes, mais des décorations gravées dans la pierre, dans le style des anciennes façades des palais égyptiens. C'est une des sculptures les plus importantes de l'Ancien Empire égyptien.

— Et qu'est-ce qu'on sait sur le *Beatrice* ? demanda Costas.

Jack cliqua et une nouvelle image s'afficha à l'écran.

— C'est un fac-similé du *Lloyd's Register* de 1838. On y trouve une entrée pour le *Beatrice*, ainsi que le nom du propriétaire et capitaine, un certain Wichelo. Le navire a été construit en 1827 au Québec, certainement avec du bois pris dans la rivière des Outaouais et dans les forêts du Nord, à une époque où le Canada fournissait la plus grande partie du bois pour les constructions navales britanniques. Le navire est décrit ici comme un senau, deux cent vingt-quatre tonnes, et pour ce qui fut son dernier voyage, il devait relier Liverpool à Alexandrie en Égypte, sur la branche extérieure.

Costas contempla l'image. Une vieille peinture d'un navire à quai, ses voiles repliés, mais le Red Ensign britannique volant au vent. Jack jeta un œil à Sofia.

— Mes ancêtres marins ont accumulé une belle collection d'art, désormais exposée à la Howard Gallery près du campus de l'IMU à Cornwall. J'ai demandé à la conservatrice de me retrouver les dessins du *Beatrice*, et elle a fini par tomber sur celui-ci, vendu aux enchères il y a quelques années. C'est l'œuvre de Raffael Corsini, un peintre qui habitait en Turquie. Ici, il a représenté le bateau en 1832, dans la baie de Smyrne.

— De nos jours Izmir, en Turquie, précisa Costas.

Jack hocha la tête.

— On peut voir que c'est un brick, un bateau muni de deux mâts, un grand mât et un mât de misaine, possédant des voiles carrées gréées sur des vergues, ainsi qu'une brigantine à l'arrière. En comparant avec le *Lloyd's Register* de 1832, on s'aperçoit qu'entre cette date et 1838 il a été converti en senau, ce qui veut dire qu'un mâtereau a été ajouté légèrement à l'arrière du grand mât pour rendre plus sûre la voile aurique.

— Le *Beatrice* a dû être très employé pour mériter cette promotion, constata Costas.

— Il s'agit d'une époque où les navires de commerce étaient conçus pour aller plus vite que les embarcations des pirates et des corsaires. Quand on regarde ce dessin, on s'étonne qu'il ne s'agisse pas d'un bateau de guerre.

— Des armes ?

— Bonne question. Vous voyez là la rangée de huit sabords sur son flanc. Ils auraient pu être peints simplement, bien sûr, mais je pense qu'ils étaient réels. Dans les années 1830, on venait seulement de se débarrasser des pirates de la côte marocaine et algérienne, et beaucoup de navires marchands étaient encore armés.

— S'il y a des armes, ça veut dire qu'on a plus de chances d'apercevoir l'épave sur les fonds marins, n'est-ce pas ? demanda Sofia.

— Exactement, acquiesça Jack. Dans la Méditerranée, du bois exposé aurait été dévoré par des mollusques, les tarets, et sans objets métalliques, comme des armes, on pourrait bien ne rien voir du tout.

— Quel était son état en 1838, selon le *Lloyd's Register* ? s'enquit Costas.

Jack réduisit l'image pour revenir sur le registre.

— Première classe, état moyen. Le petit astérisque montre qu'il a subi des réparations, en l'occurrence, le remplacement des planches de bois du pont soutenues par des poutres métalliques. À la fin des années 1930, on commence à voir plus de structures en métal dans les navires.

Costas pinça les lèvres.

— Même les grosses poutres métalliques risquent de ne pas avoir survécu à près de deux cents ans au fond de la mer. Sofia a raison, ce sont les armes que nous devons rechercher.

— Sans oublier un sarcophage de huit tonnes, ajouta Jack.

— Et l'épave ? demanda Sofia. Comment l'avez-vous localisée à cet endroit ?

Jack ne répondit pas immédiatement. C'était la révélation qui les avait conduits ici qui le préoccupait depuis des semaines maintenant. Il jeta un regard enthousiaste à Sofia.

— Je vous ai expliqué que le départ du *Beatrice* de Malte était la dernière information jamais recensée sur le navire. Eh bien, nous savons désormais que ce n'est pas tout à fait vrai. Des rumeurs ont toujours circulé, selon lesquelles le navire aurait sombré au large de Carthagène, mais elles n'ont jamais été confirmées. L'IMU a été contactée il y a deux mois environ par un collectionneur de livres anciens sur l'égyptologie qui se disait que je serais sans doute intéressé par son exemplaire de 1840 de *Operations Carried on at the Pyramids of Gizeh in 1837*, par Vyse. Voilà ce qu'écrit l'auteur au sujet de la perte du sarcophage : « Il a été chargé à Alexandrie à l'automne de l'année 1838, sur un bateau marchand, qui a dû se perdre au large de Carthagène, étant donné qu'on n'en a plus jamais entendu parler après son départ de Leghorn le 12 octobre de cette même année, et que certaines parties de l'épave ont été retrouvées près du port. »

— Donc, c'est ce qui nous amène à Carthagène, expliqua Costas.

— Mais ce n'est pas tout, ajouta Jack. Ce collectionneur ne m'a pas contacté pour cette raison, mais parce que dans son exemplaire, sur la page à laquelle Vyse mentionne la perte du *Beatrice*, est agrafée une autre page, avec, notées à la main, les coordonnées, ainsi que plusieurs mesures prises en mer de la position précise où nous nous trouvons actuellement. Elles ont été prises par quelqu'un qui s'y connaissait, un marin expérimenté, depuis un bateau qui se trouvait sur place. Cette feuille n'est pas signée, mais un ex-libris mentionne le nom de l'ingénieur Wichelo.

— Sans blague ! s'exclama Costas. Le propriétaire du navire, celui qui figure dans le *Lloyd's Register* ? Alors il aurait survécu au naufrage ?

— Apparemment. Il a dû retourner à cet endroit pour transporter des marchandises. C'est peut-être de là que sont nées les rumeurs entendues ici. Mais il n'existe aucune autre trace de lui. Il a l'air d'avoir été effacé de l'histoire.

— Peut-être qu'il savait que l'assurance porterait plainte et qu'il serait considéré comme seul responsable, suggéra Costas.

— Comment pourrait-on savoir ? demanda Sofia.

— Eh bien, réfléchissons à la situation, répondit Costas. Le *Beatrice* était un cargo, mais pas spécialisé dans le transport des pierres. En regardant les détails dans le registre, on constate qu'il a un maître-bau de quatre mètres environ, entièrement plein. Où le capitaine a-t-il mis le sarcophage ? Sur le pont, se disant que sa nouvelle charpente en fer supporterait le poids.

— Mais il a été trop confiant et a oublié de calculer l'instabilité d'un navire de cette taille avec un sarcophage en pierre de huit tonnes, chargé tellement haut au-dessus de la quille, confirma Jack.

— C'est un senau, un navire fiable, mais pas aussi facile à manœuvrer dans le vent que d'autres, réfléchit Costas tout haut. Il quitte Malte mi-octobre, le début de la saison hivernale quand les marins attendent en général le retour du printemps, une période où les tempêtes et les bourrasques sont fréquentes. C'était la première erreur du capitaine. Si on y ajoute les récifs irréguliers d'une côte telle que celle-là et des vents qui peuvent dévier un navire de sa trajectoire initiale vers le nord-ouest en direction du détroit de Gibraltar, le désastre est inévitable.

— Surtout avec un poids pareil, renchérit Jack en enfonçant une touche sur son clavier. Lanowski a fait une simulation. Regardez ça, on peut voir le bateau qui vogue à l'ouest de Malte, tout va bien jusque-là. Le vent dominant vient du nord-ouest, et le capitaine décide de se laisser porter à tribord, ouest-nord-ouest, pour éviter d'être poussé vers le nord du littoral africain. Il se tourne avec les vents vers Gibraltar quand la côte espagnole apparaît, mais il s'est trop approché de la rive et a oublié combien la cargaison ralentit le navire. Il se rend compte de son erreur et vire au sud au large avec le vent cette fois à bâbord, mais c'est trop tard. Une soudaine rafale, une grosse vague côtière et le sarcophage glisse, puis le navire se renverse et sombre, sans doute si vite que l'équipage n'a même pas le temps de comprendre ce qui se passe.

— Donc il coule près de la côte, mais tout de même en haute mer, là où les fonds marins descendent très rapidement vers les abysses. Si le navire s'était trouvé dans des eaux peu profondes, on aurait tenté de le sauver, peut-être qu'il y aurait eu plus de survivants. Mais s'il a coulé comme une pierre, au moins le site de l'épave sera relativement restreint.

— Mais plus difficile à trouver sans un large champ de débris.

— Nous avons les anomalies magnétiques perçues par *Seaquest II* ce matin, lança Costas. Ça nous donnera une indication.

— On croise les doigts, répliqua Jack.

— Quel veinard ce Jack, sourit Costas en direction de Sofia. Les coups de bol de Jack valent mieux que toutes les sciences.

— Je n'arrête pas de penser au capitaine Wichelo, affirma Jack en fermant son ordinateur. Peut-être le seul survivant, un homme effrayé par les créanciers, les plaignants ou simplement accablé par sa propre culpabilité, conscient que plus personne ne lui ferait jamais confiance pour commander un cargo. Il a décidé de disparaître, de changer de nom et de commencer une nouvelle vie.

— Mais il a quand même noté la situation géographique exacte et l'a consignée dans ce livre, peut-être plusieurs années après, quand il a pu recommencer à utiliser son propre nom, déclara Costas. Un vieillard qui essaye de se racheter en permettant à quelqu'un de retrouver l'épave.

Sofia lança un regard plein de malice à Jack.

— Donc, si je comprends bien, l'idée que le *Beatrice* s'est échoué au large de l'Espagne n'est pas récente, mais personne n'a jamais eu l'autorisation de lancer des recherches pour le retrouver à l'intérieur des eaux territoriales espagnoles. Même le service des antiquités égyptiennes avec tous ses mécènes richissimes n'a pas obtenu le feu vert. Les Espagnols ont été trop échaudés par des chasseurs de trésors beaux parleurs qui ne respectent pas leur part du contrat. Mais Jack Howard trouve des preuves de la localisation de l'épave, prend son téléphone et bing, *illico presto*, il obtient un accord…

— Notre réputation nous précède, acquiesça Jack avec un haussement d'épaules.

— Nous sommes archéologues, pas chasseurs de trésors, corrigea Costas en inspectant sous le panneau de commande. Ce que nous trouvons dans les eaux territoriales va aux musées locaux et ce que nous repêchons dans les eaux internationales est exposé dans notre musée de Carthage en Tunisie ou sur le campus de l'IMU à Cornwall en Angleterre. Nous avons mis au point tout le processus de conservation et de présentation. Notre branche commerciale, les Entreprises IMU, rapporte de l'argent grâce à nos films et à la vente d'équipements développés dans nos laboratoires, mais nous fonctionnons avec un système de dons, ce qui veut dire que nous n'avons pas besoin de faire de profits. Nous avons un sacré bienfaiteur.

— J'ai lu sa biographie sur le site Internet, réagit Sofia. Efram Jacobovich, le magnat de l'informatique.

— C'est aussi grâce à lui que nous testons notre submersible, ajouta Costas. Une de ses compagnies fait de l'extraction de minéraux dans les fonds marins et elle utilise la même technologie de bras manipulateurs que nous avons développée. Le succès de cette entreprise enrichit Efram et le rend plus généreux. Donc, vous voyez, tout se recoupe.

Il leva de nouveau les yeux au-dessus de lui, perplexe, sa voix traînant un peu désormais.

— Un peu comme le câblage sur ce panneau de commande. Tout est lié, d'une façon ou d'une autre. J'aimerais bien comprendre comment Lanowski a réussi ça !

— C'est clair, maintenant ? demanda Jack à Sofia en souriant.

Costas toussa :

— Dans cette histoire, il y a aussi le coup de pouce de sa petite amie.

— Pas ma petite amie, ma collègue, rectifia Jack en foudroyant Costas du regard.

— D'accord, concéda Costas en adressant un clin d'œil à Sofia. Docteure Maria de Montijo. Elle dirige l'Institut d'épigraphie à Oxford et est professeure adjointe à l'IMU. Elle nous a accompagnés sur plusieurs expéditions. Sa mère est le ministre de la Culture espagnole.

— Ah, oui, ma boss, affirma Sofia. Pas mal comme réseau, les gars.

— Le problème, c'est que Maria nous rend toujours des services, mais Jack refuse de s'engager. Trop occupé avec son pote, plaisanta Costas.

— Et d'ailleurs, ça avance ? s'impatienta Jack.

Costas se tourna vers Sofia.

— Maintenant que je sais que vous êtes aussi ingénieur, je peux vous demander votre aide ?

— Pas de problème.

— Il faut qu'on détache à la main le câble qui nous relie au *Seaquest II*. Le levier à tirer, c'est le rouge avec écrit « longe » sur le plafond du sas fermé à double tour. Il faut que je reste ici avec les mains sur quatre boutons pour lui permettre de se débloquer. Vous devrez fermer la porte du sas derrière vous pour atteindre le levier. Une lumière rouge s'allumera à côté quand je serai prêt. Ça prendra une à deux minutes en tout. Vous pourrez y arriver ?

— Bien sûr, aucun problème.

Elle descendit de sa chaise et disparut par la trappe. Ils entendirent le sas se refermer derrière elle. Costas se tourna rapidement vers Jack.

— Allons, Jack, je reconnais ce regard, qu'est-ce qui se passe ?

Jack s'éclaircit la voix.

— On est à la recherche d'un des plus majestueux trésors archéologiques de tous les temps. On travaille, là.

— Ce n'est que ça ? Un boulot ? J'en doute. D'accord, un sarcophage égyptien en pierre gravée. Le sarcophage d'un pharaon, d'une des pyramides de Gizeh. C'est géant. Je veux dire, vraiment sensationnel. Mais pour que tu sois aussi enflammé, il doit y avoir autre chose. Je suis sûr qu'il y a plus.

— Ce sarcophage représenterait une des plus belles découvertes d'antiquité égyptienne depuis la tombe de Toutânkhamon. En comptant même les découvertes de Hiebermeyer.

— C'est ça, alors ! s'exclama Costas. Maurice Hiebermeyer. C'est le lien manquant. L'année dernière à Troie, il a trouvé une sculpture égyptienne, avec des hiéroglyphes étranges et le nom du sculpteur qu'il a reconnu, c'est bien ça ? Avant de pouvoir prononcer les mots « momie en or », il a foncé vers la ville du pharaon Akhenaton, Amarna à côté du Nil, creusant la terre pour retrouver ce qu'il avait déjà vu. Et aussi vite que la lumière, il a atterri dans le désert de Nubie et aussitôt après dans une pyramide égyptienne. Ce n'est pas le genre de Hiebermeyer de papillonner comme ça. En général, une fois qu'il a fourré son nez quelque part, il y reste jusqu'à ce qu'il ait tout ratissé. Et pas n'importe quelle vieille pyramide. La pyramide de Mykérinos à Gizeh, précisément celle où Vyse a trouvé le sarcophage. C'est ce qui m'a motivé, moi. Tu es sur une piste, n'est-ce pas, Jack ? Quoi qu'on fasse aujourd'hui, quoi que tu découvres, ce n'est pas qu'une question de sarcophage. Le prix est bien plus grand.

Jack se tut un moment, puis regarda son ami, l'exaltation se lisant sur son visage.

— Pour le moment, il se peut que ce ne soit qu'un château de cartes. Il nous faut un indice significatif. Et je ne veux pas contrarier tes projets de farniente sur la plage de Carthagène demain.

— Je savais bien que ce n'était pas au programme, se résigna Costas, en faisant un signe de tête vers le hublot. L'indice qu'il te faut, il est là, dehors ? Dans l'épave ?

Jack essaya de réprimer son excitation.

— Oui, peut-être bien.

Costas se concentra de nouveau sur le panneau et appuya sur les boutons. Quelques secondes plus tard, un tremblement agita le submersible qui sembla descendre. Puis il tangua et fit une embardée comme un bateau cahoté par les vagues. Costas se leva rapidement et s'assit sur le siège du pilote, plaçant une main sur le levier de commande et l'autre sur l'accélérateur. Sofia ressortit du sas et se glissa devant le Plexiglas à côté de Jack. Ils entendirent le moteur électrique gronder puis sentirent le submersible se stabiliser dans l'eau. Jack plongea de nouveau son regard dans l'immensité bleue. Il était fort possible qu'ils ne trouvent là rien d'autre que de la roche nue et du sable. Mais Costas avait raison sur un point : il avait toujours eu de la chance avec ses fouilles archéologiques et il sentait bien que ce serait encore le cas à présent. Il avait la conviction qu'ils étaient sur le point de faire une découverte qui changerait à jamais l'histoire.

Costas scruta le visage concentré de Jack.

— « Contemplez mes œuvres, ô Puissants, et désespérez ! » murmura-t-il.

— C'est exactement ce que j'avais en tête, s'étonna Jack en lui lançant un coup d'œil. Au sujet de l'ancienne statue d'un pharaon, brisée et à moitié enterrée, tout comme le sarcophage ici.

Il se tourna vers Sophia.

— C'est tiré du poème de Shelley, « Ozymandias ».

Elle se tut quelques secondes puis se mit à réciter.

— « Autour des ruines de cette colossale épave, infinis et nus, les sables monotones et solitaires s'étendent au loin. »

— Vous vous y connaissez en poésie ? s'étonna Costas en la regardant.

— Ça a toujours été une passion.

— Moi aussi, confia Costas en tournant la tête vers le hublot.

— Vous cachez bien votre jeu, Costas Kazanzakis, complimenta Sofia.

Jack sourit en observant les cheveux ébouriffés et la barbe naissante de son ami.

— Vous n'avez encore rien vu, confirma-t-il en direction de Sofia.

Un dernier soubresaut, et enfin ils avançaient en douceur dans la mer. Jack fut envahi d'une sensation de plénitude comme s'il ne faisait qu'un avec l'eau, libéré enfin du sentiment de confinement. Costas le regarda, tout en pilotant son engin.

— On peut commencer.

— Alors, allons-y ! se réjouit Jack en montrant les abysses.

2

Environ une heure après que le submersible s'était séparé du câble qui le retenait au navire de recherche, Costas le fit se poser délicatement sur le fond marin sableux, à quatre-vingts mètres sous la surface de la Méditerranée. Sofia avait quitté sa place devant le hublot pour s'installer sur le siège du copilote et assistait Costas dans les manœuvres. Ils suivaient le trajet tracé par les anomalies magnétiques repérées par le *Seaquest II* durant son survol de la baie quelques heures plus tôt. Jack, lui, était resté tout ce temps scotché au Plexiglas, s'emballant à chaque fois qu'ils approchaient d'une pile de métal rouillé, mais déchantant aussitôt après. La première s'était révélée être un tas de débris d'un chantier de construction moderne, et la deuxième un petit cargo avec des poteries et un canon de la Première Guerre mondiale, peut-être la victime d'un sous-marin allemand. La troisième anomalie leur avait semblé la plus prometteuse, avec des angles droits décelés sur le magnétomètre qui aurait pu correspondre à la charpente en métal ajoutée durant les réparations du *Beatrice* dans les années 1830. Mais, en approchant, ils virent les vestiges d'un Heinkel 111 allemand, un avion sans doute coulé lors de la guerre civile espagnole. Jack l'observait désormais, alors que le limon montait sur le submersible et que son cœur sombrait. Le niveau de décomposition de l'aéronef donnait une idée du peu qu'il devait rester des éléments en fer d'un navire coulé un siècle plus tôt, et il était plus que probable que l'épaisse couche de sable qui recouvrait la plus grande partie de la carlingue ait dissimulé les armes et le sarcophage, ne laissant plus rien à la vue que les abysses à l'infini.

— Qu'est-ce que tu en penses, Jack ? On rebrousse chemin ? demanda Costas.

Se redressant légèrement, Jack vint à quatre pattes se glisser dans l'espace entre les deux sièges, fixant l'écran de l'ordinateur au-dessus du hublot qui indiquait la bathymétrie autour d'eux. Il pointa un endroit vers l'extérieur de la baie, au-delà de la côte.

— Je pense qu'il est là-bas. Je pense que c'est dans cette zone que le *Beatrice* aurait été le plus sujet à une violente rafale du nord-ouest. Je pense qu'on a cherché trop près du littoral.

Costas grossit l'image.

— Ça fait plus de neuf cents mètres de profondeur ! s'exclama-t-il.

— C'est un problème pour le submersible ?

— Un peu exagéré, pour sa première sortie en mer…

— Mais c'est faisable.

— Bien sûr. Le vrai problème, c'est qu'il fait nuit noire là-dessous. Le *Seaquest II* n'a pas encore mesuré le champ magnétique aussi loin, ni réalisé aucune étude hydrographique.

Jack appuya sur un bouton pour appeler la salle de contrôle du submersible à bord du *Seaquest II*, où l'équipage surveillait leur progression.

— Passez-moi le capitaine Macalister, s'il vous plaît.

Une voix au fort accent canadien crépita dans le haut-parleur.

— Capitaine Macalister, j'écoute. Où en êtes-vous ?

— On attend vos instructions. Nous avons un dernier secteur à explorer en avant de la baie, dans les eaux profondes. Si vous pouviez prendre quelques mesures, nous saurions au moins si nous pouvons l'éliminer.

— On en a déjà parlé, Jack. Vous deviez vérifier les anomalies qu'on a déjà trouvées et laisser le reste pour l'année prochaine.

— J'étais d'accord avec vous, mais ici, maintenant que le submersible est lancé, j'ai changé d'avis. Vous savez ce qui se passe quand on repousse à l'année suivante. On a toujours un nouveau projet qui vient se greffer, d'autres priorités. Et ça fait déjà quelques années que l'IMU n'a rien remonté. Une belle découverte ne serait pas du luxe et celle-ci va faire la une, je peux vous le garantir. J'aimerais vraiment que ça se passe maintenant.

— Tout ce qui me préoccupe, c'est la sécurité du navire et du submersible. Vous vous souvenez des prévisions météo ? Depuis que vous êtes dans l'eau, le vent de sud-est s'est vraiment renforcé et mon météorologue à bord pense qu'on va atteindre au moins force six cette nuit. On est déjà en novembre, tout de même, le début des mauvaises conditions sur la Méditerranée. Je commence à comprendre ce que le capitaine du

Beatrice a ressenti. La côte est en dents de scie, et nous sommes à moins d'un kilomètre.

— D'accord, je vous laisse voir, lança Jack.

— Donnez-moi un moment. Terminé.

Jack avait gardé le micro à la main et il attendait. Soudain tout lui sembla précaire. Ce qui lui avait paru si sûr quand il avait vu la note du capitaine Wichelo avec les coordonnées de l'épave et ensuite les mesures magnétiques correspondantes était désormais devenu une improbabilité mathématique. Il avait toujours dit à ses étudiants de l'IMU qu'un kilomètre carré en surface devait être considéré comme au moins dix kilomètres carrés sous l'eau. La perspective était déformée, la topographie des fonds marins était très changeante et il était plus difficile d'interpréter des données éloignées. Tout cela rendait la réalité sur le terrain très différente des apparentes indications informatiques. Peut-être qu'il s'était montré trop présomptueux, trop sûr de sa chance, et qu'il recevait sa première leçon. Il retenait son souffle dans l'attente de la réponse de Macalister et se rappela ce qu'il avait dit à Costas : *Il se peut que ce ne soit qu'un château de cartes.* S'ils ne ramenaient pas le sarcophage tant attendu, toute la piste qu'ils suivaient, lui et Hiebermeyer, une piste si insaisissable qu'elle semblait apparaître et disparaître comme les anomalies sur les fonds marins, s'effondrerait en un instant. Ce qui avait eu l'air d'être les liens d'une chaîne logique deviendrait des fragments isolés de données archéologiques, destinés à être rangés sur des étagères ou casés dans une autre histoire. Il se rendit compte qu'il tambourinait de ses doigts sur la console et s'arrêta sur-le-champ. Il voulait que tout cela fonctionne. Il avait promis à Maurice Hiebermeyer qu'il ratisserait le moindre centimètre carré des fonds marins autour des coordonnées de Wichelo pour retrouver le *Beatrice*, et une telle promesse entre les deux hommes était une question d'honneur : ils ne s'étaient jamais déçus depuis toutes ces années où ils partageaient leur passion de l'archéologie, enfants déjà.

La radio crépita de nouveau. C'était Macalister.

— D'accord, Jack. J'ai vu avec mes officiers et nous pouvons le faire.

Jack serra le poing de sa main libre. *Oui !* Il appuya sur le bouton du micro pour parler.

— Nous restons sur place jusqu'à ce que vous ayez terminé.

— Nous nous trouverons à environ un kilomètre de votre position, ce qui veut dire que vous n'êtes plus à portée du câble qui vous relie au *Seaquest II* ni des plongeurs. Si vous avez un problème, il faudra que vous lâchiez les citernes de ballast et que vous remontiez à la surface en urgence. Ça peut marcher, mais le submersible peut être projeté sur les rochers. On ne pourra rien faire pour vous.

Jack jeta un œil en direction de Sofia et de Costas, qui firent tous les deux oui de la tête. Il appuya de nouveau sur le bouton.

— Bien compris. Le submersible est sous ma responsabilité.

— D'accord. Sans le câble, nous ne pouvons pas vous communiquer les résultats du magnétomètre ou du sonar, expliqua Macalister. Alors vous serez dans le noir jusqu'à ce qu'on ait fini. Nous devrions avoir terminé d'ici une heure.

— Bien compris.

— Bon courage. Terminé.

Une lumière rouge clignota à côté de l'écran principal. Costas cliqua sur la souris et grogna.

— Un mail est arrivé avant qu'ils retirent la longe, mais il n'est pas encore complètement téléchargé. Ça vient de Maurice Hiebermeyer en Égypte.

— Je lui ai dit qu'il pourrait nous suivre en direct pendant qu'on fouillerait les fonds marins. On peut le joindre sur Skype ?

— Apparemment non. Le message est transmis en ce moment par Aïcha, depuis le désert de Nubie, au sud de la frontière égyptienne.

— Ils ont pratiqué des fouilles là-bas. Je n'ai pas encore visité le site, mais ça semble fabuleux. Des forts de la période pharaonique et du matériel des campagnes britanniques de la période victorienne. L'année dernière, les Égyptiens ont baissé suffisamment le niveau de l'eau derrière le barrage d'Assouan pour révéler les strates supérieures des forteresses. C'était une opportunité unique pour ces premières fouilles depuis qu'elles ont été inondées dans les années 1960. Mais il reste encore beaucoup de parties immergées.

— Ça m'a l'air d'un beau projet pour l'IMU, remarqua Sofia.

— Et comment ! répondit Jack.

Costas lisait ce qui s'affichait à l'écran.

— Oh, mon Dieu ! La raison pour laquelle c'est Aïcha qui a envoyé ce message, c'est que Maurice est revenu des pyramides. La pyramide de Mykérinos. Apparemment, grâce à quelques pistons et retours d'ascenseur, les autorités égyptiennes des antiquités l'ont nommé hier inspecteur officiel des travaux de restauration sur le site, un rare honneur pour un étranger.

— Excellent, murmura Jack. *Excellent !*

— Tu veux bien nous dire ce qui te rend si joyeux ? demanda Costas en regardant Jack.

— Je laisserai Maurice se charger de ça quand il sera prêt. S'il trouve ce que j'espère qu'il trouvera.

— Et pourquoi « Oh, mon Dieu » ? demanda Sofia.

— Parce qu'il a *Little Joey* avec lui, répondit Costas, visiblement angoissé. Pour lui faire plaisir, j'ai accepté d'envoyer mon robot spécial à l'Institut d'Alexandrie, mais je ne m'attendais pas à ce qu'il obtienne l'autorisation de l'emporter dans la pyramide. Maintenant il me demande le code d'activation.

— Et tu vas le lui donner, déclara Jack fermement. Il a besoin du robot pour explorer les puits étroits de la pyramide. Tu as passé des heures à lui montrer comment s'en servir quand il était dans le labo le mois dernier. Tu ne peux pas être présent à chaque fois que quelqu'un veut utiliser une de tes créations !

— Mon robot préféré, lâcha Costas tristement, en tapotant une série de lettres et de chiffres qui partirait quand ils se rattacheraient au navire. Je ne le reverrai jamais !

Sofia l'observa.

— Vous parlez de *Little Joey*, le robot miniature qui a fait le sacrifice ultime quand vous êtes repartis visiter Atlantis l'année dernière au moment de l'éruption du volcan ? J'ai lu toute une notice nécrologique écrite par vous sur le site de l'IMU.

— Le sacrifice ultime, répéta Costas en lui lançant un regard admiratif. Ça me plaît. Au moins, vous me comprenez.

Jack s'adressa à elle avec une pointe de respect dans la voix.

— Cette fois, il s'agit de *Little Josephine*. La petite sœur de *Joey*.

— Cette pyramide est bien loin du désert de Nubie, où il se trouvait hier, remarqua Costas.

— Je me fais toujours du souci pour lui quand il est en Égypte, commenta Jack. Il est comme ces explorateurs victoriens sur le Nil qui n'avaient aucun sens de leur propre vulnérabilité, mais quelques opinions bien trop fortement ancrées. S'il ne tombe pas en pleine guerre sainte, c'est lui qui risque d'en provoquer une. Toute la région redevient un vrai baril de poudre.

Sofia secoua la tête.

— Moi, je laisse cette guerre aux autres. J'ai eu ma dose de jihads pour le reste de ma vie.

— J'imagine, compatit Costas. J'ai le plus grand respect pour les médecins militaires, quel que soit le pays qu'ils servent.

— Merci. Ça me touche, dit-elle en se tournant vers Jack. J'ai lu votre biographie sur le site de l'IMU. Commandant de la Royal Navy ?

— Réserviste seulement, confirma Jack en haussant les épaules, avant de commencer mon doctorat. Vieille tradition familiale. Ça remonte au temps des Tudor. J'ai bénéficié de toute l'expérience de plongée qu'ils avaient à m'offrir, alors j'ai commencé sur un mouilleur de mines pour ensuite intégrer le Special Boat Service.

— Vous êtes allé dans des endroits intéressants ?

— Quelques-uns.

— *Quelques-uns !* répéta Costas, indigné. Je sais ce que Rebecca, la fille de Jack, dirait de cette réponse : « C'est ça, oui. »

— En tout cas, c'est Kazanzakis, ici présent, le vrai

marin, affirma Jack en pointant son pouce vers son ami.

Costas fronça les sourcils.

— Qu'est-ce que tu racontes ? Pas comme vous deux. Vous avez tous les deux été au cœur de l'action. Moi, je ne suis qu'un petit rat de submersible. Il me fallait un boulot à ma sortie du MIT.

— Vous voulez dire que ce sont les marines qui sont venus vous trouver ? Capitaine de corvette ingénieur. Vous avez quand même reçu la Navy Cross !

— J'étais juste au mauvais endroit au mauvais moment.

Jack leva les yeux vers Sofia.

— USS *Madison*. Vous vous souvenez de l'attentat kamikaze ?

— Vous y étiez ? demanda Sofia, stupéfaite.

— Tout ce que j'ai fait, c'est sortir quelques gars de l'eau. J'ai pu plonger plus profond que les autres ce jour-là, du coup j'ai pu sauver certaines victimes. Je ne supporte pas l'idée que je ne les aie pas toutes sauvées. C'est pour ça que j'ai volontairement omis cet épisode de ma bio.

— Il a peut-être l'air d'un gros flemmard qui adore se prélasser sur la plage et dont le seul sport consiste à lever le coude pour boire des cocktails, mais en fait il est issu d'une longue lignée de plongeurs grecs. Il plonge comme une pierre et peut retenir sa respiration pendant deux minutes. Je n'ai jamais rien vu de pareil.

— Ah, lâcha Costas en s'appuyant sur le dossier et en fermant les yeux. La plage, les gin tonics. On finit bientôt ici ?

— Quand ce sera terminé.

— C'est ce que tu dis toujours.

Sofia se tourna vers Jack.

— J'ai regardé quelques-unes de vos émissions. L'Allemand, Hiebermeyer, c'est le gros type avec le short bouffant et les petites lunettes rondes ? Toujours avec la même jeune femme, une Égyptienne. C'est elle qui a envoyé le message ?

— C'est Aïcha, sa femme, répondit Jack. Elle était son étudiante avant. Elle se charge des hiéroglyphes et des inscriptions et lui des fouilles. Ils forment une superbe équipe.

— Je n'ai jamais compris ce qu'elle lui trouvait, commenta Costas, taquin. Une fille tellement intelligente.

— Tu parles de mon plus vieil ami.

— Et moi ? s'indigna Costas.

— Maurice et moi, nous nous sommes rencontrés à l'école. Et toi et moi, on s'est retrouvés coincés dix ans plus tard dans une minuscule chambre de décompression. Vraiment vraiment minuscule. Pendant huit longues heures.

— Je veux savoir ! se réjouit Sofia.

— Je venais de quitter la Navy et m'apprêtais à retourner à Cambridge pour finir de rédiger ma thèse. Costas était ingénieur en submersibles à la base navale américaine d'Izmir en Turquie, entre deux diplômes du MIT. Un plongeur m'avait parlé d'une possible épave de l'âge du bronze au large de la péninsule de Kizil Burun, au nord-ouest d'Izmir. Alors j'ai sorti mon matériel et j'ai engagé un type avec son bateau pour vérifier.

— Seul, précisa Costas. Une plongée de soixante-quinze kilomètres. Avec de l'air comprimé.

— Je venais de réaliser une opération d'envergure

avec les forces d'élite dans le Golfe et je crois que j'étais encore un peu survolté. Excès d'adrénaline. J'ai vu l'épave : des rangées de lingots de bronze à peau de bœuf dans le brouillard bleu environnant. Le médecin de la base m'a dit que j'avais pris mes désirs pour des réalités, que ce n'était qu'une hallucination induite par l'ivresse des profondeurs. Mais je sais ce que j'ai vu. Bien sûr, aujourd'hui, je me serais équipé d'un mélange gazeux ou d'un recycleur d'oxygène. Je ne reprendrais plus les mêmes risques.

— Est-ce que j'ai bien entendu ? demanda Costas, sidéré. Combien de fois depuis je t'ai empêché de plonger trop profondément ? Sans moi tu aurais déjà eu pas mal d'occasions de servir de nourriture pour les poissons !

— Pas depuis que je suis devenu père, rétorqua Jack, sérieux.

— J'ai vu les photos sur le pont, intervint Sofia. Elle vous ressemble trait pour trait. Elle a quoi, dix-huit ans ?

— Le mois prochain. Mais je n'ai vraiment connu Rebecca qu'il y a cinq ans. Sa mère et moi, nous nous sommes séparés avant sa naissance et elle m'avait caché son existence. Elle l'a élevée à Naples et New York. Elle l'a fait pour le bien de Rebecca et pour le mien aussi sans doute. Elle venait d'une famille de la mafia et une vendetta avait été lancée. C'est une longue histoire avec des mauvais moments, mais Rebecca en est sortie plus forte et je ne peux pas imaginer la vie sans elle maintenant. Quand elle n'est pas au lycée, c'est un membre à part entière de notre équipe.

— Eh bien, je suis impatiente de la rencontrer. Et Costas ? La chambre de décompression ?

— D'accord. Voilà, à un moment, j'ai manqué d'air et il a fallu que je remonte plus vite que prévu. Je ne ressentais qu'un petit engourdissement du coude et une sorte de vertige, mais j'ai vite compris qu'il s'agissait des effets avant-coureurs de la narcose et que ça pouvait vite empirer. Heureusement, le pêcheur que j'avais engagé avait une radio qui fonctionnait et, heureusement aussi, un hélicoptère de la Navy pratiquait des exercices de sauvetage en mer, à quelques kilomètres de là.

— Ce Jack, il a toujours de la chance, ponctua Costas.

— Bref, ils m'ont installé dans une chambre de décompression, avec ce gros balourd transpirant à la barbe de trois jours et à la casquette du MIT, entouré du matériel électronique qu'il avait absolument tenu à emporter pour faire mumuse à l'intérieur. J'ai passé les huit heures suivantes à tenir des bouts de câble pour lui.

— Oui, mais c'est là que nous est venue l'idée de l'International Maritime University et voilà où nous en sommes aujourd'hui.

— Mais qu'est-ce que vous faisiez là ? Dans cette chambre ?

— Il avait passé trop de temps à surveiller l'effet de la pression sur un élément du submersible qu'il mettait au point, répondit Jack en toussotant. Seulement au lieu de regarder de dehors, il a préféré entrer dans la chambre pour le bichonner pendant l'épreuve.

— Il fallait que je le tienne avec mes mains ! Trop complexe pour des pinces.

— Bien sûr, oui.

— C'était quoi ? demanda Sofia.

Costas lui adressa un regard passionné.

— Un joint d'accouplement pour le bras manipulateur externe. Je l'ai développé plus tard à l'IMU et maintenant il est standard sur tous nos équipements.

— Quel est le taux de pression ?

— Deux mille mètres de profondeur dans l'océan. C'est limité par le gyroscope interne, un peu sensible. Mais c'est ce qui nous permet d'utiliser le bras comme excavateur virtuel, avec la finesse d'une main humaine.

Sofia fit un signe en direction du hublot d'où on distinguait le bras externe du submersible.

— Je sais comment vous pourriez l'utiliser jusqu'à cinq mille mètres.

— Impossible ! s'exclama Costas, stupéfait. Vraiment ? Et le gyro ?

— Un SPC-100 d'Universal Electrics, avec quelques modifications. Vous vous souvenez, je vous ai dit que j'avais flirté avec les robots ? C'était mon projet de master.

— Vous plaisantez ? Je pourrai le voir ?

— Je peux vous expliquer tout de suite, même.

Jack poussa un grognement exagéré.

— Je vais rester longtemps coincé ici avec vous deux ?

Une lumière rouge clignota sur la console.

— Je pense que tu es en veine, Jack. C'est Macalister.

La voix familière retentit une nouvelle fois dans l'interphone.

— OK, Jack. Nous avons balayé un rayon de deux kilomètres et demi autour de la baie et nous avons obtenu un résultat. Le magnétomètre a détecté une petite zone d'anomalies magnétiques sur un terrain plat de sable de la taille d'un court de tennis, et le sonar montre une bosse dans les sédiments qui pourrait être rectiligne. À huit cent soixante-deux mètres de profondeur, et à un kilomètre et demi environ, à trente-quatre degrés de votre position actuelle. Nous restons au-dessus de la signature magnétique pour que vous puissiez vous rattacher au *Seaquest II* et qu'on vous surveille avec nos caméras. À vous.

— Bien reçu.

Jack appuya sur le bouton du haut-parleur pour que la salle de contrôle du *Seaquest II* puisse entendre tout ce qui se disait dans le submersible.

— Les affaires reprennent, lança-t-il, débordant d'enthousiasme, en direction de Costas.

Quarante minutes plus tard, ils atteignirent sept cents mètres de profondeur, ayant suivi la pente de plus de quarante-cinq degrés. En chemin, ils avaient croisé d'immenses affleurements de roche et d'impressionnants éboulis de sédiments le long des rochers, jusqu'à ce que, du fait de la lumière décroissante, il soit impossible de distinguer quoi que ce soit à plus de vingt mètres des fonds marins éclairés par le projecteur. Costas avait laissé l'ordinateur guider le submersible vers une radiobalise en bas du câble qui le reliait au *Seaquest II*, et soudain ils virent une lumière rouge stroboscopique dans l'obscurité devant eux. Comme ils n'étaient plus qu'à quelques mètres, il activa le bras manipulateur et manœuvra les pinces à leur extrémité en direction du câble, puis il laissa le programme automatique rétracter le bras pour qu'il le branche dans l'ouverture au-dessus de la chambre. Le moniteur en veille à côté de l'écran de navigation se ranima aussitôt et une image des visages concentrés de l'équipage du navire s'afficha. Ils s'écartèrent et la barbe dorée de Macalister apparut, puis les épaulettes de son pull. Jack leva le pouce et Macalister hocha la tête.

— Espérons que c'est bien ça, dit-il. Les conditions météo deviennent de plus en plus menaçantes, et déjà maintenant, ce ne serait pas facile de remonter le submersible sur le quai du navire. On ne peut pas se permettre plus de quelques minutes, juste assez pour une identification positive.

— Bien reçu, lança Costas.

— Qui est aux commandes de la caméra externe ? demanda Jack.

Le visage d'une jeune fille apparut à l'écran, ses longs cheveux noirs attachés en queue de cheval, sa nouvelle paire de lunettes la rendant un peu trop studieuse au goût de Jack. Elle fit un signe de la main et lui adressa un baiser volant.

— Salut, papa. Tu as le bonjour de Maria, elle est venue me chercher à l'aéroport de Madrid quand je venais ici. Comme tu le sais, on est tous censés partir dans les Pyrénées la semaine prochaine. Elle espère vraiment avoir de tes nouvelles.

— D'accord, répliqua Jack, un peu mal à l'aise. Génial. Plus tard. Maintenant il faut surtout que tu te concentres sur la console. La caméra est fixée au bout du bras manipulateur, et tu dois t'assurer que Costas, Sofia et moi, nous puissions voir clairement ce qui se passe à l'extérieur. Compris ?

— Bien reçu, papa. On peut commencer.

— La fille de son père, pas de doute là-dessus, plaisanta Sofia.

Costas appuya sur un bouton.

— Rebecca, c'est toi qui pilotes le bras, maintenant.

Ils regardèrent par le hublot tandis que le bout du bras se dégageait de la panoplie d'équipements sous les éclairages où il avait pris la caméra. Il la tourna vers eux, l'objectif fixant le hublot tel l'œil immense d'un poisson des profondeurs, et ensuite, après avoir bougé d'un côté et de l'autre, il se tourna pour avancer.

Jack jeta un regard vers le moniteur et constata que Rebecca avait disparu de l'image, remplacée par un homme aux longs cheveux ternes affublé d'une blouse de laboratoire. Il plaça un petit tableau noir à l'écran et le tapota, le visage rayonnant.

— Eh, Costas, ravi de voir qu'on a réussi à faire avancer l'engin, toi et moi ! Quand tu remonteras, je te promets de te faire un petit cours sur les câblages des submersibles. J'ai pris mon temps pour que mes explications soient le plus adaptées à ton intelligence. Une sorte de manuel pour les nuls.

— Merci, Jacob, lâcha Costas entre ses dents. J'apprécie, vraiment.

— Avec plaisir, dit Lanowski, taquin, avant de disparaître.

— Quel numéro, celui-là, lança Costas en secouant la tête.

— Mais vous l'aimez bien, remarqua Sofia.

— On l'aime tous, confirma Costas en s'emparant des manettes. OK, tous les yeux sur le trésor. Je démarre !

Jack retourna à sa place, couché sur le ventre, le visage braqué vers le hublot. Costas avança l'appareil et Jack surveilla le niveau de profondeur à côté du Plexiglas, tandis qu'il descendait sous les neuf cents mètres. Devant lui, la couverture sableuse s'aplanissait, mais n'offrait toujours rien à voir, si ce n'est du sable à perte de vue et de temps en temps l'œil d'une créature prise dans le cône de visibilité à l'avant, une lumière qu'aucun animal à cette profondeur n'avait jamais connue. Costas ralentit l'engin, et Jack observa le bras se plier à cinq mètres environ devant eux, la caméra scrutant les sédiments, se déplaçant d'un côté et de l'autre, comme un insecte géant inspectant le fond de la mer.

— On devrait déjà y être, déclara Costas.

Jack regarda devant eux. Toujours rien. Et soudain un puissant cri de joie retentit dans l'équipage réuni autour de la vidéo sur le *Seaquest II*. Jack tourna rapidement la tête vers l'écran et vit que Rebecca avait positionné la caméra directement au-dessus d'un canon à moitié englouti dans les sédiments. Elle l'avait repéré à bâbord du bras manipulateur, et Costas se dépêcha d'approcher le submersible. Ils virent alors un autre canon et un autre encore. Si Rebecca n'avait pas distingué le premier, ils seraient sûrement passés à côté du site et auraient continué dans les abysses, comprenant trop tard leur erreur pour entreprendre une nouvelle recherche. Jack fut envahi d'un sentiment de fierté : sa propre fille avait sauvé l'expédition.

— Beau travail, Rebecca ! complimenta-t-il. Maintenant essayons de nettoyer doucement ce canon pour pouvoir l'examiner.

Ils regardèrent le jet d'eau situé aux deux tiers du bras manipulateur se dérouler comme un serpent pour arroser l'arme, débarrasser la culasse de ses sédiments et révéler du métal rouillé. L'expert en équipements militaires à bord, Macalister, réagit sur-le-champ.

— Aucun doute, il s'agit d'un canon de neuf livres, un *long nine* ! s'exclama-t-il, aux anges. Typique des navires marchands de la Méditerranée au début du XIXe siècle.

Une autre manifestation sonore de l'équipage. Plus comme un souffle d'étonnement général.

— Regardez, Jack, le voilà ! C'est *fantastique* !

Comme l'équipage, Sofia regardait les images que filmait la caméra, mais Jack admirait la scène en direct du hublot, à quelques mètres devant lui. Dans la pénombre, il ne voyait que des canons, l'un derrière l'autre. Et soudain il le vit. Droit devant lui, les sédiments avaient formé une bosse dans les fonds marins. Au centre, presque complètement enfoui, se dressait un sarcophage rectiligne en pierre, son couvercle déplacé et ses faces sculptées presque entièrement ensevelies et pourtant évidentes. Exactement comme Jack se l'était représenté en rêves. *Ils avaient trouvé le sarcophage de Mykérinos.*

— Félicitations, Jack ! complimenta Macalister, des applaudissements provenant des membres d'équipage derrière lui. Une fin de saison exceptionnelle !

— Félicitations à tous, lança Jack, sa voix rauque d'excitation. Un travail d'équipe, comme toujours !

Costas avança le submersible de quelques mètres pour le maintenir au-dessus du sarcophage, afin qu'ils puissent clairement le voir, entouré par les dix ou douze canons qui sortaient du sable et formaient le contour fantomatique d'un navire. Rien d'autre à l'horizon, juste la pierre et les armes, et l'espace d'un instant, Jack songea que les sédiments des fonds marins sont pareils au sable du désert, qu'ils semblent réduire à néant les traces des efforts des hommes, à leur expression nue et rien de plus. Il pensa à la pièce de Samuel Beckett, où l'image du sable sert de paysage existentiel minimaliste, un endroit qui rend insignifiantes et prétentieuses les luttes pour le maîtriser. Et c'était un lieu dont la clarté élémentaire attirait certains hommes en quête de révélation, depuis le moment où le monde avait commencé à redécouvrir l'Égypte ancienne, l'époque du développement de l'archéologie, et depuis l'Antiquité la plus éloignée, cinq mille ans plus tôt, l'époque des premiers pharaons et des pyramides.

La voix de Macalister se remit à crépiter.

— OK, Costas. Nous avons un puits de deux mètres en surface. J'ai demandé à Rebecca de libérer le contrôle du bras manipulateur et de l'éteindre. Nous avons toute l'imagerie nécessaire. Il faut que vous remontiez.

— Bien reçu, répondit Costas. On lâche le lest maintenant.

Jack retourna à la console, débrancha le haut-parleur pour que leur conversation reste entre eux et jeta un œil à Costas.

— Est-ce que tu peux faire en sorte que je manœuvre le bras d'ici ?

— Tu as entendu Macalister, répliqua Costas. Tu te souviens de ta part du marché.

— Ça ne prendra que quelques minutes. Si tu éteins la vidéo du navire, ils ne sauront pas que nous l'utilisons encore. Macalister pense juste qu'on remonte.

— D'accord, Jack, je te donne les commandes, céda Costas après une courte pause.

Jack retourna en un bond dans l'espace entre les sièges et s'empara de la manette qui dirigeait le bras manipulateur. Il l'orienta au-dessus du couvercle du sarcophage, vers la fente que le couvercle avait créée en glissant sur le côté et l'intérieur du cercueil apparut. Il baissa la caméra vers l'ouverture triangulaire. La caméra disparut à l'intérieur et il scruta l'écran. Il activa la petite lumière autour de la caméra mais ne vit que du sable, un gros plan des sédiments qui à l'évidence avait rempli le sarcophage. Il déplaça la caméra d'un côté puis de l'autre, mais ne vit toujours rien.

— Allons, Jack, pressa Costas. Une minute encore, pas plus.

Il prit l'autre manette qui contrôlait le jet d'eau et dirigea le tuyau vers le trou. Il le régla au maximum. Rien à perdre, et rien dans le sarcophage après tout ce temps ne serait trop délicat pour risquer de s'abîmer. Pendant une seconde ou deux la caméra serait dans l'œil de la tempête de sable créé par le jet, et il pourrait peut-être apercevoir quelque chose avant que le limon ne recouvre l'objectif.

Il appuya sur la gâchette. L'image se brouilla, envahie par le sable.

Et il la vit.

L'espace d'une seconde, elle fut là. L'image d'un pharaon, une couronne sur la tête et vêtu d'un simple pagne, avec un corps déformé, le ventre proéminent et le menton en avant. À côté de lui reposait sa conjointe, une reine avec des seins et des hanches voluptueuses, les cheveux recouvrant ses épaules. Le pharaon s'appuyait sur quelque chose, comme si c'était lui qui l'avait créé. Les lignes d'une matrice, comme un labyrinthe ou un dédale, une pyramide au centre, et autour les rayons du soleil brillant en un disque au-dessus. Mais l'image repartit comme elle était venue, perdue dans un nuage de sédiments.

— Oui ! s'exclama Jack.

— Qu'est-ce que c'était ? s'étonna Costas, choqué.

— Tu te souviens de la feuille du capitaine Wichelo glissée dans l'exemplaire de Vyse ? Tu te demandais si je te cachais quelque chose. Eh bien, c'était ça. Wichelo a mentionné une plaque en pierre enfermée par Vyse dans le sarcophage. Il l'avait trouvée dans la pyramide. Ce pharaon n'était pas Mykérinos non plus, il s'agissait d'Akhenaton et de sa femme Néfertiti. Wichelo disait que Vyse appelait la gravure « la ville de lumière ».

— Tu as pris des photos ?

— Au moins une. Il faut que j'envoie un mail à Maurice, il n'en reviendra pas.

— Alors, plus vite on part, mieux ce sera, affirma Costas en tirant un levier qui libéra les citernes de lestage, et ils commencèrent leur ascension.

Jack ne quittait pas des yeux le sarcophage qui disparaissait dans les abysses sombres puis il s'installa pour examiner le cliché qu'il venait de prendre.

— Sacré bras manipulateur ! félicita Sofia.

— Merci, répondit Costas. Vous devriez venir au labo de l'IMU, vraiment. Je pourrais vous en montrer beaucoup d'autres du même style.

— Vous devriez venir dîner avec moi à Carthagène ce soir. Une fois que j'aurai appelé la ministre de la Culture pour lui raconter.

— Ce soir, super, avec plaisir.

Sans trop se démonter, Costas lui adressa un sourire timide.

— Oui, vraiment j'en serai enchanté. Excellent.

Jack détacha son regard de l'écran pour se tourner vers eux.

— Euh… je ne veux pas jouer les rabat-joie, mais on va peut-être être occupés, ce soir.

— Oh, oui, se désola Costas. J'aurais dû le sentir venir. Je vous prie de m'excuser, Sofia, ce sera pour une prochaine fois.

— Pas de problème. Je vais aussi avoir pas mal de travail pour documenter cette découverte et rédiger mon rapport pour le ministère. Ils vont vouloir qu'on en informe la presse le plus vite possible. Je pense vraiment que ça va faire du bruit et ce sera une grande première pour moi. Une super nouvelle pour les découvertes au large des côtes espagnoles, que ce soient des archéologues et pas des chasseurs de trésors qui aient trouvé ce sarcophage. Cela pourrait déboucher sur une plus grande collaboration avec l'IMU en Espagne, et j'adorerais pousser un peu dans ce sens. Mais je vous attends, je n'accepterai aucune réponse négative de votre part !

— Bien reçu, Sofia. Je reviendrai.

Jack tapota sur l'interphone.

— Le capitaine Macalister est ici ?

— Je vous entends, Jack.

— Le Lynx est prêt ? demanda Jack en parlant de l'hélicoptère.

— À votre demande. Et le jet Embraer de l'IMU est à l'aéroport de Carthagène. L'équipage n'est pas encore prévenu, vous ne saviez pas si vous auriez besoin d'eux.

— Eh bien, j'en ai besoin. On part dès ce soir.

— On va où, Jack ? demanda Costas. Soleil, sable fin et martini ?

— Beaucoup de soleil, beaucoup de sable et pas si sûr pour les martinis. On va dans un endroit vraiment très loin d'ici, mais en lien avec ce personnage, expliqua-t-il en montrant l'image sur la plaque, figée par la caméra et floue. Par Akhenaton.

— C'est bien ce que je pensais. On enchaîne ?

— Je ne sais pas, répondit Jack, les lèvres pincées. Il y a encore beaucoup à découvrir, beaucoup de pistes à suivre. Mais là, je pense que c'est la plus importante. Le plus grande aventure, le plus beau trésor.

— Alors ?

— Oui, d'accord, on enchaîne.

— Où ça ?

— Tu es déjà monté sur le dos d'un chameau ?

— Oh, non, pas les chameaux !

— On s'envole vers le désert de Nubie. Vers le Soudan.

3

Près de Semna, au nord du Soudan,
de nos jours

Jack agrippait la poignée de la portière côté passager de la Toyota 4×4, alors qu'elle cahotait à toute vitesse sur l'autoroute qui traversait le désert du nord du Soudan. Ils croisèrent un convoi de camions militaires qui klaxonna à l'unisson, l'écho se perdant derrière eux, alors qu'ils fonçaient. Costas était assis à l'arrière, penché sur le côté et retenant d'une main le keffieh qu'il avait essayé d'enrouler sur sa tête à la façon des Arabes, mais qui s'envolait dans le vent chaud pénétrant par les fenêtres ouvertes. La voiture était conduite par Ibrahim al-Khalil, un ancien officier de marine, désormais le représentant de l'IMU au Soudan. En temps normal, Ibrahim dirigeait un projet mené par l'IMU pour retrouver des épaves dans la mer Rouge, sur la côte soudanaise, mais il avait été appelé au dernier moment pour seconder Jack sur la plongée dans le Nil qu'ils avaient programmée pour la journée. C'était l'un des meilleurs plongeurs de Jack, présent lors de l'excavation d'une épave contenant des lingots d'or de l'époque romaine sur la côte égyptienne de la mer Rouge, et Jack lui faisait entièrement confiance sous l'eau. L'urgence et le stress, pour Ibrahim, de travailler dans des eaux infestées de pirates à l'est du Soudan obligèrent Jack à lui pardonner sa conduite déchaînée, même s'ils n'avaient aucune échéance à respecter et moins de vingt kilomètres à parcourir. Ce n'était pas la première fois que Jack se sentait moins en sécurité en roulant vers le site de la plongée que sous l'eau, et cette fois-ci cela incluait absolument toutes les plongées extrêmes qu'il avait effectuées au cours des trente dernières années comme archéologue sous-marin.

Il se força à oublier la route et se remémora leur voyage jusque-là. Avec Costas, ils avaient quitté le *Seaquest II* dans le port d'Alexandrie et s'étaient envolés à bord de l'hélicoptère Lynx jusqu'au Caire, où l'Embraer 190 de l'IMU les avait attendus pour les emmener vers la ville frontalière du Soudan, Wadi Halfa, dans le désert de Nubie. À quelque huit cents kilomètres au sud du Caire, ils avaient survolé le haut barrage d'Assouan et le lac Nasser, immense réservoir de plus de cinq cents kilomètres de long qui avait commencé à se remplir après que la première phase de la construction du barrage avait été terminée en 1964. Enfant, Jack avait été captivé par un article du *National Geographic* qui présentait l'ambitieux projet de déplacer les anciens temples d'Abou Simbel au-dessus des eaux montantes du lac et il avait demandé au pilote de lui montrer les collines artificielles où les quatre colossales statues de Ramsès assises côte à côte se dressaient à plus de vingt-deux mètres de haut. Jack avait rêvé de plonger sous les eaux du lac du temple d'origine et s'était imaginé en train de nager dans les chambres caverneuses qui s'étendaient derrière les façades. Dans l'avion, il avait même réfléchi à monter un projet avec l'IMU pour emmener une équipe de tournage sur le site. Il avait ressenti autre chose, en regardant le temple pour la première fois depuis les airs, si haut qu'il pouvait apercevoir la courbe de la terre à travers la brume de poussière de l'horizon. Le temple comptait parmi les monuments les plus impressionnants de l'Égypte ancienne, construit par Ramsès au XIIIe siècle av. J.-C. pour intimider le peuple de Nubie, et pourtant depuis la position privilégiée de Jack, les statues semblaient simplement souligner l'impossibilité de contrôler cet endroit et les efforts vains d'une armée de conquérir le désert.

À Wadi Halfa, ils avaient été accueillis par Ibrahim, qui les avait aidés à remplir les formalités nécessaires pour faire entrer du matériel de plongée à l'intérieur des frontières égyptiennes. Jack n'avait jamais travaillé au Soudan avant cela, et son seul autre contact personnel en plus d'Ibrahim était un vieil ami soudanais du Royal Navy College, qui était désormais commandant en chef adjoint dans l'armée de l'air soudanaise et avait généreusement accepté de leur laisser utiliser un hélicoptère Mil Mi-8 de l'armée pour les emmener de Wadi Halfa vers le site d'excavation de Maurice Hiebermeyer près de Semna sur le Nil, à trente kilomètres au sud. Tout ce que Hiebermeyer lui avait dit, c'était qu'ils chercheraient des structures datant des pharaons, submergées depuis les années 1960, et il avait imaginé une plongée classique ne nécessitant rien de plus que les équipements standard de l'IMU. S'ils avaient besoin de matériel plus sophistiqué, ils pourraient toujours les emprunter au *Seaquest II*. Pendant qu'ils attendaient à l'aéroport pour le contrôle des papiers, Costas avait enregistré le compresseur d'air diesel compact ainsi que leurs quatre réservoirs d'air de douze livres pour les avoir à leur arrivée sur le site.

Ils avaient tout chargé à bord de l'hélicoptère, puis dans la Toyota, et avaient pris l'autoroute moderne qui longeait le Nil vers Khartoum. L'hélicoptère ne pouvait pas repartir de Wadi Halfa avant quelques heures, et Jack avait voulu voir le désert du point de vue des soldats et des aventuriers qui étaient venus là au temps où le seul moyen de transport était terrestre, à pied ou à dos de chameau. Cela l'avait fasciné de traverser Wadi Halfa, une étape capitale pour les soldats britanniques qui avaient mené campagne dans le désert : l'expédition de secours envoyée pour soutenir les troupes du général Gordon à Khartoum en 1884 ; l'armée conduite par lord Kitchener pour se venger des forces du Mahdi quatorze ans plus tard ; les soldats qui avaient placé une garnison en Égypte et au Soudan contre leurs ennemis turcs ottomans pendant la Première Guerre mondiale ; et encore une autre génération qui avait été présente sur place durant la Seconde Guerre mondiale, quand Wadi Halfa avait constitué une base pour la Royal Air Force et un poste de communication militaire contre les Italiens et les Allemands en Afrique du Nord. Jack savait que cette histoire moderne se superposait à une autre histoire de campagnes successives, débutant près de quatre mille ans plus tôt, quand les pharaons de l'Égypte ancienne avaient essayé de prendre le contrôle du désert de Nubie et des royaumes légendaires qui s'étendaient vers le sud, et avaient cherché les mines d'or, source de leur richesse. Alors que la Toyota roulait à toute allure vers le sud de Wadi Halfa, Jack commençait à comprendre pourquoi ces campagnes avaient toujours été repoussées et pourquoi les Égyptiens n'avaient jamais réussi à dominer cette terre. Le Nil vers le nord était entouré d'une plaine d'inondation fertile et verdoyante, mais ici s'étalait un ruban d'argent à travers un immense terrain vague rouge, les gorges étant trop profondes et les falaises trop hautes pour que le désert voisin puisse être irrigué pendant la crue annuelle qui était la source de vie du nord de l'Égypte. Les gens y avaient toujours vécu, des pêcheurs, des bateliers, des fermiers sur quelques parcelles de terrain où l'eau de la rivière pouvait être apportée grâce au dispositif de transport d'eau, *saffiya*, et des nomades des oueds et des oasis. Mais le désert de Nubie n'aurait jamais pu supporter la même concentration de population que celle de la vallée du Nil en Égypte, et les habitants seraient aussi difficiles à contrôler que les grains de sable et de poussière du désert.

La Toyota ralentit enfin et Ibrahim mit le véhicule en position quatre roues motrices pour s'engager sur un petit chemin irrégulier vers le Nil à un kilomètre environ vers l'ouest. Costas se pencha et tapota l'épaule du conducteur.

— J'ai réfléchi à notre plongée. Quelle est la profondeur du lac Nasser à cet endroit du Nil ?

— Le lac de Nubie, corrigea Ibrahim. C'est comme ça qu'on appelle la partie située de notre côté. Une petite dispute amicale avec l'Égypte.

— D'accord, alors le lac de Nubie, il a quelle profondeur ?

Ibrahim roula dans un nid-de-poule, puis lâcha le volant d'une main pour tirer de la boîte à gants en face de Jack un petit dossier qu'il passa à Costas.

— Jette un œil au premier article. C'est un exemplaire du *Quarterly Journal of the Geological Society* de 1903. L'auteur était un géologue britannique qui est venu ici au moment des basses eaux et a étudié le point le plus étroit de la cataracte de Semna, quand les rochers des deux côtés sont exposés, juste à l'endroit où nous nous rendons maintenant. Il a jeté un fil à plomb dans le torrent entre eux et a obtenu vingt-trois mètres. Il a ensuite regardé les marques sur la falaise faites par les Égyptiens antiques pour indiquer le niveau d'eau maximal, quand le Nil était en crue, et elles étaient à environ douze mètres *au-dessus* du niveau de la rivière quand elle était à son maximum à la fin du XIXe siècle, ce qui montre le travail d'érosion du lit de la rivière en trois mille ans. Tout ce que je sais avec certitude, c'est que ces marques sont désormais immergées et que le niveau actuel de la rivière provoqué par le barrage d'Assouan est largement au-dessus, peut-être de dix ou quinze mètres.

— Ça fait bien cinquante mètres de profondeur jusqu'à la base du lac, peut-être même soixante, lança Costas, impressionné. Heureusement qu'on a emporté notre mélangeur de gaz !

Il feuilleta les pages et déplia une carte qui montrait la cataracte.

— Et ce bassin sous le canal ?

— Autant que je sache, personne ne l'a jamais exploré. À l'époque pharaonique et durant l'expédition britannique de 1884, c'était une sorte de port, où les navires venant d'Égypte déchargeaient leurs provisions pour les randonnées dans le désert. Quand je suis venu ici faire une reconnaissance pour préparer votre visite, avec Maurice, nous avons parlé à des pêcheurs du village de Kumna. Ils ont confirmé les rapports des ingénieurs de l'armée britannique attestant que le lac est particulièrement calme au centre et vers l'ouest, et donc le torrent doit être emporté par un courant sous-marin qui part vers l'est, en dessous de là où nous nous rendons. Ils nous ont dit aussi que partout ailleurs le lit de la rivière vers la cataracte est complètement limpide et nettoyé des sédiments par le courant, mais au centre, le bassin est couvert de plusieurs mètres de boue. Selon eux, le courant produit des phénomènes étranges, des tourbillons, et les animaux qui tombent à cet endroit du bassin sont emportés dans la boue et ne ressortent jamais. Ils connaissent tous l'histoire du Léviathan de l'Ancien Testament, le terrifiant monstre de la rivière, et ils pensent que c'était son lieu d'origine, l'endroit que les Égyptiens de l'Antiquité voyaient comme la mare sombre qui prend sa source dans l'enfer et d'où sortait le mal. Les gens d'ici ne nagent jamais et ne pêchent pas non plus dans ce bassin. Un vieillard nous a confié qu'un immense crocodile immortel habite dans la boue, féroce et impitoyable depuis que les anciens Égyptiens ont arrêté de le nourrir de leurs esclaves.

— Oh, non, gémit Costas en épluchant le classeur. J'avais oublié. Le Nil est infesté de crocodiles, n'est-ce pas ? Jack, pourquoi ne me l'as-tu pas rappelé ?

— *Crocodylus niloticus*, lança Jack. Comment as-tu fait pour oublier ? C'est évident, pourtant.

— Je ne réfléchis pas tout le temps en latin, Jack.

— OK, nous y sommes.

Ibrahim arrêta la Toyota, laissant le moteur tourner.

— Je retourne sur la route pour attendre l'hélicoptère. Nous avons choisi un terrain d'atterrissage à environ un kilomètre vers le sud, pour que la tempête de sable causée par les pales ne recouvre pas le site archéologique. Une fois que Maurice vous aura fait faire le tour du propriétaire, vous pourrez venir me rejoindre à pied.

Jack sentit enfin le tremblement se calmer dans ses os.

— À pied, ça me semble une bonne idée, confirma-t-il.

Une bosse contre la vitre arrière poussa la Toyota sur le côté.

— Ou prenez un chameau, proposa Ibrahim.

— Quel chameau ?

— Celui-ci, dit Ibrahim en indiquant la vitre.

Costas se tourna et se trouva face à face avec d'immenses yeux qui le scrutaient, et une mâchoire qui bougeait d'un côté à l'autre.

— Tu as aussi quelque chose contre les chameaux ?

— Traumatisme d'enfance, répondit Costas. Mes parents m'ont emmené en voyage à Jérusalem et un chameau à touristes sur le mont des Oliviers m'a craché dessus.

— Ils ne crachent pas vraiment, c'est de la nourriture régurgitée, corrigea Ibrahim en adressant un clin d'œil à Costas. Mais, avec ton keffieh, ce chameau te traitera avec le plus grand soin.

Costas n'avait pas l'air convaincu. Jack et lui sortirent du véhicule, et Ibrahim repartit rapidement dans un nuage de poussière, les laissant à côté du chameau, qui mâchonnait et continuait à regarder devant lui comme s'il ne s'était rien passé. Jack prit une profonde inspiration, respirant les odeurs du désert, puis se faisant une visière de la main, il regarda vers la rivière, à peine visible derrière une crête en pierre à cent mètres d'eux environ. Plus loin vers le sud, s'étendait un groupe de tentes et de véhicules. Il imaginait qu'il s'agissait du centre des excavations, devant eux. Maurice l'avait prévenu que le site pourrait leur paraître abandonné parce que la plupart des membres de l'équipe seraient sur l'autre zone de fouilles, de l'autre côté de la rivière, pour nettoyer les fossés en vue d'une inspection par les autorités soudanaises, plus tard dans la journée.

Soudain, au-dessus de la crête, une silhouette apparut, qui venait vers eux. Il portait un chapeau à bord large avec des lunettes de désert relevées sur le front, les restes d'un tee-shirt de l'IMU, de vieilles bottes et un short kaki que Jack lui avait offert des années plus tôt, une relique des German Africa Korps qu'il avait trouvée sur un marché à Tunis. Le short avait une fâcheuse tendance à se relever jusqu'à mi-cuisses, surtout quand Maurice se penchait avec sa truelle, complètement pris par son enthousiasme. Jack plissa les yeux et lâcha un soupir de soulagement. Il avait enfilé une paire de *Lederhosen* colorée qui maintenait son short en place. Aïcha avait accepté de l'épouser à condition qu'il fasse quelque chose avec ce short, et Maurice avait réagi à la mode australienne, très voyante. Mais Jack se doutait bien que ses efforts de jeune marié n'allaient pas plus loin et que dans le fond Maurice n'avait strictement pas changé.

— Ne dis rien, pria Jack en direction de Costas.

— Pourquoi pas ? Il faut bien que quelqu'un le fasse ! Comment on peut le prendre au sérieux ?

Jack adressa un regard perplexe à son ami. Costas était vêtu d'un large short et d'une chemise hawaïenne fleurie trop grande pour lui. Ses yeux étaient cachés derrière des lunettes aviateur et son keffieh lui recouvrait plus ou moins correctement la tête.

— Tu t'es vu ?

— Quoi ? demanda Costas en relevant ses lunettes et en ajustant le turban. C'est le dernier cri, dans le désert !

— *Niet*, comme dirait Rebecca.

— Elle ne critiquerait jamais oncle Costas comme ça.

Hiebermeyer approcha et tendit la main pour saluer ses amis. Il donna une tape sur l'épaule de Costas puis tira sur un bout du keffieh pour découvrir entièrement sa tête, le turban tombant autour de son cou.

— *Mein Gott !* s'exclama-t-il. Il te faut vraiment un styliste, à toi !

Il se pinça les lèvres en scrutant la chemise.

— Les fleurs sont complètement démodées cette année.

— Qu'est-ce que tu viens de dire ? s'offusqua Costas en lissant sa chemise et tirant sur son turban en même temps, s'emmêlant avec. Démodées ?

— La sœur d'Aïcha dirige une chaîne de haute couture au Caire. Elle me tient au courant des dernières tendances. Ils m'ont même engagé comme consultant, pour développer une ligne de tenues de soirée, inspirée des robes de Néfertiti, trouvées sur les sculptures d'Akhenaton à Amarna.

— Quoi ? s'écria Costas en se baissant et en trébuchant, le keffieh s'étant pris dans ses chevilles. Toi ? Un spécialiste de la mode ?

— C'est toujours bon de se diversifier, déclara-t-il en adressant un clin d'œil à Jack et en relevant Costas.

Il tapota la chemise de l'ingénieur pour en retirer le sable et repartit dans l'oued en direction de la rivière.

— Allez, suivez-moi. Bien trop à voir pour trop peu de temps. Les inspecteurs vont arriver bientôt.

Ils lui emboîtèrent le pas, mais il marchait si vite qu'ils ne parvenaient pas à le rattraper.

— Et en parlant d'Akhenaton, Jack, c'est une découverte incroyable ! *Wunderbar !* Le sarcophage de Mykérinos. Je n'en reviens pas, retrouvé après près de deux cents ans. Si tu peux soulever la question, je vais essayer de voir si on peut le faire retourner dans la pyramide. J'y étais l'autre jour encore, ce serait un sacré défi sur le plan logistique, mais ce serait amusant que je parvienne à constituer une équipe d'étudiants égyptiens pour le faire comme à l'époque, avec des cordes et des rondins de bois. Je suis très versé dans l'archéologie expérimentale en ce moment. Et cette plaque d'Akhenaton, *merveilleux* ! J'ai montré l'image à Aïcha et l'ai envoyée par mail à mon équipe à l'Institut d'Alexandrie. On dirait une version du symbole d'Aton, mais personne n'a jamais rien vu de tel. Ils sont en train de réaliser une vérification complète des données déjà existantes pour voir si on peut trouver une correspondance avec d'autres peintures ou gravures. Pour mon cadeau de mariage, Lanowski m'a offert un programme qu'il a développé, basé sur la reconnaissance tactile utilisée par le FBI en Amérique. Ça a révolutionné nos études de l'iconographie égyptienne. Si nous ne trouvons pas de correspondance, c'est qu'il n'en existe pas.

Costas arriva à sa hauteur.

— Lanowski t'a offert ça comme *cadeau de mariage* ?

— Ainsi que ce chapeau. Un chapeau de cow-boy tout droit sorti de son pays natal. J'ai toujours adoré les westerns. C'est un type bien. Le meilleur. Je ne l'appréciais pas beaucoup avant qu'il me dise que l'égyptologie avait été sa passion, mais qu'il a tout de même décidé de se diriger vers la nanotechnologie informatique à l'âge de douze ans. Sa nouvelle femme et Aïcha s'entendent vraiment bien. On envisage de partir ensemble en lune de miel, dans les pyramides de Gizeh pour tester un nouveau programme qu'il a mis au point pour étudier les alignements. Ça va réduire à néant toutes les foutaises astrologiques.

— Attends, Maurice. Une lune de miel commune ? Toi et Lanowski ? Quelque chose ne tourne pas rond…

— Mais si, tout va très bien. Nous sommes à l'aube d'une nouvelle ère en égyptologie !

Costas resta cloué sur place à secouer la tête. Jack affichait un large sourire. Il adorait être avec Maurice quand il était lancé. Il savait qu'il serait plus tard question de l'épave qu'ils avaient trouvée, mais ce n'était pas le moment. Il repensa à sa première rencontre avec Aïcha, huit ans plus tôt, une étudiante égyptienne en thèse à la London University qui avait passé l'été à assister Hiebermeyer lors de ses fouilles des portraits du Fayoum. C'était elle qui avait la première repéré le mot grec *Atlantis* dans un papyrus réutilisé sur une momie, ce qui avait conduit à une des plus belles découvertes sous-marines de Jack. Depuis, la carrière d'Aïcha n'avait fait que se développer et progresser, aboutissant l'année précédente à sa nomination en tant qu'inspecteur général adjoint responsable de tous les travaux archéologiques étrangers en Égypte, ce qui signifiait que désormais c'était à elle que Hiebermeyer devait s'adresser pour ses autorisations. On n'aurait jamais pu croire de lui qu'il tomberait amoureux d'une femme qui n'appartenait pas à la période pharaonique, et pour Jack, il semblait tout aussi incontrôlable que lorsqu'il l'avait connu à l'école en Angleterre. Plutôt que de le ramener dans une sorte de modernité, son mariage le poussait à considérer Aïcha comme sa Néfertiti et leurs enfants comme des pharaons en devenir, un point de vue qu'Aïcha était loin de partager.

Ils s'arrêtèrent sur la crête qui dominait la rivière. Costas avait retrouvé son élan et donna une grande tape dans le dos de Hiebermeyer.

— OK, Maurice, on t'écoute.

Hiebermeyer montra du doigt la rivière.

— Il faut que vous imaginiez le Nil avant que la construction du barrage d'Assouan dans les années 1960 provoque la montée des eaux, inondant toutes les caractéristiques qui ont rendu la cataracte de Semna si célèbre dans l'histoire. Là où nous nous trouvons maintenant, il y aurait eu une falaise de quarante mètres qui surplombait un large bassin à la base de la chute d'eau. Au-dessus, la rivière était réduite à un étroit filet de seulement quarante mètres de large, limitée par de grands promontoires en granit qui sortaient de la rivière des deux côtés et l'endiguaient presque. Quand l'eau était basse, pendant les mois d'hiver, toute la rivière passait par cet étranglement, se déversant depuis les rapides au sud vers le bassin en dessous. On peut se faire une idée de la majesté du lieu grâce aux croquis faits par les officiers britanniques qui étaient là en 1884.

— Pardon ? demanda Costas. Des officiers britanniques ?

— Durant l'expédition de secours pour soutenir le général Gordon à Khartoum, expliqua Jack. L'expédition britannique a campé ici alors qu'ils remontaient la rivière au cours des dernières semaines de cette année et que le niveau du Nil diminuait.

— D'accord, je vous suis. C'est ce que j'ai lu dans ton livre que tu m'a passé dans l'avion.

Hiebermeyer se tourna vers le sud, faisant de grands signes des bras en parlant.

— Pour tous ceux qui venaient là, les Égyptiens de l'Antiquité, les Romains, les Ottomans, les Anglais en 1884, cet endroit avait dû sembler comme la porte vers un autre monde, l'ultime passage avant que la cataracte vous force à abandonner votre bateau pour vous lancer dans le désert. Mais cette image de portail vers les richesses du Sud n'était qu'une illusion. Même aujourd'hui, quand on se tient ici et qu'on regarde vers le sud, le paysage peut paraître menaçant, une étendue infinie de désert avec pour unique horizon des collines irrégulières de basalte noir qui se dressent ici et là. Imaginez à quoi cela devait ressembler avec le voile de gouttelettes qui s'élevait de la cataracte au-delà de cet étranglement et avec le souffle de poussière qui venait du désert, et vous comprendrez pourquoi, pour nombre de ceux qui venaient ici, cet endroit n'était pas un portail, mais plutôt le dernier avant-poste de civilisation, le début d'un *no man's land* dont la plupart de ceux qui s'y sont aventurés ne sont jamais revenus.

— Alors à quand remontent ces ruines ? demanda Costas.

Hiebermeyer lui adressa un sourire radieux.

— Suivez-moi.

Il escalada l'oued pour arriver à un endroit plus élevé où un site d'excavation rectiligne avait réduit la surcharge de sable et de poussière à la roche pure, révélant des parties inférieures d'une petite structure carrée en pierre d'environ trois mètres de travers. Une bâche recouvrait un des côtés. Hiebermeyer la retira avec soin, tournant le dos à ses amis.

— Préparez-vous à être éblouis.

Jack resta stupéfait en voyant une magnifique statue : la tête lisse d'un pharaon, de taille humaine et cassée au cou. Un socle la surmontait avec une paire de pieds sculptés dans la pierre basaltique noire. La tête était surprenante, avec des yeux globuleux, des joues creuses et une bouche grimaçante, le visage d'un guerrier dur, plutôt que l'image béate de la jeunesse si commune parmi les statues de pharaons. Jack la scruta, profondément intrigué, puis se rappela le rapport qu'il avait lu au sujet des premières excavations qui s'étaient déroulées ici dans les années 1920.

— Sésostris III ?

Hiebermeyer leva les bras au ciel, dépité.

— Typique de Jack Howard de choisir le nom grec plutôt que l'égyptien.

— Tu ne changeras jamais, sourit Jack.

— Un jour, un jour, je te ferai comprendre que c'est l'Égypte antique qui constitue l'origine de la civilisation occidentale, et pas ces Grecs bien trop musclés de la mer Égée et leurs bardes et philosophes mystiques qui vivaient sur des poteaux et dans des tonneaux.

— Je pensais que les fouilles à Troie l'année dernière t'avaient conquis.

— Seulement parce que j'ai réussi à prouver que Troie avait été dirigé par un vassal égyptien durant le Nouveau Royaume !

— Si tu n'avais pas trouvé ces hiéroglyphes d'Akhenaton gravés dans l'entrée menant à la chambre souterraine que nous avons découverte, tu ne serais pas ici aujourd'hui. Ils indiquaient clairement le désert de Nubie et la forteresse de la cataracte.

— Je m'apprêtais à venir ici de toute façon, corrigea Hiebermeyer. Aïcha avait déjà accepté de renouveler mon permis sur les fouilles à Semna pour le gouvernement soudanais qui voulait ouvrir plus de sites le long du Nil afin d'attirer les touristes.

— Avant de venir à Troie, je me souviens très bien que, selon Aïcha, tu avais accepté de venir ici non pas pour travailler sur son site, mais pour t'occuper du bébé.

— Docteur Maurice Hiebermeyer, directeur de l'Institut d'archéologie à Alexandrie, l'égyptologue le plus célèbre du monde, qui ne vit que par et pour l'Égypte antique, forcé à jouer les nounous, se moqua Costas. Oh, ciel, les puissants ont chuté !

— C'était un juste retour des choses, expliqua Jack en souriant. Parce que Maurice a tout de même passé les trois derniers mois de la grossesse d'Aïcha enfermé dans la chambre principale de la grande pyramide de Gizeh.

— Tu as fait *quoi* ? s'exclama Costas.

Hiebermeyer prit une mine provocatrice.

— Cela faisait des années que je voulais le faire ! C'était une occasion exceptionnelle, pendant que la pyramide était fermée aux touristes pour rénovation. Je voulais depuis toujours voir quelles avaient été les conditions pour les ouvriers de l'époque qui travaillaient à l'intérieur de la tombe et s'il faisait trop humide pour les peintures sur les murs. De l'archéologie expérimentale, un retour dans le temps, je ne pouvais pas décliner.

— Oui, c'est ça, lâcha Costas, pas convaincu.

— Bref, conclut Hiebermeyer en se tournant vers Jack, rien n'est plus important à mes yeux que mon fils. C'est le futur directeur de l'Institut, et je lui ai déjà appris à tracer les lignes des hiéroglyphes avec ses doigts.

— Mais il sera peut-être un archéologue sous-marin, spécialisé dans la Grèce ancienne, commenta Jack, amusé. Après tout, je suis son parrain.

— Et moi aussi, n'oubliez pas. La dernière fois que je l'ai vu, il gazouillait exactement comme un véhicule commandé à distance sur le point de partir en plongée. Je vois un futur ingénieur spécialisé dans les submersibles.

— OK. Si on en revenait à Sésostris III ? Ou devrais-je dire plutôt Sénousret III.

— C'est mieux, confirma Hiebermeyer, en s'agenouillant aux pieds de la statue. Le cinquième pharaon de la douzième dynastie du Moyen Empire, qui a régné au XIXe siècle av. J.-C. Il a bâti une série de forteresses et de structures défensives dans le désert de Nubie, avec Semna comme noyau. La plupart des ruines autour de nous viennent d'une forteresse qui date de son époque, et une deuxième forteresse avait été érigée de l'autre côté de la rivière où notre équipe concentre ses efforts aujourd'hui. Aïcha pense qu'il a dû y avoir une garnison de peut-être cinq cents hommes, ainsi qu'une main-d'œuvre importante travaillant sur la berge où il se trouvait sûrement un port pour les bateaux marchands qui remontaient le Nil depuis l'Égypte. Sénousret régnait sur tout cela, ou du moins sa statue, depuis ce sanctuaire. C'était une entreprise plutôt agressive, destinée à représenter la force de l'Égypte au royaume de Koush plus bas, vers le sud, un ancien État semi-mystique qui devait avoir son épicentre quelque part autour de Khartoum. Sénousret a donné aux forteresses des noms belliqueux comme « Destructeur des Nubiens ». Mais il ne semble pas qu'il ait progressé plus au sud et ses forteresses ont vite été abandonnées après son règne.

Il sortit son iPhone et appuya sur l'écran avant de le passer à Jack. Un papyrus fragmenté apparut, couvert d'écritures en cursives, effacées et illisibles par endroits.

— C'est une de nos découvertes les plus intéressantes. Nous l'avons faite il y a deux jours et envoyée directement à l'Institut à Alexandrie pour conservation. Cela fait partie de ce que l'on appelle les plis de Semna et il correspond à d'autres, trouvés dans le temple de Ramsès II à Thèbes il y a un peu plus d'un siècle. Ce sont des comptes rendus administratifs envoyés aux officiels du pharaon par les commandeurs de la garnison de la forteresse et ils présentent principalement une image optimiste des affaires du pharaon, comme si sa domination était assurée et sans obstacle. Celui-ci est différent et pourrait être plus franc.

Hiebermeyer toucha de nouveau l'écran pour afficher une traduction morcelée :

Au quatrième mois de la deuxième année... mes troupes, appelées « Chasseurs de Nubiens », sont sorties patrouiller avec des ravitaillements à l'avant-poste..., mais tous ont été assassinés et mutilés ; un puissant martèlement a été entendu depuis le Sud, une vague noire s'est abattue, nous avons entendu les hurlements de l'ennemi et les lamentations des femmes... nous sommes rentrés à Semna, et la rivière descendait en furie charriant les corps déchiquetés et mutilés des autres garnisons de l'avant-poste à Akhet-re (?), Semionate et... j'ai reconnu mon propre frère parmi eux... les ténèbres descendent de nouveau, le bassin noircit et bouillonne, le dieu arrive en grondant... Toutes les affaires qui ont cours ici [Semna] sont prospères et florissantes.

— Sordide, commenta Jack. À l'évidence, tout n'était pas si prospère et florissant.

— Je pense que c'est pour cela que ce pli n'a pas été envoyé au bout du compte, expliqua Hiebermeyer. Je pense qu'il a été rédigé après le retour du commandant d'une mission de reconnaissance particulièrement éprouvante, mais il s'est ravisé, décidant de ne pas l'envoyer. Présenter autre chose qu'une image idyllique était peut-être trop dangereux, même s'il semble clair qu'en appelant la forteresse « Destructeur de Nubiens » ils exprimaient leur souhait. Le pli est impossible à dater précisément, mais je dirais qu'il a été écrit un peu après la mort de Sénousret, qui semblait le seul capable de maintenir l'ordre ici. Peu de temps après, les forteresses ont été abandonnées, peut-être anéanties par les forces des ténèbres que le commandant décrit ici.

Jack contempla de nouveau la statue.

— Ce visage me rappelle un autre pharaon, avec des traits identiques.

Hiebermeyer hocha la tête, enthousiaste.

— Tu veux parler d'Amenhotep IV qui est devenu Akhenaton. Il a vécu près de cinq cents ans après Sénousret au temps du Nouveau Royaume. C'était un autre individualiste, et il se peut même qu'il se soit inspiré de la statue de Sénousret pour modeler ses propres statues, peut-être pour montrer la continuité dans ce lieu, avec un pharaon craint par le passé, mais aussi parce qu'il était attiré par la personnalité de Sénousret, qui semblait avoir osé casser le moule. Akhenaton a essayé de faire la même chose dès son plus jeune âge, ce qui l'a amené à son culte d'Aton et sa tentative de convertir l'Égypte à l'adoration d'un dieu unique. Pour moi, il a toujours été le plus fascinant des pharaons, et voir cette inscription à Troie a réveillé en moi le désir que j'avais toujours cultivé de venir ici et retrouver sa trace dans le désert de Nubie, l'endroit où, semble-t-il, il avait cru pouvoir trouver l'origine d'Aton, l'endroit où le soleil se lève dans le désert. Il nourrissait la même détermination que Sénousret, mais n'était pas le même type de guerrier : il recherchait la vérité et non la conquête.

Hiebermeyer s'interrompit pour examiner avidement leurs visages.

— Je connais ce regard, lança Jack. La statue est géniale, mais qu'est-ce que tu as *vraiment* trouvé ?

Hiebermeyer bondit hors de la tranchée et disparut de l'autre côté du plateau rocheux derrière eux. Jack et Costas le suivirent, descendant dans une vaste rigole fermée par des crêtes de trois ou quatre mètres de hauteur. Une des parties de la crête avait été creusée jusqu'à la roche, et Hiebermeyer était déjà dans la tranchée en leur faisant signe d'approcher. Ils s'exécutèrent et s'accroupirent au bord, tandis qu'il descendait une petite échelle pour arriver tout au fond de la berge rocailleuse. Il ramassa un morceau de pierre taillée qu'il leur montra.

— Voilà ce qu'ils faisaient, ils limaient la pierre.

Il chercha la face exposée de la berge et en tira un caillou de la taille d'un poing, il le tourna dans tous les sens pour l'inspecter, puis le jeta et en retira un autre afin de recommencer l'examen. Il hocha la tête et le lança à Jack.

— Qu'est-ce que tu en dis ?

Jack l'attrapa et le tourna dans sa main, Costas suivant ses gestes des yeux. C'était du quartzite trouble, strié de taches vert foncé et parsemé d'éclats de minerai. Costas souleva ses lunettes et regarda de plus près. Il pointa du doigt une marque colorée dans la pierre.

— C'est bien ce que je pense ?

Jack dirigea le quartz vers le soleil. La partie colorée brilla et scintilla, et il vit une autre veine de l'autre côté.

— Bon sang, murmura-t-il. C'est de l'or !

Hiebermeyer hocha la tête avec entrain.

— On est pratiquement au bord de l'oued. Tout un filon traverse la roche métamorphique qui constitue ce plateau. D'anciennes carrières sont disséminées tout le long de l'oued vers le sud. Nous nous trouvons en plein dans une mine.

Costas prit la pierre des mains de Jack et la souleva pour examiner la strie jaune.

— Est-ce vraiment ce qui a attiré Sénousret ici ? demanda-t-il.

Hiebermeyer secoua la tête.

— Cette rigole semble avoir été creusée par les ouvriers de Sénousret qui ont découpé des blocs dans le gisement de grès tout autour du centre et ont ainsi exposé le gneiss métamorphique de chaque côté. Mais nos géologues pensent que ce n'est qu'après quelques siècles d'érosion que les veines de quartz auraient été découvertes à l'air libre. Les fouilles remontent bien à l'Égypte antique, mais plus tard, vers le Moyen Empire.

Il reprit le fragment de meule et le tendit à Jack.

— Tourne-le.

Jack s'exécuta, effleurant la surface rugueuse du minerai qui avait rendu la pierre si abrasive. Il retint sa respiration après avoir tourné la pierre. Au centre, il vit deux cartouches jumeaux surmontés de symboles royaux, et au-dessus, le hiéroglyphe de crocodile d'un pharaon. Le nom et le prénom dans les cartouches étaient clairement visibles avec des symboles évidents : le scarabée et le soleil dans le premier, le bouquetin dans le deuxième avec d'autres signes tout autour. Exactement les mêmes cartouches que Costas et lui avaient vus trois jours plus tôt à l'intérieur du sarcophage trouvé dans les profondeurs de la mer Méditerranée.

— Même moi je le reconnais ! s'exclama Costas. C'est Akhenaton.

Hiebermeyer avait du mal à réprimer son excitation.

— Précisément, le revoilà ! Les mines d'or devaient être contrôlées de près par les contremaîtres du pharaon, si bien que même les meules étaient estampillées avec ses cartouches officiels.

— Alors tu penses que c'est ce qui a attiré Akhenaton ici ? demanda Costas. Pas une révélation mystique qu'il aurait reçue dans le désert, mais l'appât de l'or ?

Hiebermeyer fronça les sourcils.

— C'est ce que je pensais, mais Aïcha m'a fait revoir mon opinion. Elle pense qu'après que Sénousret a abandonné cet endroit pour repartir vers le nord ces forteresses sont devenues des lieux interdits aux anciens Égyptiens, des ruines maudites, hantées par les soldats qui avaient échoué dans leur conquête du désert. Pour réussir à convaincre son armée de revenir ici, il fallait qu'Akhenaton ait une motivation particulière, peut-être une découverte qu'il avait lui-même réalisée quand il était venu ici seul, jeune adolescent rebelle avant de devenir pharaon. Il a dû alors recevoir au cours de cette expédition la révélation qui l'a poussé à revenir accompagné quelques années plus tard. Peut-être que l'or qu'ils ont ensuite trouvé a aidé à consolider la loyauté de ses troupes et à surmonter leur peur. Nous savons qu'il a réussi, parce que beaucoup d'hommes sont venus avec lui pour bâtir un temple complexe à Sesebi à côté de la troisième cataracte au sud de celle-ci. C'est le seul temple d'Akhenaton jusqu'ici connu dans le désert de Nubie.

— Tu dis *jusqu'ici*, commenta Jack en dévisageant Hiebermeyer. Tu as autre chose à nous annoncer ?

— Eh bien, c'est peut-être vous qui allez nous l'annoncer bientôt. Avec l'équipement de l'IMU.

— Tu parles de plongée ? se réjouit Costas. Je suis prêt !

— On a encore deux, trois points à voir, affirma Hiebermeyer, rayonnant. Comment se porte ton archéologie militaire de l'époque victorienne ?

Jack le regarda, intrigué, et soudain ressentit une vague d'exaltation. Hiebermeyer connaissait bien la réponse. Depuis son enfance, Jack avait été fasciné par les armes et les guerres de la période victorienne, à cause du passé militaire des soldats de sa propre famille sous l'Empire britannique. Et durant les vacances scolaires, quand Hiebermeyer était venu dans le domaine des Howard, il l'avait traîné sur le champ de tir où il avait essayé tous les fusils et les mousquets d'antan que les ancêtres de Jack avaient accumulés au cours des années et rangés dans l'armurerie. Il se redressa et adressa un large sourire à Hiebermeyer.

— Là, tu m'intéresses vraiment ! Guide-moi.

4

Hiebermeyer emmena Jack et Costas sur la crête qui longeait le Nil vers un auvent dressé au-dessus d'une table à tréteaux couverte de plateaux en plastique. Il prit un des objets qui s'y trouvaient et le tendit à Jack. Une douille de fusil usée, le cuivre noirci avec le temps. De la forme évidente d'un goulot, avec une partie inférieure bien plus large que la plupart des cartouches de fusils modernes, et l'amorce était dentée là où le percuteur l'avait frappée.

— Je n'aimerais pas être la cible de cette balle, remarqua Costas en l'examinant. On dirait bien qu'elle peut abattre un éléphant.

— C'est une cartouche Martini-Henry, dans un étui de calibre .577 chargé de balles .450, expliqua Jack. C'était la dernière des grosses cartouches britanniques à poudre noire, destinées à arrêter un ennemi furieux qui fonçait sur vous. Les Anglais avaient été choqués par la ténacité des rebelles lors de la révolte des Cipayes en 1857, et avec l'arrivée des armes à chargement par la culasse, quelques années plus tard, ils avaient demandé des balles assez puissantes pour stopper la charge à brève distance d'un animal enragé. Malgré cela, on rapporte que les membres des tribus d'ici continuaient à avancer même après avoir reçu plusieurs balles, avec leurs lances brandies et leurs épées levées.

— Sans doute poussés par le fait qu'ils n'avaient pas assez de provisions pour traiter les blessés dans l'armée du Mahdi et aucun quartier réservé, confirma Hiebermeyer. Et aussi que la mort pour un jihadiste garantit une place de choix au paradis.

— Avec quelle précision peux-tu dater ces douilles ? demanda Costas.

— Le Martini-Henry était le fusil le plus répandu dans l'armée britannique du début des années 1870 jusqu'en 1888, quand il a été remplacé par le Lee-Metford à culasse mobile, le prédécesseur du célèbre Lee-Enfield. C'étaient les fusils utilisés par l'armée de Kitchener durant la reconquête du Soudan qui a mené à la bataille d'Omdourman de 1898, quand les forces du Mahdi ont été finalement vaincues. Pour s'exprimer comme un vrai archéologue, on peut fixer un *terminus post quem* grâce au fait que cette cartouche est en laiton, ce qui est essentiellement moderne. Les premières cartouches en feuille de laiton laminé ont été considérées inefficaces lors de la guerre anglo-zouloue en 1879 et ont été vite remplacées après cela. Étant donné la chronologie du déploiement militaire britannique dans le Soudan au cours des années 1880, je n'ai aucun doute que cette cartouche date de l'époque de l'expédition de secours pour Gordon menée entre 1884 et 1885.

— Je peux même être plus précis encore, déclara Hiebermeyer.

Il fouilla dans une sacoche sur la table et en sortit un vieux livre usé, l'ouvrant à une page qu'il avait marquée.

— C'est tiré des écrits du colonel William Butler

dans son *Campaign of the Cataracts : Being a Personal Narrative of the Great Nile Expedition of 1884-5*. Les forces de secours dirigées par le général Wolseley étaient divisées en une colonne sur la rivière et une autre dans le désert, les efforts jusque tard dans la campagne, déjà trop tard pour sauver Gordon, ayant été concentrés principalement au sein de la formation de la rivière. Le plan était de faire remonter sur le Nil huit cents barques à contre-courant en passant par les cataractes. Mais la période choisie pour remonter les longues étendues de rapides a tout fait capoter : c'est précisément pendant les mois de décrue, de novembre à mars, que la rivière est impraticable et impossible à naviguer. Les canots, une fois arrivés dans les eaux profondes, devaient accueillir les troupes britanniques pour démolir les lignes du Mahdi qui assiégeaient Khartoum.

— Pardon ? réagit Costas. Traîner des bateaux à contre-courant sur des centaines de kilomètres ? Et pourquoi ne pas traverser le désert tout simplement ?

— Exactement la question que se posaient beaucoup de gens à l'époque, et Gordon le premier, répondit Jack. Wolseley avait entrepris une mission similaire au Canada en 1870 quand il avait emmené une expédition dans la rivière Rouge, dans ce qui est aujourd'hui la province de Manitoba, pour mater une rébellion conduite par Louis Riel, un métis. Ce fut un succès remarquable qui se conclut sans une seule goutte de sang versée après la capitulation de Riel. Wolseley avait ensuite reproduit le même schéma pour ses expéditions suivantes et celle du Nil aurait dû représenter son tour de force. Il a même engagé des voyageurs canadiens qui avaient déjà servi sous ses ordres pour remonter les bateaux sur la rivière

Rouge, y compris plus de cinquante Mohawks de la vallée d'Ottawa.

— Des Indiens Mohawks, sur le Nil dans les années 1880 ? s'étonna Costas.

— Et des Kroumen d'Afrique de la Côte-de-l'Or, parce que Wolseley y avait fait campagne contre les Ashanti en 1873 et qu'il avait été impressionné par leur talent de navigation. Si tu avais regardé dans la gorge de la rivière en dessous de nous, c'est ce que tu aurais vu : des Mohawks du Canada, des Kroumen de l'ouest de l'Afrique, des marins soudanais, des soldats égyptiens, britanniques, et même un contingent de la Royal Navy, tous engagés dans la mission impossible de faire remonter d'immenses bateaux sur la rivière vers Khartoum.

Costas secoua la tête.

— Difficile de savoir qui était le plus dément. Gordon qui s'affolait à Khartoum, c'est Kurtz dans *Au cœur des ténèbres* de Conrad. Wolseley, traînant frénétiquement ses bateaux pour le sauver, c'est Klaus Kinski, dans *Fitzcarraldo* de Herzog.

Jack esquissa un sourire narquois.

— Quand la colonne de la rivière a enfin atteint ce point, Wolseley s'était laissé convaincre de créer une formation supplémentaire à dos de chameau pour couper la boucle du Nil en progressant dans le désert de Bayouda, et ce fut cette garnison qui arriva en premier à Khartoum dans les bateaux à vapeur que Gordon avait envoyés sur la rivière pour les attendre.

— Mais trop tard, commenta Costas.

— De deux jours, confirma Jack. Et de vraies questions ont été soulevées sur l'expédition, sur l'intention réelle de Wolseley de sauver Gordon. Il a fini par se rendre compte qu'il n'avait pas le contingent nécessaire pour vaincre les forces du Mahdi, même si les Britanniques s'en étaient déjà très bien sortis dans bon nombre de batailles sanglantes dans le désert, certaines comptant parmi les luttes les plus féroces jamais menées. Lui et ses supérieurs au Caire et à Londres, jusqu'au Premier ministre, William Gladstone, semblent s'être convaincus que Gordon s'était fourré dans le pétrin lui-même et qu'il était devenu fou. Mais je n'y ai jamais cru. Gordon était certainement un individualiste, pour ne pas dire plus, mais c'était également un dirigeant exceptionnel et un homme pragmatique, un officier des Ingénieurs Royaux. C'était un chrétien engagé, horrifié par le calvaire enduré par les assiégés de Khartoum qui comptaient sur lui pour la distribution de nourriture et de médicaments et qu'il refusait d'abandonner. L'image de Gordon en messie autoproclamé a même pu être véhiculée par le gouvernement de Londres, conscient qu'il ne pourrait jamais le sauver et qui ne voulait pas perdre la face à une époque où l'Angleterre se dirigeait vers une guerre contre la Russie. Certains au gouvernement auraient préféré voir Gordon mort et devenir un martyr, surtout avec la crainte qu'il aurait pu être capturé par le Mahdi et exhibé devant le monde, une réelle humiliation pour les Anglais.

Costas fit un geste de la main en direction du livre de Hiebermeyer.

— Alors que s'est-il passé à cet endroit ?

Hiebermeyer consulta ses notes.

— La colonne de la rivière est arrivée à Semna le 23 décembre 1884. Louis Jackson, un Indien Mohawk qui a écrit un rapport de ses expériences sur le Nil, a dit qu'il considérait cette étape comme l'obstacle le plus difficile de tout le voyage.

Hiebermeyer sortit une photocopie pliée du livre.

— Voici le compte rendu officiel du ministère de la Guerre : « Au bout de ces rapides se trouve le “Portail de Semna”, une étroite gorge entre deux falaises, en partie bloquée par deux îles à peu près équidistantes des rives et entre elles. À travers les trois passages ainsi formés, c’est comme si tout le volume du Nil se précipitait dans une bonde. »

Il sortit une autre feuille pliée et la tendit à Costas.

— Et voici une photocopie actuelle du *Illustrated London News*, qui reprend un croquis que leur a envoyé un officier anonyme. On peut y voir le canal central et les cordes utilisées par les marins de la Royal Navy pour tirer les bateaux, avec les voyageurs qui pagayaient et les dirigeaient. Cela montre quelle tâche monumentale cela représentait. La colonne de la rivière est restée coincée là pendant plusieurs jours, attendant que les bateaux arrivent des rapides précédents pour être ensuite passés les uns après les autres à travers l’étroite gorge, désormais complètement submergée à cause du barrage d’Assouan.

Jack se pencha pour étudier la page.

— Les détails sur ces croquis sont épatants. On oublie trop souvent les talents de dessinateurs de ces officiers, surtout les ingénieurs. Ce schéma est assez précis pour servir en télémétrie.

Costas prit la cartouche des mains de Jack pour l’examiner.

— Donc on a un type qui tirait avec un fusil Martini-Henry, sans doute un jour de décembre 1884, depuis cet endroit. Est-ce qu’il serait possible qu’il soit un des ennemis, le Mahdi ? En Afghanistan les membres des tribus étaient doués pour voler les fusils des troupes britanniques sur les champs de bataille, et leurs armuriers savaient bien réaliser des copies. Je me souviens d'avoir vu une photo aux informations, il y a quelques années, d'une cache d'armes des talibans, saisie par les marines, et en plus des anciens Lee-Enfield, ils ont trouvé quelques Martini-Henry.

Jack secoua la tête.

— Les membres de tribus soudanaises n'avaient pas encore eu cette possibilité. Ils avaient pour la première fois été confrontés à l'armée britannique moins d'un an auparavant près de la côte de la mer Rouge, et même si les combats se concluaient en général par des impasses sanguinaires, les Britanniques gardaient le contrôle des champs de bataille et prenaient bien garde de ne pas perdre leurs armes. L'armée égyptienne ainsi que les Soudanais sous les ordres de Gordon étaient équipés de Remington, apportés par contrat des États-Unis dans les années 1870. Des milliers de ces fusils ont été saisis après la première grande bataille contre l'armée du Mahdi en 1883, quand un officier, venu de l'armée indienne, Hicks, avait mené un régiment égyptien entier de dix mille hommes à sa perte dans le désert au sud de Khartoum. Quelques-uns des soldats égyptiens épargnés par les forces du Mahdi, ceux qui avaient promis de se convertir à leur cause, ont servi comme instructeurs de mousquets et même comme tireurs d'élite assez compétents. Le Remington utilisait un calibre .43, ce qui devait également les dissuader de voler des Martini-Henry, étant donné qu'ils n'avaient pas les mêmes types de munition.

Costas jeta un regard à Hiebermeyer.

— Où as-tu trouvé cette douille exactement ?

Hiebermeyer se leva et montra du doigt.

— À environ cinquante kilomètres à l'ouest, au bord de la falaise qui surplombe la rivière. Allons-y.

Jack et Costas le suivirent, avançant sur le grès nu et la roche éruptive, puis à travers une étroite rigole poussiéreuse couverte de crottes de chameau séchées qui menaient vers la falaise. Ils s'arrêtèrent à côté d'une fosse récemment creusée de trois mètres de diamètre dont le soubassement avait été complètement exposé, ainsi que les couches inférieures d'une paroi en maçonnerie finement ciselée qui bloquait l'accès à la falaise côté sud-ouest. Hiebermeyer sauta dans la tranchée, passa à côté d'une toise et se baissa contre le mur, montrant la pierre travaillée.

— Cela fait partie de la forteresse construite par notre ami Sénousret au début du deuxième millénaire av. J.-C. C'est la partie finale des avant-postes les plus éloignés dont il avait ordonné la construction de chaque côté de la cataracte. Il y avait d'autres avant-postes plus au sud, comme nous l'avons vu sur les plis en papyrus, mais je pense qu'un voile de brume s'élevait au-dessus du torrent de la rivière et que derrière s'étendait un monde mystérieux, un endroit qu'ils redoutaient.

— Je pense que les Anglais dans la colonne de la rivière devaient commencer à ressentir la même chose, lança Jack. Cela constituait leur plus important obstacle jusque-là, et tout ce qui les attendait devait paraître insurmontable. Ils ne s'étaient pas encore battus, mais ils avaient déjà croisé les tireurs d'élite derviches.

— L'endroit où j'ai trouvé la cartouche va beaucoup vous intéresser, affirma Hiebermeyer en sortant de la tranchée pour se rendre vers l'ancien mur et ensuite disparaître de l'autre côté à quelques mètres à peine du bord de la falaise. Les deux autres le rejoignirent dans une fosse d'environ quatre mètres de diamètre et deux de profondeur au centre, érodée sur les côtés, mais étant clairement l'œuvre de l'homme. Le bord qui formait un parapet à côté de la falaise avait été creusé jusqu'au soubassement sur un peu moins d'un mètre de large, exposant la séquence de construction. Hiebermeyer y plongea et se tourna pour regarder ses deux compagnons en montrant la section.

— Ici, on peut clairement voir le mur pharaonique, sur cinq couches. C'était un blockhaus relié au complexe plus important sur lequel nous nous trouvions tout à l'heure et qui dominait la rivière. Mais, au-dessus de la maçonnerie, on aperçoit des dalles de gneiss intactes et des plus petites pierres, ainsi que de l'argile compactée qui a dû être amenée ici depuis les berges de la rivière. Il y a clairement un rembourrage sapé par le vent à l'intérieur de la fosse, mais comme vous l'avez constaté, on ne trouve pas beaucoup de sable dans cette partie du désert et certainement pas assez pour expliquer ce matériel au sommet du mur. Je n'ai aucun doute qu'il a été construit par les Anglais en 1885.

Jack regarda autour de lui.

— C'est un *sangar*, murmura-t-il. C'est un terme pachtoune que les Anglais ont appris en Afghanistan, qui désigne une fosse protégée, c'est-à-dire une position de tir ou un poste de sentinelle.

Il mit une nouvelle fois sa main en visière pour observer la rive, sur laquelle un groupe de l'équipe de Hiebermeyer fouillait d'autres ruines.

— Je dirais qu'il devait exister une fosse comme celle-ci des deux côtés, pour servir de postes de sentinelle au-dessus du bassin, tandis que la formation était stationnée ici pendant plusieurs jours en décembre 1885.

— Les postes de sentinelle servaient également de postes d'héliographie, continua Hiebermeyer. Nous avons retrouvé des bris de verre de miroirs probablement abîmés pendant le transport.

Jack continuait à scruter les falaises en face, se déplaçant lentement et regardant vers le sud-ouest.

— Si j'étais un tireur derviche, je me tiendrais sur les rochers, là-bas, au-dessus de la gorge, dit-il en montrant un endroit du doigt. Cela me donnerait une vue dégagée des travaux réalisés sur la rivière, ainsi que de ce sangar. La distance d'ici à ces rochers est de trois cent soixante, trois cent quatre-vingts mètres, à portée d'un Remington.

— Et aussi d'un Martini-Henry, depuis l'endroit où nous nous trouvons, remarqua Costas.

— Tu pourrais le faire, toi ? Tirer avec précision à cette distance ? demanda Hiebermeyer en regardant Jack.

— Je me suis entraîné une fois avec un Martini-Henry de 1883. Ce n'est pas facile, parce qu'il faut s'habituer au viseur, mais c'est faisable. J'ai déjà tiré avec précision à cette distance avec un Lee-Enfield, aucun problème.

— J'ai assisté à ça, déclara Costas en jetant un regard à Hiebermeyer. Il y a quatre ans, dans la vallée du Pandjchir, en Afghanistan, où on a retrouvé le corps de l'ancêtre de Jack, le colonel John Howard. Quand Jack a utilisé un vieux fusil britannique qu'un seigneur de guerre afghan lui avait prêté pour tuer un type qui nous suivait, le prétendu tigre de guerre.

Jack continua à fixer la falaise, sans rien dire, et Hiebermeyer se pencha sur un plateau de vestiges archéologiques. Il s'empara d'un sachet étiqueté contenant un petit objet, puis indiqua un autre débris sur le plateau.

— Ce matériel vient de l'intérieur de la fosse et indique que des soldats britanniques étaient ici pendant un moment, au moins plusieurs jours d'affilée. Vous voyez le couvercle rouillé provenant d'une boîte de conserve de bœuf et l'étui d'un paquet de tabac Willis. Bien sûr, les conditions ici sont comme partout ailleurs dans le désert, et tout ce qui est organique survit très bien.

Il tendit le sachet à Costas.

— Regarde ça.

Costas examina, stupéfait, l'échantillon avant de le passer à Jack qui ouvrit le sachet pour dérouler soigneusement l'objet dans sa main.

— Fascinant, murmura-t-il. C'est une balle utilisée, seulement partiellement compactée et donc tirée à une distance importante, sûrement depuis ces falaises en face. Et voilà un peu de tissu avec. Cette balle a traversé le corps d'un homme habillé.

Il la soupesa dans sa main avant de l'examiner avec attention.

— Pas assez lourd pour un Martini-Henry, je parierais que c'est une balle de Remington. La base est toujours intacte, on pourra la mesurer.

— Déjà fait, s'exclama Hiebermeyer, rayonnant. J'ai une mesure prise avec mon pied à coulisse électronique : 1,1 centimètre, parfait pour une balle de Remington calibre .43. La balle n'était pas tombée droit dans la fosse, mais avait pénétré l'argile sur le côté du sangar. Heureusement, je supervisais l'excavation et j'ai demandé à l'étudiant d'arrêter de creuser pour que la balle reste encore *in situ*. J'ai pu mesurer l'angle de la trajectoire, et tu as raison, Jack. Elle a été tirée depuis la falaise en face et s'est enfoncée dans le sangar sous la ligne de visée possible du tireur, donc elle est arrivée suivant une trajectoire arquée. J'ai utilisé un télémètre laser et j'ai obtenu une portée de quatre cents mètres depuis une ouverture sur la crête supérieure où le sniper a pu être positionné. J'ai ensuite effectué une petite recherche avec un ami allemand qui pratique des reconstitutions militaires et il m'a expliqué que la chute d'une balle d'une cartouche standard de Remington dans les conditions de sécheresse du désert sur plus de quatre cents mètres serait de soixante-treize centimètres environ. Cela m'a permis de trouver l'endroit exact sur la falaise opposée où le sniper se trouvait quand il a tiré sur le soldat anglais.

— Et l'endroit où le sniper a pu mourir, ajouta Jack.

— Comment peux-tu le savoir ? demanda Costas.

Jack prit de nouveau la cartouche du Martini-Henry et se tourna vers Hiebermeyer.

— Tu en as trouvé d'autres comme celle-ci ?

— Elle venait de là où tu te trouvais, et on a ratissé tout le sangar avec un détecteur de métaux, répondit Hiebermeyer. Mon ami m'a dit que les Anglais ne ramassaient pas leurs douilles en général. Si d'autres balles avaient été tirées, les douilles seraient restées là, vite piétinées et enfouies dans le sable. Ceux qui sont venus piller ce lieu après ne les auraient sans doute pas vues.

— Et pourtant si c'était un poste de sentinelle, on aurait pu s'attendre à ce qu'il y ait au moins deux gars ici en même temps et que, s'ils se faisaient tirer dessus, ils répondraient aussitôt par une salve, remarqua Costas.

Jack plissa les yeux.

— Je pense qu'ils étaient dirigés par quelqu'un d'une grande expérience qui leur a ordonné de limiter les tirs. Il devait être un tireur talentueux, lui-même. Il savait qu'il n'avait qu'une seule chance avant que son adversaire ne bouge. Une seule balle pour le tuer, sinon, c'était râpé.

— Un de chaque côté, comprit Costas. Égalité, personne ne gagne.

Jack scruta la falaise, songeur.

— Un sniper isolé sur ces falaises aurait pu occuper la colonne britannique pendant des heures, infligeant des pertes importantes et minant le moral des troupes exténuées qui devaient déjà se demander si ce qu'ils étaient en train de faire en valait vraiment la peine, y compris les voyageurs canadiens et les Kroumen africains qui avaient été engagés comme non-combattants. Donc, quel qu'ait été le nombre de victimes, je pense que, même si le sniper derviche a fini par être abattu, ça faisait toujours plus de Britanniques morts.

Hiebermeyer replaça le plateau sur la table et se redressa.

— D'autant qu'il y a eu deux hommes tués dans ce sangar.

— Comment le sais-tu ? s'étonna Jack.

Hiebermeyer remonta du fossé pour retourner vers le mur.

— Voilà où ça devient vraiment fascinant, parce que ce que nous avons trouvé nous plonge près de trois mille ans avant 1885. Mais d'abord, nous allons retrouver Aïcha pour entendre ce qu'elle a à nous en dire. Après tout, c'est son site à elle.

Jack remonta sur le bord du sangar et regarda vers le sud. Il entendit l'hélicoptère survoler le Nil dans un grondement et se demanda si l'écho aurait résonné aussi profondément trois cent trente ans plus tôt, avant la construction du barrage d'Assouan et l'augmentation du niveau de la rivière. Il baissa les yeux vers l'eau, imaginant la gorge comme elle avait dû être à l'époque : les rochers avec le torrent coulant au centre, les bateaux faisant la queue pour passer par la cataracte, les cris et les chants des hommes, Britanniques, Canadiens, Ouest-Africains, Égyptiens et Soudanais. Il se tourna et jeta un nouveau regard au sangar. Il se dit que le voile de poussière qui recouvrait les détritus du passé dans le désert était d'une finesse impressionnante et qu'elle réduisait tout au même niveau : les restes de ce jour de 1884 auraient aussi bien pu dater de la même époque que les murs de l'Égypte antique qui les entouraient. Et pourtant l'absence de toute surcharge, de toute stratigraphie, montrait bien que le passé était immédiat et il s'imaginait en ce jour fatidique, entendait les hurlements du soldat touché qui avait agonisé dans la poussière devant lui. Et il imaginait le tireur penché sur le parapet qui avait fait feu depuis la falaise. En plissant les yeux, leurs vêtements modernes auraient pu passer pour les uniformes militaires d'il y a cent trente ans, et dans un autre clignement d'œil, pour les jupes et les sandales des Égyptiens de l'Antiquité qui avaient construit cet avant-poste trois mille ans plus tôt, tous partageant la même peur de ce qui se trouvait derrière le rideau de poussière qui cachait l'horizon vers le sud.

Il prit une profonde inspiration, respirant le parfum du désert et l'odeur acide des crottes de chameau, et il se mit dans la peau d'un soldat qui reçoit une décharge de poudre, dans la deuxième moitié du XIXe siècle. Il eut l'impression qu'avec une autre inspiration il traverserait le voile de poussière et se retrouverait ce jour de décembre 1884. L'espace d'un instant, il n'avait pas seulement vu cet homme au fusil, mais était devenu un avec lui et avait éprouvé les mêmes sensations, l'importance du moment : le poids de son arme, la vue à travers le viseur, le rythme de son souffle, le contact de son doigt sur la gâchette. Jack se demanda qui avait été cet homme, s'il saurait jamais son nom.

Hiebermeyer lui donna un petit coup de coude.

— J'ai déjà vu ce regard chez toi. Tu es parti très loin, n'est-ce pas ? Et laisse-moi deviner. Tu n'es plus dans l'Égypte antique, mais à ce fameux jour de 1884 ?

Sans répondre, Jack sortit une bouteille d'eau de la poche de son short, l'ouvrit et la proposa à ses deux compagnons. Costas but une gorgée, puis Jack siffla le reste et la rangea dans sa poche. Le grondement de l'hélicoptère se fit plus fort alors qu'il se posait sur son terrain d'atterrissage à un kilomètre environ au nord, le tournoiement de ses pales à peine visible à travers la tempête de sable qu'elles avaient créée. Elles ralentirent doucement et Jack se tourna vers Costas et Hiebermeyer.

— Je vais donner à Ibrahim environ une heure pour décharger le matériel avec l'équipage. C'est son opération et je ne veux pas m'en mêler. Mais dès qu'il appelle, on y va. J'ai hâte de plonger.

— Bien reçu ! se réjouit Costas.

— Ça nous donne assez de temps ? demanda ensuite Jack à Hiebermeyer.

— Parfait. Aïcha se trouve au sanctuaire de Sénousret. Une fois qu'on lui aura parlé, je finirai de vous montrer ce que nous avons trouvé. C'est absolument fabuleux, l'une des découvertes les plus spectaculaires jamais réalisées en égyptologie. Suivez-moi.

DEUXIÈME PARTIE

5

Près de la troisième cataracte du Nil, Soudan,
23 décembre 1884

Le major Edward Mayne des Ingénieurs Royaux remonta le coton blanc de son turban au-dessus de son nez, ne laissant qu'une étroite fente sous sa coiffe pour voir, et il pressa les talons contre les flancs de son chameau. Titubant, l'animal fit une embardée dans une petite ravine, prenant appui sur la roche exposée plutôt que sur l'argile molle et la poussière du désert. Au cours des deux dernières semaines Mayne avait appris à bouger en rythme avec la bête, ne faisant qu'un avec elle, comme son guide le lui avait appris, se balançant comme un marin sur la terre ferme quand il descendait de chameau pour prendre des mesures et dessiner le cours tumultueux de la rivière à travers les cataractes, notant les endroits où les bateaux pourraient être tirés contre le courant. La veille, un messager l'avait rejoint pour lui communiquer l'ordre de revenir au camp principal de l'expédition pour faire son rapport au quartier général. Ce matin-là, son guide et lui avaient alors parcouru des kilomètres à toute allure pour revenir avant que le soleil de la mi-journée ne rende le voyage intolérable. Il savait que le caporal Jones l'attendrait dans le sangar où il l'avait laissé avec les sentinelles qui surveillaient les troupes sur le Nil. Alors qu'il se rapprochait, il prenait garde d'éviter les ravines profondes pour être toujours bien en vue. Durant les dernières semaines, les tireurs du Mahdi avaient commencé à faire des victimes parmi la colonne de la rivière et il se doutait bien que la nervosité rendait les hommes prompts à appuyer sur la gâchette dès qu'ils apercevraient un homme affublé d'une tenue d'Arabe, approchant à dos de chameau.

Il tourna la tête vers l'est où il s'était depuis longtemps séparé de son guide, Shaytan Ahmed al 'Abaid, chef des Dongolais en Nubie, qui l'avait accompagné dans son incursion dans le désert. La veille, dans la soirée, ils s'étaient blottis autour des braises de leur feu à côté du puits de Umm Bayaid, cachés dans une ravine, hors de vue de leurs ennemis, et avaient discuté jusqu'à ce que les dernières vagues de chaleur quittent les rochers, avant de s'endormir sur le sol dur, restant tout près de leurs chameaux pour ne pas avoir trop froid. Shaytan avait servi d'interprète pour le général Gordon à Khartoum et n'avait quitté la ville que trois semaines plus tôt quand Gordon l'avait congédié pour sa sécurité. Les forces du Mahdi avaient bloqué les entrées principales, mais Shaytan avait réussi à passer en se déguisant avec la robe jibbah raccommodée d'un guerrier Ansar, les plus fanatiques des disciples du Mahdi. Il était parti jusqu'au quartier général du général Wolseley à Wadi Halfa à plus de trois cents kilomètres vers le nord sur la frontière égyptienne et avait offert ses services à l'expédition qui avançait péniblement vers le sud le long du Nil pour essayer de porter secours à Gordon. En suivant les façons de parler prudentes des habitants du désert, lors d'une discussion à bâtons rompus, autour d'une tasse de thé fort, Mayne avait réussi à tirer de Shaytan toutes les informations possibles sur l'état d'esprit de Gordon. Le récit de Shaytan était calme, le plus précis possible, et n'était pas brouillé par les *a priori* des officiers des services de renseignements qui avaient empêché Mayne de se faire une opinion claire de l'homme. Cette discussion était une percée majeure pour son enquête dans le désert. La reconnaissance du Nil n'avait pas servi à grand-chose maintenant que les chances s'amenuisaient de voir la colonne de la rivière atteindre jamais Khartoum à temps pour sauver Gordon.

Le chameau blatéra et remua la tête. Il savait qu'il approchait désormais du sangar, à l'ouest. Derrière, il vit le rayonnement de l'héliographe sur un affleurement rocheux au-dessus de la berge la plus éloignée de la rivière, les signaleurs orientant le miroir vers le soleil pour envoyer des messages en morse. La ligne de télégraphe vers Khartoum avait été coupée dès que les forces du Mahdi avaient entouré la ville. Certains allaient jusqu'à dire que c'était Gordon lui-même qui l'avait coupée pour manifester son mécontentement. Il était furieux du retard de l'expédition de secours, non pas par souci pour sa propre personne, mais parce qu'il voulait sortir de Khartoum ses employés égyptiens et soudanais avant que les forces du Mahdi rendent toute fuite impossible, et violent et mutilent leurs femmes et leurs filles. Même l'héliographe ne pouvait être utilisé que pour les informations les plus basiques, des demandes de provisions et le rapport de leur progression sur le Nil. Les espions du Mahdi étaient tout à fait capables de décoder le morse et des messages plus délicats atteindraient vite les oreilles des cheikhs qui commandaient la force postée plus au sud dans le désert. Le seul moyen d'adresser un message de façon sûre était par coursier, avec les membres des tribus soudanaises qui galopaient rapidement sur leurs chameaux et savaient éviter les voleurs et les meurtriers des oasis. Depuis des semaines, c'était le seul moyen qu'avait eu Gordon pour envoyer des messages. Des plis qui avaient fait enrager Wolseley par leur inconstance, oscillant entre optimisme et fatalisme, et par l'obscurité des intentions de Gordon. Même l'authenticité des courriers devenait suspecte, apportés par des messagers dont on ne pouvait jamais certifier la loyauté. Dans le désert, la vérité se transformait comme les sables, changeant de consistance à chaque rafale de vent, puis emportés par les tempêtes qui laissaient derrière elles un nouveau paysage de réalité à comprendre et sur lequel naviguer.

Il dirigea le chameau vers la lumière, sachant désormais que le sangar se trouvait droit devant, au-dessus de la rive la plus proche. Le message qui était envoyé en ce moment serait relayé par les postes d'héliographie vers Korti, le camp avancé sur le Nil où la colonne des chameaux se réunissait, puis ensuite à Wadi Halfa. Il esquissa un sourire ironique, se rappelant que le caporal Jones et les autres soldats avaient appelé Wadi Halfa *Vas-y papa*. C'était devenu une blague récurrente pour les hommes de la colonne de la rivière qui se donnaient du courage à la fin de chaque journée, quand les obstacles devenaient de plus en plus insurmontables, particulièrement quand le niveau du Nil décrut au cours du mois de décembre, au point que les canaux qu'il avait repérés durant ses voyages de reconnaissance étaient devenus de minces filets d'eau au moment où les bateaux y arrivèrent. Parfois, ils avaient l'impression d'être coincés dans un mythe grec des enfers, où malgré tous les efforts qu'ils déployaient, leur but restait illusoire. Et pourtant Mayne savait bien que si c'étaient les enfers, ils n'étaient encore que dans le purgatoire, devant eux se dressait une barrière invisible derrière laquelle s'étendait une zone plus profonde, un endroit où les forces des ténèbres se rassemblaient pour les anéantir avec la rapidité et la férocité d'une tempête de sable. Et dans l'œil de ce tourbillon menaçant se trouvait le général Charles Gordon, leur seule raison de se trouver là, un homme dont l'avenir semblait de plus en plus incertain, de même que les chances que l'expédition de secours l'atteignent diminuaient d'heure en heure.

Il se tourna et regarda Shaytan s'éloigner rapidement, son chameau vacillant dans la chaleur du désert. Le soleil scintillait sur le cuivre de son fusil à silex avec sa crosse comme une queue de rat, arraché par Shaytan au corps démembré d'un officiel turc ottoman qu'ils avaient trouvé dans le désert quelques jours plus tôt – l'œuvre des forces du Mahdi ou de brigands, ils l'ignoraient. Shaytan, avec son arme en or et son poignard à la ceinture, semblait provenir d'une autre époque, mais Mayne avait appris que le désert était intemporel et qu'ici le passé cohabitait avec le présent. Chaque tentative des Britanniques d'introduire des technologies nouvelles était comme repoussée par le désert : le système de voie ferrée que ses amis ingénieurs avaient réussi à prolonger jusqu'à Korti, jusqu'à ce qu'il ne reste plus assez de rails, ni d'énergie ; les bateaux à vapeur que

Gordon avait utilisés sur la partie supérieure du Nil près de Khartoum, constamment en panne et immobilisés par manque de bois ou de fuel ; les mitrailleuses Gatling et Gardner qui auraient dû assurer leur suprématie sur le champ de bataille, mais qui s'étaient coincées dans la poussière et la chaleur. Il avait compris de la manière la plus dure que le seul moyen pour aborder le désert était de s'adapter, de monter à dos de chameau et d'apprendre à survivre comme Shaytan le lui avait enseigné, même s'il ne serait jamais l'égal de ceux qui étaient nés ici. Il était impossible de savoir où Shaytan irait ensuite, ou quel clan il rejoindrait. En tout cas, sa collaboration avec Mayne avait pris fin et ils savaient tous les deux que, s'ils devaient se retrouver, ils ne seraient peut-être plus compagnons, mais pourraient bien essayer de se trancher la gorge. C'était ainsi dans le désert, et cela ne signifiait rien d'autre que le fait qu'ils faisaient tous les deux partie du cours de l'histoire de ces lieux.

Shaytan l'avait surnommé *Nassr 'ayin*, « Œil d'aigle ». Les Indiens Mohawks lui avaient donné le même nom quand, enfant, il avait passé une année parmi eux sur la rivière Ottawa au Canada. Son oncle dirigeait alors un détachement des Ingénieurs Royaux protégeant le canal depuis le lac Ontario jusqu'à la nouvelle capitale. *Kanienkehake*, ce nom qui lui était resté quand il était retourné au Canada en tant que subalterne nouvellement mandaté et qu'il avait rejoint les scouts Mohawks dans l'expédition de Wolseley sur la rivière Rouge en 1870 pour mater la rébellion de Louis Riel, un métis de sang français et indien, qui avait résisté au contrôle du gouvernement sur les terres de son peuple à l'ouest du lac Supérieur. C'était extraordinaire que certains des hommes présents alors se trouvent également ici aujourd'hui, y compris son ami d'enfance Charrière, engagés par Wolseley pour leur expertise dans les bateaux de rivière. Ils devaient aider à tirer les centaines de barques qui serviraient au transport des soldats sur le Nil vers Khartoum. Extraordinaire, il est vrai, sauf pour ceux qui connaissaient bien Wolseley, un homme pour qui faire venir quatre mille hommes du Canada en Égypte semblait tout à fait naturel s'il les considérait comme les plus compétents pour une tâche. C'était un homme connu pour son contrôle légendaire du détail et qui préférait toujours s'entourer d'un petit cercle d'officiers qui avaient déjà été avec lui sur de précédentes expéditions, ce qui était le cas de Mayne.

Pour les disciples de l'islam, l'aigle était une création parfaite d'Allah. Pour les Mohawks, c'était l'esprit d'un jeune guerrier lors d'une quête de vision. Pourtant Mayne savait que Shaytan était imprégné de l'islam comme ses ancêtres l'avaient été des croyances que partageaient tous ceux qui avaient traversé le désert par le passé, et que pour les Mohawks, le monde des esprits était le monde qu'ils habitaient et ils n'avaient pas besoin de beaucoup de croyance pour le voir. Passer du temps avec Shaytan avait permis à Mayne de comprendre les gens du désert d'une façon que les officiers à Korti et Wasi Halfa ne saisiraient jamais. L'appel du jihad, central à la rébellion, n'était pas la motivation principale de la majorité des combattants de l'armée du Mahdi, des membres de tribus nombreuses et hétéroclites, venus de tous les coins du Soudan, certains des endroits les plus reculés du désert où l'influence de l'islam était au mieux périphérique. Pour beaucoup, leur instinct les poussait à se battre les uns contre les autres, plutôt que de se rallier à une cause. Et pourtant le fait qu'ils étaient désormais tous convertis à un Islam combattant n'était pas une faiblesse, au contraire, aux mains du Mahdi, c'était une force. Le Mahdi lui-même était l'un d'entre eux, né sur le Nil, il savait ce qui motivait son peuple. Il savait comment utiliser la vision sainte pour attirer et rassembler son noyau dur de disciples fanatiques, les Ansar, et comment utiliser leur courage suicidaire pour pousser d'autres encore à le suivre. Ils ne combattaient pas juste pour expulser l'envahisseur étranger, turc, britannique, égyptien et même arabe, et pour défendre leurs familles et leurs traditions. Le Mahdi savait comment les manipuler pour qu'ils combattent par goût, parce que leur pouls s'emballait à la vue du sang, parce qu'ils ne pouvaient s'empêcher de suivre quand l'Ansar chargeait en hurlant et en brandissant ses lances contre l'ennemi. Mayne s'était rendu compte que la guerre s'autoalimentait et que le seul espoir que les Britanniques pourraient avoir de le contenir serait de revenir avec une armée assez importante pour mener une campagne d'usure et d'anéantissement.

Il regarda une dernière fois derrière lui la silhouette vacillante et trouble. Une bourrasque emporta un bout du foulard de Shaytan et le déroula comme un drapeau, jusqu'à ce qu'il semble rejoindre le nuage noir qui apparut au loin, au-delà de l'horizon. Son chameau semblait se distendre comme un mirage pour disparaître enfin. C'était ça le désert, une terre de mirages et d'illusions, où la soif mortelle donnait l'impression d'avoir de la poussière dans la gorge, où le sable n'offrait aucune boussole morale, où la cruauté était aussi banale et transitoire que la camaraderie qu'il avait connue au cours des dernières semaines, où les compagnons qui disparaissaient pouvaient facilement réapparaître en tant qu'ennemis farouches. De tous les endroits où il avait mené campagne, que ce soit la rivière Rouge au Canada, l'Afrique du Sud, les plaines désolées de Kandahar en Afghanistan, il n'avait jamais connu cet épuisement insidieux qu'il ressentait dans le désert. On disait que le pire, c'était quand le corps s'assèche comme celui d'un chameau, mais si on survivait à cela sans devenir fou, on apprenait à le nourrir exactement de ce dont il a besoin pour éviter qu'il s'écroule. Il savait qu'il avait frôlé cet état très souvent ces derniers jours, que Shaytan avait fait en sorte qu'il éprouve cette sensation, pour lui apprendre à survivre. Mais cela l'avait laissé avec un sentiment de sécheresse qui mettrait des jours à le quitter, et son corps essaierait de le convaincre qu'il était rassasié alors qu'il avait besoin de boire plus que jamais dans toute sa vie.

Il se tourna, tira fort sur les rênes pour orienter la tête de son chameau dans la direction de la rivière et frappa de nouveau ses flancs. Il trouvait le chameau étrangement rassurant, comme si son pas lourd le sortait du monde des mirages et le fixait dans la réalité. Voir les blocs de roche solide sous le sable lui rappelait les ruines anciennes que Shaytan lui avait montrées, nubiennes, romaines et égyptiennes, certaines qui remontaient à l'époque où les pharaons s'étaient aventurés loin vers le sud et avaient essayé de maîtriser les terres sauvages qu'ils pensaient être à l'origine de leur civilisation. Les ruines étaient rudimentaires, énigmatiques – des sols compressés de corrals du désert, des tours de guet morcelées, des forteresses temporaires. Au gré des rafales de vent, le sable révélait des vestiges vieux de trois mille ans, comme les traces du passage de gens dont Shaytan pouvait encore se souvenir. Le désert semblait avaler le passé de ceux qui le foulaient et le réduire à une sorte d'empreinte desséchée. C'était le sort qui semblait réservé à leurs efforts, tout comme à ceux des pharaons qui les avaient précédés jusqu'au gouffre de leur propre histoire.

Et pourtant, dans ces quelques ruines insaisissables, Mayne avait senti une présence humaine, plus forte que celle qu'il avait perçue dans les monuments majestueux de Gizeh, de Louxor ou d'Abou Simbel qu'il avait visités lors de son voyage en Égypte. La veille, il avait vu d'étranges formes pyramidales s'élevant du désert, affleurements abrupts de basalte provenant d'une ancienne éruption volcanique qui avait résisté au vent et se dressait obstinément au-dessus des sables telle la colonne vertébrale de la terre elle-même. Dans un éclair de lucidité, il avait compris l'origine des pyramides construites par l'homme dans l'Égypte antique. Ces gens qui étaient partis vers le nord, les ancêtres des premiers pharaons, avaient pris avec eux cette vision de leur paysage ancestral et avaient essayé de le recréer pour leurs monuments funéraires. Mayne comprit pourquoi il avait trouvé les merveilles de l'Égypte antique si peu émouvantes, malgré leur grandeur et les prouesses techniques. Elles n'étaient rien de plus que des imitations de la nature, comme les jardins murés des aristocrates européens, construits par un peuple capable uniquement de vivre dans un monde qu'il pouvait contrôler. Pour ceux qui se rebellaient, pour ceux comme l'hérétique pharaon Akhenaton, ce monde avait dû paraître artificiel, confiné, étouffant. Mayne voyait bien pourquoi Akhenaton était venu ici en quête de vérité, rejetant la religion des pharaons pour trouver un sens plus profond dans un dieu unique, Aton, qui lui avait été révélé dans la clarté du soleil qu'il avait vu dans le désert, vers le sud.

Se souvenant de quelque chose, il passa la main sous sa robe pour fouiller dans la poche de sa tunique d'où il sortit un petit paquet. Shaytan lui avait donné un *hejab*, un sachet de cuir contenant une amulette sur un collier également en cuir avec des versets du Coran enroulés autour. Il relâcha les rênes du chameau et dénoua les lacets en cuir qui fermaient le sac, puis fit glisser l'amulette dans la paume de sa main. L'enveloppe faite avec les versets était diaphane, sans substance, et quand il la retira, elle lui sembla plus légère que l'air. Alors qu'il la tenait dans son autre main, un souffle de vent l'emporta. Il ferma le poing, mais elle était déjà partie. Il considéra la possibilité de descendre de son chameau pour la rattraper, mais elle volait loin dans le désert, et c'était sans espoir. Il n'était même pas certain qu'il s'agissait vraiment de versets du Coran ou d'une quelconque sagesse des Dongolais transcrite en arabe. Mais l'amulette, elle, était plus conséquente, et il l'examina de près. Il vit la gravure ancienne d'un scarabée, comme celles qu'il avait vues dans les marchés couverts du Caire, pillées dans d'anciennes tombes. Noire de jais, gravée et polie dans une vieille pierre volcanique, elle avait dû être extraite d'un affleurement dans le désert. Incrustés dans les ailes, il vit des filaments d'or et deux minuscules gemmes qu'il reconnut comme étant du péridot, la magnifique pierre verte que les anciens Égyptiens extrayaient sur l'île de Saint-Jean dans la mer Rouge. Le scarabée avait dû être un objet de grande valeur dans l'Antiquité. Peut-être que Shaytan l'avait ramassé dans une des ruines, ou qu'il avait été transmis de génération en génération depuis que les pharaons avaient détourné leur regard de cet endroit. À la base, il sentait les stries et les bosses de la gravure et, en la retournant, il s'aperçut que c'étaient des hiéroglyphes. Quand il aurait le temps, il retrouverait le carnet qu'il avait rempli de symboles au cours des deux jours de repos forcé, quand ils avaient attendu les provisions et que l'expédition faisait une halte dans le capitole en ruines d'Akhenaton à Amarna, pour essayer de faire une traduction.

Il vit un éclair de lumière réfléchie et passa rapidement le scarabée autour de son cou. Le rayon provenait d'une baïonnette à moins de deux cents mètres au-dessus de la gorge de la rivière où le fusil avait été posé contre le mur du sangar. Une volute de fumée s'élevait d'un feu pour chauffer une gamelle, signe universel des soldats britanniques préparant leur thé. Il se pinça les lèvres. Il devrait leur apprendre à se montrer plus prudents. Shaytan avait repéré du mouvement entre les rochers à quelques kilomètres plus haut sur la rivière, et Mayne savait que les postes des sentinelles britanniques seraient la première cible des tireurs du Mahdi. Il plissa les yeux vers l'horizon à l'ouest derrière la fumée, distinguant à peine la crête au loin, au-delà de la rive, mais il ne vit rien de particulier. Il se rappela que la dernière fois que Shaytan et lui s'étaient trouvés aussi près du Nil, il avait retiré son fusil Martini-Henry de son étui en cuir, devant la selle, et avait tiré sur un chadouf abandonné, un appareil servant à puiser de l'eau, ajustant sa visière pour atteindre par trois fois le haut du poteau. Il avait alors su que, s'il le fallait, il pourrait viser une cible humaine sur la crête opposée, tandis qu'ils remontaient les cataractes. C'était à ce moment que Shaytan l'avait surnommé *Nassr 'ayin*, Œil d'aigle, et c'était pour la même raison qu'il avait gagné ce nom des années plus tôt, chez les Mohawks. Il avait pris goût au tir dans cet endroit qui, comme la nature canadienne, semblait originel, libre de l'emprise de la civilisation. C'était sa constante, un tunnel de vision qui excluait tout le reste, tout comme la rivière et le soleil cuisant étaient les constantes du désert. Et c'est ce qu'il était lui aussi ici. Il reprit les rênes, prêt à les tirer d'un coup sec. Il était temps qu'il manifeste sa présence.

6

Mayne tira de toutes ses forces sur les rênes, guidant l'animal vers le poste des sentinelles qui surplombait le Nil. La poussière et le gravier lissé par le vent avaient laissé place à l'*hamada*, le plateau de roche éruptive longeant la rivière qui traçait sa route jusqu'au nord, vers l'Égypte. Il pouvait voir le Nil à présent, à cent mètres environ en dessous du niveau du plateau, de sinueux ruisselets bruns qui s'enroulaient autour de l'affleurement des roches noires jaillissant de la cataracte, les courbes de l'eau blanche indiquant les endroits les plus rapides et les plus dangereux. Les hommes qui travaillaient là n'étaient pas encore visibles, mais il entendait leurs cris qui se répercutaient dans la gorge alors qu'ils tiraient les bateaux sur les rochers : les ordres beuglés par les sergents britanniques et les caporaux, le chant mélodieux des Kroumen d'Afrique de l'Ouest, l'intonation nasale caractéristique des Indiens Mohawks qui parlaient le français archaïque des voyageurs qu'ils avaient guidés pendant des générations à travers le Canada. Ils parlaient cette langue ici pour être compris des officiers britanniques qui avaient dirigé leurs efforts depuis leur arrivée sur le Nil de l'autre côté de l'Atlantique, deux mois plus tôt environ.

Il glissa du dos de son chameau, prit son sac attaché à la selle et son fusil. Il laissa la bête brouter des touffes d'herbe *savas* dans une rigole peu profonde à cinquante mètres du poste des sentinelles. Le sangar était installé dans une fente naturelle en haut de la falaise, entourée par les restes d'un ancien mur de maçonnerie que les soldats avaient consolidé avec des rochers et du gravier empilé pour former un parapet autour du bord. En approchant, il vit les casques coloniaux kakis d'une douzaine d'hommes et les longues baïonnettes appuyées contre le parapet, et il entendit le murmure de leurs voix. Il n'avait pas encore été repéré et il s'arrêta un moment pour écouter. Il distingua l'accent de l'Ouest facilement reconnaissable du caporal Jones, le sapeur qui était son serviteur, s'adressant à un auditoire comme toujours absorbé.

— Les chameaux, lança Jones. Je ne les supporte pas. Mon officier adore le sien, il a voulu que je le monte. C'était horrible ! Il crachait, régurgitait et mangeait son propre vomi. Tous ces hommes qui se portent volontaires pour rejoindre le corps des chameaux dans la colonne du désert, ils ne savent pas à quoi ils s'exposent.

Une autre voix.

— Parle-nous encore des derviches, Jonesy.

Mayne entendit les bruits de succion de lèvres sur une pipe et vit des ronds de fumée de tabac monter au-dessus de la vapeur de la gamelle qui bouillait sur le feu. Jones savait comment captiver ses interlocuteurs, comment susciter l'anticipation. Il entendit qu'on tapait la pipe, lentement, consciencieusement.

— Ce sont les lances qui insufflent la peur de Dieu

chez l'homme, dit Jones tout doucement. Elles sont aussi longues qu'un javelot, avec des pointes en métal de la longueur d'un bras d'homme et plus aiguisées que nos baïonnettes. Après avoir répandu la mort, les derviches retournent sur le champ de bataille et trempent leurs lances dans les blessures, puis se recouvrent du sang de leurs victimes. Voilà ce dont ils sont capables !

Une nouvelle pause, et Mayne entendit qu'on grattait une allumette pour l'enfoncer dans la pipe.

— Comme des démons pendant les combats, et je sais de quoi je parle. Je les ai vus par moi-même, à El Teb en février. Comme les peintures sur les églises médiévales des sept cercles de l'enfer, avec des petits démons noirs au service de Satan. C'est là que nous nous dirigeons tous, je vous le dis, au bout de cette rivière, vers les portes de l'enfer !

— J'ai entendu le colonel Burnaby en personne parler de la bataille quand il est arrivé pour rejoindre la colonne du désert, une fois qu'il s'était remis de ses blessures.

Mayne reconnut la voix du jeune officier d'infanterie impressionnant, qu'on avait nommé responsable du sangar. Il était aussi présent à El Teb.

— Et il les a vus aussi. Ils étaient des centaines, reprit une voix teintée d'un accent irlandais. On a tous entendu les histoires.

— Très juste, mon ami, affirma Jones. Le colonel les a bien aidés, du haut de son rocher, au-dessus du champ de bataille, vêtu d'une veste Norfolk et d'un chapeau de chasse. Il avait tout l'air d'un gentilhomme campagnard de sortie un dimanche. Il avait une arme puissante, un pistolet de *howdah* à quatre canons, comme ceux qu'ils utilisent en Inde pour tuer des tigres assis sur le dos d'un éléphant. Il tire le même type de balles que le vieux fusil Snider, si grosses qu'elles peuvent laisser sur un homme un trou assez grand pour qu'on voie de l'autre côté. Je l'ai vu de mes propres yeux, le premier derviche que Burnaby a tué, ses entrailles volant et s'emmêlant dans le vent derrière lui, comme s'il était en feu, et pourtant il avançait toujours ! *Ce sont des démons, je vous le dis !* Ensuite, le colonel lâche son pistolet et tire à bout portant avec son calibre .12 à deux canons. Les derviches l'ont méchamment touché, mais il a continué à tirer. Vingt-trois obus, et il a tué treize hommes. Et quand il fut à court de munitions, il s'est emparé de son sabre et en a abattu encore autant. J'ai tout vu de mes yeux !

Mayne ne put s'empêcher de sourire. Jones était un conteur né, qui pouvait se rabaisser au niveau du soldat le plus vulgaire. Gamin des rues à Bristol, un bienfaiteur lui avait payé des études à la Blue Coat School, et avant de se faire renvoyer, il avait appris suffisamment pour converser d'une façon bien plus éloquente avec Mayne que la plupart des officiers et avec une vision du monde pas uniquement confinée à son métier de soldat et au trou dans lequel il se trouvait à un instant donné. Jones n'avait pas encore trente ans, une dizaine d'années plus jeune que Mayne, mais il avait déjà gravi les échelons et avait été rétrogradé autant de fois, ses dons naturels contrebalancés par ses transgressions. Il était en général puni pour avoir dit ce qu'il pensait à un officier pas très accommodant. Il avait servi en Inde avec les sapeurs-mineurs de Madras, dans une campagne périlleuse en pleine jungle dans le Sud avant de partir en Afghanistan en 1880, où il avait gagné les dons d'arpentage qui avaient attiré l'attention de Mayne quand il était arrivé sur le Nil et avait regardé les sapeurs à l'œuvre. Mayne voulait un serviteur intelligent et capable d'initiative et il avait compris que la loyauté de Jones à son égard ne ferait qu'augmenter s'il le traitait comme il le méritait, un pari qui avait entièrement donné satisfaction. Avant d'être détaché à la colonne de la rivière par un officier exaspéré, Jones avait été dans une compagnie des Ingénieurs Royaux pour tenter de construire une ligne de voie ferrée dans le désert de Suakin jusqu'à la mer Rouge. Ils avaient assisté aux premières confrontations de taille entre les forces britanniques et l'armée du Mahdi, lors des batailles sanguinaires d'El Teb et d'El Sbir plus tôt dans l'année. Que Jones ait vraiment vu Burnaby en action constituait un détail que Mayne ne souhaitait pas explorer, surtout si ce qu'il avait entendu par ailleurs corroborait ses propos. Tous ceux qui avaient connu l'homme, et Mayne et Burnaby s'étaient croisés à Harrow, savaient qu'il était impossible d'exagérer ses exploits militaires.

— Ça, c'est un vrai soldat, Fred Burnaby, retenez ce nom ! continuait Jones.

Il aspira une bouffée de tabac de la pipe.

— Certains racontent que le vieux Burnaby a plus de muscles que de cervelle, mais écoutez bien ce que je vous dis, si c'était lui qui dirigeait nos troupes ici, il nous sortirait de la rivière, Indiens rouges et Africains, et marins et officiers, et il nous ferait traverser le désert pour qu'on affronte enfin ces hurluberlus comme de vrais soldats britanniques, et pas comme les rats d'égout que nous sommes. Vous pouvez aller répéter ça à tous vos amis haut placés dans la presse et dans l'armée, avec leurs cartes et leurs plans !

Mayne esquissa malgré lui un autre sourire. El Teb avait fait partie d'une tentative avortée d'établir une tête de pont sur la mer Rouge afin d'approcher Khartoum par l'est, un projet qui s'était embourbé dans les marécages fétides de la côte quand les Bédouins Baggaras s'étaient ralliés à la cause du Mahdi et avaient infligé une série de défaites désastreuses aux forces égyptiennes et britanniques. Mais cela n'avait pas encore suffi de sonnette d'alarme aux officiers. Il se rappelait comment un des colonels les plus ennuyeux avait parlé des bouffonneries de Burnaby à El Teb, un homme qui n'avait jamais eu à encaisser la charge d'un derviche. Il l'avait entendu raconter des histoires sur les vestes Norfolk et les fusils, se plaignant que ce n'était pas assorti. *Pas assorti !* Ils ne se rendaient pas compte de ce qu'ils devaient affronter. Même le général Wolseley avait expliqué à la presse que la vue de quelques douzaines de soldats britanniques sur un bateau à vapeur à Khartoum forcerait l'ennemi à se rendre et libérerait le général Gordon avec les garnisons égyptiennes et soudanaises. Et pourtant c'était Wolseley qui avait imaginé le plan qu'ils exécutaient en ce moment, un projet d'une complexité logistique extrême pour faire passer toute une armée dans quelques centimètres de canal, à contre-courant, qui garantissait inévitablement qu'ils n'arriveraient jamais avant que les troupes du Mahdi n'encerclent Khartoum. Le caporal Jones avait raison. S'il existait réellement une volonté de porter secours à Gordon, alors le seul moyen d'y parvenir était de traverser le désert, même si l'idée qu'un non-conformiste comme Burnaby était l'homme de la situation était une autre question à débattre.

Il gratta le sol bruyamment avec sa botte et escalada

le parapet. Le groupe de soldats de l'autre côté leva la tête vers lui, en attrapant les fusils. Il se racla la gorge.

— En parlant de plus de muscles que de cervelle, je pensais que cet endroit était supposé tenir lieu de poste de sentinelles…

Parler lui faisait mal, c'était la première fois depuis de longues heures, sa gorge était sèche et remplie de sable. Le subalterne se leva rapidement, déconcerté, et lissa sa tunique.

— Nous ne pensions pas qu'un ennemi aurait pu venir de cette direction, monsieur. J'ai placé deux sentinelles dans les roches pour surveiller la falaise sur l'autre berge. C'est là que nous avons vu les derviches nous épier hier.

Jones se redressa, posa les mains sur les hanches et le toisa de la tête aux pieds, puis il secoua la tête.

— Regardez-vous, monsieur. Vous êtes dans un état ! Je ne sais pas par quoi commencer.

— Ne commencez pas, répliqua Mayne en lâchant son sac, puis il essaya de passer les doigts dans sa barbe.

Il regarda ses mains et se dit que son visage devait avoir le même aspect, recouvert d'une croûte orange comme le sable du désert sur lequel il venait de galoper. Il ne voulait même pas penser à son odeur. Heureusement, il avait perdu son odorat après quelques heures sur le dos de son chameau. Il déglutit, essayant de s'humidifier la gorge.

— Un messager est arrivé hier soir au puits de Kordofan et m'a annoncé que j'étais attendu demain après-midi à Korti pour une conférence avec le général Wolseley. C'est à cinquante kilomètres plus bas sur la rivière et il reste environ six heures de lumière. Il n'y a pas de lune en ce moment et même les voyageurs ne pourront pas pagayer dans les cataractes s'il fait nuit noire. Je n'ai pas le temps de me laver et de me changer.

— C'est plutôt que vous n'en avez pas envie, monsieur. Vous savez que le général vous renverra encore une fois dans le désert et vous ne voulez pas perdre cette allure. Il faut des semaines pour se laisser pousser une barbe aussi convaincante. Et ce genre d'attribut est primordial, puisque les Arabes ne l'ont pas.

Mayne ne dit rien, défit sa coiffe et son foulard et les rangea dans son sac. Ensuite il retira sa ceinture et sa robe, passée au-dessus de son uniforme, idée à laquelle il s'était opposé au début, mais elle lui avait permis de ne pas avoir trop chaud dans le désert, le coton blanc réfléchissant les rayons du soleil. En dessous, il portait la tenue classique d'un officier britannique dans une campagne du désert : une ceinture Sam Browne avec un holster pour son revolver Webley-Pryse, une poche de munitions contenant vingt cartouches, un sac avec ses lunettes de soleil et une gourde en cuir. Et en dessous encore, un sous-pull gris, des hauts-de-chausses en velours côtelé jaune ocre, des bandes molletières jusqu'aux genoux et des bottes marron, le tout adapté d'un uniforme qu'il avait porté à la frontière nord-ouest de l'Inde. Son casque colonial, taché de la boue du Nil et d'écorces d'acacia, ainsi qu'une écharpe, étaient attachés à son sac. Il aurait voulu continuer à porter sa coiffe et son foulard par cette chaleur, mais il fallait qu'il passe inaperçu dans les troupes britanniques et parmi les Égyptiens et les Soudanais du camp, qui surveillaient en permanence tout ce qui sortait de l'ordinaire chez lui. Et maintenant il fallait également qu'il prenne en compte les tireurs derviches qui pouvaient se trouver sur les falaises en face. Un foulard prouverait qu'il venait du désert, sans doute après avoir collecté des informations, et suggérerait qu'il était officier, ce qui ferait de lui une cible de choix. Il ne voulait pas provoquer un tir avant de terminer sa mission.

Jones montra une toile kaki enroulée de la taille d'un sac de cricket dans le matériel d'arpentage d'un côté du sangar.

— J'ai gardé ceci avec moi tout le temps, monsieur, comme je vous l'ai promis. Votre équipement spécial.

Jones savait ce que le sac contenait, mais pas à quoi cela pouvait bien servir. À première vue, un fusil de sport était une arme quelconque pour un officier britannique à l'étranger, qui espérait avoir l'occasion de chasser. On racontait des histoires sur des militaires anglais enflammés par les récits de gibier africain et qui avaient emmené avec eux un arsenal de tout type et de tout calibre. Mais l'arme de Mayne était un modèle rarement vu de ce côté de l'Atlantique et il ne voulait pas attirer l'attention. L'étui en bois à l'intérieur du sac était scellé et étanche pour éviter que le fusil ne risque de s'abîmer. Il se disait que le moment de le voir et de l'essayer approchait, peut-être même tout de suite après sa visite à Wolseley, et par conséquent il le prendrait avec lui quand il quitterait le sangar pour la rivière. Il fit un signe de tête à Jones.

— Mon bateau est prêt ?

— La proue a été endommagée sur un rocher sur le chemin depuis Korti, les sapeurs la réparent. Ils me feront signe quand ils auront terminé. Entre-temps, M. Tanner et le major Ormerod du contingent canadien ont découvert quelque chose qu'ils pensent que vous voudriez voir. Ils connaissent votre intérêt pour les ruines anciennes et ils ont trouvé des gravures dans la falaise en dessous de nous.

Mayne jeta un œil à la crête de l'autre côté de la rivière.

— Je crois que je vais rester ici, murmura-t-il. Si des derviches nous observent, je préférerais autant agir que servir de cible facile en bas de la falaise. À en juger par les difficultés que j'ai constatées dans la cataracte, la colonne de la rivière va encore camper ici à mon retour. J'aurai alors bien le temps d'explorer des ruines.

Jones le dévisagea, l'œil vif.

— Il vous est arrivé d'être absent pendant des semaines et uniquement pour faire du repérage dans la rivière. Si le général Wolseley veut que vous alliez dans le désert pour lui, alors vous serez certainement loin bien plus longtemps encore. Nous ne vous reverrons pas ici, à cet endroit, monsieur, j'en suis presque sûr.

Mayne sortit son fusil Martini-Henry de son holster attaché à sa besace et prit la boîte de munitions.

— Alors mieux vaut que j'utilise mon temps le plus efficacement pendant que je suis ici. Ma longue-vue et mes jumelles sont dans mon sac. Apporte-les au parapet, nous allons essayer de repérer tes derviches.

— Prenez quelque chose à boire et à manger, d'abord, monsieur.

Mayne laissa échapper un grognement. Il descendit dans le sangar et posa son fusil contre le parapet. Jones avait raison. Il n'était pas encore prêt à avaler les biscuits durs et le bœuf en conserve, mais il prit volontiers la gourde d'eau offerte, s'humectant les lèvres avant de boire à petites gorgées comme il l'avait appris auprès des Dongolais, se refrénant d'étancher trop rapidement sa soif. La gourde à moitié pleine, il la repassa à son serviteur. Il examina pour la première fois Jones sérieusement. Il portait la tenue kaki de circonstance, mais s'était couvert le crâne d'un bandana coloré sous son casque, le nouant derrière la nuque comme une queue de cheval. Mayne reconnut le dessin de la Hudson's Bay Company. Ce devait être un des voyageurs canadiens engagés par Wolseley pour remonter les cataractes qui le lui avait offert. Des amitiés improbables s'étaient nouées entre l'équipage hétéroclite réuni pour cette tâche : des soldats et des marins britanniques, des bateliers égyptiens et dongolais, des Kroumen africains de la côte ashanti, des Franco-Canadiens et des Indiens métis, et même un renégat américain en quête de gloire et de fortune sur la terre de la Bible, tous réduits à la mission éreintante de tirer des bateaux en bois, sur des eaux où l'Ancien Testament racontait que Moïse avait autrefois flotté.

Mayne refusa une boîte de conserve ouverte, mais Jones réussit à lui coller dans la main un morceau de biscuit.

— C'était à cela que vous vous attendiez, monsieur ? La rivière, je veux dire ?

Mayne s'appuya contre le parapet.

— La prochaine étendue d'eau profonde commence à un peu plus de dix kilomètres. J'ai tracé un chemin praticable à travers la cataracte, mais la rivière est trop boueuse pour voir en dessous les obstacles possibles, même de là où je me tenais sur la berge. Ce serait aux Mohawks de naviguer dans cette direction.

— Ils ont un don pour cela, monsieur. Nous les avons admirés dans les rapides. Votre ami Charrière, c'est le meilleur.

— La rivière coule dans leur sang, et pour eux, les canoës sont comme une deuxième peau, répliqua Mayne. Ils repèrent le plus infime changement dans le courant, ce qui leur permet de détecter les rochers sous l'eau comme si la rivière avait été vidée.

Il essuya la sueur sur son front avec le dos de sa main et reprit la gourde des mains de Jones.

— J'ai identifié le meilleur point de débarquement pour notre flottille quand elle atteindra le pied de la prochaine cataracte à la fin des eaux profondes. C'est sur la rive de l'autre côté de la rivière, mais le chemin le plus évident au-delà est une vallée sans issue, et s'ils essayent de la remonter, il faudra qu'ils reviennent en arrière, ce qui leur ferait perdre des heures. Il faudra qu'ils traversent la rivière et la remontent sous la falaise de ce côté. Je donnerai mes croquis à l'adjoint du général Earle avant de partir.

— La prochaine cataracte serait donc aussi pénible que celle-ci ?

Mayne prit une autre gorgée d'eau.

— Pire sans doute. Et il reste encore quatre passages de cataracte avant de pouvoir naviguer librement jusqu'à Khartoum. Cela fait encore plus de trois cent vingt kilomètres à parcourir, et au moment où nous arriverons à l'endroit où l'eau est plus profonde, le niveau de la rivière aura sans doute tellement chuté que même les parties pour l'instant immergées ne seront plus que rochers exposés. Le temps ne joue pas pour nous. Au mieux, ce sera serré.

— Et quelques bons tireurs sur les falaises pourraient nous ralentir encore plus, remarqua le subalterne.

— Je pensais que les derviches ne savaient pas tirer,

intervint le soldat irlandais, appuyé sur ses coudes et fixant Mayne avec insistance.

— Ne comptez pas là-dessus, répliqua ce dernier. Les vrais *jihaddiyah*, les Ansar, ont renoncé aux armes modernes et méprisent les armes à feu, les considérant comme les instruments des infidèles. Mais le Mahdi a été très rusé à ce sujet. Il sait que le guerrier du Soudan est aussi courageux que viril avec une lance et une épée, et en vantant cette tradition, il a réussi à rallier plus de membres de tribus à sa cause. Parmi les vrais croyants, l'appât du martyr et d'une place de choix au paradis a dissipé la peur du combat rapproché. Vous vous souvenez de l'armée égyptienne du général Hicks, détruite jusqu'au dernier homme en 1883 ? Ils ont été dévastés avec des lances et des épées, et cela a montré au Mahdi et à ses disciples que le nombre, même sans armes, peut engloutir des armées modernes équipées des fusils les plus efficaces. Mais le Mahdi n'est pas stupide, et les fusils Remington qu'ils ont volés aux Égyptiens ont été bien utilisés. Il a entraîné tout un régiment de tireurs d'élite pour couvrir la charge des Ansar. Les rares Égyptiens qui ont la vie sauve leur ont appris à nettoyer et entretenir leurs fusils, et aussi à tirer.

— Des soldats que nous avions nous-mêmes formés, qui retournent ce que nous leur avons enseigné contre nous, s'offusqua l'Irlandais.

— Je ne peux pas dire que je le leur reproche, riposta Jones. Les soldats égyptiens que nous avons massacrés à Tel el-Kebir en 1882 quand nous sommes arrivés en Égypte ne voulaient que se libérer du joug turc et nous avons ensuite enchaîné les survivants pour les envoyer se faire massacrer dans le septième cercle de l'enfer. Rejoindre les derviches n'est pas juste un moyen de sauver leur peau, c'est aussi continuer la lutte contre les Ottomans. Je ne dis pas que nous devrions sympathiser avec le Mahdi, Dieu m'en préserve, mais j'ai vu le comportement des dirigeants ottomans envers les Égyptiens et je comprends leurs revendications.

— Les Ottomans sont nos alliés, caporal Jones, gronda le soldat. Faites attention à ce que vous dites !

— Je vous demande pardon, monsieur, je dis juste tout haut ce que Tommy Atkins pense tout bas. Enfin, quand on lui permet de réfléchir, et qu'il n'est pas occupé à creuser des trous et tirer des bateaux avec des cordes en évitant les crocodiles.

— Eh bien, à en croire ce que le major Mayne dit du travail à venir, c'est loin d'être fini. Et vraiment ce n'est pas le moment que vous réfléchissiez, Jones.

— Non, monsieur. C'est sûr, monsieur.

Mayne esquissa un sourire fatigué.

— Ce n'est pas des Égyptiens que nous devons nous inquiéter, mais des mahdistes. Et ils ne tirent pas encore des salves comme nous le faisons, ni n'utilisent d'armes à feu lors des combats rapprochés.

— Le colonel Burnaby leur a donné une belle leçon pour cela. Il leur a montré ce qu'un pistolet pouvait causer comme dégâts quand il était placé entre de bonnes mains.

Mayne se voûta soudain, accablé par la fatigue. Dans les combats rapprochés, un pistolet n'avait d'intérêt que si on rechargeait assez vite, et il savait que de telles batailles avec les derviches obligeraient rapidement ses hommes à avoir recours à leurs baïonnettes, à la crosse de leurs fusils ou à leurs poings nus. Il repensa à Burnaby, un homme dont la légende égalait sa carrure imposante et ses succès. En tant que subalterne, il avait provoqué des dégâts dans les mess des officiers à Aldershot et Londres, repoussant les limites de l'effronterie et s'attirant l'aversion des hauts gradés qui avaient depuis suivi sa carrière à la trace. Il était officier dans la Household Cavalry, les Blues, un régiment qui n'avait connu aucun service à l'étranger depuis des décennies, mais qui offrait à ses hommes cinq mois de congé par an, et par conséquent la latitude nécessaire à un homme dynamique et avec des contacts pour se rendre là où ça chauffait. Et ça, Burnaby le faisait avec une flamboyante régularité, apparaissant là où on ne l'attendait pas, ne recevant pas de sanctions des autorités, se retrouvant dans une position où il avait une assez grande indépendance pour donner libre cours à sa nature libertaire, et se rendre au cœur de l'action. Il s'était présenté à Suakin, sur la mer Rouge, alors qu'il était en arrêt maladie, ayant reçu par le commandant en chef de Londres, le duc de Cambridge, le contrordre formel de s'y rendre. Après s'être remis de ses blessures à El Teb, il était devenu l'un des innombrables officiers attachés à la colonne de la rivière, comme Mayne à présent. Et ensuite, il s'était trouvé un poste dans le régiment de lord Wolseley, se rapprochant encore plus près de là où tout le monde savait que de violents combats allaient survenir, quelque part dans le désert vers Khartoum. Burnaby avait ses admirateurs, Wolseley comptant parmi eux, la reine Victoria également, et il était le chéri de la presse, le symbole du héros militaire dans l'imaginaire populaire. Mais surtout il était aimé de ses hommes. Il manquait totalement d'expérience en matière de commandement, mais Tommy Atkins attendait de son officier qu'il le mène au front, et s'il le faisait avec le courage et l'empressement d'un Burnaby, il le suivrait n'importe où.

Burnaby avait un autre rôle, qui avait réuni les deux hommes sur des missions connues seulement de quelques rares privilégiés des services de renseignements du ministère de la Guerre. Leur dernière rencontre remontait à quatre ans, sur le terrain, durant les derniers mois de la guerre anglo-afghane, dans un poste frontalier abandonné dans le Baloutchistan. Cinq ans avant cela, Burnaby avait voyagé seul, à cheval jusqu'à Khiva en Russie asiatique, puis était allé, toujours seul, à la frontière est de l'Asie Mineure, où il avait servi d'observateur officieux de la guerre russo-turque de 1877. Ainsi, Burnaby était devenu un expert de l'armée russe, spécialisation qui avait soudain pris une valeur inestimable lorsque la Russie et l'Angleterre s'étaient dirigées vers une guerre par procuration en Afghanistan en 1878, un conflit qui s'était poursuivi jusqu'en 1881 et n'était même pas encore totalement sous contrôle. Mayne avait voué une admiration pour Burnaby à l'école, un garçon plus âgé souriant en permanence qui se permettait de faire n'importe quoi, et il l'avait tout de suite aimé lorsqu'ils s'étaient retrouvés plus tard. Burnaby vivait le moment présent et débordait d'énergie, mais quand il l'avait interrogé sur des questions de stratégie dans le Baloutchistan, il l'avait trouvé tranchant et perspicace, allant droit au but, des qualités essentielles pour un observateur des services de renseignements sur le terrain.

Et Burnaby s'était déjà rendu au Soudan, profitant d'un autre de ses longs congés pour servir de reporter au *Times* lors de la première période du gouverneur général Gordon à Khartoum, dix ans plus tôt. Mayne aurait aimé désormais interroger Burnaby sur Khartoum et sur le temps qu'il avait passé avec Gordon, mais en faisant cela il risquait d'entrer en eaux troubles et de se voir questionner sur son rôle à lui, ce qu'il devait tenir secret même face à un autre agent des services secrets. Dans le Baloutchistan, Mayne s'était entretenu avec Burnaby pour préparer une mission vers Kaboul dont Burnaby ne devait rien savoir, une directive secrète de Whitehall qui devait employer l'expertise particulière de Mayne au cas où Kaboul serait envahi et que les officiels britanniques possédant des informations sensibles seraient menacés d'enlèvement. Au Soudan, le secret devait être encore plus attentivement préservé. Chacun ne pouvait que deviner les raisons de la présence de l'autre, et Burnaby était si doué pour utiliser sa passion de l'aventure comme couverture pour ses missions secrètes qu'il était difficile de démêler le vrai du faux. Mayne ne procédait que de manière isolée, ne rendant des comptes qu'à un seul supérieur au ministère de la Guerre. Il ne savait jamais si d'autres officiers travaillaient sur les mêmes missions, même s'il s'en doutait bien – ceux qu'on envoyait au cas où il échouerait, d'autres peut-être auxquels on donnait les mêmes directives si sa mission en venait à être compromise, ou s'il était capturé, ou s'il perdait la tête, pour qu'il ne révèle pas la teneur d'un rôle qui choquerait l'armée et la nation s'il devenait public.

Il réfléchit une nouvelle fois à sa couverture, repensant à tout ce qu'il avait dit et fait depuis son dernier rapport, ne trouvant aucune fissure dans son armure.

Le caporal Jones soupçonnait que ses missions dans le désert puissent être une préparation pour une opération de bien plus grande envergure que Wolseley lui avait réservée, mais il n'avait aucune raison de penser que cela aille plus loin qu'une pénétration plus profonde dans le désert devant la colonne du désert à présent rassemblée à Korti. Pour Jones, le paquet qu'il avait protégé jusque-là n'était qu'une partie du matériel qu'un officier transportait avec lui dans l'espoir de gagner le gros lot de l'expédition, peut-être en tuant une bête du Nil que Mayne avait aperçue lors de ses missions de reconnaissance. Jones avait côtoyé des officiers britanniques assez longtemps en Inde pour savoir qu'abattre tout ce qui bouge était leur grande passion. Parmi les hauts gradés, Mayne ne se distinguait pas particulièrement, un jeune homme de trente-huit ans qui avait gravi les échelons petit à petit jusqu'à devenir major l'année précédente, sans les brevets militaires et les commandements temporaires qui désignaient les stars montantes. Dans le corps des Ingénieurs Royaux, il faisait partie d'un groupe de près de mille officiers stationnés dans le monde entier qui s'étaient entraînés et avaient servi ensemble, et qui retournaient souvent dans leur quartier général de Chatham pour des cours de perfectionnement et des périodes d'étude. En tant qu'officier de repérage, spécialisé dans les missions de reconnaissance, il avait été surtout connu des militaires d'infanterie, de cavalerie et d'artillerie auprès desquels il avait servi sur le terrain, pour certains des hommes comme Wolseley qui avaient atteint les plus hauts rangs de l'armée au cours des années de service de Mayne et dont l'influence et les faveurs n'avaient pas de prix pour assurer son attachement à toutes les expéditions que ses supérieurs dans les services de renseignements de Whitehall voulaient lui confier. Ainsi le secret le plus complet du rôle de Mayne était parfaitement servi par sa réputation d'officier talentueux, dur et tenace qui savait se glisser derrière les lignes ennemies et en revenir sans se pavaner.

Sa couverture remontait aussi loin que les débuts de sa carrière militaire. En tant que subalterne en 1870, Mayne avait été arraché par Wolseley à l'École royale d'ingénierie militaire à Chatham pour rejoindre son expédition au Canada contre Louis Riel, le soulèvement qui menaçait de devenir une conflagration bien plus importante avec les vétérans irlandais de la guerre civile américaine au chômage, désireux de se battre contre les Anglais. Wolseley en avait appelé aux officiers juniors avec une expérience du Canada, et Mayne avait passé deux ans avant Harrow chez son oncle qui avait fait partie des Ingénieurs Royaux responsables du canal Rideau à Ottawa. Ses parents et ses frères et sœurs étaient morts et on avait estimé qu'un séjour au Canada lui ferait le plus grand bien. Il avait appris à faire du canoë avec les Mohawks qui travaillaient le bois et emportaient des fourrures sur la rivière Ottawa. Il avait voyagé avec eux en pleine nature, apprenant l'autosubsistance et les techniques de survie. Il avait attiré l'attention de Wolseley par ses talents exceptionnels de tireur, acquis tout d'abord au Canada, puis au cours des vacances scolaires, quand il avait chassé le cerf dans les Highlands écossais, avec le fusil Sharps calibre .45-70 que son oncle lui avait offert après être rentré d'une chasse au buffle dans l'Ouest américain.

Mayne avait beaucoup apprécié le temps qu'il avait passé sur l'expédition de Wolseley, un exploit logistique sans précédent qui allait devenir le point fort de la carrière du colonel qui avait réussi à remonter à contre-courant sur plus de mille cinq cents mètres de rapides depuis le lac Supérieur jusqu'au bastion de Riel près de Winnipeg. Mayne avait été envoyé en éclaireur avec son fusil et son ami Mohawk Charrière et avait reçu pour instruction de capturer Riel, mais la crise s'était résolue pacifiquement avec la capitulation volontaire de ce dernier. De retour à Chatham, Mayne avait reçu la visite d'un certain capitaine Wilson du ministère de la Guerre qui avait eu vent de ses talents incomparables et qui l'avait recruté pour des missions top-secret. Il avait passé près de trois ans en Asie centrale au moment où il avait retrouvé Burnaby dans le Baloutchistan, vivant clandestinement pendant de longues périodes dans les montagnes de l'Hindou Kouch tandis que la guerre anglo-afghane battait son plein dans les plaines en dessous, observant et attendant au cas où les Britanniques seraient évacués, comme quarante ans plus tôt. Il avait accompagné Wolseley lors de l'invasion d'Égypte en 1882. Et il n'avait même pas fallu la demande de Wilson pour qu'il soit attaché à la force armée chargée de secourir Gordon deux ans plus tard. Avec la perspective d'une autre expédition en rivière, c'était naturel que Wolseley l'appelle personnellement, se rappelant son rôle dans l'expédition de la rivière Rouge au Canada quinze ans plus tôt. Wilson y était aussi, en tant que chef des services de renseignements de Wolseley. Si Mayne devait entrer en action, il n'y aurait aucun ordre, aucune conférence secrète, juste une poignée de main et un petit code, rien de plus. La présence de Wilson suffisait pour le mettre en état d'alerte. Il savait que l'appel qu'il avait reçu pour rejoindre Wolseley allait déterminer son rôle d'une façon ou d'une autre.

Il regarda les rubans de médailles sur la tunique du soldat le plus proche de lui : la médaille africaine pour la guerre anglo-zouloue de 1879, la médaille d'Afghanistan pour la guerre de 1878-1881, la médaille égyptienne et l'étoile de Khédive pour l'invasion de l'Égypte en 1882. Le Khédive était la marionnette égyptienne des Turcs ottomans, le sultan à Constantinople qui régnait sur un empire s'étendant du Caire et Jérusalem jusqu'à Damas et Bagdad. Les Britanniques se dirigeaient constamment vers la guerre avec les Ottomans, mais pour le moment, ils étaient alliés, du moment que les Ottomans servaient de tampon contre la menace russe. L'invasion britannique de l'Égypte en 1882 avait servi à protéger leurs intérêts sur le canal de Suez, pour s'assurer que leur nouvelle route vers l'Inde reste ouverte et libre de la vénalité et de la mauvaise gestion financière du régime ottoman au Caire. Et pourtant, après avoir vaincu l'armée dissidente égyptienne à Tel el-Kebir, les Britanniques avaient appuyé l'ancien régime, remettant au pouvoir le Khédive et rendant ostensiblement les rênes aux Ottomans. Ils avaient même soutenu le Khédive dans ses tentatives répétées de contrôler le Soudan, qui avaient commencé dix ans plus tôt quand le ministère de la Guerre à Londres avait permis au colonel Charles Gordon d'être nommé gouverneur général à Khartoum, soutenu par un éventail hétéroclite d'aventuriers européens et américains que Gordon avait réunis autour de lui.

Le Soudan avait été le dernier grand bastion du trafic d'esclaves africains, et la nomination de Gordon avait été accueillie avec enthousiasme parmi les croisés militants en Angleterre, à commencer par la reine Victoria elle-même. S'il y avait bien quelqu'un qui pouvait régler la situation, c'était Charlie Gordon, « le Chinois », le merveilleux officier des Ingénieurs Royaux qui avait représenté les intérêts de la Chine durant la révolte des Taiping dans les années 1860 et qui en était ressorti en héros national de l'Angleterre. C'était un homme d'un courage suicidaire qui, jeune officier, était resté à découvert sur les parapets de Crimée pour attirer sur lui les tirs des Russes et ainsi localiser la position de l'ennemi, et dont la ferveur chrétienne semblait se marier parfaitement avec l'humeur évangélique croissante du pays. Et pourtant, comme même Gordon l'avait compris peu de temps après avoir pris ses fonctions, soutenir l'expansionnisme ottoman au Soudan menait droit au désastre. Le trafic d'esclaves avait peut-être semblé abject à la sensibilité victorienne, mais c'était la base de l'économie soudanaise, si profondément enracinée dans les loyautés et les hiérarchies tribales que le supprimer nécessiterait une intervention militaire massive. Suscitant l'horreur auprès de ses admirateurs, Gordon avait décidé de maintenir ce commerce à court terme. Il avait compris que les tribus du Soudan, comme celles d'Afghanistan, représentaient une mosaïque complexe d'alliances et d'inimitiés viscérales. Ce qu'ils partageaient, en revanche, était leur haine du régime ottoman, une haine qui s'était répandue chez tous. Et tout comme en Afghanistan, cette opposition avait procuré un terrain fertile aux fondamentalistes islamiques et causé un nouvel appel au jihad attisé par l'émergence d'un *soufi* charismatique qu'ils appelaient le Mahdi, l'élu. C'était exactement ce que Gordon avait prédit dès son arrivée à Khartoum et qui l'avait poussé à quitter le Soudan, dégoûté par le rôle malhonnête qu'on voulait lui faire jouer.

Et pourtant, c'était bien Gordon, et non le Mahdi, qui résidait au cœur du problème, et la raison pour laquelle Mayne se trouvait là. Le système impérial britannique, qui avait si souvent réussi à donner le contrôle à des individus talentueux, se voyait également victime de leurs caprices, de leurs instabilités occasionnelles et de leurs crises de démence. L'impérialisme britannique reposait sur la force de leur éducation, une culture commune de valeurs morales et une attitude de gentleman, sur leur loyauté indéfectible pour la reine et le pays qui permettait au bureau colonial d'envoyer des hommes pour administrer seuls d'immenses régions, sûr que leur prudence et leur jugement seraient en accord avec les volontés du gouvernement de Sa Majesté. Et pourtant, dans la très grande majorité des cas où cette confiance était justifiée, il existait des situations où les officiers s'étaient fondus dans le décor, s'étaient laissé submerger par le pouvoir qu'ils détenaient ou emporter par un zèle évangélique. Le risque était encore plus grand quand les officiers pouvaient devenir rois, et plus le trône était élevé, plus ils tombaient bas. Les hommes qui occupaient ces postes avec retenue étaient les génies du système britannique, mais quand cette retenue disparaissait, ils devenaient sa plus grande faiblesse. Avec l'expansion de l'Empire, un bureau de services secrets avait été mis en place dans le Whitehall sous la supervision de l'armée pour développer un filet de protection, une série de vérifications et d'équilibrages. Le travail consistait principalement à réunir des informations, évaluer les personnalités, conseiller le gouvernement sur qui nommer et où, mais aussi à prévoir des mesures au cas où les choses tourneraient mal.

Pendant six mois, tous les yeux s'étaient tournés vers Gordon à Khartoum et tous hésitaient. Quand Gordon avait démissionné du Soudan, six ans plus tôt, il avait envisagé de quitter l'armée complètement et avait passé une année de congé en Palestine, immergé dans la géographie historique de l'Ancien Testament. Mais ensuite, comme le pouvoir du Mahdi augmentait, il avait été tenté de revenir. Le gouvernement britannique avait soutenu le régime du Khédive égyptien au Soudan durant la période où Gordon avait été gouverneur général, mais le nouveau gouvernement libéral du Premier ministre Gladstone n'avait aucune intention d'envoyer une force militaire de taille suffisante pour vaincre le Mahdi. Le Soudan n'offrait que peu d'avantages en tant que possession impériale, et sa conquête détournerait l'attention des tâches plus importantes que représentaient le maintien du régime fantoche du Caire et le contrôle du canal de Suez. Mais le besoin se faisait sentir d'évacuer de Khartoum les fonctionnaires européens et égyptiens ainsi que leurs familles, et Gordon était l'homme de la situation. Il avait semblé accepter cette mission, mais quelque chose avait mal tourné. Il avait été de plus en plus isolé à Khartoum, retenu dans le palais du gouverneur. Les messages qui en sortaient étaient succincts, rares, de plus en plus irréguliers. Gordon était toujours un immense héros pour les Anglais, et la reine Victoria en personne exigeait farouchement qu'on lui porte secours, mais les dirigeants au Whitehall se rappelaient les sympathies qu'il avait témoignées pour les

Soudanais et ils commençaient à craindre le pire. La forme très personnelle de chrétienté de Gordon lui permettait de compatir avec l'islam d'une façon que certains trouvaient préoccupante, à tel point qu'ils se demandaient s'il n'allait pas se retourner et rejoindre les forces du Mahdi comme quelques Européens capturés l'avaient fait. L'idée que Gordon puisse s'allier au Mahdi, parce qu'il aurait été fait prisonnier, ou de sa propre volonté, était un cauchemar pour le gouvernement de Gladstone et serait une catastrophe pour sa réputation à l'étranger. S'il était impossible de le sauver, il valait mieux qu'il meure en martyr.

Mayne prit une gorgée d'eau et ferma les yeux. Il pensa aux hommes sous la falaise qui se battaient contre la rivière, à la nature quasi impossible de leur tâche. Encore une fois, il se demanda si des intérêts tout autres ne se jouaient pas, si cet exercice insurmontable ne leur était pas imposé à dessein, une tentative publique de sauver Gordon, de toute façon vouée à l'échec. À cet instant, le succès de l'expédition et la nature même de son implication étaient plus qu'incertains, mais il savait qu'avec le temps qui passait et Khartoum qui dépérissait quelque chose devrait vite se débloquer.

Il repensa à sa propre histoire. Il était lui aussi le produit de cette école et engagé plus que quiconque dans l'Empire. Son père avait été un planteur d'indigo irlandais à Behar, dans l'ombre de l'Himalaya. Et enfant, il ne trouvait rien à redire des milliers d'esclaves qu'ils employaient dans leurs terribles moulins, ni de la splendeur opiacée de leur villa et de leurs jardins où il jouait de bon cœur. C'était le seul monde qu'il connaissait et cela lui paraissait l'ordre normal des choses. Quand il avait huit ans, alors qu'il étudiait dans une école privée en Angleterre, ses parents, son frère et sa sœur avaient été assassinés par des mutins de l'armée du Bengale à Cawnpore, leurs corps jetés avec ceux des survivants dans un puits. Son Aïcha bien-aimée avait vécu assez longtemps pour raconter le récit des tortures brutales qu'ils avaient subies et de la mort des soldats britanniques arrivés trop tard pour les sauver, mais qui s'étaient vengés de façon terrible. La mutinerie indienne avait appris aux Anglais à combattre des fanatiques, et la guerre était devenue plus vicieuse depuis ce temps. Il repensa au pistolet de *howdah* à quatre canons de Burnaby et au massacre d'El Teb. Le sens de la courtoisie et du sport qui avait habité l'armée britannique en temps de guerre avait complètement quitté les troupes après la mutinerie, effacé par les tueries zouloues à Isandlwana et Rorke's Drift, par les bains de sang lors de la dernière bataille de Hicks et les combats de la mer Rouge, qui étaient un avant-goût de ce qui allait arriver.

Il ouvrit les yeux et se redressa pour regarder par-dessus le parapet la crête en face. Il scrutait les rayons de lumière réfléchis sur une lame ou un canon de pistolet, mais il savait que les éclaireurs d'Ansar étaient trop forts pour ce genre d'erreur, qu'ils avaient noirci les canons et toutes les parties métalliques de leurs Remington, et par conséquent le soleil derrière eux sur la crête ne pourrait se réfléchir nulle part. Il s'accroupit, gardant la tête en dessous du niveau du parapet et se sentant mieux après son court repos. Le soldat qui s'occupait de faire bouillir l'eau du thé sortit sa pipe de la bouche.

— Le général Wolseley est venu nous parler la

semaine dernière. Il a dit qu'aucune troupe de derviches ne pourra résister à la plus petite de nos colonnes.

— Foutaises ! s'exclama Jones, s'extirpant de là où il se trouvait derrière le parapet. L'armée du général Hicks comprenait plus de dix mille hommes et elle a été disséminée il y a deux ans. *Disséminée*. Tous les blessés ont été achevés avec ces lances, et aux prisonniers qu'ils ont capturés, ils ont crevé les yeux et tranché leurs sexes avant de les crucifier pour que les chiens les dévorent vivants. Je l'ai entendu moi-même raconté par un Dongolais qui était présent et n'a rien perdu de ces barbaries.

Mayne resserra ses tirants de bottes et attendit avant de réagir. Cela ressemblait à une exagération typique de soldat, sauf que là, c'était vrai.

— L'armée du général Hicks était constituée de conscrits égyptiens, des *fellahin* de la vallée du Nil, lança-t-il. On peut imaginer à quel point ils n'étaient pas taillés pour être soldats et affronter le désert. Beaucoup d'entre eux avaient combattu dans l'armée rebelle égyptienne que nous avons vaincue à Tel el-Kebir quand nous avons envahi l'Égypte en 1883, et certains étaient encore des prisonniers enchaînés quand ils ont été appelés pour le Soudan. Il faut espérer que Wolseley a raison. Après tout, il parlait de soldats britanniques. Les meilleurs. Des soldats comme toi, Jones.

— C'est sûr qu'ils ne vont pas m'avoir sans se battre, confirma Jones.

— En effet. Allez, maintenant, au travail, trouvons une position de tir sur le parapet. Je veux être prêt quand le soleil se couchera et que nous pourrons voir la crête sans être éblouis.

7

Appuyé sur le parapet qui dominait le Nil, Mayne déplia sa longue-vue. Loin au-dessus de sa tête, il entendit le battement des ailes qui partaient vers le nord, d'immenses volées de flamants roses qui quittaient les marécages desséchés en dessous de Khartoum, un souffle et un sifflement qui s'harmonisaient avec le courant de la rivière plutôt que de lutter contre, comme le faisait l'expédition. Un frisson lui traversa le dos, comme s'il voyait s'enfuir la dernière trace de vie de cet endroit. Il rejeta cette idée et scruta le haut de la falaise d'en face avec sa longue-vue, suivant la ligne irrégulière de la pierre depuis les rochers escarpés où les signaleurs avaient installé l'héliographe, juste devant lui, jusqu'au point le plus éloigné qu'il voyait dans la brume de poussière vers le sud, bien au-delà de la portée d'un fusil. Le soleil de l'après-midi baissait vers l'ouest et soulignait le bord de la crête avec une clarté absolue, mais empêchait de voir à travers les fentes et les fissures par lesquelles les tireurs du Mahdi pouvaient les épier. Il baissa le télescope et se fit une visière de la main. Dans cette lumière, tout ce qu'ils pouvaient voir, c'était un nuage de fumée, et cela leur donnerait moins d'une seconde avant que la balle fuse et atterrisse dans la roche ou dans l'un d'eux. Shaytan lui avait expliqué que certains hommes du Mahdi étaient devenus particulièrement bons tireurs avec leurs Remington, et en plus ils auraient l'avantage du soleil derrière eux. Mayne se rendit compte qu'il pourrait attendre là sans fin. Il se donnait encore une demi-heure au mieux, jusqu'à ce que le soleil se couche sous le niveau des collines à l'horizon. Ensuite, il quitterait le sangar et descendrait l'éboulis sous la falaise, vers la rivière.

Il laissa les deux sentinelles sur le parapet et se glissa par une fente sur l'ancien mur de maçonnerie qui le cachait de la falaise opposée, mais offrait une vue dégagée de la scène en dessous. Deux rochers sortaient de la rivière pour former un portail naturel vers la cataracte, limitant la rivière à un torrent de boue qui se répandait dans le bassin où les barques étaient rassemblées. Luttant contre le torrent, il vit un homme seul sur un canot, remontant le courant centimètre par centimètre, une haussière embobinée derrière lui. Une fois qu'il aurait réussi à passer, il trouverait un endroit pour attacher la corde, et ensuite des équipes d'hommes s'en serviraient pour tirer les bateaux, des douzaines attendant à présent leur tour pour passer à travers la cataracte. Mayne pouvait dire que l'homme dans le canot était un voyageur rien qu'en voyant ses mouvements mesurés, la rame restant toujours du même côté pour servir de gouvernail, plutôt que de pagayer de façon frénétique d'un côté puis de l'autre comme les soldats britanniques, incapables de diriger un bateau. Il se rappela ses premiers efforts quand il n'avait que neuf ans sur la rivière Ottawa et ce moment où il avait pris conscience qu'il ne faisait qu'un avec le bateau : qu'il pouvait l'utiliser comme une extension de lui-même, avec la même légèreté qu'il avait apprise en suivant ses amis Mohawks qui sautaient sur les rochers le long de la rive et prenaient les radeaux pour descendre les forêts de l'intérieur.

Le général Wolseley lui-même avait emporté son propre canot sur le Nil, un cadeau des Mohawks après l'expédition de la rivière Rouge, quinze ans plus tôt, un bateau que Mayne l'avait vu piloter avec un talent certain sur la Tamise à Chatham. Amener un tel objet ici était une touche de sentimentalisme curieux pour un homme qui semblait surtout piégé par la complexité de son plan et qui verrait la stupidité de l'entreprise s'il prenait seulement la peine de tremper une rame dans l'eau. Une fois encore, Mayne s'interrogea sur le dessein derrière tout cela : si Wolseley avait conspiré avec la rivière et le désert pour rendre le sauvetage de Gordon impossible ou s'ils étaient bloqués par un homme que l'obsession de reproduire la formule de l'expédition au Canada avait obscurci sa vision d'ensemble, les entraînant dans une aventure où l'on ne pouvait plus se préoccuper que des détails, des petits progrès quotidiens sur cette rivière presque à sec. Il repensa à Gordon, se demanda si lui aussi manipulait les événements pour entraver son sauvetage et s'ils étaient coincés dans le monde de son esprit, un monde qui faisait passer l'expédition plus pour une guerre de volonté entre les deux hommes que pour un conflit entre les Britanniques et les forces du jihad.

Il regarda le voyageur remonter laborieusement le torrent, imperturbable et très concentré. Au-dessus de lui, sur le rocher protubérant, il vit un homme jeter une pierre, traînant une fine corde vers la roche de l'autre côté du torrent, où un autre homme la rattrapa et la passa à une équipe de marins qui transportaient une grosse haussière fixée à la corde et l'attachèrent solidement autour d'un rocher. Il observa une procession de soldats torses nus suivis par des Kroumen, vêtus d'un simple pagne, leur peau noire scintillant au soleil, qui avançaient entre les rochers jusqu'à l'endroit où l'homme sur le canoë accrocherait bientôt sa corde, derrière le torrent et dans le premier bassin au-dessus des rapides, qui serait le prochain point d'arrêt. Les Kroumen étaient une autre réapparition du passé de Wolseley, des bateliers particulièrement doués, qu'il avait admirés quand il avait mené sa campagne contre les Ashantis en 1873. Posté sur un rocher dominant la scène, le sergent-major responsable de superviser les efforts du jour était prêt à hurler ses ordres et ses encouragements tandis que le canot arrivait à son niveau. Après des semaines de travail acharné et de tentatives infructueuses, la procédure à suivre était bien rodée, et pourtant chaque jour apportait son lot de difficultés, de nouveaux obstacles à surmonter dans le lit rocailleux de la rivière, et sans qu'on ne puisse rien y faire, le niveau du Nil chutait, rendant la progression de plus en plus pénible.

Mayne reconnut l'homme qui avait lancé la ligne. Il s'agissait de son ami Charrière, le chef d'équipe des Mohawks. Il avait enfilé le pantalon en velours côtelé et la chemise à carreaux que Wolseley leur avait fournis, et ses longs cheveux noirs étaient tressés dans son dos. Parmi les Mohawks, Charrière était connu par son nom iroquois, *Teonihuapataman*, qui signifiait celui dont le sang coule comme une rivière, mais il portait le nom français hérité par son grand-père, un voyageur dont les ancêtres remontaient aux premiers aventuriers de France qui étaient partis dans le Nouveau Monde plus de deux siècles plus tôt et avaient rencontré les *Kanienkehaha*, les tailleurs de silex. Faisant partie de la confédération iroquoise, les Mohawks avaient combattu auprès des Britanniques dans la guerre d'indépendance américaine et de nouveau dans la guerre de 1812, mais depuis, leur réputation de brutalité s'était adoucie avec le temps et leur fréquentation des Algonquins de la vallée d'Ottawa, devenant voyageurs dans le commerce de la fourrure et du bois sur la rivière. Pour Mayne, en revanche, qui avait vécu avec eux et les avait observés chasser et explorer, ils étaient toujours les mêmes, des hommes dont les aïeux avaient connu des guerres sanguinaires et qui étaient encore habités de la force de ces Français qui avaient lutté pour se faire une place dans le Nouveau Monde.

Mayne se rappela le malaise qu'avait ressenti Charrière quand ils s'étaient retrouvés, sur l'expédition de la rivière Rouge, après que Mayne était retourné en formation et à l'Académie royale militaire en Angleterre. Il s'était alors coupé les cheveux, qu'il avait laissés pousser enfant. Pour les Mohawks, les cheveux conservent les souvenirs, et pour Mayne, les couper servait à rompre un lien avec un passé dans lequel il avait été adopté dans la tribu et avait partagé les rituels du passage à l'âge adulte avec Charrière. Leur amitié avait perduré et avait été ravivée ici, dans l'endroit le plus improbable, mais une distance s'était créée entre eux. Charrière ne l'avait plus jamais appelé par le nom Mohawk que Mayne s'était vu attribuer enfant.

Il vit un marin s'entourer le corps avec la haussière et commencer à se tirer vers Charrière, avançant pas à pas sur le torrent. Sur la ceinture de Charrière, il aperçut le *kurbash* enroulé, le fouet en peau d'hippopotame que Shaytan lui avait donné quand il avait rejoint Mayne lors de la précédente incursion dans le désert. Il avait appartenu aux ancêtres de Shaytan, transmis depuis l'Antiquité. En retour, Charrière lui avait offert une tête de massue en pierre polie qu'il avait transportée dans son sac en cuir, une arme que son grand-père avait utilisée lors de la guerre d'indépendance américaine. Là où s'était autrefois trouvée une pièce en métal au bout du fouet, bien avant qu'elle ne rouille, Charrière avait attaché un silex affûté qu'il avait emporté du Canada. Quelque chose avait détourné l'attention de Charrière du marin à la haussière. Mayne le regarda s'emparer de son fouet et le dénouer, plus il vit le silex scintiller au-dessus du bassin pour ensuite frapper la surface, créant des ondulations qui se propagèrent jusqu'aux bateaux et à la rive. Mayne prit son télescope qu'il dirigea vers l'eau, pas très sûr d'avoir vu une forme noire dans la boue que le fouet avait heurtée. Deux coups de feu retentirent, les balles fusant dans l'eau sans effet évident. Mayne n'était pas encore certain d'avoir vu un crocodile, mais les soldats semblaient convaincus qu'une de ces vilaines bêtes les menaçait. Mayne n'en était pas encore persuadé, mais c'était une des raisons pour lesquelles il avait décidé de ne pas se laver avant de partir rejoindre le camp de Wolseley à Korti.

Jones arriva à sa hauteur et scruta le bassin.

— Je suis sûr que je l'ai vu, lâcha-t-il tout bas. C'est le monstre dont parlent les Soudanais.

— Impossible à savoir, contredit Mayne. Ça aurait très bien pu être un tourbillon ou une de ces grandes carpes de rivière.

Jones ferma les yeux et se mit à réciter.

— « Quand il se dresse, les plus vaillants tremblent et se dérobent sous le coup de l'épouvante. La terreur habite autour de ses dents. Dans son cou la force réside, devant lui bondit la terreur. Ses éternuements font jaillir la lumière, ses yeux sont comme les paupières de l'aurore. Il n'a pas son pareil sur la terre, lui qui est fait pour ne rien craindre. » Le Léviathan, Job 41.

Mayne souleva un sourcil.

— Quelle mémoire ! Tu as raté ta vocation, tu aurais dû être prêtre.

— Le Léviathan n'est pas une quelconque figure mythique, monsieur. C'est un crocodile. « Éternuements » dans la traduction, c'est l'équivalent de « vagissements », enfin presque. J'ai récité ce passage à notre interprète égyptien, et il m'a dit que c'était le son des crocodiles. Ils déchargent par les narines leur chaleur dans une sorte de vagissement, et on a l'impression que de la lumière jaillit.

— Tu es aussi devenu un expert en histoire naturelle, on dirait. Attention, la prêtrise ne fait pas bon ménage avec l'histoire naturelle. Ta congrégation préférera le dragon des profondeurs qui crache du feu, le Satan des enfers.

— C'est l'image que m'a montrée M. Tanner. Je ne peux pas me la sortir de la tête.

Amusé, Mayne se tourna vers la rivière. Un des officiers, le lieutenant Tanner, l'ingénieur responsable du détachement de la construction navale, avait emporté avec lui quelques livres grecs et latins, qui avaient trait au Nil, et un soir, le plus cultivé des officiers les avait divertis en cherchant des références aux crocodiles chez Pline, Plutarque et Hérodote. Plusieurs d'entre eux, y compris Mayne, s'étaient arrêtés en route vers le sud de l'Égypte pour visiter la capitale d'Akhenaton à Amarna, et on leur avait montré une représentation de Sobek, le dieu crocodile, gravée dans la roche. Et depuis, il était devenu impératif pour les officiers les plus chics d'en garder une sur eux, sans réelle raison. Mayne avait proposé à Jones de se joindre à eux ce soir-là, à cause des connaissances de la Bible de son serviteur, pratiquement la seule littérature qu'il avait eu l'occasion de lire enfant, et il avait cité ces vers de mémoire. Comme le vin faisait effet et qu'il devenait plus à l'aise, il leur raconta une histoire qu'il avait entendue, sur un crocodile géant du Nil qui avait agité la queue dans tous les sens pour gagner en vitesse et avait sauté sur la terre ferme et poursuivi une femme jusqu'au sommet d'un arbre pour l'emporter dans l'eau de la rivière. On ne l'avait plus jamais revue. Tanner avait surenchéri en leur montrant une coupure tirée de *The Life and Explorations of David Livingstone*, tout juste sorti dans la presse au moment où il avait quitté Londres, et intitulée « Un incident effrayant ». On y voyait une voluptueuse femme nue, se pâmant sur un îlot rocailleux du Nil, et un crocodile de la taille d'un dinosaure prêt à la dévorer. Jones en était resté sans voix, fixant l'image, la bouche ouverte. Il s'était précipité vers ses compagnons assemblés autour du feu assez loin de la rivière, pour leur montrer le croquis, tous étant aussi terrorisés par les crocodiles et en mal de femmes, n'ayant plus eu l'occasion d'en côtoyer depuis les bordels du Caire, six semaines plus tôt.

Un cri résonna depuis les rochers, et Mayne tourna la tête vers la gorge. Le marin enroulé dans la haussière avait glissé et restait attaché par les mains, ses pieds rebondissant dans le torrent. Les haussières avaient été récupérées sur les navires de la Royal Navy à Alexandrie et étaient imprégnées de goudron, un problème constant car le soleil accablant le faisait fondre et le rendait glissant. Avec un autre cri, il s'enfonça dans le torrent et disparut, entraîné sous l'eau. Charrière retira ses bottes et plongea pour le sauver, s'arquant avec toute sa puissance pour éviter les rochers et s'approchant de l'endroit où la silhouette noire avait été repérée. Ce n'était pas la première fois qu'il sauvait des marins qui ne savaient pas vraiment nager, mais cette fois l'urgence était grande : un peu plus bas sur la rivière, un tourbillon risquait d'emporter tous ceux qui s'en approcheraient. Il scruta rapidement les bords de la rivière, espérant que le crocodile, si c'en était bien un, avait reçu un coup de silex suffisamment fort pour le dissuader de revenir. Charrière et le marin refirent surface en même temps, l'homme se débattant et pestant, et pourtant Charrière l'agrippa sans le lâcher et traversa le bassin avec lui en nageant de toutes ses forces. Il ne lutta pas contre le courant, mais le laissa l'emporter vers la rive diagonalement opposée, s'accrochant à un rocher, évitant de peu de se laisser entraîner hors de vue de Mayne. Les soldats s'attroupèrent sur la berge pour tirer les deux hommes hors de la rivière, allongeant le marin et laissant Charrière retirer sa chemise et retourner vers les bateaux.

C'était un incident courant qui se répétait tous les

jours ou tous les deux jours d'une manière ou d'une autre, mais Mayne était soulagé que Charrière n'ait pas perdu sa vie dans des circonstances aussi banales, quelques heures seulement avant qu'il ne se rende auprès de lord Wolseley. Le message qu'il avait reçu dans le désert lui demandait de venir avec Charrière. Et pourtant ces épisodes étaient autant d'avertissements, un rappel que la rivière n'était pas juste un obstacle, elle était aussi traîtresse, mortelle. C'était comme si la rivière elle-même les poussait à repartir avec le courant et aller vers le nord comme les oiseaux, quitter cette terre où le désert contrôlait tout. Mayne avait entendu les Mohawks en parler en iroquois, pour que les Britanniques ne les comprennent pas, mais lui se souvenait assez de leur langue. Beaucoup avaient déjà quitté l'expédition, leur contrat avec Wolseley ayant expiré, et seuls très peu de ceux qui étaient encore là souhaitaient y rester encore longtemps. Ils disaient avoir l'impression, à chaque cataracte, d'aller moins vite, d'être plus lourds, comme si la terre elle-même les attirait à elle. Ils pensaient qu'aller plus loin les entraînerait vers des endroits où si un homme tombait dans l'eau, on ne pourrait plus le sauver, où l'ennemi invisible sur les falaises ferait de la rivière un lit de mort, où ils passeraient dans un autre monde plus sombre duquel on ne revient pas.

Il prit une autre gorgée d'eau. Une partie de sa soif étant maintenant étanchée, il pouvait désormais laisser l'eau s'attarder dans sa bouche et il goûtait à la boue du Nil. On encourait toujours un risque à boire l'eau de la rivière. C'était moins sûr que l'eau qu'on sortait d'un puits, mais plus sûr que l'eau offerte par un étranger, qui pouvait être empoisonnée. Dans le désert, on avait le droit de refuser l'eau tendue par un passant pour attendre le prochain puits ou la prochaine citerne. L'eau de la rivière qu'il buvait était passée à côté de Gordon, avait pris avec elle quelque chose de Khartoum, sang humain ou poison, il n'aurait su dire. Il observa le bassin dans lequel Charrière avait sauvé un homme, essayant d'en estimer la profondeur, comme le ferait un Mohawk, pour évaluer la forme du lit de la rivière. Il s'était souvent demandé l'aspect qu'il avait, s'il abritait encore une partie de l'histoire qui était passée par là, ou si ce n'était qu'un flot de noirceur sur un fond érodé, le tout nettoyé par les crues annuelles qui irriguaient l'Égypte et laissaient la rivière lavée des débris humains. Shaytan lui avait dit qu'il faudrait attendre de dompter la rivière pour qu'un étranger puisse conquérir la terre plus au sud, ou que les forces du Mahdi s'élancent vers le nord et menacent le monde tout entier. Ce n'étaient que les paroles d'un vieux mystique soufi, mais elles contenaient une parcelle de vérité, et cette vérité était l'arrivée d'une nouvelle technologie : juste au moment où il était question de construire un barrage à Assouan pour contrôler le Nil, afin que les voies de chemin de fer continuent encore plus loin vers le sud dans le désert, de l'Égypte à la mer Rouge, ce qui permettrait à une armée de se déplacer plus rapidement et en même temps procurerait des armes et un moyen de communication qui aideraient les jihadistes à se libérer de leur culture médiévale et d'allumer un incendie dans des lieux dont beaucoup de mahdistes ne connaissaient pas l'existence aujourd'hui.

Il se rappelait quand il était arrivé pour la première fois au Soudan, ébloui par l'incroyable clarté de la gorge, comme si l'eau qui avait chassé le sable pour révéler la carapace rocailleuse en dessous avait aussi nettoyé l'air au-dessus de la rivière, permettant de voir la gorge de loin comme un serpent chatoyant et luisant, qui se frayait un chemin dans le désert depuis les ténèbres menaçantes et jusqu'au sud. Dans les premières semaines, alors qu'il n'avait pas grand-chose à faire, il s'était occupé en dessinant la colonne de la rivière et avait envoyé ses croquis au *Illustrated London News*, où ils avaient été imprimés et publiés comme l'œuvre d'un officier anonyme. Les images semblaient montrer que pour ceux qui se trouvaient dans la gorge, comme ceux qui séjournaient dans un oued du désert, le monde extérieur n'existait plus, comme si leur labeur englobait tous les efforts humains. Ces dessins avaient donné au public anglais ce que Wolseley avait voulu qu'ils reçoivent, une vision de leur épreuve héroïque, de soldats, de marins et de colons travaillant ensemble pour une cause noble, de l'aspect et du danger du désert. Des images qui préservaient leurs esprits des messages incohérents de Gordon et du portrait qu'ils voulaient dresser pour les services de renseignements d'un homme au bord de la démence, de plus en plus éloigné de l'idéal héroïque des journaux et une menace grandissante pour le prestige britannique et pour ses intérêts à l'étranger.

Et cet air limpide avait semblé se propager bien au-delà de la rivière vers le sud, grossissant tout et diminuant la distance qu'ils avaient à couvrir, les entraînant dans une fièvre d'activité. À présent, il comprenait que tout cela n'avait été qu'illusion. C'était comme s'ils avaient été bernés, attirés plus loin dans le désert par une promesse à l'horizon qui leur échappait toujours, comme dans un mauvais rêve. L'air au-delà de la cataracte était obscurci par le même nuage de poussière qu'il avait vu dans le désert, et le filet argenté de clarté était réduit à une bulle au-dessus des hommes et des bateaux, une bulle qui semblait se refermer à mesure qu'ils progressaient. C'était comme si la lumière qu'ils avaient emportée avec eux vers le sud ne pouvait plus pénétrer le sable ni la pénombre, et illuminait maintenant uniquement leur propre tâche. Il sentait que si un mauvais vent venait du sud pour tout balayer sur son passage et assombrir l'horizon, ils seraient emportés, effacés de l'histoire comme les anciennes armées des pharaons dont les traces ne restaient que là où ils avaient gravé leurs marques sur la pierre, dans la gorge de la rivière.

— Major Mayne, monsieur, appela Jones. Le bateau est presque prêt. On dirait bien que votre ami est arrivé un peu plus vite qu'il ne l'aurait voulu.

Mayne jeta un œil vers la rivière. Charrière avait marché sur la rive vers l'endroit où le bateau avait été réparé. Il pataugeait désormais dans l'eau à côté, pour en inspecter la coque. Mayne leva son télescope et regarda de nouveau la falaise, ne voyant toujours rien. Il avait un mauvais pressentiment, mais il n'y pouvait rien. Avec les barques qui se rassemblaient en plus grande quantité, un tireur n'aurait que l'embarras du choix pour viser. Comme plus de troupes arrivaient dans le camp, il attendait sans doute que des officiers haut gradés fassent leur apparition. Heureusement, le général Earle n'était plus sur place : il était parti rejoindre Wolseley à Korti la veille. Et il était toujours possible qu'il n'y ait pas de tireur du tout, que les mouvements qu'ils avaient perçus dans les rochers ne fussent que des illusions de lumière ou peut-être des curieux des tribus locales, sans aucune intention belliqueuse. Même si le danger existait et qu'il pouvait l'éviter, c'était juste une question de temps avant qu'ils ne rencontrent plus juste un sniper isolé mais une armée de derviches avec lances et bannières. Les soldats dans le sangar derrière lui qui pour le moment n'avaient connu de cette guerre que les récits du caporal Jones en verraient bientôt par eux-mêmes toute l'horreur. Ce serait leur bataille à eux, et il y en aurait une autre, bien plus loin vers le sud. Il savait que Jones pourrait veiller sur lui-même, que ce soit dans le feu de l'action ou mieux encore comme soutien. Il parlerait à Tanner avant de partir pour s'assurer que Jones se voie attaché à un régiment d'ingénieurs, pour lui éviter d'être incorporé dans un bataillon d'infanterie quand le moment arriverait de se battre.

Il tourna vers le parapet et scruta une nouvelle fois le désert. La lumière translucide des premières heures du jour quand il s'était réveillé à côté du puits avec Shaytan avait fait place à un brouillard poussiéreux, une brume de sable qui terrassait le sol du désert. Ce nuage opaque semblait trancher tout ce qui s'élevait au-dessus, donnant aux affleurements pyramidaux qu'ils avaient vus plus tôt l'aspect de mirages, et à son chameau à quelques mètres de là une forme désincarnée, comme si sa tête survolait un voile rouge diaphane. L'effet était déconcertant, en partie réel, en partie hallucination, mais attirant, et il comprenait pourquoi des hommes avaient été tentés de s'élancer vers le désert pour disparaître, pris dans un élan dont seuls ceux qui savaient ce qu'ils recherchaient et avaient appris à le reconnaître pouvaient s'échapper.

L'héliographe scintillait sur la rive opposée, et il revint à la réalité. Il se tourna vers la rivière et vit qu'à présent le bateau voguait sur l'eau, les sapeurs qui l'avaient réparé testant son étanchéité. Il jeta un dernier regard vers la falaise. Il ne pouvait plus attendre, il fallait qu'il se lance. Il replia le télescope, le rangea dans son étui et passa la bandoulière autour de son cou, à côté de ses jumelles, puis il tendit le Martini-Henry et la boîte de munitions à Jones.

— Prenez ceci. C'est le fusil le plus précis que le quartier-maître aurait pu me trouver. Il est réglé pour viser à trois cent cinquante mètres au-delà de la rivière.

— Personne ici ne pourrait réussir un tel tir à part vous, monsieur.

— Alors il faudra que vous gardiez vos têtes baissées.

Il se pencha et ramassa son sac kaki que Jones surveillait pour lui, vérifiant qu'il était soigneusement fermé. Jones suivait des yeux ses gestes, puis prit une voix hésitante.

— Alors vous nous abandonnez vraiment pour toujours, monsieur ?

— Je ne sais pas. Mais faites attention à moi.

— Monsieur.

Le subalterne tendit la main, et Mayne la serra.

— Nous serons en position la prochaine fois, monsieur. La prochaine fois qu'un officier britannique apparaîtra dans le désert vêtu comme un Arabe.

Mayne se tourna.

— Cela me rappelle… Mon chameau.

— Monsieur ?

— Je n'en aurai plus besoin. Il est à toi.

Jones fixa son supérieur, puis regarda la bête qui

ruminait et grognait de l'autre côté du parapet. Quand il tourna de nouveau la tête vers Mayne, il affichait un profond dégoût.

— Mais, *monsieur*.

— Un peu d'herbe *savas*, de l'eau. Tu verras, il est très fidèle. Une fois que tu l'auras nourri, il n'aura plus d'yeux que pour toi. Et si tu as froid la nuit, prends-le dans tes bras et fais-lui un gros câlin. Après un moment, on s'habitue à l'odeur.

Le soldat britannique donna un coup de coude à Jones.

— Allez, Jonesy. Tu nous as raconté comme tu étais doué avec les Égyptiennes au Caire. Et maintenant, tu as cette belle bête pour toi tout seul, tu vas enfin avoir l'occasion de nous montrer ce que tu vaux !

Le désespoir avait remplacé l'horreur sur le visage du jeune homme. Mayne lui adressa un franc sourire, puis ramassa sa besace dont il passa la bandoulière autour du cou, sentant le boîtier en bois dur taper sur ses côtes. Il se tourna vers le parapet.

Il était temps de partir.

8

— Baissez-vous, monsieur !

Une balle fusa dans l'air, si près de Mayne qu'il fut déséquilibré et retomba dans le sangar. La déflagration retentit dans toute la gorge en dessous, et il entendit les cris et les ordres des hommes sur la rivière qui essayaient de se mettre en sécurité. Rapidement, il s'empara de ses affaires et rampa vers le parapet à côté de Jones, qui lui rendit le fusil qu'il venait de lui donner quelques minutes plus tôt. Les autres soldats avaient abandonné leurs activités et s'agenouillèrent derrière le parapet. La déflagration avait été entendue environ une demi-seconde après la balle. Pour une Remington de calibre .43, cela signifiait que le tireur était à environ trois cent cinquante mètres d'eux, peut-être quatre cent cinquante, de l'autre côté de la rivière où l'air était plus frais et moins dense, ralentissant la balle d'une fraction de seconde. Il tourna la tête d'un côté, tendant l'oreille, alors qu'une autre balle jaillit. Il pouvait également juger du trajet qu'avait parcouru une balle tirée par un Remington par le bruit qu'elle faisait, claquement, vrombissement, ou ronflement, et ce qu'il avait entendu confirmait son estimation : trois cent cinquante, quatre cents mètres, exactement la distance jusqu'à la falaise en face où il avait imaginé que le tireur se posterait. Il déplia son télescope et l'emporta jusqu'à la crête. Une autre balle fusa, suivie d'une autre détonation stridente, le bruit couvrant l'écho de la précédente et résonnant dans la gorge. Il baissa le télescope à la recherche de la fumée blanche. Encore un tir, mais là il ne vit rien. L'homme avait attendu que la brume se lève suffisamment du désert pour obscurcir la fumée et que le soleil soit directement derrière lui pour aveugler les personnes qui se trouveraient du côté opposé. Il était bon, trop bon pour se laisser attraper par les soldats qui escaladaient déjà les rochers pour l'arrêter, mais il resterait à sa place assez longtemps pour infliger le maximum de dégâts parmi les hommes dans la rivière ou dans le sangar.

— C'est du tir de harcèlement ! s'exclama le subalterne, d'une voix suraiguë pleine d'excitation et de peur. Ils ne peuvent pas nous viser individuellement à cette distance.

— C'est un tireur isolé, et pas plusieurs, répliqua Mayne. Les snipers derviches agissent toujours seuls, comme tous les bons tireurs d'élite. Et je ne suis pas du tout certain que ce soit seulement du tir de harcèlement. Il va vite réussir à ajuster ses coups, et alors nous serons vraiment dans le pétrin.

Le subalterne plongea plus profondément encore dans le sangar, fixant son casque sur la tête.

— Qu'est-ce que vous proposez ?

— Il utilise le soleil derrière lui pour se couvrir, mais il a attendu un peu trop. Très bientôt le soleil va se coucher et nous pourrons le voir sur la crête. Jusque-là, on ne bouge pas.

— Vous allez essayer de viser ? À cette distance ?

Mayne pinça les lèvres et regarda les autres.

— Que personne ne tire. Je n'aurai qu'une seule chance. Dès qu'il saura que nous avons repéré sa position, il sera parti et ce sera la fin.

Il jeta un œil vers la boîte enveloppée et réfléchit. Le Sharps était plus précis pour une grande distance, mais il faudrait qu'il ajuste le viseur et le faire maintenant impliquerait de se compromettre, d'être sujet aux interrogations plus tard, et il ne le voulait pas. Le Martini-Henry avait une portée insuffisante, mais c'était une arme qu'il appréciait et il fallait qu'il soit confiant. Il jeta un œil à travers les fissures sur le mur de maçonnerie et vit les hommes de la colonne de la rivière courir dans tous les sens et plonger dans l'eau pour se protéger, s'abritant derrière des rochers et excroissances, les sentinelles fixant leurs baïonnettes et se tenant prêtes à tirer, visant à l'aveuglette les rochers au-dessus d'elles. Il observa le subalterne, qui avait pris son revolver et le serrait violemment de sa main tremblante, les phalanges blanches, sortant sa tête de temps en temps pour la baisser rapidement, complètement à bout de souffle. Mayne ouvrit sa boîte de munitions.

— Pour l'instant, il nous prend pour cible parce qu'il sait que nous sommes dans une situation d'infériorité avec cette lumière, et c'est toujours bon de se concentrer de la sorte sur un poste de sentinelle pour que les hommes à l'intérieur gardent leurs têtes baissées et ne puissent voir ce qui les attend.

— Comment ça ? demanda le subalterne, affolé. L'armée du Mahdi ?

Mayne grogna, n'écoutant plus son serviteur, scrutant la rivière.

— Il ne faut pas qu'il change de position derrière un rocher où nous ne pouvons pas le voir, mais il peut tirer sur des hommes dans la rivière. Ils progressent déjà lentement, alors s'ils doivent en plus essuyer des coups de feu, c'est la fin. Les Kroumen et les voyageurs ne sont pas des membres des forces armées de Sa Majesté et je doute que se faire tirer dessus était dans leur contrat avec Wolseley.

— Combien de temps ? demanda le subalterne, la voix rauque d'inquiétude.

Mayne plissa les yeux, regardant dans la direction du soleil au-dessus du désert à l'ouest, en haut de la crête. Il se rappela les jours qu'il avait passés avec Shaytan, observant tout ce qui se déroulait dans le désert, apprenant à estimer combien de lumière il resterait dans la journée par rapport à la position du soleil à l'horizon, une arme de survie essentielle. Il avait dû se préparer pour ce qui l'attendait dans les jours et semaines à venir, mais cela portait ses fruits.

— Une demi-heure environ, murmura-t-il. Nous devrons le rattraper dès que le soleil descendra et avant qu'il ne se rende compte qu'il est visible. Cela peut être une question de secondes.

Le subalterne avait glissé sur le dos le long de la pente du parapet et agrippait maintenant le pistolet avec ses deux mains, essayant de contrôler son tremblement.

— Je vais essayer de regarder le désert de ce côté. Il pourrait tenter de nous distraire pendant que d'autres arrivent de l'est.

Mayne dévisagea son subalterne, un jeune homme terrorisé, pour la première fois sous les tirs d'un sniper, son dos tourné à l'ennemi, essayant de se convaincre lui-même et les autres soldats qu'il n'était pas un lâche.

Tous les soldats devaient passer par cette épreuve du feu, et c'était particulièrement difficile dans le sangar où ils ne pouvaient rien faire d'autre qu'attendre.

— Très bien, lança-t-il. Le caporal Jones surveille le flanc sud.

Il se tourna et balaya la falaise opposée avec son télescope, ne voyant que l'éclat éblouissant du soleil, puis il le baissa et pivota, son dos appuyé contre le parapet. Deux des soldats étaient encore accroupis à l'arrière du sangar, à la merci d'une balle qui prendrait une trajectoire courbée à cette distance, et il leur fit signe d'approcher rapidement, se poussant pour leur faire de la place. Une autre balle fendit l'air pour atterrir sur un rocher, geignant comme un feu d'artifice usé en rebondissant au loin. Le rocher n'était qu'à quelques mètres de l'endroit où se tenait son chameau, à découvert, mâchonnant, complètement inconscient du danger. Il réfléchit. S'exposer serait un risque supplémentaire, mais il était sûr que le tireur n'avait pas encore évalué assez bien la distance pour viser précisément. Il faudrait qu'il touche une cible visible pour y parvenir et répète cette position. Mayne s'adressa à Jones.

— Je sors. Ça ne prendra pas longtemps.

— Où ça ? interrogea Jones, horrifié.

— Le chameau. *Ton* chameau. Une belle bête comme celle-là vaut son poids en or.

Jones semblait incapable de réagir. Mayne rampa vers l'ancien mur de maçonnerie tout au bout du sangar, sauta par-dessus agilement et courut sous la crête jusqu'à ce qu'il soit à trente mètres de son point de départ et environ à la même distance du chameau. Il se baissa derrière un petit monticule sur le plateau, ce qui le cachait complètement de la rive opposée, puis s'aplatit pour ramper au sol sur les coudes. Juste quand il arriva à sa hauteur, l'animal se vida les entrailles dans un jet nauséabond, remplissant l'air d'un nuage marron. Ensuite il courba l'échine et le fixa avec ce dédain mêlé d'indifférence propre aux chameaux. Une balle le frappa dans un bruit assourdissant, en plein dans son abdomen, à quelques centimètres seulement de la tête de Mayne. Il roula à terre juste au moment où une autre siffla à côté de lui et il vit l'endroit où la première balle s'était enfoncée dans le harnais du chameau, le cuir commençant déjà à fumer avec la chaleur du plomb. Il défit le harnais d'une main pour éteindre le feu naissant et donna un grand coup derrière le genou avant de la bête, la faisant plier ses deux pattes de devant dans un grognement. Il fit la même chose pour ses pattes arrière, puis avec une boucle de la corde en cuir, il l'attacha pour l'empêcher de se relever. Le chameau était encore à portée d'une balle à la trajectoire descendante ou d'un ricochet, mais au moins il n'était plus visible. Il repartit d'où il était venu en rampant, sentant un souffle d'air au moment où une autre balle le frôla de peu. Le tireur s'améliorait, il semblait viser des cibles désormais. Il atteignit le mur et sauta par-dessus, puis rapidement retrouva Jones et regarda par l'embrasure dans le parapet. Jones le fixa, grimaçant et tout rouge, puis il lâcha enfin une expiration. Mayne le fixa, alarmé.

— Tu vas bien ? Tu as été touché ?

— Non, monsieur, répondit-il d'une voix étranglée. C'est vous, monsieur. C'était déjà assez pénible au début quand vous êtes arrivé, mais maintenant c'est bien pire. Cette odeur. Cette *puanteur* !

Mayne renifla mais ne sentit rien, puis regardant la manche de sa tunique, il vit une grosse tache marron.

— Ah ! C'est ce qui arrive quand on a un chameau, j'en ai bien peur. Il faudra que tu t'y fasses, caporal Jones.

Il posa son fusil contre le parapet et prit une munition dans son sac, l'examinant soigneusement et essuyant le bout arrondi et étroit de l'étui en laiton qui enserrait la balle pour s'assurer qu'elle n'avait pas de saleté. Il tira le levier du fusil pour en ouvrir l'arrière, posa la cartouche dans le chargeur et la poussa tout au fond avec son pouce, puis referma l'arrière avec le levier. Comme les Martini-Henry n'étaient pas pourvus de sécurité, il était désormais armé et prêt à tirer. Il s'allongea sur le ventre, blotti contre le bord de l'embrasure et glissa le canon vers l'extérieur, le faisant reposer sur le parapet, impossible à détecter par quelqu'un qui se trouverait à plus de trois cent cinquante mètres de là. Ensuite, il posa la crosse sur son épaule et regarda par le viseur dans la direction de la falaise où il se serait trouvé s'il avait été le sniper, où la roche était déformée par les saillies et les crêtes irrégulières qui pouvaient fournir une bonne cachette. Il se détendit, prenant plusieurs grandes inspirations, se concentra et se rappela comme il se sentait bien quand il avait une cible en joue et qu'il savait qu'il pouvait la tuer, ce qu'il avait éprouvé quand il l'avait fait pour la première fois, toute la colère et la peine qui l'avaient accablé à la mort de ses parents, de son frère et de sa sœur semblant s'apaiser, ne fût-ce que pour un précieux instant.

— Monsieur, je m'occupe des munitions.

Il entendit le soldat irlandais parler au subalterne, puis le frottement contre le sol de l'homme qui rampait vers les réserves d'armes au fond du sangar. Il fut traversé d'une pointe d'appréhension, sachant que le soldat était ainsi vulnérable à une balle tirée avec une trajectoire courbée, mais étant en position, il ne voulait pas se laisser déconcentrer, ni même crier un avertissement. Le soleil se couchait et il savait qu'il n'aurait qu'une seule chance.

Soudain un bruit métallique assourdissant retentit à côté du soldat. Une balle avait cogné sur le canon de son fusil et ricoché en fragments, trouant le tissu fin de sa tunique, mais épargnant miraculeusement la chair. Le soldat s'accroupit, sonné, la tête et les épaules au-dessus du parapet, et Jones lui hurla de se baisser, mais trop tard. Une balle explosa dans un jet de sang et de tissu, et il tomba en arrière, un gros trou noir dans la nuque, ses yeux grands ouverts et sans vie. Derrière lui, Mayne entendit le fracas écœurant d'une balle qui déchire un corps et une autre quelques secondes plus tard, suivie d'un hurlement gargouillant de sang et d'une série de jurons anglais. Il restait rivé à son guet de la crête, son index droit appuyé sur la gâchette, décrivant un petit arc avec son fusil pour couvrir les vingt ou trente mètres de falaise où il imaginait que le tireur se trouvait. Une autre balle passa au-dessus de sa tête et s'écrasa dans le rocher derrière lui. Le sniper avait évalué la distance désormais et il tirait sans cesse, mitraillant le sangar aussi vite qu'il pouvait lever le levier pour charger son arme. Mayne savait que l'occasion était arrivée et qu'il fallait la saisir : il y aurait des petits mouvements dans les rochers, des moments où le tireur baisserait sa garde et s'exposerait, trop sûr que personne de l'autre côté ne rivaliserait de précision.

Mayne perçut un infime changement de lumière. Il plissa les yeux, il avait bien senti. *Le soleil s'était couché derrière la falaise.* Et c'est là qu'il distingua une toute petite réflexion vacillante parmi les rochers, le blanc d'une coiffe, le canon d'un fusil relevé l'espace d'un instant. Il se figea, l'œil collé au viseur, les deux yeux ouverts et visa sa cible. Pas de vent, il pouvait tirer droit devant. Il ajusta son fusil de quelques microns vers la gauche, d'instinct, rien de plus, et expira doucement jusqu'à se vider les poumons. Puis il appuya sur la gâchette. Le fusil se souleva et craqua, et à travers un nuage de fumée, il vit la silhouette se dresser comme si elle se relevait, puis se pencher en avant pour tomber la tête la première par-dessus le rebord devant elle, les bras ballants, du sang giclant sur la falaise et son arme dégringolant sur la pierre.

Les hommes dans la rivière poussèrent des cris de joie. Il sentit à peine le besoin de respirer, et quand il le fit enfin, c'était comme s'il avait rempli ses poumons d'un fort tabac qui fit tambouriner son cœur et déferler le sang dans son cerveau. *Cela faisait longtemps qu'il n'avait plus réalisé un tel exploit.* Il lâcha son fusil et se tourna pour constater les dégâts dans le sangar. L'homme qui s'était tenu à côté de lui gisait sur le dos, les jambes déformées dans un bain de sang, qui coagulait déjà et se remplissait de mouches. Les deux autres balles avaient atteint le soldat irlandais qui était parti chercher des munitions. Il était allongé sur le dos, entouré des autres, avec son pantalon déchiré, les jambes noyées de sang et tremblant convulsivement. Une balle avait touché son mollet, découpant le muscle et le laissant entortillé en une masse rouge et jaune sous le genou. L'autre avait traversé ses deux cuisses, tranchant les artères, si bien qu'il se vidait de son sang dans une agonie terrible. Le subalterne lui surélevait la tête, tandis que les autres essayaient de bander ses jambes. Jones lui tenait la main et versait quelques gouttes d'eau dans sa bouche. L'homme gémissait et pleurait, son visage gris et crispé, ses lèvres prononçant des mots que seul le subalterne pouvait entendre. Mayne aurait pu lui dire qu'il avait abattu l'homme qui l'avait touché, mais cela n'avait plus d'importance. Il souleva le levier du fusil pour éjecter la douille, puis le referma et le posa à côté du matériel de Jones. Il regarda les traits de l'homme se détendre et ses paupières s'affaisser. Sa respiration se transforma en un râle rauque. Il était mort.

Le subalterne resta penché sur lui, incapable de bouger, et les deux hommes à côté des jambes s'assirent, bras et tuniques dégoulinant de sang. Jones se leva et le rejoignit pour lui proposer la gourde d'eau. Mayne l'accepta, reconnaissant, buvant à grosses lampées, se sentant soudain très vivant.

— Joli tir, monsieur, félicita Jones en le dévisageant. Même les Afghans ne savent pas viser aussi bien.

Mayne s'essuya la bouche et rendit la gourde.

— C'est à ça que servent les soldats, non, Jones ? À tuer l'ennemi.

— Tuer l'ennemi, répéta Jones, songeur. C'est vrai, monsieur. Tuer l'ennemi.

Il tourna la tête vers les autres dans le sangar, tous assis et choqués, deux d'entre eux la tête cachée dans les mains.

— Ne vous en faites pas pour eux, monsieur. Je me souviens bien de la première fois que ça m'est arrivé, quand un camarade est mort dans mes bras. C'était à Maiwand en Afghanistan, dans les années 1880. Sacrée bataille, monsieur.

— Je sais, j'y étais. Dans les montagnes, en observation.

— Mission de reconnaissance, monsieur ?

— Quelque chose comme ça.

— Alors je vais aller raconter mon histoire aux autres.

Mayne ramassa de nouveau ses sacs pour les mettre sur son épaule.

— Je leur laisserais un moment, à ta place. Surmonter cette petite bataille d'abord.

— Cette fois vous partez pour de bon, monsieur ?

— Le bateau attend, j'ai déjà perdu du temps. Je ne peux plus rien faire ici. Je transmettrai le message d'envoyer un détachement mortuaire. Et, Jones…

— Monsieur ?

Mayne fit un signe de tête en direction de la forme étendue par terre sur le sable.

— N'oublie pas.

Jones ferma les yeux un moment.

— Monsieur.

— J'ai attaché ses pattes arrière. Il faudra une baïonnette pour le libérer.

Jones grimaça.

— Les pattes arrière, ça veut dire à côté de l'arrière-train, ça ? Vraiment tout près ?

Mayne retira son foulard et le tendit à son serviteur.

— Enroule ça autour de ta tête, ça te protégera.

Jones s'en empara, poussa un soupir, puis tendit la main.

— Bon vent, monsieur.

Mayne lui serra la main.

— À toi aussi.

Il ajusta ses sacs et passa par-dessus le parapet. Il avait pris une demi-heure de retard, ce qu'il pouvait à peine se permettre, mais il se sentait mieux de l'avoir fait. Son esprit était en alerte, concentré, et tout ce qu'il avait accompli au cours des dernières semaines, la préparation dans le désert, lui parut soudain en valoir la peine. Il était impatient de redescendre la rivière vers Korti et prêt à entendre ce que Wolseley lui réservait.

9

Mayne entreprit de descendre le sentier escarpé que les soldats avaient remonté depuis la rivière, dévalant les rochers qui devenaient de plus en plus pointus et aiguisés sur la façade vers la droite. La roche friable du plateau laissait la place au dur substrat igné de la rivière, facilitant la marche, alors qu'il suivait les petits tas de pierres que les soldats avaient placés pour indiquer le chemin. À la base de l'affleurement rocheux, une petite pente sableuse à quarante-cinq degrés vers la rivière entourait la falaise à cent mètres environ du bord de l'eau. Alors qu'il s'avançait sur le sable, il vit deux hommes arriver dans sa direction depuis les rochers entre la rivière et les éboulis, et s'arrêter de temps en temps pour le voir avancer. Tous les deux des officiers, habillés en kaki, avec des casques, et quand ils furent plus proches, il reconnut le lieutenant Tanner du détachement d'ingénieurs et le major Ormerod, le commandant des voyageurs. Il s'arrêta devant eux dans un nuage de poussière, retirant sa besace et son sac kaki pour les poser sur le sable. Ormerod, un Écossais trapu avec une moustache en guidon, tendit la main.

— Bon Dieu, Edward, tu as la tête de quelqu'un qui a traversé la guerre !

— Juste le désert.

Il serra la main des deux hommes, puis passa les doigts dans la masse de ses cheveux. Il regretta désormais d'avoir donné au caporal Jones son foulard, mais il s'en procurerait un autre à Korti. Il leva la tête vers le haut de la pente.

— Il faut organiser le transport des dépouilles.

— C'est déjà fait, affirma Tanner. Nous avons vu le soldat sur le parapet se faire abattre. Triste spectacle.

— Nous avons eu deux morts, déclara Mayne en dévissant le bouchon de sa gourde pour boire quelques gorgées d'eau.

Il regarda vers la rivière et vit Charrière encore dans l'eau jusqu'à la taille, à côté du bateau. Il but, s'essuya la bouche et le montra du doigt.

— Il devrait prendre garde au crocodile.

— Il ne va pas l'attaquer, rétorqua Tanner. Pas après le coup qu'il lui a infligé avec son fouet.

— Tu l'as vu ?

— Je sais qu'il est là. On le sait tous.

— Dès qu'il va sortir sa gueule de l'eau, je me le fais, assura Ormerod. J'ai un pistolet Express à deux canons fixé sur un trépied et orienté vers la rivière. Un serviteur surveille de jour comme de nuit. Je ne veux surtout pas que mes voyageurs rentrent au pays et aillent raconter que l'un d'eux a été tué par un Léviathan des profondeurs. Ce serait la dernière fois qu'on les verrait dans une aventure impériale et sans doute aussi à l'église. Les Mohawks reprendraient certainement leurs peaux de daim pour disparaître dans les forêts.

Mayne reboucha sa gourde.

— Le caporal Jones est convaincu que le Léviathan de la Bible n'est pas un monstre satanique, mais un crocodile du Nil.

— C'est bien suffisant, grommela Ormerod. Une machine à tuer de trois mètres et demi de long.

— Et toi ? demanda Tanner.

— Moi ?

— Qu'est-ce que tu en penses ?

— Je pense que cette expédition doit se défaire du plus de bagages possible. Nous risquons de nous voir accablés par un Léviathan de l'esprit.

Ormerod grommela et indiqua d'un doigt le haut de la falaise.

— Si c'était toi, c'était un sacré tir, Mayne. Les Mohawks racontent tes talents d'après ce qu'ils ont vu lors de l'expédition de la rivière Rouge, mais c'est la première fois que je te vois en action.

— Un fusil de service, rien de plus, expliqua Mayne. Cela montre ce dont nos soldats seraient capables si on les entraînait correctement pour le tir à distance.

Il s'apprêtait à ranger sa gourde dans son sac, quand Ormerod l'arrêta en posant une main sur son épaule.

— Tu dois voir quelque chose d'abord. Au pied de la falaise.

— Jones me l'a dit. Mais je n'ai pas le temps.

— Tu as une demi-heure. Le bateau a pris l'eau pendant l'essai et Charrière colmate les trous avec une mixture concoctée par les Dongolais : un mélange de crottes de chameau et d'herbe. Tu ne peux pas l'aider, alors viens jeter un œil.

Mayne regarda sur sa tunique la tache vert marron des excréments de son chameau, juste à côté du sang qui provenait du soldat abattu tout près de lui. Il avait eu assez de déjections de chameau pour la journée. Il tourna la tête vers la falaise.

— D'accord, mais vite.

Il les suivit sur une vingtaine de mètres le long de la falaise, s'arrêtant à côté d'un tas de pelles et de piques posées contre la roche tout près d'une lanterne à gaz. Tanner était devant et montra du doigt une ouverture de deux mètres de large et un de profondeur, manifestement révélée par une excavation récente. C'était la partie supérieure d'une porte ancienne, taillée dans la pierre. Tanner s'empara de la lanterne et s'assit sur le sable, glissant ses pieds les premiers dans la fente.

— Elle était entièrement enterrée quand nous sommes arrivés, mais un des chiens est venu ici et s'est creusé un chemin dans la dalle que nous avons retirée de l'entrée, expliqua-t-il, débordant d'enthousiasme. Je ne pense pas qu'elle a été ouverte depuis le temps des pharaons. Suivez-moi.

Mayne s'assit sur le sable à côté d'Ormerod et ils s'introduisirent par l'ouverture l'un après l'autre, se baissant sous la roche. Il fit soudain si frais que Mayne en eut le souffle coupé et l'air était chargé d'humidité. Ils se trouvaient sur une pente formée par le sable qui s'était déversé dans la chambre depuis son ouverture, se répandant sur le sol pour le recouvrir pratiquement en entier. À l'intérieur, la seule lumière parvenait de l'étroite fente à l'entrée, et comme ils descendaient encore, ils se retrouvèrent dans le noir le plus total.

— Il doit y avoir cinquante centimètres d'eau au fond, lança Tanner devant eux, sa voix lointaine et creuse. Nous sommes en dessous du niveau du Nil, et dans l'Antiquité, c'était également le cas. Je pense que cet endroit a été construit ainsi exprès. L'eau est étonnamment claire, et je suis sûr qu'il existe une autre entrée enterrée sous le sable, qui doit donner sur le bord du bassin, mais je ne l'ai pas encore trouvée.

Mayne sentit une bouffée de gaz quand Tanner ouvrit la lampe et entendit le craquement d'un silex. Le sifflement se changea en grondement et soudain ils furent tous les trois baignés d'une lumière orange, trop éblouissante pour voir quoi que ce fût. Tanner baissa la flamme jusqu'à ce qu'elle soit blanche et que Mayne distingue les murs, leurs propres formes se dressant, ombres immenses projetées par la lumière de la lampe. L'endroit devait avoir la taille de la nef d'une église. Là où les murs avaient été taillés dans la roche, ils étaient érodés et couverts de limon vert, mais le côté droit directement en face de Mayne était du basalte noir, poli, lisse et vierge de toute impureté.

Il fixa, ébahi, ce qu'il vit soudain.

— Grand Dieu, murmura-t-il.

Il prit la lanterne des mains de Tanner et avança sur le sable, plus près du mur, pataugeant dans l'eau froide. Le mur était constellé de gravures, profondément creusées dans la pierre. Il y posa la main, sentant la surface froide et humide, passant les doigts sur les lignes. Il se souvint d'avoir appris combien il était difficile de ciseler la roche éruptive durant ses cours de géologie à l'École d'ingénierie militaire. Il s'émerveilla en pensant aux maçons de l'Égypte antique qui avaient réussi cet exploit prodigieux dans un lieu si désolé, si loin des riches plaines du Nil, si reculées vers le nord, d'où ils venaient.

Il recula de quelques pas pour avoir une vue d'ensemble, s'asseyant sur le sable. La paroi avait indéniablement été gravée par les Égyptiens de l'Antiquité, les mêmes formes et hiéroglyphes que ceux qu'il avait vus à Louxor et à Amarna plus au nord. Ils représentaient une procession de soldats égyptiens en jupe, se rendant à la guerre. Devant eux, l'ennemi nu courait avec des lances et des petits boucliers ronds pour se lancer sur les Égyptiens. Tanner se glissa à côté de lui.

— C'est ce qui m'a surpris quand je suis entré ici la première fois, dit-il. J'étais à El Teb avec Burnaby. Ils ressemblent exactement aux Beya que nous combattions.

Mayne souleva la lanterne et regarda de plus près. Il avait raison. L'ennemi avait des plumes dans les cheveux et des queues de cheval, lubrifiées avec de la graisse animale, tout comme les Beya. C'était la tribu dont avait parlé le caporal Jones, qui luttait contre l'envahisseur, trois mille ans plus tôt, comme elle le faisait maintenant, et tout aussi terrifiante. La scène lui parut soudain immédiate, comme si le passé, le présent et l'avenir ne formaient plus qu'une seule image. Mais ce n'était pas tout, et il se déplaça de quelques pas sur la droite, glissant en arrière, mais retenant fermement la lampe pour éviter qu'elle ne tombe dans l'eau. La fresque suivante montrait des hommes avec des hachettes et des épées brandies, s'élançant vers un groupe d'hommes et de prisonniers qui levaient les mains en signe de supplication. Les vainqueurs exigeaient ce qui leur était dû ; en dessous, on apercevait un mélange épouvantable de têtes coupées, de membres et de parties génitales, les gravures à moitié immergées comme si elles flottaient dans l'eau.

Pourtant quelque chose clochait. Ce n'étaient pas les représentations habituelles des conquêtes égyptiennes. Les vainqueurs n'étaient pas les Égyptiens, mais les ennemis. Les prisonniers subissaient le même traitement qu'on infligeait aux adversaires sur d'innombrables murs en Égypte, décrivant des victoires réelles ou idéalisées. Et pourtant, cela avait clairement été gravé par des mains d'Égyptiens, des maçons qui avaient été forcés à travailler dans cet endroit chthonien par quelqu'un qui voulait célébrer la défaite et non la victoire. *Quel est cet endroit étrange ?* Mayne observa avec horreur les images du bas et se rappela les récits que Jones avait rapportés du général Hicks deux ans plus tôt, au sujet des hommes du Mahdi coupant les parties génitales des prisonniers égyptiens pour les donner à manger aux chiens. Voir cette image lui glaça le sang, comme s'il ne contemplait pas des scènes d'horreur du passé, mais le sort qui leur était réservé.

Et ce n'était pas encore terminé. Tanner montra encore un pan de mur plus loin, et Mayne leva la lanterne. Remplissant tout le mur, à la tête de l'armée égyptienne, on voyait l'immense silhouette du leader, qui avançait. Elle n'avait rien des attributs royaux habituels, mais Mayne reconnut aussitôt le ventre proéminent et le menton distendu qu'il avait vu sur les gravures à Amarna, et le cartouche à côté de lui. Il se rappelait le scarabée que Shaytan lui avait donné et qui pendait à son cou maintenant, sur lequel il avait déjà vu l'inscription tout en bas. Le cartouche d'Akhenaton, le pharaon hérétique qui était représenté ici ne portant rien d'autre qu'une robe et des sandales. Il avait conduit son armée vers le sud et pourtant semblait se désolidariser de ses soldats, se détournant du carnage de la défaite et frappant seul, ses yeux fixés droit devant lui. Et devant lui, illuminant le coin du mur, on apercevait son symbole le plus caractéristique, le disque du soleil d'Aton, ses rayons s'étendant jusqu'au pharaon et l'enveloppant pour le porter en avant, chaque rai se terminant par une main à la paume ouverte.

Mayne contempla l'image. Il avait vu les restes fragmentés d'un mur gravé comme celui-ci dans un autre endroit également, deux semaines plus tôt, à côté du puits de Jakdul, dans une grotte souterraine, mais éparpillés dans une ruine à ciel ouvert, à peine visible au-dessus de la surface du désert, ses remparts réduits aux fondations et les décombres enterrés sous la poussière et le sable. Shaytan lui avait confié que, huit ans plus tôt, il avait conduit Gordon en personne à cet endroit, quand il visitait le Soudan au cours de sa première période comme gouverneur général, parce qu'il avait une ardente passion pour l'Égypte antique. Il avait été accompagné par un flamboyant américain, Charles Garner Wright, officier et aventurier qui portait toujours l'uniforme des sudistes, un des nombreux vétérans de la guerre civile qui avaient trouvé un emploi auprès de l'armée du Khédive et dont Gordon semblait apprécier la compagnie davantage que celle de ses compatriotes. Ils avaient également fait la visite avec un archéologue allemand qui, d'après la description que Shaytan lui avait faite, était le docteur Heinrich Schliemann, l'homme qui avait découvert Troie et que Gordon admirait grandement, à tel point même qu'il l'avait invité à les rejoindre sur des excursions archéologiques dans le désert. Ensemble, avec un cuisinier et Shaytan comme guide, les trois hommes avaient passé plusieurs jours sur le site, creusant dans le sable pour ne révéler que des fragments, presque intégralement ensevelis au moment où il avait montré le site à Mayne.

— Vous n'avez pas encore vu le meilleur, lança Tanner en lui donnant un petit coude. Regardez le mur en face de l'entrée.

Mayne se tourna et souleva la lanterne aussi haut qu'il le put. Il resta sans voix. Scrutant la pénombre au-dessus de lui, se dressait la tête d'une sculpture géante, ou plus précisément son museau. La silhouette avançait, portant un bâton dans une main et l'ânkh dans l'autre, une statue qui s'arrachait au basalte. Mais c'était surtout la tête qui était extraordinaire. Pas celle d'un homme, celle d'un crocodile, avec des yeux creusés profondément de chaque côté et des dents irrégulières encerclant la gueule, la quatrième incisive depuis l'avant sur chaque côté plantée dans la mâchoire supérieure.

— C'est Sobek, le dieu crocodile égyptien, expliqua Tanner tout bas. Le renfoncement qu'on distingue au-dessus de lui est craquelé sur le sommet, comme vous pouvez le voir de l'intérieur. Il est rempli de momies. De *crocodiles*. Je pense que c'était un temple attenant au bassin de la rivière, avec un canal qui s'y déversait. Durant la crue annuelle du Nil, il procurait un refuge pour les crocodiles, leur évitant de se laisser emporter par les rapides de la cataracte. Je pense, en fait, que les crocodiles vivaient ici.

Mayne admira la statue. Il se rappela la soirée qu'il avait passée avec Tanner et Jones, à chercher des sources anciennes mentionnant les crocodiles, et ce que Plutarque avait dit d'eux : *Les Égyptiens vénèrent Dieu symboliquement dans le crocodile, qui est le seul animal sans langue, comme le divin Logos qui n'avait pas besoin de parler.* Ils l'avaient constaté eux-mêmes sur une carcasse en décomposition qu'ils avaient trouvée dans l'eau : les crocodiles du Nil n'ont pas de langue, et leur mâchoire supérieure peut se détacher pour s'adapter à la taille d'une proie plus longue qu'eux, comme un serpent. *Le mot divin qui ne doit pas être prononcé.* Il avait eu une soudaine révélation : que les premiers chrétiens qui honnissaient les Égyptiens pour leurs idoles, et tous ceux après eux qu'ils soupçonnaient de vénérer des divinités animales, avaient eu tort et devraient relire les premiers auteurs pour connaître la vérité. Sobek n'était pas un dieu, mais la divine présence se manifestant par l'entremise du crocodile. Tout comme le Mahdi et ses disciples voyaient Allah dans toutes les œuvres humaines, les Égyptiens de l'Antiquité voyaient la présence divine dans toutes les facettes de la nature. Dans son esprit, Mayne vit Akhenaton, le pharaon qui avait reçu la révélation plus clairement que quiconque, et marchait, déterminé, vers le sud pour se libérer des chaînes des prêtres et de la vieille religion qui avait renforcé ces images, s'éloignant d'elles et prenant en lui la présence divine. Peut-être avait-il construit ce temple à l'extrémité du monde des Égyptiens à côté de la mare des crocodiles comme dernier geste vers le passé, avant de tout laisser derrière lui et de plonger dans le désert, vers un endroit où il n'aurait plus besoin de ces représentations, cherchant une oasis pour l'esprit au-delà des régions peuplées d'Égypte où les eaux s'étaient dispersées en sable. C'était en ce lieu que les archéologues devaient le rechercher, pas à Amarna ou dans les monuments du Nord, et pourtant Mayne était conscient qu'ici, peu de preuves de son passage pourraient être trouvées, pas de ruines, pas de temples, si ce n'était la désolation distillée du désert et la clarté éblouissante du soleil.

Tanner se tourna vers lui, le visage baigné de la lumière de la lanterne et la voix toujours aussi teintée d'excitation.

— J'ai une théorie, Mayne. Je pense qu'ils faisaient quelque chose ici qu'ils ne pouvaient faire en Égypte, quelque chose que les prêtres auraient interdit, un rite ancien qui remontait aux temps préhistoriques. Je pense que c'est pour cela qu'Akhenaton est venu ici et qu'il a fait graver ce mur loin du contrôle des prêtres, dans le pays de ses ancêtres. Je pense que c'était une chambre sacrificielle. Et regardez ces images de corps démembrés. Je parle de sacrifices *humains*.

Mayne fixa le mur, un peu abasourdi. *Des sacrifices humains*. Est-ce que cette scène de violence montrait une vraie bataille ou était-ce allégorique ? Il contempla de nouveau la procession de soldats, et ensuite regarda l'image du pharaon. Il se rendit compte que quelque chose manquait : les fresques des expéditions militaires égyptiennes représentaient toujours des prêtres. Ils manquaient ici et l'image d'Akhenaton était dépourvue des attributs traditionnels des pharaons, le bâton, l'ânkh et la couronne. Les avait-il déjà retirés, pour venir dans le désert dépouillé de l'ancienne religion ? Ou l'avait-il fait ici, derrière les frontières d'Égypte, ayant atteint un endroit sacré pour ses ancêtres où seuls la rivière et le désert régnaient ? *Est-ce que les victimes sacrificielles avaient été les prêtres ?*

Il se rappela le caporal Jones et le Léviathan, sa description dans le livre de Job : « Ses éternuements font jaillir la lumière, ses yeux sont comme les paupières de l'aurore. » Il se redressa pour voir la tête du crocodile, soulevant la lanterne aussi haut que possible. Les yeux étaient en pierre précieuse, un rouge profond, peut-être de l'agate, mais les narines également étaient en cristal, pierres translucides et brillantes taillées en facettes qui réfléchissaient une lumière éclatante même dans la flamme grésillante de la lanterne. Il tourna la tête vers la fente de lumière à l'entrée, estimant l'orientation est-ouest de la chambre, et il eut une autre révélation. À cet instant, avec le soleil à l'horizon, les rayons parvenaient bien au-dessus de la statue, tout près du sommet de la grotte. Mais une heure plus tôt, vers l'heure où il avait attendu que le soleil se couche assez pour qu'il puisse distinguer le sniper, il devait éclairer directement les yeux et les narines du crocodile, réfléchissant une lumière brillante et chatoyante, comme si c'était l'animal lui-même qui diffusait un rai vers l'astre sacré. Il essaya de se représenter cet endroit trois mille ans plus tôt : tout en bas, sous le sable qui désormais l'obscurcissait, un passage vers la rivière pour les crocodiles, dans les rochers, et en haut, bien au-dessus des prisonniers enfermés dans la chambre sacrificielle, une fente juste assez large pour laisser passer la lumière, un rayon rouge et vert, que ceux qui regardaient de l'extérieur avaient pu voir comme le début d'une nouvelle ère, comme le dernier éclat d'une divinité qui avait consumé les victimes pour libérer son énergie dans un éclair vers la lumière sacrée d'Aton, scellant la chambre pour toujours, avec les dernières exhalations de l'ancienne religion.

— Bon Dieu, murmura Ormerod, après qu'ils étaient restés un long moment en silence, n'écoutant que les gouttes de condensation qui perlaient sur le mur et tombaient dans l'eau, petits clapotis amplifiés par le vide de la grotte. Pas un mot de tout cela aux hommes. Ils sont déjà assez nerveux à cause des crocodiles.

Il entendit un cri à l'extérieur. C'était Charrière qui l'appelait depuis la rivière. Tanner et Ormerod se mirent à remonter la pente vers l'entrée, mais il s'attarda, examinant quelque chose qu'il avait aperçu dans la clarté vacillante de la lanterne. Une petite dalle de pierre de vingt centimètres carrés environ, en partie détachée du mur. Elle avait été autrefois fixée dans une dépression sous l'image d'Akhenaton, mais le mortier autour des bords s'était naturellement fragmenté à cause de l'humidité du lieu. Les décorations sur la surface semblaient en continuité avec l'image tout autour, une série de rayons qui venaient du soleil et dans le coin en haut à gauche, à un angle aigu dominant les lignes qui correspondaient à la partie inférieure de l'ourlet de la robe d'Akhenaton. Et pourtant, comme la dalle se défaisait du mur, elle aurait très bien pu provenir d'ailleurs, un quart d'un carré plus grand avec des lignes qui sortaient d'une forme au centre, dessinée à partir de l'angle aigu. Il s'en empara, soupesant le poids du basalte. Il se rappela le récit de Shaytan au sujet de Gordon et Schliemann, des Américains qui pratiquaient des fouilles dans les temples du désert. Ils étaient à la recherche de gravures, de quelque chose comme ça. Il décida de l'emporter. Quelqu'un au quartier général pourrait peut-être lui révéler sa signification, peut-être Kitchener, un autre officier ingénieur proche de Gordon et qui partageait son intérêt pour l'archéologie.

En rangeant la dalle dans sa poche, il accrocha accidentellement la ficelle autour de son cou, la cassant et libérant le pendentif de scarabée que Shaytan lui avait offert. Il laissa échapper un juron et se baissa dans l'eau pour chercher à l'endroit où il l'avait vu tomber, au bord du sable, conscient qu'il l'enfouissait sans doute plus profondément encore. Il entendit son ami l'appeler une nouvelle fois et leva la tête vers le soleil qui pénétrait par la fente, apercevant les silhouettes des deux hommes qui l'attendaient. Il chercherait son scarabée quand il reviendrait. S'il revenait. Il avait le poids de la dalle dans sa poche et remonta la pente sableuse. C'était comme s'il avait troqué un objet pour un autre, celui dans sa poche d'une signification incertaine et l'autre une relique sacrée d'un homme qu'il estimait grandement, un cadeau pour le protéger dans le désert. Le même type de mésaventure lui était arrivé lorsqu'il avait quitté le Canada, laissant derrière lui les perles wampum et le tomahawk offert par les Mohawks, brisant le lien d'amitié qu'il avait établi avec Charrière et créant un fossé entre eux. C'était comme si quelque chose à l'intérieur de lui l'éloignait des liens qui unissent deux hommes. Depuis la mort de ses parents, il avait été destiné à rester à part. Il avait commencé à mieux comprendre ce qui l'avait poussé à s'asseoir, son dos au feu, tandis que Shaytan dormait et fixait l'obscurité du désert, souhaitant se lever, marcher et se laisser englober pour disparaître à jamais des affaires des hommes. Ici, il avait connu ce sentiment plus que nulle part ailleurs depuis qu'il avait exploré la nature canadienne avec Charrière, quand ils étaient enfants.

Il sentit qu'il s'enfonçait dans le sable. Il se rendit compte qu'il n'avait aucune certitude que le sol de la grotte continuait au même niveau, qu'il ne se trouvait pas au-dessus d'une carrière plus profonde avec des sables mouvants qui pourraient l'ensevelir. Il sortit une jambe puis la deuxième et commença laborieusement à remonter la pente. Il se souvint de ce que les Mohawks avaient dit quand il les avait entendus parler avec crainte de la rivière devant eux, de leur sentiment de lourdeur ; peut-être que c'était de cela qu'ils parlaient. Il continua, progressant lentement, son cœur battant la chamade. Il lui vint à l'idée que Tanner et Ormerod pourraient faire bouger le sable et ainsi créer une avalanche qui l'enfouirait, l'enterrant à jamais avec le dieu crocodile. Il se rappela sa mission pour Wolseley. Disparaître dans un endroit pareil n'était décidément pas le destin dont il rêvait.

Il jeta un dernier regard à la statue, puis se libéra de l'emprise du sable et grimpa vers l'entrée de la grotte, jusqu'à émerger enfin à côté des deux autres. Il plissa les yeux, aveuglé par la lumière déclinante. Il repartit prendre son matériel, ouvrit sa besace et en sortit la robe qu'il avait portée dans le désert, puis dégaina le couteau qu'il portait à la ceinture et coupa un côté du vêtement. Après avoir replacé le couteau, il déchira une bande, puis sortit de sa poche la dalle qu'il avait prise dans la grotte et l'emballa avec le tissu, l'attachant avec de la corde pour ensuite la tendre à Tanner.

— Assurez-vous que le caporal Jones récupère ceci, d'accord ? Il veille sur mes affaires. Nous l'examinerons à mon retour. Et je voudrais qu'il soit réassigné à la compagnie de chemin de fer de Korti. Vous serez l'officier senior de l'École d'ingénierie militaire auprès de la colonne de la rivière quand je serai parti, par conséquent il est sous votre responsabilité. Vous pouvez vous en charger ?

Tanner s'empara du paquet et le glissa dans sa tunique.

— Tout de suite. Je vais au sangar maintenant.

Il s'arrêta et désigna l'entrée de la grotte.

— Qu'est-ce que vous en pensez ?

Mayne montra de la main la rivière.

— Si je survis à cette sortie, il se peut que je décide de changer de voie comme Kitchener l'a fait en Palestine et de revenir ici en tant qu'archéologue. Si on peut trouver d'autres pièces comme celle-ci, on mettra peut-être la main sur le plus grand trésor de l'Antiquité.

Mayne passa ses sacs autour de ses épaules et serra la main de Tanner.

— Soldat d'abord, ingénieur ensuite. Vous vous souvenez, c'est ce qu'ils nous répétaient toujours à Chatham. Et archéologue en troisième. Je vous souhaite beaucoup de chance. La cataracte à venir ne sera pas évidente, mais au moment où je reviendrai, la colonne devrait l'avoir passée depuis longtemps. Et ce tireur ne sera pas le dernier. Quand un sniper apparaît, l'armée n'est pas loin derrière.

Tanner hocha la tête, mais il ne souriait plus. Il avait dix ans de plus que le subalterne dans le sangar et attendait sa promotion au rang de capitaine pour cette année. Il avait combattu en Afghanistan.

— Nous avons posté plus de piquets le long de la rivière et une compagnie d'infanterie a été alertée pour servir d'escarmoucheurs si le besoin s'en faisait sentir. Avant qu'il parte pour Korti, le général Earle nous a invités à la plus grande prudence. Ordres directs de lord Wolseley.

Mayne serra la main d'Ormerod et regarda les deux hommes remonter la pente. Le problème principal de cette expédition : trop de prudence. Au-dessus de leurs têtes des douzaines de vautours volaient en cercles, attirés par le sang frais des cadavres. Sur la falaise opposée, deux soldats avaient attrapé le corps du tireur et le descendaient jusqu'à la rivière. Il partit flotter dans le torrent entre les deux rochers et vers le bassin, où les soldats s'attroupèrent pour le regarder emporté par le courant, sans que les crocodiles ne le touchent. Pour venir, le sniper s'était sûrement déguisé en Arabe du désert, tout comme Mayne dans ses voyages en compagnie de Shaytan, mais il avait révélé ses vrais habits avant de faire feu, le corps portant la jibbah rapiécée des Ansar, la robe blanche avec les pièces brodées qui la faisaient ressembler à la robe d'un pauvre soufi, et au-dessus du trou béant où s'était trouvé son visage, Mayne vit que l'homme avait le crâne rasé. Il avait déjà rapidement aperçu les Ansar auparavant avec Shaytan quand ils avaient observé les forces du Mahdi déferlant dans le lointain, une tempête de poussière avec des bannières par-dessus et de temps en temps des jibbah, quand les hommes sortaient du flot principal pour fuir la poussière et rester sur le flanc, à dos de chameau. Mais voir une jibbah si loin au nord était déconcertant, comme si le tireur avait déchiré la membrane invisible qui séparait leur monde des ténèbres devant eux. Voir le corps flotter dans le torrent avait donné un sens nouveau au Nil lui-même, donneur de vie mais aussi destructeur. À l'instar de la crue annuelle, ce n'était qu'une question de temps avant que les Ansar affluent sur le front entier, se répandant sur les terres d'Égypte et balayant tout sur leur passage, alors que le jihad remontait vers le nord.

Il regarda de nouveau les rochers, où Charrière s'était posté quand il l'avait observé depuis le sangar. D'en bas, au niveau de la rivière, ils semblaient plus impressionnants encore, telles des sentinelles protégeant le passage vers un monde inconnu. À travers eux, il voyait où la lumière translucide sur le bassin, avec tous les détails clairement délimités, se transformait en brume, puis en brouillard impénétrable, les rochers de la cataracte semblant trembler et miroiter, puis disparaître entièrement à la vue, comme s'il regardait un mirage. Il savait que son destin l'attendait quelque part dans cette direction, mais pour l'instant il était content de retourner vers le nord pour un jour ou deux, pour un peu de répit. Il était exténué, et lutter pour gravir cette pente dans la grotte l'avait assoiffé.

Il entendit un appel, se retourna et vit Charrière dans le bateau qui lui faisait signe.

Il était temps de partir.

TROISIÈME PARTIE

10

À côté de Semna, sous la deuxième cataracte du Nil, de nos jours

Jack Howard suivit Hiebermeyer et Costas le long de la crête depuis le sangar, vers le site où ils avaient vu la tête sculptée du pharaon Sénousret, à côté de la structure carrée du sanctuaire qui avait été révélée dans l'excavation. Même au mois de novembre, au milieu de l'après-midi, la chaleur faisait couler de grosses gouttes de sueur sur son visage, et il avait de plus en plus envie de plonger dans le Nil. La silhouette d'une femme se distinguait au sommet du sanctuaire. Agenouillée, elle semblait concentrée sur son examen des fouilles. Plus bas, dans l'oued, une Jeep avec un siège-bébé attaché à l'avant était garée contre la crête. Un jeune homme s'appuyait sur le capot, une cigarette dans une main et son téléphone dans l'autre. Il les vit et, sans interrompre sa conversation, se redressa pour leur faire un signe de la main, son pistolet clairement visible dans son holster.

— Un garde du corps ? demanda Jack en lui rendant son salut.

— Le cousin d'Aïcha, répondit Hiebermeyer. Il vient de finir son service militaire en Égypte et était désœuvré. Son unité de police militaire était stationnée à la frontière et travaillait en étroite collaboration avec les douaniers soudanais, donc il n'a pas eu de problème à se procurer un permis de port d'arme au Soudan.

— Vous pensez que ça va chauffer ?

— On ne peut jamais être trop prudent, rétorqua Hiebermeyer dans un haussement d'épaules. Le désert a toujours été infesté de bandits et la présence fondamentaliste se développe au Soudan. Les bandits pensent que nous cherchons de l'or, et les fondamentalistes sont irrités à l'idée que quelque chose vienne perturber l'histoire de l'islam. Le cousin d'Aïcha n'est là que pour les intimider, mais l'escadron d'hélicoptères de la police soudanaise à Wadi Halfa n'est qu'à une demi-heure d'ici.

Ils avancèrent vers Aïcha, qui les vit et leur fit un grand geste de la main. Jack appréciait toujours de passer du temps avec elle, pas seulement à cause de sa vive intelligence, mais aussi parce qu'elle semblait tout droit sortie du passé. Son visage était pareil à ceux des portraits peints à l'époque hellénistique retrouvés sur des momies à Fayoum, où Hiebermeyer l'avait rencontrée pour la première fois. Elle portait un keffieh d'homme, une ample chemise blanche à manches longues et une jupe, mais avec de grosses bottes du désert et une ceinture d'ouvrier avec des poches et des boucles pour glisser les outils. Un paquet emmailloté était attaché par des bretelles sur son ventre, de la taille aux épaules. Costas s'élança vers elle pour aller admirer le petit visage à peine visible sous le voile qui le protégeait du soleil.

— Comment va mon petit être humain préféré ? demanda-t-il.

— Ahren dort profondément, répondit Aïcha. Pour encore sans doute une bonne heure, et ensuite il sera tout à fait en forme et réveillé dans la nuit.

— Sa première expérience d'une excavation archéologique, commenta Hiebermeyer, rayonnant.

— J'étais à l'aéroport d'Heathrow avec Maurice quand il lui a acheté des cubes pour construire un ancien temple égyptien, annonça Jack en souriant à Aïcha.

— Rectification. Maurice a acheté à *Maurice* des cubes pour construire un ancien temple égyptien, plaisanta Aïcha. C'était la pièce maîtresse de notre tente, jusqu'à ce que notre merveilleux bambin la détruise.

— Il gagne ses titres d'archéologue, se réjouit Hiebermeyer, fièrement. Bien plus intéressé par des ruines que par des structures qui se tiennent. Mon portrait craché.

Les bras entourant la petite forme blottie contre son corps, Aïcha avança prudemment vers un auvent sur le côté du sanctuaire et s'assit sur une chaise pliante. Les autres la rejoignirent et s'installèrent autour d'elle. Jack avait beaucoup réfléchi après avoir vu les reliques de 1884 dans le sangar. Il jeta un œil à Hiebermeyer.

— Tu te souviens, j'avais promis d'étudier les archives de la famille Howard concernant la campagne de secours de Gordon ?

— Ton ancêtre, l'officier des Ingénieurs Royaux ?

Jack hocha la tête.

— Mon arrière-arrière-grand-père, le colonel John Howard. Il n'a pas participé à l'expédition, mais il était responsable d'une commission au quartier général des Ingénieurs Royaux à Chatham en Angleterre, qui veillait sur la collection d'antiquités de Gordon.

Howard était passé en Égypte en mars 1885 de retour d'Inde et il a rapporté un carton de matériel du Caire qui avait été envoyé du Soudan. Je sais qu'il contenait des découvertes archéologiques que Gordon avait expédiées de Khartoum l'année précédente, y compris des objets égyptiens anciens trouvés dans le désert. La plupart ont été confiés au Museum of the Royal United Services Institute de Londres, et quand il a été dissout dans les années 1960, ces objets ont été dispersés dans différents musées d'Angleterre.

— Tu m'as dit qu'il y avait du matériel lié à Semna.

— Juste deux enveloppes, dans la collection de ses papiers privés que j'ai consignés dans mon coffre en bois, dans mon bureau, sur le *Seaquest II*. Mais c'est frustrant, parce que les deux enveloppes sont vides. Sur l'une, apparaît l'adresse de l'expéditeur, « Colonne de la rivière, Semna », datée du 24 décembre 1884, et elle a été envoyée par le lieutenant Peter Tanner, un ami sapeur de Howard qu'il avait connu en Inde. Malheureusement, Tanner a été tué au cours d'une bataille ainsi que le général Earle, six semaines plus tard environ, quand la colonne de la rivière a eu sa première confrontation avec l'armée du Mahdi, à Kirbekan, à cent kilomètres au sud d'ici.

— Et l'autre enveloppe ?

— C'est une vraie énigme. C'est une enveloppe froissée en papier kraft marron de vingt centimètres de longueur qui avait dû être entourée par de la ficelle, comme si elle contenait un objet lourd, de la taille d'une tomette. Elle est adressée à Howard à l'École d'ingénierie militaire et a été envoyée par un sapeur de la huitième compagnie de chemin de fer, des Ingénieurs Royaux. Elle a été postée en mai 1885 depuis un hôpital de campagne britannique à Wadi Halfa. La huitième compagnie de chemin de fer n'était pas supposée être une unité combattante, mais elle a mené une des dernières batailles, quand ils se sont retrouvés assiégés en mars au fort d'Ambikol au bout de la ligne de chemin de fer et qu'ils ont essuyé des attaques répétées des derviches. Le sapeur devait être grièvement blessé pour se trouver dans cet hôpital en particulier. Il s'appelait Jones, et je me suis rendu compte que je le connaissais d'après le numéro de régiment sur l'enveloppe. Comme sergent, il avait été au service de Howard en Inde durant la rébellion de Rampa en 1879, et quelques recherches ont montré qu'il a fait partie de la colonne de la rivière en 1885, avant d'être transféré à la compagnie de chemin de fer, étant donné qu'il était caporal. Quelque temps après cela, il a dû perdre ses galons de caporal et être rétrogradé au rang de sapeur, ce qui n'était pas la première fois de sa carrière, apparemment. C'était habituel que les officiers ingénieurs et les sous-officiers se lient d'amitié, comme ils travaillaient ensemble sur des missions de reconnaissance pendant des mois d'affilée sans la présence d'autres soldats. Quand Jones s'est trouvé avec Howard dans la jungle, ils ont réalisé des découvertes archéologiques majeures. Ce qui peut expliquer pourquoi il a décidé d'envoyer à Howard ce qui semble avoir été un objet trouvé dans le désert.

— Y a-t-il des chances de poursuivre cette piste ?

— Le coffre ne contient que des papiers qui ont appartenu à mon père au moment de sa mort. Mais d'autres boîtes de documents de mon arrière-arrière-grand-père ont été découvertes lors de travaux de rénovation dans le grenier au-dessus du salon de notre propriété l'année dernière. Mon grand-père avait contracté de sérieuses dettes après la Seconde Guerre mondiale et avait dû abandonner la maison, et apparemment il avait rangé beaucoup d'affaires de famille dans le grenier, en oubliant d'en parler à qui que ce soit. Je n'ai réussi à éplucher que très peu de cartons jusque-là, mais je m'y replongerai dès que je rentrerai au campus de l'IMU quand nous aurons fini nos explorations sous-marines ici. Le grenier va être transformé en pièces pour les professeurs invités, et il faut que je surveille le déménagement de tout le matériel vers la bibliothèque avant la fin de la semaine. Si l'artefact de Jones venait de Semna, ce qui semble possible, alors peut-être que c'est un objet qui pourra nous éclairer sur nos fouilles ici. J'aimerais beaucoup parcourir correctement toute la collection, mais je ne vois pas quand je trouverai le temps. Un projet pour ma retraite, peut-être…

Hiebermeyer le regarda par-dessus ses lunettes.

— Retraite ? Jack Howard ?

Aïcha changea le bébé de place.

— Pourquoi ne pas demander à Rebecca de s'en charger ? John Howard est aussi son ancêtre.

— Je ne pense pas que l'histoire de la famille l'intéresse tant que ça, affirma Jack en lui adressant un regard chagrin. En ce moment, elle envisage de s'inscrire à Caltech pour suivre un cursus de physique théorique.

— Ce n'est qu'un acte de rébellion contre toi, assura Aïcha en levant une main. Si tu lui disais que ces documents cachent une piste archéologique, elle les étudierait sur-le-champ. Tu ne te souviens pas ? J'ai passé des heures à côté d'elle dans le labo à laver des morceaux de vases cassés. Je peux te garantir qu'elle a bien le gène des Howard. Elle ferait n'importe quoi pour se sortir d'une corvée.

— D'accord, je peux toujours le lui demander. Mais j'aimerais y jeter un œil, moi aussi. Surtout après avoir vu cet endroit.

— Les Ingénieurs Royaux ont joué un rôle majeur dans le développement de l'archéologie ici, déclara Aïcha en berçant doucement le bébé. Cela m'a toujours fascinée depuis que tu m'as suggéré d'étudier ce sujet pour mon mémoire de master à Londres.

— C'est l'un des aspects méconnus du développement de l'archéologie au cours de l'époque victorienne. L'une des tâches principales des Ingénieurs Royaux était la reconnaissance et l'établissement des cartes. Et au cours de leurs explorations, ils posèrent les bases des recherches archéologiques dans plusieurs régions du monde sous l'influence de l'Empire britannique. Vers la fin du XIXe siècle, presque toute la Terre sainte était sous contrôle britannique, y compris la Palestine et l'Égypte. Les officiers anglais inspectaient et ratissaient la moindre parcelle de terrain, certains de manière officielle et d'autres durant les longues périodes de congé qu'on leur accordait. Les officiers du corps des Ingénieurs Royaux ne relevaient pas seulement des données archéologiques parce que cela faisait partie de leur mission, travail de surveillance normal, et beaucoup d'entre eux s'intéressaient aussi personnellement à l'histoire biblique et à l'archéologie en tant que telle. C'est l'époque où les gens ont vraiment commencé à situer les événements sur la chronologie et la géographie de la Bible, tout comme Heinrich Schliemann le faisait pour Homère et les guerres troyennes. Les Ingénieurs Royaux attiraient beaucoup d'hommes qui aujourd'hui auraient pu devenir des archéologues professionnels.

— Oui, lord Kitchener, par exemple, confirma Aïcha. J'ai mené une étude sur lui parce que j'avais l'impression que son rôle dans l'archéologie d'Égypte avait été négligé. Nous le voyons avant tout comme l'homme qui a vengé Gordon, qui a conduit les Anglais à la reconquête du Soudan et à la victoire contre l'armée du Mahdi à Omdourman, à l'extérieur de Khartoum, en 1898. Mais, grâce à cet exploit, il a ouvert tout le désert de Nubie aux explorations archéologiques, y compris les premières fouilles qui ont eu lieu ici à Semna. J'ai toujours eu le sentiment que, s'il ne s'était pas montré obsédé par la vengeance de son héros, il aurait entrepris lui-même plus d'explorations dans le désert, comme c'était vraiment sa vocation. Avant Omdourman, sa plus grande œuvre a été l'étude de la Palestine qu'il avait menée en tant que jeune officier des Ingénieurs Royaux dans les années 1870, quand lui et sa petite équipe avaient identifié des milliers d'anciens sites et avaient ouvert la voie à l'archéologie en Israël. Le compte rendu en quatre volumes qu'il en a tiré lui aurait valu au moins cinq doctorats aujourd'hui.

— Mon cadeau de fiançailles pour Aïcha, lança Hiebermeyer, rayonnant.

— Pardon ? demanda Costas.

— Conder et Kitchener, *The Survey of Western Palestine.* Dédicacé par Kitchener lui-même. Un peu abîmé, mais un bel exemplaire avec toutes les cartes complètes.

— Un cadeau de *fiançailles* ? s'étonna Costas en le dévisageant.

Hiebermeyer prit un air dérouté.

— Bien sûr ! Nous cherchions des preuves d'avant-postes égyptiens au nord du Sinaï durant le Moyen Empire. Il nous le fallait !

— Tu veux dire, il *te* le fallait. Ce qu'il fallait à Aïcha, c'était une bague.

Jack sourit, amusé, et Aïcha leva les yeux au ciel avant d'enchaîner.

— Le général Gordon est un autre exemple. Quand il a été nommé gouverneur général du Soudan dans les années 1870, il a voyagé dans tout le pays, en compagnie de personnages hauts en couleur, européens ou américains qu'il avait recrutés dans son équipe. À cette époque, le Soudan était une province d'Égypte, qui, elle, faisait partie de l'Empire ottoman dirigé par un Khédive nommé par le sultan à Constantinople. Les Britanniques nourrissaient un vif intérêt pour l'Égypte à cause de l'ouverture du canal de Suez en 1876 et parce que permettre au Khédive d'engager Gordon représentait une façon d'étendre l'influence de l'Empire vers le sud. Gordon devait gérer les histoires de corruption des officiels ottomans au Soudan, ainsi que le trafic d'esclaves, que beaucoup en Angleterre s'étaient attendus à ce qu'il abolisse immédiatement. Mais il n'aurait pu le faire sans ébranler les fondements de la société tribale. Malgré ces problèmes fastidieux, il a tout de même réussi à trouver le temps d'explorer de nombreux sites archéologiques et d'amasser une importante collection d'antiquités et de matériel ethnographique. J'ai même conclu dans mon mémoire que, si Gordon n'avait pas insisté pour rester sur place à son retour au Soudan en 1884 pour évacuer Khartoum devant la montée des mahdistes, décision qui lui a coûté la vie, Kitchener aurait pu ne jamais se lancer dans cette reconquête, et ainsi ne pas révéler l'archéologie du Soudan qui serait restée inconnue. Donc, d'une façon ou d'une autre, Gordon est le pivot de toute cette histoire, et sans lui nous ne serions pas là, en tant qu'archéologues.

— Le Mahdi était le Ben Laden des années 1880, c'est ça ? demanda Costas.

— Pas exactement, il était plus que ça, répondit Aïcha. Tout d'abord, ce n'était pas un gosse de riche gâté avec une tendance au jihad devenue obsessionnelle. Le Mahdi était sincère et vivait selon les préceptes qu'il enseignait. C'était un constructeur de bateaux soudanais avec des ancêtres arabes qui est devenu soufi sacré, avec des visions et un charisme impressionnant. Il avait persuadé ses disciples qu'il était une sorte de messie. Quand il a finalement lancé le soulèvement pour un renouveau du jihad, la guerre sainte contre l'Occident, ses adeptes comprenaient beaucoup de membres de tribus soudanaises mécontentes du régime ottoman et désireuses de se libérer, un puissant moteur de l'histoire des gens du désert. C'étaient les ennemis que combattaient les Britanniques et les Égyptiens, les guerriers qu'ils appelaient les derviches. Le Mahdi est mort la même année que Gordon, en 1885, sans doute empoisonné, et sa révolte s'est terminée avec la défaite de son successeur à Omdourman en 1898, mais il est certainement considéré comme un modèle par Ben Laden et ses sbires. Ayant grandi comme une musulmane au sud de l'Égypte, je peux vous assurer que l'influence de la famille du Mahdi et de la lignée élue de ses successeurs est restée très forte. Vous ne prononcez pas son nom à la légère dans cette partie du Soudan, sans risquer votre vie.

Jack se tourna vers Costas.

— Gordon était aussi un officier des Ingénieurs Royaux. Donc, tu peux voir le lien avec Kitchener et avec mon arrière-arrière-grand-père. Après l'Académie royale militaire, ils avaient tous suivi la même formation de deux ans à l'École d'ingénierie militaire à Chatham, et ils constituaient un corps de régiment très soudé. Beaucoup d'entre eux avaient non seulement un intérêt pour l'archéologie, mais ils étaient également des chrétiens convaincus, influencés par le mouvement évangélique de l'Angleterre à cette époque. Ils étaient passionnés par l'archéologie de la Terre sainte, qui pour eux incluait l'Égypte.

— Et cela les relie au Mahdi également, surtout Gordon, approuva Aïcha. Gordon était un vrai dissident, un iconoclaste, pas très doué pour accepter les ordres, traits de caractère qu'il avait en commun avec le jeune Kitchener. Mais, dans le cas de Gordon, son non-conformisme teintait également ses opinions religieuses. Le mouvement évangélique aimait le revendiquer comme un des leurs, le considérer comme un colon fervent qui était parti à Khartoum pour combattre la menace islamiste, mais en réalité c'était loin de l'état d'esprit de Gordon. Sa vision de la religion était très complète et il se concentrait surtout sur les traditions communes d'où sont issus l'islam et les croyances judéo-chrétiennes : le même Dieu, beaucoup de prophètes identiques, une même conception du messie. Il savait que le Mahdi avait des visions de Jésus et pas seulement de Mahomet, et qu'il partageait sa fascination du prophète de l'Ancien Testament, Isaïe. Et les deux hommes s'intéressaient à Moïse et à l'origine du monothéisme.

— Ce qui nous ramène naturellement à Akhenaton, lança Jack.

Il sortit un petit livre de la poche de son pantalon et le jeta à Hiebermeyer.

— Tu as déjà essayé de lire ça ?

Hiebermeyer regarda la couverture et leva un sourcil en connaisseur.

— *Moïse et le Monothéisme*, par Sigmund Freud. Oui, j'ai essayé. Beaucoup de jargon psy, mais le fond est intéressant.

— Je l'ai feuilleté dans l'avion en venant ici et je suis content de constater que je ne suis pas le seul à m'être cassé les dents dessus.

Il se tourna vers Costas.

— Freud met son grain de sel personnel sur la théorie bien connue que le pharaon de *L'Exode*, dans l'Ancien Testament, était Akhenaton, et que c'est lui qui était associé à Moïse et à l'idée du Dieu unique. Cette théorie a vraiment battu son plein à la fin de l'époque victorienne, quand les archéologues ont commencé à en savoir plus sur le culte d'Aton, le dieu soleil qu'Akhenaton a essayé d'imposer en Égypte à la place des autres dieux. Parce que cette vision d'un Dieu unique est apparue à Moïse dans la Bible aussi, Freud a joué sur la notion que ces deux hommes n'en faisaient qu'un, que Moïse était Akhenaton. Personnellement, je rejetterais tout ça en faveur de ce qu'on lit dans la Bible, avec un pharaon et un esclave hébreu partageant la même vision, ce qui est plus plausible.

Le bébé pleura, et Aïcha le prit rapidement pour le passer à Hiebermeyer, qui posa son livre, prit Ahren dans les bras et commença à le nourrir avec le biberon qu'elle lui avait donné. Malgré sa position maladroite, il affichait un sourire radieux.

— Je suis d'accord avec Jack. Nous parlons de gens réels, pas d'une sorte d'union mystique.

— Tu es un manuel, toi, non ? plaisanta Costas.

Le bébé toussa, régurgitant du lait sur le visage et le cou de Hiebermeyer, et Costas se redressa, regardant par-dessus l'épaule de son ami.

— Tu t'en sors aussi bien avec les chameaux ?

Hiebermeyer, essaya de s'essuyer le visage avec sa manche, tout en remettant la tétine dans la bouche du bébé.

— Qu'est-ce que tu entends par chameau ?

— J'entends *chameau*.

Pendant qu'ils discutaient, le chameau qu'ils avaient d'abord vu depuis la Toyota s'était approché d'eux et avait baissé le cou, sa tête désormais derrière Hiebermeyer, sa mâchoire mastiquant d'un côté et de l'autre, les regardant avec indifférence de ses yeux tombants, apparemment tout à fait détaché de la scène. Soudain, sa langue sortit de sa bouche pour s'enrouler autour du visage de Hiebermeyer, bavant abondamment sur son torse, aspirant le lait craché. Le chameau se lécha copieusement les babines, puis recula en laissant échapper un soupir. Costas éclata de rire et Hiebermeyer bredouilla, essayant de nouveau de s'essuyer le visage tout en tenant son fils. Aïcha lui prit rapidement Ahren des mains, et Hiebermeyer se leva et partit en trébuchant vers un tonneau d'eau derrière eux. Il y plongea la tête et l'agita vigoureusement avant d'en ressortir. Il s'assit cette fois bien plus loin du chameau. Plissant les yeux, il s'essuya et fixa Costas.

— Prends garde à toi, Kazanzakis, la prochaine fois ce sera toi !

— C'est ton bébé, donc, c'est ton vomi.

— Ce chameau est devenu notre mascotte, lança Aïcha. Les gens d'ici disent qu'il descend d'un chameau laissé ici durant l'expédition du Nil par un officier britannique, qui n'est jamais revenu. Il l'attend toujours. On est un peu désolés pour lui. Il s'est entiché de Maurice.

— Je vois ça, acquiesça Costas, tandis que Jack souriait de toutes ses dents.

— Je pense qu'il est temps que tu fasses tes preuves en tant que parrain, affirma Hiebermeyer.

Il s'approcha d'Aïcha et lui prit délicatement le bébé pour le tendre à Costas, soudain pris d'une profonde terreur. Aïcha lui donna le biberon, et ils regardèrent un instant en silence le petit bonhomme boire, satisfait, les yeux fermés.

— On dirait que tu es fait pour ça, complimenta Aïcha avant de se tourner vers Hiebermeyer. Tu te souviens que nous avons de la visite ?

Hiebermeyer laissa échapper un grognement et consulta sa montre.

— J'aurais pu m'en passer. Quand Jack et Costas auront fini de s'équiper, il faudra que je me rende sur le deuxième site de l'autre côté de la rivière, pour m'assurer que tout est en ordre là-bas aussi.

Costas jeta un regard dubitatif en direction de la rivière.

— Comment tu comptes y aller ? À la nage ? Attention aux crocodiles.

Hiebermeyer secoua la tête.

— Nous avons tiré une page de l'expédition de 1884. Nous avons passé un câble à travers la rivière comme les haussières utilisées par le contingent de la Royal Navy pour faire remonter le Nil aux barques.

Un des dessins du *Illustrated London News* représente un câble tiré entre les deux rochers proéminents qui formaient le point le plus étroit de la cataracte, aujourd'hui complètement immergée. Je me suis servi de celui que j'ai fixé pour faire passer un bateau sur le bassin en dessous de nous de l'autre côté.

— Qui vient ? demanda Jack.

— Nous attendons la visite du ministre de la Culture soudanais. C'est une inspection programmée et j'en suis content. Notre équipe ici est presque entièrement soudanaise, et je serais heureux que cette mission se voie promue au rang de programme permanent. Depuis la construction du barrage d'Assouan, cette région a été ignorée par les archéologues, qui estimaient que tous les sites intéressants avaient dû être noyés, mais comme vous le voyez, il reste encore énormément à découvrir dans le terrain au-dessus de la rivière. Peut-être que le programme pourra bénéficier du soutien de l'IMU.

— Je peux certainement le proposer au conseil d'administration, confirma Jack. Surtout si nos plongées donnent de bons résultats.

— Ce qui m'inquiète, c'est le type qui les accompagne. Il vient d'être nommé pour renforcer les connaissances de l'histoire soudanaise récente, surtout la période mahdiste. En tant qu'historien, c'est une idée qui me plaît beaucoup, le Mahdi était un personnage extraordinaire à une époque où l'histoire était clairement modelée par des personnalités dominantes, et il serait faux de le considérer comme un prototype de Ben Laden uniquement. La façon dont les Soudanais se sont soulevés pour soutenir le Mahdi, principalement pour acquérir leur indépendance de la souveraineté étrangère, et non pas par fanatisme religieux, en dit long sur leur force en tant que peuple et devrait être vue sous un angle positif comme fondateur de la nation actuelle. Dieu sait que cet endroit a besoin de ça.

— Il y a déjà eu des résultats ? demanda Jack.

— Ça avait mal commencé quand lord Kitchener a profané la tombe du Mahdi après la bataille d'Omdourman en 1898, et à partir de ce moment, jusqu'à la fin du régime anglo-égyptien en 1956, la période du règne mahdiste n'était pas exactement un événement à célébrer, on l'imagine. Même les quelques années où Gordon était au pouvoir se sont effacées de l'histoire comme on la raconte, parce que presque plus rien n'en subsiste aujourd'hui et qu'il y a un profond désir de balayer les horreurs de cette époque pour aller de l'avant. Khartoum était un endroit sinistre déjà bien avant ce siège final, depuis l'époque de sa fondation dans les années 1820 par les Égyptiens et son développement comme centre du trafic d'esclaves. Au moment où l'armée du Mahdi est venue y semer la terreur le 26 janvier 1885, la ville était un infâme bouge où sévissaient la maladie et la famine, et pratiquement toutes les traces de Gordon et de son travail ont disparu dans un tourbillon de destruction. Le seul bâtiment encore sur pied, le palais où on pense que Gordon est mort, a été démoli après le retour des Anglais en 1898, si bien que celui qui s'y trouve aujourd'hui a uniquement conservé la même implantation que l'ancien, qui occupait le devant de la scène en 1884 et 1885. Les seuls vestiges qui ont survécu sont deux des bateaux à vapeur que Gordon utilisait pour entrer en contact avec les forces avancées britanniques sur le Nil et qui sont retournés à Khartoum à contre-courant, mais bien trop tard. Le *Bordein* a été restauré en 1935, pour le cinquantième anniversaire de la mort de Gordon, et servait d'attraction à touristes, mais était dans un état de délabrement avancé après le départ des Anglais. Une des premières missions du nouveau responsable a été de veiller à sa restauration. Il veut qu'il reprenne son apparence de l'époque où le Mahdi régnait sur Khartoum et se servait des bateaux pour son propre usage.

— Je vais soutenir cette initiative, lança Jack. Pratiquement tout ce que nous connaissons de ces années de règne mahdiste après 1885 vient des rapports de Rudolf von Slatin, l'officier autrichien qui comptait parmi les coéquipiers de Gordon et plus tard est revenu sous le mandat britannique comme inspecteur spécial du Soudan. Il a passé onze ans dans les prisons mahdistes, ne s'évadant qu'en 1895. C'est exceptionnel qu'un ancien constructeur de bateau et mystique soufi du Nil se soit retrouvé quelques années plus tard à diriger un pays trois fois plus grand que la France. Selon moi, tout ce qui peut être fait pour que cette période de l'histoire soit mieux connue en vaut la peine.

Costas fronça les sourcils.

— Il n'y avait pas un autre bateau à vapeur ? Un qui a été complètement démoli ? J'ai feuilleté les livres de Jack dans l'avion et ça m'a interpellé. Gordon a envoyé un de ses officiers sur la rivière avec ses papiers et ses biens personnels, mais le bateau a sombré et l'officier est mort.

— Le colonel Stewart, confirma Jack. Le bateau, l'*Abbas*, a coulé dans la cinquième cataracte, à cinq cents kilomètres en amont, en septembre 1884. C'est l'événement qui, semble-t-il, a tout déclenché chez Gordon. Le début du cercle vicieux.

— Est-ce que quelqu'un a déjà plongé là-bas ? demanda Costas à Aïcha.

— Je ne pense pas, répondit-elle en secouant la tête. Les hommes du Mahdi ont pillé l'épave et ont emporté tout ce qu'ils pouvaient après avoir assassiné Stewart. Ils pensaient qu'il y avait de l'or à bord, et c'est ce que croient encore les gens d'ici. Ils n'apprécient guère l'idée que quelqu'un puisse s'approcher du site. Un chef militaire régente l'endroit comme s'il s'agissait de son fief personnel.

— Et c'est vrai pour l'or ? demanda Costas.

— Gordon n'était pas chasseur d'or. Mais il semblerait qu'il ait envoyé une bonne partie de ses trésors archéologiques à bord de l'*Abbas* et qu'ils y soient toujours. Nous nous disions que ça pourrait être un bon projet pour l'IMU.

Costas se tourna vers Jack.

— Qu'est-ce que tu en penses ? Ça pourrait être notre nouveau *Beatrice*, une épave du XIXe siècle qui recèle des antiquités égyptiennes…

— Il faut vraiment que le jeu en vaille la chandelle pour que je plonge dans un site gardé par un seigneur de guerre soudanais et son armée privée qui pourrait rêver de revivre le meurtre d'un officier britannique sur le même site, cent trente ans plus tard.

— Il faudrait d'abord que tu te les mettes dans la poche, commenta Aïcha.

Costas se tourna vers Hiebermeyer.

— Est-ce que vous pensez que ce projet pourrait avoir le feu vert du nouveau gars ? L'excavation du bateau à vapeur servirait à mettre cette période de l'histoire sous les projecteurs, avec l'attrait supplémentaire de retrouver des objets anciens. Qui sait quel genre d'artefacts perdus Gordon avait collectionnés ?

Hiebermeyer semblait perplexe.

— Je garde mes distances. Je ne vous ai pas expliqué l'ascendance de cet homme. Ce n'est pas un politicien de carrière, mais il vient d'une famille immensément fortunée du Soudan, installée en Égypte. Son père est originaire de cette partie du Nil au nord du Soudan. Ils revendiquent leur descendance du prophète Mahomet par son petit-fils Hassad.

— Comme le Mahdi ? demanda Jack.

— Il s'appelle Hassid al'Ahmed. Il est d'une famille de constructeurs de bateaux, tout comme le Mahdi. Il n'a jamais ouvertement affirmé le lien, mais mon contact au ministère dit que c'est une hypothèse qui va de soi.

Costas poussa un petit sifflement.

— Ça, c'est ce qu'on appelle vivre l'histoire. Peut-être qu'il n'a pas juste envie de célébrer le Mahdi, peut-être qu'il est lui-même un jihadiste…

— Il va falloir que tu poses cette question à tous ceux que tu rencontres ici. Mais je ne pense pas que ce soit aussi tranché que ça. Quand Aïcha et moi avons présenté notre projet de Semna aux gens du ministère à Khartoum, j'ai remarqué qu'il n'avait pas paru du tout intéressé, affairé à écrire des textos, jusqu'à ce que je mentionne l'attention particulière que je porte à Akhenaton. Il a alors rangé son iPhone et a commencé à prendre des notes compulsivement. J'en ai parlé à mon ami ministre et il m'a dit que cet homme, ainsi que son père avant lui avaient harcelé le ministère de demandes pour pratiquer des excavations sur un certain nombre de sites le long du Nil, occupés très certainement par les Égyptiens de l'Antiquité. Ils n'avaient jamais reçu de permis, parce que la famille avait la réputation de traiter tous les projets qu'on leur avait confiés comme une entreprise privée, en soudoyant les officiels envoyés pour les surveiller. Le ministre a été contraint d'accepter la nomination de Hassid avec beaucoup de réticences après qu'il a fait une donation de trente millions de dollars au musée de Khartoum en retour de son rôle. C'est le genre de sommes que la famille peut balancer pour ce que j'imagine être un caprice que le fils a hérité de son père. Son rôle, officiellement, n'a rien à voir avec les sites anciens, mais ce n'est pas étonnant qu'il ait réussi à se voir confier la responsabilité de la supervision. La raison de sa visite, en théorie, c'est d'inspecter les pièces que nous avons retrouvées de 1884, mais je suis persuadé que ce qui le motive vraiment, c'est les vestiges des pharaons que nous pourrions avoir découverts. Pourquoi il se passionne pour cela, je l'ignore.

Il consulta sa montre et se leva. Aïcha s'approcha de Costas pour lui rependre le bébé, désormais profondément endormi, et se rassit. Hiebermeyer se tourna vers Jack et Costas.

— J'ai promis de vous montrer comment je sais que deux soldats sont morts ici en 1884. Et comment cela m'a conduit à faire une incroyable découverte. C'est la raison pour laquelle nous sommes ici. Aïcha, on revient dans une demi-heure. Allons-y.

11

Hiebermeyer conduisit Jack et Costas à deux cents mètres du sanctuaire environ, sur un sentier rocailleux, vers l'entrée d'une grande ravine qui s'ouvrait vers le désert à l'est. Ils descendirent de quelques mètres sous le niveau de la roche environnante et avancèrent vers une grande tente blanc cassé à cinquante mètres à l'intérieur de la ravine, au bout d'un sentier de terre qui partait de la route principale où plusieurs des véhicules de l'expédition étaient garés. La tente avait la taille d'un petit chapiteau, avec un toit pointu et des cordes suspendues et ancrées dans la terre pour lutter contre le vent. Hiebermeyer souleva le rabat qui servait de porte et les fit entrer à l'intérieur, où l'air était nettement plus chaud.

— C'est une sorte de serre ici pendant la journée, mais c'est le prix à payer pour empêcher le sable d'entrer.

Ils le suivirent vers un petit fossé de trois mètres de long et deux de profondeur, avec des baguettes de mesure sur les côtés et une bâche de plastique dans le fond.

Costas s'accroupit au bord du fossé, bien attentif à

ne pas envoyer de la poussière et des pierres à l'intérieur.

— On dirait une scène de crime, commenta-t-il. Une tombe de l'Antiquité ?

— Durant notre première tentative de reconnaissance, Aïcha avait repéré deux petits tas de pierres de deux mètres de long environ, manifestement faits par l'homme. Comme vous l'avez remarqué, le plateau est principalement constitué de roche exposée, gneiss et granit avec un peu de grès, et cette ravine est un des rares endroits où s'amassent la poussière et le sable emportés par le vent, le seul endroit avec des sédiments stables assez profonds pour un enterrement. Mais les deux tombes que nous avons trouvées sous les pierres ne remontent pas à l'Antiquité. Sous cette bâche, sont conservés les restes en partie momifiés de deux soldats britanniques.

Jack ne pouvait quitter le fossé des yeux.

— Ils étaient sur l'expédition de secours de Gordon ?

— Les uniformes kaki correspondent. Ils ont les épaulettes du régiment du sud de Staffordshire, une des unités de la colonne de la rivière. Et l'un d'eux avait sur lui, dans la poche de sa tunique, la lettre d'une femme de Dublin, datée de début octobre 1884.

— C'est pour ça que tu penses qu'un deuxième soldat a été tué dans le sangar ?

— Nous avons laissé les corps *in situ*, mais avons procédé à une analyse médico-légale complète. À l'évidence, ils ont tous les deux été enterrés au même moment et avec grand soin, sûrement par leurs camarades. Un soldat a été tué par une seule balle en haut de la poitrine et a dû mourir sur le coup. L'autre, avec la lettre, a été touché à deux reprises, une fois dans le bas de la jambe et la deuxième fois dans les deux cuisses, tranchant l'artère de celle de droite. Il a dû agoniser le temps qu'il se vide de son sang.

Costas se releva et recula.

— Je ne veux pas voir ça.

Hiebermeyer posa une main sur son épaule.

— Ne t'en fais pas, nous les avons replacés exactement comme ils étaient et nous allons reboucher le fossé. Nous nous sommes arrangés avec la Commonwealth War Graves Commission qui administre le cimetière de guerre de Khartoum pour qu'elle prenne en charge le site. Ils s'occupent surtout des victimes de la Seconde Guerre mondiale de la campagne du désert contre les Italiens et les Allemands, mais ils consignent aussi les pertes de 1914-1918, de la guerre contre les Turcs, ainsi que tous les corps qui remontent aux années 1880 et 1890. Nous connaissons les noms de ces deux soldats d'après leurs effets personnels, et les autorités soudanaises ont autorisé la Commission à bâtir un monument à leur mémoire, ici même.

— Donc, cela clôt le chapitre de ce jour noir de novembre 1884, murmura Jack en fixant la bâche, songeur, puis il se tourna vers Hiebermeyer.

— Cela clôt ce chapitre, mais ça en ouvre un autre, répliqua celui-ci, les yeux pétillants. Tout comme pour le sangar, quand ils ont creusé ici, les soldats sont tombés sur quelque chose d'ancien. Ils ont sans doute pensé que c'étaient les restes d'une tombe humaine, mais quand Aïcha et son équipe ont creusé dans les sédiments autour, ils ont trouvé quelque chose d'inattendu. Préparez-vous à être sidérés.

Il souleva un pan de la toile qui séparait une partie de la tente d'une autre derrière le fossé, et ils regardèrent ébahis. Sur une civière se trouvait une momie intacte, les bandes en tissu clairement visibles sous la résine durcie en surface. La tête avait la forme d'un masque stylisé, avec les yeux et les autres traits soulignés par de la peinture, les couleurs s'étant estompées en teintes pastel vertes, bleues et noires. Mais ce n'était pas le masque d'un être humain. La momie était allongée sur le ventre, avec une tête effilée en museau proéminent et des dents peintes.

— Bon Dieu, souffla Jack.

Un crocodile.

Il posa délicatement une main sur la résine, sentant la chaleur, là où le soleil l'avait réchauffé, un sentiment troublant, comme si la momie était encore en vie.

— C'est un vrai ? À l'intérieur, je veux dire ?

Hiebermeyer hocha la tête.

— Nous l'avons emporté à l'école de médecine de Khartoum pour un scanner. C'est un *Crocodylus niloticus* mâle et adulte. Nous avons retrouvé dans les bandes un scarabée datant du règne de notre ami Sénousret III, environ 1850 ans av. J.-C.

Hiebermeyer se dirigea vers un autre rideau.

— Et maintenant, regardez celle-là.

Il retira le rideau, et ils furent complètement ébahis. Sur une deuxième civière reposaient les fragments d'une deuxième momie de crocodile, avec seuls le museau, la tête et la partie inférieure de la queue intacts. Mais la tête était immense, au moins deux fois la taille de la première momie. Et à la place de traits peints, le masque était incrusté de feuilles d'or et de bijoux. Des perles noires avaient été glissées à la place des yeux et une pierre verte translucide dans chaque narine. Jack se pencha et effleura les pierres précieuses d'une main, regardant la lumière réfléchie qui donnait une teinte verte à ses doigts, une couleur qu'il n'avait jamais vue avant.

— Les pierres dans les narines sont des péridots, de l'île de Saint-Jean dans la mer Rouge, expliqua Hiebermeyer. Les Égyptiens s'y rendaient surtout pour exploiter les mines. Dans la lumière du jour, elles réfléchissent un étonnant rayon de lumière, presque trop éblouissant pour qu'on puisse le regarder.

— C'est incroyable, lâcha Costas, dans un murmure. Je veux dire, le crocodile. Je n'ai jamais rien vu de tel.

— Malgré la richesse des décorations, il a été assez grossièrement momifié et n'a pas si bien résisté au temps, sans parler des dégâts causés au torse par les pelles des soldats britanniques qui ont creusé les tombes, continua Hiebermeyer. Notre analyse des bandes montre que la plus petite des deux momies a été enveloppée dans du lin et des papyrus caractéristiques des roseaux qui poussent sur les berges du Nil au nord de l'Égypte, alors que pour celui-ci, c'est de l'herbe du désert d'ici, mélangée à de l'argile du Nil probablement de ce bassin, ainsi que des coupures de papyrus qui semblent avoir été jetées de la forteresse.

— C'est là que tu as trouvé le pli de Semna que tu nous as lu tout à l'heure ? demanda Jack.

— La petite momie a certainement été apportée ici depuis l'Égypte, alors que ce crocodile-là vivait ici et a été momifié sur place. Et oui, il est grand. *Immense.* Les plus grands crocodiles connus sont ceux mentionnés dans les rapports des chasseurs européens du XIXe siècle sur les rives du Nil au sud de l'Égypte. Il se trouve peut-être même des Léviathans parmi eux, mais celui-ci est désormais le plus grand crocodile jamais recensé. J'ai envoyé le scanner à Lanowski et sa reconstruction informatique à partir des os nous a donné sa longueur.

— Ah, le dinosaure ! s'exclama Costas. Je me demandais ce qu'il devenait, ce bon Lanowski.

— La plupart des crocodiles mâles adultes du Nil atteignent les quatre ou cinq mètres de longueur. Celui-ci fait près de neuf mètres, la taille d'un autobus.

— Ibrahim nous a parlé des histoires qu'on raconte sur un Léviathan dans la rivière ici. Ça semble les confirmer.

— Lanowski a estimé la force de sa mâchoire à vingt-cinq kilotonnes, suffisants pour couper une vache en deux, affirma Hiebermeyer. Mais, comme pour tous les crocodiles, les muscles qui ouvrent la mâchoire sont faibles, et vous pourriez la fermer en appuyant fortement dessus. Lanowski a dit que les médecins de l'IMU seront particulièrement intéressés par le système intégumentaire d'un crocodile de cette taille, puisqu'il pourrait révéler des moyens de détection de la pression qui ont des applications dans la technologie de plongée. Mais il faudrait en attraper un vivant.

— Tu rêves, là, s'empressa de déclarer Costas. Je ne vais pas servir d'appât pour un des sujets d'étude de Lanowski. S'il veut un crocodile vivant, qu'il en attrape un lui-même !

Jack tourna la tête vers le fossé.

— Qu'est-ce qu'ils font enterrés ici, si haut au-dessus de la rivière ?

— C'était aussi ma première question, acquiesça Hiebermeyer. Les crocodiles du Nil pondent en novembre et décembre, l'époque de l'année où la rivière était déjà très basse, et pourtant d'instinct, ils plaçaient leurs œufs bien au-dessus du niveau de l'eau de l'été, pour empêcher que leurs nids soient inondés quand la rivière serait en crue et que les bébés allaient naître. C'est la raison pour laquelle les anciens Égyptiens pensaient que les crocodiles pouvaient lire dans l'avenir. Ils choisissaient un endroit sableux pour enterrer leurs œufs et veiller dessus. Là où nous nous trouvons en ce moment, c'est un des rares endroits avec du sable assez profond et assez proche de la cataracte, même si cela devait représenter pour eux une fastidieuse ascension de la pente. C'est un emplacement exposé, mais ouvert de toutes parts, ce qui rend pratiquement impossible de voler les œufs sans se faire repérer. Étant donné la taille des crocodiles qui vivaient là, personne ne devait prendre le risque de les approcher. Sur un terrain dégagé comme celui-ci, un tel crocodile pouvait se déplacer plus vite que n'importe quel humain ne pouvait courir. Dans l'eau, ils devraient être encore plus rapides, plus de quarante kilomètres à l'heure.

— Je suis content que tu utilises le passé, murmura Costas.

— Ne sois pas si sûr de toi. L'absence de preuve n'est pas la preuve de l'absence. La nuit, nos travailleurs qui dorment à la belle étoile disent avoir déjà entendu une respiration forte provenant du bassin, comme un ronflement.

— Oh, super, grommela Costas. De mieux en mieux.

— Tu penses qu'il y a d'autres momies ici ? demanda Jack.

Hiebermeyer secoua la tête.

— Tu vois la partie inférieure de l'enceinte de maçonnerie à côté de la fosse avec les soldats enterrés ? Nous pensons que les deux momies de crocodiles étaient placées côte à côte comme offrandes, l'une étant un crocodile domestiqué et soigneusement préparé en Égypte, l'autre, un Léviathan sauvage. Peut-être qu'il existe une signification à cette double sépulture : la première montrait que les prêtres pouvaient soumettre la créature, l'autre témoignait de leur respect de la bête toute-puissante, ici, à la frontière de la civilisation.

— Tu parles des prêtres, releva Jack en fixant Hiebermeyer. Dans tous les autres endroits où des momies de crocodiles ont été retrouvées, elles ont été découvertes en grand nombre, empilées dans des temples dédiés au dieu crocodile, Sobek. À Crocodilopolis, par exemple.

— Où ça ? interrogea Costas, horrifié.

— Crocodilopolis, la ville du crocodile. Sur le Nil, à côté de Memphis.

— Ils avaient vraiment une ville qui s'appelait comme ça ?

Hiebermeyer grimaça, agacé.

— Et voilà que Jack recommence avec son grec. Les Égyptiens de l'Antiquité l'appelaient Arsinoé. Les prêtres y gardaient un crocodile décoré de bijoux et d'or dans un bassin qui lui était réservé, le remplaçant et le momifiant après sa mort. Ils l'appelaient Petsuchos.

— Petsu*chos* ? Tu plaisantes ? Comme si c'était leur petite chose ?

— Pas exactement, répondit Jack. Plus comme la personnification d'un dieu, monstre terrifiant. Je ne pense pas qu'on le caressait ni qu'on l'emmenait en promenade…

Costas jeta un regard vers la momie.

— Je commence à comprendre. Tu penses que c'était pareil ici ?

Jack scruta Hiebermeyer.

— Le culte de Sobek a toujours été associé au temple. C'est ce qui manque dans notre cas. Je peux me tromper, mais j'ai l'impression que tu veux nous montrer autre chose.

Les yeux de Hiebermeyer scintillèrent et il referma le rabat qui cachait les momies.

— Allez, retournons sur le plateau par où nous avons commencé. Il ne faut pas tarder, nous n'avons pas beaucoup de temps.

— Une dernière question, lança Costas. Comment se fait-il que les crocodiles ici soient si grands ?

Le téléphone de Hiebermeyer vibra et il lut son message. Il referma le clapet et le rangea.

— C'était Aïcha. Les inspecteurs arrivent sur la berge opposée. *Sheisse !* Ils devaient d'abord venir ici. Nous ne sommes pas encore prêts pour les recevoir là-bas.

Il grogna, irrité, consulta sa montre et se rua hors de la tente, puis s'arrêta et regarda Costas.

— Tu as dit quelque chose ?

— Comment se fait-il que les crocodiles soient si grands ici ?

Hiebermeyer se gratta le menton, regarda un instant ses pieds, pensif, puis il leva les yeux vers Costas.

— Oh, à cause des sacrifices humains, j'imagine.

— Quoi ? Des sacrifices *humains* ?

— Les prêtres ne pouvaient pas les pratiquer dans le centre civilisé de l'Égypte, où ils étaient absolument prohibés. Mais j'ai toujours pensé que certains prêtres étaient tentés. Heureusement, ils n'avaient aucun moyen de savoir quel usage les Aztèques faisaient de leurs pyramides, sinon, Gizeh aurait été un vrai bain de sang. Mais ici, loin des regards, ils ont dû s'en donner à cœur joie. Ils avaient tous ces prisonniers de guerre : les Hittites, les Cananéens, les Hébreux, les Nubiens. Peut-être même quelques Grecs aussi, pour se mettre l'eau à la bouche.

Il adressa un clin d'œil malicieux à Costas.

— Donc, plutôt que de convoquer un monstre mythique, ils ont créé un Léviathan bien réel. Quel meilleur moyen d'apaiser le dieu que de le rassasier abondamment dans son bassin de mort, ici, pour les dissuader de partir vers le nord répandre les ténèbres sur l'Égypte ?

— Bassin de mort, répéta Costas, malheureux. Et c'est là qu'on va faire de la plongée !

Hiebermeyer lui adressa un rictus moqueur.

— Et dire qu'il attend depuis trois mille ans, complètement affamé, à présent.

Costas grogna et Hiebermeyer partit en trombe. Quelques minutes plus tard, ils se trouvaient sur le plateau rocheux, aussi grand qu'un court de tennis, qui surplombait le Nil, juste derrière le site du sangar. Aïcha apparut de l'autre côté de la crête et vint les rejoindre, le bébé dans les bras. Jack voyait bien que Hiebermeyer brûlait de leur révéler ce qu'il avait trouvé.

— Alors ?

Hiebermeyer sortit de sa poche une feuille pliée.

— Radar ultrapuissant à pénétration du sol, annonça-t-il, rayonnant. Un autre petit projet en collaboration avec mon ami Lanowski, développé pour une fouille que j'envisage de faire dans la Vallée des Rois. Cette nouvelle technologie permet de pénétrer plus profondément qu'avant dans la roche, et je suis certain que nous découvrirons d'autres merveilles à la hauteur de la tombe de Toutânkhamon. Mais c'est ma première occasion de le tester sur le terrain. Et le résultat est hallucinant. *Incroyable !*

Il déplia le papier et le passa à Jack, sa main tremblant légèrement d'excitation.

— Il y a quelque chose de vraiment fabuleux, là-dessous.

Jack étudia le document, le cœur battant la chamade dans sa poitrine. C'était l'image d'une chambre carrée sous la roche, d'une vingtaine de mètres de long.

— C'est à quelle profondeur sous la surface ? demanda-t-il.

— Nos géophysiciens pensent comme Lanowski que le plafond doit être à huit mètres sous le niveau du sol. Avant que vous me posiez la question, il y aurait une possibilité de l'atteindre d'ici, mais pas sans explosifs et matériel de spéléologie. Nous sommes sur de la roche précambrienne très solide, en fait, plus dure que du fer. Les Égyptiens de l'Antiquité ont dû mettre un temps infini pour la creuser.

— Tu es sûr que ça remonte à si loin ?

— J'en suis certain, Jack. Tu l'as dit toi-même : il manque une chose dans l'archéologie de cet endroit, et c'est un temple. Trouver ces momies de crocodiles m'a fait aboutir à la même conclusion. Je savais qu'il devait s'agir du dieu crocodile, Sobek. J'ai utilisé notre base de données pour vérifier les dimensions des temples de Sobek connus à travers l'Égypte, et ça correspond exactement. Il devait s'ouvrir sur la rivière et donner sur ce bassin.

— Tu as une idée à quoi ressemble la paroi de la falaise ?

Hiebermeyer sortit un autre document.

— Ibrahim a beaucoup travaillé ces dernières semaines. Il voulait absolument vous en parler, mais je lui ai demandé d'attendre que je vous expose tous les faits. Il a traversé la rivière sur un Zodiac et utilisé un sonar qu'il avait emporté de son équipement de la mer Rouge. Il n'a pas pu pénétrer la boue au cœur du bassin, mais il a tout de même produit ce résultat.

Jack étudia l'image graduée de la partie immergée de la falaise et l'ancien rivage rocailleux devant elle. Au pied de la falaise, Jack vit clairement les contours d'une porte massive, les montants et le fronton gravés dans la pierre. Maurice avait raison. C'était une image incroyable, un ancien temple sculpté dans la falaise, l'entrée complètement noyée sous les eaux du Nil.

— Les portes paraissent fermées et elles doivent être en pierre, expliqua Hiebermeyer. Mais regardez en dessous et vous verrez ce qui, selon moi, a été un canal taillé dans la pierre et qui menait vers le bassin. Cela coïnciderait également avec les autres temples de Sobek : un passage pour permettre aux crocodiles domestiqués de nager entre la rivière et un bassin sacré dans le temple. Il est possible que vous puissiez pénétrer à l'intérieur par là. Le canal est à environ trente mètres en dessous du niveau actuel du Nil.

— Et avant le barrage d'Assouan ? demanda Jack. Quand l'eau était peu profonde avant les années 1960, le temple devait être à découvert, est-ce qu'il en a été fait mention quelque part ?

Hiebermeyer secoua la tête.

— Les photos montrent un important tas de sable

et de débris rocailleux provenant du plateau sous le sangar et cachant toute l'entrée. Il était sans doute possible de se glisser dans la partie supérieure de la porte, où on trouvait en général une étroite ouverture triangulaire au-dessus de la vraie porte pour laisser passer l'air et la lumière. Mais il semble y avoir eu un éboulement qui a bloqué toute ouverture existante. Si les gens du coin savent quelque chose à propos d'un temple ici, en tout cas, ils ne le disent pas. Ils semblent terrifiés par cet endroit.

— On les comprend, murmura Costas.

— Vous pourriez le faire ? demanda Hiebermeyer. Plonger ici ?

— On peut certainement essayer, affirma Jack en lui frappant le dos.

— Super, grommela Costas. D'abord, vous profanez les momies des crocodiles en les déterrant, et maintenant vous envisagez de nous faire plonger directement dans leur tanière. Génial !

Jack montra du doigt les feuilles dans la main de Hiebermeyer.

— Tu en as parlé à ton inspecteur soudanais ?

Hiebermeyer retira son chapeau et se redressa.

— Nous n'en avons parlé à personne d'autre que toi, Costas et Ibrahim. Et je ferai de mon mieux pour l'éviter. Je ne m'entends pas très bien avec lui et je risque de dire quelque chose qui gâcherait tout. Le permis est au nom d'Aïcha qui est la directrice officielle du site. Elle sait comment parlementer avec des hommes comme lui.

Costas regarda le short de Hiebermeyer descendu dangereusement sous sa taille, puis l'observa le remonter et ajuster ses *Lederhosen*. Il leva les yeux au ciel.

— Oui, eh bien, si Aïcha sait parlementer avec toi, elle sait parlementer avec n'importe qui.

— Maurice est très facile à vivre, contredit Aïcha. Apporte-lui une momie égyptienne et il devient le plus malléable des hommes.

— Même une momie de crocodile ?

— N'importe quelle momie, confirma Hiebermeyer, un grand sourire aux lèvres en admirant Aïcha qui berçait tendrement leur fils, puis il foudroya Costas du regard. Souviens-toi juste que tous les crocodiles dans le coin ne sont pas momifiés.

Costas pâlit et Jack sourit.

— Pendant l'inspection, j'ai bien l'intention d'être sous l'eau. C'est toujours le meilleur endroit.

Costas scruta la rivière, perplexe.

— En règle générale, corrigea-t-il.

Il prit son iPhone qui venait de vibrer.

— Eh, un message de Sofia !

— Elle te rappelle votre dîner ? demanda Jack.

— Elle dit qu'elle t'envoie son compte rendu pour la presse de ta découverte du *Beatrice* afin que tu l'approuves. Et elle a trouvé un nom pour le submersible : *Niña*. C'était le nom d'un des navires de Christophe Colomb. Apparemment le capitaine de ce bateau était l'aïeul de Sofia. Ça veut dire « fille ». J'aime bien. Elle voudrait qu'on fasse d'autres explorations en Amérique.

— Qui est Sofia ? demanda Aïcha en jetant un œil vers le téléphone.

— Oh, juste une amie.

— Une amie que tu invites à dîner au restaurant…

— Je viens de lui envoyer une photo de moi avec Ahren.

— Waouh ! lança Aïcha. C'est de la plongée en eau profonde !

— Je lui montre juste mes amis…

— Tu sais comment atteindre le cœur d'une femme, sourit Aïcha.

— Tu penses que Sofia va croire que je la drague ? demanda Costas.

— Ce n'est pas le cas ?

— Elle et Costas se sont rencontrés dans le submersible, expliqua Jack. Sacrée plongée ensemble.

— Tu y étais toi aussi, Jack ! s'écria Costas.

— Donc, tu suis les traces de Lanowski, taquina Hiebermeyer.

— Je ne veux suivre personne, surtout pas Lanowski, grommela Costas.

— Si tu as besoin d'un conseil, n'hésite pas à me le demander, proposa Hiebermeyer en donnant une tape dans le dos de Costas.

— Oui, et à Lanowski aussi, ronchonna Costas.

— Il sera très heureux de te donner un coup de main, je t'assure, garantit Hiebermeyer. On pourrait faire un truc de mecs, un week-end tous les trois, par exemple, qu'on combinerait avec le séminaire de deux jours qu'il meurt d'envie de te faire faire sur les circuits électriques des submersibles. Ou trois jours, je ne sais plus. Il m'en a parlé. Je crois qu'il l'a appelé « manuel pour les nuls ». Je pourrais peut-être même le suivre moi-même, je suis sûr que j'apprendrais des choses.

Il adressa un sourire malicieux à Jack.

— Il t'a rendu la monnaie de ta pièce, tu ne trouves pas ? demanda Jack. Tu vas peut-être enfin arrêter de te moquer de son short ?

— Sûrement pas, répliqua Costas, plus déterminé

que jamais et fronçant les sourcils en direction de Hiebermeyer. À partir de maintenant, ça va devenir impitoyable !

Jack sourit, amusé. Le portable de Hiebermeyer sonna, il répondit rapidement.

— C'était Ibrahim. Il a installé notre équipement dans la Toyota et est prêt à nous conduire au bord de la rivière. Il est temps de se mettre en selle.

— Comment ça, en selle ?

— Je me disais qu'on pourrait faire une petite balade en chameau pour nous y rendre. Nous imprégner de la culture du désert avant de nous immerger dans le Nil. L'expérience soudanaise complète !

Costas jeta un œil en direction du chameau qui s'était avancé sur le plateau avant de se poser et de le fixer tristement.

— Oh, non, gémit-il. Cette chose ne m'aime pas…

— Tout va bien se passer, promit Aïcha. Si tu montes dessus pendant qu'il est agenouillé comme ça, tu n'auras pas besoin de t'approcher de ses orifices.

Costas regarda tour à tour le chameau et la rivière.

— Chameau, crocodile. Chameau, Crocodile. Chameau, crocodile.

Hiebermeyer brandit une photo qu'il avait sur lui d'un crocodile du Nil.

— L'un n'empêche pas l'autre.

— D'accord, je vois, lâcha Costas sans conviction. Très mauvaise blague. Tu peux te racheter en m'aidant à monter sur ce chameau. Il est où le tien, Jack ?

Jack fit mine de paraître choqué.

— Oh, non, je ne monte pas sur un chameau. Pas question. Je vais marcher loin devant, au bout d'une longue laisse.

Il regarda les autres en prenant une profonde inspiration.

— Bon courage avec l'inspection, Aïcha. Je pensais que j'avais déjà plongé un peu partout dans le monde, mais en fait jamais dans le Nil. J'ai vraiment hâte !

Il se tourna de nouveau vers le plateau sous lequel le temple était caché par la rivière. Quelques heures à peine plus tôt, il survolait le temple d'Abou Simbel à côté du lac Nasser, s'imaginant nageant dans les grottes immergées de la falaise où les États de Ramsès s'étaient autrefois trouvés. Ç'aurait été une plongée extraordinaire, pour l'atmosphère envoûtante plutôt que pour les nouvelles découvertes. Avant le barrage d'Assouan, les chambres du temple s'étaient trouvées au-dessus du niveau du Nil et avaient été pillées par les chasseurs de trésors et les archéologues pendant des générations. Ici, en revanche, c'était différent. Le temple de Semna n'avait jamais été exploré et avait dû être fermé pendant des millénaires. Ils pourraient être les nouveaux Carter et Carnarvon dans la tombe de Toutânkhamon, entrer dans un endroit laissé à l'abandon depuis le temps des pharaons, sauf que cette fois ce serait sous l'eau et avec des dangers qui feraient passer la malédiction de la tombe pour une plaisanterie. Mais ils avaient déjà plongé dans des conditions extrêmes par le passé, dans un iceberg, dans des puits de mine, au-dessus d'un volcan actif, et Jack affronterait les risques comme il l'avait toujours fait, avec Costas pour l'empêcher de se perdre trop loin dans l'inconnu. Il sentait déjà l'adrénaline couler dans son sang. Ce pourrait être la plongée de sa vie. *S'ils arrivaient à pénétrer dans le temple.*

Il examina son ami.

— Tu es prêt à partir ?

Costas s'empara de la laisse du chameau pour la lui tendre, une expression résignée sur le visage.

— Tout ce que je voulais dans la vie, c'était construire des submersibles. Et me voilà au Soudan, sur le point de traverser le désert à dos de chameau, pour me faire ensuite dévorer par des crocodiles. Et je t'interdis de le confirmer, lança-t-il en direction de Hiebermeyer.

Il secoua de nouveau la tête, puis se tourna vers Jack en souriant.

— Mais tu sais que je te suivrai au bout du monde, Jack. Même à dos de chameau. Et pour répondre à ta question, *oui*.

— Oui ?

— Je suis prêt à partir.

12

Jack glissa dans l'eau de la rivière et ressentit le profond soulagement qu'il éprouvait toujours au début d'une plongée, quand le poids de son équipement disparaissait et qu'il ne pensait plus qu'à l'exaltation prochaine, en entrant enfin dans les profondeurs et en commençant à respirer dans son régulateur. Le submersible, deux jours plus tôt, avait représenté pour lui une autre forme d'excitation, mais simplement parce que le trophée recherché lui avait fait oublier sa terreur des lieux confinés et son besoin de cette liberté qu'il allait connaître désormais. Plus d'un moins auparavant, son impatience de pouvoir replonger s'était fait ressentir lorsqu'il avait pour la dernière fois préparé son équipement au centre de formation de l'IMU en Angleterre. Le fait que ce soit sa première rencontre avec le Nil augmentait encore le flot d'adrénaline qui coulait dans ses veines. Il jeta un œil à Costas qui nageait à côté de lui, sa visière déjà baissée et sa lampe frontale allumée. Ils portaient des combinaisons adaptées à tous les environnements et renforcées avec du Kevlar, munies d'un système optimal de flottabilité et de respiration contrôlé par des ordinateurs miniatures montés à l'arrière du casque. Les sacs à dos ergonomiques contenaient trois cylindres haute pression remplis de gaz adaptés à chaque étape de la plongée, dans ce cas, de l'air pour la plupart du temps, un mélange d'hélium et d'oxygène pour la partie la plus profonde, et de l'oxygène pur pour la décompression au moment de remonter, le tout réglé pour une profondeur prévue de soixante mètres et une durée d'au moins une heure. Ils ne disposaient pas de matériel de sécurité en cas d'imprévu, mais leur équipement avait été testé dans des conditions extrêmes, et quand ils sortaient en mer ou dans une rivière telle que celle-ci, ils pouvaient compter sur leur expérience et leur confiance mutuelle, consolidée au cours des années.

Jack rabattit sa visière et appuya sur la radio.

— Prêt à y aller ?

Jack entendait la forte respiration de Costas tandis que quelque chose sous l'eau semblait lui donner du fil à retordre.

— Attends une seconde.

Jack plongea sous la surface et vit qu'il essayait de fixer un objet sur sa ceinture et de s'accommoder de son poids. La combinaison de plus en plus usée qu'il portait depuis des années avait fini par rendre l'âme l'année précédente au cours de leur expédition dans le volcan d'Atlantis, et la nouvelle était encore d'un blanc immaculé et avait bien besoin d'une épreuve du feu pour lui apporter un peu de crédibilité. Costas avait transféré tous ses objets et ses gadgets de l'ancienne vers la nouvelle, et avait même ajouté une deuxième ceinture sur sa taille pour en prendre plus encore. Il répartit la charge et donna son feu vert en montrant son pouce.

— Prêt.

Ils descendirent d'un mètre environ sous la surface, puis se tournèrent dans la direction du canal. Jack vérifia l'écran de l'ordinateur dans sa visière, contrôlant la profondeur, les réserves de gaz disponibles et la température de sa combinaison, puis il inspecta les environs. L'eau était limpide, mais avec une obscurité particulière, et il ne pouvait en voir le fond. Ils avaient décidé d'entrer cinquante mètres en amont des rochers immergés du grand portail de Semna et d'utiliser le fort courant qui passait par l'étroite gorge pour atteindre le bassin en dessous, et ensuite l'emplacement du canal sous-marin qui semblait conduire à la grotte. Ils savaient que ce serait une entreprise mouvementée et ils étaient préparés à se laisser emporter dans les rochers, au risque de dépasser leur cible. Mais ils n'avaient pas trouvé de meilleur endroit pour plonger, plus proche de la grotte, et ce chemin était l'option la plus réalisable.

Quelques minutes plus tard, ils étaient descendus de vingt mètres et Jack voyait en ligne de mire les deux immenses rochers des grandes portes sous lui, leur surface lissée par des millénaires de crues, et entre eux, la gorge de vingt mètres de large par laquelle autrefois, toute l'eau du Nil avait coulé pour aboutir dans le bassin en dessous. Costas nagea de toutes ses forces pour se placer au-dessus du canal, et Jack le suivit, plongeant doucement dans sa direction.

— Prêt pour des sensations fortes.

Jack jeta un œil vers les flots mouvants et se rendit compte qu'il était happé, n'ayant d'autre choix que de suivre le courant. Costas fut soudain emporté loin de lui à une vitesse vertigineuse, tournant en rond et vers le fond de la rivière en direction du canal. En sentant l'eau le saisir, Jack résista instinctivement, et l'espace d'un instant, il éprouva une vive douleur dans le torse, comme le torrent l'emportait loin des eaux plus calmes de la surface. Puis il se détendit, se laissant entraîner sans lutter comme s'il tombait dans une cascade. Il était à la merci des flots, incapable de contrôler ses mouvements, et se voyait frôler à une vitesse terrifiante les rochers qui surgissaient et disparaissaient aussi rapidement. L'indicateur de profondeur dans sa visière chuta de trente à cinquante mètres en quelques secondes, et il se prépara à arriver dans une eau plus calme après le canal, sachant que cela lui ferait l'effet d'un plat après un plongeon du tremplin le plus haut. Il aperçut Costas dix mètres devant lui, le faisceau de sa lampe tournant dans tous les sens, et il vit les ténèbres dans les profondeurs au bout du canal. Il consulta une nouvelle fois l'écran de son ordinateur : soixante mètres environ. Le sol rocailleux sous lui était grêlé de nids-de-poule mais lissé par l'eau, dépourvu de vie apparente. C'était comme se faire aspirer dans un autre monde, une obscurité protéenne dont les Égyptiens de l'Antiquité pensaient que tout était issu. Le canal était comme un passage par lequel on ne pouvait plus s'évader, condamnant tous ceux qui s'aventuraient là à une éternité de tourbillons autour du fossé du monde des ténèbres.

Soudain, il sentit une masse d'eau le frapper aussi fort que s'il avait été dans une mêlée au rugby et il vit que Costas aussi était hors d'haleine. Ils avaient été projetés hors du canal, et la force du courant baissa. Ses palmes essayèrent de trouver une prise, alors qu'il battait des jambes pour se redresser. L'obscurité était totale, et il alluma sa lampe. Le rayon se réfléchit sur des particules en suspens dans l'eau, ce qui l'éblouit et il dut éteindre. Le voyant rouge de sa jauge de profondeur indiquait soixante-douze mètres, bien en dessous du niveau du canal. Il se sentit entraîné plus bas encore et injecta rapidement de l'air dans son système de flottaison pour arrêter la descente. Ses membres lui semblèrent plus lourds quand il les bougeait, comme s'ils rencontraient de la résistance, et il comprit ce qui se passait. Il s'était enfoncé dans la vase au fond du bassin, une masse de limon accumulée depuis des temps immémoriaux et installée sous le canal, le fond étant quelque part bien plus bas encore.

La voix de Costas résonna dans la radio.

— Jack, tu es là ?

— Bien reçu, répondit Jack. Je suis là, même si je ne sais pas où c'est.

— Essaye de remonter de soixante mètres.

Jack donna un coup avec sa jambe, mais son pied heurta quelque chose. Il tendit sa main droite et trouva une petite forme lisse avec des ondulations, peut-être un rocher érodé qui s'était libéré du canal et enfoncé dans le bassin. Il devait être plus près du fond qu'il ne l'avait pensé. Il tenta de dégager son pied, mais il était coincé. Il tendit sa deuxième main de l'autre côté et sentit une surface bien plus large, d'au moins un mètre. Il entra la main dans un trou, d'un côté, tâtant l'espace creux, puis mit son autre main dans le trou de l'autre côté. Son pied était pris dans un objet symétrique avec les mêmes formes des deux côtés. Il retira les mains et les posa plus haut, là où la roche se rétrécissait vers son pied emprisonné, puis redescendit, sentant à travers ses gants des protubérances aiguisées. Il tira une nouvelle fois sur sa jambe, mais en vain.

— Merde ! lâcha-t-il.

— Qu'est-ce qui se passe ?

— J'ai été mordu.

— Quoi ? s'inquiéta Costas. Mais je n'ai rien vu de vivant ici !

— Tu ne me croiras pas, mais c'est un crocodile.

— *Impossible !*

— Ne t'en fais pas, il n'est pas vivant. C'est le crâne géant d'un crocodile, enfoncé dans les rochers au fond du bassin. Je n'arrive pas à me libérer. Ma palme est accrochée sur ses dents.

— Ne tire pas. J'ai lu des articles là-dessus, ça ne fait que resserrer la prise. Essaye de soulever la mâchoire supérieure.

Jack se pencha, trouva des espaces entre les crocs pour passer ses doigts et tira avec les deux mains. Son pied sortit avec une facilité surprenante et il battit sa palme coincée jusqu'à ce qu'elle s'extirpe également de son piège. Il lâcha la mâchoire, la laissant s'enfoncer de nouveau dans le limon, puis remonta jusqu'à ce qu'il distingue, dans la pénombre, le faisceau de lumière de la torche de Costas, puis aperçut ensuite sa silhouette. Il envoya assez d'air dans sa combinaison pour voir son coéquipier clairement, la partie supérieure de son corps sortant des sédiments pour arriver dans l'eau claire au-dessus, et au-delà se trouvait la turbulence du courant.

— Merci pour le conseil. Je me voyais déjà perdre mon pied.

— Ça me donne la frousse rien que de penser à cette créature là-bas. Tu es sûr qu'il était mort ?

— Depuis longtemps. À un stade avancé de fossilisation. Sans doute plus proche du dinosaure. Il était immense, énorme.

— Tu en es certain ? Tout paraît plus grand sous l'eau. Tu sais, la réfraction de la lumière à travers le masque. Ajoute à ça un peu d'adrénaline et une touche de narcose à l'azote…

Jack écarta les bras pour lui donner une idée de la taille de l'animal.

— Je ne l'ai pas vu, mais il était large comme ça.

— D'accord. Je ne t'en demande pas plus. Plus vite on sort de cette soupe, mieux je me porterai.

Il fit un geste de la main derrière lui.

— Ma carte indique l'entrée du canal de pierre à quarante mètres d'ici, à deux cent soixante-treize degrés et vingt mètres de profondeur. La rivière sous-marine créée par le courant semble couler dans la partie inférieure du bassin, mais on pourrait l'éviter en nageant dessous et en remontant de l'autre côté, plus près du bord. Ça te va comme ça ?

— Ça me semble parfait. À toi l'honneur.

Jack suivit Costas qui se soulevait légèrement et nageait au-dessus des sédiments vers l'est. Il descendit de nouveau pour éviter les tourbillons du canal, son corps épousant les volutes de sédiments tel un avion léchant les nuages. Il s'arrêta soudain, leva une main et montra une masse irrégulière qui se dressait dans le limon.

— Regarde ça. C'est l'appareillage d'un bateau à vapeur.

Jack arriva à sa hauteur, tout près désormais du bord rocailleux du bassin. Enfoncé au centre de la masse de métal, ils virent un bateau retourné, sans doute une chaloupe.

— Incroyable ! s'exclama-t-il. Les dimensions correspondent exactement. Je suppose que c'est une des barques de l'expédition de 1884. Le colonel Butler, dans son récit de la colonne de la rivière, raconte avoir vu des épaves de bateaux à vapeur, et d'artisanat du Nil sous la grande porte de la cataracte, et je suppose qu'en 1884 ils ont dû en ajouter quelques-unes des leurs.

Il fixa un instant la coque en bois, aussi bien préservée dans l'eau douce que si elle avait coulé le jour même. Il se rappela le sangar avec les preuves de la présence des soldats britanniques et il eut l'impression qu'il allait remonter à l'air libre pour arriver en plein cœur de l'activité de ces quelques jours de 1884, quand l'expédition était passée par là. Il s'éloigna un peu de l'épave et regarda Costas.

— Fantastique. Pour moi, c'est comme revivre l'histoire.

— Comment vont tes réserves d'air ?

Jack avait surveillé ses jauges depuis qu'ils étaient arrivés au seuil présumé de leurs recherches.

— Moins pleines que j'aurais aimé. J'ai dû respirer très fort en essayant de me stabiliser dans le canal.

— Moi aussi. Allez, on continue. Au moins, à partir de maintenant, ce sera moins profond.

Ils dépassèrent l'épave et remontèrent la paroi rocailleuse lissée par le courant, mais ici et là couverte d'algues vertes, le premier signe de vie sous-marine que Jack voyait depuis qu'ils étaient entrés dans l'eau. En quelques minutes, ils remontèrent de vingt-cinq mètres et nagèrent jusqu'à la surface d'origine de la berge à côté du bassin, à l'époque des eaux basses avant la construction du barrage d'Assouan. Ils suivirent la rive jusqu'à atteindre l'endroit qu'ils avaient vu sur l'image fournie par le sonar d'Ibrahim. C'était un tunnel taillé dans la pierre qui les éloignait de la rive immergée pour les mener vers le pied de la falaise et la chambre souterraine qui s'étendait à quelque trente mètres vers l'est, toujours invisible dans l'obscurité trouble. Jack s'enfonça dans le tunnel, tendant les bras de chaque côté et se baissant jusqu'au fond.

— Juste assez grand pour un crocodile.

— Arrête ! s'écria Costas. On a déjà assez tenté le sort.

— Le tunnel et la paroi de la falaise ont dû être enfouis sous le sable avant la construction du barrage, ce qui explique pourquoi aucun archéologue ne les a jamais vus. Tout a dû être nettoyé quand le niveau de la rivière est monté pour inonder l'endroit. Cela montre combien encore on pourra voir sous l'eau. Il faut vraiment que j'arrive à convaincre Maurice de plonger.

— Ça fait des années que tu répètes ce laïus. Tu ne le changeras pas, et j'ai peur d'imaginer où finira son short s'il plonge avec.

Ils arrivèrent un instant après au pied de la falaise. Le tunnel disparaissait à l'intérieur, une cavité noire assez large pour les laisser passer. Son plancher était recouvert de sable qui était à l'évidence resté là depuis l'inondation, emprisonné par les murs du tunnel qui l'avait empêché d'être balayé. Jack s'aplatit sur le plancher rocailleux, regardant devant lui, aussi loin que le faisceau de sa lampe éclairait. Il remarqua la pente sableuse qui montait jusqu'à atteindre une ouverture bouchée par le sable à cinq mètres devant eux. Il vérifia sa jauge de pression.

— Il me reste environ vingt minutes à cette profondeur. On ne pourra peut-être pas déboucher l'ouverture, mais je vais essayer.

— Je te suis, déclara Costas. Allons-y.

Jack avança en battant doucement des jambes comme un dauphin avec ses palmes, les bras sur le côté. Après cinq mètres, il arriva à la rive de sable et posa les mains dessus. Le sable était granuleux, facile à creuser, mais il semblait difficile de progresser rapidement.

— Je pense que nous ne sommes qu'à quelques mètres de la chambre, mais qu'on ne pourra pas aller plus loin maintenant.

— N'abandonne pas si vite, répliqua Costas. Laisse passer Walter et vois ce dont il est capable.

— Walter ?

— Mon tout dernier gadget. Une pompe miniature, elle aspire le sable et le ressort par ce tube dans le courant. Quand j'ai entendu qu'on allait plonger dans le Nil, j'ai pensé « sable » et je me suis dit que ce serait l'occasion rêvée de l'essayer.

Jack entendit le grondement du moteur et se décala pour laisser un véhicule de la taille d'un petit chien passer sous lui et s'enterrer dans le sable, l'aspirant pour désengorger le passage et l'envoyer plus loin à l'aide d'un tube en plastique. En quelques instants, il disparut de leur vue. Jack le suivit, se glissant dans un trou juste assez grand pour qu'il puisse avancer. Après environ trois mètres, le sable céda la place à une grande étendue d'eau et il vit Walter s'arrêter, sauter en avant et s'enterrer une nouvelle fois dans les sédiments à quelques mètres vers la droite, tel un rongeur creusant un trou. Jack se dégagea du sable en se tortillant et se tourna pour voir Costas faire de même, sa tête émergeant à côté du pot d'échappement de Walter. Rapidement, il s'introduisit dans les sédiments derrière son robot et, au bout d'un instant, seules ses palmes ressortirent. Ensuite le ronronnement cessa et Costas réapparut, tenant la pompe par le tube, comme un chien par sa laisse.

— Il n'en fait qu'à sa tête, dit-il, haletant. Alors où sommes-nous ?

Jack augmenta l'intensité de sa torche et projeta le faisceau lumineux autour de lui. Ils se trouvaient dans une grande chambre rectiligne d'au moins dix mètres de haut et cinquante mètres de long. Le sable qui avait partiellement encombré le tunnel formait une grande rive en pente contre le côté de la grotte en face de la falaise, provenant manifestement de la berge extérieure d'où il était tombé, avant d'avoir été balayé par la crue du Nil due au barrage. Il regarda Costas nager doucement vers une forme noire au fond de la salle, son rayon de lumière jouant sur la surface. Il s'arrêta net là où la forme saillait sur le dessus. Jack perçut un cri étouffé.

— *La vache !* s'écria Costas dans un murmure.

Jack le rejoignit et fut lui aussi estomaqué.

— Le crocodile, tu veux dire ! s'exclama-t-il.

Maurice avait raison. Mais il n'aurait jamais rien pu imaginer de tel. La statue de l'ancien dieu égyptien Sobek, mi-homme, mi-crocodile, son museau scintillant de bijoux qui se reflétaient dans la lumière des deux torches. Il regardait droit vers l'entrée du temple, vers l'ouest, dans la direction du soleil couchant. Jack jeta un œil à ses réserves d'air.

— Encore quinze minutes, cinq pour la chambre, cinq pour sortir et cinq pour remonter, ensuite de l'oxygène pur pendant une demi-heure.

— D'accord, Jack.

Costas avait retrouvé ses esprits.

— Tu regardes rapidement, moi, je rebranche Walter pour nous sortir d'ici. S'il lui reste assez de batterie…

— Attends, ne me dis pas que tu ne l'as jamais testé avant ?

— Il faut bien une première à tout !

Jack nagea vers le centre de la grotte, puis orienta sa torche sur les murs, commençant par l'entrée enterrée et se déplaçant dans le sens des aiguilles d'une montre. Il ne vit rien d'autre que de la pierre nue, jusqu'au moment où il passa le rayon lumineux sur la statue et atteignit le mur de droite, sur lequel une scène extraordinaire s'offrit à lui. Une gravure en relief d'une bataille de l'Antiquité, ou plutôt de ses conséquences, avec un ennemi déchaîné exécutant et démembrant ses prisonniers, une vision déconcertante parce que les prisonniers étaient à l'évidence égyptiens. Il déplaça encore le rayon. L'immense silhouette d'un homme apparut, son style différent du reste de la fresque. Il la fixa, ébahi, pratiquement incapable de réfléchir, essayant de s'imprégner d'un maximum de détails, des traits de la sculpture sur lesquels il pourrait méditer plus tard. C'était le même pharaon qu'il avait vu deux jours plus tôt, à deux mille kilomètres de là, au fond de la mer Méditerranée. Il arrivait à peine à y croire. *Akhenaton*.

— Il ne reste plus qu'une minute, Jack.

Il vit une lueur dans le sable sous la sculpture, hésita, puis nagea dans sa direction, à l'opposé de la sortie. Il se baissa pour ramasser l'objet presque enfoui, le serra dans sa main et se tourna pour repartir vers Costas.

Il le regarda un instant avant de le glisser dans la poche de son pantalon. C'était un beau scarabée ancien, gravé dans de la pierre verte, avec un cartouche à la base, qu'il reconnut comme étant celui de Néfertiti, la compagne d'Akhenaton. Il était surprenant de trouver un tel artefact dans la grotte vide d'un temple, et il se demanda si quelqu'un d'autre avait mis les pieds ici depuis l'Antiquité, si quelqu'un était passé par l'ouverture tout en haut de l'ancienne porte avant que le niveau de l'eau ne monte. En fait, Néfertiti en personne avait pu assister ici, dans ce temple, à une cérémonie rituelle avec Akhenaton. C'était une découverte remarquable, mais qui n'aurait pas pu le préparer à ce qu'il vit ensuite, un objet que Costas lui montrait alors qu'il approchait.

— Regarde ce que Walter nous a déniché, annonça Costas, son visage rayonnant à travers la visière. Il a déterré ça quand il a fourré son petit museau à côté de l'entrée.

Jack prit dans sa main une grosse baguette d'un mètre de long, en or massif, l'objet en or le plus lourd qu'il avait jamais tenu. Mais ce n'était pas juste un extraordinaire trésor en or. C'était le sceptre royal d'un pharaon égyptien, le seul jamais découvert. Un pharaon s'était vraiment trouvé ici, mais pour une raison qu'il ignorait, il avait laissé le plus important symbole de son règne sur le sol de ce temple, ou l'avait jeté, dans cet endroit improbable, si loin des palais royaux d'Égypte, à des centaines de kilomètres au sud du Nil.

Costas le poussa vers le trou.

— Allez Jack, on n'a plus de temps !

Jack prit la baguette tout contre lui et plongea dans les sédiments, sa main libre tendue en avant pour suivre le tunnel que Walter avait de nouveau creusé. Cinq minutes plus tard, il était libre, Costas derrière lui avec Walter, et le soleil filtrait sous la surface de la rivière à quinze mètres au-dessus d'eux. Il jeta un œil à l'écran de l'ordinateur, ils n'étaient restés dans le temple que huit minutes. *Huit minutes*. Et pourtant ce qu'ils avaient trouvé en si peu de temps constituerait la découverte de toute une carrière pour un égyptologue. Il était très impatient de montrer ses trophées à Maurice et Aïcha. Il se tourna vers Costas, qui nageait désormais à ses côtés, un large sourire sur le visage.

— Je sais ce que tu veux que je dise, lança Jack.

— Ah, oui ?

— Bien joué, Walter. Bon travail, Costas.

— Tu as vu ça ? Une sacrée équipe, nous trois ?

— Sacrée équipe !

— Je n'avais jamais vu de l'or comme ça avant, Jack. *Jamais*.

— Moi non plus. C'est l'un des objets le plus extraordinaires que nous ayons jamais trouvés. J'ai hâte de retourner ici. Il faut qu'on réfléchisse à la logistique, l'équipe, les laps de temps…

— Je suis partant !

Une demi-heure plus tard, ils flottaient à la surface, à quelques mètres de leur point de sortie le long du cours du fleuve, deux cents mètres plus bas sur le bassin. Leurs visières se soulevèrent et ils fermèrent les yeux, vidés par l'enivrement de la plongée, mais revivifiés par les quinze dernières minutes à respirer de l'oxygène pur.

Costas à côté de lui, Jack vit que sa combinaison

était enfin recouverte de crasse comme il se devait. Costas lui jeta un regard sceptique.

— Tu as *vraiment* vu un crocodile là-dessous ?

— Je te l'ai dit, je ne l'ai pas vu, je l'ai *senti.*

— *Senti* ? Comme quand on dit j'ai senti sa présence ? Tu pensais qu'il était là ? L'effet de ton imagination ?

Jack leva les mains.

— Non, je veux dire senti comme quand on dit je l'ai touché, répliqua-t-il en sortant une jambe de l'eau, montrant les stries blanches sur sa palme. Regarde les marques de morsure.

— Ta palme a peut-être été râpée contre les rochers en traversant le tunnel.

— Si tu ne me crois pas, tu n'as qu'à replonger et voir par toi-même…

— Sûrement pas, lança Costas en tremblant. C'est déjà assez désagréable de penser qu'il était là, mais alors le voir en plus !

Hiebermeyer se pencha en haut de la pente, Ibrahim sur les talons, et ils descendirent jusqu'au bord de l'eau.

— Alors, comment c'était ?

— Nous l'avons trouvé, Maurice, annonça Jack, une lueur de victoire dans les yeux. Tu avais raison. C'est un temple consacré à Sobek, avec une immense statue du dieu au bout. Mais c'est encore mieux : on a trouvé tout un mur gravé qui représente des soldats égyptiens vaincus dans une bataille. Je pense qu'il a été sculpté dans les années qui ont suivi la mort de Sénousret quand tout s'écroulait ici. Peut-être qu'ils pensaient qu'ils avaient agacé les dieux d'une manière ou d'une autre. Je dirais bien que le temple date de la même époque. Mais attends, ce n'est pas tout. À une extrémité de la fresque, on voit une énorme image sous un symbole astral, un pharaon, mais sans sa couronne, ni son sceptre, qui s'éloigne de la scène comme s'il partait seul dans le désert. C'est Akhenaton.

— *Mein Gott !* s'écria Hiebermeyer tout bas. Parle moins fort, Jack, pas la peine d'ébruiter cette découverte pour l'instant. Que ça reste entre nous trois et Aïcha. Vous avez vu autre chose ? Des indices ? Quelque chose qui rappellerait l'image sur la plaque du sarcophage ?

— Dans la partie inférieure de la jupe, les rayons du symbole solaire semblent dessiner un motif. À l'endroit où les lignes convergent, il manque une dalle carrée, comme si quelqu'un l'avait arrachée. Peut-être que, dessus, il y avait des traits reconnaissables, ou peut-être des hiéroglyphes.

Hiebermeyer prit une profonde inspiration et secoua la tête.

— Encore une pièce manquante du puzzle, lança-t-il en fixant Jack. Tu as trouvé encore autre chose, n'est-ce pas ?

— J'ai toujours su que tu voulais être pharaon, Maurice. Eh bien, c'est ton jour de chance !

Jack sortit de l'eau le sceptre en or et le plaça dans les mains tendues de Hiebermeyer, qui regarda, ébahi, et s'appuya contre la pente, puis s'assit en admirant l'objet. Il le tourna dans tous les sens jusqu'à voir le cartouche.

— *Akhenaton*, murmura-t-il. Le sceptre royal d'Akhenaton. C'est la découverte la plus incroyable de toute l'histoire de l'égyptologie !

— La question qu'on peut se poser, c'est comment

il est arrivé là, affirma Jack, pragmatique. Et je pense qu'on pourra trouver la réponse dans le mur gravé et la porte fermée du temple. La fresque dépeint Akhenaton dépourvu d'ornements, comme un homme ordinaire et pas un prêtre royal. Cela correspond à l'image d'un homme pénitent en quête d'Aton, comme un pèlerin qui a décidé de se dépouiller de ses biens. Et la porte fermée du temple suggère la finalité, comme s'il enfermait l'ancienne religion et s'en libérait. Imaginons Akhenaton, dirigeant une quelconque cérémonie propitiatoire dans ce temple avec les prêtres, peut-être même un rituel censé réaffirmer son allégeance aux dieux, mais soudain, il retire sa couronne et son sceptre, et sort, ordonnant à ses hommes de fermer les portes, condamnant les prêtres à tout jamais.

— Pas mal comme nourriture pour les crocodiles, commenta Costas.

— Comment ça ? demanda Jack.

— Eh bien, Maurice l'a dit lui-même. C'est un endroit reculé, où ils devaient pratiquer les sacrifices humains. Ils donnaient sans doute les esclaves hébreux à manger aux crocodiles. Quel meilleur moyen pour Akhenaton de renverser l'ordre des choses que de libérer les crocodiles du bassin pour qu'ils aillent dévorer les prêtres eux-mêmes ?

Hiebermeyer sortit un keffieh de son sac et entoura le sceptre avec.

— Pas un mot de tout cela à qui que ce soit avant qu'on en ait terminé ici. Si les habitants de la région apprennent cette découverte, nous serons la proie des gangsters friands d'or, et avant peu cet endroit se transformera en champ de bataille. Et pas un mot à notre nouvel inspecteur soudanais, al'Ahmed. Ce sceptre doit aller au musée de Khartoum, mais je ne lui fais pas confiance.

Il jeta un œil à Ibrahim qui se tenait à côté de lui.

— On va l'emporter dans la Toyota et le cacher dans la tente des pièces qu'on a retrouvées, dans le camp.

Ibrahim hocha la tête, prit le paquet et remonta rapidement la pente. En nageant vers la rive, Jack continua à parler avec Hiebermeyer.

— Je veux y retourner demain. Peut-être que nous trouverons la pièce qui manque dans la fresque. Pour commencer, il faut installer une tente pour notre matériel et engager un garde du corps.

— Ça peut attendre, rétorqua Hiebermeyer. Vous avez trouvé des objets des années 1880 là-dessous ?

— Une barque et la machinerie d'un bateau à vapeur. Ce n'est sans doute pas tout. Comment ça, ça peut attendre ? Qu'y a-t-il de plus important ?

— Bon, c'est ce que je dirai à al'Ahmed. Si vous ne pouvez pas replonger demain, c'est parce qu'il a organisé pour vous une visite de l'épave *Abbas*, le bateau à vapeur qui a coulé plus haut sur la rivière, en 1884, avec les antiquités de Gordon. Ça risque d'être notre seule occasion de le voir. Il vaut mieux ne pas la laisser passer.

Jack sentit une vague d'exaltation le traverser, mais il se força à réfléchir posément.

— Et la sécurité, on en est où ?

— Il dit qu'il va envoyer ses propres hommes pour veiller à ce que le seigneur de guerre du coin ne nous importune pas. Je suppose qu'il parle de la police soudanaise.

— Tu as dit que tu ne lui faisais pas confiance, remarqua Costas. Et nous alors, on peut ?

— Non, mais il en a parlé devant les autres conservateurs d'antiquités et eux, ce sont des gens auxquels on peut faire confiance. Il a dit qu'il se chargeait des autorisations et des papiers, et personne n'a protesté. En fait, tout le monde était plutôt enthousiaste. Il est possible qu'ils soient tous de son côté, mais il faut prendre le risque. Si cela nous permet de faire des découvertes du même ordre que celle d'aujourd'hui, alors cela justifiera sa nomination et lui vaudra tous les honneurs. C'est logique qu'il veuille qu'on réussisse.

— Ou alors, cela nous permettra de découvrir quelque chose qu'il veut vraiment, et ensuite, il nous enverra paître.

— On verra bien.

Jack se tourna pour flotter sur le dos, bercé par le Nil, se réjouissant du soleil qui lui léchait le visage. Il réfléchit au site de l'*Abbas*, en haut de la rivière, au-delà du grand portail, sur le territoire mystérieux qui avait tant effrayé les Égyptiens au temps des pharaons, et deux mille ans plus tard, quand une nouvelle force s'était soulevée pour les affronter dans le désert. Il pensa aux hommes de la colonne de la rivière, à l'inconnu au fusil dans le sangar, qui l'intriguait tant, et à la manière dont Costas et lui semblaient désormais marcher sur les pas de l'expédition de secours. En allant d'ici au site, en amont de la rivière, ils passeraient à côté de l'endroit où la colonne avait combattu pour la première fois les mahdistes dans un bain de sang. Et il pensa à l'appât de la nouveauté qui avait dû attirer Akhenaton ici, et peut-être Gordon aussi.

Il pensa au sarcophage et à la plaque, et maintenant le temple de Sobek et le sceptre : des découvertes exceptionnelles qui rendaient ce voyage unique. Il finirait la saison de façon spectaculaire et il attendrait avec impatience de revenir là l'année d'après si rien ne les en empêchait. Mais, pour l'instant, l'idée qu'ils n'étaient pas au bout de leurs surprises, qu'un trésor plus important encore les attendait peut-être, le tenait en haleine. Il était lancé et rien ne pourrait l'arrêter.

Il leva la tête et regarda Hiebermeyer.

— D'accord, ça me va. Demandons à Ibrahim de charger notre équipement. On peut partir dès ce soir. Cela pourrait être notre seule chance de savoir ce que le général Gordon cachait sur son bateau.

13

À côté de Korti, Soudan, 24 décembre 1884

Le major Edward Mayne ouvrit le rabat de la tente et fit un pas vers l'intérieur, ses yeux s'adaptant au nuage de fumée qui saturait l'air. Il avait eu chaud dehors, bien trop, dans le soleil cuisant de la fin d'après-midi, mais ici, c'était comme entrer dans le petit salon surchauffé d'un club de gentlemen à Londres, ou les tentes de sudation que Charrière lui avait montrées au Canada quand ils étaient enfants. À présent il enviait Charrière qui restait dehors, assis avec les sentinelles à l'ombre d'un palmier, au bord du Nil. Les Britanniques n'avaient pas encore appris la méthode des Arabes pour maintenir l'intérieur d'une tente au frais, sous le soleil du désert, et le tissu épais convenait mieux à la rigueur d'un hiver de Crimée qu'à la fournaise soudanaise. Pour Mayne, c'était symptomatique de toute cette campagne, dans laquelle les Anglais s'étaient à moitié adaptés, portant des tenues du désert plutôt que leurs uniformes écarlates, se déplaçant à dos de chameau plutôt que sur des chevaux, et certains ayant même troqué leurs casques pour des turbans arabes, et pourtant les stratégies militaires restaient celles des anciennes campagnes. Ou, plus précisément, celle de Wolseley de faire remonter le Nil à des centaines de bateaux, comme il l'avait fait sur la rivière Rouge, au Canada, quinze ans plus tôt. Mayne savait que, dans cette tente, se trouvaient des hommes dont l'originalité leur aurait permis de sortir du moule, de se soumettre aux lois du désert. Mais avec le temps qui filait et Wolseley qui tirait les rênes, il ne subsistait pratiquement aucune chance de changer le cours d'une mission qui semblait vouée à l'échec dès le départ.

Deux officiers se tenaient penchés sur un bureau portable dans le coin de la tente, l'un d'eux affairé avec un rapporteur et une règle, et le deuxième prenant des notes. Cinq autres hommes étaient installés autour d'une table à tréteaux devant Mayne, vêtus d'un assortiment caractéristique d'uniformes et de vêtements personnels, typique des officiers britanniques en campagne. Wolseley en personne était assis en face, petit bonhomme d'une grande élégance, occupé à étudier une carte en compagnie de trois autres Anglais. Le seul à s'être aperçu de l'irruption de Mayne se trouvait assis à la droite de Wolseley. L'air exhalait un parfum exotique qui rappela à Mayne le goût du tabac de cerise que Burnaby avait rapporté d'un récent séjour au Maroc. Il était là aussi, se détendant dans un coin, la cigarette à la main et les jambes croisées, tout à fait le portrait que James Tissot avait peint de lui quinze ans plus tôt à Londres. Seulement, à la place de l'uniforme dépouillé des Royal Horse Guards, il portait une sorte d'ersatz de vêtements de chasse écossais, avec un immense holster *howdah* sur le côté. Lui et Mayne partageaient le lien muet des hommes qui avaient fréquenté la même école et vécu les mêmes tourments, plus jeunes, même si Burnaby était de cinq ans son aîné. Il salua Mayne d'un hochement de tête amical avant de tirer sur sa cigarette, laissant la cendre tomber par terre et soufflant des ronds de fumée vers le haut, pour les voir s'écraser sur le toit de la tente et redescendre en un gros nuage sur les hommes.

Mayne perçut une autre différence par rapport au portrait, une ombre qu'il avait perçue chez Burnaby quand ils s'étaient rencontrés en secret à la frontière de l'Afghanistan, trois ans plus tôt. L'officier du portrait de Tissot, qui débordait d'assurance, avait pris de la carrure et ses yeux s'étaient assombris. C'était un homme conscient de l'impasse où s'achevait sa carrière militaire. L'âge l'empêcherait vite de s'engager dans de nouvelles aventures, ainsi que le monde tel qu'il devenait, dans lequel les hommes comme lui n'avaient plus leur place. Mayne savait que l'indifférence qu'il affichait là masquait un esprit vif, dont le pouvoir d'observation et le mépris total pour sa propre sécurité avaient été d'une valeur inestimable pour le ministère de la Guerre. Pourtant, à le regarder à cet instant, Mayne eut l'impression que les préparatifs minutieux qui absorbaient tant les autres n'étaient qu'une futilité pour lui, qu'il voyait bien où le mènerait sa soif d'action et qu'il était sans doute attiré au Soudan, comme Gordon, par les ténèbres qui s'ouvraient au sud et la promesse de l'apothéose dans les batailles à venir.

— Ah, Mayne ! s'exclama Wolseley qui, l'ayant enfin vu, se leva prestement et tendit la main.

Mayne se pencha et la serra fermement, sentant la peau de son bras frémir de la chaleur sous sa tunique.

— Vous connaissez les autres autour de cette table.

Le général Earle de la colonne de la rivière, le général Stewart de la colonne du désert. Et bien sûr le colonel Burnaby et le général Buller.

Earle et Stewart lui adressèrent un regard rapide avant de revenir à leur carte, qui, à ce que Mayne voyait, représentait la boucle du Nil qui entourait le désert de Bayouda au sud en allant vers Khartoum. Buller était assis à la gauche de Wolseley, un géant avec un visage qui rappelait les bisons d'Amérique du Nord. Il se souleva et tendit à son tour la main.

— Edward, mon cher garçon. Je n'avais aucune idée que vous étiez là avant que Wolseley me l'annonce. Vous auriez dû venir me retrouver dans ma tente. Vous savez que j'ai toujours une bouteille pour vous.

— Monsieur, salua Mayne pendant la poignée de main. J'aimerais beaucoup. Peut-être la prochaine fois.

Buller faisait partie du cercle privé de Wolseley, le « cercle Ashanti » qu'il avait réuni pour la campagne de la Côte-de-l'Or en Afrique de l'Est en 1873, pour la plupart vétérans de l'expédition de la rivière Rouge, trois ans plus tôt. Mayne avait rencontré Buller pour la première fois au Canada, et malgré son physique de bovin, il le trouvait d'une compagnie agréable et sincère. Tout comme Burnaby, Buller avait pris du poids et des joues, en grande partie à cause de sa passion pour l'alcool qui lui donnait vraiment des allures de bœuf. Mayne avait vu le convoi spécial de chameaux de Buller arriver à Korti, chargé de caisses entières de champagne la Veuve-Clicquot, un caprice affligeant que seul Buller pouvait se permettre. Mais les hommes l'adoraient parce qu'il était un vrai soldat, le vainqueur acclamé de la Victoria Cross dans la guerre anglo-zouloue, un guerrier chevronné qui s'était battu sur le front sanglant et avait gagné une réputation de héros, surpassée par Burnaby seulement.

— Le major Mayne était rattaché à la colonne de la rivière, lança Earle, fixant Buller par-dessus ses demi-lunes alors que l'autre se rasseyait lourdement. Il surveille la rive du Nil, assurant des missions de reconnaissance sur le trajet des bateaux.

— Juste comme au bon vieux temps au Canada, hein ? lança Buller en frappant la table. Et vous avez les Mohawks avec vous aussi !

Mayne se tourna vers Wolseley.

— Je suis venu avec Charrière comme vous me l'avez demandé. Il attend dehors.

— Le meilleur chasseur que j'aie jamais vu, parbleu, grommela Buller en secouant la tête. Il m'a emmené avec lui dans la forêt dans les années 1870, vers la rivière Winnipeg. C'est la première fois que j'ai vu un homme se jeter sur une biche avec un couteau. Il a toujours cette squaw ? Une sacrée bonne femme, elle aussi. Elle aurait été tout à fait capable de diriger cette expédition.

— Sa femme et son enfant sont morts lors d'une épidémie de choléra, il y a deux ans, répondit Mayne.

— Ah, désolé de l'entendre.

Buller se tut un moment, avant de se tourner vers Wolseley.

— J'ai pris quelques bières avec Stephenson, hier soir, votre ancien quartier-maître général. Il m'a parlé de la pension que vous aviez mise en place pour les voyageurs après l'expédition de la rivière Rouge. Vraiment bienveillant de votre part, si vous voulez mon avis.

Wolseley sembla un instant embarrassé, puis tapota sur la carte avec son crayon.

— C'était le moins que je pouvais faire. Ils ont apporté leur contribution à une expédition qui a rempli sa mission sans qu'une seule vie soit perdue. Je les ai traités comme je l'aurais fait avec des soldats britanniques, pour service rendu à la reine et à l'Empire.

— Surtout généreux avec Charrière, je présume, ajouta Buller.

— C'était mon éclaireur. Il a risqué sa vie plus que quiconque.

— Vous n'imaginiez pas que vous auriez de nouveau besoin de lui, hein ? demanda Buller en jetant un regard à Wolseley. Et au Soudan, par-dessus le marché.

Mayne savait que les voyageurs étaient payés largement pour leur travail sur le Nil, et par conséquent, on ne pouvait pas penser qu'ils n'étaient là que par loyauté à la Couronne. Mais c'était typique de Wolseley, le genre d'actes qui attiraient les gens à lui. Il pouvait se montrer difficile, parfois snob même, exagérément attaché au détail, ce qui était sans doute le défaut de cette expédition, mais il savait aussi se montrer d'une prodigalité qui dépassait toute attente. Une générosité qui lui permettait de supporter les railleries acides de Buller, conscient que laisser les gens dire ce qu'ils avaient sur le cœur lui donnait un avantage sur eux. Et même s'il avait l'air d'un esthète raffiné à côté de gorilles comme Buller et Burnaby, Wolseley était également un soldat impitoyable qui portait sur le corps les cicatrices de batailles qui remontaient à sa première intervention en Crimée comme subalterne, quelque trente ans plus tôt.

Buller se tourna vers Mayne.

— Alors, vous surveillez le Nil, c'est ça ? Trop d'ingénieurs dans cette expédition, sacrebleu. À dessiner des cartes, réfléchir, planifier. Ce vieux Charlie Gordon est sapeur, tout comme le général Graham à Suakin sur la mer Rouge, et ces deux-là, dans le coin, dit-il en montrant les officiers penchés sur le bureau. Si vous voulez mon opinion, on a de loin dépassé notre quota d'ingénieurs.

Mayne vit la lueur dans les yeux de Buller. Il avait raison, comme d'habitude, mais pas forcément dans la manière de le présenter. Les officiers sapeurs étaient formés pour trouver des solutions à des problèmes techniques, pas pour les créer. Par bien des côtés, c'était une guerre d'ingénieurs : une guerre de surveillance, de renseignements, de logistique. Les ingénieurs ici n'étaient pas des soldats du régiment, tenus de suivre les ordres de guerre et de respecter de façon très stricte la hiérarchie du commandement. Ils ne considéraient pas le combat comme l'apogée glorieux du travail de soldat, mais comme un obstacle. Et Buller savait parfaitement qu'à l'origine de cette omniprésence des ingénieurs on trouvait Wolseley, pas un sapeur, mais un officier d'infanterie qui, à cause de son attachement fastidieux au détail et son obsession pour son expédition réussie de la rivière Rouge, n'avait pas opté pour une traversée du désert depuis la mer Rouge ou Korti qui aurait abouti à l'arrivée des troupes britanniques à Khartoum des semaines plus tôt. Mais Buller devait sa carrière à Wolseley et il était assez intelligent pour ne faire passer ses critiques qu'à demi-mot. Tous savaient qu'il était trop tard pour changer de stratégie.

Le plus grand et le plus jeune des deux hommes qui travaillaient dans un coin de la tente s'approcha de Wolseley, une carte à la main. Il avait des traits fins et séduisants, et une moustache lustrée en guidon de vélo sur une barbe. Un keffieh entourait lâchement son cou, et avec son teint hâlé, il aurait pu passer pour un Arabe. Il fixa Mayne, le rayon de soleil dans son œil droit l'empêchant de lui rendre son regard correctement.

— Le major Kitchener vient de traverser le désert de Bayouda et est arrivé à un peu plus de trois kilomètres de Khartoum, commenta Wolseley. C'est mon adjudant général adjoint, mais parfois il pense qu'il dirige les opérations.

Mayne hocha la tête en direction de Kitchener, sachant qu'il n'y aurait pas de poignée de main. Ils s'étaient croisés à l'Académie royale militaire et à l'École d'ingénierie militaire à Chatham, mais Kitchener s'était montré timide et distant, se faisant peu d'amis, et alors qu'il avait pris congé pour observer la guerre franco-prussienne, Mayne avait rejoint l'expédition de Wolseley au Canada. Kitchener était un solitaire qui n'acceptait pas les ordres de gaieté de cœur. Il ne faisait pas partie du cercle Ashanti et avait manqué de peu d'outrepasser ses droits. Il avait été sauvé parce qu'en tant qu'officier du renseignement, il était indispensable, et que sa présence en imposait. Il était devenu les yeux et les oreilles de l'expédition, parlant couramment arabe et ayant développé son propre réseau jusqu'à Khartoum avec l'appui des chefs des tribus locales. Il était le dernier homme présent dans la tente à avoir parlé à Gordon. Mayne l'avait rencontré avec son guide Shaytan trois semaines plus tôt, dans le désert de Bayadu, quand Kitchener était tombé sur eux tel un émir du Mahdi, vêtu de la tenue des Arabes et entouré d'une vingtaine d'hommes de la tribu Ababda, que l'on reconnaissait à leur joue tailladée de trois cicatrices parallèles, des guerriers impitoyables qui avaient juré de le protéger au péril de leur vie. Ils l'appelaient même Kitchener *Pacha*, le terme ottoman pour général, un titre qui devait avoir irrité même Wolseley.

Il avait deux ans de moins que Mayne, mais déjà son brevet de major. On parlait même de lui pour seconder l'armée égyptienne, un moyen rapide d'obtenir de l'avancement pour les officiers britanniques talentueux. Kitchener devait être un des ingénieurs que Buller méprisait, mais il était clair pour tout le monde que cet homme avait une habileté hors du commun pour s'adapter aux conditions du désert. Wolseley avait eu l'intelligence d'ignorer ses actes occasionnels d'insubordination flagrante et d'en tirer son parti.

Mayne plongea son regard dans les yeux désarmants de Kitchener.

— Félicitations pour ton travail de repérage en Palestine. J'ai feuilleté le premier de tes volumes à la bibliothèque du Royal United Services Institute à Londres, avant de venir ici. C'est un travail impressionnant, bien plus que beaucoup d'officiers pourraient espérer accomplir dans toute une carrière. Elle met vraiment en avant une étude biblique de taille.

— La Palestine t'intéresse ? demanda Kitchener. Tu n'étais pas inscrit à la société archéologique biblique à Chatham.

Mayne soutenait toujours son regard de plomb. Il se rappela le groupe d'officiers évangéliques qui pensaient que l'étude des terres bibliques était leur réelle mission, l'usage le plus noble de leur talent d'ingénieurs. Charles Gordon n'en faisait pas partie, un individualiste qui ne promettait allégeance à aucune Église et aucun mouvement, mais qui était vénéré pour sa moralité chrétienne et parce qu'il semblait vivre selon les principes du christianisme : un guerrier et un ascète chrétien, un homme qui accueillait des orphelins dans sa maison en Angleterre, et qui, désormais, se dit Mayne, semblait voué à l'acte chrétien ultime, se sacrifiant pour ceux à Khartoum qui dépendaient de lui, pas seulement un martyr, mais un avatar du Christ lui-même.

— Mon intérêt est purement professionnel, affirma Mayne. Avant de venir au Soudan, lord Wolseley m'a demandé de découvrir tout ce que je pouvais sur Gordon, ses motivations antérieures probables pour être ici, son état d'esprit actuel. J'ai lu le livre qu'il a écrit au sujet de son séjour à Jérusalem en 1883 quand il était en congé. Il semble s'être retranché sur lui-même, un peu comme il l'a fait à Khartoum, et comme il l'avait fait en Chine vingt ans plus tôt, avant de mener son armée à la victoire. Mais il a aussi rédigé des rapports très intéressants. Il a utilisé tes plans et tes notes pour identifier un certain nombre de sites du Nouveau Testament. Ensemble, vos travaux fournissent une base inégalable pour les services secrets en Palestine si nous devions un jour affronter les Ottomans.

— C'est mon opinion aussi, affirma Kitchener sans sourciller.

Wolseley fit signe à l'autre homme.

— Dans ce cas vous devez également connaître les travaux du supérieur de Kitchener, et mon adjudant-général pour les services de renseignements, le colonel sir Charles Wilson.

Mayne tourna la tête pour voir un homme fluet, de l'âge de Wolseley, qui portait également les épaulettes des Ingénieurs Royaux. Wilson agita une main en guise de salut, mais ne leva pas les yeux de son carnet. C'était tout à fait logique que Wilson ait été nommé sur cette expédition. Récemment, il avait été le conseiller militaire de sir Evelyn Baring, agent britannique en Égypte, et avait même été pressenti un moment pour sauver Gordon à Khartoum. Gordon et lui se connaissaient bien, et Wilson partageait sa passion pour la Terre sainte. C'était un intellectuel, plus géographe et archéologue que soldat, et comme Kitchener, il n'était pas admis dans le cercle Ashanti de Wolseley. Le secrétaire d'État du ministère de la Guerre avait insisté pour que Wolseley prenne Wilson dans son équipe. Pourtant Mayne ne sentait aucune tension palpable entre les deux hommes, ce que Wilson ne voulait à aucun prix. Ils étaient unis par un but commun, le sauvetage de Khartoum. Et l'amitié personnelle de Wilson pour Gordon, ainsi que ses connaissances du Soudan signifiaient qu'il avait une place centrale dans les opérations de Wolseley, sans aucune remise en question.

Mais Mayne tenait à connaître la vraie raison de la présence de Wilson et pourquoi lui-même avait été nommé pour rejoindre l'expédition. Il était encore en période de mise à l'épreuve. Wilson finit de griffonner dans son bloc-notes puis s'approcha, en dévisageant Mayne de son regard bleu pénétrant. Mayne tendit la main par-dessus la table.

— Sir Charles. En lisant les *Reflections in Palestine* du général Gordon, je suis tombé sur une description de l'ancienne arche qui porte votre nom sous le mont du Temple à Jérusalem. Je voudrais beaucoup entendre votre opinion sur la question.

Wilson lui serra la main, le regardant droit dans les yeux.

— C'est toujours agréable de trouver un officier qui s'intéresse à l'archéologie, surtout quand il s'agit d'un camarade sapeur. Peut-être qu'à la fin de cette expédition nous pourrons nous retrouver pour discuter.

Mayne retira sa main. *Message reçu !* Wilson n'avait pas eu l'air de le reconnaître. Pourtant, il était son supérieur dans les services secrets depuis près de quinze ans, ils avaient travaillé ensemble sur un grand nombre de missions dans des salons privés du département au Whitehall. C'était Wilson qui l'avait au départ poussé à se spécialiser dans l'inspection quand il était revenu de l'expédition de la rivière Rouge au Canada. Un agent des renseignements était toujours le bienvenu sur une expédition et la considération particulière que Wolseley portait à Mayne rendait beaucoup plus facile pour Wilson la tâche de le faire intégrer aux régiments, en Afrique, en Afghanistan, sur des missions confidentielles qui dépassaient le cadre de l'Empire, chaque fois que ses talents seraient requis au service de la reine ou du pays.

Mayne sentit une vague de certitude le traverser. Par le passé, son contact immédiat avait toujours été quelqu'un d'autre, un intermédiaire, un officier anonyme dans la troupe, quelqu'un qui se ferait connaître secrètement et serait là pour donner le feu vert, un signal qui ne venait que rarement. Mais cette fois, c'était différent. Exceptionnellement, Wilson était venu en personne, un homme qui n'était pas seulement chef des renseignements pour l'expédition du Nil, mais aussi à la tête du département le plus secret du Whitehall, un officier chargé par les autorités les plus importantes du ministère de la Guerre de lancer des missions essentielles pour la sécurité de l'Empire, des missions qui choqueraient l'establishment britannique si la vérité devait sortir au grand jour.

Mayne réfléchit aussi vite qu'il le pouvait. Tout ce qui se déroulait maintenant, l'expédition de secours, les préparatifs autour de cette table, constituait le point culminant de la présence des Anglais au Soudan qui avait commencé quand ils avaient envahi l'Égypte trois ans plus tôt, ce qui remontait à la nomination de Gordon par le Khédive ottoman en tant que gouverneur général du Soudan en 1875. À cette période le rôle officiel de Wilson était consul général à Constantinople, un titre qui lui permettait de voyager beaucoup et de collecter des renseignements sur tout l'Empire ottoman, entreprenant des expéditions dans les parties reculées de l'Anatolie qui rivalisaient avec celles de Burnaby. Logiquement, ses intérêts s'étaient élargis à l'extrémité sud de la zone sous contrôle ottoman, en Égypte et au Soudan. Avec l'achèvement du canal de Suez en 1869, les Britanniques devenant les actionnaires majoritaires de la compagnie six ans plus tard, l'Égypte était devenue la plaque tournante de l'Empire, la porte de l'Inde. Pour les Britanniques et les Français, les autres actionnaires principaux, les terres d'Égypte et le Proche-Orient avaient également d'immenses résonances historiques. Huit cents ans plus tôt, les premiers croisés avaient atteint la Terre sainte, affrontant les forces de l'islam qui s'étaient emparées de Jérusalem. Et désormais, ces forces se soulevaient de nouveau, menaçant non seulement les terres de la Bible, mais le passage vers l'Europe. Et au centre du maelström qui se préparait, se tenait la figure du général Charles Gordon. Mayne savait désormais que son propre futur était lié au destin de cet homme, que c'était la mission ultime pour laquelle Wilson l'avait préparé.

Mayne regarda Wolseley taper son crayon sur la table. C'était Wolseley qui avait involontairement provoqué tout cela, Wolseley qui pensait avoir le contrôle total, Wolseley dont le complexe imbroglio d'organisation et de préparations l'empêchait de voir les voies parallèles du pouvoir que représentaient Wilson et d'autres hommes comme lui. Wolseley avait acclamé le succès de Mayne à son retour de mission du Canada, décrivant à des auditoires captivés les difficultés de faire campagne dans un pays aux allures exotiques pour un public lassé des histoires sur l'Inde après les horreurs de la révolte des Cipayes, à une époque où peu de soldats britanniques avaient servi dans les Amériques depuis la guerre de 1812. Wilson lui-même en faisait partie, ayant passé quatre ans à se casser les dents comme agent secret à la frontière entre le Canada et les États-Unis dans les forêts de l'Ouest. Il connaissait l'endurance et la force nécessaires pour survivre dans le monde sauvage et avait évalué les récits de Wolseley avec un œil d'expert, recrutant Mayne moins d'une semaine plus tard. En ce temps-là, Wilson travaillait au département de topographie du ministère de la Guerre et avait créé une division de renseignements pour fournir aux officiers sur le terrain des informations actualisées et des cartes. Le besoin d'avoir des espions et des informateurs mettait Burnaby à l'honneur, le travail des services secrets donnant un élan supplémentaire aux missions de reconnaissance comme celle menée par Kitchener en Palestine. Les Ingénieurs Royaux étaient devenus le vivier du nouveau service, fournissant des officiers pour le département de Wilson et pour les missions secrètes de collecte d'informations à l'étranger. Mais l'entreprise de Wilson avait une autre motivation, un objectif plus profond et plus sombre, une guerre menée par d'autres moyens. Mayne savait pourquoi il avait été recruté : il était un individualiste qui savait survivre, un homme qui avait perdu sa famille, sans attaches émotionnelles. Peut-être que le département en comportait d'autres comme lui. Jamais il ne le saurait. Tout ce qu'il savait, c'était que son rattachement à des missions à l'étranger, en Afrique, en Afghanistan, le rôle normal d'un officier de reconnaissance, n'était en réalité qu'une couverture, et qu'il devrait toujours attendre un signe secret, qui cette fois était arrivé.

Wolseley pria Mayne d'approcher.

—Savez-vous la raison de votre présence ici ?

— J'attends vos instructions, monsieur.

— Alors, écoutez attentivement. Ce que je m'apprête à vous dire ne va pas seulement déterminer l'avenir de Gordon, cela va également façonner le futur du Soudan et de l'Égypte, et notre prestige aux yeux du monde. Ce que je vais vous demander de faire doit rester top-secret. Il n'y aura ni médaille, ni accolades publiques. Seuls ceux présents autour de cette table en auront connaissance. Êtes-vous prêt à servir votre reine et votre pays ?

Mayne croisa le regard de Wilson avant de fixer Wolseley, de marbre.

— C'est pour cela que je suis ici. Dites-moi ce que je dois faire.

14

Wolseley prit sur la table un bout de papier en piteux état qu'il tendit à Mayne.

— C'est le dernier communiqué de Gordon. Je l'ai reçu par l'entremise du réseau d'espions de Kitchener. Il date du 29 décembre 1884, il y a un peu plus de deux semaines. Il écrit : « Khartoum sans problème, la ville peut tenir encore des années. »

Kitchener ouvrit le carnet qu'il tenait dans la main.

— Le général Gordon a envoyé ses rapports à Métemma par bateau à vapeur pour qu'ils soient en sécurité et j'en ai lu les entrées les plus récentes. Celle du 14 décembre : « Si le corps expéditionnaire n'arrive pas d'ici dix jours, la ville tombera ; et j'aurai fait de mon mieux pour l'honneur de mon pays. »

Burnaby envoya la cendre de sa cigarette sur le sol.

— Lord Randolph Churchill m'a suggéré de rassembler un groupe de chasseurs avec l'expérience de l'Afrique pour les envoyer sauver Gordon. Un détachement, comme on dit.

— Avec toi à leur tête, j'imagine, lança Buller en adressant à Burnaby un regard taquin.

— L'idée m'a traversé l'esprit, répliqua Burnaby,

un sourire aux lèvres, s'adossant sur son siège et soufflant un nouveau nuage de fumée.

— Hors de question ! s'exclama Wolseley énergiquement. Nous ne sommes pas au Far West, ici ! Et l'armée britannique de Sa Majesté n'engage pas des mercenaires pour faire le sale boulot.

Kitchener ferma son carnet et fixa Mayne.

— Tu comprends notre dilemme. Gordon était dans une situation inquiétante il y a six semaines, et après cela, il dit pouvoir tenir encore des années. Franchement, c'est impossible. On ne peut que s'interroger sur son état mental.

— Vous ne pourriez pas ordonner à Gordon de partir ? demanda Earle. Le rétrograder ?

— Officiellement, il travaille pour le Khédive d'Égypte, comme gouverneur général de la province égyptienne du Soudan. Si je mets en place la Queen's Regulation, il démissionnera de l'armée britannique et sortira complètement de notre champ de vision. Il a déjà menacé de démissionner et c'est grâce à l'intervention de Gladstone qu'il est resté. C'est le seul moyen que nous avons pour le contrôler, nous ne pouvons pas nous permettre de le perdre.

— Cet homme pense que les ordres ne sont qu'un sujet de conversation, remarqua Earle. Il paraît même qu'il consulte le prophète Isaïe avant de donner son accord.

— Les ordres comme sujet de conversation, il n'est pas le seul, commenta Wolseley en jetant un regard noir en direction de Kitchener. Sauf que d'autres agissent sans même consulter de prophètes du tout.

— Existe-t-il un espoir de négocier avec le Mahdi ? continua Earle.

— En tant que dirigeant autoproclamé de tout le monde musulman, il n'en répond qu'à Allah, répondit Kitchener.

— Qu'à Dieu ? reprit Buller en ronchonnant. Un peu comme Gordon, alors.

— Le général Gordon n'en répond qu'à lui-même, corrigea Kitchener, tranchant.

— Ça aussi, cela me rappelle quelqu'un d'autre, major Kitchener.

L'expression sur le visage de Kitchener se durcit, mais il garda sa réserve.

— Les intentions du général Gordon sont étroitement liées à son sens des responsabilités vis-à-vis des gens de Khartoum. En Chine il défendait les intérêts des marchands de l'Ouest, et à Khartoum il défend la vie des Soudanais.

— Un endroit ignoble, un véritable Gomorrhe, déclara Earle. Que Gordon ait décidé d'en faire une cause personnelle me dépasse complètement. Il paraît que la moitié de la population est constituée d'esclaves et l'autre moitié de trafiquants d'esclaves.

— Un commerce que Gordon a autorisé, éveillant l'indignation du Premier ministre *et* de la reine, ajouta Buller.

— Il ne l'a pas interdit parce que c'est dans l'intérêt des Soudanais, rétorqua Kitchener. Le général Gordon exècre la corruption des vizirs ottomans qui contrôlent le Soudan et la vénalité des marchands arabes et égyptiens. En prohibant l'esclavage, il aurait perdu ses appuis à la fois auprès des Ottomans et des Soudanais. En permettant au trafic d'esclaves de se poursuivre, il a établi sa réputation parmi eux et augmenté ses chances de supprimer ce commerce le moment venu. Ses actes sont interprétés de travers, même par ses anciens amis. Sa décision est le fruit d'intentions nobles.

Kitchener ouvrit une page marquée dans le carnet.

— Le 9 novembre. « Positivement et une fois pour toutes, je déclare me refuser à quitter le Soudan jusqu'à ce qu'il ait été fourni à quiconque en exprimera le désir le moyen de gagner l'Égypte. »

Kitchener s'interrompit.

— La ligne suivante a été écrite par le général en majuscules : « Je suis résolu à n'obéir à aucun ordre me prescrivant de quitter Khartoum et je resterai ici, quoi qu'il arrive, pour partager les périls de la garnison et des habitants, et mourir s'il le faut, le jour où la place tombera au pouvoir de l'ennemi. »

Kitchener ferma le journal et le posa.

— Il répète à plusieurs reprises sa détermination à rester avec beaucoup de véhémence.

— À cette époque, il était outré par le meurtre de son ami le colonel Stewart, qu'il avait envoyé loin de Khartoum pour sa sécurité, sur le bateau à vapeur *Abbas*, quelques jours plus tôt, justifia Wolseley. Peut-être que maintenant il sera moins confus et entendra raison.

— Ou pas, répliqua Buller. Il subit les tirs des mahdistes depuis la fin du mois d'octobre, depuis que les forces armées sont arrivées aux abords de la ville. Kitchener m'a expliqué que sa garnison vit de la gomme des arbres, de culots de tabac et de pain fait avec la peau des palmiers. Et les habitants, voilà des semaines qu'ils ont déjà dû finir de dévorer les derniers rats. Les morts sont balancés en pleine rue, et on ne peut que trembler en imaginant sur quoi les vivants se rabattent désormais pour se nourrir. Certains disent que Gordon a miné le palais pour qu'il explose s'il est pris, en bon ingénieur qu'il est. Il paraît qu'il dort le jour et veille la nuit, assis devant la fenêtre de son palais, allumant exprès des bougies, comme s'il demandait de recevoir une balle. Je vous le demande : est-ce que ce sont les agissements d'un homme qui peut encore entendre raison ?

— Le général Gordon est un officier des Ingénieurs Royaux, gronda Kitchener. Un de *vos* ingénieurs, si vous préférez. Il a su calculer la distance de l'autre côté du Nil jusqu'aux tireurs les plus proches et sait bien que leurs Remington ne pourraient jamais l'atteindre de si loin. Et il a également calculé l'effet que cela ferait à sa garnison de le voir fier et imperturbable nuit après nuit. Si cela le fait passer pour un dieu à leurs yeux, alors ça ne peut être que meilleur dans la situation présente.

— Je me fiche de la façon dont ils le voient, ce qui m'inquiète, c'est ce qu'il perçoit lui-même, grogna Buller. Les dieux n'ont pas besoin de se faire sauver la peau par de simples mortels comme nous autres.

Wolseley tapota son crayon sur la table.

— Il y a vingt ans, je l'ai vu s'exposer délibérément sur les parapets au-dessus de Sébastopol en Crimée. Il attirait sur lui le tir des snipers pour que la fumée révèle leurs positions. Ce n'est pas le seul parmi nous qui semble prendre un grand plaisir à côtoyer la mort, dit-il en jetant un œil en direction de Burnaby, qui faisait tomber la cendre de sa cigarette, impassible. En février, Gordon est arrivé seul à Khartoum, en homme saint et pénitent. Il s'est présenté aux habitants du Soudan comme le sauveur et aussi comme un homme à leur merci s'ils décidaient de ne plus se fier à lui. Ils l'avaient déjà vu le faire pendant la période où il était gouverneur général, quand il marchait seul dans les camps de trafiquants d'esclaves ou dans les tribus hostiles. Pour sa survie, il dépend de sa propre image de héros. Et c'est la seule façon de gagner la loyauté de ses gens.

— Héros ou imbécile ? grommela Buller.

— Il a les qualités héroïques d'authenticité et d'honneur, affirma Kitchener. Il ne se laissera pas dévier de ce qu'il pense être le droit chemin et il n'abandonnera jamais ceux qui lui sont dévoués. Il ne quittera pas Khartoum sans ses hommes.

— Le sort de cet endroit et de ses habitants dépasse notre contrôle, affirma Wolseley.

— Tout comme, apparemment, le sort du général Gordon, rétorqua Kitchener du tac au tac.

Wolseley agita de nouveau le bout de papier.

— Mais nos dernières informations suggèrent le contraire ! Ce message a été rédigé il y a deux semaines seulement et il est très positif.

— Nous aurions tort de croire aveuglément une telle assurance, réagit Buller. Maintenant que le colonel Stewart n'est plus là, il n'a plus d'Européens pour le conseiller, seulement des Égyptiens et des Soudanais qui ne le considèrent pas comme un général, mais comme un homme saint, leur propre version du Mahdi. Il veut même nommer un trafiquant d'esclaves pour être son adjoint, je vous dis !

— Zubayr, de la tribu Ja'aliyyin, confirma Kitchener. Un homme vénal, d'après les standards dont on se targue, mais les tribus soudanaises comprennent et respectent les trafiquants d'esclaves plus qu'ils ne suivraient les dirigeants ottomans ou égyptiens, qu'ils méprisent autant que Gordon les méprise.

— C'est exactement comme en Chine, déclara Wolseley. Lors de sa première mission à Khartoum, en tant que gouverneur général, il s'est entouré de dissidents et d'étrangers, des hommes comme Carl Rudolf von Slatin, des aventuriers américains désœuvrés depuis la guerre civile. Ses plus proches confidents n'ont jamais été des hommes de son propre milieu auxquels nous pourrions faire confiance, mais d'autres comme lui qui l'arrachent à notre contrôle. Et en Chine, il s'est isolé pour ruminer pendant deux mois avant de capturer enfin Soochow et de tuer les chefs des rebelles. Peut-être est-il dans le même état d'esprit maintenant et qu'il nous réserve une surprise.

Buller ronchonna.

— Si on en croit Kitchener, il est bien loin de la logique que nous proposons pour son sauvetage. Il pourrait même bien vouloir se terrer davantage encore dans ce trou pestilentiel qui pourrait bien devenir sa tombe.

— Il a tout fait pour augmenter son isolement, affirma Earle. Même avant que la ligne de télégraphe soit coupée, il a expédié son livre codé avec toutes ses affaires dans les bateaux à vapeur. Pourquoi a-t-il décidé de se couper délibérément de nous ?

— Une crise de colère, suggéra Buller. Dégoûté qu'on fasse de lui une victime expiatoire.

— Il faudrait être un vrai saint pour supporter comme lui ce qu'il a enduré sans craquer.

— C'est un test qu'il s'est imposé à lui-même. Il traîne sa propre croix dans les rues jusqu'au calvaire. Pas étonnant qu'il ait montré un tel intérêt pour retrouver l'emplacement de Golgotha dans son récent voyage à Jérusalem. Il traçait ses pas vers l'apothéose.

— L'isolement de Gordon date d'avant son départ d'Angleterre, déclara Wolseley. La façon dont il est parti furtivement de la gare de Waterloo en février, avec son commandant en chef qui lui emballait ses affaires et lord Baring qui lui donnait de l'argent, comme des parents qui envoient leur mécréant de fils en exil dans les colonies. Les dés étaient jetés au moment où le train a quitté la gare. Et ensuite tout le monde savait bien qu'il rejetterait son rôle à Khartoum pour se consacrer à la mission qu'il s'est lui-même attribuée de sauver les gens de la ville. Je ne peux pas m'empêcher de voir le Premier ministre, Gladstone, derrière tout cela.

— Gladstone ne veut pas d'un martyr, contredit Buller.

— Cela pourrait bien lui rendre service que Gordon se ridiculise.

— La frontière est mince entre le ridicule et le martyr.

— C'est le pari de Gladstone et peut-être aussi celui de Gordon.

— Cette opération de sauvetage a été depuis le début ralentie par le Whitehall ! tonna Buller en frappant sur la table. Qui pourrait bien être derrière tout cela, je me le demande ? Je peux penser à une autre possibilité. Gordon pourrait brûler avec la ville, ou bien survivre et être capturé. Ce serait la pire des issues pour Gladstone. Imaginer de voir Gordon enchaîné à côté du Mahdi doit le tenir éveillé toute la nuit.

— Et pas enchaîné, ce serait encore plus fâcheux, concéda Wolseley.

— Nous devons tout faire pour empêcher cela.

— C'est pour cela que nous sommes ici, messieurs. Revoyons notre plan.

Mayne sentait la sueur perler sur son front. Il jeta un regard à Wilson qui semblait se concentrer sur la carte. La conversation s'était dangereusement engagée trop près de l'objectif secret de leur présence au Soudan et il commençait à se sentir nerveux.

Buller frappa de nouveau son poing sur la table.

— Plus la situation traîne en longueur, plus il devient intraitable. S'il est venu ici chercher une rédemption personnelle comme les enfants d'Israël, alors j'ai bien peur qu'il soit perdu à notre cause.

— C'est une question militaire et logistique, qui n'exige pas de nous que nous creusions dans l'esprit d'un prophète, s'impatienta Wolseley.

— Tout à fait d'accord avec vous, acquiesça Kitchener doucement.

Wolseley lui adressa un regard sévère avant de mettre un doigt sur la carte.

— Nous sommes ici pour discuter d'une mission de sauvetage. Nous sommes à Korti sur le Nil. À partir d'ici, la colonne sous les ordres du général Stewart traversera le désert de Bayouda, pour rejoindre le Nil à l'endroit où il fait une boucle d'une centaine de mètres au sud d'où nous nous trouvons. Pendant ce temps, la colonne commandée par Earle va continuer à remonter la rivière en passant par les cataractes.

Il balaya le désert d'une main et de l'autre, et suivit la boucle du Nil vers l'est, les reliant à un endroit de la rivière situé à mi-chemin entre Korti et Khartoum.

— Ici, à Métamma, les deux colonnes vont se rejoindre. La colonne de Stewart arrivera en premier, et un bataillon avancé sera envoyé à Khartoum dans les trois bateaux à vapeur de Gordon qui devraient nous attendre dans le port. Quand la colonne de la rivière d'Earle arrivera, le reste des troupes embarquera sur les canots et suivra les berges du Nil. Si le contingent avancé parvient à libérer Gordon, alors le reste des hommes fera demi-tour et partira vers Korti et la frontière égyptienne. Si nous sommes contraints de nous attarder à Khartoum pour faire lever le siège, eh bien, nous nous y attellerons. Mais notre but, messieurs, n'est pas de sauver Khartoum ou le Soudan, mais de secourir le général Gordon.

— L'armée du Mahdi ne restera pas les bras croisés, affirma Kitchener. Il y aura des combats dans le désert, je peux vous le garantir. Les jours que nous perdrons à réfléchir à notre stratégie ne feront que vouer notre mission à l'échec. Le temps est essentiel.

Wolseley frappa son crayon plus énergiquement encore sur la table, puis se pencha en avant.

— Après la discussion que j'ai eue avec le colonel Wilson, j'ai décidé d'envoyer un homme au-devant des bateaux à vapeur pour entrer en contact avec Gordon à Khartoum. Son rôle sera de convaincre Gordon de l'extrême gravité de sa situation et l'urgence pour lui de quitter Khartoum avec nos forces quand elles arriveront. Le colonel Wilson en personne accompagnera alors la flottille de bateaux à vapeur vers Khartoum pour escorter Gordon loin de la ville. Gordon doit comprendre que les bateaux n'ont de place que pour lui à bord, et pas pour toute la fichue population de Khartoum. S'il veut sauver sa peau, il faut qu'il les abandonne. L'homme que j'ai choisi pour ce travail, c'est vous, major Mayne. Si Gordon décide de rester, alors son sort ne nous regarde plus. Vous comprenez ?

— Oui, monsieur, répondit Mayne, figé sur place.

Wolseley posa son crayon et se croisa les mains.

— Le temps nous manque, messieurs. Le colonel Wilson a reçu des renseignements concernant les forces russes qui avancent sur la rivière Oxus, près de Panjdeh en Afghanistan. C'est l'escalade la plus dangereuse depuis la fin de la guerre en Afghanistan il y a quatre ans. Si cela aboutit à une nouvelle confrontation maintenant, nous serons aux côtés des Afghans contre les Russes. Le Premier ministre a convoqué une assemblée d'urgence au Parlement et l'armée en Inde a commencé à se mobiliser. Et ce ne sera pas seulement une guerre britannique pour refréner l'impérialisme russe aux frontières de l'Inde. Les Français vont s'en mêler, comme ils l'ont fait en Crimée. Le jeu des alliances va se jouer dans toute l'Europe, certains attendant le premier prétexte pour s'attaquer à leur rival. La plus grande crainte serait que l'Allemagne entre en conflit avec nous et même contre les Russes, et qu'elle en ressorte renforcée si nous nous étendons trop vers l'est. Messieurs, pour la première fois depuis la guerre contre Napoléon, nous pourrions nous retrouver à mener des armées à travers la Manche vers la Flandre, la Picardie ou la Normandie.

— L'Égypte et le Soudan passeraient alors au deuxième plan, grommela Buller.

— Nous pourrions être chassés à tout moment, répliqua Wolseley. Nous devons essayer d'atteindre Khartoum sans traîner.

— La menace jihadiste est aussi inquiétante que la russe, déclara Kitchener.

Wolseley le foudroya d'un regard agacé.

— Nous sommes ici pour sauver Gordon, pas pour mater une rébellion du désert qui ne nous concernerait pas si Gordon était en sécurité loin d'ici.

— Bien sûr que cela nous concerne ! insista Kitchener. Le danger est immense pour l'Égypte et tout le monde arabe. L'étincelle du fanatisme va embraser l'Inde. Il y aura des bombes et des attaques dans toute l'Europe !

Wolseley balaya ses propos d'un geste de la main.

— Le Mahdi va mourir et la rébellion se résorbera toute seule dans les frontières de l'Égypte jusqu'à disparaître. Les tribus n'ont ni l'appétit, ni les capacités de mener une guerre au-delà de leur pays. Ils sont déchirés par des jalousies internes et des querelles qui vont finir par les consumer. Hormis la question présente de Gordon, la révolte n'est pas préoccupante pour nous dans la mesure où nous n'avons aucun intérêt à occuper le Soudan.

Mayne vit que Kitchener fulminait, mais il n'explosa pas. Il réfléchissait à l'absurdité d'une situation où une poudrière à trois mille kilomètres, en Afghanistan, avait fini par allumer un incendie sous Wolseley, alors que depuis des mois la situation de Gordon était de la plus grande urgence pour tous les observateurs, jusqu'à la reine elle-même. Et encore une fois, il se demanda si l'opération stagnante de Wolseley était à dessein surchargée d'ingénieurs parce que la libération de Gordon resterait toujours problématique. Mieux valait échouer ainsi et dénoncer l'obstination de cet homme, plutôt que d'essuyer une défaite cuisante en se précipitant dans le désert vers Khartoum. Et Kitchener avait raison : le jihad représentait une menace aussi importante pour l'ordre du monde qu'un nouveau conflit en Europe, quel qu'en soit le nombre de victimes.

— Tout se résume à cet homme, lança Burnaby, indolent. Il pense être investi d'une mission divine.

— Mais quel dieu l'en a-t-il investi précisément ? questionna Buller.

— Que voulez-vous dire ? demanda Wolseley, tranchant.

— Si vous voulez mon avis, le bon vieux Charlie est devenu un des leurs, répliqua Buller. Coincé dans ce palais à Khartoum, entouré d'Arabes, sans aucun Européen avec qui parler et regarder les choses de façon lucide. Rappelez-vous ces officiers en Inde, il y a un siècle de cela, qui avaient tout envoyé balader pour devenir nababs. Si on ne fait pas attention, Charlie Gordon va tout renverser et s'ériger comme le prochain Mahdi.

Wolseley ne semblait pas enchanté par ses réflexions.

— Gordon est un homme dont les convictions religieuses sont indiscutables.

— Maintenant, quelles sont ces convictions... ? persista Buller.

Wolseley ignora le commentaire et se tourna vers Mayne.

— Vous allez bien présenter au général Gordon l'urgence de la situation.

— Mayne ne pourra rien présenter du tout au général Gordon, intervint Kitchener. Comme vous l'avez dit vous-même, c'est un homme aux convictions profondément ancrées.

— Le *major* Mayne va suivre mes ordres. L'*aspirant* major Kitchener, lui, va se souvenir de son grade et se concentrer sur les cartes, tonna Wolseley, sa voix restant retenue, malgré sa colère évidente.

Il attendit jusqu'à ce que Kitchener se remette à tracer des lignes sur le plan.

— Vous allez présenter au général Gordon l'urgence de la situation, répéta-t-il. Cela pourrait fort bien se révéler être sa dernière chance pour quitter la ville. Kitchener a mené une opération de reconnaissance des rives du Nil à Khartoum en octobre et j'ai utilisé les informations qu'il m'a rapportées pour tracer une carte. Kitchener ?

Kitchener ignora son supérieur, se plongeant entièrement dans son travail du moment.

— Major Kitchener, *je vous prie*, s'écria Wolseley en tapant son crayon sur la table.

Kitchener continua pendant quelques secondes encore jusqu'à ce que sa ligne soit terminée. Ensuite, il montra une petite structure qu'il avait dessinée sur la rive du Nil en face de Khartoum.

— C'est une forteresse en ruines, commença-t-il. Elle date du temps de la fondation de Khartoum par les Égyptiens dans les années 1830, mais ressemble énormément à la forteresse du pharaon Akhenaton que j'ai observée plus bas sur le Nil. Étudier l'ancienne forteresse m'a aidé à en comprendre le fonctionnement.

Il adressa un regard froid à Wolseley, puis posa sa règle sur la carte au sud de la forteresse, sur une ligne qui débutait au sud de l'île de Tuti et continuait jusqu'aux rives de Khartoum au nord-ouest du palais du gouverneur.

— Au sud de cette ligne, la berge en face de Khartoum est inoccupée par les forces du Mahdi. À cet endroit, la rivière fait environ huit cents mètres de large, ce qui dépasse la portée de leurs Remington. Ils se sont plutôt installés sur l'île de Tuti, assez proche pour tirer avec précision sur la ville.

— Donc, la forteresse est abandonnée, remarqua Mayne, regardant la carte par-dessus la tête d'Earle.

— Cela doit constituer ton objectif, lança Kitchener. Si tu parviens à entrer de nuit, tu pourras pénétrer les ruines sans être vu et, de là, traverser la rivière vers le palais du gouverneur.

Wolseley tapa son crayon sur la forteresse.

— C'est dans cette forteresse que vous allez emmener Gordon. Si vous parvenez à le sortir du palais déguisé et retourner avec lui de l'autre côté de la rivière sans que personne ne vous voie, vous pouvez rester cachés là jusqu'à l'arrivée de nos bateaux à vapeur. Le capitaine lord Beresford du contingent de la Royal Navy attend l'instruction de venir vous chercher dans la forteresse tout en lançant des troupes vers le palais du gouverneur.

Kitchener s'était croisé les bras et restait à l'écart, son visage dénué d'expression.

— Vous feriez mieux d'envoyer toutes les troupes vers la forteresse, parce que tous les hommes qui essaieront de se rendre au palais seront immédiatement abattus par les tireurs sur l'île de Tuti.

— Ou par les tireurs sur le toit du palais, si Khartoum a déjà été prise, ajouta Burnaby, jetant sa cigarette par terre pour l'écraser avec son talon.

— Si Gordon accepte de suivre Mayne dans la forteresse, son rôle dans le sauvetage sera exposé après l'arrivée des bateaux, commenta Earle. Nous étions d'accord pour garder sa mission secrète.

— Beresford trouvera Gordon seul dans la forteresse parce que Mayne aura disparu dans le désert, dès qu'ils verront les bateaux dans le coude du Nil à côté de l'île de Tuti, assura Wolseley. Gordon sera tout à fait d'accord pour garder le secret, parce qu'il ne voudra surtout pas que le monde pense qu'il a accepté de se faire détourner de sa mission. Il semblera à tous qu'il aura fui la ville déguisé en Arabe pour attendre notre arrivée une fois qu'il a vu les bateaux à vapeur, d'un endroit où il pourrait attaquer l'île de Tuti et revenir dans la ville comme dirigeant des troupes. Il doit être convaincu que cela aurait été possible, même si les événements ne prennent pas du tout cette tournure. La presse dira alors qu'il s'est rendu dans la forteresse dans le but de sauver Khartoum et que, s'il est parti avec nous, ce n'était pas de son plein gré. Sa réputation en sortira intacte.

— Le vieux Charlie Gordon se fiche de sa réputation ! pesta Buller. Tout ce qui le préoccupe, ce sont ses gens à Khartoum et la promesse qu'il leur a faite. C'est leur messie, il préférera mille fois se battre plutôt que de fuir la queue entre les jambes ! Ce plan ne tient pas la route, nous avons trop attendu, il ne voudra plus être sauvé.

Wolseley pinça les lèvres et jeta un œil vers Wilson.

— Votre opinion ? Vous êtes le responsable des services de renseignements.

Mayne regarda également Wilson. Soudain sa mission ne tenait plus qu'à un fil. Il était le seul à connaître les pensées qui traversaient en cet instant l'esprit de Wilson, l'importance de s'en tenir officiellement au plan de Wolseley.

— Je me soumets à l'avis de Kitchener. C'est le dernier parmi nous à avoir vu Gordon.

Wolseley étudia le grand homme qui se tenait droit devant lui. Pour une fois Kitchener resta silencieux, fixant Wolseley de ses yeux désarmants, sa moustache tressaillant à peine. Wolseley se détourna pour regarder les autres.

— Mayne ?

Le major baissa les yeux. Il ne fallait surtout pas que Wolseley renonce à son opération, même s'il savait que Buller avait raison. Le scénario de Buller était précisément ce qui avait conduit Wilson et Mayne ici. Gordon pourrait bien mourir en défendant Khartoum, mais il pourrait également survivre et être fait prisonnier. Cela ne devait surtout pas arriver.

— C'est faisable, assura-t-il sur un ton confiant. Avec Charrière, nous pouvons atteindre le Nil bleu et de là je me rendrai discrètement jusqu'au palais. Je sais comment convaincre le général Gordon.

Wolseley hocha la tête, satisfait. Kitchener se pencha sur ses notes pour les transcrire sur la carte sous les yeux de tous. Mayne inspecta tous les hommes présents autour de la table, songeant aux motivations de chacun. Pour ces officiers, se trouver ici n'était pas juste une question de respect des ordres, d'obéissance aveugle à une directive du gouvernement comme l'aurait fait un général russe ou un allemand. Cela n'avait rien à voir avec l'attitude des Britanniques. Depuis l'époque de Drake et Raleigh, l'exercice du pouvoir à l'étranger reposait sur une tradition d'aventuriers libres, où les hommes étaient envoyés en mission avec des consignes très vagues, mais jouissaient d'une entière confiance parce qu'ils partageaient avec ceux qui leur donnaient des ordres une culture commune d'automotivation et de moralité. C'étaient des hommes qui ne croyaient pas seulement en leur reine et leur pays, mais aussi en eux-mêmes. Pour comprendre l'impérialisme britannique, il faut comprendre la psychologie de ceux qui en étaient responsables. C'est pour cela que Mayne avait reçu l'ordre de prendre le maximum d'informations sur Gordon et que Wilson ne jugeait pas Mayne uniquement d'après la profondeur de sa loyauté. Laisser le champ libre à ces hommes les formait, leur offrait l'excitation de connaître la gloire et la célébrité. Et c'est pour cela que l'expédition de secours de Gordon était devenue une guerre des nerfs, dans laquelle il fallait jouer au plus fin avec un homme dont les motivations dépassaient les limites de l'acceptable, faussant son jugement et le plaçant au centre de Khartoum tel un prophète sur le mont saint de Jérusalem pour attendre son apothéose.

Et pourtant Wolseley avait raison de mentionner la menace russe. La dure réalité de la guerre moderne demeurait toujours en toile de fond des conflits coloniaux. La plupart d'entre eux avaient vu par eux-mêmes les pertes humaines et les horreurs de la guerre à l'ère industrielle : Wilson au cours de la guerre de Sécession quand il avait travaillé pour la commission des frontières canadiennes, Kitchener en tant que jeune volontaire dans la guerre franco-allemande de 1870-1871, Burnaby pendant son congé, durant la guerre russo-turque de 1878. Ils étaient conscients qu'une guerre en Europe n'offrirait aucune gloire, seulement la mort. Les aventures impériales en Afrique qui étaient dépeintes de façon tellement chauvine dans la presse avaient toujours un mobile caché : la plupart étaient en réalité des guerres par procuration, des démonstrations de force de l'Angleterre à destination des rivaux européens. Elles constituaient des entraînements utiles pour les officiers qui pouvaient passer sans effort des stands de tir à des cibles humaines. L'image de Burnaby avec sa chapka et son fusil lors de la bataille d'Aboukir était plus effrayante que risible, symbolisant ces expéditions, qui avaient pour but principal de donner aux hommes le goût de tuer sans scrupule.

Pour les officiers qui auraient pu autrement passer toute leur carrière en poste à domicile, à construire des fortifications le long de la côte, répétant inlassablement des manœuvres sur la plaine de Salisbury, à tester de nouvelles armes de carnage, la perspective d'un service actif à l'étranger était un attrait constant, l'occasion de tourner le dos aux préparatifs pour une guerre en Europe et en même temps le sentiment qu'ils luttaient pour l'éviter. Très peu étaient au-dessus de la tentation de se faire décorer et de recevoir une promotion accélérée. Et ils se convainquaient aisément qu'ils participaient à une cause noble, même si en majeure partie forcée par des journalistes cocardiers et une ébullition populaire. Et il n'aurait pu y avoir plus noble cause que la libération de Gordon à Khartoum, une cause qui éveillait l'intérêt de la reine elle-même, qui semblait opposer un héros chrétien aux forces médiévales des ténèbres. Dans les rues et les journaux d'Angleterre cela avait déclenché des vagues de prosélytisme évangélique, ravivé par le zèle missionnaire qui était devenu un autre moteur de l'implication européenne en Afrique. Pour certains officiers, des hommes comme Burnaby peut-être, c'était une guerre dans un territoire reculé où l'on pouvait encore obtenir la consécration en combattant un ennemi qui s'était montré largement de taille. Tout cela continuait à attirer même ceux qui se doutaient bien que le sort de Gordon avait été scellé au moment où il avait accepté de revenir à Khartoum comme gouverneur général.

Personne ne s'attendait à ce que l'affrontement avec les mahdistes soit de tout repos. Ceux qui avaient combattu dans le royaume zoulou avant, Buller, Wolseley et Earle, étaient tout à fait lucides sur les issues possibles en cas de confrontation avec des bataillons entiers de guerriers africains et les risques d'une défaite catastrophique pour les Britanniques comme celle que les Zoulous leur avaient infligée à Isandlwana en 1879. Ils savaient tous ce qui était arrivé au général Hicks quand il avait lancé son armée égyptienne contre le Mahdi deux ans plus tôt. Pourtant, Wolseley s'obstinait à affirmer que la vue de quelques uniformes britanniques à Khartoum résoudrait la crise et mettrait fin au jihad. Il n'avait qu'une connaissance très partielle du désert et de la politique locale, des bases que la plupart des autres officiers chevronnés auraient considérées comme indispensables à la victoire. La liberté accordée à Wolseley, qui lui avait d'ailleurs le plus souvent permis d'utiliser son sens de l'organisation à des fins utiles, avait ici laissé son contrôle se transformer en obsession et l'avait encouragé à s'engager dans cette entreprise absurde s'il avait véritablement l'intention de sauver Gordon. Seuls ceux qui avaient pénétré dans le cœur du désert, des hommes comme Kitchener, comme Mayne ou comme Gordon lui-même, comprenaient l'énormité de ce qui avait été déclenché et savaient que le Mahdi pourrait être vaincu, mais que le jihad continuerait malgré tout. Ce n'était pas seulement le sort de Gordon et l'image du pays qui étaient en jeu : une force qui couvait dans les ténèbres risquait d'être le seul héritage laissé par l'intervention occidentale dans cette terre ancienne qu'aucune armée étrangère n'avait pu conquérir.

Kitchener finit d'écrire et se leva, et Mayne montra une série de croix qu'il avait placées le long du Nil.

— Qu'est-ce qu'elles représentent ?

— D'anciennes ruines de la période pharaonique. Un intérêt passager.

— Une perte de temps passagère, reformula Wolseley, irrité.

Kitchener indiqua une croix en particulier.

— Pas une perte de temps, monsieur. Sur la paroi de cette falaise se trouve une fresque qui montre des esclaves tirant des bateaux dans la rivière, entreprenant, à ce qu'il semble, la même opération que la colonne du général Earle, sans bien sûr l'aide des Mohawks ou des Kroumen, mais avec beaucoup d'autres hommes basanés parmi leur équipe.

Earle leva la tête, incrédule.

— Est-ce que vous essayez de dire que les Égyptiens de l'Antiquité se sont livrés au même exercice, tirer des bateaux dans les cataractes ?

— La scène suivante les représente abandonnant leurs bateaux et s'élançant dans le désert. Bien sûr, ils n'avaient pas de chameaux à l'époque, ces animaux n'ayant été introduits que plus tard par les Arabes. Mais ils avaient des chevaux et des chariots, et même les esclaves sont dépeints confiants sur leurs montures.

— Une leçon pour nous, peut-être, remarqua Buller en dévisageant Wolseley, sévère.

— C'est pour cela que j'ai prévu de mettre en place la colonne du désert. Mais maintenir tout de même la colonne de la rivière ne fait qu'augmenter nos chances, rétorqua Wolseley, sur un ton plein d'aigreur, en tapotant sur la table.

Mayne prit un crayon et traça un autre X sur le Nil, au sud-est de Korti.

— Hier, on m'a montré une chambre souterraine que nos sapeurs ont trouvée à côté de la troisième cataracte.

— Avec des inscriptions ? demanda Kitchener, intéressé.

Mayne réfléchir un instant, puis décida de ne pas décrire la scène qui montrait la destruction de l'armée égyptienne.

— Tout au bout d'un mur était gravée l'image d'un disque solaire, ses rayons s'étendant sur toute la fresque. Devant lui se tenait un homme avec un ventre proéminent et un visage allongé, un pharaon.

— Akhenaton ! s'exclama Kitchener en lançant un regard à Wilson. Ça doit être lui.

— Je pense aussi, acquiesça Mayne. J'ai vu le même disque solaire quand nous nous sommes arrêtés à Amarna lors de notre voyage vers le sud à travers l'Égypte et nos visites des excavations.

— Je me rendrai sur ce site demain matin, lança Kitchener en direction de Wilson.

— Mais d'abord, finissez de tracer la route du désert, ordonna Wolseley, manifestement à bout de patience. Vous devez encore montrer à Mayne le chemin à prendre entre Métemma et Khartoum.

Kitchener tournait le dos à la carte. Wolseley tapa les lignes qui reliaient Korti à Métemma, puis Métemma à Khartoum, puis il regarda Mayne.

— Si tout fonctionne comme prévu, Wilson rejoindra Gordon un jour seulement après votre rencontre, ce qui donnera au gouverneur général le moins de temps possible pour changer d'avis si vous parvenez à le convaincre de partir. Entre-temps le Mahdi peut précipiter les choses en lançant l'assaut final sur Khartoum. Mais il faut que nous tentions notre chance. Que vous échouiez ou que vous réussissiez, vous n'attendrez pas les bateaux à vapeur, vous retournerez retrouver la colonne de la rivière sur le Nil. Si nous ne parvenons pas à le sauver et qu'un reporter sur place apprend que nous avons détaché un officier précisément pour cela, alors les conséquences seront incalculables, comprenez-vous ?

— Oui, monsieur.

— Cela passerait pour un acte désespéré qui n'aurait pu être ordonné que par un commandant d'expédition. Je préférerais qu'on accuse plutôt mes supérieurs au Whitehall. On cherchera des boucs émissaires, messieurs, vous pouvez en être sûrs. La presse et le public voudront que des têtes tombent, et les vrais responsables du retard de cette expédition seront à l'affût du moindre signe de faiblesse dans notre conduite. Si ma réputation est détruite, alors il en sera de même pour tous ceux présents autour de cette table. La mission du major Mayne doit rester secrète, connue par nous-mêmes et par Charrière seulement, qui l'accompagnera.

Mayne jeta un regard à Wolseley. Il s'en était douté, mais voulait quand même essayer.

— La plupart des Mohawks sont repartis au Canada. Leur travail est terminé après la troisième cataracte et leurs contrats ont pris fin. Charrière va vouloir rentrer chez lui avec eux.

— Ils sont pressés de retrouver leurs femmes et leurs familles, compatit Wolseley avec un petit sourire.

Comme vous l'avez dit à Buller, Charrière n'a personne qui l'attend. Je veux que vous opériez ensemble comme dans l'expédition de la rivière Rouge, il y a quinze ans, quand vous avez observé Louis Riel et ses rebelles depuis votre cachette pendant des jours avant l'arrivée du reste de la colonne.

Buller frappa la main sur la table.

— Allons ! Vous devriez être content de l'idée, vous formiez une équipe, il peut être votre garde du corps et votre traqueur.

— Le colonel Wilson lui expliquera tout après cette réunion, conclut Wolseley. Cela vous convient-il ?

— Oui, monsieur, répondit Mayne sans trembler.

Il se rappelait bien comment ils étaient restés allongés avec leurs fusils sur la crête au-dessus du campement de Riel. Il avait servi d'éclaireur à Wolseley, avec Charrière chargé de faire la navette au cas où Riel déciderait de lever le camp et de retourner à la frontière américaine. Si Riel avait rassemblé ses hommes pour se préparer au combat, alors la mission de Mayne aurait été tout autre, une mission si délicate que personne ne devait la connaître. Son amitié avec Charrière avait toujours été fondée sur ce qu'on lui avait ordonné de faire ce jour-là.

Wolseley tapait encore son crayon.

— J'ai demandé à ce que vous participiez à cette expédition, parce que je m'attendais justement à une telle mission. J'ai demandé à ce que le général Earle vous envoie sur des longues opérations de reconnaissance, pas seulement parce que je voulais que vous vous acclimatiez, mais aussi pour que vos camarades officiers sur la colonne ne trouvent pas étrange que vous reveniez dans quelques semaines après une absence particulièrement longue, vêtu comme un Arabe et certainement en piètre état. Et si vous ne reveniez jamais, vous ne seriez pas le premier officier britannique perdu dans le désert et qu'on n'a jamais retrouvé.

Mayne se contenta de hocher la tête. Il savait qui tirait vraiment les ficelles ici. Wolseley était complètement manipulé par Wilson. L'impératif absolu d'une mission que Mayne exécuterait pour le compte de Wilson était l'anonymat. Et il savait qu'il recevrait un message, un code simple, qui l'obligerait à disparaître après son acte ultime d'allégeance à la reine et au pays. Le message qui montrerait qu'on lui accordait le droit de tuer.

Wolseley se leva.

— Kitchener vous donnera les cartes à mémoriser. Vous ne devez rien emporter avec vous qui vous relierait à nous.

— Oui, monsieur.

Buller se leva pour lui serrer la main.

— Bonne chance, Edward. Transmettez à Charlie Gordon mes amitiés. S'il accepte de sortir, alors on peut bien lui offrir cet endroit, sacrebleu.

Burnaby alluma une autre cigarette et adressa à Mayne un sourire léthargique.

— Bonne chance, mon brave. Peut-être que nous nous retrouverons de l'autre côté.

Mayne lui fit un petit signe de la tête et suivit Wilson et Kitchener vers le rabat à l'entrée de la tente. Wilson se tourna et regarda Mayne avec insistance.

— Vous avez bien tout ce qu'il vous faut ? *Tout* ?

— J'ai tout.

Wilson et Mayne échangèrent une poignée de main ferme.

— Kitchener répondra à toutes vos questions. Bonne chance.

Wilson en profita pour lui passer un petit papier plié que Mayne garda dans la main sans le regarder. Wilson retourna dans la tente, au moment où Kitchener en sortit. Mayne se crispa, l'adrénaline déferlant dans ses veines enfin, son poing serré sur le papier. Il savait qu'il ne pouvait plus faire machine arrière.

15

Mayne ouvrit le rabat de la tente et sortit, attendant que Kitchener ramasse l'étui des cartes et le rejoigne. Il fit quelques pas dans le désert, savourant l'air frais après l'atmosphère enfumée de l'intérieur. Il respira profondément et sentit l'arôme de cuivre que le sable charriait après une journée sous le soleil brûlant, une odeur qui rappelait celle du sang. Après la chaleur de la journée, le campement à côté du Nil commençait à s'animer, et les soldats qui allaient constituer la colonne du désert se préparaient pour le départ le lendemain. Du lieu du rassemblement vers le sud leur parvenaient les blatèrements de plus de trois mille chameaux, ainsi que les cris et les jurons qui montraient l'inexpérience des hommes qui avaient reçu des instructions pour les manœuvrer. Au bord de la rivière, les soldats du contingent naval nettoyaient et huilaient leurs fusils Gardner, une arme encombrante montée sur un trépied et qui avait déjà fait preuve de son manque de résistance au sable et à la poussière. Au loin, il entendait les tirs de l'infanterie qui s'exerçait en perspective de ce qui risquait de les attendre. Les piquets de la cavalerie à pied qu'il voyait sur les crêtes lui rappelaient que, même si Khartoum et le Mahdi se trouvaient à trois cents kilomètres de là, les espions derviches circulaient partout et les troupes constituaient des cibles faciles pour les snipers et les attaques-suicides. C'était une leçon que les soldats de la colonne de la rivière avaient apprise à leurs dépens la veille et dont les soldats dans le désert devraient bientôt faire les frais lorsqu'ils s'engageraient dans l'intérieur des terres désolées vers le sud.

Le sable prit des teintes sanguines alors que les rayons du soleil couchant s'étendaient depuis le sud-ouest. Bientôt le spectacle serait éblouissant, mélange d'orange profond et de marron, les crêtes et les tertres du désert encadrés de noir comme l'orbite du soleil descendrait sous l'horizon. Il se souvint d'avoir vu son premier coucher de soleil sur le désert, trois ans plus tôt, seul dans les pyramides de Gizeh, quand il était arrivé en Égypte pour apporter des renseignements à la suite de l'invasion britannique. Il avait également poussé vers le sud à l'époque, mais seulement jusqu'à la frontière égyptienne à Assouan, juste avant la première cataracte du Nil. Les ruines qu'il avait vues au crépuscule avaient semblé l'attirer plus loin, et il essaya de s'imaginer ce qu'avaient dû ressentir ceux qui étaient passés là avant lui, les Égyptiens de l'Antiquité, les Romains, les Arabes : quelle était la force qui les poussait à remonter le Nil à contre-courant et à traverser ce désert si souvent devenu leur tombe par la suite ? Il avait ressenti cette forte attraction au cours des soirées solitaires sur les ruines, comme si les rayons rouges sur le sable se jetaient sur lui pour l'entraîner vers le soleil couchant et les ténèbres mystérieuses au-delà. Il comprenait mieux Gordon, maintenant qu'il voyait ce qui attirait un homme tel que lui dans cet endroit aux confins du monde.

Il pensa à l'archéologie de la Terre sainte, à quel point elle avait motivé les officiers férus d'histoire biblique. Vingt ans plus tôt, Wilson avait tracé la carte d'état-major de Jérusalem, afin d'améliorer les provisions d'eau, révélant une grande partie de son archéologie dans le même temps. L'arche Wilson n'était qu'une de ses découvertes. Il avait ensuite travaillé pour le Palestine Exploration Fund nouvellement constitué sur l'étude de l'ouest de la Palestine et du Sinaï, un travail tellement apprécié qu'il lui avait valu une entrée dans la Royal Society. Kitchener était son protégé le plus brillant, et son enquête de quatre ans sur la Palestine, d'une richesse inégalée, l'avait consacré bien avant qu'il ne se construise une réputation militaire. Et Gordon avait été fasciné toute sa vie par la Palestine, son intérêt culminant durant son année de congé passée à Jérusalem en 1883 avant son retour au Soudan, repérant de son œil d'ingénieur le site de la crucifixion et les emplacements clés de l'Ancien Testament, à sa grande satisfaction. C'était un point commun entre Gordon et le Premier ministre, lui aussi fervent spécialiste de la Bible, sauf que les convictions religieuses de Gladstone le faisaient freiner des quatre fers devant le statut messianique que Gordon revêtait aux yeux du peuple, et les deux hommes ne reconnaîtraient jamais officiellement leur passion partagée d'érudits.

Pour ces hommes, la Terre sainte incluait l'Égypte et le Soudan, et le désert au sud représentait l'inconnu : une terre d'exil, l'emplacement possible des tribus perdues d'Israël et des royaumes chrétiens légendaires d'Aksoum et de Prester John, la cachette ancienne de l'Arche d'Alliance. Ils étaient fascinés par Akhenaton, dont le voyage dans le sud du désert trois mille ans plus tôt semblait refléter le leur, un pharaon qui avait vu le Dieu unique, Aton. Le désert leur paraissait un endroit où ceux qui étaient perdus pouvaient se retrouver, un endroit de rédemption, et peut-être que ces hommes, Wilson, Kitchener et Gordon, ne se passionnaient pas seulement pour les vestiges archéologiques qu'ils rencontraient et le besoin de mesurer, de croquer et d'explorer, mais, à l'instar d'Akhenaton, cherchaient une révélation, un éclair de connaissance qui leur donnerait une vision personnelle de Dieu. Si Akhenaton était réellement le pharaon de l'Ancien Testament, celui dont la révélation s'inscrivait dans le livre de Moïse, alors le désir de creuser plus loin dans l'archéologie de cette terre ajoutait à leur élan. Et pourtant ils n'étaient pas des mystiques, mais des hommes pragmatiques. Ils pensaient peut-être aussi pouvoir découvrir quelque chose de tangible, un objet appartenant au passé qui convaincrait les hommes de s'unir et ainsi éviter que les nuages noirs de tempête qui s'amoncelaient au-dessus de leurs têtes n'assombrissent l'avenir.

Kitchener s'approcha et lui tendit l'étui qui contenait la carte.

— Le colonel Wilson et moi-même avons préparé ceci pour vous. Mémorisez-la et rendez-la-moi. Vous prendrez la route du désert derrière la colonne de Stewart, pour atteindre les puits de Jakdul et Abu Klea, et ensuite vous vous dirigerez vers le Nil à Métemma. Vous devriez traverser la rivière vers la rive est, alors que les forces du Mahdi occupent la rive ouest aux abords de Khartoum. Cela devrait vous prendre quatre jours à pied pour atteindre Khartoum depuis Métemma. Vous devriez parvenir sur place un jour avant les bateaux à vapeur qui transporteront Wilson et les forces de sauvetage, étant donné que les cataractes risquent de freiner leur progression. À Khartoum, la rivière est en basses eaux, et les bancs de vase sont traîtres. Vous arriverez sur la rive en face du palais du gouverneur, à côté de l'île de Tuti. Vous feriez bien de trouver un *nuggar* pour traverser la rivière de nuit. Le palais est gardé par les dissidents soudanais de Gordon, mais beaucoup d'Arabes y entrent et en sortent, et vous êtes suffisamment mat de peau pour pouvoir passer pour un habitant de là-bas, avec votre barbe et votre coiffe.

— Dites-moi, Kitchener. Nous sommes assez loin de la tente pour qu'ils ne nous entendent pas. Que pensez-vous de nos chances ?

— Vous avez vu que je tiens Gordon en haute estime. Je suis convaincu qu'il est possible de le sauver, répondit Kitchener, pensif. Mais je suis tout à fait conscient des faibles probabilités. Durant deux ans, depuis que Hicks a lancé sa maudite expédition, les forces du Mahdi ont mis la main sur sept mille Remington, dix-huit pistolets, une batterie de roquettes et un demi-million de munitions pour fusils. Plus de seize mille troupes égyptiennes ont été tuées ou faites prisonnières, et nos propres pertes humaines s'élèvent désormais à plusieurs centaines. Il y a deux semaines seulement, une autre force de mille soldats égyptiens et de policiers bachi-bouzouks ont été décimés à Umm Dablin. On a même inventé un mot pour cela, ça s'appelle être « hicksé ». Chaque semaine, un nouveau chef de tribu se range du côté du Mahdi. Gordon est défendu par des soldats soudanais dont les officiers les ont trahis. La ligne de télégraphe a été coupée, il n'a pas d'héliographe et il est assiégé. Le nœud se resserre. Ce serait difficile de croire qu'il n'est pas condamné.

— Votre opinion ?

— Mon opinion ne changera rien à la suite des événements. Je vous conseille de prendre garde à vous. Dans le désert, j'ai toujours sur moi une tablette de cyanure au cas où je me ferais capturer.

Mayne jeta un œil vers l'îlot de palmiers sous lesquels Charrière aiguisait son poignard sur une petite pierre qu'il gardait toujours à la ceinture.

— Ce ne sera pas nécessaire, mon garde du corps veillera à ce que nous ne soyons ni l'un ni l'autre capturés vivants. Et il repérera également si quelqu'un essaye de nous suivre.

— Le désert est différent des forêts et des rivières du Canada.

— C'est l'esprit du traqueur qui compte.

Kitchener le dévisagea et Mayne soutint son regard. D'une certaine manière, c'était Kitchener l'homme de la situation. Avec son arabe courant et ses voyages déguisés au cœur des territoires du Mahdi, il avait gagné ses galons. Mais il était devenu trop visible auprès des chefs de tribu pour une opération secrète : Gordon serait prévenu de son arrivée, l'élément de surprise disparaissant. Gordon pourrait ainsi se retrancher dans le palais et refuser d'en bouger. Wolseley avait été assez habile pour tenir Mayne à l'écart des projecteurs, pour lui procurer une expérience très complète du désert tout en s'assurant que personne ne le connaisse à Khartoum. Et pourtant Wolseley n'était qu'un pion dans les mains d'un dirigeant plus puissant. Wilson était le supérieur immédiat de Kitchener et il s'était bien assuré que Kitchener soit trop connu pour être choisi. En réalité, Mayne n'était pas l'homme de Wolseley, mais celui de Wilson.

Un autre facteur entrait en jeu. La nomination de Mayne risquait de contrarier le désir de Kitchener d'être au cœur des choses, mais Kitchener était régi par l'intellect plutôt que par l'instinct. Il n'avait pas l'attitude quasi suicidaire d'un Burnaby ou d'un Buller. Il savait qu'il était destiné à des causes plus importantes et il était assez futé pour ne pas se jeter dans un piège. Il savait que l'heure viendrait où il pourrait mener le bal au Soudan.

Kitchener tapa sur la carte.

— Gordon s'attend sûrement à ce qu'un officier précède l'expédition de secours. Comme vous serez déguisé en Arabe, vous aurez besoin d'un motif convaincant pour demander une audience avec Gordon une fois que vous serez au palais. Je suggère que vous preniez avec vous votre badge des Ingénieurs Royaux et exigiez qu'on le lui montre. Il ne refusera pas de parler à un autre sapeur.

— Il peut penser que ça vient de vous.

— Il sait très bien que Wolseley ne m'enverrait pas.

— Vous avez encore beaucoup d'espions dans le désert ? Vos gardes du corps, les Ababda ?

Kitchener resta impassible.

— Les forces du Mahdi ont pratiquement barré toutes les entrées de la ville. La rive est du Nil bleu, vers laquelle vous vous dirigez, est le dernier point d'accès, et la traversée de la rivière sera périlleuse. Personne ne pourrait le faire à la lumière du jour sans se faire abattre, soit par les hommes de Gordon dans le palais, soit par les derviches sur l'île de Tuti. Pour répondre à votre question, je n'ai plus eu de renseignements directs de Khartoum depuis des jours.

Kitchener n'avait pas répondu à sa question. Mayne se souvenait de lui à l'Académie militaire, réservé et distant. Impossible de savoir s'il se montrait vague ou si simplement il ne traitait que des sujets qu'il pensait pertinents. Il présentait à Mayne les nouvelles les plus récentes, rien de plus. Mayne savait que le réseau d'espions se concentrerait désormais sur les armées rivales, comme elles se préparaient à la guerre, devant Khartoum ou quelque part dans le désert tandis que les colonnes britanniques progressaient. Avec tous les yeux rivés sur des mouvements de troupes plutôt que sur un Arabe isolé, il aurait peut-être plus de chances de traverser le territoire sans se faire repérer par les hommes du Mahdi.

— Le Mahdi a attisé le soulèvement en jouant sur les doléances des tribus. Vous ne devez faire confiance à personne, à l'exception des Ababda, dit-il avant de faire une courte pause. Un autre point, mais toujours lié. Vous connaissez le capitaine John Howard ?

— Quelques années avant moi à Woolwich. En mission avec les sapeurs de Madras en Inde. Et maintenant de retour à l'École d'ingénierie militaire pour enseigner les méthodes de reconnaissance.

— Lui aussi partage mon intérêt pour l'archéologie de la Terre sainte, expliqua Kitchener en hochant la tête. Le colonel Wilson et moi-même avons suggéré que lui soient confiées les antiquités de Gordon quand elles seront envoyées à Chatham, y compris celles que nous pourrons sauver à Khartoum. Howard est un érudit très habile. Je l'ai rencontré au Royal United Services Institute à Londres avant de venir ici. Il s'est occupé de transmettre au musée les objets qu'il avait ramenés d'Inde lors de la révolte des Cipayes. Il m'a raconté que la rébellion avait éclaté avec les protestations des membres de la tribu contre une taxe sur l'alcool. Ces récriminations avaient été reprises par les nationalistes qui voulaient les faire passer pour un soulèvement contre les Britanniques. Et la deuxième année a vu un embrasement catastrophique de violence gratuite, avec les brigands qui brûlaient et tuaient pour le plaisir. Plus on permet à une rébellion de se propager, plus elle s'autoalimentera. Des hommes qui ont été convaincus de devenir des tueurs apprennent vite à aimer cela et n'acceptent pas de baisser les armes facilement.

— La tradition de la guerre est forte dans le désert.

— Nous devons faire en sorte de l'égaler. Nous sommes des adversaires de taille pour les guerriers du Mahdi, contrairement aux Égyptiens et aux Ottomans. Les Ansar méprisent les fellahs du Nil parce qu'ils les considèrent comme des soldats de seconde catégorie qui n'ont aucun goût pour la guerre et ils n'ont pas tort. Une armée d'Égyptiens comme celle dirigée par Hicks, ils peuvent la balayer en un après-midi. Sur une véritable armée comme la nôtre, ils vont se jeter avec fanatisme, parce qu'ils risquent de perdre. Plus ils rencontrent de résistance, plus ils frappent fort. C'est ainsi que fonctionne la guerre, le combat devient la finalité, et plus seulement le moyen. Nous pouvons refréner la marée pour un temps avec une bataille gagnée ou peut-être deux, mais l'usure est la seule façon d'en venir à bout, et nous n'avons pas assez d'hommes pour cela. Les mitrailleuses Gatling et les fusils Martini-Henry ne nous donnent l'avantage que si nous parvenons à rassembler des forces au moins égales au quart des leurs. Et avec l'armée du Mahdi qui compte désormais plusieurs centaines de milliers de combattants, c'est totalement impossible.

— Wolseley a l'intention de laisser le Soudan se débrouiller seul.

— Ce serait une immense erreur, répliqua Kitchener. Le jihad pourrait se propager au Moyen-Orient, tout comme il y a mille trois cents ans. Ce serait pour nous une bien plus grande menace que la Russie et l'Europe ensemble.

— Vous vous souvenez des conférences de Gordon à l'École d'ingénierie militaire ? Il a dit que nous recherchions la menace. Que c'était le tendon de l'Empire. Sans elle, nous serions affaiblis par la paix, comme c'était le cas dans les décennies qui ont suivi les guerres napoléoniennes.

Kitchener emballa sa carte et se redressa. Il agrippa soudain Mayne par les épaules, ses yeux noyés dans ceux du major.

— S'il arrive un malheur à Gordon, je prendrai une vie pour chacun de ses cheveux. Même si cela doit me prendre le reste de ma carrière, j'obtiendrai ma revanche. Retenez bien ce que je vous ai dit.

Stupéfait, Mayne le dévisagea. On disait que la vue de Kitchener avait été temporairement affectée par le sable et le soleil, mais que son regard trahissait également son envoûtement pour la cruauté du désert, un lieu où la vie était vécue avec une intensité dévorante, mais où la valeur d'une vie humaine était inférieure à celle d'un chameau et d'une poignée de graines.

Kitchener le lâcha.

— Quand Khartoum tombera, nous devrons craindre le pire. Les Ansar sont une armée médiévale et ils agiront comme toute armée médiévale qui s'empare d'une ville. Ils violeront, saccageront, mutileront, tortureront. Les belles Égyptiennes au teint pâle seront les premières, les femmes et les filles des dirigeants ottomans restées à Khartoum. Ce sont eux que Gordon refuse d'abandonner à leur triste sort. Et ils exécuteront tout le monde.

— Tout cela au nom de l'islam.

— Pour les derviches sanguinaires qui mettront tout à sac, Mahomet sera aussi loin que le Christ l'était pour les croisés à Acre.

— Pourrait-il se convertir à l'islam ? Je veux dire Gordon ? D'autres Européens l'ont fait quand ils ont été capturés par le Mahdi. L'Autrichien Carl Rudolf von Slatin est maintenant Abd al-Qadir.

— Von Slatin s'est converti par désespoir pour encourager la loyauté de ses troupes soudanaises. Cela ne lui a pas servi à grand-chose, ils se sont fait massacrer tout de même. Mais, après sa capture, sa conversion lui a permis d'avoir la vie sauve. D'autres Européens y ont été contraints. C'est ça, ou se faire trancher les mains et les pieds.

— Vous n'avez pas répondu à ma question.

— Les Soudanais attribuent à Gordon des dons de *Baraka*, des pouvoirs de guérison mystique, comme ceux du Mahdi. Gordon et le Mahdi sont plus proches qu'on peut le penser. La version soufie de l'islam, dans laquelle le Mahdi est né, prône la tolérance et l'ouverture. Le fondamentalisme qu'il a épousé désormais sert les objectifs du jihad, et en tant qu'êtres humains, Gordon et le Mahdi ont de nombreux points communs. Ils partagent une passion pour les prophètes des deux religions, pour Isaïe en particulier.

— Le Mahdi l'a invité à rejoindre le jihad. Mon guide dongolais m'a même dit qu'il avait envoyé en cadeau à Gordon un jiddah, la tenue des Ansar.

— Gordon l'a jeté au sol, dégoûté.

— Et pourtant il l'a gardé avec les autres présents du Mahdi.

— Qu'est-ce que vous me demandez ? interrogea Kitchener, reprenant son air hautain.

— Si Gordon est poussé à bout, de quel côté sa loyauté penchera-t-elle ?

— Vous voulez savoir s'il a construit sa propre croix, ou s'il se tient au bord d'un précipice sacré, les bras tendus vers Allah ?

— En tout cas, il s'approche trop du soleil.

Kitchener plissa les yeux vers l'orbite rougeoyante de l'horizon.

— Ce n'est pas difficile, dans le désert. On ne peut pas condamner un homme ici parce qu'il pense comme un pharaon.

— Ou comme un Mahdi.

Kitchener pinça les lèvres.

— En tant que chrétiens, nous avons été plus cruels à l'égard de ceux qui ne suivaient pas nos pas, à l'intérieur de la même religion, que nous ne l'avons été à l'égard des infidèles. Le Mahdi reproduit le même schéma. Il a convaincu ses disciples que les musulmans turcs n'étaient pas de bons croyants parce qu'ils ne respectaient pas le jihad, le chemin qu'il a lui-même emprunté. Il sait qu'à l'avenir le jihad sortira renforcé par cette guerre contre l'islam modéré. Et il sait très bien que les vrais Ansar, ses partisans les plus fanatiques, ne représentent pour l'instant qu'une petite minorité parmi ses troupes et que la majorité sont des membres de tribus emportés dans le flot pour des raisons tout autres que la foi. La base de leur ferveur pour le combat est ancrée dans l'histoire même du désert. Pour nourrir cette ferveur, le Mahdi doit satisfaire leur désir guerrier de sang et s'assurer qu'ils en veulent toujours plus. C'est un édifice précaire, avec des faiblesses que nous devrons apprendre à exploiter.

— Mais pas au cours de cette campagne.

— Chaque bataille que le prophète Mahomet a livrée mille deux cents ans plus tôt se répercute dans ses batailles actuelles. Comme son pouvoir augmente, le Mahdi peut désormais tracer sa propre histoire pour qu'elle devienne encore plus semblable. Pour le Mahdi et pour les autres comme lui, l'histoire est constituée de cycles qui se répètent, pas une marche vers le progrès comme nous la voyons. Son but ultime est de restaurer le califat comme il imaginait que Mahomet l'aurait voulu, pour se débarrasser du modernisme et faire revenir le monde mille deux cents ans en arrière.

— En utilisant des Remington et des mitrailleuses Krupp.

— Ce sont les moyens, pas la finalité. Mal nécessaire pour contrer les armes des non-croyants. Tout cela sera rejeté quand le jihad sera terminé et que le couteau et la lance régneront de nouveau.

— Vous pensez que Gordon adhère à cette conception de l'histoire ?

— Gordon se tient en dehors de l'histoire. Mais à l'image du Mahdi, il habite le monde de la fondation de notre religion. Son voyage à Jérusalem il y a trois ans était une immersion spirituelle dans les derniers jours du Christ. Et depuis qu'il a posé les pieds sur le sable soudanais pour la première fois il y a dix ans, il a été absorbé par l'atmosphère de l'Ancien Testament, l'époque de Moïse et des pharaons, de la sortie d'Égypte. Il croit qu'Akhenaton était le pharaon de la Bible qui a transmis à Moïse sa vision du Dieu unique. Il croit que le pharaon a reçu sa révélation quelque part ici, dans le désert.

— Cette fresque que j'ai vue, d'Akhenaton et du disque solaire, murmura Mayne. C'est pour cela que vous étiez tellement intéressé.

— Comment pourrait-on s'en désintéresser ? Aton représente la lumière sacrée de Dieu.

— Avez-vous vu quelque chose de semblable dans le désert ?

— Pourquoi cette question ? demanda Kitchener en lui adressant un regard de plomb.

— Parce que je sais que Gordon cherchait des images d'Akhenaton et qu'il a fait des fouilles sur des sites dans le désert en compagnie de Heinrich Schliemann au cours de sa première période ici comme gouverneur général. Et autre chose. Mon guide dongolais a été l'interprète de Gordon avant de se joindre à moi, et la dernière tâche qu'il lui a confiée avant de le faire quitter Khartoum était de charger des caisses d'antiquités et d'objets anciens sur le bateau à vapeur, l'*Abbas*, pour les mettre en sécurité. C'est là que le colonel Stewart et ses hommes ont été assassinés sur le rivage et que le navire a été pillé et noyé. Je doute que les hommes du Mahdi nourrissent un quelconque intérêt pour les poteries et les statues, alors je suppose qu'elles se trouvent encore sous l'eau. Parmi tous ces trésors, Gordon a également envoyé une dalle en pierre qu'il avait fait protéger avec le plus grand soin dans plusieurs couches de linge. Mon guide savait que je me passionnais pour les ruines et des inscriptions à côté desquelles nous sommes passés dans le désert, et il m'a dessiné un croquis de la dalle sur lequel on voit des hiéroglyphes et des lignes qui irradient comme celles du disque solaire d'Aton.

Kitchener prit un air intrigué.

— Vous pourriez le reproduire pour moi ?

— C'était un croquis dessiné avec un bâton dans le sable, répondit Mayne.

— Où est ce Dongolais ?

— Parti depuis longtemps. Sans doute auprès du Mahdi maintenant, j'imagine.

— Vous dites que cette dalle venait de Khartoum ?

— Gordon en personne a supervisé le chargement. C'est la dernière fois que mon guide l'a vu. Je ne sais pas si elle venait de Khartoum ou d'une de ses expéditions.

Kitchener secoua la tête, fronçant les sourcils.

— S'il avait fait une découverte pareille à l'époque, il me l'aurait dit. Il a dû la trouver récemment. L'*Abbas* a quitté Khartoum le 12 décembre et je l'ai rencontré pour la dernière fois deux semaines plus tôt, par conséquent, il a dû mettre la main sur cette dalle dans l'intervalle.

— Pourquoi aurait-il pensé à vous le dire ? Vous deviez certainement avoir des sujets plus pressants à discuter que les antiquités et l'archéologie.

— Rien n'est plus pressant, je peux vous l'assurer.

— Mon guide a quitté le bateau avant que Stewart se fasse assassiner, mais il a vu depuis la rive les derviches grouiller autour de l'épave et plonger dans l'eau. Ils ont remonté toutes les caisses qu'ils ont pu et les ont ouvertes, mais ont tout jeté dans le Nil. Il pense qu'ils cherchaient de l'or et ne se préoccupaient pas des objets anciens.

— La dalle en pierre ? demanda Kitchener.

Mayne secoua la tête.

— Apparemment non. Mon Dongolais dit qu'elle était cachée sous la chaudière, que Gordon a insisté pour qu'elle soit bien dissimulée. Elle semble être son plus beau trophée. Mon guide n'a rien vu de tel avant que l'épave sombre dans l'eau, malgré la présence de deux émirs du Mahdi sur les lieux qui forçaient les derviches à plonger encore et encore.

— Donc, elle est toujours là, commenta Kitchener tout bas, plus pour lui-même que pour Mayne.

— Dans le Nil, à côté de Korti, sur la rive ouest, donc sous le contrôle du Mahdi, malheureusement. Si vous envisagez la possibilité de récupérer le bateau avec les biens de Gordon, vous devrez attendre que votre armée reparte à la conquête du Soudan.

— C'est un objet de la plus haute importance, murmura Kitchener.

— Que se passe-t-il ? interrogea Mayne, perplexe. Est-ce que quelqu'un d'autre est au courant ?

— C'est une découverte qui concerne les plus hauts échelons du pouvoir. Je n'en dirai pas plus. Beaucoup de ceux qui soutiennent Gordon considèrent que le Premier ministre Gladstone est néfaste, mais ne vous trompez pas. Il a un immense intérêt dans les découvertes faites par Gordon dans le désert. Il a fait un pari avec Gordon, mais Wolseley n'en sait rien. Pendant des mois, Gladstone a usé de son influence pour empêcher que Gordon soit nommé une nouvelle fois au Soudan, sachant très bien que cela risquait d'être un voyage sans retour. Le côté en apparence autodestructeur de Gordon l'effrayait. Mais ce dernier est allé trouver le Premier ministre en secret pour lui parler de ses recherches dans le désert et lui confier que, lors de son dernier mandat, il avait été sur le point de faire une découverte de taille. Gordon et le colonel Wilson m'en ont informé. Gladstone s'est laissé emporter par son enthousiasme et a accepté, non sans appréhension.

— Et pourtant, officiellement, les deux hommes sont à couteaux tirés.

— Gordon n'a pas respecté sa part du marché. Il est arrivé au Soudan et a retrouvé sa foi messianique. Il aurait dû quitter Khartoum tout de suite après avoir récupéré l'inscription, mais il ne l'a pas fait.

— Cette découverte devait être un splendide trophée.

Kitchener ouvrit la bouche pour parler, mais se ravisa, faisant preuve d'une hésitation qui ne lui ressemblait pas. Puis il se redressa et mit l'étui sous son bras.

— Si vous parvenez à rencontrer Gordon, il décidera peut-être de vous en révéler davantage. Si vous n'y arrivez pas, alors il n'y a pas de raison que je vous en dise plus.

— Il faut que je connaisse le plus de détails possible sur lui et sur ses motivations pour que je le persuade de me suivre.

— Si c'est réellement votre objectif.

— Je suis les ordres de lord Wolseley. Et vous les connaissez.

— Parlez-vous la langue ? demanda Kitchener, changeant de sujet.

— Mon guide m'a enseigné quelques bases de la langue des Beja, le bedawi, et je connais l'arabe.

Kitchener plissa les yeux.

— Vous parlez arabe, alors vous êtes bien préparé.

— Une guerre dans cette région a toujours été une possibilité. Je suis inspecteur, Kitchener, tout comme vous. Apprendre la langue est un impératif. Je n'ai pas besoin de vous l'expliquer, vous qui parlez arabe couramment.

— Et vous vous êtes préparé pour cette mission depuis que Gordon est arrivé au Soudan pour la première fois, il y a dix ans.

— Là où Gordon va, la guerre éclate.

— Et là où Gordon va, vous n'êtes pas loin.

— Je vais où on me l'ordonne.

— Dites-moi, Mayne, pour qui travaillez-vous vraiment ? Pas Wolseley, n'est-ce pas ?

— Comme vous. La reine et le pays.

Kitchener s'interrompit un instant.

— Il vous faudra des chameaux Bishari. Vous devriez vous dépêcher d'en trouver deux, avant qu'ils soient tous réquisitionnés pour la colonne du désert de Stewart.

Kitchener tourna les talons et prit congé brusquement. Mayne resta un moment sur place, à réfléchir. Kitchener ne lui faisait pas confiance, mais rien d'étonnant à cela. *S'il arrive un malheur à Gordon, je prendrai une vie pour chacun de ses cheveux.* Une phrase passionnée, enflammée, mais c'était bien un avertissement. Il pensa aux questions de Kitchener concernant les artefacts de Gordon. Il avait vu des hommes raisonnables devenir mystérieux d'une façon totalement irrationnelle au sujet d'une entreprise commune, et il était évident que certaines découvertes avaient éveillé l'enthousiasme de Gordon au début de son séjour au

Soudan et qu'il en avait fait part à Kitchener. Mais à présent des questions plus urgentes se présentaient, et il se força à oublier.

Il partit retrouver Charrière et se souvint de ce qu'il avait assuré à Wilson. *J'ai tout ce qu'il me faut.* Wilson avait toujours été en quête d'une qualité en particulier, un don qui lui avait fait repérer Mayne avant même l'expédition de la rivière Rouge. Mayne était un tireur hors pair, il avait remporté le prix de la reine au concours de la National Rifle Association à Wimbledon Common, alors qu'il était encore un jeune homme. Il s'était illustré au départ durant l'année qu'il avait passé chez les Mohawks au Canada, quand il était enfant, chassant avec Charrière dans les forêts le long de la rivière Ottawa. Son oncle lui avait offert, dans l'Ouest américain, une carabine Spencer, avec un canon de trente-quatre pouces et un calibre .50-90, destiné à abattre des bisons à longue distance. Avec des balles chargées à la main et de la poudre Curtis & Harvey, Mayne avait vite été capable d'atteindre une cible de la taille d'un homme à plus de mille mètres.

Son fusil se trouvait dans la boîte qu'il avait transportée depuis la cataracte, désormais posée parmi ses affaires et celles de Charrière. Grâce à ses missions de reconnaissance, il connaissait un endroit sur la rivière juste au sud de la deuxième cataracte, qui reproduisait exactement les conditions et la largeur du Nil telles que là où il se dirigeait. Il s'y rendrait seul le lendemain matin. Il fallait qu'il prépare son opération avec soin, jusqu'à réfléchir au moment où il serait possible de tirer avec la plus grande précision, juste après l'aube, lorsque l'air au-dessus de la rivière était frais et posé et moins susceptible de faire dévier une balle. Il faudrait qu'il ajuste le viseur à la distance qu'il avait vue sur la carte que Kitchener lui avait montrée. Ensuite, il démonterait son fusil et le rangerait dans l'étui, avec le viseur protégé des secousses du voyage. La réussite ou l'échec de sa mission pouvait en dépendre.

La résolution de Mayne s'endurcit, son principal atout étant sa faculté à se couper de ses émotions, qualité que Wilson appréciait particulièrement. Mayne avait découvert cette qualité dans les forêts du Canada. Cela lui avait apporté du réconfort après la mort de ses parents, la capacité de se concentrer sur son objectif et rien d'autre. Il repensa à Gordon. Ils partageaient un trait de caractère : celui de braver le danger sans se soucier de survivre. Pour Mayne, s'en sortir signifiait réussir sa mission, échouer était impensable. Il l'avait toujours su et cela faisait partie du marché. Mais, cette fois, l'enjeu était bien plus élevé qu'il ne l'avait jamais été. Il ne s'agissait plus seulement d'un homme et de l'impasse qui captivait le public et faisait enrager Gladstone, ni seulement de l'Égypte et du canal de Suez, ou du prestige britannique aux yeux de la Russie, ou de l'Allemagne ou de l'Empire ottoman. Il s'agissait de quelque chose de bien plus terrifiant que cela, de la résurgence d'une force venue du désert, qui mille deux cents ans plus tôt s'était étendue jusqu'aux portes de l'Europe et qui le referait, sans aucune limite cette fois. Contrer cette menace était ce qui les unissait tous dans un but commun : Gordon à Khartoum, Wilson à la tête des services secrets britanniques, Kitchener se préparant à une guerre d'usure, Mayne avec son fusil.

Il se souvint du papier que Wilson lui avait glissé dans la main. Il savait déjà ce qu'il y verrait, et pourtant son cœur battit la chamade quand il le déplia.

C'était un point noir, une tache d'encre, le plus vieux des codes. Il leva les yeux et regarda Charrière. Cela signifiait qu'aucun des deux ne pourrait revenir.

Il froissa le papier et fixa le désert, les yeux plissés contre la poussière et le soleil couchant. Il repensa à l'avertissement de Kitchener. Parfois la vengeance est possible, parfois non. Wilson avait compris un autre point encore quand il avait recruté Mayne : son besoin de reconnaissance, de trouver un sens et une justice pour la mort de ses parents, alors qu'il n'en existait pas, alors que tout ce qui lui restait était un désir ardent de tuer.

Il se rappela les mots de Wolseley. *Si Gordon décide de rester, alors son sort ne nous regarde plus.*

Wolseley devait savoir combien il se trompait.

Il était temps de partir.

QUATRIÈME PARTIE

16

Près des puits d'Abu Klea, Soudan,
15 janvier 1885

Le major Edward Mayne cligna plusieurs fois des yeux, les essuya pour chasser la transpiration et les plissa contre le soleil et la poussière. Deux heures plus tôt, il avait commencé à trembler sous sa couverture, regardant les premiers rayons du soleil embraser le désert de reflets chatoyants d'ambre, puis se répandre en une brume uniforme rouge orangé. Tous les matins étaient pareils à celui-là dans le désert, comme si, dès les premières chaleurs réfléchies par le sol, la poussière se soulevait, créant un miasme que le soleil pénétrait de façon diffuse. Traverser le désert signifiait se laisser submerger, être à la merci des tourbillons et des marées de l'histoire qui le balayaient comme la violente tempête de sable qu'ils avaient subie la veille. Il avait éprouvé ce sentiment depuis leur départ de Korti dix jours plus tôt, l'impression qu'ils s'enfonçaient dans un paysage monochrome où la lumière devenait opaque, augmentant son appréhension de ce qui les attendait derrière la boucle de la rivière au-delà du plateau rocailleux vers lequel ils marchaient.

Il essaya d'arrêter son tremblement. Il ne s'était pas encore débarrassé du froid de la nuit, même s'il faisait de plus en plus chaud, même pour les chameaux qui commençaient vraiment à avoir besoin d'eau. Il savait que les puits qu'ils trouveraient bientôt ne seraient rien d'autre que des filets de boue au fond d'une fosse, mais cela suffirait. Il se pencha sur les rochers et déplia sa longue-vue, coinçant ses coudes dans des failles de la roche et regardant dans l'oculaire. Le désert dans cette partie du Soudan ne ressemblait pas aux dunes qu'il avait vues en Égypte : c'était ce que les Arabes appelaient *goz*, une vaste plaine ondulante de crêtes basses de graviers, interrompues par des affleurements rocailleux, bruns, gris et marron terne. Les carrés occasionnels d'herbe *savas* et de broussailles épineuses avaient trompé les moins vigilants qui avaient cru que le *goz* était plus vivable que les dunes du Sahara, une dangereuse illusion confirmée par les os de chameaux délavés et les cadavres à moitié momifiés qu'ils avaient croisés dans des tombes peu profondes sur leur chemin. Il en était venu à comprendre comment tant de ceux qui étaient descendus par là depuis le nord, les Égyptiens de l'Antiquité, les Romains, les Ottomans, s'étaient retrouvés embourbés dans cet endroit, attirés ici et emprisonnés par une force invisible qui rendait tout retour impossible. Et maintenant il regardait l'histoire se répéter, suivant une armée moderne qui semblait très proche de sombrer dans ce territoire cruel comme beaucoup d'autres avant elle.

Il régla sa longue-vue pour voir à trois kilomètres devant lui vers le sud. Il avait reconnu Abu Klea grâce aux croquis de Kitchener, le dernier point d'eau avant le Nil. La dernière fois qu'ils avaient vu la rivière, cela remontait à dix jours à Korti avant de commencer leur périple à travers le désert qui coupait la boucle vers l'est. Il tourna sa longue-vue vers la droite, vers un nuage de poussière qui s'élevait au-dessus de la pente. Il y vit un éclair d'acier poli, puis vaguement des pattes de chameaux et des tuniques kaki qui entraient et sortaient de la brume. Avec Charrière, ils avaient suivi, depuis Korti, la colonne du désert du brigadier général Stewart, mais c'était la première fois qu'il la voyait en plein jour. Vers la gauche, il aperçut la *zariba* de Stewart, un encerclement défensif de broussailles épineuses, de selles de chameaux et de caisses, à l'intérieur de laquelle les soldats avaient bivouaqué la nuit précédente. Vers la droite, à un peu plus d'un kilomètre, où la pente se fondait avec le désert plat, s'étalait le carré de verdure qui indiquait les puits. Entre sa position et la colonne s'étendait un terrain vague de tertre rocailleux et de crêtes basses qui rendaient difficile l'estimation de la distance. Selon lui, les puits se trouvaient à trois kilomètres et demi environ, plein sud, et le nuage de poussière était à un peu moins d'un kilomètre plus près, dans le trajet que Charrière et lui devraient maintenant suivre pour arriver au Nil.

Il entendit un bruit au loin. Il retint sa respiration et tendit l'oreille. Il avait entendu le même son dans les cataractes du Nil quand les tribus jihadistes avaient encerclé la colonne de la rivière pour se moquer des soldats. Les battements des tambours derviches, irréguliers, sauvages, montant crescendo, puis faiblissant encore, incessamment. Cela semblait venir de toutes les directions, une cacophonie déstabilisante. Cela lui rappelait les bruits qu'on entendait sous l'eau et qu'on ne pouvait réussir à localiser, comme s'ils étaient omniprésents. Mais il se doutait que des derviches se cachaient derrière les puits, l'objectif de Stewart pour la matinée.

L'armée du Mahdi n'était peut-être pas encore visible, mais il savait qu'elle était déjà prête au combat. Kitchener avait prédit une bataille dans le désert avant qu'ils n'atteignent le Nil. Cette nuit, un croissant de lune avait éclairé le désert, et juste après l'aube, la planète Venus s'était montrée à l'horizon, des signes qu'attendent toujours les émirs avant de lancer une guerre. Mais pour Mayne, prévoir une bataille n'était pas une simple question de superstition et de présage. Depuis plus d'une semaine maintenant, il avait vu la colonne de Stewart progresser péniblement, à une lenteur affligeante. Ils avançaient de nuit, bien moins vite qu'ils l'auraient fait de jour, épuisant autant les hommes que les chameaux. Ils dormaient mal le jour, et les chameaux avaient moins de chance de trouver de l'eau. Quand Stewart avait atteint le cratère rocailleux de Jakdul et ses puits à mi-chemin, il s'y était attardé pendant des jours. Pour Mayne, c'était pratiquement comme s'il avait invité l'ennemi à l'attaquer dans le désert, en donnant tout le temps aux espions du Mahdi de retourner à leur camp devant Khartoum et lui raconter les progrès de Stewart. Les guerriers Ansar devaient être impatients de se battre, forçant la main du Mahdi. La bataille était indubitablement annoncée. Mayne fronça les sourcils, refermant sa longue-vue. Se rendre sur le Nil prendrait plus de temps qu'il ne l'avait prévu, et étant donné la situation de Gordon, plus incertaine chaque jour qui passait, le temps était essentiel.

Le chameau boitilla en grognant et lâchant un renvoi

à côté de lui, émettant une puanteur si exécrable que ses yeux le piquèrent de nouveau. Il se tourna sur ses pattes de devant et regarda dans la direction des puits en ruminant de l'herbe. Les sacs de blé accrochés sur son dos étaient presque vides, et sa bosse était à sec. Leurs deux chameaux avaient traversé le désert de Bayouda plusieurs fois et savaient exactement où ils étaient, que l'oasis devant eux contenait des étendues d'herbe *savas* qu'ils pourraient brouter ainsi que des flaques d'eau boueuse où ils pourraient étancher leur soif. Ils avaient été attachés la veille pour éviter qu'ils ne partent seuls et, cette nuit, ils avaient été très agités. Mayne sentait aussi que ses lèvres étaient complètement gercées et compatissait avec les pauvres bêtes. Leur petit déjeuner de jus de citron et de biscuits n'avait pas encore effacé les frissons de la nuit et il était impatient de repartir.

Une silhouette s'approcha de lui, comme toujours sans faire le moindre bruit. Au cours des jours qui venaient de s'écouler, la peau de Charrière avait foncé avec le soleil et la poussière, accentuant les profonds sillons qui marquaient ses joues et son front. Le désert du Soudan semblait à des années-lumière des rivières et des forêts du Canada où Charrière avait grandi, mais il s'était lancé, tenté par le défi de cette mission qui éprouvait ses qualités de survie. Il écarta la robe arabe qu'il portait sur son pantalon en laine et sa chemise à carreaux, sortit un morceau de viande séchée d'une poche de sa ceinture et en découpa un bout, qu'il lui tendit. Mayne avait développé un goût pour la nourriture que les voyageurs de la rivière Rouge avaient toujours sur eux, et même s'il s'agissait de chameau et non pas d'orignal, il le prit, reconnaissant. Charrière s'en servit également et les deux hommes mâchèrent pendant quelques minutes sans parler. Ensuite Charrière souleva sa gourde pratiquement vide qu'il portait sur l'épaule, pour en faire couler un mince filet dans sa bouche avant de la passer à Mayne, qui fit de même, ne prenant qu'une gorgée, conscient que les puits devant eux étaient sous le contrôle des derviches et que cette eau tiède était tout ce qu'il leur restait avant un moment. On les avait mis en garde contre la cécité provoquée par la soif, et il s'était demandé si les images floues qu'il avait vues à l'horizon la veille n'étaient pas en fait des mirages ou des tours que lui jouait son imagination ou les deux. Aujourd'hui, il lui faudrait toute la présence d'esprit qu'il pourrait rassembler. Il prit une autre gorgée, laissant quelques gouttes en réserve, puis repassa la gourde à son ami. Charrière la remit sur son épaule et montra devant lui, sa voix lente et assurée, avec l'accent canadien caractéristique des voyageurs.

— Ce n'est plus une armée décidée à progresser.

— Il y a un quart d'heure environ, ils ont commencé à former un carré. Ils sont descendus de leurs chameaux et les y ont placés. Ils viennent de quitter la zariba dans laquelle ils avaient passé la nuit, il est très tôt pour qu'ils montent de nouveau le camp. Tu vois la lueur de l'acier là où ils ont posé leurs baïonnettes ? Ils doivent voir quelque chose vers les puits que nous ne pouvons distinguer.

Charrière jeta un regard vers les collines basses derrière les puits, puis glissa du rocher et s'aplatit contre le sol, à côté des chameaux, posant son oreille à terre.

— On ne peut peut-être pas le distinguer, mais je l'entends. C'est un martèlement, très puissant, de pieds d'hommes. Plusieurs milliers. Et je perçois aussi des tambours qui cognent.

Mayne ferma les yeux un instant. Les soldats dans le carré ne se préparaient pas simplement à une escarmouche, à repousser une attaque terroriste lancée par quelques jihadistes à cheval comme ceux qui les avaient assaillis depuis leur entrée dans le désert. Ce que les soldats entendaient et voyaient devant eux dépassait l'imagination : une terrifiante tempête venue du sud, la colère déchaînée d'une force du mal capable de plonger dans une peur atavique le cœur de tous ces hommes que leurs ancêtres croisés avaient connue huit cents ans plus tôt quand ils étaient venus se réapproprier la Terre sainte. Mayne se rappela combien les tam-tams avaient effrayé les soldats égyptiens de la colonne de la rivière quelques semaines plus tôt. Il espérait que les Britanniques auraient plus de courage que les fellahs égyptiens, des hommes qui craignaient depuis la nuit des temps les guerriers du Sud. Mais ce que les hommes rassemblés devaient voir maintenant aurait ébranlé n'importe qui, une masse avançant à l'horizon contre laquelle la victoire semblait inconcevable.

Charrière s'empara de la longue-vue pour examiner la scène.

— Je vois des nuages de fumée provenant de fusils autour du carré. Les snipers mahdistes doivent être dans les rochers. Les replis et les ravines du désert leur procurent une cachette.

— Quand tu verras des salves tirées depuis le carré, tu comprendras que l'armée du Mahdi attaque.

Il se tourna et s'appuya contre le rocher, oubliant l'espace d'un instant le froid, la faim et la soif, récapitulant dans sa tête le déroulement de sa mission.

Charrière et lui avaient quitté en secret la base du général Wolseley à Korti vêtus en Arabes, et montant les meilleurs chameaux qu'on avait pu leur trouver, pour suivre à la trace la colonne du désert de Stewart. Les troupes avaient été envoyées depuis le nord de Korti et à travers le désert de Bayadu vers Métamma sur le Nil, une route directe de deux cent quatre-vingt-trois kilomètres qui coupait la grande boucle de la rivière vers l'est. Une fois à Métamma, ils devaient retrouver la colonne de la rivière du général Earle, dont la progression laborieuse pour tirer les chaloupes sur les cataractes avait été le purgatoire de Mayne au cours des semaines qui avaient précédé la mission. Depuis Métamma, un petit bataillon dirigé par le colonel Wilson embarquerait sur le bateau à vapeur envoyé là par Gordon, à cent cinquante kilomètres plus au sud. Le projet, alors, était soit aveuglément audacieux, soit d'une naïveté déconcertante. L'arrivée de quelques dizaines de soldats britanniques était supposée intimider l'ennemi, et ils entreraient alors triomphants dans la ville. Les forces du Mahdi disparaîtraient dans le désert. Khartoum serait libéré, et Gordon sauvé. L'expédition deviendrait la plus belle victoire de l'armée britannique depuis l'intronisation de la reine Victoria.

Mayne était conscient que les chances qu'un scénario pareil se produise étaient quasiment inexistantes, surtout avec le temps qui jouait contre eux : Gordon avait adressé une dernière requête pour qu'on vienne à son secours des semaines plus tôt, et la colonne de Stewart s'était déjà attardée dix jours de plus que nécessaire à Jakdul au beau milieu du désert. La colonne de la rivière n'atteindrait probablement pas

Métamma avant février, la baisse des eaux du Nil à cette période de l'année rendant le passage des cataractes plus périlleux d'heure en heure. Et pourtant, pour que Mayne puisse rencontrer Gordon avant l'arrivée du bateau à Khartoum, il fallait que Gordon soit assuré que l'expédition de secours était déjà à Métamma et que ses hommes et lui-même pourraient être sauvés. Sans cela, il n'aurait aucun moyen de le convaincre. Et pour cela, ils avaient été contraints de suivre la colonne du désert, avec le Nil à moins de quarante kilomètres devant eux, et d'attendre d'être sûr que les forces de Stewart étaient à moins de deux jours de Métamma, pour pouvoir les doubler et arriver à Khartoum avant le bateau et l'expédition de secours.

Pour suivre la colonne, les talents de traqueur de Charrière n'étaient pas nécessaires. Plus d'un millier de soldats britanniques montés sur des chameaux ou des chevaux, encore un millier de chameaux pour porter l'armement, une mitrailleuse Nordenfelt, des munitions et des provisions, et le cortège habituel des aides de main et des serviteurs, avaient soulevé une véritable tempête de sable visible à des kilomètres à la ronde. Le Mahdi avait dû en être averti au moment même où ils avaient quitté Korti. La question qui trottait depuis dans l'esprit de Mayne n'était pas de savoir si le Mahdi enverrait un détachement de son armée de Khartoum pour attaquer Stewart, mais quand. Ce matin, il avait la réponse. Le Mahdi disposait de bien assez d'hommes, au moins vingt-cinq mille soldats, selon Kitchener, et son armée grossissait tous les jours grâce aux tribus qui perdaient leur foi en l'autorité britannique et se jetaient dans le jihad. Mayne espérait juste que le détachement d'une force importante signifiait que le Mahdi n'était pas encore décidé à dévaster Khartoum, mais qu'il prévoyait plutôt de l'obliger à se soumettre en l'affamant. Cela donnerait une meilleure chance à Mayne d'atteindre Gordon à temps. Ou alors cela indiquait que Khartoum était déjà tombé aux mains du Mahdi et que toute son armée pouvait désormais se rendre vers le nord. Si c'était le cas, alors sa mission prenait fin, et les chances de survie des hommes de Stewart, mais aussi les siennes et celles de Charrière ne tenaient qu'à un fil, et les Ansar tourneraient alors leur soif de conquête vers l'Égypte entière.

Il se souvint de l'incursion de Charrière dans la matinée.

— Sommes-nous encore suivis ?

— Toujours à la même distance. Je suis retourné sur nos pas pour trouver leur piste. Ils ont bivouaqué la nuit dernière derrière la crête qu'on voit le long de la piste à l'horizon. Quatre hommes avec leurs chameaux.

Mayne fronça les sourcils. Charrière les avait repérés dès la première nuit après leur départ de Korti, mais au départ, Mayne ne s'en était pas beaucoup préoccupé. Le chemin qu'ils empruntaient dans le désert était très fréquenté et les membres des tribus voyageaient même par temps de guerre. Mais ces quatre hommes ne les avaient plus quittés durant les dix jours qu'il avait fallu à Stewart pour partir de Jakdul, et il commençait à nourrir des soupçons. Ils n'attendaient pas simplement leur tour pour s'abreuver aux puits, puisque les troupes de Stewart les auraient laissés passer devant et qu'ils n'avaient aucun besoin de se cacher. Il devait s'agir soit de brigands, soit d'espions mahdistes, soit les deux. Il leur avait été impossible de faire preuve de discrétion avec deux chameaux bruyants sous eux, et les gens du désert étaient d'aussi bons traqueurs que Charrière. Mayne voulait s'en débarrasser le plus vite possible, dès qu'ils ne seraient plus autant exposés sur la route du désert. La carte de Kitchener indiquait une zone de mimosas et de broussailles d'acacia très dense dans les derniers kilomètres de leur périple vers le Nil, après Abu Klea. À cet endroit, Mayne comptait abandonner les chameaux.

Charrière lança un bout de papier vers Mayne.

— J'ai trouvé ça sur leurs pas.

Mayne le retourna et l'inspecta. Un morceau déchiré d'étui de tabac. Sur l'étiquette, il lut : Wills Tobacco, Bristol. Il haussa les épaules.

— Pas étonnant de trouver des déchets britanniques dans le désert. Les hommes du Mahdi ont dû récupérer un beau butin quand ils ont décimé l'armée égyptienne de Hicks il y a deux ans. Et les brigands ont pu voler du tabac aux soldats britanniques de la colonne du désert pendant leur sommeil, comme le font les Afghans.

Il s'interrompit un moment pour réfléchir. Le Mahdi avait expressément interdit de fumer. Il jeta un nouveau regard au bout de papier, sentant une pointe de malaise. Il repensa à Korti, aux visages autour de la table de conférences avec Wolseley. Dans ce monde d'espions, de chats et de souris, Mayne occupait certainement la couche la plus profonde, c'était lui qui espionnait, pas lui qu'on espionnait. Il repensa à Kitchener qui avait suivi la colonne du désert, mais qui avait été rappelé par Wolseley à Jakdul, fulminant de ne pas participer à l'action. Il se rappela les mots que Kitchener lui avait adressés en dehors de la tente, son avertissement, ses soupçons et son ton évasif quand Mayne l'avait interrogé sur son réseau d'espions. Il était possible que

Kitchener ait ordonné qu'on le suive, exerçant l'autorité qu'il s'était lui-même attribuée et qui dépassait celle de Wolseley dans le désert. Il pensa également à son propre supérieur, le colonel sir Charles Wilson, enfermé à présent dans le carré qui se préparait à la bataille devant eux, un officier des services secrets qui allait pour la première fois de sa carrière être confronté au combat, une présence dominante sur la mission de Mayne. Wilson représentait assurément le pilier de tous les subterfuges et il n'aurait pas toléré que quelqu'un d'autre s'immisce dans ses projets, qu'il reçoive l'ordre de Wolseley ou du Whitehall. S'il avait été au courant, il aurait certainement parlé à Mayne de tous les obstacles qui risquaient d'entraver sa mission. Mayne savait qu'il ne servait à rien de spéculer, mais cela le tracassait. *Que se passait-il ?*

Charrière fit un geste en direction des troupes.

— Ceux qui nous suivent nous voient de la crête où ils se cachent et ils voient également ce que nous observons. Ils savent que, si nous avançons, nous devrons quitter la route pour éviter la bataille et qu'ils pourraient ainsi nous perdre. S'ils ont l'intention de nous tendre une embuscade, ils vont peut-être décider de nous devancer.

Mayne déplia sa longue-vue et examina le carré britannique, distinguant des nuages sporadiques de fumée s'élevant de fusils. Il espérait que les Ansar contre qui leurs compatriotes allaient se battre ne constituaient pas le plus gros des forces du Mahdi, parce que si c'était le cas, ils anéantiraient les troupes et se répandraient dans les collines d'Abu Klea, ce qui rendrait leur progression vers le Nil quasi impossible. Mais même une victoire britannique aurait des conséquences défavorables. Si Khartoum résistait toujours, une défaite de ses hommes indiquerait au Mahdi qu'une force étrangère se dirigeait vers la ville et cela précipiterait sa décision d'attaquer la ville sans attendre. Quoi qu'il se produise, cette journée allait sceller le sort de Gordon. Mayne replia la longue-vue et se leva.

— D'accord. On continue.

Quinze minutes plus tard, ils descendirent du dos de leurs chameaux à côté d'un tertre exposé, s'étant rapprochés d'un kilomètre du carré. Les forces derviches étaient clairement visibles désormais, et Mayne dirigea sa longue-vue vers la masse qui déferlait vers eux. Il distinguait les individus sous leurs bannières volant au vent, galopant derrière les émirs à cheval ou sur des chameaux, leurs lames scintillant au soleil. Son guide, Shaytan, lui avait montré les armes des derviches quelques semaines plus tôt, à l'est du désert, et ils savaient à quoi devaient s'attendre les soldats britanniques : des lances aiguisées de trois mètres de long, aussi mortelles que les *assegai* des Zoulous, ainsi que d'autres plus courtes à jeter sur l'ennemi, des épées droites à deux tranchants avec des poignées en croix et quelques armes spéciales : le *kurbash*, fouet en peau d'hippopotame, mortel entre des mains expertes s'il entourait le cou d'un homme, et des bâtons boomerang incrustés d'éclats d'obsidienne plus affûtés que des rasoirs qui pouvaient couper les jambes des chameaux comme celles des soldats. Il scruta attentivement les premiers rangs. Ce n'étaient pas les guerriers hirsutes et torses nus que le caporal Jones avait vus sur la côte de la mer Rouge l'année précédente, les Baggaras qui avaient les premiers soutenu le Mahdi dans ses confrontations avec les Britanniques, quand le colonel

Fred Burnaby avait fait une si forte impression avec son fusil. Ici, les premiers rangs étaient dominés par les Arabes du Kordofan, le fief du Mahdi au sud de Khartoum, des hommes aux cheveux ras qui portaient la tunique jibbah et méprisaient les boucliers en peau d'éléphant utilisés par les Baggaras : les Ansar, les plus fanatiques des jihadistes. Le Mahdi avait eu l'intelligence de glorifier leurs traditions guerrières, mettant en avant leur fierté pour les valoriser, conscient que leur nombre impressionnant leur donnait l'avantage en combat rapproché, grâce à leurs armes beaucoup plus efficaces que les baïonnettes et les balles des Anglais. Mais il s'était montré également assez astucieux pour reconnaître le pouvoir d'un fusil et avait confié à certains des Remington qu'ils avaient volées aux soldats égyptiens assassinés parmi les troupes de Hicks, deux ans plus tôt. Mayne voyait désormais leurs fusils en mauvais état, sur la crête derrière le gros des troupes, et savait que parmi les tireurs se trouvaient des soldats égyptiens et soudanais capturés qui avaient choisi de se ranger du côté du Mahdi pour ne pas se faire exécuter, et avaient appris à ses partisans le maniement des armes à feu.

Il regarda la force se rassembler devant les Britanniques, leurs étendards avec des slogans arabes brandis haut au-dessus des premiers rangs. Une image extraordinaire, à moitié surgie de l'histoire, une armée médiévale sortant des replis du passé pour s'attaquer à la puissance de feu de la modernité. Un frisson de terreur le parcourut. Leur nombre pouvait bien submerger leurs adversaires, cela s'était produit à Isandlwana dans le royaume zoulou six années plus tôt, et cela pouvait bien se reproduire. Tout dépendait de la détermination des soldats anglais dans le carré, des années d'entraînement qui faisaient des grenadiers et des cavaliers de la reine les officiers les plus disciplinés au monde, mais aussi du stoïcisme et de la disposition d'esprit que Mayne avait vus chez le caporal Jones et chez tous les autres soldats chevronnés qu'il avait rencontrés, et de la volonté des dirigeants de se battre pour l'honneur de l'Angleterre, de se placer au premier rang et d'être vus par leurs hommes dans le feu de l'action, de vendre leur vie chèrement et de tuer autant d'ennemis que possible.

Mayne stabilisa sa longue-vue, regardant les derviches hululant et dansant devant les rangs. Les Ansar croyaient en leur propre invulnérabilité. Ils n'avaient pas encore croisé les tirs des Martini-Henry et n'avaient aucune raison de mettre en doute la parole du Mahdi qui leur assurait que les balles ne leur feraient aucun mal. Ils étaient guidés par une foi infaillible et par le pouvoir de leur chef. Ils étaient convaincus qu'ils défendaient leur mode de vie et leurs familles, qui se battraient avec la sauvagerie qui les caractérisait dans le monde impitoyable du désert où la vie était cruelle et la mort frappait souvent sans crier gare.

Il jugea en expert la position des tireurs dans les rochers. Comme le sniper qui avait sévi dans la cataracte trois semaines plus tôt, les meilleurs pourraient abattre un homme à cinq cents mètres. Si on les avait bien formés, ils comprenaient aussi l'art des salves à trajectoire plongeante et pourraient tirer des balles mortelles dans le carré à près d'un kilomètre et demi. Le fait que les balles visent indifféremment l'adversaire ou leurs propres hommes ne les arrêterait pas. Même si leur toute-puissance s'avérait un leurre, les

Ansar étaient tout de même persuadés qu'une gloire supérieure les attendait au paradis s'ils donnaient leur vie au jihad. Qu'ils soient touchés par la balle d'un Martini-Henry ou d'un Remington ne compterait pas au moment où leur heure serait venue.

— Nos chameaux ne vont pas tenir longtemps sans eau, affirma Charrière.

— Quelle que soit l'issue du combat, le champ de bataille sera vite infesté par les pilleurs une fois que les soldats l'auront déserté. Si nous laissons nos chameaux ici à côté du sentier, ils seront vite trouvés. Ils appartiendront à quelqu'un d'autre qui les considérera comme son trophée.

Charrière posa la main sur la joue de son chameau, qui tressaillit puis le regarda de ses yeux clairs, ruminant les dernières touffes d'herbe *savas* qu'ils avaient coupées la veille. Mayne dénoua sa besace du dos de son chameau et plissa les yeux pour regarder vers le sud.

— On est loin de la rivière Ottawa…

Mayne suivit son regard, imaginant le chatoiement du Nil là où la rivière serpentait dans le désert, à quelque quarante kilomètres d'eux, et se rappela la nature intacte autour de la rivière Ottawa : deux grandes artères dont le cours pouvait emporter le touriste peu méfiant, pas assez préparé mentalement, vers les ténèbres, dans un tunnel qui semblait l'extraire à l'histoire et dans lequel il ne faisait plus qu'un avec l'eau, loin de son ancienne vie et des motivations qui l'avaient conduit là. Il se tourna vers Charrière qui entreprenait de choisir dans son sac ce qui lui serait utile pour le voyage à venir.

— Pratiquement tous tes amis Mohawks de la

colonne de la rivière sont retournés au Canada. Pourquoi restes-tu ?

Charrière le fixa de ses yeux noirs, indéchiffrables.

— Il y a quinze ans, nous poursuivions Louis Riel. Maintenant c'est le général Gordon. À l'époque, c'était sous les ordres du colonel Wolseley et maintenant il est général. Différentes proies, même maître.

— C'est Wolseley que tu sers ?

— Je pourrais te poser la même question. Qui est-ce que tu sers ?

— La reine et le pays, répondit Mayne avec un sourire narquois.

— Alors je vais te dire, moi, je préfère la chasse, répliqua Charrière en français.

— Tu aimes chasser les hommes ? s'étonna Mayne en ouvrant de grands yeux.

— J'aime chasser ma proie, attendre le bon moment et la tuer proprement.

Mayne fit un signe de tête vers le nuage de poussière à côté des puits.

— Les tueries ne vont pas manquer à partir de maintenant. Et à moins qu'on ait la chance de passer à travers avant que la bataille n'éclate, nous aurons du sang sur les mains, et peut-être qu'on finira en tas d'os dans le désert.

— *Inch'Allah*.

— Pardon ?

— *Inch'Allah*. La volonté de Dieu. Mes amis arabes m'ont enseigné cette expression dans les cataractes.

Mayne sortit le contenu de son sac et esquissa un nouveau sourire.

— Fais attention, mon ami, tu vas te transformer en homme du désert.

— Un officier américain sous les ordres de Gordon qui avait affronté les Lakota après la bataille de Little Big Horn a appelé les Dongolais les Indiens du désert, affirma Charrière en parlant très lentement, alors qu'il descendait son sac. Je trouve que ces peuples et le mien ont beaucoup en commun.

Mayne se figea une nouvelle fois, fixant l'horizon. Il pensa à la cruauté de cet endroit, aux visages endurcis des membres des tribus, aux décisions que le désert imposait aux hommes, signant parfois leur arrêt de mort en un instant ; dans le même temps, à l'humanité qu'il avait ressentie au cours de ses voyages en leur compagnie, l'intensité de la vie pour un peuple toujours sur le fil du rasoir. Il se rappela l'année qu'il avait passée chez son oncle au Canada après la mort de ses parents, un gamin détruit cherchant à comprendre, et le réconfort qu'il avait trouvé auprès de Charrière et de son père, les moments de plaisir qui n'étaient possibles que grâce à l'excitation et aux dangers de la chasse. Il saisissait ce que disait Charrière, et il avait vu assez de tribus soudanaises au cours des dernières semaines pour comprendre son empathie.

Il tira de son sac les feuilles qui contenaient le reste des biscuits, juste assez pour deux jours. Ils avaient fini le jus de citron le matin, et il soupesa la gourde vide. Il rangea sa longue-vue et les biscuits dans la poche de sa ceinture, à côté d'un crayon, d'un petit bout de papier et d'un étui en cuir contenant des souverains en or et son insigne d'officier des Ingénieurs Royaux. Il sentit son revolver sur sa taille, un Webley calibre .455, plus percutant que le Webley-Pryse qu'il avait sur lui à la cataracte, le sortit de son holster et l'ouvrit pour vérifier qu'il était chargé, puis le referma et le rangea. Il chercha la boîte de munitions supplémentaire qu'il gardait dans une autre poche avec un couteau, une lame à la poignée en or que lui avait donnée son guide dongolais trois semaines plus tôt avant qu'ils ne se séparent. Il tira la gourde vide du dos du chameau et la plaça autour de son cou, puis fit de même avec la couverture roulée. Il avait réfléchi aux bénéfices de se charger de cette couverture, un poids dont il aurait très bien pu se passer, mais les nuits étaient glaciales et sans les rations suffisantes d'eau et de nourriture, ils ressentiraient plus amèrement encore le froid mordant. Enfin, il passa autour de son épaule la bandoulière du sac qui abritait le fusil Sharps, le canon et la crosse étroitement empaquetés à l'intérieur pour assurer que le viseur ne soit pas déréglé au cours du voyage.

Il contempla Charrière qui finissait de ranger, repoussant sa robe pour vérifier le gros couteau de chasse qu'il avait emporté du Canada. Il ajusta sa couverture sur son dos et attacha habilement les pattes de devant des chameaux avec une lanière en cuir. Il se redressa et désigna du doigt une petite élévation du terrain à cinq cents mètres devant eux environ, à mi-chemin entre leur position et le carré britannique.

— Allons vers ce monticule, lança Charrière. Ensuite nous déciderons si nous pouvons suivre la piste entre les deux armées. Tu es prêt à courir ?

Mayne arrangea ses affaires pour que le poids soit le plus équilibré possible, permettant à ses bras de se balancer librement, se rappelant que les chasseurs Mohawks préféraient toujours courir sur les pistes des forêts canadiennes. Il prit une profonde inspiration.

— Je te suis.

17

Vingt minutes plus tard, ils se tenaient, haletants, au sommet d'un affleurement rocailleux, à moins d'un kilomètre des troupes britanniques. Sur la gauche s'étendait le terrain abîmé entourant le bas plateau d'Abu Klea, qui était la route qu'ils avaient choisie, et devant eux, un ruisseau à sec qu'ils avaient repéré entre les deux armées, qui représentait leur option de repli si l'autre chemin devenait impraticable. À cet instant, ils ne pouvaient prendre le risque de bouger, ils étaient à portée de fusil du carré. Les Anglais allaient tirer sur tout ce qui ressemblait de près ou de loin à un Arabe. Il fallait qu'ils attendent jusqu'à ce que tous les soldats aient les yeux rivés sur l'armée mahdiste qui ruait sur leur droite, au moment où la bataille ferait rage. Et ils devaient prendre en compte un autre facteur : si les hommes qui les avaient suivis depuis Korti décidaient de quitter leur position dans l'ombre pour les attaquer, alors ils seraient obligés de fuir, s'exposant aux tirs des Anglais pour chercher abri dans les ravines devant le carré, espérant que leurs poursuivants rebrousseraient chemin une fois qu'ils verraient vers quoi ils se précipitaient. Mayne étudia l'angle du soleil dans le ciel : il devait être autour de dix heures et demie. Ils n'avaient aperçu la ravine creusée par le ruisseau que dans les derniers mètres de leur course : elle était donc invisible à ceux qui les traqueraient. Il ne lui restait qu'à espérer que leurs poursuivants ne pourraient deviner que les deux hommes, qui semblaient aller droit vers une mort certaine, avaient en fait trouvé une solution.

Il s'essuya le visage avec le turban qui entourait sa tête. Il faisait chaud désormais et le froid de l'aube l'avait enfin quitté. Avec sa longue-vue, il distinguait mieux le carré des soldats anglais, avec leurs casques, leurs tuniques kaki et leurs ceintures de munitions, leurs fusils prêts. Ils étaient placés sur quatre rangs, trois cents, trois cent cinquante hommes d'un côté, leurs baïonnettes dressées comme des piques, la légère courbure des lames se reflétant faiblement dans le soleil. Sous leurs yeux se dépeignait une scène tout droit sortie des guerres napoléoniennes, un anachronisme criant dans cette ère moderne des fusils et un volume d'armes des dizaines de fois plus important que les mousquets de Waterloo. La guerre de Sécession vingt ans plus tôt avait montré les conséquences horrifiantes des combats d'infanterie que leurs ancêtres avaient menés en formation serrée, mais avec des fusils modernes, et cette tactique était restée à l'honneur dans les entraînements pour un conflit européen. Et pourtant, c'était justement cette concentration d'armes qui faisait de ce carré une stratégie si destructrice dans ce genre de guerre, où les chances des Anglais pourraient égaler celles des jihadistes malgré leur surnombre évident. Et comme les guerres zouloues l'avaient démontré, des attaques en masse d'un ennemi équipé d'armes qui n'avaient pas beaucoup évolué depuis le temps des Romains pouvaient tout de même écraser une armée moderne, et la puissance de feu ne valait que si le soldat de base tenait sa place face à un ennemi d'autant plus terrifiant qu'il ne jouait pas avec les règles d'une guerre moderne.

Il pensa à ces hommes, maintenant : les soldats de la division navale qui maniaient les mitrailleuses, les artilleurs avec leurs canons, les sapeurs qui avaient construit la *zariba* et se plantaient désormais solidement dans le carré avec leurs fusils, et derrière toute l'infanterie et la cavalerie, les Grenadier Guards et la Household Cavalry qui constituait le plus gros des régiments des chameaux, des hommes dont la tâche consistait normalement à assurer la défense rapprochée du domaine, protégeant Londres et la reine. Il se rappela l'humour fataliste du caporal Jones et de ses camarades, l'amitié intense qui les unissait contre l'adversaire. Pour ces hommes face à l'épreuve de leur vie, le but réel de cette expédition, la raison pour laquelle ils se trouvaient ici au fin fond du Soudan plutôt que dans leur caserne à Knightsbridge, deviendrait de moins en moins important au fil des heures. Tout ce qui les préoccupait à cet instant était de ne pas laisser tomber leurs compagnons. Mayne vit le carré s'arrondir vers l'arrière, les chameaux enfermés là essayaient de s'échapper, retenus et ramenés vers le centre, une masse remuante de bêtes blatérantes, qui pourraient constituer la force principale du carré, un atout dont les soldats à Waterloo n'avaient pas bénéficié, un mur imperturbable qui pourrait arrêter la charge des derviches si les premières lignes venaient à tomber.

Il pensa aux officiers qu'il connaissait bien, regroupés autour de Stewart devant les chameaux, leurs jumelles luisant dans le soleil alors qu'ils surveillaient la progression de leurs ennemis : le colonel Wilson qui avait été envoyé dans la colonne par Wolseley pour partir en éclaireur et communiquer avec Gordon, et Fred Burnaby, enfin dans son élément, avide de combats, et prêt à se battre comme un lion, animé d'un désir presque suicidaire. D'autres officiers se trouvaient là, pour lesquels le but de cette expédition passait désormais au second plan, et accueillaient la chance de se battre à bras ouverts. L'espoir d'une gloire un peu différente de celle des guerriers derviches, et la possibilité de se dégager enfin de l'incertitude de la libération de Gordon et de l'opprobre qui les accableraient s'ils ne réussissaient pas à sauver le général sans l'excuse d'une belle bataille. Quoi qu'il arrive ici, que ce soit une lutte vouée à l'échec comme la guerre zouloue à Isandlwana ou une victoire comme à Rorke's Drift, leurs noms seraient immortalisés, le nom de soldats et pas de pions sur l'échiquier politique. Et pourtant Mayne savait que, parmi eux, des hommes comme Wilson réfléchissaient plus loin au tableau global qui se dessinait : dans ce coin perdu du désert, ils tenaient en joue un jihad qui menaçait l'Europe pour la première fois depuis mille ans et déplaçait dangereusement l'équilibre des pouvoirs qui avait déjà failli succomber cinq ans plus tôt avec la poudrière afghane.

Charrière colla soudain son oreille sur le sol, puis tourna la tête pour regarder derrière eux.

— Nos poursuivants. Ils arrivent.

Mayne pivota, la longue-vue sur son œil. Au-dessus

d'un petit monticule qu'ils avaient traversé peu de temps avant, il distinguait un groupe de quatre cavaliers, tremblant dans son champ de vision comme un mirage. Les chameaux étaient grands, émaciés, comme des fantômes, leurs jambes semblant trop longues dans la brume de chaleur, trottant dans leur direction. Les hommes portaient des robes et des turbans sur la tête et avaient leurs fusils rangés dans le dos, la crosse reposant sur leur cuisse. Ils devaient être à un kilomètre maintenant. Ils avaient dû remarquer que Charrière et Mayne les avaient repérés : une fois qu'ils se mettraient à galoper, ils ne pourraient plus leur échapper.

Mayne réfléchit à toute allure. Il pouvait prendre son fusil, mais ce serait quatre tirs contre un. Et cela compromettrait presque certainement sa mission : il avait réglé le viseur avec précision pour sa cible quand il avait fait les tests sur le Nil près de Korti et il n'était pas disposé à tout modifier. Tant qu'il leur restait une chance d'atteindre Khartoum, le Sharps ne quitterait pas son étui. Et même s'il arrivait à en abattre un, les trois autres descendraient de leurs montures et riposteraient sans difficulté. Il n'avait nulle part où se cacher, si ce n'était derrière le rocher, et cela ne ferait que devancer l'inévitable. Leur meilleure option résidait dans le lit du torrent et les ravines autour du plateau d'Abu Klea vers l'est du carré, le plan de fuite qu'ils avaient échafaudé plus tôt.

Une déflagration retentit depuis la direction du carré, et il tourna la tête juste à temps pour voir un nuage de fumée blanc s'élever au-dessus des mitrailleuses. Les tirs frappèrent le premier rang des forces derviches, créant un vide immédiatement rempli par les guerriers munis de lances qui tapaient des pieds en un rythme effrayant. Ils étaient à présent positionnés en une formation pareille à l'ancienne phalange grecque : une ligne en dents de scie avec au bout de chaque cran un émir sur un chameau, tenant un étendard. Les tireurs de chaque côté commençaient à trouver leurs marques, avec des hommes qui tombaient aux premiers rangs du carré aussi bien que de la phalange. Pour la première fois, il vit que Stewart avait détaché un bataillon d'escarmoucheurs, des hommes qui maintenant repartaient en courant vers le carré. Une erreur tactique, Mayne le savait. La valeur des escarmoucheurs était égale à celle des snipers, et la phalange était à portée de fusils des tireurs du carré. Les minutes nécessaires à leur repli contrecarreraient la première salve, puisque les Britanniques n'allaient pas prendre le risque de tuer leurs propres hommes. Stewart avait engagé un pari des plus redoutables. Plus on laissait la phalange approcher, plus elle avait de chances d'envahir le carré sans être amoindrie par les tirs des Anglais. Même si les Martini-Henry se rechargeaient très rapidement, ils ne pourraient pas tirer plus de quelques salves avant que l'ennemi ne soit sur eux. Si le commandant de l'armée du Mahdi avait un peu de bon sens, il comprendrait que les Anglais avaient momentanément cessé le feu pour éviter de toucher leurs propres hommes et il aurait lancé l'assaut sur-le-champ.

Mayne rejeta la tête en arrière. Une balle avait fusé au-dessus de lui pour ricocher sur un rocher. Il se tourna, plissa les yeux et distingua un des cavaliers avec son fusil levé. Il avait visé, assis sur le dos de son chameau, depuis au moins huit cents mètres. *Il était doué.* Même les meilleurs d'entre les tireurs de l'armée égyptienne qui comptaient désormais parmi les hommes du Madhi n'étaient pas aussi bons, et ils n'avaient que des Remington. Mayne se rappela l'épisode avec les soldats au-dessus de la cataracte trois semaines plus tôt quand le sniper sur l'autre berge avait atteint sa première cible. Il se rappela la plainte caractéristique de la balle de Remington, à la même distance environ. La balle était plus légère que celles des Martini-Henry, un calibre .43 plutôt qu'un .45, et produisait un son différent. Le Martini-Henry était le fusil de l'armée britannique, le meilleur fusil au monde, qu'ils n'avaient même pas permis à leurs alliés égyptiens d'utiliser et que le Mahdi n'avait pas encore réussi à voler. Et pourtant la balle qu'il venait d'entendre provenait indéniablement d'un Martini-Henry. Il ressentit de nouveau un frisson glacé parcourir sa colonne vertébrale. Qui étaient-ils ?

Deux des cavaliers partirent vers la droite, et il les regarda prendre de la vitesse petit à petit, comme ils lançaient leurs chameaux au galop, les fouettant violemment et soulevant un nuage de poussière derrière eux. Mayne lâcha un juron. Ils se dirigeaient vers les collines d'Abu Klea derrière le carré, coupant leur seule issue possible. Il ne leur restait plus qu'une option, le lit du ruisseau à sec entre les deux armées. Il calcula rapidement les distances. Le terrain devant eux était plat et lisse, et ils pourraient courir vite. Ils devaient être à un peu moins de deux kilomètres du carré britannique, et l'espace entre les deux camps ne dépassait pas huit cents mètres. S'ils s'élançaient maintenant, ils seraient visés par les tireurs des deux côtés et par leurs poursuivants. Mais s'ils attendaient que l'armée du Mahdi lance l'assaut, que tous les yeux se posent sur l'armée ennemie, ils auraient une chance de passer. Et leurs poursuivants auraient conscience que, s'ils suivaient, ils seraient pris dans le maelström entre les deux armées.

Une autre balle s'enfonça dans le sable à côté d'eux. Il attrapa son sac avec le fusil et s'accroupit, prêt à foncer, regardant Charrière l'imiter. Soudain, la seule mesure de temps possible devint la seconde. L'armée du Mahdi devait lancer son attaque maintenant.

Il l'entendit enfin. Un bruit étouffé, différent du martèlement des pieds, différent des tambours, un chant perçant, insistant, de dix mille hommes scandant à l'unisson. *La illah ila allah ras Muhammad.* Il n'existe pas d'autre Dieu qu'Allah et Mahomet est son prophète, répété encore et encore jusqu'à ce que cela ressemble aux flots d'une rivière en crue.

Un puissant éclair scintilla sur la première ligne alors qu'un millier de lances étaient brandies. Les émirs baissèrent leurs étendards comme des lances. Le chant se perdit dans un capharnaüm qui fit trembler la terre, des battements de pieds assourdissants. L'armée derviche était comme un ressort compressé prêt à se détendre.

Mayne sentit son cœur tambouriner dans son torse, ses dents grincer. La suite se passa à une vitesse hallucinante : les deux armées s'étaient transformées en bêtes avides de mort et de victoire, jaugeant les faiblesses et les forces de leur adversaire, entièrement concentrées dans le coup qui serait d'une violence sauvage. Et il savait qu'ils ne parviendraient peut-être pas à se faufiler à temps dans la brèche. Ils pourraient bien se précipiter tête la première vers leur dernier souffle.

Une trompette retentit, aiguë et perçante. Il lança un regard à Charrière. *Maintenant.*

18

Mayne s'élança aussi vite qu'il le put, penché en avant, la main droite derrière son dos pour agripper la lanière de l'étui de son fusil, son bras gauche tendu et prêt à l'amortir au cas où il déraperait et tomberait sur les rochers noirs éparpillés sur le sol du désert. Charrière était un peu devant lui, vers la gauche. Il marchait en faisant de grandes enjambées plutôt qu'il ne courait, sa robe serrée sur sa taille et le long fourreau de son poignard se dessinant en dessous. Devant eux subsistait encore une légère brèche entre les lignes britanniques et celles des derviches, et au centre s'étendait le lit du ruisseau à sec qui était leur objectif. Mayne s'aperçut qu'il était moins profond qu'il l'avait espéré, que s'ils couraient dedans, ils s'exposeraient aux tirs des deux camps. Soit ils prenaient ce risque, soit ils rampaient sur le ventre, une option peu envisageable étant donné la vitesse de progression des derviches.

Une balle siffla entre eux deux, s'enfonçant dans le gravier à leurs pieds. Il n'osa pas regarder derrière lui, de peur de trébucher, mais la précision du tir prouvait que leurs poursuivants s'étaient rapprochés. Ils zigzaguèrent, toujours baissés le plus près de la terre qu'ils le pouvaient, sautant dans des ravines et utilisant toutes les protections que la nature leur offrait. Ils étaient à moins de trois cents mètres désormais, et le bruit devint soudain assourdissant. Les détonations des mitraillettes étaient suivies de l'explosion des obus, et quand ceux-ci touchaient les lignes adverses, les corps et les membres arrachés étaient propulsés dans tous les sens, peignant le ciel et le sable en rouge. La mitrailleuse Gardner déchargeait ses munitions en staccato, visant au-dessus des têtes des guerriers penchés et s'arrêtant brusquement, manifestement coincée. Il entendait désormais les tirs des snipers mahdistes fusant et sifflant vers le carré, et vit des soldats tomber. Les derviches chargeaient, en maintenant leur formation en phalange derrière les émirs sur les chameaux. La distance qui les séparait se réduisait de façon alarmante, moins de deux cents mètres à présent, mais les Anglais continuaient à tirer. Ils étaient assez proches pour entendre les provocations et les jurons de leurs compatriotes, les plaintes des chameaux, les cris des sergents et des caporaux qui aboyaient à leurs hommes de rester concentrés, de ne tirer des salves que lorsqu'on leur en donnait l'ordre. Une balle le rata de peu. Elle ne venait pas de leurs poursuivants, mais du carré, où un soldat confus pensait qu'il avait visé deux Arabes fanatiques qui les attaquaient depuis le nord.

Mayne agrippa Charrière pour l'arrêter. Ça n'allait pas du tout. *Ils n'y arriveraient jamais.* Ils avaient bien réfléchi à cette option, mais ils n'avaient pas imaginé que la brèche se refermerait aussi vite. S'ils continuaient dans cette direction, ils se jetaient droit dans la gueule du loup. Il entraîna Charrière dans une ravine derrière un rocher qui les protégeait, et ils s'écrasèrent contre le sol, haletant tous les deux. Ils ne pourraient pas contourner le carré par l'arrière, les soldats placés là se préparaient à une attaque de ce côté et les abattraient sur-le-champ. Et ils ne pouvaient pas non plus traverser les lignes derviches, parce qu'ils se feraient piétiner. Il faudrait qu'ils tournent à gauche, qu'ils suivent le courant de la progression de l'armée du Mahdi et qu'ils partent tout droit vers le côté du carré anglais, dans l'espoir que les troupes repousseraient la vague assez longtemps pour qu'ils passent sains et saufs de l'autre côté. Leurs chances de réussite baissaient à vue d'œil, mais c'était toujours mieux qu'une mort assurée. Une fois à l'intérieur du carré, ils partiraient vers le coin gauche : Mayne l'avait vu s'ouvrir pour laisser entrer les escarmoucheurs, un risque énorme qu'avait pris l'officier responsable de cette ligne et qui aurait pu anéantir tout le bataillon. Le visage de Burnaby s'inscrivit dans son esprit, son sens du devoir héroïque, son dévouement dans ce milieu qu'il affectionnait particulièrement et où il n'hésitait pas à taquiner la mort pour sauver ses hommes. Mais tout ce qui comptait à présent pour Mayne était que le désordre actuel dans les lignes pourrait bien leur permettre de s'échapper s'ils n'étaient pas tués avant.

Une trompette résonna et soudain les tirs derviches s'interrompirent et la phalange s'arrêta, comme une bête affreuse qui reprend sa respiration. Mayne n'entendit plus au loin qu'un grondement pareil à des bourrasques de vent, le chant grave d'un millier de voix qui ne s'était jamais tu depuis le début de l'attaque : *La illah ila allah ras Muhammad, il n'existe pas d'autre Dieu qu'Allah et Mahomet est son prophète.* Ensuite, l'émir principal brandit son étendard et cria de sa belle voix profonde tel un muezzin qui appelle les fidèles à la prière. Au moment où il se tut, un millier de lances furent projetées vers le premier rang, des éclairs de lumière qui se reflétaient dans le soleil en une profusion de couleurs chatoyantes, s'envolant dans les airs, pour former un arc de cercle et retombant dans les hurlements des soldats britanniques, alors qu'elles touchaient leur cible. Et le chant disparut dans une cacophonie de tambourinement et de martèlement de pas, les derviches prenant leur temps comme des soldats dans une parade, faisant trembler le sol sous Mayne. L'air se chargea de cris stridents, pas des cris de peur, mais d'exaltation, d'hommes qui retrouveraient bientôt le prophète au paradis et qui en appelleraient plus encore pour les rejoindre, continuant leur jihad inexorablement pour éliminer tous ceux qui ne croyaient pas à la sagesse divine du Mahdi.

Au moment où les lignes derviches s'élancèrent, Mayne entendit un ordre braillé depuis le carré britannique, et soudain comme une violente explosion, trois cent cinquante Martini-Henry faisant feu en même temps. Un ouragan frappa les premières lignes de l'ennemi, repoussant les hommes vers l'arrière. Quelques secondes plus tard, une autre salve souffla la ligne suivante, mais ils continuaient obstinément à avancer. Les Britanniques avaient réussi à patienter afin de viser précisément, espérant que la quantité de corps tombés stopperait la progression des derviches. Et quand ils n'auraient plus le temps de recharger, les rangs ennemis devraient encore affronter une épaisse barrière de baïonnettes, fixées sur des soldats entraînés à utiliser de l'acier trempé aussi habilement que leurs prédécesseurs qui avaient lutté contre le jihad des siècles plus tôt.

Une balle rebondit sur le rocher et toucha Mayne dans le cou, le projetant en arrière. Charrière s'accroupit et chercha l'endroit de la blessure. Heureusement, il ne trouva pas de sang, la balle s'était abîmée sur le rocher et n'avait pas pénétré. Il aperçut au loin deux chameaux, à un kilomètre environ, vers l'est du carré, leurs cavaliers accroupis pour tirer. Il s'agissait des deux hommes qui s'étaient éloignés des autres pour couper leur option de repli, mais qui les avaient ensuite vus renoncer à l'idée et étaient revenus sur leurs pas. Mayne se releva, scrutant derrière lui le sentier au nord. Les deux autres étaient également descendus de chameau pour leur tirer dessus, le sifflement de leurs balles se perdant dans le vacarme devant eux. Il se tourna vers le carré. La ligne derviche s'étendait désormais plus largement, la phalange divisée par les salves des Britanniques, entourant leurs ennemis pour les attaquer par le flanc devant Charrière et Mayne. Les derviches semblaient leur foncer droit dessus, un ressac d'hommes hurlants et de lances scintillantes qui s'abattaient sur eux dans un grondement comme la mer, la colline basse derrière eux miroitant des flammes des fusils.

L'étau se refermait sur eux. Il se pencha, ignorant les élancements dans le cou qui le torturaient et hocha la tête vers Charrière. *Maintenant.*

Ils se précipitèrent vers le carré, emportés par le flot des derviches. La poussière volait, aveuglant Mayne, une tempête qui l'aspirait comme un tourbillon. Et soudain, il se dissipa alors qu'ils approchaient du carré, et il vit les détails avec une limpidité surprenante. La première vague de guerriers jihadistes semblait bondir dans le carré telle une meute de prédateurs sauvages, s'empalant sur les baïonnettes des Anglais en hurlant. Un des hommes courut si vite que le canon du fusil s'introduisit dans le trou que la baïonnette avait ouvert dans son estomac, la lame ensanglantée ressortant de l'autre côté pour embrocher le derviche suivant. Des hommes affreusement touchés par les tirs britanniques continuaient à courir, certains dans un si mauvais état qu'ils émettaient des gargouillis de sang en essayant de crier. Ils savaient que, dans aucun des deux camps, les blessés ne recevraient d'assistance et que tomber avant d'avoir épuisé jusqu'au dernier souffle de vie pourrait compromettre leur place de choix dans l'au-delà.

Les soldats britanniques maintenaient leur position, mourant sur place plutôt que de se laisser repousser. Mais la marée derviche déferlait comme des rouleaux sur les rochers, se jetant sur les hommes à corps perdu. Les premiers se trouvaient déjà dans le carré. Mayne vit un homme se précipiter sur une baïonnette pour se faire soulever dans les airs, le sang giclant sur le soldat, alors que le guerrier retombait à terre. Le soldat, déséquilibré, tomba lui aussi et fut immédiatement transpercé par une lance plantée dans son menton, l'épaisse lame lui tranchant le visage et l'envoyant voler vers le ciel. Les derviches foulaient les corps qui jonchaient les premières lignes, assassinant leurs ennemis à coups de haches et de poignards, suivant leur émir dont le chameau s'était infiltré sans être inquiété par une ouverture dans le carré. L'animal cracha et rota une fois arrêté. Au moment où l'émir planta son étendard, un soldat le fusilla par-dessous, la balle l'atteignant dans le nez et faisant exploser son visage, son corps tombant comme une pierre. À côté de l'émir mort, il vit les marins qui essayaient désespérément de nettoyer la Gardner se faire transpercer par-derrière, dans la nuque, ou le cou. Un derviche faucha les pattes de deux chameaux à la limite du corral, au centre du carré, entraînant sa chute dans un râle terrifiant et écrasant l'homme qui les tenait. Les premiers des jihadistes s'en prenaient désormais aux chameaux, le fer de lance d'une phalange qui semblait les envelopper et se répandre à l'arrière du carré tout comme la tornade qui s'était abattue à l'avant. Et pourtant les chameaux résistèrent et le carré tenait toujours, troué là où les derviches s'étaient introduits, mais pas encore brisé.

Dans le flou le plus total, Mayne entra à son tour, trébuchant sur les cadavres. Des balles derviches fusaient comme des insectes, claquant et transperçant les chairs des hommes et des chameaux. Il entendit le fracas des lames, le choc sourd des épées sur des tuniques trempées de sueur, les hurlements des derviches. Et soudain les ordres des sergents à l'arrière, retournant les tirs vers l'intérieur du carré, visant de chaque côté du groupe de chameaux, au centre, et dans la mêlée devant la brèche où les soldats anglais étaient tombés. Une salve d'artillerie retentit, suivie d'une autre. Les mitraillettes prirent le relais à bout portant, dans une explosion tonitruante. Mayne continua sa course, chancelant, les oreilles sifflant des déflagrations. Une autre équipe de marins s'élança vers la mitrailleuse Gardner et la débloqua immédiatement, décochant plusieurs salves par ses nombreux canons, les hommes agenouillés derrière les roues de la carriole, soulevant l'assise en bois et l'orientant dans la direction des guerriers qui approchaient. Mais l'arme s'enraya de nouveau et les soldats essayèrent de nouveau de la débloquer, mais furent vite transpercés par les lances des derviches qui avaient réussi à passer. Quelques secondes plus tard, la force de l'assaut fut contrecarrée par le groupe de chameaux au centre du carré, toujours aussi imperturbables malgré les coups de feu incessants et les hommes qui se pressaient contre leurs flancs. À cet instant d'élan vain, les Britanniques furent noyés dans le flot des derviches, les officiers tirant avec leurs revolvers et brandissant leurs épées, les soldats luttant avec leurs baïonnettes. Les balles des snipers placés sur les crêtes au loin se mirent à pleuvoir sur les troupes. Plus de soldats encore combattaient avec leurs baïonnettes, balayant leurs lames dans toutes les directions pour atteindre un cou par ici, une tête par là, et parant en même temps les assauts de leurs ennemis. Mayne vit un officier vider les cinq balles de son barillet sur un derviche hurlant, avant que l'homme se jette sur lui pour le transpercer de sa lance et s'effondre au-dessus de lui dans un bain de sang. Un autre officier avec un coup-de-poing américain saisit un des guerriers du Mahdi en cravate et lui détruisit le nez avec une telle force qu'il s'enfonça dans son cerveau. Il fut alors enlacé par le fouet *kurbash* d'un émir qui le décapita avec son épée.

Mayne sentait la présence de Charrière à côté de lui. Il l'entraîna contre lui.

— Vers les chameaux ! hurla-t-il.

Mais un derviche se précipita sur lui en criant, son poignard incurvé levé. Mayne se tapit à terre et s'empara d'un fusil abandonné, appuyant sur la gâchette pour n'entendre que le clic du ressort. Il baissa le levier, essayant frénétiquement de libérer la douille usée, mais fut violemment percuté par le derviche qui tomba sur lui après s'être fait empaler par une baïonnette. Il vit les os et le cartilage sortir des hanches de l'homme là où il avait été touché quand il était entré dans le carré. Il avait continué sa course alors qu'il était déjà mort, et soudain dans un éclair d'horreur, Mayne prit conscience que la plupart des derviches étaient dans le même état, des morts vivants plus alimentés par l'adrénaline et par la foi. Il se redressa et essaya de retirer la baïonnette, mais les muscles de l'abdomen de l'homme l'enserraient et il vit que la lame s'était coincée là où elle avait touché l'os. Il leva les yeux. Un soldat britannique le regarda et visa, mais il sentit une main l'agripper violemment par l'épaule et l'emporter vers les chameaux. Charrière avait ramassé une épée qu'il tournait autour de lui, se frayant un chemin vers le centre du carré. Les mitraillettes à quelques mètres d'eux se déchaînèrent dans un éclat pétaradant de flammes, assommant Mayne qui se laissait entraîner par Charrière. La foule des combattants s'était resserrée, à tel point qu'il devenait pratiquement impossible de bouger. Il lâcha l'épée et prit son poignard à la place, l'utilisant pour parer une lance, déséquilibrer son assaillant et lui trancher le cou, le décapitant presque. Devant lui, Mayne vit une balle déchiqueter la mâchoire d'un chameau. Des dents et des os percutèrent le soldat qui le tenait, lui arrachant l'oreille et le laissant sidéré. Une autre balle lui fit éclater la tête, projetant du sang et de la cervelle sur le flanc de la pauvre bête, qui restait là à faire des mouvements de mastication avec sa mâchoire supérieure uniquement, comme si rien ne s'était passé.

Ils arrivèrent enfin au milieu des chameaux. Ils se

baissèrent sous les pattes des premiers, s'accroupissant et rampant dans les excréments. Le tintamarre des combats fut un instant étouffé, mais il résonna de plus belle quand ils sortirent de l'autre côté pour revenir dans la mêlée, se faufilant entre des hommes qui hurlaient. Ils entendaient les lames entrer dans les chairs, le sifflement des balles et le martèlement des pas. Mayne glissa dans une mare de sang et tomba nez à nez avec un soldat gisant sur le dos avec une plaie ouverte sur le front. Ses yeux étaient sortis de leurs orbites, le sang coulant des trous comme s'il pleurait.

— De l'eau, lâcha l'homme d'une voix rauque, s'agrippant à lui sans le voir. De l'eau.

Avant même que Mayne ne décide quoi faire, Charrière l'avait soulevé pour qu'ils continuent à avancer. Une balle frôla son bras et ricocha dans l'épaule de Charrière, s'enfonçant dans sa peau. Charrière la retira avec son poignard puis se retrouva en face de deux derviches qui accouraient vers eux en criant, leurs lances brandies. Il arracha sa lance des mains du premier, la retourna pour embrocher l'homme, jusqu'à ce qu'ils soient pratiquement corps à corps. Puis il le jeta à terre. Mayne prit son revolver et abattit le deuxième, le pistolet reculant dans sa main au moment de tirer. Ensuite il ramassa un Martini-Henry et frappa l'homme dans le cou avec la crosse, tandis qu'il s'écroulait. Quelques mètres devant lui, Charrière avait trouvé une autre épée et fendait l'air, se traçant un chemin parmi les derviches, permettant ainsi à un sergent britannique d'ordonner à ses hommes qu'ils fassent feu, exécutant une douzaine de guerriers d'un coup. Mayne le rattrapa, courant toujours le plus près du sol possible, sentant les soldats britanniques à sa gauche et les derviches à sa droite, et les deux camps se refermèrent de nouveau une fois qu'il fut passé avec force cris et hurlements dans les combats rapprochés.

Ils étaient désormais tout près de l'extrémité du carré. Mayne vit à cet instant un colosse, le dos appuyé contre un rocher, entouré de plusieurs derviches morts, sa tunique trempée de sang. Il cligna des yeux pour en chasser la transpiration et regarda de nouveau. *Burnaby*. Il avait le pic d'une lance enfoncé dans le cou, formant un trou assez gros pour passer la main, mais par miracle, la veine jugulaire avait été épargnée, contrairement à la trachée. Au-dessus de son épaisse touffe de cheveux noirs, le crâne avait été coupé par une épée, exposant son cerveau. Son bras gauche était tordu horriblement dans son dos, mais avec sa main droite, il s'efforçait encore de charger son énorme pistolet Lancaster à quatre canons en le serrant contre son torse et sortant les cartouches calibre .577 d'une poche à sa ceinture. Ses yeux louchaient étrangement, mais ils semblèrent reconnaître Mayne quand il s'approcha de lui.

— Mayne, mon vieux, lança-t-il d'une voix étrange, nasillarde, et l'entaille dans son cou moussa quand il parla. J'ai failli vous prendre pour un Arabe dans cet accoutrement. Vous pourriez m'aider ? J'essaye de charger ce satané engin. Ce derviche m'a filé une sacrée dérouillée.

Mayne se pencha pour prendre les munitions. Il avait été dans la même école que Burnaby, et cette expression, il l'avait lui-même maintes fois utilisée sur les terrains de jeux, sa batte de cricket à la main avec l'arceau à terre derrière lui. L'espace d'un instant, cela lui parut tout à fait normal de dire une chose pareille ici, où la guerre pour un homme comme Burnaby constituait la suite logique des compétitions de sa jeunesse. Cette pensée s'évapora aussitôt qu'il reposa les yeux sur les plaies béantes de Burnaby. Il attrapa le barillet et glissa quatre cartouches, puis le referma et serra le poing de Burnaby autour de la crosse, plaçant son index sur la gâchette.

— Et aussi, Mayne. Vous ne pourriez pas m'allumer une cigarette, s'il vous plaît ? demanda-t-il, sa voix faiblissant encore. Franchement, cela ne me ferait pas de mal, là.

Il avait des difficultés à trouver ses mots, et Mayne se pencha. Sa voix n'était plus qu'un murmure, et de son cou coulaient des flots de sang.

— Écoutez, Mayne, vous savez que je travaille aussi pour Wilson. Je connais la véritable nature de votre mission. Faites attention à vous. Ne faites confiance à personne. *Personne.* Allez, maintenant, ouste !

Pendant quelques secondes, Mayne avait chassé de son esprit la bataille qui faisait rage, mais s'écarta juste à temps pour voir un derviche à moitié nu se précipiter sur eux, la lance à la main. Burnaby leva son pistolet d'une main tremblante et tira. Le revolver sauta hors de sa main, mais le coup atteignit le guerrier en plein visage, faisant exploser sa tête dans un brouillard de sang et de méninges. Burnaby soudain eut un sursaut et du sang se mit à couler de son nez. Il avait été touché au front par une balle perdue qui avait traversé ses sinus pour se loger dans l'os. La force du coup lui avait fait perdre connaissance et sa tête vacillait, ses yeux vides étaient à moitié ouverts et sa respiration était douloureusement saccadée. La balle n'avait même pas suffi pour l'achever. Il ne restait plus qu'une chose que Mayne pouvait faire pour Burnaby désormais. Il lui prit son revolver, mais vit un soldat qui s'était détaché du reste des troupes et accourait vers lui, lui hurlant d'arrêter, sa baïonnette devant lui. Mayne se rappela le commentaire que Burnaby lui avait fait sur son accoutrement. Pour le soldat, il devait passer pour un homme du Mahdi prêt à exécuter froidement un colonel bien-aimé. Un autre cri retentit devant lui, annonçant l'assaut d'un autre derviche. Mayne le visa avec le Lancaster de Burnaby et tira les trois balles qui restaient, le puissant recul propulsant sa main bien au-dessus de sa tête à chaque coup. La salve toucha le derviche dans la poitrine, lui arrachant le cœur et laissant à la place un trou assez grand pour voir à travers. L'homme tomba dans un bond sanglant sur Burnaby, dont les yeux avaient pris l'aspect vitreux de la mort. Mayne recula pour affronter le soldat, se débarrassant du Lancaster pour prendre son Webley, mais avant de pouvoir tirer en l'air en lui assurant qu'il était un officier britannique, l'homme s'effondra, abattu par une balle.

Il se tourna et courut. Il glissa sur les entrailles d'un mort, son genou heurtant le sol de plein fouet, puis il se releva et sauta par-dessus les caisses empilées qui formaient les limites de la zariba. Il vit que Charrière l'attendait, jeta un regard en arrière, conscient de son propre souffle laborieux, des battements de son cœur et du sifflement qui résonnait toujours dans ses oreilles après un coup de feu. C'est alors qu'il se rendit compte que la situation avait changé. Les tirs et les cris avaient cessé. Une scène surprenante s'offrait à lui. Quittant le nuage de fumée créé par les tirs, les derviches partaient dans la direction d'où ils étaient arrivés, leurs lances et leurs épées baissées. Il était ébahi par la dignité de leur retraite, de la différence stupéfiante avec leur sauvagerie un instant plus tôt. On aurait dit qu'ils étaient redevenus des membres de tribus, des gens passés par là, une empreinte d'humanité intemporelle dans le désert, qui donnait l'impression que la bataille n'avait été qu'une tempête passagère. Les derniers disparurent de sa vue, et pendant quelques minutes, les troupes britanniques s'affalèrent, épuisées, dans la zariba, complètement ahuries, plaquées sur place par la surprise. La charge n'avait duré plus d'un quart d'heure. *Quinze minutes*.

Puis une clameur se souleva petit à petit, des cris de joie qui se transformèrent vite en grognements de rage. Les soldats se redressèrent et se précipitèrent vers les derviches blessés pour les achever, les abreuvant d'injures avec des voix rendues rauques par la poudre des armes à feu, l'adrénaline et la soif. Mayne entendit les détonations des fusils et les coups de baïonnettes qui s'enfonçaient dans les corps. Ils avaient vu des derviches faire semblant d'être morts pour jaillir avec leurs couteaux, alors ils ne voulaient prendre aucun risque. Depuis que l'armée de Hicks avait été anéantie, ils savaient qu'ils se trouvaient en face d'un ennemi impitoyable et agissaient de la même façon. Cette guerre-là n'avait pas changé depuis l'époque du premier jihad, plus d'un millier d'années auparavant, une guerre immorale. Mayne vit un soldat enfoncer sa baïonnette dans le visage d'un derviche mort encore et encore, hurlant comme un dément. Un autre était à genoux, réduisait une tête en bouillie sur un rocher, ses bras trempés de sang, comme ceux d'un boucher. Un officier apparut, agitant son pistolet pour tenter de restaurer l'ordre, mais Mayne savait qu'il ne pourrait rien tirer de ses hommes tant que leur soif de vengeance n'était pas étanchée.

Il s'assit à côté de Charrière derrière un rocher. Ils étaient sortis de la zariba désormais, mais il était plus sûr pour eux de se cacher jusqu'à ce que les officiers regagnent le contrôle pour qu'ils courent moins le risque d'être pris pour des Arabes et abattus. Les officiers voulaient certainement capturer le plus grand nombre de derviches possible, mais ils n'étaient pas en état de leur donner la chasse avant de s'être assurés que leur ennemi était déjà loin. Mayne et Charrière devraient compter sur leur rapidité pour s'enfuir, une fois qu'on les aurait repérés. Mayne restait tout contre le sol, haletant et regagnant son souffle peu à peu. Son odorat revenait, le faisant tressaillir : les relents âcres et sulfureux de la poudre noire, la puanteur nauséabonde des intestins, l'odeur cuivrée du sang, le parfum sur son propre corps de la sueur, de la peur et de l'adrénaline. La pestilence de la chair cramoisie lui irrita le nez, et il vit un derviche à côté de lui qui avait été abattu à bout portant, les brûlures de la poudre encerclant la blessure et des volutes s'élevant du trou. La fumée de la bataille se dissipait à présent, et il sentit le soleil à travers le brouillard. Il entendit une sonnerie de clairon et des ordres hurlés par les sergents et les caporaux, pour que les hommes se regroupent en carré au cas où ils seraient de nouveau attaqués. Il regarda de nouveau vers le champ de bataille. La terre était craquelée et noircie, desséchée comme toujours, les taches de sang déjà avalées par le sable. Le désert commençait à absorber les résidus des combats avant même que la folie meurtrière ne se soit complètement dissipée.

Il tendit l'oreille. Le bruit de fond avait disparu, le chant, les tambours, les battements de pieds. L'armée derviche avait abandonné les puits et battait en retraite. Bientôt les soldats qu'il voyait se lever et avancer doucement dans un tourbillon de poussière reviendraient à la réalité. Le carré se reformerait et on ordonnerait la reprise de la marche. Mais pour le moment ils étaient ahuris par la violence de la bataille, aussi sidérés que lui. La couleur revenait, graduellement, comme s'il regardait un vieux daguerréotype, dans lequel l'iode et le mercure avaient créé une photo marron monochrome, mais l'artiste l'avait retouché avec des traces grossières de couleur pour lui donner un semblant de réalité.

Mayne regarda ses mains, noircies par la crasse de la poudre et il sentit de nouveau sa blessure lancinante dans son cou où la balle l'avait touché avant qu'ils n'entrent dans le cercle. Il se leva et regarda autour de lui, essayant de calmer sa respiration. Il vit du sang et de la cervelle étalés sur des visages, et les lèvres gercées des mourants, leurs corps ne produisant plus de salive, leurs langues gonflées et blanches de mucosités. Un homme qui n'avait plus le haut de son crâne convulsa violemment avant de s'immobiliser. Un soldat, allongé sur des camarades morts, retira une lance de son cou, libérant de son artère un flot de sang qui jaillit comme un geyser, son visage pâlissant comme son corps se vidait rapidement. Il retomba gris parmi les gris. Un autre qui s'était tenu trop près du canon de la mitrailleuse gisait nu, ses vêtements ayant été soufflés par la déflagration, sa peau lacérée dans un schéma odieux. C'était la première fois que Mayne assistait aux suites d'une bataille. Dix minutes plus tôt, tous ces hommes avaient été en vie, et la vitesse choquante avec laquelle ils étaient morts semblait faire planer sur eux une aura persistante, comme la chaleur qui émane d'un corps récemment abattu. Mais il savait qu'à chaque souffle de vie qui s'envolait l'aura disparaîtrait et la couleur s'effacerait, aspirée par le désert et éteinte par le soleil suffocant, ne laissant qu'une image monochrome de désolation et de décomposition.

Il se rappelait ce que son guide dongolais lui avait dit dans les cataractes, au sujet du vent créé par une bataille dans le désert : si on écoute assez attentivement, on peut entendre les hurlements au loin et les soupirs des banshies, qui se lancent dans une danse endiablée dans le ciel au-dessus des combats, se moquant à la fois des vainqueurs et des vaincus. Il se souvint de la fresque représentant une bataille dans le désert, qu'il avait vue dans la grotte à côté de la cataracte : les soldats égyptiens avançant solennels, Akhenaton à leur tête, puis leurs corps écartés en dessous, le vaste disque du soleil et ses rayons dominant la scène. Akhenaton avait-il vécu cela, avait-il livré des batailles contre un ennemi venu du Sud où il semblait que seul le désert était le grand gagnant, où le soleil éclipsait tout ? Était-il retourné en Égypte, ramenant avec lui un nouveau dieu et la croyance que le pouvoir d'Aton pourrait libérer les hommes des conflits qui ne pourraient jamais donner que l'illusion de la victoire ?

Il se revit accroupi à côté de Burnaby, et cela lui parut très loin. Il se remémora la voix du colonel qui le mettait en garde : *Faites attention à vous*. Il vit que Charrière l'observait, l'épée toujours à la main, le sang coagulant sur son bras, là où il avait retiré la balle. Il vit l'endroit où la balle avait pénétré dans l'épaule. Sa soif le torturait. Ils auraient vite besoin d'eau tous les deux. Ils ne pouvaient plus atteindre les puits d'Abu Klea, qui seraient dans peu de temps sous contrôle britannique. Ils ne pouvaient pas risquer de se faire prendre et interroger. Ils devraient atteindre le Nil, à plus de trente kilomètres. Il ne leur restait plus qu'à espérer trouver une autre source sur le chemin, s'ils voulaient avoir une chance de survivre au marathon qui s'annonçait.

Il se souvint de leurs poursuivants. Était-ce la raison de l'avertissement de Burnaby ? Il regarda par-dessus l'épaule de Charrière, où la fumée avait révélé le monticule rocailleux vers l'est, le tertre qui avait fourni une position défensive au campement britannique pendant la nuit. C'était la direction que leurs poursuivants auraient prise s'ils avaient décidé de contourner le champ de bataille pour regagner le chemin vers le Nil de l'autre côté, où Charrière et Mayne étaient en ce moment installés. Plus probablement, ils s'attardaient dans la vallée, attendant que les Britanniques se dirigent vers les puits, afin de fouiller les morts pour avertir leurs supérieurs que le travail avait été accompli pour eux. Mais il ne leur faudrait que quelques minutes pour constater que leurs proies avaient survécu, et avec des chameaux, ils avaient l'avantage de la vitesse. Mayne savait qu'il était essentiel que Charrière et lui traversent le terrain ouvert qui les séparait des broussailles et des mimosas avant que leurs poursuivants ne retrouvent leur piste. La forêt serait un dédale de dangers et de passages mortels dans le noir, mais ils devaient aller aussi loin qu'ils le pouvaient avant la tombée du jour.

Et l'urgence ne résidait pas seulement là. Les derviches qui avaient fui le champ de bataille informeraient vite de leur défaite le Mahdi lui-même, retranché avec le plus gros de son armée en dehors de Khartoum à près de deux cents kilomètres vers le sud. Cette nouvelle pourrait inciter le Mahdi à donner l'assaut sur la ville, vouant la mission de Mayne à l'échec. Abu Klea prouvait au Mahdi qu'il ne devait pas sous-estimer les Britanniques. Ils valaient mieux que l'armée égyptienne qu'il avait terrorisée et anéantie deux ans plus tôt. Si les Britanniques devaient rester au Soudan, le jihad ne serait pas aussi simple que ses autres victoires l'avaient laissé penser. Mais le triomphe des troupes britanniques pouvait se révéler illusoire. Le Mahdi savait que les Anglais enduraient des conditions extrêmes, et que s'il ordonnait la prise de Khartoum maintenant pour leur ôter tout espoir de sauver Gordon, les Anglais abandonneraient le Soudan et se retireraient de l'Égypte. Il savait que les Britanniques ne comptaient pas assez d'hommes pour vaincre son armée principale en un combat. Mais il craignait peut-être également que le bruit de la défaite d'Abu Klea se répande parmi les tribus, lui faisant perdre des alliés qui se tourneraient vers les Anglais, et se répande au sein de la garnison à Khartoum qui ferait regagner un souffle d'espoir aux troupes britanniques pour se montrer vaillantes devant l'ennemi.

Mayne regarda dans la direction du Nil vers le sud, ne voyant que la brume d'une tempête de sable à l'horizon, et en dessous, les plaines rocailleuses qui ondulaient vers une tache noire marquant le début des broussailles. Il ne voyait aucun signe d'humanité, pas de lumières scintillantes, pas de ruines, pas même le sentier des chameaux qui devait s'étendre quelque part dans les replis de la terre devant eux. Il avait l'impression que le fait d'avoir assisté au combat, l'avait fait pénétrer dans un endroit sombre, un monde de l'ombre, au-delà de toute connaissance, duquel même les pharaons avaient craint de s'approcher. C'était le monde que Gordon avait fait sien, et c'était également ici qu'on pouvait comprendre ses motivations. Il déglutit avec force, essayant de débarrasser sa gorge du goût de la bataille, puis se tourna pour jeter un dernier regard. Pour l'instant leurs poursuivants avaient disparu. Il fit un signe de tête vers Charrière qui lâcha l'épée et rangea son poignard dans son fourreau. Mayne glissa son revolver dans son holster et s'empara du fusil toujours emballé dans son dos, conscient que, dans leurs tenues d'Arabes, ils seraient toujours la proie d'un soldat britannique prompt à appuyer sur la gâchette. Ils s'accroupirent, se préparant à bondir et courir.

Un clairon résonna et il entendit le pas des soldats qui s'alignaient. C'était leur chance. Tous les yeux seraient rivés vers la pente et les forces du Mahdi en retraite, et vers les puits où les hommes et leurs chameaux cherchaient désespérément à s'abreuver.

Ils devaient avancer vite. D'un geste de la main, Mayne indiqua à Charrière que le moment était venu. Il se raidit, son cœur tambourinant dans son torse.

Ils se mirent à courir.

CINQUIÈME PARTIE

19

À côté de Kemna, sur les bords du Nil, de nos jours

La Toyota rebondit, secouée dans tous les sens sur le sentier qui menait vers le Nil, roulant sur des touffes d'herbe *savas* et longeant des parcelles d'arbres fruitiers et de potagers enfermés dans des murs de brique de terre crue. Ils approchaient du site de l'épave de l'*Abbas,* à soixante kilomètres environ au sud de la cataracte de Semna, le long du Nil, vers Khartoum. Le paysage était plus plat qu'autour de Semna et plus adapté à l'irrigation et à l'agriculture limitée, et chaque centimètre carré disponible de sol sableux avait été transformé en terre arable. Le sentier passait à côté d'un tunnel d'irrigation qui s'étendait sur un kilomètre depuis la rivière. Devant eux, sur la rive, s'élevaient deux chadoufs, le plus ancien et le plus simple des équipements servant à puiser l'eau d'une rivière pour la diriger vers des tunnels, utilisés depuis l'Antiquité. Deux gamins débraillés qui travaillaient sur l'appareil le quittèrent pour courir vers la Toyota alors qu'elle accélérait et la poursuivirent à travers le nuage de poussière qu'elle avait soulevé. Ibrahim se tourna vers Jack et fit un signe vers la vitre.

— N'ouvre pas, ce n'est pas un endroit sûr. Quand on sortira, fais attention à tes poches.

Jack jeta un œil à Costas sur la banquette arrière, puis garda ses yeux rivés sur la route, alors qu'ils parcouraient les derniers mètres de leur voyage, s'arrêtant en dérapant tout près de l'eau.

— Merci, Ibrahim, lança Jack.

— Homme fusée, c'est comme ça que je vais t'appeler, grommela Costas.

— Désolé pour la vitesse, s'excusa Ibrahim. C'est une habitude qu'on prend par ici. J'ai appris à rouler comme ça quand je travaillais pour un détachement naval soudanais à Mogadiscio. Il ne faut pas traîner là-bas, et on doit surtout éviter à tout prix de s'arrêter.

— C'est quoi le problème ici ? demanda Costas en regardant la fenêtre fermée à côté de lui.

— Un seigneur de guerre règne sur le quartier. Ses hommes se baladent librement dans les rues en milice spéciale, comme celle qu'on voyait à Mogadiscio, armés de kalachnikovs. Cela ne devrait plus arriver au Soudan, et pourtant. En gros, ils perpétuent les fiefs tribaux qui occupaient ce territoire avant l'arrivée des Anglais, se concentrant de préférence sur ces lopins de terre cultivée. Autrefois ils se faisaient un pactole grâce au trafic d'esclaves. Quand vous voyez comment ces endroits sont gérés, vous comprenez pourquoi le général Gordon avait renoncé à les éliminer. De nos jours, bien sûr, c'est la drogue et non plus les esclaves, et c'est pour cela qu'il vaut mieux ne pas regarder par-dessus ces murs de brique. On y trouve surtout des pavots, mais aussi de la marijuana de très bonne qualité.

— Comment al'Ahmed s'intègre dans le décor ?

demanda Costas. Le nouveau responsable qui nous a permis de venir ici.

— Officiellement, il est chargé de superviser la mise en valeur des découvertes historiques et archéologiques pour le Soudan dans la période qui précède immédiatement la domination britannique, surtout l'époque du Mahdi, qui est célébrée par beaucoup de Soudanais comme la période d'indépendance entre les régimes égyptien et anglais. Donc, c'est pour cela qu'il vous a fait venir ici, pour que les plus grands archéologues internationaux puissent inspecter le site de l'*Abbas*. Et il a sécurisé la zone en promettant une présence policière si nécessaire. Mais vous ne verrez aucun agent quand nous arriverons sur les lieux, parce qu'officieusement sa famille contrôle la plupart de ces productions de drogues, ce qui lui assure une protection contre les guerres qui déchirent les gangs et un marché substantiel, avec quatre-vingts pour cent des profits. Un mot d'al'Ahmed et ces hommes courbent l'échine. Ces jeunes gens dépenaillés que vous voyez assis sur le mur devant nous, les deux avec des kalachnikovs, ce sont nos policiers. Mais il ne faut pas oublier qu'al'Ahmed porte une double casquette et il a l'autorité d'appeler la vraie police s'il décide qu'il n'a plus besoin de nous.

— Super, ironisa Costas, observant les deux enfants qui tapaient à la porte de la Toyota. D'où me vient tout à coup ce mauvais pressentiment ?

Jack pinça les lèvres. Il ne s'était pas non plus senti à l'aise depuis qu'ils avaient quitté Semna, et maintenant à voir cet endroit, à palper cette atmosphère pesante, il commençait à se demander s'il avait eu raison d'accepter cette visite. Il regarda la berge quelques mètres devant eux.

— L'épave est loin d'ici ?

— Le site le plus immédiat est à deux cents mètres et trente mètres de profondeur. Une plongée rapide depuis la rive devrait suffire pour repérer si cela vaut la peine d'approfondir les recherches. On peut être entrés et sortis de l'eau et avoir quitté Semna en moins de deux heures.

— D'accord, allons-y alors, acquiesça Jack en tapotant le tableau de bord.

— Faites attention aux enfants.

Ils sortirent tous de la voiture en même temps, et immédiatement une dizaine de gamins grouillèrent autour d'eux. Jack repoussa fermement deux garçons et empêcha un autre de glisser son doigt sous le bracelet de sa montre. Les deux jeunes hommes avec leurs kalachnikovs intervinrent et l'un d'eux leva son arme vers le ciel. Il ouvrit le feu et les enfants se dispersèrent rapidement, partant dans les fosses d'irrigation et les ruelles entourant les champs. Ensuite il s'approcha de Jack et lui tendit une main, l'autre toujours sur la crosse de sa mitraillette. Ils échangèrent une poignée de main virile.

— Hassim Saib nous a demandé de veiller sur vous, et c'est ce qu'on fera. Plus de désagréments pareils avec des petits garçons. Sinon on les abat comme des cochons.

Le policier fit mine de viser dans une direction, puis une autre, riant aux éclats, sa main agrippant toujours celle de Jack.

— Vous nous donnez quelques billets et on vous offrira peut-être un peu de nos récoltes, hein ? Vous autres, les Américains, vous aimez bien notre haschisch.

— Personne n'a parlé d'argent, s'étonna Costas.

Ibrahim s'approcha de l'homme et ils discutèrent en soudanais. Il se tourna vers Jack.

— Je suis désolé, je n'avais pas anticipé cela. Tu pourrais leur donner cent dollars qu'ils se le partagent entre eux cinq ?

— Et puis plus rien ? demanda Jack.

Ibrahim s'adressa de nouveau à l'homme.

— Si d'autres hommes viennent réclamer de l'argent, ils les abattront.

— Ce n'est pas exactement ce que j'avais en tête, commenta Jack.

— C'est la manière qui compte. Je pourrais lui donner de l'argent de notre caisse commune, mais c'est mieux s'il te voit le faire toi-même. Il sait que tu es le chef.

Jack sortit de sa poche une liasse de billets qu'il distribua. L'homme relâcha la main du plongeur et tira de la poche de sa chemise un joint. Il en lécha l'extrémité, puis le colla entre ses lèvres et l'alluma. Il tira une grosse bouffée avant de le passer à Jack, qui se tapota le torse et refusa. Ibrahim parla une nouvelle fois au policier.

— Je lui ai dit que vous étiez là pour la plongée. Que vous ne deviez jamais fumer avant de plonger.

— Super, lança Jack. Allons-y alors.

Les deux hommes retournèrent auprès de leurs compagnons, se partagèrent les cent dollars et se rassirent sur le mur, se passant le joint. Ibrahim ouvrit l'arrière de la Toyota et Jack et Costas enfilèrent rapidement leur équipement avant de partir vers la rive en marchant dans les flaques de boue. La rivière ici n'avait pas le même aspect qu'à Semna, plus chargée en vase et plus calme. Voir sous l'eau s'annonçait moins facile. Jack repoussa de son esprit l'image des hommes armés et essaya de se concentrer sur son excitation d'être le premier individu depuis 1884 à voir l'*Abbas*, avec l'éventualité de trouver des antiquités laissées ici par les sauveteurs de la région qui ne devaient pas s'y intéresser. Il baissa sa visière, regarda Costas l'imiter et entra dans l'eau, nageant sur la surface jusqu'à ce qu'ils arrivent près d'une petite île. La rivière ne ressemblait guère aux descriptions qui avaient été faites de ce lieu en 1884, quand le colonel Butler de la colonne de la rivière s'y était rendu pour voir l'épave depuis la rive, mais Ibrahim et lui avaient comparé une image satellite avec les croquis d'époque et estimé qu'ils devaient ratisser dans les cinquante mètres en dessous de la pointe sud de l'île pour trouver l'épave, si elle existait toujours.

Il s'arrêta dans l'eau, fit un signe de la main à Costas pour dire que tout allait bien et lui indiquer de descendre dans l'eau, puis il agita le bras dans la direction d'Ibrahim sur la berge pour l'avertir qu'ils plongeaient. Les hommes s'étaient désormais approchés du bord de l'eau. Deux autres Toyota arrivèrent sur le parking dans un crissement de pneus, et leurs occupants sortirent des véhicules, tous armés. Jack se rappela le meurtre du colonel Stewart et de son équipage ce jour funeste de septembre 1884 quand le bateau s'apprêtait à atteindre le rivage. Un dirigeant local fourbe leur avait offert l'hospitalité pour les assassiner. Ibrahim avait raison. Cet endroit ne lui disait rien qui vaille. Jack se tourna vers Costas, toujours à la surface et qui regardait également vers la terre ferme. Il appuya sur le bouton de sa radio.

— Terminons-en rapidement, je veux partir d'ici.

— Bien reçu.

Jack descendit sous l'eau, constatant qu'il ne pouvait rien voir à plus de trois ou quatre mètres, puis s'approcha de Costas pour qu'ils ne se perdent pas de vue. Il dégonfla son gilet stabilisateur et ils descendirent rapidement à près de vingt mètres du fond de la rivière constitué d'un lit marron foncé de boue et de limon.

— Cinquante-deux degrés, lança Jack en jetant un œil à l'écran de son ordinateur qui se reflétait dans sa visière. On fait un repérage sur vingt mètres, on nage cinq mètres direction sud-ouest, puis un autre repérage, et si on ne trouve rien, on rentre.

— Espérons qu'on trouvera, répliqua Costas. Je ne voudrais pas qu'on soit venus jusqu'ici pour rien.

Ils avancèrent doucement, à trois, quatre mètres l'un de l'autre, scrutant le fond de la rivière en quête d'anomalies. Pratiquement tout de suite, Costas plongea et indiqua un objet qui ressortait du limon.

— Je peux me tromper, mais je pense que c'est une pièce d'artillerie.

Jack approcha pour inspecter, retrouvant son enthousiasme.

— Un canon de quatre livres, je dirais, armement typique des bateaux à vapeur. C'est prometteur.

— On avance alors, Jack.

Dans l'obscurité, ils distinguèrent un bordé en bois, courbé vers un gouvernail et une rambarde rouillée, à l'évidence blindée.

— On y est, c'est certain ! se réjouit Jack. Gordon avait fait blinder tous ces bateaux à vapeur, à tel point qu'ils étaient devenus presque trop lourds, mais ils les protégeaient bien des armes du Mahdi. Regarde les impacts de balle un peu partout. Cet engin a manifestement traversé une guerre.

Ils nagèrent vers une brèche dans la charpente pour arriver sur le pont du navire. Une bonne partie du bordé avait été retirée et l'édifice du rouf était aplati, mais le bateau était dans un état de conservation surprenant compte tenu de sa position en basses eaux et de son exposition aux pilleurs. Jack se rappela qu'ils ne se trouvaient pas dans de l'eau salée, et contrairement au *Beatrice* dans la Méditerranée, la structure en bois et en métal pouvait se conserver bien mieux dans les eaux douces du Nil. Au milieu du pont effondré, ils nagèrent au-dessus de la forme ronde d'une des chaudières, tombée sur un côté, mais remarquablement préservée. Jack l'examina, se disant qu'elles avaient été un avantage à double tranchant en 1884, produisant la vapeur nécessaire à la propulsion des bateaux sur le Nil, mais tellement gourmandes en bois qu'elles avaient dû vider les faibles provisions du pays, forçant l'équipage à détruire des maisons et même des chadoufs pour satisfaire leur appétit insatiable.

Jack s'enfonça dans la vase, laissant Costas explorer l'autre côté de la chaudière. Il regarda autour de lui. Il lui parut tout de suite évident que, pour découvrir de petits objets qui s'étaient répandus des caisses, il leur faudrait monter un projet d'excavation plus important, avec soutien aérien et dragues pour retirer le trop-plein de limon qui avait enterré la plus grande partie de l'épave. S'il restait des antiquités de la collection de Gordon, ils avaient peu de chance de les trouver cette fois-ci. Il appuya sur le bouton de sa radio.

— Je pense que nous avons obtenu le résultat escompté. L'épave est en bon état et peut être fouillée.

— Jack, viens par ici.

Costas était entré dans un trou rouillé sur le pont

en dessous de la chaudière, ne laissant que ses palmes dépasser.

— Je vois un objet coincé sous le socle de la chaudière. Une grosse dalle de pierre. Je pense distinguer des écritures dessus. Viens là, on va essayer de voir si on peut la déplacer.

Jack fit le tour et se faufila par le trou, arrivant juste à côté de Costas. La dalle devait mesurer un mètre sur un et dix centimètres d'épaisseur. Il se glissa sous son ami pour l'inspecter de plus près. Les bords étaient abîmés et irréguliers, comme si cette dalle avait été retirée d'un ensemble plus grand. Mais les quelques centimètres visibles de la surface lui parurent lisses et polis. Il avança sa main et sentit des lignes découpées et un cartouche bien défini. Pas de doute, cette dalle venait d'une ancienne fresque égyptienne, bien plus grande que toutes celles qu'il avait vues dans ces régions avancées du sud du Soudan. Elle avait dû se trouver dans un immense temple ou un autre monument du même type. Il semblait qu'elle avait été enveloppée soigneusement, mais qu'il ne restait plus grand-chose de l'emballage, si ce n'était une masse compacte de toile de jute et de cordage qui maintenait la dalle sous la chaudière.

— Je ne pense pas que nous pourrons la déplacer, Jack. Je suppose qu'elle a été coincée ici à dessein par quelqu'un qui voulait la cacher.

— Ça ne peut être que Gordon. Il devait avoir peur qu'elle soit volée ou abîmée.

— En tout cas, ça a marché jusque-là, remarqua Costas.

— Je vais essayer de m'approcher encore. Un cartouche en hiéroglyphes est gravé dessus, je vais essayer de le lire.

Il se faufila plus près encore et avança la main vers la dalle pour la tâter. Il caressa de nouveau le cartouche, comme si c'était du braille. Il ferma les yeux. Ses connaissances en hiéroglyphes n'égalaient pas celles d'un égyptologue, mais il avait appris à identifier celui-là. Il tâtonna les symboles du crocodile et du pélican.

— C'est notre vieil ami, Akhenaton, murmura-t-il. Où est-ce que Gordon a bien pu récupérer une dalle pareille avec le nom d'Akhenaton dessus ?

Il eut soudain un pressentiment et sentit les lignes qui entouraient le cartouche, imaginant comme elles pouvaient s'étendre sur toute la dalle et vers une représentation plus grande. Il ferma de nouveau les yeux, se souvenant de la gravure qu'il avait vue l'espace d'une seconde dans l'épave du *Beatrice*, sur la dalle à l'intérieur du sarcophage. Il s'agissait du même motif, il en était certain. Puis il se rappela l'image d'Akhenaton dans le temple des crocodiles, la dalle manquante au centre qui selon lui était la clé pour comprendre la fresque, pour interpréter son sens réel. Il tendit un doigt vers ce qu'il estima être le centre de la dalle, mais l'emballage le recouvrait complètement.

— Il va falloir qu'on revienne. Absolument. C'est une découverte majeure !

Il retira la main et sortit du trou en même temps que Costas.

— Je n'en parle pas à al'Ahmed. Nous lui expliquerons que nous avons trouvé l'épave, supposée être sa préoccupation principale. Si nous racontons que nous avons vu des antiquités, le site sera pillé avant notre retour.

— S'il envoie ses propres plongeurs, ils trouveront la dalle, répliqua Costas. Se taire ne fera que repousser l'inévitable.

— Si nous jouons assez finement, c'est à nous qu'il confiera l'excavation. Ensuite, nous révélerons cette découverte au musée de Khartoum tout d'abord. Et nous la leur apporterons sous protection pour que personne ne nous la vole. Des antiquités comme celle-ci valent des fortunes et servent à financer le marché de la drogue. Et nous savons bien qu'al'Ahmed s'intéresse tout particulièrement à Akhenaton. Il connaît même peut-être l'existence de cette dalle et se sert simplement de nous pour trouver l'épave et lui confirmer sa présence sur le bateau. Il faut qu'on se montre très rusés.

Ils entendirent le grondement suraigu d'un moteur de hors-bord qui se rapprochait pour finalement s'arrêter et tourner au-dessus d'eux.

— Un Zodiac, je dirais, avec un moteur de soixante ou quatre-vingts hp, commenta Costas. Les seules personnes qui peuvent se payer un engin pareil sont des policiers, j'imagine. C'est encourageant s'ils sont enfin ici, mais je n'ai pas très envie de remonter si, en fait, il appartient à des gens qui ignorent que nous y sommes. Je serais d'avis qu'on longe la rive au fond de la rivière.

Jack hocha la tête, et ils s'élancèrent pour couvrir les deux cents mètres qui les séparaient de la rive, repartant sous l'eau dans la direction d'où ils étaient venus. Après cent mètres environ, le fond de la rivière n'était plus profond que de dix mètres, et ensuite ils n'avaient plus aucune marge pour rester cachés. Le ronronnement du moteur leur parvenait encore de la position du site, et ils se dirent qu'ils pouvaient remonter sans danger. Costas leva le pouce, et ils sortirent de l'eau ensemble, à quelques mètres seulement du rivage.

Jack sentit que quelque chose ne tournait pas rond

avant même d'atteindre l'air libre. Des lumières orange clignotaient dans l'eau, et ils entendirent un haut-parleur déblatérer en soudanais. Trois véhicules de police avec des gyrophares allumés étaient garés près de la Toyota, et le bateau pneumatique s'approcha soudain dangereusement d'eux, des armes pointant dans leur direction. Deux policiers en uniforme de combat étaient assis à l'arrière avec des fusils d'assaut, et entre eux, un Soudanais en costume cravate et un insigne de police à la ceinture se leva, les mains sur les hanches. Jack remonta sa visière.

— Vous parlez anglais ? Il y a un problème ?

L'homme secoua la tête et fit signe vers la rive. Costas se débattait déjà pour sortir de la vase et Jack vint le rejoindre. Ils retirèrent tous les deux leurs casques et avancèrent dans un feu d'artifice de lumière. Jack se protégea les yeux d'une main et aperçut Ibrahim assis dans une voiture avec un policier qui prenait sa déposition.

— Ibrahim ! Qu'est-ce qui se passe ? cria-t-il.

Un policier s'approcha de lui et souleva son fusil. Jack leva les mains en l'air aussitôt, Costas l'imitant sans attendre. Il sentit qu'on lui défaisait agressivement son harnais et son sac tomba à terre. Quelqu'un agrippa brusquement son poignet gauche, puis le droit, et lui passa les menottes derrière le dos. Costas recevait le même traitement, et tous les deux furent poussés en avant vers les phares et les gyrophares.

— Mais qu'est-ce qui se passe ici ? demanda Jack, furieux, en direction du policier le plus proche de lui. Pourquoi est-ce que vous nous arrêtez ?

Ibrahim apparut devant lui, suivi par les deux policiers.

— Écoute, Jack, ils ne vont pas m'arrêter, moi. Je file sur-le-champ à Semna. Ils ont vidé la voiture et confisqué les portables, tout. Je les ai déjà vus faire ce genre de chose. Et quand ils vous jetteront de l'autre côté de la frontière égyptienne, vous ne récupérerez que vos passeports. Mais je vous attendrai.

— Pourquoi est-ce qu'ils nous arrêtent ? interrogea Jack. Sur quel mobile ?

Un policier se planta entre Ibrahim et Jack, une matraque à la main, mais Ibrahim se tourna rapidement vers lui pour lui parler en soudanais et l'homme s'écarta en pestant et grimaçant.

— Je ne suis pas supposé vous parler, lança Ibrahim à Jack. Vous n'avez pas le droit d'avoir le moindre contact avec quiconque avant d'atteindre la frontière. Une fois que vous vous serez débarrassés de tout votre équipement, ils vous couvriront les yeux et vous transporteront vers la frontière dans deux voitures séparées. Personne ne vous dira quoi que ce soit. Mais vous êtes arrêtés pour avoir plongé sur un site archéologique sans autorisation et pour tentative de vol d'antiquités. Ça peut coûter jusqu'à dix ans de prison, vous vous en tirez à bon compte.

— Mais on a un permis !

— On avait une *permission*, pas un permis. Aucun papier officiel. Ce n'était que la parole d'al'Ahmed et on dirait bien qu'il a décidé de retirer son soutien. Pourquoi il vous a laissé plonger sur ce site au départ, je n'en ai pas la moindre idée.

— Pour qu'on trouve l'épave pour lui et qu'il puisse nous chasser du Soudan ! gronda Jack.

— Calme-toi, Jack. Et toi aussi, Costas. Laissez-vous faire et ne les provoquez pas. Vous pourrez hurler tant que vous voudrez une fois que vous aurez passé la frontière. Mais vous pouvez être sûrs qu'on ne vous autorisera plus à mettre les pieds au Soudan tant que cet homme tire les ficelles du département des antiquités.

20

Khartoum, 25 février 1885

Le major Edward Mayne s'appuya contre le mur en brique de terre crue de la forteresse, regardant avec sa longue-vue de l'autre côté du Nil vers les bâtiments bas de la ville, à huit cents mètres environ. Il prit une profonde inspiration, puis baissa la tête et avala plusieurs fois sa salive pour éviter de vomir. Ils avaient senti la ville depuis des kilomètres, un relent passager dans l'air, puis une réelle puanteur rance qui agaçait chaque respiration, et enfin la pestilence aigre-douce écœurante qui l'assaillait maintenant, une odeur de décomposition combinée au parfum fétide de la rivière trop stagnante pour nettoyer la saleté qui s'y déversait depuis la ville, la laissant s'accumuler et attirer les mouches sur les tas de boue qui bordaient la rive. De loin, ils avaient vu des vautours survoler la ville, et comme ils s'approchaient, les rapaces plongeaient et sortaient des trophées indescriptibles du Nil, des morceaux de cartilage et des rangées d'os qui tenaient à peine ensemble, et ils repartaient vers le désert pour festoyer à l'ouest. Trois semaines plus tôt, sur la cataracte, il avait réfléchi au fait qu'ils buvaient de l'eau qui venait d'ici, à côté de Gordon, et maintenant cela lui donnait une profonde nausée. Il était conscient que Khartoum serait une ville au bord du gouffre, un endroit de famine, de maladie et de mort, mais rien n'aurait pu le préparer à cela.

Il resta immobile un instant, attendant le retour de Charrière parti en reconnaissance sur la rive. Le lit de la rivière exposé était aussi large que l'estran de la Tamise à Londres à marée basse, mais à la place du gravier, on y trouvait de la boue visqueuse déjà en train de sécher et de craqueler par endroits. La rivière continuait à couler à travers un étroit canal, mais des deux côtés elle était réduite à un filet brunâtre et à des flaques boueuses. Ils avaient repéré un endroit où il semblait possible de passer avec un bateau, un canal irrégulier qui passait derrière l'île de Tuti à quatre cents mètres à l'ouest et continuait vers la rive la plus éloignée, ses eaux baissant à vue d'œil même s'ils n'étaient là que depuis peu de temps. Charrière était parti une demi-heure plus tôt vérifier un groupe de bateaux qui avaient dérivé tout près, leurs propriétaires attendant manifestement le ruissellement hivernal dans les montagnes qui provoquait la crue du Nil.

Cela faisait une semaine qu'ils avaient quitté le champ de bataille d'Abu Klea, une semaine durant laquelle ils avaient respecté leur programme, toujours en avance d'une journée sur les trois bateaux à vapeur qui descendaient les cent cinquante kilomètres depuis Métemma pour libérer Gordon. Charrière et lui avaient avancé rapidement dans le désert, longeant le cours de la rivière, d'assez loin pour ne pas se faire repérer, profitant de la fraîcheur de la nuit pour progresser au clair de lune et se cachant dans les ravines rocailleuses pendant la journée. Si tout se déroulait comme prévu, les bateaux à vapeur arriveraient dans les douze heures, juste après l'aube le lendemain, à condition qu'ils aient réussi à passer le barrage d'artillerie et de fusils que les hommes du Mahdi leur imposeraient certainement. Et même s'ils arrivaient jusqu'ici, les bateaux ne pourraient pas aller plus loin que le canal de l'autre côté du palais, où la rivière coulait toujours, et devraient utiliser des caillebotis et des cordes pour traverser les bancs de boue et pour atteindre la position sur la forteresse où Mayne se trouvait à cet instant, le point de rendez-vous où ils viendraient chercher Gordon. Jusque-là le plan avait fonctionné, mais c'était serré. S'ils avaient tardé d'un jour, ils n'auraient plus eu aucune chance de traverser en bateau. Et son seul espoir aurait été de se fondre parmi les hommes du Mahdi sur la rive la plus éloignée du Nil blanc et de là essayer d'entrer dans la ville, un quasi-suicide avec son déguisement arabe qui allait vite le trahir. Sa mission ne tenait qu'à un fil, et tout depuis le début avait été incroyablement tendu.

Il entendit le coassement des grenouilles et le bourdonnement des moustiques. Au loin, sur la gauche, une vache émaciée, les yeux fermés, tournait en rond autour d'un poteau, entraînant une roue qui soulevait et baissait une *saggiya*, dispositif pour puiser l'eau sur la berge de la rivière. Le harnais craquait et grinçait, et la vache respirait bruyamment. Quelqu'un s'était entraîné au tir sur la pauvre bête, sans doute un sniper du Mahdi sur l'île de Tuti. Elle avait deux trous noirs sur le dessus de ses flancs et un autre béant sur l'estomac, d'où était sortie une balle en même temps qu'un bout d'entrailles, qui pendait et sur lequel de grosses mouches se rassemblaient. Et pourtant l'animal continuait ses ronds, ses boyaux se balançant sous lui, le dispositif creusant dans une rivière imaginaire qui avait dû descendre bien en dessous de sa portée depuis des jours déjà. Les habitants affamés de la ville sur la rive opposée devaient être alléchés par sa présence, mais la peur de se faire tirer dessus par les Mahdistes sur l'île de Tuti avait épargné la vache de la boucherie, ainsi que la torpeur que Mayne avait constatée chez les hommes et les femmes de la ville, trop épuisés pour bouger et encore plus pour traverser la rivière en bateau. Charrière avait promis de détacher la bête en coupant la corde avec son poignard, dès que le soleil serait couché et qu'il pourrait le faire sans risquer d'être vu.

Autour de la vache étaient accumulées des briques séchées au soleil et des tas de boue, des masses solidifiées qui jonchaient le rivage comme des termitières effondrées. Il comprit que la *saggiya* avait servi à remonter de l'eau pour fabriquer des briques, et que la fosse profonde derrière lui avait été creusée pour la boue. Au fond du trou, une bouillie purulente grouillait d'insectes vivants et éclos, et il sentit que ses sandales s'y enfonçaient, la boue passant entre ses orteils. Les couches de transpiration et de crasse sur sa peau avaient tenu les moustiques à distance, une leçon apprise auprès des Mohawks au Canada, mais Charrière avait complété cette protection en s'enduisant les bras de la boue liquide de la fosse. Après cela, il était devenu à peine visible, comme s'il s'était soulevé des rives boueuses du Nil, une sorte de fantôme. Mayne avait fait l'impasse sur ce traitement, se souciant peu du désagrément causé par les insectes et du risque de fièvre. Il fallait qu'il reste à peu près présentable s'il voulait avoir une chance de passer les gardes du portail et qu'on le laisse voir Gordon.

Il leva sa longue-vue et examina le palais. C'était le seul bâtiment d'une certaine majesté avec ses deux étages et ses douze grandes fenêtres à la française qui donnaient sur la rivière, ainsi que son escalier extérieur du côté gauche qui menait d'un balcon au premier étage vers la cour fermée par un mur et un portail sur la rue. Il observa l'avant de la structure, scrutant l'approche par la rivière tant qu'il avait encore assez de lumière du jour. Un mur de soutènement et une balustrade basse longeaient la partie supérieure de la berge, et en dessous un escalier descendait vers un petit quai qui surplombait de cinq mètres environ le niveau actuel du Nil. L'eau devait être à plus de quinze mètres du mur, mais des caillebotis recouvraient la boue depuis l'escalier jusqu'au bord du courant. Plantés dans la boue, il vit une série de poteaux d'usage indéterminé, sûrement pour amarrer. Il savait aussi pourquoi le moment était idéal pour intervenir. Un espace apparaissait déjà entre les caillebotis et la rivière, et dans quelques heures, ils ne pourraient plus passer sans craindre les sables mouvants qui réduiraient à néant sa mission à quelques pas à peine des fenêtres de Gordon.

Il les observa. Elles étaient fermées par des volets. Pendant un instant, il se demanda s'ils n'opéraient pas en vain, si Gordon était toujours là. Mais il se rappela ce que Kitchener lui avait dit : Gordon dormait le jour et se levait la nuit. Même si le jour commençait déjà à décliner, il n'était que cinq heures et le général n'était peut-être pas encore réveillé. Mais une autre preuve criante s'offrait aux yeux de Mayne tandis qu'il baissait de nouveau sa longue-vue vers les caillebotis. Les planches avaient été mises côte à côte en rangées de trois, et clouées à des bardeaux transversaux posés sur la boue, espacés d'environ un mètre chacun. À l'École d'ingénierie militaire, on leur avait appris à les construire exactement de cette façon sur les berges de la rivière à marées, Medway. Mayne secoua la tête, la remarque acerbe de Wolseley au sujet de Gordon lui revenant à l'esprit : *l'ingénieur tout craché.* La partie la plus basse des planches, le plus près de l'eau, avait été construite sur le même modèle, donc Gordon avait dû se trouver là pour superviser le travail, quelques heures à peine plus tôt. Il était sûrement encore en vie.

Il regarda la rive aussi loin qu'il le put vers l'est. Il parvenait juste à distinguer le fossé et le parapet qui encerclait Khartoum du côté qui donnait vers les terres, des travaux que Gordon en personne avait lancés, mais qu'il ne pourrait plus défendre avec ses quelques centaines de Soudanais qui restaient, la plupart, à l'heure qu'il était, complètement morts de faim, malades et blessés. À l'intérieur de l'enceinte, s'étendait une ligne désordonnée de cabanes en brique de terre crue, qui se prolongeaient jusqu'aux maisons plus solides à proximité du palais où les dirigeants égyptiens et soudanais et leurs familles devaient résider, survivant à peine des faibles denrées de Gordon et paralysés de peur.

Il tendit l'oreille, pensant avoir entendu des pas, mais un silence troublant régnait. Son guide dongolais lui avait expliqué que le Mahdi avait ordonné à tous ses hommes de prier juste avant la tombée de la nuit, et les Ansar faisaient respecter cette règle avec beaucoup de fermeté. Ceux qui la transgressaient se faisaient couper les deux mains. Un quart de millions d'hommes étaient agenouillés, les mains au sol, et le front dirigé vers La Mecque, leur chant trop éloigné pour être perceptible. Mais maintenant, quelque part au loin, il entendit le battement solitaire d'un tambour, comme si les vibrations qui avaient retenti à Abu Klea avaient été capturées par le vent pour être libérées ici, un mauvais présage de ce qui les attendait. Il entendit des coups d'artillerie, le sifflement d'un obus et l'explosion derrière le palace souleva un nuage de poussière qui se mêla à la pâleur funeste qui recouvrait la ville. Un fusil tira sur la droite depuis l'île, et il aperçut une silhouette sombre qui cherchait à se protéger sous la balustrade du palais. C'était le premier coup de feu qu'il entendait et étrangement cela le rassura. Quand ils étaient arrivés depuis le désert, ce n'était pas que le silence accablant qu'il avait trouvé déconcertant, mais aussi l'absence de fumée et de flammes. Et en prenant sa longue-vue, il comprit la raison de ce mystère : tout ce qui était inflammable dans la ville – les charpentes en bois des maisons en brique de terre crue, les chadoufs qui auraient dû border la berge, les toits en chaume et les moucharabiehs, les palmiers et les arbres fruitiers, les charrettes et les carrioles –, tout cela avait disparu, déjà détruit par les bombardements ou déjà utilisé pour la combustion. C'était une ville réduite à son squelette, où même les obus ne parvenaient plus à faire beaucoup de dégâts, où il ne restait rien à casser ou à fracasser que les fragiles êtres humains qui s'accrochaient encore à la vie dans les rues.

Les rares personnes qu'il avait vues étaient comme les épaves qui fouillaient les poubelles sur les rives de la Tamise, dans les matins brumeux de Londres, seulement ici, ils étaient nus et aucun courant ne lavait les détritus lancés dans la rivière. Mais maintenant il commençait à voir plus de monde : une forme ici ou là qui déambulait dans une rue, un groupe de femmes et d'enfants sur la berge vers l'est. On aurait dit que, durant la journée, la ville s'écroulait d'épuisement, et que l'énergie qui restait pour bouger, en quête de quelque chose de comestible dans les ruelles, ou d'un peu d'eau fétide de la rivière, se manifestait en un éclair au crépuscule, avant de disparaître de nouveau, et que les bombardements de la nuit éclatent encore de plus belle. Ils vivaient dans l'ombre de la mort depuis trop longtemps pour se soucier de ce qui les attendait, pour savoir, comme Mayne le savait, que ce jour pouvait être le dernier de leur vie, que l'arrivée des bateaux à vapeur de l'expédition de secours inciterait sûrement le Mahdi à ordonner un assaut final qui anéantirait tout et libérerait la ville de sa pâleur suffocante. La lumière divine recevrait de nouveau la permission de briller et ceux qui ne la voyaient pas et s'obstinaient à soutenir Gordon seraient violés, mutilés et torturés.

Il se tourna encore une fois vers la berge pour voir les femmes et les enfants qu'il avait aperçus auparavant porter deux corps vers la rivière. Ils les abandonnèrent dans la boue et se dépêchèrent de remonter. Mayne regarda la mare sombre qui grossissait sous les cadavres, et se demanda si les vautours étaient les seuls ici à apprécier le goût de la chair humaine. Son guide, Shaytan, lui avait expliqué que les trafiquants d'esclaves avaient capturé des crocodiles dans le Nil et les avaient enfermés dans des réservoirs souterrains, les nourrissant des hommes qui les avaient irrités. Peut-être que ces femmes faisaient la même chose, laissant des offrandes aux bêtes qui avaient été libérées dans la rivière, mais restaient toujours dans les parages, se régalant de ce festin de morts. Il se rappela la grotte à côté de la cataracte et l'image de l'ancien dieu crocodile égyptien, Sobek. Peut-être que ces gens, dans cet endroit recouvert trop épais pour laisser passer la lumière divine, s'étaient tournés vers le culte des bêtes qui, selon les anciens, dégageaient la présence céleste. Il se demanda si Gordon l'avait également vu, quand il était arrivé ici pour la première fois, et si son zèle pour soulever le linceul et rendre la lumière à ces gens l'avait, lui, plongé dans les ténèbres qui se refermaient désormais sur la ville, ne laissant que les bougies du palais percer l'obscurité.

Il posa une main sur son front, sentant l'humidité poisseuse que ses doigts avaient ramassée sur le mur de brique de terre crue. Tout semblait recouvert d'un revêtement vicié, comme si la ville se décomposait et que la putrescence se répandait partout, sur le Nil et dans le désert. Il se souvint de ce que Khartoum avait été avant : une ville dont la population était constituée de trafiquants d'esclaves et d'esclaves, des gens qui avaient rejeté toute moralité ou dont la moralité avait disparu dans leurs chaînes. Une telle cité était dans un état de putréfaction bien avant le siège du Mahdi, son centre avarié peut-être caché dans l'agitation du commerce et la fine carapace de civilisation que le gouverneur général et son administration fournissaient, mais sans cela, l'horreur s'affichait au grand jour, la décadence débordait. L'obscurité qu'il voyait désormais dans les coins et les ruelles n'était pas qu'une ombre mais un élément plus substantiel, un malaise qui avalerait bientôt les maisons squelettiques et ne laisserait plus rien à la place, un tas de briques pourrissantes, vidé de toute vie, comme les anciennes villes en ruines qu'il avait croisées dans le désert vers le nord.

Voir les formes émaciées des habitants lui avait fait prendre conscience de son propre corps, du manque de muscles dans ses bras, de ses joues creusées sous sa barbe. C'était comme si tout ce qui l'avait endurci, qui l'avait fortifié pour la traversée du désert, avait en réalité constitué une préparation pour Khartoum, le réduisant à un état où il pouvait se laisser absorber par la ville et se mêler aux autres pour implorer l'homme qui était venu ici se targuant d'être leur prophète. Mais la maigreur de son corps n'égalait pas encore celle des silhouettes qu'il avait vues sur l'autre rive. Cette ville manquait de nourriture depuis des semaines, à l'exception des maigres réserves de graines que Gordon avait dû garder pour ses hommes. Tout ce qu'il leur restait à se mettre sous la dent était les cadavres dont le nombre devait augmenter de jour en jour, morts de faim, de maladie ou par balle. Et même ainsi, les corps décharnés n'avaient pas dû fournir beaucoup de viande. Il se ressaisit, soudain horrifié par la facilité avec laquelle il avait imaginé le pire. Mais contempler Khartoum était comme regarder les peintures médiévales de l'enfer qui avaient tant fasciné le caporal Jones, et dans lesquelles se représenter les abominations cachées était pire que les images réelles. Il se demanda combien d'autres villes avaient péri ainsi, leurs habitants réduits à une vie sans signification, se contentant de survivre, jusqu'à devenir des ombres. Et combien des ruines désolées qu'il avait visitées, des endroits comme la capitale d'Akhenaton, Amarna, avaient fini leurs jours non pas dans l'abandon, mais dans des conditions sordides de misère, d'amoralité, de putrescence et de décomposition.

Il entendit des pas à l'extérieur du mur, et Charrière se glissa à côté de lui et se baissa.

— J'ai trouvé un petit bateau en roseau, de la taille d'un canoë environ. Je t'ai découpé dans une planche une rame avec mon poignard. Plutôt grossière, mais elle fera l'affaire. Le canal t'emmènera à une centaine de mètres de l'île, alors il ne faudra pas que tu fasses le moindre bruit, comme on faisait quand nous nous élancions sur une biche au bord de notre lac dans la forêt.

C'était la première fois que Charrière mentionnait leur passé. Il fut traversé d'une image d'eux deux, enfants, remontant à presque la moitié de sa vie, au Canada, du canoë en écorce de bouleau que le père de Charrière avait construit, de la confiance qu'ils lui portaient et qu'il avait trahie en partant. Il faillit parler, dire à Charrière comme il aurait voulu qu'ils y soient encore, comme il regrettait de l'avoir laissé tomber il y avait si longtemps, mais quand il regarda dans les yeux froids et durs de Charrière, il ne dit rien. Il se leva, restant sous le niveau des murs.

— Un bateau en roseau, c'est bien. Je ne ferai aucun bruit si je passe sur un rocher.

Charrière tourna la tête vers le désert, scrutant l'obscurité et fronçant les sourcils.

— À quoi penses-tu ? demanda Mayne.

— Je ne vois pas de chameau, mais je le sens. Nous ne sommes pas les seuls ici.

— Nos poursuivants ? s'enquit Mayne en le dévisageant. On ne les a plus revus depuis Abu Klea.

— Je n'ai pas pu retourner en arrière pendant la nuit pour les chercher. Nous n'avons pas cessé d'avancer.

Mayne regarda autour de lui.

— Peut-être que d'autres hommes se cachent ici, des hommes qui ont pu sortir de la ville.

Shaytan lui avait dit que sur le bateau à vapeur qui l'avait entraîné loin de Khartoum, il avait repéré des silhouettes sur les rives du Nil, des formes à peine humaines avec des ventres distendus et des yeux globuleux qui rampaient dans la boue pour attraper des poissons de leurs mains nues et les manger crus.

— Quand tu auras traversé la rivière, je jetterai un œil dans les environs. Si quelqu'un se cache ici, je le trouverai.

Charrière lui tendit un morceau de roseau et lui montra l'intérieur vide duquel il avait retiré le cœur.

— Si on te tire dessus quand tu es sur la rivière, saute du bateau et respire avec ça. Les balles sont arrêtées après quelques mètres seulement dans l'eau, tu ne risques rien.

Mayne pensa aux femmes et aux enfants qu'il venait de voir, et aux crocodiles. Il préférait encore s'aplatir dans le bateau et se transformer en crocodile lui-même, glisser doucement derrière la coque pour n'être aperçu de personne jusqu'à ce qu'il atteigne l'autre rive. Il fit un geste vers l'étui avec le fusil qu'il avait laissé contre le mur.

— Si je reviens sans lui, je monterai le fusil. Je dois protéger Gordon jusqu'à l'arrivée de Wilson sur le bateau pour lui fournir une dernière chance de partir. Jusque-là, il faudra que je tue tous les Mahdistes qui s'attaquent au palais.

Charrière le regarda, puis tourna la tête vers le palais, plissant les yeux.

— C'est exactement le type de travail pour *Kanienkehake*. Il abattra sûrement quelques assaillants, mais si le Mahdi vient, il ne pourra pas sauver le général Gordon.

Mayne était stupéfié. Charrière l'appelait de son nom Mohawk pour la première fois depuis qu'ils étaient enfants : *Kanienkehake,* Œil d'aigle. Il déglutit. Il fallait qu'il reste concentré.

— Il n'en faudra peut-être pas plus que quelques-uns. Ça pourrait suffire à le garder en vie jusqu'au matin.

— Tu dois y aller maintenant, lança Charrière. Quand tu arriveras au bateau, il fera assez noir pour que tu puisses traverser.

Ils sortirent ensemble du fossé, faisant bien attention de rester sous le mur de la forteresse et ensuite derrière une crête de boue qui bordait la rive. Une vague d'émotions le submergea comme jamais avant, un besoin soudain et impérieux de se décharger des sentiments qu'il avait enfouis tout au fond de lui quand ses parents étaient morts, des années plus tôt, un besoin d'interpeller Charrière et de tout lui dire. Mais il prit une grande inspiration et refoula son élan, ingérant la puanteur et la réalité du lieu, son horreur et ce qu'il s'apprêtait à faire. Il laissait une nouvelle fois tomber Charrière : il lui avait menti au sujet du fusil et de sa mission. Il se rappela le papier avec la tache noire que Wilson lui avait donné. S'il était contraint d'exécuter la directive ultime, il devrait accomplir une dernière action, une action qui l'obligerait pour toujours à bloquer ses émotions et à ne plus jamais y revenir. Les derniers mots de Wilson, quand ils s'étaient quittés à Londres trois mois plus tôt, retentissaient dans sa tête depuis plusieurs jours comme une migraine. *Personne ne doit savoir.*

Ils atteignirent une petite crique boueuse sur la rive en face de l'île. Une rangée de planches menait au bord de l'eau, et Charrière montra le bateau arrimé. Il était fait d'un seul faisceau de roseaux, environ trois mètres cinquante de long, pratiquement entièrement sanglé et légèrement incurvé à l'avant et à l'arrière. Il était immaculé, presque lumineux dans cette crique noire et marron. Il faudrait qu'il le recouvre de boue avant de partir. On aurait dit l'embarcation sur laquelle le bébé Moïse avait été envoyé, et il ressemblait trait pour trait aux modèles de bateaux en roseau qu'il avait vus au musée d'antiquités du Caire. Encore une fois le vieux monde l'avait rattrapé, comme un hoquet du passé, imprévisible et troublant. Il posa un pied sur une planche qui balança dangereusement pendant un moment, comme si elle se demandait si elle allait l'accepter ou le mettre à l'eau, puis Mayne avança encore, retrouva son équilibre et se tourna vers son ami.

Charrière lui tendit la rame.

— Je t'attends, lança-t-il.

— Avant l'aube, je serai de retour.

Charrière pivota et disparut aussitôt. Mayne continua de marcher sur les planches jusqu'au bateau, puis se pencha en avant et l'agrippa comme un canoë, sa main gauche attrapant la rame et un côté du bateau, et sa main droite, l'autre côté. Puis il le poussa en avant et entra les jambes à l'intérieur, à genoux, testant la stabilité de l'embarcation. Il tendit la rame devant lui et l'enfonça dans la boue pour en asperger les roseaux, les assombrissant pour être moins visible, bien attentif à faire le moins de bruit possible. Après quelques minutes, il se redressa et commença à ramer en silence pour sortir de la crique, se dirigeant vers une fenêtre qui venait de s'allumer à l'étage le plus élevé du bâtiment sur la rive opposée.

Maintenant débutait la plus grande épreuve de sa vie.

21

Mayne laissa le bateau glisser en silence vers le banc de vase sous le palais. Il se tapit au fond du canoë, tendant la rame verticalement dans l'eau pour s'en servir de gouvernail. Sur la dernière partie du parcours, il avait laissé le faible courant entraîner le bateau par la poupe, traversant la rivière en diagonale, ce qui le rendait moins visible à la fois pour les snipers du Mahdi qui surveillaient les alentours depuis l'île de Tuti derrière lui et pour les gardes soudanais de Gordon dans le palais devant lui. Il avait vu ses hommes sur la balustrade, patrouillant ouvertement maintenant que la nuit était tombée et qu'on ne pouvait plus les distinguer depuis l'île. Il pensait même avoir pour la première fois aperçu le gouverneur en personne, devant la fenêtre de l'étage du haut qui s'était éclairée au moment où il avait quitté la rive opposée. Les volets s'étaient ouverts et une silhouette s'était dessinée sur le balcon, à contre-jour. Kitchener leur avait parlé de l'habitude de Gordon de se planter là et de fumer au nez des mahdistes. Un acte de provocation de la plus grande témérité, le geste d'un homme qui souhaitait en finir, mais Mayne avait vu comment les soldats soudanais s'étaient arrêtés pour le regarder et imaginait bien que les derviches faisaient de même, soumis à ce spectacle nuit après nuit, commençant à se convaincre de l'invincibilité de cet homme. Et Gordon, l'ingénieur, avait certainement dû calculer que les six cents mètres qui le séparaient de l'île étaient une distance trop importante pour qu'un guerrier jihadiste parvienne à le viser avec précision avec son Remington et que les chances d'être abattu à sa fenêtre égalaient celles de se faire toucher en restant assis dans sa chambre.

À cet instant, Mayne s'inquiétait surtout des tirs des gardes soudanais. S'ils le repéraient, ils le prendraient pour un Arabe en tenue tribale traversant la rivière depuis la berge contrôlée par les derviches et l'exécuteraient sur-le-champ. Mais il venait de franchir la ligne de mire sous la balustrade et se sentait déjà plus en sécurité. Une fois qu'il atteindrait le banc de vase, il faudrait qu'il parte à pied jusqu'à la rive, puis dans les rues, où il pourrait se fondre avec la population et approcher du palais discrètement.

Le bateau frappa dans la boue, s'enfonçant jusqu'à ce que la proue soit à quelques mètres du bout des caillebotis. Cet endroit aurait dû grouiller de rats, mais il se souvint qu'ils avaient fui depuis longtemps quand les habitants affamés avaient commencé à les dévorer. Il s'agenouilla à l'extrémité des roseaux, puis envoya la rame dans la boue, la poignée devant, et s'en servit pour s'avancer, jusqu'à ce que le bateau ne puisse plus bouger. Il tendit l'oreille et leva les yeux vers la balustrade. Rien. Il s'élança sur les caillebotis, sentant son holster claquer sur sa cuisse, attrapant sa robe pour qu'elle ne se tache pas. Rapidement il retrouva son équilibre. Les caillebotis étaient bien construits, solidement ancrés dans la rive, et le bateau resterait sur place.

Il se redressa, pris d'un violent haut-le-cœur, une puanteur l'assaillant encore plus fort que celle de la rive d'en face. Il tourna la tête vers la droite, inspectant les poteaux pareils à des troncs d'arbres qu'il pensait être faits pour amarrer. Le plus proche était à portée de main, et il vit la source de la pestilence. Ce qu'il avait pris pour un morceau de chiffon accroché était en fait le cadavre d'un homme, dans un état de putréfaction tel qu'il semblait sorti d'une tombe humide. Il lui manquait la main droite et le pied gauche et il était maintenu par une corde passée autour de son cou. Il regarda les trois autres poteaux, espacés de quelques mètres avec des caillebotis en dessous, et vit qu'au bout de chacun d'eux pendaient des cadavres. Une vision effroyable du terrain de crucifixion de Golgotha, sur les berges du Nil. Les cadavres avaient tous une pancarte autour du cou, avec des inscriptions en arabe qu'il ne put déchiffrer. Ils avaient clairement été placés ici pour être vus par les derviches. Cela remontait peut-être à des jours, ou alors ils avaient été mis là plus récemment. Les habitants qu'il avait vus avec sa longue-vue n'étaient pas loin de cet état de décomposition.

Le mort le plus proche de lui dégoulinait de sang, de petites gouttes de liquide noir perlaient dans la boue, formant une petite flaque qui avait attiré un essaim de puces et de cafards. Il éprouva le besoin impérieux de quitter cet endroit et se dépêcha de remonter les caillebotis jusqu'au début des marches en pierre qui menaient au palais. Il s'arrêta et renifla, stupéfait d'avoir senti au milieu de cette puanteur un parfum familier de tabac à la cerise. Le visage de Burnaby s'imprima dans son esprit, pas l'homme affreusement blessé dans le désert, mais le gentleman flegmatique dans la tente à côté de Wolseley, qui regardait les ronds de fumée s'élever de sa cigarette pour monter vers le plafond. Il chassa rapidement l'image. Ses sens lui jouaient sans doute des tours, Burnaby n'étant plus qu'un souvenir de la bataille d'Abu Klea. Il tourna vers la gauche sans plus attendre, longeant la rivière sous le niveau de la balustrade. Le mur de l'enceinte qui jouxtait le Nil avait désormais un trou béant où s'accumulait de la boue déjà craquelée et séchée. Le contournant, il remonta sur la berge pour passer de l'autre côté. Il lissa sa robe et ajusta son foulard sur la tête, rassuré que la crasse des semaines passées dans le désert et le sang de la bataille ne sembleraient pas déplacés ici. Il arpenta à toute vitesse la rue poussiéreuse qui s'ouvrait à lui.

Quelques secondes plus tard, il se tenait devant les portes du palais, parmi un groupe de gens qui essayaient d'y entrer : des corps squelettiques, ratatinés, avec les yeux exorbités, pas si différents des cadavres sur les poteaux. Les femmes portaient les restes en loques de leurs hauts fleuris, les hommes, les chiffons sales qui avaient autrefois été des *jallabiya* blancs, effacés dans le clair de lune blafard, les faisant passer pour des spectres. Certains n'étaient vêtus que de pagnes, d'autres étaient nus, et on pouvait voir les seins asséchés des femmes incapables d'allaiter depuis des semaines. L'une d'elles tenait dans ses bras un bébé certainement mort depuis des jours. Des mendiants aux portes d'une église, qui ne réclamaient plus ni nourriture, ni aumône, mais une intervention divine, voulant voir l'homme qu'ils pensaient capable de les élever au-delà de cette horreur et les sauver du sort qui les accablait. Mayne n'eut d'autre choix que de les bousculer pour se frayer un passage, se serrant contre leurs os, avançant dans le flot, comme ils se pressaient sur la barrière. Il fut traversé par l'idée morbide que son destin était de rester pour toujours parmi eux, comme les pauvres quémandeurs du purgatoire des tableaux médiévaux qui avaient tant impressionné le caporal Jones. Enfin arrivé aux portes du palais, il vit les gardes soudanais de l'autre côté, trois hommes coiffés de tarbouches, des Remington dans les bras. Il se débattit avec sa robe pour en sortir son insigne d'officier des Ingénieurs Royaux, la passant à travers les barreaux. Puis il retira son foulard et ouvrit légèrement sa robe pour montrer sa tunique kaki.

— Anglais ! s'exclama-t-il. Je suis un officier britannique. Il faut que je voie le gouverneur général. Je demande à voir *Gordon*.

En entendant prononcer ce nom, les gens autour de lui se turent subitement, se détournant des portes pour le fixer avec les yeux de ceux qu'on sauvait d'une mort certaine, débordants de gratitude.

— *Gordon*, répéta un homme en s'agrippant au bras de Mayne. *Gordon Pacha*.

Les autres reprirent sa rengaine. *Gordon Pacha. Gordon Pacha*. Horrifié, Mayne prit conscience qu'ils ne l'avaient jamais vu, ou qu'ils n'étaient plus assez lucides pour s'en souvenir. Ils prenaient désormais Mayne pour leur messie, le sauveur qui allait guérir leur maladie, ramener leurs enfants morts à la vie et verser des graines d'abondance de ses mains tendues vers eux. L'espace d'un instant, une rage incontrôlable contre Gordon l'envahit, pour l'avoir obligé à subir ce cauchemar, pour ne pas être ici maintenant. Il commença à se débattre, alors que les habitants de la ville l'agrippaient de toute part. Il laissa tomber son insigne et s'accrocha à la porte de toutes ses forces, sentant son corps tirer vers l'arrière et se soulever dans les airs.

— Anglais ! hurla-t-il aux gardes. Il faut que je parle au général Gordon, maintenant ! *Gordon Pacha !*

Ses cris déchaînèrent encore davantage les pauvres âmes autour de lui, les femmes ululant et les hommes psalmodiant, ceux vers l'arrière jouant des coudes pour le toucher, les autres, dans la rue, accourant pour se joindre à la foule. Il faiblissait, ses mains commençaient à lâcher les barreaux. Le plus petit des Soudanais avec les bandes de caporal sur sa manche avança et ramassa le badge, le tournant dans tous les sens pour l'inspecter, sceptique. Mayne se rappela autre chose. De sa main libre, il fouilla hystériquement dans sa ceinture et en sortit une poignée de souverains en or, semant quelques pièces et jetant les autres par les barreaux.

— J'en ai encore, cria-t-il. Plus d'or encore !

Le caporal se ragaillardit, ramassant rapidement le trésor qu'il soupesa dans ses mains, puis il fit signe aux deux autres de s'approcher. Juste au moment où Mayne était sur le point d'abandonner, les portes s'ouvrirent. Il fut entraîné précipitamment à l'intérieur et le portail se referma aussitôt, les soldats frappant sauvagement les gens avec la crosse de leurs fusils. Les uluments se transformèrent en plainte sourde qui augmenta crescendo et retomba ensuite, comme un affreux soupir. Sans ménagement, les deux soldats poussèrent Mayne entre eux avec le plat de leurs fusils, et soudain l'un d'entre eux tira sur sa ceinture pour faire tomber le reste des pièces. Ils se jetèrent sur leur butin, tandis que le caporal se postait devant Mayne, tournant et retournant l'insigne entre ses doigts.

— Je vais porter ça à Gordon *Pacha*. S'il refuse de vous recevoir, je vous jette aux chiens, *Turc*.

Il cracha le dernier mot, laissant Mayne complètement médusé. C'était le mot que les derviches utilisaient pour tous les étrangers, et pourtant cet homme savait qu'il était anglais. Il partit vers l'intérieur du palais, dépassa deux autres gardes et monta l'escalier vers le deuxième étage. Mayne devait désormais affronter les deux autres soldats, manifestement convaincus qu'il cachait plus d'or encore. Ils le poussèrent avec plus de force, essayant de lui retirer sa robe et l'un d'eux arma son fusil. Mayne prit une décision stratégique. Il ne pouvait pas se permettre de mourir pour rien si près de son objectif. Il dégaina son revolver et le pointa sur la tête de l'homme le plus proche de lui, serrant son arme de ses deux mains, et avec le pouce il souleva le chien.

— Jetez vos armes, ordonna-t-il en frappant la tempe de l'homme avec le canon. *Maintenant !*

Le garde s'exécuta, et le deuxième l'imita. Ils reculèrent tous les deux, effrayés en jetant un œil vers le balcon. Mayne garda le pistolet dans une main, et de l'autre il retira sa robe. Il n'avait plus besoin de son déguisement, et s'il devait mourir ici, il préférait mourir en officier britannique, même s'il portait des sandales et un short en coton sous sa robe. Il lissa sa tunique froissée, ajusta sa ceinture et attendit.

Une minute plus tard environ, le caporal apparut sur

le balcon et revint ensuite par l'escalier, traversant la cour en gravier pour se diriger vers lui.

— Rangez ça, lança-t-il en montrant le pistolet. Gordon *Pacha* va vous recevoir.

Mayne resta sur place, son revolver toujours en joue. Il ne comptait prendre aucun risque. Puis il vit une silhouette qui était sortie sur le balcon derrière le caporal, trop loin pour qu'il l'identifie mais indéniablement européenne et en uniforme. Il évalua la situation un moment encore, puis baissa son revolver et le rangea dans son holster. Les deux soldats ramassèrent leurs fusils et s'approchèrent de lui, mais le caporal, d'un geste de la main, les renvoya vers les portes. Il saisit la tunique de Mayne et l'attira à lui.

— Tu n'as rien à chercher ici, *Turc*. Il n'a plus rien à donner.

Il fit un signe de tête vers les cadavres suspendus aux poteaux, visibles de l'autre côté de la balustrade.

— Ces hommes étaient des espions du Mahdi. Le Mahdi vient ici à l'aube. Le jihad va se répandre partout, et des hommes comme toi feraient mieux de se joindre à la cause ou de fuir. Sinon, toi aussi tu finiras comme nourriture pour les vautours ou les crocodiles.

Inch'Allah, murmura Mayne.

L'homme fixa Mayne, de ses yeux sombres, insondables, puis il l'attira encore plus près de lui, si près que Mayne sentit son haleine, et il scanda dans son oreille.

— Quarante mille anges vont nous rejoindre. Nous descendrons sur la ville comme des rapaces. Joins-toi à nous, Anglais, et toi aussi tu atteindras le paradis, la lumière de Dieu se répandra sur toi pour ce que tu feras ici aujourd'hui. Allez, vas-y. *Inch'Allah*.

Il lâcha la tunique de Mayne, le retourna et le poussa vers les marches. Mayne chancela. Le caporal de Gordon s'était rangé aux côtés du Mahdi, un homme qui pouvait sortir la ville de la misère, mais qui ouvrirait certainement les portes aux anges de la mort quand ses troupes fondraient sur eux. Mayne savait qu'il n'avait pas de temps à perdre. Il trébucha sur le bord d'une dalle, mais se rattrapa, se propulsant légèrement en avant. Sur la rivière et autour du palais, il ne voyait que l'obscurité. Devant lui, en haut des marches, luisait une lumière orange aveuglante. Il se remémora ce que le garde lui avait dit, au sujet de la venue du Mahdi. Il devrait avoir traversé la rivière et être en position avant l'aube. Il monta les marches, le cœur tambourinant dans sa poitrine. Tout dépendait de ce qui allait se passer maintenant.

22

Quelques minutes plus tard, Mayne était conduit dans le couloir du deuxième étage du palais et se dirigeait vers une chambre qu'il avait vue éclairée de l'extérieur. Mayne ne vit Gordon nulle part, mais il entra. La pièce s'étendait jusqu'au mur du fond du palais, mais la porte ouverte et le couloir menaient à un balcon surplombant la rivière et visible d'où Mayne se tenait maintenant. À côté de la porte un Remington était posé dans un support en bois élaboré, dirigé vers l'île de Tuti. Il était ouvert et Mayne vit qu'il était soigneusement lavé et huilé. Il fit encore quelques pas. La pièce était grande, la taille d'un salon de maison de campagne anglaise, et était éclairée à chaque coin par des lampes à huile fermées avec du verre, les murs et le plafond tachés de fumée. La pièce maîtresse était un grand bureau de style ottoman, contre le mur du fond, couvert de papiers, de carnets et de cartes. Sur le coin, des volutes de fumée s'envolaient d'un cendrier qui débordait. La pièce sentait fort le tabac à la cerise, ramenant momentanément Mayne vers Burnaby dans la tente de Wolseley, trois semaines plus tôt, et il comprit d'où lui étaient parvenus les effluves qu'il avait sentis sur la rive, quand il était arrivé, moins d'une heure plus tôt. Mais il fut surtout frappé par la quantité d'objets posés sur le sol, assez pour remplir un petit musée : des vêtements tribaux traditionnels, incluant une jibbah des mahdistes ; une large collection d'armes, depuis les lances derviches et les épées incurvées jusqu'aux fouets *kurbash* et les armes à feu à platine en silex ; des poteries faites main, des sculptures en bois et des bijoux en perles ; et ce qui avait surtout attiré l'attention de Mayne, une série de trésors de l'Égypte antique, parmi lesquels de petites statues en faïence bleu vert et des fragments de maçonnerie gravés.

Une voix parvint depuis l'escalier.

— Le Mahdi m'envoie constamment des cadeaux.

Mayne se tourna pour voir Gordon. Il se souvenait bien de lui, de la conférence à laquelle il avait assisté à Londres, plusieurs années auparavant, mais de près il faisait plus petit, plus trapu. Il portait l'uniforme du soir des officiers des Ingénieurs Royaux, comme s'il s'apprêtait à dîner au mess des officiers. Il n'avait rien oublié, ni son insigne de l'ordre de Bath, ni ses médailles de campagne qu'il avait gagnées pendant les guerres de Chine et de Crimée, près de trente ans plus tôt. Il était pâle, décharné, ses cheveux gris et bouclés dégarnis sur le dessus du crâne, mais ses yeux bleus avaient gardé la brillance de la porcelaine et le fixaient avec intensité. Il se pencha pour s'emparer d'une statuette *shafti* égyptienne avec des hiéroglyphes sur le devant.

— Vous saviez que, pour les partisans de Mahomet, ce n'est pas le sens du mot, mais la forme des symboles qui a de l'importance et des pouvoirs magiques ?

Mayne hocha la tête.

— J'avais un guide dongolais qui m'a donné un *hajib*, avec des prières enveloppées autour d'un scarabée ancien. Je ne pense pas qu'il savait lire le nom qui était inscrit sur les hiéroglyphes du scarabée, mais j'ai reconnu le cartouche d'Akhenaton.

— *Akhenaton*, répéta Gordon, avant de marquer une courte pause. Vous étudiez l'Égypte ancienne ?

— J'ai quelques connaissances des hiéroglyphes.

— Que pensez-vous de ma collection ?

— Fascinant, monsieur. J'ai vu le matériel que vous avez rapporté de Chine au Museum of the Royal United Services Institute.

Mayne montra du doigt un fragment de mur gravé, portant les symboles distinctifs de la couronne et du serpent.

— Je m'intéresse tout particulièrement aux antiquités égyptiennes du Soudan, comme elles sont très rares, selon moi. J'en ai cherché la piste depuis la frontière avec l'Égypte, le long du Nil. Je pense que le pharaon Akhenaton a lancé une sorte d'expédition dans le désert. À Semna, nous avons trouvé un temple avec une représentation de lui devant le symbole du soleil d'Aton.

Gordon le transperça du regard.

— À Semna, vous dites ? Sous la troisième cataracte ?

— Un temple dédié au dieu crocodile, Sobek.

— Je dois vérifier mes notes, lança Gordon en partant vers son bureau. Je ne me souviens pas que Kitchener m'ait parlé de quoi que ce soit sortant de l'ordinaire à Semna, autre que les restes de fortifications pharaoniques des deux côtés de la rivière.

— Kitchener a paru surpris quand je lui ai mentionné le temple et il avait l'intention de le visiter.

— Vous avez vu Kitchener ? Comment va-t-il ?

— Il ronge son frein. Il aurait voulu venir ici lui-même, mais son visage est trop connu parmi les tribus, et il aurait couru un trop gros risque. Il faisait partie de la colonne du désert, mais on lui a ordonné de repartir quand elle est arrivée aux puits de Jakdul.

— Kitchener est un inspecteur et un archéologue de premier ordre, et un de mes plus fidèles défenseurs. Mais je sais qu'il n'est pas facile à diriger et je compatis avec Wolseley à ce sujet.

Mayne attendit un moment, puis tendit la main.

— Major Edward Mayne, monsieur. Vous avez vu sur mon insigne que je suis un de vos camarades sapeurs. Rattaché à la colonne de la rivière pour l'expédition de secours.

— Une expédition de secours qui n'est absolument pas venue me secourir, ironisa Gordon avec un sourire las.

Il serra la main de Mayne fermement et scruta ses vêtements couverts de taches de boue.

— On dirait que vous avez traversé des guerres.

— Description fidèle, monsieur.

Gordon posa la main sur sa tunique rouge immaculée.

— Je suis désolé si cela paraît déplacé, mais je m'habille pour garder les apparences. Je suis conscient que je suis encore le gouverneur général du Soudan, même si le territoire sur lequel j'exerce mon autorité a diminué d'une surface plus grande que la France aux murs de cette ville, comme Constantinople à la fin de l'Empire byzantin. En tous les cas, je m'habille encore pour dîner, même si je prends mes repas seul, et hormis du jus de citron pour éviter le scorbut et quelques morceaux de bœuf soigneusement rationnés, je mange la même chose que ces pauvres gens dont je suis responsable, c'est-à-dire des biscuits, du pain azyme et de l'eau puisée dans le seul puits de la ville qui n'est pas encore vicié.

Il s'arrêta et prit une carafe sur une table basse.

— Mais j'ai mes petits caprices. Ils m'empêchent de penser à ma faim. Je peux vous offrir un verre ? J'ai du brandy, grec, malheureusement, donc un peu comme de l'alcool à brûler, mais tout à fait buvable quand on finit par s'y habituer.

— Non, merci.

Gordon se servit un demi-verre, qu'il posa sur la table. Il examina Mayne de près.

— Je connais votre nom, mais nous ne nous sommes jamais rencontrés, n'est-ce pas ?

— Non, monsieur. Je suis spécialisé dans l'inspection et je suis sur le terrain la plupart du temps. Mais j'ai suivi un cours de mise à niveau à l'École d'ingénierie militaire alors que vous étiez basé à Chatham et j'ai assisté à votre série de conférences sur le Soudan.

— Ça fait longtemps que vous êtes ici ?

— Depuis juillet. Sous les ordres du général Earle.

— À traîner des bateaux sur le Nil ? Un projet qui ferait rire Sisyphe de ses propres tourments. Et avant cela ?

— Je suis venu pour la première fois en Égypte en 1882, après l'invasion.

— Pardon, jeune homme, répliqua Gordon en s'allumant une cigarette pour tirer dessus fortement et souffler un nuage de fumée. Pas une invasion, une *intervention*. Dans le but d'asseoir le régime ottoman au Caire, contre la volonté de l'armée égyptienne et du peuple égyptien, pour sécuriser le canal de Suez et plaire aux investisseurs, corrigea-t-il en tapotant sa cigarette. Vous avez beaucoup d'expérience du désert ?

— J'ai mené plusieurs missions de reconnaissance pour la colonne de la rivière.

— Ah, vous voulez dire que vous travaillez pour les services secrets. Qui servez-vous ?

— Lord Wolseley, monsieur.

— Pas Baring, au Caire ? Ou le colonel Wilson ?

Mayne resta un instant sans voix, trop fatigué pour rester suffisamment sur ses gardes.

— Ils s'intéressent tous les deux à mes missions et lisent mes rapports.

— Wilson est un vieil ami, même si je le trouve distant depuis une quinzaine d'années, depuis qu'il a pris la direction de la division du renseignement au département de topographie, mais Burnaby travaille pour lui et me tient au courant de ce qui se passe.

Il jeta un regard perçant à Mayne.

— Apparemment, le Whitehall est équipé d'un sous-sol secret. Des opérations y sont montées, que même Burnaby ignore, et dont Wilson ne fait part qu'aux plus hautes autorités. Mais vous le savez certainement.

Mayne s'était recomposé.

— Le colonel Wilson, en ce moment, se trouve sur un des bateaux à vapeur qui remontent la rivière depuis Métamma vers Khartoum. Ma mission consiste à vous persuader de partir avec moi, pour que les bateaux puissent vous mener en toute sécurité.

Gordon pencha la tête en arrière, souffla un long nuage de fumée en direction du plafond, puis baissa les yeux vers Mayne, un sourire sur le visage.

— Pour le formuler autrement, je dirais que votre mission consiste à me procurer une compagnie agréable pour la nuit. J'ai mes soldats soudanais que j'aime tendrement, mais leur conversation est limitée. Depuis le départ du colonel Stewart, il y a quatre mois, je manque cruellement d'amis. Je pleure encore son infâme meurtre quand l'*Abbas* a été coulé et je me considère entièrement responsable, parce que c'est moi qui l'ai envoyé en mission. Ses conseils me manquent affreusement.

— Vous avez vu Kitchener depuis.

— Une fois seulement, quand il est venu déguisé comme vous. Mais il était pressé et sa conversation avait une tournure particulière, comme je vais vous l'expliquer brièvement.

— Vous savez qu'il vous estime énormément.

— Trop même, je pense. Son désir de vengeance pourrait le conduire au meurtre, ce qui ensanglanterait encore davantage les eaux du Nil.

— Ou le mener vers la gloire. On parle de lui comme futur *Sirdar* de l'armée égyptienne, l'homme capable de diriger une armée assez grande pour vaincre le Mahdi.

— La gloire… ce sont des âneries à quatre-vingt-dix pour cent, ne trouvez-vous pas ?

Mayne se rappela les derniers moments de Burnaby.

— Pour ceux qui la convoitent, oui, monsieur. Pour ceux sur qui elle tombe sans qu'ils l'aient cherchée, cela constitue les dix pour cent restants, et elle a une grande valeur.

— Alors je suppose que le Gordon de Khartoum est un âne à quatre-vingt-dix pour cent, et glorieux à dix pour cent, plaisanta Gordon, avant de tirer une nouvelle fois sur sa cigarette, gardant la fumée dans sa bouche pour l'évacuer par la fenêtre, puis il regarda le bout incandescent. Je vous prie de m'excuser. J'ai passé trop de temps seul et j'en ai oublié toutes mes manières. J'aurais dû vous en offrir une. Je les fume pour supporter la puanteur atroce de décomposition qui vient de dehors.

Il montra à Mayne la boîte sur la table.

— Et elles m'aident aussi à calmer mon appétit, même s'il est vrai qu'on ne peut pas manger grand-chose avec cette pestilence. En voulez-vous une ?

Mayne refusa et Gordon reposa la boîte sur la table.

— Peut-être que vous n'appréciez pas l'odeur. C'est du tabac à la cerise, du Maroc. Burnaby me les avait offertes comme cadeau d'anniversaire, et je ne peux plus m'en passer.

— Je suis désolé de vous annoncer une bien triste nouvelle, monsieur. La pire. Il y a une semaine, près du puits d'Abu Klea, une bataille a éclaté entre les derviches et la colonne du désert.

— Je le sais. Mes espions soudanais s'y trouvaient. Un véritable enfer, à ce qu'ils m'ont raconté.

Il marqua une pause, soudain déconfit.

— Ils m'ont parlé d'un colosse qui s'est battu contre une vingtaine de guerriers pour être finalement vaincu par une lance derviche.

Il s'assit, découragé, laissant la cigarette se consumer entre ses doigts.

— Fred Burnaby ?

— Le rapport que vous avez reçu le confirme, monsieur. Je l'ai vu de mes propres yeux. Il est mort en soldat.

— Vous voulez dire qu'il est mort dans d'horribles

souffrances avec des blessures effrayantes. J'ai connu bon nombre de morts glorieuses sur les champs de bataille. Je sais à quoi elles ressemblent.

— Avant de quitter Korti, il vous a transmis ses meilleurs vœux. Tout comme le général Buller. Ils ont tous eu une pensée pour vous.

— Celle de Burnaby, je l'accepte avec un plaisir teinté de tristesse. Les autres, ce ne sont que des paroles en l'air. Combien d'hommes doivent périr encore dans cette campagne inutile ? C'est une campagne qui ne sert que la satisfaction de ceux qui la mènent, pas une campagne dans le but de libérer Khartoum. C'est la triste leçon de la guerre. On ne vous l'enseigne pas dans les académies militaires, mais vous l'apprenez par ce genre d'expériences amères. Le jeu de la guerre s'alimente tout seul, autant pour nous que pour les armées jihadistes, entretenu par la soif du sang des guerriers, les combats et les croisades saintes devenant un but en soi.

— Vous l'avez ressenti aussi, monsieur ? Cet attrait ?

— Je ne suis pas un croisé, Mayne. Je ne suis pas ici pour lutter contre l'islam. Le Mahdi ne m'a peut-être par rallié à sa cause, mais peu de choses dans l'islam me dissuaderaient d'y adhérer, si j'avais un penchant doctrinaire, et beaucoup d'éléments me convaincraient de me rapprocher de cette religion. Pourtant je suis considéré comme un guerrier chrétien, et les évangélistes sont suspendus à mes lèvres.

Il prit un petit fascicule sur la table.

— *Reflections in Palestine*, par le major-général Charles Gordon, dit-il avant de le relancer sur la table, avec mépris. Je suis allé à Jérusalem, il y a trois ans, avec l'intention louable de reprendre le travail que Wilson avait débuté là vingt ans plus tôt pour identifier le site de la crucifixion, si c'était possible. Mon but était de discréditer tous ceux qui avaient laissé leur foi les entraîner à faire des déclarations fallacieuses et voiler leur raison. Des études archéologiques ont été réalisées sur l'époque du Christ à Jérusalem, mais elles ont été obscurcies par des siècles de vœux pieux. Et c'est alors que mes anciens amis publient un livre sans mon aval fait de mes rêveries sur la religion que j'ai consignées dans mes carnets pendant que j'étais sur place, comme si c'était la sage parole d'un messie. La pire sorte de mysticisme.

— Je ne pense pas que cela ternisse votre réputation, monsieur.

— En parlant de ma réputation… commença Gordon en allant s'asseoir à son bureau, puis il ouvrit un dossier d'où il sortit une feuille avec l'en-tête personnel du gouverneur général.

Elle contenait un petit paragraphe écrit de la main de Gordon et, en dessous, un espace pour deux signatures. Gordon le parcourut rapidement, puis regarda Mayne. Avec la pâleur de son visage et ses yeux larmoyants, il semblait fiévreux, mais il parlait d'une voix limpide et contrôlée.

— Beaucoup pensaient que ma cause ici, au Soudan, était l'abolition de l'esclavage, et beaucoup ont été atterrés quand non seulement je ne l'ai pas interdit, mais je l'ai même toléré, permettant aux trafiquants de continuer leur trafic sous ma juridiction. Certains voyaient cela comme le début de mon déclin, que je m'étais laissé séduire par les charmes du despotisme, qu'en venant ici seul j'avais effacé de ma mémoire les convenances du comportement britannique, convenances qui, je vous le signale, ferment les yeux sur des crimes bien plus condamnables dans des endroits oubliés de l'Empire que ceux que je suis supposé avoir commis ou permis durant mon règne de prétendu seigneur des ténèbres. Certains ont même demandé qu'on vienne à ma rescousse pour m'extraire au vide moral qui m'aurait envahi, comme ceux qui voulaient sauver David Livingstone du cœur de l'Afrique, pensant qu'il avait été emprisonné par le vice et le diable, laissant leur imagination mystique cacher le fait que sa détresse venait du manque, de la maladie et des épreuves physiques, tout comme la mienne. Mon *déclin*, major Mayne, je peux vous l'assurer, a été causé par une angoisse permanente au sujet de l'arrivée des secours, et c'est la pénurie de nourriture qui me mine.

Il posa une main sur son front, fermant les yeux un instant, puis ouvrit le couvercle d'un petit encrier en laiton pour y tremper une plume, la ressortant et la laissant un moment goutter contre le rebord.

— Tous ceux qui connaissent le Soudan devraient savoir qu'une telle loi ne peut être définitivement appliquée sans modifier en profondeur le mode de vie ici, à tel point que nous nous verrions dans l'obligation d'occuper le Soudan comme une province, de contrôler chacun de ses aspects et de créer une nouvelle société et une nouvelle économie. Nous ne l'avons encore jamais fait dans pratiquement aucun autre pays du monde, d'empiéter ainsi sur une culture vieille de milliers d'années, avec une population qui peut nous tenir tête comme les Arabes, dans un endroit d'une telle rigueur qu'ils auront *toujours* l'ascendant sur nous. Ce n'est que maintenant, à la veille d'une extinction due au laxisme du gouvernement britannique, quand toutes les institutions du Soudan ont cessé d'exister, que je peux voter un décret stipulant l'abolition pure et simple de l'esclavage. C'est trop tard pour la population de Khartoum, mais j'espère que les esclaves qui occupent les premiers rangs de l'armée du Mahdi l'apprendront et arrêteront ainsi d'obéir à leurs maîtres et aux trafiquants qu'ils verront partir la queue entre les jambes, des lâches autant devant le combat que devant la justice des hommes.

Il plaça la plume au-dessus de l'espace vide sous le paragraphe, prêt à écrire.

— Le 18 décembre a marqué l'anniversaire d'un des événements les plus importants de notre histoire, la signature en 1862 par le président Abraham Lincoln de l'abolition de l'esclavage aux États-Unis. J'ai rédigé ce document ce jour-là, depuis il croupit ici, comme j'attendais la venue d'un témoin que le monde trouverait crédible. Pourriez-vous être ce témoin ?

Mayne jeta un œil à la feuille sur le bureau, puis leva la tête vers Gordon. Il se rappela sa mission et Charrière qui l'attendait sur l'autre rive. Ce que Gordon lui demandait de faire maintenant semblait irréel, impossible à intégrer. Il déglutit et hocha la tête.

— Bien sûr, monsieur.

— Je vais vous dire ceci. Si Abraham Lincoln avait été dans ma position aujourd'hui, ou lord Palmerston qui a interdit l'esclavage dans l'Empire britannique, ils n'auraient pas quitté Khartoum, ni cette vie, sans proclamer l'émancipation des esclaves au Soudan. Avec Dieu pour témoin, et le major Edward Mayne, un officier du corps des ingénieurs, nommé par Sa Majesté la reine, je valide donc cette loi.

Il griffonna son nom sur le papier et tendit le stylo

à Mayne, qui tourna le document vers lui, se pencha et signa. Gordon tamponna l'encre avec son mouchoir, souffla sur la feuille et la maintint un instant dans l'air pour qu'elle sèche, puis il la plia en un petit carré et la donna à Mayne.

— Tout ce qui se trouve dans cette pièce sera détruit quand les derviches attaqueront. Prenez ceci, que les gens soient informés de ma dernière décision.

Mayne s'empara de la feuille, un instant hésitant. Il avait déjà signé un contrat qui l'empêchait à jamais de reprendre contact avec Wolseley, et un document tel que celui-ci ne serait pas pris au sérieux à moins de passer entre les mains d'une autorité. Il écarta cette pensée de son esprit et glissa le papier dans sa tunique. Gordon se leva, fit le tour de son bureau et posa une main sur l'épaule de Mayne, le guidant vers la porte ouverte qui donnait sur le balcon. La nuit englobait tout, une pesante obscurité effaçant toutes les étoiles, ne permettant qu'à un faible clair de lune de filtrer. L'aube n'arriverait pas avant six heures, ils avaient encore huit heures devant eux, mais la même idée occupait leurs pensées à tous les deux. Gordon fit un geste vers la rivière.

— Quand ce sera l'heure, je demanderai à mes gardes soudanais de vous conduire à l'escalier extérieur vers la rive, pour que vous n'ayez pas à passer par les portes.

— Le caporal en bas… je pense qu'il s'est rallié au Mahdi.

— En effet. Mais il m'a bien servi, puisque les autres gardes me racontent ce qu'il leur sermonne. Vous avez certainement entendu que quarante mille anges descendront sur la ville demain.

— C’est ce qu’il a dit, oui.

— C’est par lui que j’ai su sans l’ombre d’un doute que le Mahdi attaquerait demain. La traîtrise de cet homme ne compte plus désormais, mais j’ai demandé à mes gardes du corps de se débarrasser de lui pendant la nuit. Ainsi, quand ils se battront jusqu’à la mort demain, ils le feront unis. Ils se battront et mourront comme des frères.

Mayne distinguait tout juste son bateau en roseau sur le banc de vase, puis il vit les trois poteaux avec leurs cadavres macabres qui ressemblaient tant à une image des croix sur lesquelles pendaient les trois voleurs, au sommet de la colline de Golgotha. Il faillit demander, mais se ravisa. Rien d’étrange à exécuter des mécréants dans un endroit pareil. Cela faisait partie du travail du gouverneur général Gordon, et le Mahdi réservait certainement le même sort, de l’autre côté de la rivière, à ceux qui lui déplaisaient.

Gordon suivit le regard de Mayne, puis se tourna vers lui, son visage fantomatique dans le reflet de la rivière.

— Je dirais ceci au monde. Je suis resté ici parce que je crois que Jésus de Nazareth n’aurait pas abandonné ces gens et qu’il aurait fait comme moi. Mais je ne suis pas le messie. Je ne porte pas de couronne d’épines et je ne porte pas ma propre croix dans les rues de Golgotha. Je ne crains pas moins la mort que tous les autres hommes, même quand elle me fixe droit dans les yeux comme elle le fait depuis si longtemps, permettez-moi de vous le dire, c’est quelque chose qu’on n’accueille pas facilement. Je ne veux pas connaître une agonie avec les hommes du Mahdi qui me pousseraient du bout de leurs lances, à l’instar des

Romains avec le Christ. Je veux mourir en soldat, pas comme un martyr, et comme tous les soldats, j'aimerais dire que quand le moment sera venu, je veux qu'il soit rapide et propre. Pourriez-vous y veiller pour moi ?

Mayne ne savait que répondre. Gordon se dirigea vers le fusil sur son support à côté de la fenêtre, se penchant pour inspecter la vue.

— Je me suis amusé à viser des derviches sur l'île de Tuti. Mais nos munitions sont défectueuses, certaines balles ont été surchargées de poudre. Le trop-plein de fumée qui s'est dégagé par l'arrière de l'arme il y a quelques mois a failli me rendre aveugle. C'est pour cela que j'ai pris l'habitude de dormir le jour. Même la faible lumière du jour qui entre dans le palais fait couler mes yeux de façon incontrôlable.

— Le général Wolseley et ses seconds pensent que vous vous postez sur le balcon toutes les nuits, avec la lumière allumée dans la pièce, pour provoquer les derviches et également pour impressionner vos propres soldats en leur montrant votre invulnérabilité. La presse a relayé cette théorie, et on trouve même un article publié dans un numéro du mouvement évangélique qui vous représente sur le balcon, les bras levés, illuminé par le soleil, les habitants de Khartoum sous vos fenêtres mangeant la nourriture qui tombe de vos mains, les balles et les obus du Mahdi vous effleurant sans jamais vous atteindre.

Gordon s'avança jusqu'à la fenêtre ouverte et jeta un œil à la rivière, allumant une autre cigarette.

— J'ai une longue-vue sur le toit, visible par les derviches, je vous l'accorde. Je m'en servais pour attendre l'expédition de secours, mais j'y ai renoncé depuis longtemps, grogna-t-il. En tout cas, pour ce qui est de l'idée que je serais devenu immortel, c'est n'importe quoi. Vraiment n'importe quoi. Pour qui me prennent-ils ?

— Certains pensent que vous êtes un saint, monsieur, et d'autres, que vous êtes devenu fou.

— Un *saint*. Eh bien, ces pauvres gens devant le portail du palais pensent que j'ai le *Baraka*, la force de vie, comme beaucoup le pensent au sujet du Mahdi. Mais c'est juste parce que nous sommes, lui comme moi, ceux qui subviennent à leurs besoins. Que vous fournissiez de la nourriture ou une cause à un peuple perdu, alors depuis sa position prostrée à vos pieds, vous pouvez lui apparaître comme beaucoup plus grand que vous ne l'êtes. Et pour ce qui est du fou… commença Gordon avant de faire une pause et de tirer une nouvelle fois sur sa cigarette. Enragé, frustré, affaibli, épuisé, oui, mais *fou*… je les mets au défi de prendre ma place et survivre à un siège de trois cent trente jours, ce que j'ai vécu jusque-là, c'est-à-dire trente-cinq jours de plus que le siège de Sébastopol pendant la guerre de Crimée : trois cent trente jours de fausses promesses, de forces de secours qui n'arrivait jamais. Tout ce qu'ils avaient à faire, il y a trois mois de cela, c'était envoyer cent soldats et deux bateaux à vapeur. Cela aurait suffi à emporter tous mes hommes et leurs familles. C'est ce que j'ai dit à Wolseley. Je lui ai envoyé des centaines de messages. Dans la conception absurde qu'ils s'étaient faite de mon personnage, ils ont décidé que je ne voulais pas être sauvé. Et depuis, l'armée du Mahdi n'a cessé d'augmenter, rendant ridicule ma demande d'une centaine d'hommes, et dorénavant, quel que soit le nombre d'hommes que compte l'expédition de secours, elle ne suffira jamais à maintenir la ville le temps que nous sortions. Et dans ma frustration, je me suis autorisé à devenir le gardien, pas seulement de mes propres hommes, mais de toute la population de Khartoum. Je ne descends pas dans la foule comme une sorte de messie. Je leur fournis de la nourriture, bon sang !

Il tira une feuille d'une pile sur la table.

— J'ai précisément 21 234 caisses de biscuits stockées dans la cave du palais. Quatre cent cinquante-trois soldats de la garnison ont survécu jusque-là. À eux s'ajoutent soixante-dix fonctionnaires et leurs familles, et les quarante mille habitants de la ville. Quarante mille âmes affamées, des esclaves pour la plupart, qui ne connaîtront comme seul jour de liberté dans leur vie qu'aujourd'hui. Ils me voient peut-être comme leur sauveur, oui, mais c'est parce que je leur donne à manger. Je ne passe plus mon temps qu'à faire cela. Je fais des calculs pour obtenir ce qu'il reste. Je leur donne juste ce qu'il faut pour les maintenir en vie. Je laisse ouverts les hôpitaux pour que les quelques médecins arabes soulagent les malades pas encore destinés à mourir. Je suis conscient que je ne fais rien d'autre que prolonger les jours d'un mourant. Le Mahdi arrive et ces gens seront exterminés. Je n'y peux rien, mais je ne peux pas les abandonner pendant que je peux encore les nourrir. Je ne *peux pas* les abandonner. Si c'est de la folie, alors d'accord, je suis fou.

Gordon lâcha la feuille, la laissant voleter jusqu'au sol, puis il se cacha les yeux dans les mains et s'ébouriffa les cheveux avant de les laisser retomber sur les côtés. Il était pâle, livide, et soudain il parut fragile, et pour la première fois Mayne se rendit compte à quel point il était amaigri. C'était un homme qui fumait cigarette sur cigarette pour tromper sa faim, qui s'était chargé de la distribution de quelques centaines de boîtes de biscuits pour quarante mille personnes affamées, pour qu'ils durent autant que possible. Mayne pensa aux longues heures fastidieuses qu'ils avaient passées à l'École d'ingénierie militaire pour apprendre les bases de l'économie de gestion des garnisons. Ce n'est pas le genre de situations auxquelles les instructeurs auraient pu penser, mais Gordon faisait son travail comme on le lui avait enseigné.

Mayne fit un signe de la main vers la jibbah et la calotte soigneusement étendus sur le sol.

— Certains pensent que vous avez été influencé et tenté par la cause du Mahdi.

Gordon se passa une main sur le visage, puis répliqua en essayant de garder son sang-froid.

— Il est vrai que j'ai toujours correspondu de façon soutenue avec mon ami Mohammed Ahmed. Il vient d'une famille de constructeurs de bateaux, vous savez, et lui et moi partageons un intérêt considérable pour la technologie navale sur le Nil.

Gordon adressa à Mayne un regard las, puis il s'avança vers le bureau et prit une autre pile de feuilles, pour en extraire une et la lire.

— « Au nom de Dieu, le miséricordieux et compatissant, le destructeur de celui qui s'oppose à sa religion, que la bénédiction et la paix descendent sur Mahomet et ses successeurs, qui ont établi les fondations et les piliers solides de la foi. »

Il posa la lettre.

— C'est dans la même veine. Mon employé soudanais me les a traduites. Elles se terminent invariablement par le Mahdi qui m'offrira un asile et une place de choix à ses côtés si j'accepte sa version bien particulière de la lumière. Il évoque toujours le cas de mon ami qui fut son ami, Rudolf von Slatin, cherchant à me faire croire que la conversion de Slatin à l'islam n'est pas qu'un pur acte de désespoir pour encourager ses troupes soudanaises avant leur combat final et un acte d'opportunisme pour sauver sa vie quand il a été capturé. Et il mentionne notre intérêt mutuel pour le prophète Isaïe, comme si j'allais croire qu'Isaïe depuis le ciel me conseillerait de rejoindre la guerre sainte et de détruire tous ceux qui s'opposent à ma religion.

Il montra la jibbah.

— En ce qui concerne la tenue des Ansar, je collectionne méthodiquement tout ce que je trouve et je laisse clairement entendre que j'en veux plus, comme je l'ai fait quand j'étais en Chine. Hormis ma collection, il restera encore quelques autres souvenirs de cette guerre, et rien de Khartoum. L'expédition de secours n'arrivera pas avant que les forces du Mahdi n'occupent la ville, et nos troupes ne chercheront pas à récupérer des reliques. Mais si Wolseley et ses disciples sont tellement convaincus de mon apostasie imminente, alors je pense commencer à porter la jibbah. Ce sera plus confortable avec cette chaleur.

Mayne tourna la tête vers le fusil sur le support.

— Le Martini est une bien meilleure arme, monsieur, mais j'ai vu des snipers derviches utiliser des Remington avec succès.

— Vous êtes un bon tireur, major Mayne ? J'imagine que oui.

Gordon le fixa de ses yeux bleus perçants.

— Quel est votre fusil préféré ? demanda-t-il.

Mayne ne répondit pas tout de suite. *Est-ce que Gordon avait deviné ?*

— Un Sharps, monsieur. Le modèle 1862, de calibre .45-90. Avec un canon octogonal de trente-quatre pouces, spécialement lourd.

— Ah, oui, ponctua Gordon en se frottant le menton, songeur. Un fusil pour abattre les bisons américains. Avec viseur à ouverture ?

— Les meilleurs, monsieur. Je les ai essayés pour la première fois au champ de tir de Creedmoor à côté de New York, quand j'y suis allé avec une équipe de l'Académie militaire.

— Sacrée concurrence, j'imagine.

— J'ai gagné, monsieur.

Gordon jeta un œil dans la direction de l'île plongée dans l'obscurité, où seuls se distinguaient les feux de cuisson des derviches.

— Je crois me souvenir que c'est un soldat américain qui possède le record de distance avec un Sharps, depuis les guerres indiennes.

— Mille trois cents mètres sur un terrain abîmé dans l'État du Montana, l'été 1874. Il s'appelait Ephrain Jones, monsieur. C'était un de mes adversaires à Creedmoor.

— Et vous avez gagné ?

— Oui, monsieur.

Gordon fit un signe de la main vers la fenêtre.

— Alors un tel fusil me serait bien utile ici, ainsi que le tireur pour appuyer sur la gâchette. La première chose que j'ai faite quand je suis revenu à Khartoum l'année dernière en sachant que la ville allait être assiégée a été de prendre des mesures précises de l'intérieur de la ville jusqu'à l'extrémité de la rivière, pour permettre à mes snipers de prendre leurs marques. C'est la première mission d'un commandant des Ingénieurs Royaux dans une garnison assiégée, vous vous rappelez ? Un exercice géométrique fort intéressant. J'ai demandé à mes Soudanais de tracer une ligne à travers le Nil, et à partir de là, j'ai tiré des angles droits pour créer une étude trigonométrique de tous les points principaux du rivage. Vous comprenez mon raisonnement ?

— En utilisant la triangulation, on peut calculer les distances à partir de n'importe quelle position le long du rivage.

— Le Mahdi contrôle l'île et tout le rivage vers l'ouest, mais la forteresse et la rive attenante vers l'est n'ont aucune valeur pour lui, parce que c'est trop loin pour que ses snipers puissent viser avec précision, et son artillerie est concentrée à l'ouest et au sud où ils peuvent causer bien plus de dommages aux entrées de la ville. Cette forteresse fournit une bonne protection, cependant, et c'est là que vous avez laissé votre compagnon, n'est-ce pas ? Je suppose que vous en avez un. Un éclaireur, peut-être. Vous êtes venu ici sans votre fusil et je ne pense pas que vous l'auriez laissé sans surveillance.

— Oui, monsieur, acquiesça Mayne qui n'avait aucune raison de nier.

— À quelle distance estimeriez-vous la forteresse ?

Mayne se remémora la carte de Kitchener.

— Six cent cinquante mètres, plus ou moins vingt.

— Six cent soixante mètres. Bravo. Vous êtes bon. Même à cette distance avec une cartouche aussi puissante, on peut abattre un homme proprement. Je me trompe ?

— J'ai chassé des biches avec mon Sharps à mille mètres environ et je ne les ai pas ratées.

— Vous avez déjà chassé des hommes, major Mayne ?

Mayne déglutit, mal à l'aise.

— Je suis un soldat, monsieur. Comme vous.

Gordon le fixa, puis sourit et lui tapa l'épaule.

— Bien sûr. Soldat avant tout, ingénieur ensuite, et en dernier chercheur dilettante à mi-chemin entre l'archéologie, la géographie et l'histoire naturelle. C'est ce qu'on nous a enseigné, n'est-ce pas ?

— Oui, monsieur.

— Je sais pourquoi vous êtes venu. Et vous savez que je ne partirai pas avec vous. Je ne peux plus rien pour la population de la ville, mais si je reste, le monde connaîtra la vérité, saura pourquoi Gordon est resté à Khartoum jusqu'à la fin, et alors peut-être que mon sacrifice n'aura pas été vain. Le Mahdi attaquera à l'aube. Je serai seul sur le balcon quand son armée forcera les portes. Je serai vêtu de cet uniforme avec une tunique rouge. Vous ne pourrez pas me rater. Je pense que le soleil brillera demain, pour la première fois depuis des jours, je le sens. Choisissez soigneusement votre heure. Pendant quelques instants, à l'aube, un éclat de lumière venu de l'est illumine le balcon et la mosquée derrière lui, mais ensuite, quand le soleil se lève, il se reflète sur le Nil et éclipse cet endroit. Je l'ai vu par moi-même, depuis la forteresse sur la rive opposée. Et faites attention à vous, d'autres vous surveillent. Écoutez-moi bien.

— Oui, monsieur, acquiesça Mayne, ne sachant que répondre d'autre.

— Ai-je fait de mon mieux pour ces gens ? Pour mon pays ?

Mayne plongea le regard dans ses yeux et fut envahi d'une vague de compassion et d'un éclair de colère contre ceux qui avaient orchestré ce projet.

— Pour la reine et le pays, monsieur.

Gordon posa une main sur le bras de Mayne, puis s'empara d'un livre en cuir relié sur son bureau.

— Très bien. Maintenant, avant que vous ne partiez, je suis sûr que vous allez autoriser à un condamné une dernière prière. C'est de la plus haute importance.

23

Gordon guida Mayne jusqu'à son bureau, lui indiqua une chaise et s'assit également derrière le carnet. Il ouvrit le livre qu'il tenait dans la main, et Mayne vit qu'il s'agissait d'un journal intime, rempli pratiquement jusqu'à la dernière page de l'écriture serrée, mais très lisible de Gordon.

— Quand j'ai envoyé le colonel Stewart dans l'*Abbas* pour qu'il se mette à l'abri, sans me douter du sort qui l'attendait dans la rivière, je lui ai confié la plus grande partie de ma collection archéologique ainsi que les derniers volumes de mon journal, affirma Gordon en fixant Mayne de son regard perçant. Tout a été perdu quand l'*Abbas* a sombré et que Stewart a été assassiné.

— Kitchener a mentionné votre collection. Il m'a expliqué que vous aviez d'anciennes dalles en pierre cachées sous la chaudière.

— C'était le jour où Kitchener est venu. Nous avons presque exclusivement parlé de l'archéologie. Et la perte de ces dalles aurait été une *immense* tragédie, si je n'avais pas croqué ce qui était gravé dessus.

Il ouvrit la dernière page du journal et le tendit à

Mayne. Un dessin à l'encre s'étalait sur toute la page, net, précis, le travail d'un dessinateur expert. Mais l'image était étrange, différente de toutes les autres représentations anciennes que Mayne avait vues au Soudan, on aurait dit une reproduction occulte. Il l'examina avec ses yeux de sapeur.

— C'est une carte, un plan, murmura-t-il. Des lignes de communication rectilignes qui se croisent, peut-être des tranchées ou des tunnels. Elles semblent toutes partir d'une ouverture dans le fond, comme un dédale ou un labyrinthe.

— Et les symboles égyptiens ?

Mayne plissa les yeux. La partie centrale du dessin était vierge, dans un grand carré approximatif, représentant probablement la partie manquante de la sculpture, mais il émanait des tunnels rectilignes de longs traits fins qui se terminaient par des formes pareilles à des mains fermées.

— Sûrement le symbole d'Aton, les rayons du soleil, suggéra-t-il. Et les hiéroglyphes du cartouche vers la droite le confirment : c'est Akhenaton.

— Et les autres ?

Mayne étudia les hiéroglyphes individuels qui apparaissaient à différents endroits sur l'image.

— Le crocodile à côté du nom d'Akhenaton signifie souverain, pharaon. L'autre est un papyrus enroulé. Très curieux. Il symbolise la sagesse, ou la connaissance.

Gordon reposa le journal sur le bureau, ouvert à la bonne page.

— Je vais vous raconter une histoire. Il était une fois un petit garçon qui vivait au bord du Nil à côté de Khartoum et qui essayait son premier bateau, une embarcation en roseau comme celle dans laquelle vous avez ramé pour arriver jusqu'à moi ce soir. Il l'avait construit tout seul, coupant et ramassant les roseaux pour en faire des faisceaux. Cela lui avait permis de connaître parfaitement toutes les criques et les chemins de traverse qui longeaient le Nil. Un jour il a fait une découverte extraordinaire : un ancien temple à moitié noyé par la rivière, sa partie supérieure révélée lors d'une tempête après avoir été enfouie dans le sable pendant des milliers d'années. Il a réussi à se faufiler à l'intérieur et a décelé un mur entier sculpté de gravures anciennes, pas la représentation d'une bataille ou de pharaons, mais un assemblage de formes rectilignes qu'il ne reconnut pas, qui n'avaient rien à voir avec les hiéroglyphes ou les écritures arabes que les soufis lui avaient appris. Vous vous souvenez, quand vous êtes arrivé, je vous ai montré l'inscription sur la petite statue *shaftie* et je vous ai dit que, dans la tradition islamique, la forme a plus d'importance que le sens ? Eh bien, le garçon a vu la forme et cela l'a terrorisé, il pensait être tombé sur une incantation ancienne et il s'est vite enfui. Après la crue suivante, le rivage a été recouvert de sable et le temple a de nouveau été enseveli. Le garçon a continué à exceller comme constructeur de bateaux, mais il avait un autre don, une capacité à avoir des visions qui lui attiraient la sympathie des gens, et il devint un étudiant des soufis. Sa famille désespérait de lui, la dernière génération de constructeurs de bateaux, qui avaient pratiqué ce commerce depuis toujours. Mais lui était voué à une autre destinée. Il s'appelait Mohammed Ahmed 'Abdallah.

— Le Mahdi ? demanda Mayne, médusé.

Gordon hocha la tête.

— Il y a dix ans, quand je suis venu pour la première fois au Soudan, sa popularité grandissait déjà, mais il n'était rien de plus qu'un soufi mystique qui habitait sur une île du Nil. Je voyageais beaucoup sur la rivière et il a fini par entendre parler de moi après ma visite dans le chantier maritime de sa famille. Je leur avais dessiné des esquisses de leurs bateaux, leur montrant des images d'anciens modèles de navire que j'avais vus en Égypte et je leur ai parlé de mon intérêt pour les antiquités du Soudan. Il n'avait pas oublié la découverte qu'il avait faite enfant et m'a invité sur son île. J'ai reconnu les hiéroglyphes d'Akhenaton d'après la description qu'il m'en a faite, et c'est là que nous avons constaté notre passion commune pour les prophètes de l'Ancien Testament, pour Isaïe et aussi pour Moïse. Nous croyons tous les deux que le pharaon de l'Exode à l'époque de Moïse est Akhenaton, et qu'Akhenaton et Moïse partageaient la même conception d'un Dieu unique, une vision qu'ils avaient tous les deux reçue, selon Mohammed Ahmed, lors d'une expédition vers le sud du désert. L'idée m'a captivé, et j'ai passé une bonne partie de mon temps à chercher des preuves pour confirmer cette opinion, tout ce qui me permettrait de retourner sur les pas de cette expédition et de trouver l'endroit où nous pensons qu'il aurait eu cette révélation. J'ai convaincu mon ami Heinrich Schliemann de prendre un congé de Troie pour m'accompagner dans le désert et j'ai convié encore quelques autres amis à moi : Carl Rudolf von Slatin ; un officier américain de mon groupe, Charles Chaillé-Long ; le colonel sir Charles Wilson ; et Herbert Kitchener. Je savais que je pouvais compter sur Wilson et Kitchener étant donné leur profond intérêt pour l'archéologie de la Terre sainte. Et enfin, cela vous surprendra de l'entendre, le Premier ministre William Ewart Gladstone.

— *Gladstone !* s'exclama Mayne. Mais vous deviez être à couteaux tirés au sujet de votre insistance pour rester à Khartoum.

— Sa participation a été gardée dans le secret le plus total, parce qu'il ne voulait pas que son nom soit associé à une quête que certains pourraient penser mystique. Mais, en réalité, il a été mon plus fidèle soutien. Il a tout essayé pour me dissuader de revenir ici, et sa colère contre moi part d'un bon sentiment. Il a vraiment tenté de me convaincre que ce que je venais chercher ici, quand j'ai accepté la requête du Khédive de revenir à Khartoum l'an passé, pouvait attendre la fin de la révolte du Mahdi et un retour à la paix au Soudan, mais je lui ai répliqué que la révolte ne se finirait pas de notre vivant et que nos recherches seraient perdues. Je me disais que je parviendrais peut-être à faire une découverte qui concilierait le soldat chrétien que je représentais pour les gens d'ici et le visionnaire islamiste qui devenait mon adversaire, alors il existerait un espoir pour une unité de vision qui éclairerait la singularité de nos croyances, de nos différences, et rendrait la guerre moins certaine.

— Donc vous êtes revenu ici dans ce but ? Pour l'archéologie ?

— Mon but était en vérité, comme je vous l'ai dit, de m'assurer que mes employés et leurs familles quitteraient Khartoum en toute sécurité et que les habitants de la ville ne manquent de rien. Mais mon objectif archéologique ne peut être dissocié de mon désir de lever le voile du conflit dans cet endroit du monde et d'éradiquer le jihad.

— Avez-vous trouvé le temple ?

— Mohammed Ahmed m'avait indiqué le site, j'ai envoyé mes hommes creuser, mais le temple était profondément enseveli, et cela leur a pris des mois d'efforts. Quand la chambre principale a enfin été ouverte, Mohammed Ahmed avait complètement viré de bord. Il était devenu le Mahdi et le centre du tourbillon qui nous enveloppe désormais. Ce n'est qu'après que j'ai vu les gravures sur le mur et que je les ai exposées au grand jour, quand ses espions parmi mes hommes lui ont rapporté ma découverte, qu'il a pris conscience de ce qu'il avait vu enfant. Ce n'était pas une écriture ancienne ou une quelconque malédiction. C'était une carte.

— Vous la lui avez montrée ?

— Nous étions déjà des ennemis à ce moment-là, répondit Gordon en secouant la tête. Mais il a lancé ses partisans à mes trousses, pour essayer de voler les gravures. Je les ai gardées ici dans les remises de ce palais, cachées, et ensuite je les ai expédiées à bord de l'*Abbas*. Pour les motiver, il a fait croire à ses hommes qu'il s'agissait d'or, que j'avais trouvé une sorte d'Eldorado du désert. À vrai dire, c'est ce que les premiers pharaons qui sont venus ici croyaient aussi. Ils voulaient repousser les frontières de l'Égypte au-delà du désert, mais aussi fouiller les oasis et les puits en quête de preuves d'une ancienne civilisation, comme nous le faisons aujourd'hui. Ont-ils vraiment trouvé leur Eldorado ? Nous ne le saurons jamais, parce qu'ils ont été repoussés par les guerriers qu'ils appelaient les gardiens du désert, des combattants féroces comme les Ansar du Mahdi. Dans deux des lieux qu'Akhenaton a traversés, j'ai trouvé des représentations de batailles contre les Égyptiens dans lesquelles l'ennemi est victorieux, comme si Akhenaton avait voulu laisser des avertissements aux autres Égyptiens pour qu'ils ne le suivent pas.

— Le temple du crocodile, où j'ai vu la gravure d'Akhenaton, répliqua Mayne après une courte pause. J'y ai vu une fresque semblable, de carnage.

Gordon se pencha en avant, une réelle intensité dans la voix.

— C'est l'appât de l'or, le butin qu'ils pensaient que j'avais expédié en secret en Égypte, qui a conduit les hommes du Mahdi à piller l'*Abbas* et à plonger plusieurs fois de suite pour fouiller l'épave. Ils ignoraient qu'un trésor bien plus important se cache ici, un trésor que le Mahdi convoitait et qui a entraîné l'assassinat de Stewart et de son équipage.

Mayne examina le symbole du crocodile sur le dessin, et soudain, il se rappela le canal que le lieutenant Tanner avait découvert à la cataracte, en direction du Nil jusqu'au temple du crocodile. Il étudia attentivement le croquis, le croisement des lignes, leur origine à une source.

— Vous vous souvenez des cours d'hydrologie à Chatham, avec l'étude de Venise et des villes insulaires du nord de l'Inde ? Ce n'est pas un labyrinthe. C'est un complexe de canaux, certains s'élevant au-dessus des autres. Cette entrée doit provenir d'une source, d'une rivière. Je pense que ce réseau de voies d'eau n'a jamais été découvert parce qu'il est souterrain.

— Je suis du même avis, acquiesça Gordon en hochant la tête. Et je pense que la source doit être une rivière, pour que le volume d'eau qui coule dans le complexe soit suffisant et qu'il ne stagne pas.

— Dans cette partie du monde, il ne peut s'agir que du Nil.

— Je suis d'accord.

— Amarna, la capitale d'Akhenaton ?

— Schliemann et Chaillé-Long ont exploré le site de fond en comble et n'y ont rien découvert. Ils ont même engagé des plongeurs qui ont utilisé des vérins pneumatiques pour inspecter les berges immergées de la rivière, mais n'ont trouvé aucune trace d'un canal.

— Quelque part dans le désert ? s'étonna Mayne.

Gordon posa un doigt sur le carré vierge au centre du dessin où le disque solaire d'Aton aurait dû apparaître.

— Avant de mettre la main sur cette pièce du puzzle, nous continuerons à errer dans le noir. Je pense qu'il y figurait quelque chose de capital, une représentation, un symbole, une inscription en hiéroglyphes, qui aurait pu nous donner une indication. C'est pour cela que je suis revenu au Soudan, pour fouiller tous les sites en rapport avec Akhenaton. Et cela explique l'enthousiasme de Kitchener en vous entendant parler du temple du crocodile. Nous pensons que d'autres indices sont éparpillés dans ces endroits gravés par Akhenaton. Si c'était son rêve, alors il a sûrement tenu à l'indiquer d'une façon ou d'une autre, laissant à la postérité sa prouesse unique.

— Mais qu'était cet endroit ? demanda Mayne sans lever les yeux de l'esquisse.

— Une immense ville souterraine, répondit Gordon, un éclat dans les yeux.

Mayne regarda les bras d'Aton.

— Une ville de lumière.

Gordon posa un doigt sur le papyrus enroulé.

— Une ville de savoir, de connaissance. J'en ai

discuté avec Schliemann avant son départ pour Troie. Il a émis une hypothèse fascinante : en se débarrassant de la vieille prêtrise, Akhenaton a libéré un savoir retenu depuis des générations et des générations dans les temples d'Égypte, rédigé sur des papyrus et transmis oralement par les clercs du temple, une connaissance que les prêtres contrôlaient et gardaient secrète, une connaissance dont ils se servaient avec parcimonie pour accroître leur prestige, pour imposer au peuple les faveurs faites par les dieux aux prêtres. Schliemann n'a pas seulement étudié Troie, Homère et les héros anciens, mais aussi le passé bien plus ancien, l'origine de l'humanité avant les premières cités et les premiers prêtres. Il pense que beaucoup des remèdes médicinaux du temps où les hommes vivaient plus près de la nature ont été perdus au temps des pharaons, mais pas la totalité. Il pense qu'Akhenaton avait voulu éliminer les vieux temples et créer un endroit qui aurait été le temple unique, pour louer le Dieu unique. Il y aurait consigné tout le savoir accumulé, une collection inestimable remontant à la nuit des temps.

— Donc pas une ville du savoir, murmura Mayne. Un *temple* du savoir.

— Vous comprenez, Mayne ? Voilà ce que je recherchais. Ici, dans cette ville de morts vivants, que je vais rejoindre.

— Que voulez-vous que je fasse ?

— Prenez le journal de mes derniers jours à Khartoum. Il se termine aujourd'hui. Quand j'ai vu que vous étiez arrivé au palais, je l'ai pris dans ma chambre à coucher et je me suis empressé de le finir. Veillez à ce qu'il arrive en mains propres au capitaine John Howard du génie militaire. Vous le connaissez ?

— Kitchener m'a dit qu'il se charge de tous les objets que vous envoyez, répondit Mayne dans un hochement de tête.

— Malheureusement pas ceux-ci, s'attrista Gordon en regardant autour de lui. Tout sera pillé et saccagé. Et les gravures d'origine sont perdues sous les sables du Nil.

— L'espoir reviendra, assura Mayne. Quand cette terre sera libérée du jihad, on pourra revenir avec des compresseurs.

Gordon alluma une autre cigarette et souffla bruyamment la fumée.

— Cette terre retombera peut-être un jour sous notre juridiction, mais elle ne sera jamais libérée de ceux qui croient au jihad. Et pour ceux que le Mahdi a nommés comme ses successeurs, ceux qui comptent parmi son cercle le plus proche et qui connaissent la réelle valeur de notre Eldorado, la quête pour le temple de la lumière sera dévorante et sans limites, devenant dans leurs esprits pareille à la lumière qui brille vers l'est quand ils prient. Il faut espérer que cette quête ne servira pas la cause de ceux qui voient cette découverte comme la confirmation de leur vision, leur permettant d'entraîner leurs partisans dans la destruction et le jihad. Ceux parmi mes compagnons qui seront à la hauteur pour suivre mes pas doivent savoir qu'ils ne sont pas seuls.

— Kitchener reprendra sûrement le flambeau.

— Peut-être. Mais il sera guidé par son propre destin. Schliemann ne peut pas espérer achever l'étude de Troie de son vivant. Von Slatin est prisonnier du Mahdi et risque de ne jamais se libérer. Et Chaillé-Long, je ne lui fais plus confiance. Ses théories quant à l'emplacement du réseau de canaux ne me semblent absolument pas crédibles, certaines aussi fantaisistes que celles à propos d'Atlantis. Il est parti en Amérique et il n'est pas sûr qu'on entende un jour parler de lui de nouveau.

— Alors, ce sera le travail des générations suivantes d'archéologues.

Gordon enveloppa son journal d'un papier épais et marron, l'attacha avec de la ficelle qu'il prit dans un tiroir de son bureau. Il le passa à Mayne, qui retira de sa tunique le document abolissant l'esclavage pour le glisser dans l'emballage. Gordon tira une nouvelle fois sur sa cigarette et tapa le journal.

— Et n'ayez aucune crainte, j'ai appris ma leçon de *Reflections in Palestine*. Ce livre ne comporte aucune divagation mystique, aucune digression sur Dieu. C'est le journal d'un commandant des Ingénieurs Royaux, ne contenant que des faits et des chiffres. Et voilà le plus ironique, maintenant que tout est terminé. Ce sont des faits et des chiffres qui auraient pu sauver Khartoum, et pourtant ils ont été minutieusement examinés par Wolseley, les distances moyennes à parcourir quotidiennement sur le Nil, le tonnage idéal pour les chaloupes, mais qui ont plombé l'expédition et conduit la ville à sa ruine.

— Je veillerai à ce que Howard le reçoive en mains propres.

— Une dernière requête, lança Gordon en montrant le holster de Mayne. Je me demandais si vous me laisseriez examiner votre revolver.

— Bien sûr, dit Mayne en sortant son arme de son étui pour la tendre à Gordon. Un Webley, calibre .455. Le dernier modèle avec toutes les améliorations. Le meilleur revolver de campagne, selon moi.

Gordon l'inspecta en connaisseur, tournant le barillet avant de l'ouvrir, prenant soin de ne pas faire tomber les balles.

— Mon problème est le suivant, dit-il en sortant son propre revolver de son holster pour le poser sur le bureau. Un Webley-Pryse, calibre .450. Très efficace, mais il manque de mordant. Je ne pense pas qu'il parviendra à repousser un derviche qui fonce sur moi avec quarante mille anges pour le soutenir. Si j'avais eu le temps de rendre visite à mon agent à Piccadilly avant de venir ici, j'aurais acheté le même que le vôtre.

Mayne sortit de sa ceinture la boîte de cartouches, la tendit à Gordon et s'empara de son Webley-Pryse.

— Échangeons. Vous en avez plus besoin que moi. Je regrette de ne pouvoir vous fournir d'épée.

— Je vous suis très reconnaissant, Mayne. Ne vous en faites pas.

Gordon se pencha sous son bureau pour en tirer une épée de 1856 des Ingénieurs Royaux. Il la sortit à moitié de son fourreau, révélant la lame, polie et limée.

— Quand j'étais cadet à l'Académie militaire, un certain Cannings, un sergent effrayant, nous a appris le maniement de l'épée. Sans doute depuis longtemps à la retraite quand vous êtes entré à votre tour à l'école.

— Le sergent-*major* Cannings, il doit encore y être. Nous nous disions tous qu'il devait être assez vieux pour avoir participé à la bataille de Waterloo.

— *Messieurs*, nous disait-il, *ces épées ne sont pas pour décorer*.

— Et ensuite il tranchait un melon avec.

Gordon lui adressa soudain un regard de plomb, tout humour ayant disparu de son visage.

— J'ai bien l'intention de rendre Cannings fier de

moi. Mais cette fois ce ne sera pas avec des melons. Certains de mes hommes préféreront se donner la mort plutôt que de tomber aux mains des derviches, et d'autres se rendront au Mahdi. Mais, si j'en ai l'occasion, je descendrai me battre. Soldat d'abord, ingénieur ensuite. Vous vous souvenez ?

— Impossible de l'oublier, monsieur.

— Vous y veillerez, Mayne ? Vous me donnerez cette chance ?

Mayne se redressa, et avant de trouver une réponse, Gordon était reparti vers la table basse prendre son brandy, puis il prit une autre cigarette. Il l'alluma, respira profondément, puis siffla son verre, satisfait. Il se resservit encore une fois. Il s'approcha de Mayne, la pâleur de ses joues légèrement atténuée. Il leva son verre plein et sa cigarette.

— Surtout n'allez plus imaginer que je risque de me rendre au Mahdi. Il a interdit l'alcool et le tabac. Il me faut encore mes petits réconforts.

Mayne crut percevoir une petite lueur dans ses yeux bleus brillants, une petite étincelle dans ce visage hanté de ce qu'il avait été contraint de voir au cours des dernières semaines et des mois passés, et par ce qui l'attendait.

Mayne tendit la main.

— Je dois partir. Il fera bientôt jour.

— Bien sûr. Merci d'être venu, votre visite m'a bien diverti. Pardonnez mon radotage, mais je n'ai plus l'habitude de la compagnie, surtout celle d'un sapeur avec les mêmes intérêts que les miens.

Ils échangèrent une franche poignée de main, et Gordon l'accompagna jusqu'à la porte.

— Et prenez soin de mon journal. Si quelque

chose doit être épargné de ce grand gâchis, c'est consigné là.

Mayne s'engagea dans le couloir. Il sentit la fraîcheur du soir, la chaleur du jour s'étant dissipée. Il avait l'impression d'être un prêtre s'éloignant de la cellule d'un condamné pour la dernière fois, mais c'était pire encore. Il était plus comme le bourreau qui venait de jauger sa victime. Une vague de nausée le submergea, mais peut-être parce qu'il n'avait rien mangé depuis un moment et à cause de la puanteur, et soudain il fut pris d'un violent vertige. Il cligna des yeux à plusieurs reprises. Son esprit bouillonnait de tout ce qu'il venait de vivre. Il fallait qu'il garde des forces pour ce qui allait suivre.

Gordon était resté sur le pas de la porte.

— Et, Edward…

— Oui ? demanda Mayne en se tournant.

— Je prie pour vous, Edward.

Mayne entendit ces mots, puis il entendit sa propre voix, désincarnée et tremblante comme si elle lui parvenait de très loin.

— Je prie pour vous aussi, monsieur.

24

Mayne fit glisser le bateau en roseau dans l'eau et le poussa vers la berge de la crique, sentant ses pieds s'enfoncer dans la vase alors qu'il s'agrippait à la proue. L'eau était froide et sombre, et il essaya de ne pas penser aux horreurs qu'il avait vues flotter à la surface autour de Khartoum, ou à ce qui pouvait se tapir dans les profondeurs. Le niveau du Nil avait baissé d'au moins cinq centimètres depuis qu'il avait quitté la forteresse dans la soirée, et la planche qu'il avait posée sur la rive était désormais hors de portée. Dans un dernier effort, il tira le bateau aussi loin qu'il le put hors de l'eau et s'en servit de support, s'y accrochant pour ne pas s'enliser dans la boue. Il s'arrêta un instant, haletant, et se demanda ce que cela ferait de retomber dans l'eau, de se jeter de la rive et de laisser le Nil l'emporter. Est-ce qu'il serait embourbé dans l'horreur de cet endroit, ou est-ce que le courant l'emporterait loin de Khartoum et des cataractes et vers la clarté luisante de la mer, à des kilomètres d'ici pour toujours ? Il souleva les jambes, pataugeant dans la vase jusqu'à atteindre enfin la planche. Il dégoulinait de sueur, mais s'en fichait bien à présent. Tout ce qui comptait pour lui, c'était de retrouver Charrière et d'installer son fusil avant la levée du jour.

Il se remémora sa conversation avec Gordon et passa une main sur sa tunique pour s'assurer que le journal était toujours dans sa poche. Quelque chose le tracassait, et maintenant seulement, il mit le doigt sur le problème : le carré vierge au centre du dessin que Gordon lui avait montré, là où manquait une dalle dans l'ancienne sculpture. Gordon lui avait dit qu'avec ses compagnons ils avaient cherché partout sa trace, dans les ruines du temple d'Akhenaton dans le désert. Mayne se rappela la dalle qu'il avait prise sur le mur dans la grotte sous la cataracte, dans le temple du crocodile, la dalle qu'il avait demandé à Tanner de confier au caporal Jones pour qu'il veille dessus. Ses lignes irradiaient du côté où elle constituait une partie du symbole d'Aton, mais elle avait aussi des formes dans un coin, ternies par la vase. Il se maudit d'avoir oublié de le signaler à Gordon : cela aurait pu le convaincre qu'il lui restait encore des raisons de vivre et de le suivre de l'autre côté de la rivière. Mais il n'y pouvait plus rien. L'histoire était en marche.

Quelques minutes plus tard, il revint au parapet en brique qui entourait la forteresse. La lumière était suffisante pour distinguer le reflet de la lune dans la mare fétide, sa surface immobilisée par le froid. Charrière n'avait pas perdu son temps. Les failles et les ouvertures dans le mur avaient été colmatées avec des broussailles de mimosa, empêchant de voir l'intérieur. Il siffla doucement, sachant que Charrière aurait vu son sillage dans l'eau quand il ramait sur la rivière, puis il jeta un œil par-dessus le mur et poussa une branche de mimosa pour entrer. Charrière était éveillé à côté de l'embrasure qui donnait sur la rivière, enveloppé d'une des deux couvertures militaires grises qu'ils avaient apportées, son visage noyé sous son turban arabe. À côté de lui, Mayne vit l'étui kaki de son fusil. Il rampa vers lui, glissant sur le bord du cratère boueux descendant jusqu'à la mare. Charrière ne le quittait pas des yeux. Mayne savait qu'il n'avait pas besoin de parler. Il était revenu seul, sans Gordon.

Il prit sa longue-vue sur son sac et la déplia devant la meurtrière, la dirigeant vers le palais. La lumière dans la pièce de Gordon était encore allumée, et il leva un peu la lunette vers le toit où le général avait placé sa propre longue-vue. L'espace de quelques secondes, il vit du mouvement, l'éclair d'une lentille au loin sur laquelle s'était reflété un rayon de lune. Cela lui suffit pour savoir que Gordon l'avait observé, suivant son avancée derrière l'île de Tuti et des sentinelles derviches, et qu'il l'avait vu rentrer sain et sauf à la forteresse. Les deux hommes savaient que les dés étaient jetés.

Mayne baissa sa longue-vue et regarda vers l'île, percevant du mouvement là-bas aussi, et distingua à peine les palmiers qui se balançaient sur l'autre rive. Il sentit un souffle de vent dans sa nuque, puis un autre. C'était pratiquement imperceptible, comme si une bête immense qui sommeillait sous la rivière prenait son élan avant l'aube. Quelque part sur l'île, des millier d'hommes de l'armée du Mahdi attendaient sur les rives du Nil blanc. Cette pensée lui donna le tournis, comme si toutes ces troupes aspiraient l'oxygène de l'air. L'oxygène manquait cruellement ici, comme l'eau dans le désert, des éléments essentiels à la vie dont Khartoum avait été privé depuis des semaines et qui baissaient encore d'heure en heure.

Le courant d'air lui rappela son fusil, l'effet d'une balle qui traverse la rivière. Il essuya ses mains tachées de boue sur la serviette de Charrière, s'agenouilla et ouvrit son sac, révélant l'étui en teck à l'intérieur. Il ouvrit le couvercle et le souleva. Tout semblait en place, intact, malgré les secousses infligées depuis deux semaines. Voir le fusil accéléra son pouls, l'excita. Il passa un doigt sur les surfaces octogonales du canon et toucha le garde-main, respirant la graisse du fusil. Il prit un petit tournevis pour relâcher les serre-joints qui maintenaient fermement les différentes parties en place, s'emparant tour à tour du canon, de la crosse et du chargeur pour les monter sur la culasse. Une fois terminé, il baissa le levier, pour ouvrir la culasse, relevant le chien, armant la détente et passant son doigt autour de la gâchette, conscient que la plus légère pression pourrait ramener le chien sur le percuteur. Il replaça le chien dans sa position intermédiaire, ouvrit la boîte de munitions dans l'étui et en sortit une des longues cartouches en laiton. Chacune contenait quatre-vingt-dix grains d'une poudre fine remplie à la main par son armurier à Londres, assez puissante pour propulser une balle de calibre .50 par la bouche de la carabine à une vitesse de cinq cent cinquante mètres par seconde. Il l'examina soigneusement, puis baissa le levier pour charger la culasse, poussa la douille à l'intérieur et referma le levier, replaçant le bloc à sa place derrière la culasse avant de verrouiller la détente.

Il se pencha en avant et passa le canon de la carabine par la meurtrière, prenant soin d'éviter la boue et les débris qui pourraient encombrer la bouche. Il coinça la crosse contre son épaule, ouvrit le clapet du viseur et regarda à travers, fermant son œil gauche comme il le faisait toujours pour viser, voyant la mire par l'oculaire avant. Il vérifia l'élévation, environ six cent cinquante mètres, l'estimation qu'il avait faite d'après les mesures prises sur la carte de Kitchener, et la distance exacte que Gordon avait lui-même calculée, avec un ajustement minime vers le haut que Mayne avait fait en testant l'arme sur la même distance près du Nil au sud de Korti. Il leva la tête du viseur, se mouilla l'index de la main gauche et le maintint dans l'air, ne sentant rien. Le vent ne soufflait plus. Il retira la crosse de son épaule et la posa sur son sac, laissant le canon dépasser par la fente. Il était prêt.

Il s'allongea sur le dos, regardant autour de lui. L'air semblait étrangement calme, à tel point que ça en était irritant. Quelque part au loin, il entendit le cri d'un oiseau tropical, un bruit discordant et grinçant, peut-être ce qui faisait office ici du chant du coq. Mais le ciel était encore noir. Il prit conscience que de sa gauche ne lui parvenait plus aucun son, alors que quelques heures plus tôt, la vache aveugle tournait en rond, gémissant et sifflant. Charrière nettoyait son couteau de chasse, essuyant sur la lame du sang coagulé et laissant des traces noires sur sa couverture. Mayne fit un geste vers la briqueterie.

— Tu as bien travaillé.

Charrière ne dit rien, mais finit de laver son couteau, puis il le posa sur le bord de la couverture, sa lame scintillant à peine. Mayne avait lui-même utilisé ce couteau pour poignarder une biche quelques années plus tôt. Sa poignée usée en os et sa pointe taillée, retaillée et affinée convenaient si bien au personnage que le couteau semblait être une extension de Charrière, tout comme Mayne considérait que sa carabine l'était pour lui. Charrière fixa un moment l'arrière de la forteresse, au maximum de sa concentration, puis il se tourna vers Mayne, ses yeux étant indéchiffrables dans l'obscurité.

— La vache est morte. Quelque chose de très gros l'a attirée dans la rivière.

— Un crocodile ?

— Je n'ai vu que les empreintes sur la terre. Je n'étais pas présent quand c'est arrivé.

Mayne jeta un œil au couteau.

— Nos poursuivants ?

— Je les ai trouvés tous les trois endormis dans le désert.

— Qui étaient-ce ?

— Des Soudanais, mais chacun avec un tatouage différent. Ils appartenaient tous à une tribu différente. Ils avaient du tabac anglais et des Martini-Henry. Je ne me suis pas attardé.

— Tu es allé loin ? demanda Mayne en réfléchissant à qui ils pouvaient être.

— J'ai pris l'étui de ta carabine sur le dos. J'ai traversé la jonction au nord de Khartoum entre le Nil blanc et le Nil bleu. J'ai longé la rivière sur plusieurs kilomètres. J'ai vu les bateaux à vapeur.

— Tu les as vus ? s'écria Mayne, alarmé. Tu es sûr qu'il s'agissait bien d'eux ? Ils ne devraient pas être si proches.

— Le *Bordain* et le *Talawahiyya*. J'ai vu les tourelles avec les emplacements des canons et les blindages avec lesquels les marins les ont entourés. Ils étaient ancrés, mais montaient la vapeur. Les soldats étaient descendus sur le rivage pour trouver du bois, saccageant les *saggiya* pour alimenter la combustion.

Le niveau du Nil descend de près d'un mètre par jour. Ils ont dû voir les bancs de vase et décidé d'accélérer.

— Ce qui veut dire qu'ils pourraient être là d'une minute à l'autre.

— Juste après le lever du soleil.

Mayne réfléchit, son esprit lancé à toute vitesse. Il était crucial que sa mission soit achevée avant l'arrivée des bateaux à vapeur. Il fallait qu'il soit parti et qu'aucun soldat britannique ni aucun marin ne l'ait vu. Il se tourna une nouvelle fois vers Charrière.

— Tu as vu autre chose ?

— J'ai traversé le camp du Mahdi. Je suis passé à côté de milliers d'hommes endormis sur le sable du désert. Ils gardent leurs lances à côté d'eux, polies et aiguisées. Dans moins d'une heure, à l'aube, cet endroit va s'illuminer, de plus d'une manière. L'artillerie est prête à frapper les portes de la ville. La force principale traversera la rivière vers l'ouest, et les autres attaqueront les défenses vers les terres de l'est. Khartoum sera envahi en quelques minutes. Les Ansar seront aux portes du palais, dès les premiers rayons du soleil.

— Nos poursuivants, tu as dit en avoir trouvé trois dans le désert. Ils étaient quatre quand nous les avons vus derrière nous, à Abu Klea.

— Il est ici.

— Comment ça, *ici* ?

— Ne regarde pas, lança Charrière en baissant la voix. Il nous a suivis ici hier soir. Il appartient à la tribu Ababda. C'est leur traqueur, il est bon. Il est retourné à leur camp pendant la nuit et a vu ses compagnons égorgés, et maintenant il est revenu ici. Il ne va pas tarder à nous attaquer.

— Où est-il ? murmura Mayne.

— Je l'observais pendant que tu chargeais ton fusil. Il a contourné le mur vers l'entrée que tu as empruntée. Quand j'ai placé ces branches de mimosa dans les failles hier soir, je l'ai fait de sorte que je puisse voir à travers, mais que lui ne puisse rien voir à moins de regarder par-dessus le mur. Ne bouge pas, il est juste là.

Dans un mouvement fluide, Charrière retira sa couverture, ramassa son couteau et le jeta dans la direction de Mayne, la lame fendant l'air si vite que c'est à peine s'il la vit. Un cri retentit derrière le mur et Charrière bondit en avant, suivi de près par Mayne. Charrière écarta les branches et agrippa l'homme, arrachant le couteau de son torse et se préparant à frapper à nouveau. Mayne lui attrapa le bras pour l'arrêter.

— Laisse-moi l'interroger d'abord.

L'homme avait une robe grise, mais pas de turban sur la tête, et il tenait sur le côté un poignard incurvé. Les trois cicatrices de la tribu Ababda entaillaient son visage. C'était un guerrier, mais dans ses yeux on lisait la peur, et la tache rouge sur sa poitrine s'élargissait sur sa robe, le sang s'écoulant sur le sol. Mayne se pencha tout près de son visage.

— Qui vous a envoyé ?

L'homme gargouilla, le sang et la mousse s'accumulant dans sa bouche, ouvrant des yeux immenses, sa peau virant au gris. Il émit un dernier râle d'agonie et sa tête partit en arrière. Il avait dit deux mots, mais Mayne n'avait entendu que *Pacha*, le terme ottoman pour général. N'importe quel leader arabe pouvait porter ce titre, Osman Digna, le dissident général mahdiste qui avait conduit ses jihadistes contre l'armée britannique sur la mer Rouge, ou Suleiman Bay, l'ancien trafiquant d'esclaves que Gordon avait essayé d'investir aux fonctions de gouverneur du Soudan. Les Ottomans et leurs sbires excellaient en matière de complots et tous pouvaient avoir envoyé des espions en mission secrète dans le désert. Mais ces hommes avaient suivi Mayne et Charrière depuis Korti, comment avaient-ils su qu'ils s'y trouvaient ? Qui d'autre aurait voulu les voir morts avant d'arriver au palais de Gordon ?

Et soudain, il se souvint. Les Soudanais utilisaient *Pacha* pour les Anglais aussi. Lui-même l'avait fait à Khartoum pour parler de Gordon. C'était ainsi que le malheureux général Hicks était connu de ses troupes. Et il se rappelait de quelqu'un d'autre, quelqu'un que son garde du corps fanatique avait appelé *Pacha*.

Son cœur se mit à tambouriner.

Kitchener Pacha.

— C'était Kitchener, s'exclama Mayne en levant les yeux vers Charrière. J'en suis sûr. Il n'avait pas confiance en moi et a dû se douter du rôle que je devais jouer. Il adulait Gordon et ne supportait pas de penser à ce que pouvait être ma mission.

Il se balança un moment, envahi d'un profond sentiment de soulagement. Depuis des jours l'incertitude le dévorait, il cherchait à comprendre si c'était le colonel Wilson ou même Wolseley qui avait ordonné qu'on les suive. Mais Kitchener avait agi sans en informer personne, dans le désert il ne répondait à aucune autorité. Il se rappela le dernier avertissement de Burnaby : *Ne faites confiance à personne*. Burnaby avait écouté et observé toute la réunion à Korti, et avait sûrement senti la profonde dévotion de Kitchener envers Gordon.

Mayne ferma les yeux un instant. Il avait de nouveau l'impression de contrôler la situation, et un besoin soudain de retourner derrière son viseur s'empara de lui. Il devait se concentrer sur sa mission.

Une immense explosion fit trembler l'air, et une pluie de lumière grésilla et tomba sur Khartoum. Elle fut suivie par une autre, puis au loin des salves de fusils qui déchiraient l'aube comme si elles étaient tirées tout près d'eux, l'écho résonnant sur la rivière. Mayne vit la ville s'illuminer sous le feu de l'ennemi, ses fragiles bâtiments chaulés écroulés comme la carapace d'un quelconque monstre marin mort depuis longtemps, et, quand il se tourna, il vit pour la première fois l'éclat de l'aube à l'horizon vers l'est. Il regarda Charrière. *L'offensive avait commencé.*

Ils se déplacèrent tous les deux rapidement de l'autre côté du mur et s'aplatirent devant la meurtrière. Les tirs lointains étaient devenus un crépitement continu vers le nord-est, quelque part au point de rencontre entre les deux Nil, et ils furent suivis du martèlement caractéristique de l'artillerie. Sans aucun doute des canons britanniques de neuf livres, chargés à bord des bateaux à vapeur. Ils devaient remonter, à travers une pluie de rafales des forces du Mahdi de chaque côté de la rivière. Mayne admira la couleur orangée qui se répandait sur la ville, étalée par la fumée des explosions. Si les bateaux parvenaient à passer le barrage, ils feraient le tour de l'île de Tuti en moins d'une demi-heure.

Ils entendirent soudain un bruit extraordinaire, et Mayne se rendit compte qu'il s'agissait des mêmes battements de pas qu'ils avaient entendus à Abu Klea, seulement multipliés une centaine de fois et accompagnés de milliers de tam-tams et de centaines de milliers d'hommes hurlant et chantant, et appelant à la mort des infidèles. Un nuage de poussière se souleva tout au bout de la ville et des milliers de derviches s'élancèrent au-dessus de la digue défensive et vers les rues. On aurait dit une marée déferlante s'écrasant sur une ville côtière, noyant les rues et détruisant tout sur son passage. Tout se passait à une vitesse affolante. Vingt minutes plus tôt la ville avait été plongée dans un silence à couper au couteau. Il déplia sa longue-vue et regarda les derviches hurler en courant vers le palais, atteignant en quelques secondes à peine le quartier résidentiel où vivaient les fonctionnaires. Un homme en tarbouche et en robe entraîna sans ménagement une femme et cinq enfants vers la rive. Il les abattit d'une balle dans la tête chacun avec un revolver, à six coups, puis jeta son arme vide en direction des derviches qui se précipitaient vers lui, l'un d'eux lui trancha la tête avec son sabre, projetant une giclée de sang et de cervelle dans le Nil. Quelques secondes plus tard, les premiers derviches arrivèrent aux portes du palais, se pressant contre les barreaux, comme Mayne l'avait fait huit heures plus tôt.

Il dirigea la longue-vue à un endroit précis, juste au-dessus du palais, qu'il avait repéré en examinant la ville, la veille dans l'après-midi. Il avait eu besoin de trouver un point visible à l'œil nu, un point de référence qu'il pourrait cibler avant d'orienter le viseur sur le balcon. Cela lui permettrait de donner une structure à une scène dont les détails risquaient d'être moins nets au petit matin, mais qu'il avait mémorisée, et qu'il pouvait voir clairement dans son esprit comme s'il s'agissait d'une photo. Il le retrouva, le toit conique d'une mosquée qui s'élevait derrière le palais, juste au-dessus et à la gauche du balcon. Il reposa sa longue-vue et essaya de régler le viseur de la carabine, plaçant la mire sur le toit, puis la baissant un tout petit peu et vers la droite, là où Gordon avait dit qu'il se tiendrait quand l'armée du Mahdi arriverait au portail.

Il regarda les portes du palais, la horde de derviches qui se comptaient déjà par milliers, se déversant dans les rues et les ruelles, le nombre grossissant de minute en minute. Il pouvait imaginer la terreur des soldats soudanais dans le domaine du palais, la peur du caporal vendu au Mahdi qu'il avait vu la veille au soir et qui devait à présent se demander si sa trahison lui épargnerait de se faire massacrer comme ses compagnons, et s'il fallait qu'il ouvre le portail ou simplement qu'il attende qu'il s'écroule sous le poids des corps qui s'appuyaient dessus.

Et c'est là qu'il vit Gordon sur son balcon, surplombant le domaine, exactement là où il avait dit qu'il se trouverait. Mayne s'y était attendu et pourtant un frisson le parcourut à la vue de cette silhouette noble. Il portait un uniforme de cérémonie, avec une tunique rouge, son épée dans une main et le revolver de Mayne dans l'autre. Mayne fut traversé d'un sentiment de fierté : un officier du corps des ingénieurs de la reine n'allait pas se rendre sans se battre. Mayne pria pour qu'il puisse tuer un certain nombre de ses ennemis avant de tomber à son tour. Les portes s'effondrèrent dans un bruit de plus en plus fort, et les derviches foncèrent sur les soldats réunis dans la cour. Ils arrivèrent en bas des marches et se mirent à les escalader. Les Soudanais à la fenêtre du premier étage tiraient aussi vite qu'ils pouvaient recharger leurs armes, plus fermes que Mayne ne l'aurait imaginé, étant donné l'imminence de leur mort. Et ensuite il vit Gordon à l'action, maniant l'épée, tirant à bout portant sur les derviches qui montaient l'escalier, les faisant retomber dans la masse qui suivait, hurlant des ordres aux soldats soudanais qui tiraient depuis les fenêtres à côté des siennes.

Mayne murmura tout bas : « Je t'en conjure, mon Dieu, achève-le maintenant. » Une seule balle, une seule lance. Il en avait suffisamment qui lui tournaient autour. Mais Gordon était là, intact, planté solidement sur le sol, les pieds légèrement écartés, face à la rivière, face à Mayne. Les derviches s'étaient regroupés en un large arc de cercle, leurs lances brandies, restant sur leur position, malgré les soldats soudanais qui continuaient à leur tirer dessus, jusqu'à ce qu'ils cessent complètement, leurs munitions épuisées. Mayne comprit alors pourquoi les derviches s'étaient postés ainsi, arrêtant de monter l'escalier. Deux émirs à cheval avaient traversé la foule pour s'arrêter sous le balcon. Ils avaient l'air de lire un document à Gordon, de lui parler. Mayne ne respirait plus. Ils essayaient de le capturer vivant.

Il allait devoir le faire.

Il baissa sa longue-vue et s'empara de son fusil, le calant dans le creux de son épaule avant de l'armer. Il jeta un œil dans le viseur, trouva la mosquée et ajusta de quelques millimètres plus bas et vers la droite, jusqu'à trouver l'endroit exact. Il ne voyait plus les détails, mais il visait vers ce qu'il savait se trouver là, une toute petite tache rouge qui attirait son cerveau comme s'il regardait à travers sa longue-vue.

Il avait la gorge sèche, l'estomac douloureusement

vide. Il s'aperçut qu'il tremblait, qu'il n'avait même pas pris conscience du froid. Mais ce n'était pas que cela. Il se rendit compte qu'il avait perdu sa détermination. *Cela ne lui était jamais arrivé avant.* Il savait que c'était Gordon, qu'il n'aurait jamais dû aller le rencontrer, qu'il n'aurait jamais dû se permettre de connaître sa cible humaine. Et qu'ils se trompaient sur toute la ligne : Gordon n'était pas un messie, il n'avait rien d'un martyr en devenir. C'était un homme retourné à Khartoum pour trouver quelque chose et qui ne reviendrait pas dans son pays sans l'avoir découvert. Le Gordon qu'on l'avait envoyé abattre n'était qu'une illusion dans l'esprit des gens. À son retour, il le leur dirait, et ce faux Gordon n'existerait plus et sa mission serait terminée.

Charrière s'était emparé de la longue-vue.

— Il est droit dans la ligne de mire, pressa-t-il. Les bateaux arrivent. Tire maintenant.

Mayne se crispa de nouveau. Ils étaient des chasseurs et il tenait la biche en joue, tout comme la première fois, quand Charrière l'avait initié et qu'il lui avait appris à maîtriser ses nerfs. Il ferma un court instant les yeux, se projetant ce jour-là, au bord du lac dans la forêt, puis les rouvrit, ne voyant plus rien que le tunnel du viseur et sa cible tout au bout. Et soudain, dans son imagination, il vit Gordon comme il devrait être, comme il l'était sûrement à cet instant, refusant d'être fait prisonnier, levant son pistolet et tirant ses dernières balles sur l'émir, puis chargeant dans l'escalier, l'épée levée, se jetant sur l'ennemi jusqu'à se faire trancher la tête.

Il toucha la gâchette. La carabine sursauta et l'écho du coup de feu retentit sur le Nil. Il posa sa carabine et s'écarta du mur, agenouillé, les yeux fermés. Il prit lentement son souffle, comme si c'était sa dernière occasion de respirer. La même soif qu'il avait éprouvée dans le désert avec Shaytan vint l'accabler, seulement, cette fois, il n'avait aucune envie de l'étancher. Il voulait que le désert fasse partie de lui. Il se remit à inspirer et expirer tout doucement, de façon à peine perceptible, puis ouvrit les yeux. À l'horizon, au-delà d'Omdourman, vers l'ouest, il vit la bande orangée grandir, vacillant et miroitant entre le sable et le ciel. Gordon avait eu raison : le soleil brillerait aujourd'hui. Le bruit qu'il avait réussi à bloquer depuis son tir soudain retentit à plein régime, une cacophonie de cris, de chocs métalliques et de coups de feu. La ville grouillait de derviches à tel point qu'il ne voyait plus les marches du palais. Il baissa les yeux vers le Nil. Les bateaux à vapeur n'avaient pas encore fait leur apparition. Charrière et lui pourraient s'enfuir avant l'arrivée du colonel Wilson, avant que qui que ce fût à bord ne le vît avec sa carabine. Le plan avait été respecté à la lettre.

Et tout à coup, il eut le souffle coupé et se trouva saisi par-derrière, sa tête tirée en arrière et son bras droit tordu dans son dos. Il se débattit, donna des coups de pieds, mais cela ne fit qu'augmenter la torsion exercée sur son bras. L'air se remit à passer dans sa gorge et il vit que le bras qui lui serrait le cou était bronzé et entaillé, avec un bracelet de perles. Il se détendit et s'appuya sur l'homme qui le maintenait immobile. C'était Charrière.

— Tu te souviens comme nous luttions quand nous étions enfants ? demanda Mayne. Tu gagnais toujours.

— C'était à l'époque où tu étais mon frère adoptif, *Kanienkehake*.

— Et maintenant ?

— Tu as de nouveau gagné ce nom aujourd'hui, Œil d'aigle. Et maintenant tu vas rejoindre nos ancêtres, frère de sang. Ton esprit va s'élever comme une flèche vers le soleil.

L'emprise se resserra encore. Son bras fut plié davantage contre le torse de Charrière, lui permettant de libérer sa main droite. Mayne entendit le sifflement d'une lame qu'on sort de son fourreau et il sentit un objet plat et dur contre son torse. Il n'éprouvait plus rien, comme anesthésié par l'épuisement.

— Qu'est-ce que tu fais ?

— Mon travail.

— Comme ça ? s'énerva Mayne en essayant de lutter.

— *Personne ne doit savoir.* C'étaient les derniers mots de Wilson.

— C'est ce qu'il m'a dit à moi. Et personne ne sera mis au courant. Surtout si nous partons maintenant avant l'arrivée des bateaux.

— Ils sont à deux jours d'ici. Je ne les ai pas vus hier soir. Les coups de feu que nous avons entendus provenaient d'une petite garnison soudanaise dans le fort assiégé d'Omdourman.

Mayne ferma les yeux : il ne rêvait pas. Il aurait dû s'y attendre. Wilson arriverait trop tard, Gordon serait mort, tué par les forces du Mahdi, Wolseley s'en tirerait avec les honneurs, le prestige britannique serait sauf. L'histoire se souviendrait à jamais de la bataille glorieuse d'Abu Klea. Gordon deviendrait un saint.

Et personne ne connaîtrait jamais la vérité.

— Et pourquoi pas toi ? Si tu sais, comment peux-tu survivre ?

— Personne ne croit un Indien. Surtout un Indien qui passe le reste de ses jours seul, au bord d'un lac dans la forêt.

— Pourquoi ? interrogea Mayne, envahi d'une vague de lassitude insurmontable. À quoi bon ?

— Le général Wolseley s'est toujours montré bon avec mon peuple. Et Wilson est venu me trouver après la mort de ma femme et de mon enfant.

— Wolseley ? Il était dans la confidence ?

— C'est lui qui a présenté le plan à Wilson. Tu étais l'homme parfait pour cette mission. Mais même à toi ils ne peuvent se fier entièrement. Ils craignent que tu parles un jour.

Mayne ferma les yeux. Il prit conscience du peu qu'il savait et de combien le théâtre de la guerre était en fait un jeu entre des hommes, s'emmêlant, s'encerclant comme des algues dans le courant, se servant de l'histoire comme de la scène pour leur pièce, à l'instar des pharaons sur le Nil. Rares étaient les hommes bons : Fred Burnaby, Charles Gordon. Et les détritus de la guerre qui se laissaient entraîner dans la danse se retrouvaient enfermés à jamais, leur plus grande faute ayant été de croire que leur cause avait véritablement de la valeur.

Ce qu'il ne révélerait pas à Charrière, c'est qu'à lui aussi on lui avait confié la même mission. C'est pour cela qu'il avait essayé de convaincre Wolseley de permettre à Charrière de rentrer avec les autres voyageurs. Son revolver, celui qu'il avait échangé contre l'arme de Gordon, devait servir à abattre Charrière : quand il le déciderait et n'importe où au cours du trajet du retour quand son ami ne lui serait plus d'aucune utilité. Aucun des deux n'était supposé quitter le désert vivant.

Il ne pouvait pas voir Charrière, ne le reverrait jamais. Mais il se rappelait ses yeux froids et sombres, ses yeux de chasseur, pareils aux siens. Il aurait dû se douter que cela finirait ainsi. *Notre histoire ne pouvait se terminer que comme cela.*

— L'arc a été relâché, *Kanienkehake*. La flèche qui va s'emparer de ton âme vole déjà. Bientôt, elle va passer entre nous et tu verras le soleil.

Il fut soulevé, sentit sa gorge se serrer, puis une pression dans la poitrine. Il haleta, puis se rappela le plus important.

— Dans la poche de ma tunique, lâcha-t-il, le souffle court. Le journal de Gordon, ses dessins. Le capitaine John Howard, École d'ingénierie militaire. Tu pourras le lui envoyer ?

Ses membres perdaient toute sensation, sa voix faiblissait.

— Mon serviteur, le caporal Jones. Huitième compagnie de chemin de fer. Dis à Howard de le trouver. Il a quelque chose qui m'appartient. Un objet. Fais-le pour moi, s'il te plaît.

— Je te le promets.

— Et *Keoteotuham*, mon frère de sang…

— Oui ?

— Quand tu retourneras sur notre lac dans la forêt, méfie-toi des étrangers qui sortiraient de l'eau. Ne fais confiance à personne.

La voix de Mayne n'était plus qu'un faible murmure. Charrière le serra fermement contre lui. Une vague de froid mordant l'envahit soudain. Il faudrait qu'il boive et qu'il mange pour chasser ce linceul glacé de ses épaules. Il irait vers les puits de Jakdul. Une oasis dans le désert. Personne ne l'y trouverait.

Mayne fut pris d'une convulsion et toussa du sang. Une flaque grossit à ses pieds, son propre sang imbibé par le sable du désert. Il ne voyait plus qu'un étroit tunnel, son champ de vision complètement obstrué. Il se détendit quand il comprit ce dont il s'agissait. Il regardait par le trou du viseur, effaçant tout le reste, ne voyant que sa cible, entièrement concentré. Cela lui avait toujours fait un bien infini.

Et il le vit : l'éclair de lumière, qui brûlait comme le soleil, calcinant les murs du tunnel tels des bras tendus qui s'ouvraient pour l'enlacer.

Il sut ce que Gordon avait vu.

Puis plus rien.

25

Cornwall, Angleterre, de nos jours

Jack était installé dans le bureau de sa vieille maison de famille sur le campus de l'IMU à Cornwall et observait sur les murs les portraits de ses ancêtres, se sentant aussi exaspéré qu'au cours des derniers jours depuis lesquels Costas et lui avaient été chassés du Soudan *manu militari*. Quelques heures plus tôt, il avait reçu encore des mauvaises nouvelles : Hiebermeyer et son équipe d'archéologues avaient été raccompagnés à la frontière avec l'Égypte depuis leur site de Semna, apparemment aussi par ordre d'al'Ahmed. La seule consolation était que tous les objets découverts avaient été secrètement emportés au musée de Khartoum par le cousin d'Aïcha, où ils avaient été soigneusement consignés. Un jour il leur serait possible de retourner au Soudan, mais pour l'instant, la porte leur en était fermée à double tour. Jack jeta un œil aux deux enveloppes qu'il avait prises dans son coffre sur le *Seaquest II*, celle du lieutenant Tanner et l'autre du caporal Jones, et se demanda ce qu'il était advenu de leur contenu. Il savait que son enthousiasme se raviverait de nouveau, mais il accusait le coup. Il lui fallait du temps, peut-être quelques jours de vacances, loin d'ici. Il était conscient qu'il devrait prendre son téléphone pour appeler Maria. Et aussi qu'il devrait dormir.

Rebecca frappa à la porte et entra dans la pièce avec une tasse de café.

— Bois ça. Et pars quelques jours, prends un peu de recul. Comme le dit toujours oncle Costas, on ne peut pas éviter de recevoir des coups, où est le risque si ça ne cahote pas de temps en temps ? C'est la richesse de la vie. Et tout le monde sait qu'au Soudan il faut surtout de la chance, ce qui vous est arrivé n'a rien de surprenant, ça se produit régulièrement, là-bas. Tu n'as rien fait de mal. Tu t'es rendu sur le site en toute bonne foi, pensant que tu avais une autorisation, et tu t'es fait avoir par une des personnalités les plus fourbes du Moyen-Orient. Oublie, papa.

— J'ai laissé tomber Maurice et Aïcha. Ils n'auraient jamais été contraints de quitter le site à Semna de cette manière. Ils ont été évacués en moins d'une heure.

— Maurice m'a appelée, parce que tu ne réponds pas au téléphone, lança Rebecca en secouant la tête. Ils avaient *déjà* pris la décision de partir. La nuit, ils ont eu la visite de bandits, et le cousin d'Aïcha, le type qui leur servait de garde du corps, commençait à avoir vraiment peur. Aïcha a dit que, dès qu'elle a vu qu'il s'inquiétait, elle a su qu'ils devaient partir. Il n'était pas question qu'ils restent sur place avec un bébé. Et de toute façon les Égyptiens bouclent le lac Nasser, tout le site va être de nouveau inondé dans quelques mois.

Jack prit un petit objet sur son bureau, le scarabée en

néphrite qu'il avait trouvé dans le temple du crocodile, et il examina le cartouche sur sa base. Il se demanda qui l'avait perdu là et quand. Il l'avait conservé sur lui depuis qu'il l'avait trouvé au Soudan et maintenant il sentait le besoin de le rendre. Pas à un musée, mais le déposer sur le sable mouillé à l'intérieur du temple où il pourrait désormais passer une autre éternité.

— Tu sais, les membres des tribus musulmanes ramassent de vieux scarabées et les gardent comme porte-bonheur, affirma Rebecca. Ils les entourent de prières et les gardent dans des petits sacs autour de leurs cous. Celui-ci paraît très proche d'Akhenaton, un scarabée de sa femme Néfertiti, mais il est possible qu'il ait été perdu dans le temple bien plus récemment et qu'il ait une signification tout autre. C'est ce que tu m'as expliqué sur les objets qui traversent les époques et les cultures, ils prennent de nouvelles significations.

Jack posa le scarabée et le contempla.

— Je t'ai déjà dit que je ne croyais pas aux porte-bonheur.

— Tu m'as dit que tu ne croyais qu'en toi-même.

— D'accord. Je vais parler à Maurice, assura Jack en prenant une profonde inspiration. Mais j'ai toujours l'impression qu'il va falloir que je me rachète. Il tenait quelque chose de magistral.

— Papa, tu lui as rapporté un sceptre en or de pharaon. Et pas n'importe quel pharaon, son préféré, Akhenaton. Ce n'est pas rien.

— Peut-être que je peux apporter ma contribution dans la pyramide de Mykérinos. Après cela, je prendrai un peu de congé de la plongée. Je pourrais travailler un peu sur la terre ferme.

— Papa, tu n'as jamais dit ça, d'accord ? Oublie.

— J'ai l'impression d'entendre Costas. Lui, il ne va pas devoir affronter le conseil d'administration demain.

— Eh si ! Il s'est proposé pour t'accompagner et s'assurer que tout dans le dossier était correct. Mais, de toute façon, papa, c'est toi qui diriges cet endroit. C'est toi qui as créé le conseil d'administration.

— Quand j'ai créé cette entité, j'ai cédé mon contrôle à l'IMU, pour n'être qu'un employé comme les autres. J'ai vu bien trop d'instituts gérés comme des petites dictatures.

— Ils ne vont quand même pas te renvoyer, papa, allons. Bon, moi, je retourne aux archives de mon arrière-arrière-grand-père dans le grenier. Je vais bien finir par trouver la lettre du lieutenant Tanner dans un des cartons. Ça pourrait nous donner un indice de ce qui se cachait dans l'autre enveloppe. Pas besoin de retourner au Soudan pour découvrir la clé de cette énigme. Et appelle Maurice, papa. Tu es son meilleur ami, tu lui dois bien ça.

Rebecca sortit et Jack posa les pieds sur le coin du bureau, fixant de nouveau les portraits sur le mur : le premier Jack Howard, un marin de la période élisabéthaine qui avait fait fortune en tant que pirate, pillant les navires espagnols, puis avait combattu l'Armada sous Drake et Raleigh ; le capitaine Matthias Howard, qui avait fait le commerce du tabac depuis ses domaines du Maryland et de Virginie avant de s'intéresser à l'est, et d'investir son argent dans un *indiaman*, un navire de la Compagnie des Indes, et ainsi doubler les richesses familiales, ce qui lui avait permis de construire leur maison actuelle ; en face d'eux, sur la porte, le colonel John Howard, des Ingénieurs Royaux, l'arrière-arrière-grand-père de Jack, qui avait servi avec les honneurs en Inde, avant de disparaître en Afghanistan, lors d'une mission, et dont Costas et Jack avaient fini par retrouver ses traces près de cent ans plus tard. Ils étaient tous présents dans l'esprit de Jack, pas seulement ces trois-là, mais tous les hommes et les femmes de son passé qui lui avaient donné son sens de l'identité, lui avaient transmis le goût de l'exploration, de l'aventure, des risques qui coulaient dans son sang.

Il savait qu'il n'avait pas besoin de rivaliser avec eux, mais pouvait se contenter d'atteindre l'idéal qu'il s'était fixé. Et depuis l'arrivée de Rebecca dans sa vie, ce n'était plus juste pour lui, mais pour elle aussi, pour lui donner la chance d'éprouver ce même enthousiasme qui l'avait toujours poussé en avant, le plaisir du voyage de découverte autant que la quête de la destination, et d'avoir conscience du prix qui parfois restait illusoire. S'il avait bien appris quelque chose de son métier d'archéologue, c'était ceci : bien souvent les trésors au bout de l'aventure ne sont qu'une illusion, un mirage qui s'éloigne toujours un peu plus, et les réelles découvertes, on les fait tout le long du chemin, les révélations des vies d'avant et de maintenant, des périples d'amitié où l'on se découvre soi-même.

Peut-être que sa recherche d'Akhenaton se résumait à cela. Des découvertes fabuleuses, tout un chapitre de l'histoire victorienne dans le désert que Jack n'aurait jamais imaginé. Et il comprenait mieux ce qui avait motivé des hommes à l'affût d'une révélation, des hommes comme Gordon, des hommes comme Jack, lui-même. Et entre les années 1884 et 1885, il subsistait un homme mystérieux dont on ne savait rien, un vide en plein centre de l'histoire, et pourtant un homme étroitement lié au sort de Gordon. Ce vide, Jack avait essayé de le combler, comme il essayait d'imaginer ce qui s'était réellement passé. Il examina le portrait du colonel Howard dans son uniforme, regrettant encore une fois de ne jamais avoir eu l'occasion de lui parler, mais se sentant plus à même de comprendre ce qui avait poussé les explorateurs et les archéologues de l'époque à partir à l'aventure. Pour Jack, cela constituait des découvertes d'une importance cruciale. Peut-être que l'histoire de la quête d'Akhenaton, de sa légendaire ville des lumières perdue, pouvait désormais être close, un livre à fermer. Gordon avait peut-être mis sa vie en péril en poussant trop loin l'exploration, et Jack ne devait pas se laisser aller à penser que son erreur d'avoir voulu repousser trop loin les frontières de la connaissance, d'avoir renoncé à la prudence de base, pouvait mettre un terme à sa carrière d'archéologue.

Il pensa à ce que Rebecca lui avait dit et à tout ce qui l'enthousiasmait tant quand il pensait à ses ancêtres : l'exploration, l'aventure, la prise de risques. Il avait pris un risque en partant sur le site de l'*Abbas*, en vain. Mais il faut aussi savoir accepter la possibilité d'échouer. Peut-être avait-il eu trop de chance au cours de sa carrière et avait besoin d'apprendre l'humilité. Rebecca était son avenir, et c'est sur elle qu'il devait se concentrer désormais. Il respira profondément. Au milieu de son bureau, dépassait d'une pile de papiers le communiqué de presse de Sofia sur le *Beatrice*, attendant qu'il le lise. Il ne pourrait sans doute pas réunir toutes les pièces du puzzle, mais la découverte du *Beatrice* représentait une avancée spectaculaire et il ferait tout pour que l'IMU en recueille les éloges. Il repoussa sa chaise, posa les pieds au sol et s'empara du rapport, se sentant déjà mieux. Il se rappela que Sofia avait appelé leur submersible *Niña*, en mémoire du navire de Christophe Colomb, et elle voulait à présent que l'IMU se tourne vers les Amériques. Jack prit une grande inspiration, elle avait peut-être raison. Cela faisait déjà huit ans qu'il avait emmené une équipe de l'IMU au Canada, puis au Mexique, sur la piste des chercheurs d'or. Depuis des années, comme cela bougeait tant dans le reste du monde, il avait refusé les demandes des autorités américaines de démarrer un nouveau projet sur ce continent. Cela pourrait constituer son prochain objectif. Il lui fallait un nouveau départ, de nouveaux horizons, comme Christophe Colomb. Il en parlerait le lendemain pendant sa réunion avec le conseil d'administration de l'IMU où il devrait expliquer l'incident soudanais, afin de terminer l'entretien sur une note positive. Et il demanderait à Hiebermeyer de téléphoner pour demander que le sarcophage de Mykérinos retourne à sa place attitrée, dans la pyramide de Gizeh.

Il pensa à ce terme, *pyramide*. Cela éveilla un souvenir très éloigné. Il posa le rapport et s'empara de l'enveloppe que le caporal Jones avait envoyée à son arrière-arrière-grand-père, l'enveloppe qu'il avait trouvée dans son coffre et qu'il imaginait ayant contenu un objet. Il l'examina de nouveau, suivant du bout des doigts l'écriture soigneuse de l'adresse, puis leva les yeux vers le portrait du colonel Howard. *Voilà ! Il s'en souvenait maintenant.* Son pouls s'accéléra et il se redressa, retournant quarante ans en arrière. Dans sa propre chambre, avec son grand-père, ils s'étaient tenus devant son portrait. Son grand-père lui avait raconté comment, petit garçon, on l'avait autorisé à se rendre une fois par semaine dans le grenier où son propre grand-père avait conservé sa collection de timbres. C'était au cours des quelques années de retraite du colonel Howard, avant sa quête finale en Afghanistan, et il n'avait pas habité ici, mais dans un petit cottage en bois, dans un village éloigné du Herefordshire, un endroit isolé où il pouvait écrire sans être dérangé. Sa fille et ses petits-enfants occupaient l'étage inférieur. Mais ce n'était pas la collection de timbres qui avait tant intrigué le petit garçon. C'était la relique de l'Antiquité, une pierre carrée remplie de gravures et incrustée dans une niche sur le mur en bois. Son grand-père s'en souvenait encore après toutes ces années, parce que les grosses planches du grenier se rejoignaient pour former un V renversé, tout comme une pyramide. Et c'est ce qu'il avait vu dans la pierre, une pyramide. Le colonel Howard lui avait expliqué qu'on lui avait envoyé cette dalle d'Égypte et qu'elle s'était autrefois trouvée dans un temple ancien.

Jack fut soudain traversé d'une puissante vague d'excitation. *Se trouvait-elle toujours là-bas ?* La maison appartenait toujours aux Howard et était occupée par une de ses vieilles tantes. Il prit son téléphone, parcourut la liste de ses contacts et appela. Pas de réponse, il laissa un message. Il tapota les doigts sur son bureau. Il pourrait s'y rendre dans la journée, la voir et revenir à temps pour la réunion du lendemain matin. Ce serait un long voyage, mais il pouvait le faire. Et si cela donnait un résultat, ce serait un autre élément à présenter au conseil d'administration.

Rebecca frappa à la porte. Elle tenait dans la main un petit paquet marron, aussi vieux que l'enveloppe que Jack était en train de regarder, mais la sienne n'était pas vide. Jack se doutait qu'il ne manquerait pas de documents intéressants dans les papiers du colonel Howard, et ce paquet était trop gros pour être la lettre du lieutenant Tanner. Rebecca rayonnait d'enthousiasme, mais Jack leva la main pour l'interrompre.

— Avant que tu m'expliques, il faut que je te dise. Je tiens peut-être la clé de notre mystère. Je me suis rappelé une histoire que ton arrière-grand-père m'a racontée il y a des années au sujet d'un objet de l'Égypte antique que son grand-père, le colonel Howard, lui avait montré. Le Howard du portrait ici. Il est possible que ce soit l'objet que lui a envoyé le caporal Jones dans cette enveloppe. Et je pense savoir où le trouver. Il va falloir qu'on laisse tout le reste et qu'on parte tout de suite, c'est une longue route.

— Attends une minute, papa. D'abord, j'ai quelque chose à te montrer.

Elle sortit une feuille de papier vieillie du dossier qu'elle transportait, s'éclaircit la voix et se redressa. Elle renifla et Jack se rendit compte qu'elle avait pleuré.

— Qu'est-ce qui ne va pas ? Qu'est-ce qui t'arrive ?

— C'est juste ça, dit-elle en montrant la feuille. Moi, ça va, assura-t-elle en se raclant une nouvelle fois la gorge. C'est la dernière page de la lettre du lieutenant Tanner à Semna, qu'il a envoyée à Howard. Elle est très affectueuse. Apparemment, ils avaient été bons amis. Il était amoureux de la belle-sœur de Howard et avait l'intention de l'épouser à son retour d'Égypte. Je pense que la lettre a été écrite dans un endroit très poussiéreux, pas sur un bureau. Il accomplissait une tâche sinistre, comme enterrer des camarades, et le ton de la lettre montre qu'il fait du mieux qu'il peut dans des conditions affreuses, essayant de se changer les idées.

Jack se pencha en avant, soudain captivé.

— Ça devait être dans le sangar, et il était sûrement en train d'enterrer les deux soldats tués par le sniper du Mahdi. Incroyable ! C'est tout à fait l'histoire qui se cache derrière les découvertes de Maurice et Aïcha !

— Il parle des momies de crocodiles, annonça Rebecca. Comme il se passionnait d'archéologie, il avait sans doute compris ce qu'elles représentaient, tandis que les soldats creusaient les tombes.

— Lis-moi toute la page.

Elle prit son souffle et commença la lecture.

En plus des momies de crocodiles, nous avons fait une autre découverte archéologique remarquable dont j'adorerais vous parler, mais ce sera pour une autre fois, quand je pourrai prendre le temps de me poser sans être dérangé et que je pourrai lui rendre hommage. Il suffira de dire pour l'instant que Edward Mayne était ici avec nous et qu'il a visité avec le major canadien et moi-même le temple souterrain, pénétrant par une toute petite faille au sommet de la porte. J'imagine que vous brûlez d'en savoir plus, mais il faudra attendre ma prochaine lettre. En tous les cas, Mayne a emporté une petite dalle en pierre gravée qu'il m'a demandé de confier à son serviteur, le caporal Jones, dont vous vous souvenez sûrement de la rébellion des Rampa pendant laquelle il était sergent, et j'ai donné à Jones la consigne de vous l'envoyer si jamais Mayne venait à mourir. Vous ne trouverez peut-être qu'un intérêt minime dans cet objet, mais comme vous avez été nommé conservateur des antiquités de Gordon, et je vous adresse mes félicitations pour ce poste, il semble logique que vous soyez en possession de cette pièce. Le caporal Jones, soit dit en passant, a été transféré à la huitième compagnie de chemin de fer, pour le tenir loin des tracas et des combats, même si je crains bien que nous soyons bientôt tous dans la ligne de mire, l'armée du Mahdi grossissant de jour en jour. Mayne s'est rendu au quartier général de Korti pour une mission secrète dont je ne sais rien. Il a effectué plusieurs opérations de reconnaissance. (Vous vous rappelez peut-être qu'il nous a enseigné le tir quand nous étudiions à Chatham. Il est parti avec sa carabine, une Sharps je pense, même s'il la garde cachée. C'est lui qui a utilisé un fusil pour abattre le sniper du Mahdi qui a tué deux de nos soldats.)

Mon cher John, j'en ai déjà assez de la guerre et je suis pressé de partir comme Kitchener, en Palestine, réaliser des fouilles archéologiques, ou peut-être en Inde. L'Égypte est en mal d'archéologues, comme le sera bientôt le Soudan si nous parvenons enfin à voir le bout de cette maudite guerre et à sauver Gordon. Mais si je deviens archéologue en Égypte, votre belle-sœur, cette chère Maria, devra vivre au Caire et je ne souhaiterais cela à aucune lady anglaise, à cause du choléra, et surtout une lady qui rêve d'avoir des enfants. Je ne voudrais pas que ma femme endure la même souffrance que votre chère épouse, Georgina, quand votre petit garçon est mort à Bangalore. Peut-être que, si aucun poste de reconnaissance ne s'ouvre, je trouverai un emploi à l'École d'ingénierie militaire, et alors

nous ne communiquerons plus par lettre, mais en personne. J'aimerais cela infiniment.
Le général Earle m'appelle à la rivière. Je vous écrirai bientôt.

Votre ami et collègue le plus dévoué.
P. Tanner, lieutenant, corps des Ingénieurs Royaux, à Semna, 24 novembre 1885.

Rebecca leva les yeux et les posa sur le bureau de Jack.

— Ce qui m'a rendue si triste, c'est que tu as dit qu'il s'était fait tuer quelques jours seulement après. Quel gâchis. Je l'imagine à cette époque, impatient de démarrer une vie qui n'existerait jamais. Tu peux dire ce que tu veux sur Gordon, mais le tribut à payer était lourd.

Jack s'empara de la lettre et l'examina. Maintenant il connaissait le nom du tireur inconnu. Il se dirigea prestement vers la collection de livres qu'il avait reçue de son grand-père, et sortit plusieurs volumes de *Listes militaires* des années 1870 et 1880.

— Le voilà, murmura-t-il. Edward Mayne, entré dans les Ingénieurs Royaux en 1868, capitaine en 1878, major en 1884. A servi dans l'expédition de la rivière Rouge au Canada en 1871. Toujours un officier de reconnaissance ou un second. Intéressant. Il disparaît complètement de la liste après 1885. Porté disparu, conditions inconnues.

— Tué dans la campagne du désert ?

— En tout cas, pas lors d'une mission officielle, sinon cela aurait été indiqué. Mais ce n'était pas rare que les hommes se fassent engloutir par le désert.

— Et tu vois ? Tanner parle de la dalle.

— Oui, confirma Jack, enthousiaste. Je suis sûr qu'il s'agit de la dalle manquante dans la fresque du temple. Il est possible, juste possible, qu'elle nous apporte des indications sur l'image de la gravure. Même si je ne peux pas retourner au Soudan, nous pourrons peut-être au moins avoir une réponse sur ce point.

Son téléphone vibra et il s'en empara pour lire le message.

— Super ! Ta grand-tante Margaret est chez elle. C'est là-bas qu'on va. Elle sera enchantée de nous accueillir cet après-midi. Ne traînons pas.

— Attends que je te montre ce que j'ai trouvé, encore.

— D'accord, mais fais vite, s'il te plaît.

Elle brandit le paquet marron qu'elle tenait dans ses mains.

— C'était au fond de la première boîte des papiers de Howard. On le lui a envoyé à l'École d'ingénierie militaire à Chatham, d'un endroit reculé de l'Ontario par le département canadien des Affaires indiennes. Il semble que ça ait mis beaucoup de temps à sortir du Canada, parce qu'il n'était pas timbré. Sur une partie de l'enveloppe, tu peux voir le mot « vétéran », et le département canadien des Anciens militaires a bien voulu payer la note, apparemment. À côté de « vétéran », on voit écrit « Nil 1884-5 ». Mais le cachet de la poste d'Ottawa date du 25 janvier 1925.

— Ça fait presque quinze ans après la mort du colonel Howard.

— Il n'a pas été ouvert. Il a dû être réexpédié par l'école à sa dernière adresse connue, et quelqu'un l'a emballé avec le reste de ses affaires.

— Tu sais qui l'a envoyé ?

— Henri Charrière. Je me souviens t'avoir entendu parler des Indiens canadiens, les Mohawks, sur le Nil, et j'ai cherché son nom dans un livre que tu as commandé récemment à la bibliothèque sur le sujet. Il y figure, mais sans grands détails. Il a servi dans l'expédition de la rivière Rouge, comme Mayne. Les deux hommes devaient se connaître, parce que Charrière faisait partie du contingent des voyageurs sur le Nil ce jour de 1884, quand Tanner a écrit la lettre. Contrairement aux autres Indiens, je n'ai pas trouvé de date pour son retour au Canada, et il n'est pas revenu vivre dans sa communauté. Sur une note, j'ai vu qu'un homme du même nom, avec une retraite de vétéran, vivait dans une cabane en 1922 au bord du lac Traverse dans le parc Algonquin, une région sauvage de l'Ontario. Il devait avoir au moins quatre-vingts ans à cette époque. Comment il est resté si longtemps avec ce paquet et pourquoi il a enfin décidé de l'envoyer à une autorité, c'est un mystère.

— Tu me le montreras sur la route.

— Attends, il vaut mieux que tu restes encore assis un instant. Je l'ai ouvert pour voir la couverture, mais je me suis dit que tu voudrais sûrement être le premier à feuilleter le livre.

Jack lui prit le paquet des mains, examinant une seconde l'enveloppe abîmée avec des dizaines de timbres et de noms à peine lisibles griffonnés dessus, et il admira l'acharnement de Rebecca qui était parvenu à les lire. Il sortit le volume et le soupesa. Un calepin relié, ou un journal de guerre. Il se rendit compte qu'il l'avait pris à l'envers et par le dos, et il le retourna. Il lut le titre écrit à la main. Il dut s'y reprendre plusieurs fois pour l'intégrer. Il toussota et le relut à haute voix.

— « Le journal du gouverneur général Charles Gordon, commandant de la garnison de Khartoum, 14 décembre 1884 au 15 janvier 1885. »

Il s'adossa contre son siège. Le dernier volume du journal de guerre du général Gordon. Il eut un mal incroyable à se résoudre à l'ouvrir. Cela révélerait sans aucun doute comment s'étaient déroulés ses derniers jours à Khartoum. Il pressa le volume contre son torse, puis le rangea soigneusement dans l'enveloppe, pour le rendre à Rebecca.

— Garde-le précieusement, s'il te plaît. Il peut s'agir du plus grand trésor de toute notre expédition. Commence à me le lire dans la voiture.

Quatre heures et demie plus tard, Jack quitta la route principale pour tourner dans une petite allée, vers le village où se trouvait le cottage de son arrière-arrière-grand-père. Ils semblaient bien loin du désert du Soudan et de la guerre contre le Mahdi, mais ces villages représentaient l'image idéalisée de l'Angleterre, à laquelle rêvaient les soldats sur le front, et aujourd'hui, c'étaient souvent les endroits où les derniers résidus de l'histoire pouvaient encore être découverts. Il n'avait plus remis les pieds ici depuis de nombreuses années, mais il se rappelait le chemin à travers la place pittoresque du village et par la petite route bordée de cottages en bois, les collines vallonnées de Brecon Beacons se profilant quelques kilomètres plus loin à l'horizon. Il s'arrêta devant le portail principal, coupa le moteur et se délecta du silence après les heures derrière le volant, laissant Rebecca dormir quelques minutes encore.

Ils venaient de passer quelques heures incroyables de révélations, alors qu'elle parcourait le journal. Ce que Gordon avait écrit en dernier, le matin du jour de sa mort, était une déclaration d'une clarté limpide et il la connaissait par cœur :

Le major Mayne des Ingénieurs Royaux est arrivé, avec un compagnon. Je confie ce journal à ses bons soins, pour qu'il soit publié et connu du monde entier. Maintenant je sais que je vais mourir. Je suis resté avec le peuple de Khartoum jusqu'au bout.

Tout dans ce journal était renversant. Désormais Jack savait où le major Mayne était parti. Rebecca et lui étaient persuadés que le compagnon en question n'était autre que Charrière, ce qui expliquerait comment il était en possession de ce volume. Pourquoi il avait mis tant de temps à le rendre, bien après la mort de la plupart des participants de cette guerre, demeurait un mystère. Mayne, lui-même, était certainement mort pour que ce soit Charrière qui se retrouve avec ce journal, peut-être le dernier jour apocalyptique de l'attaque de la ville par les forces du Mahdi. La raison de la visite de Mayne à Gordon n'était pas évoquée. Nulle part dans les livres d'histoire, on ne mentionnait un officier britannique qui serait entré en contact avec le général Gordon si tard dans le siège de la ville. Il avait dû s'agir d'une mission top-secret. La phrase qui revenait encore et encore dans l'esprit de Jack était le dernier salut de Gordon : *Maintenant je sais que je vais mourir.* S'était-il simplement résigné à l'inévitable, au résultat inacceptable de l'attaque du

Mahdi ? Ou avait-il été informé de quelque chose ? Jack se rappela dans la lettre du lieutenant Tanner l'évocation de la carabine de Mayne et il se mit à penser l'impensable. Est-ce qu'un officier britannique aurait pu être envoyé à la dernière minute dans une tentative désespérée de convaincre Gordon de partir, et pour s'assurer qu'il ne soit pas capturé par le Mahdi et exhibé à la face du monde ? Est-ce que cet officier avait également été choisi pour ses talents de tireur d'élite, avec comme ordre d'user de son don si Gordon refusait de le suivre ? Il se souvint de la représentation iconique de la mort de Gordon, debout sans aucune protection sur le balcon du palais. Grâce à l'imagerie satellite, Rebecca avait pu calculer qu'il était vulnérable au tir d'un Sharps placé sur la rive en face. Ainsi il ne laissait de lui que l'image d'un soldat mort au combat, tué par un ennemi plus puissant.

Et sur la dernière page, ils avaient vu le schéma d'une découverte archéologique que Gordon avait faite quelque part sur le Nil, une dalle en pierre qu'il avait envoyée sur l'*Abbas*. Jack imaginait qu'il s'agissait de celle que Costas et lui avaient été si près de récupérer et qui devait à présent être entre les mains d'al'Ahmed et de sa famille. C'était l'illustration parfaite des lignes parallèles et entrecroisées que Jack avait reconnues sur les gravures d'Akhenaton, qu'ils avaient trouvées dans le sarcophage de Mykérinos. Gordon lui avait donné le même titre que le capitaine Wichelo du *Beatrice* avait utilisé pour décrire la plaque dans le cercueil : la ville de lumière.

Les pièces du puzzle commençaient lentement à se rassembler. En écoutant Rebecca lire le journal, Jack s'était rendu compte que l'archéologie, l'étude d'une histoire millénaire, était indissociable de celle du siècle passé. Sans ses recherches archéologiques, il ne se serait pas laissé entraîner dans sa quête pour en savoir plus sur Gordon et les papiers de sa famille, et Rebecca n'aurait jamais fait cette découverte. Le journal lui avait permis de voir Gordon comme s'il avait lui-même ouvert la porte de son salon dans le palais de Khartoum en 1885, tout comme le major Mayne avait dû le faire. Et Jack n'avait vu ni un mystique, ni un messie, mais un homme à qui le désert avait donné une clairvoyance telle que la compassion pour son prochain était devenue le moteur de sa vie, l'investissant d'une responsabilité sans faille pour le peuple de Khartoum qui dépendait de lui pour sa survie. Il se demanda si Akhenaton aussi avait été incompris par l'histoire, si c'était non pas le lieu de sa révélation dans le désert qu'on devait retrouver, mais plutôt l'endroit vers lequel il s'était tourné ensuite, où la clarté de vision qu'il avait aussi connue l'avait poussé à créer quelque chose de tangible, de réellement estimable pour l'humanité, pas dans le sud du désert, mais dans le cœur de la civilisation sur le Nil d'où il avait jailli.

Et à présent, il restait une dernière pièce à trouver dans ce puzzle, une pièce qui pourrait révéler le détail nécessaire pour sortir ces images de la ville d'Akhenaton de l'abstraction pour les intégrer dans la réalité, un endroit qui pourrait au moins être retrouvé par les archéologues et qui avait échappé à Gordon et aux autres dans leurs recherches depuis si longtemps.

Rebecca se réveilla et se frotta les yeux, le cottage se dessinant encore flou devant elle.

— Nous sommes arrivés. Regarde, c'est grand-tante Margaret.

Elle ouvrit la portière et sortit, et l'élégante vieille dame qui avait descendu l'allée pour l'accueillir lui ouvrit grands les bras. Jack l'enlaça à son tour.

— C'est magnifique de voir Rebecca si belle, se réjouit Margaret. Elle est plus merveilleuse que toutes tes aventures réunies, tu sais ?

— Surtout qu'elle fait un peu partie de toutes.

Tante Margaret leur fit traverser la pelouse parfaitement entretenue jusqu'à la porte, et Jack se pencha en avant, alors qu'elle les invitait à entrer. Elle se tourna vers eux en haut des marches qui menaient vers le loft, comme Jack ne l'avait pas oublié.

— Bien, avant que nous nous installions pour prendre le thé et que Rebecca réponde à toutes mes questions, j'imagine que vous voulez voir ce que j'ai découvert après que Jack m'a dit quoi chercher.

— Il ne fallait pas, tante Margaret, lança Rebecca. Nous ne voulions pas que tu prennes le risque de te faire mal.

— Oh, du sang d'aventurier coule dans mes veines, tu sais, Rebecca. Je ne sais pas ce que ton père t'a raconté sur moi, mais je ne m'appelle pas Howard pour rien. Quand tu m'as dit que ça avait pu être plâtré ou recouvert, j'ai pris mes outils de jardinier et je suis montée au grenier. Je ne m'étais plus autant amusée depuis que j'ai ouvert la tombe du cinquième Grand Lama de Llora dans le désert de Karakoum et que je lui ai volé son parchemin sacré de prières, enfin presque.

Rebecca toussota poliment.

— Ouvert la tombe de… qui ? !

— Tante Margaret a, comment dire, des antécédents, affirma Jack en toussant plus bruyamment.

— Des aventures de jeunesse ? demanda Rebecca, délicate.

— En fait, ça remonte à trois ans, déclara Jack. Les Chinois se sont montrés très courtois avec elle, si on y réfléchit bien, mais ça a dû prendre un mois de négociations serrées nécessitant toutes les ficelles que j'ai pu tirer pour la faire libérer. *Sans* le parchemin sacré.

— Je ne l'ai pris que parce que je savais que la tombe allait se faire profaner le lendemain. Je suivais les pilleurs de tombes depuis des mois, mais impossible de faire entendre raison à la police. Les vieilles dames comme moi peuvent amadouer n'importe qui, mais ne peuvent sûrement pas être prises au sérieux par la police. Pas comme au bon vieux temps.

— Le bon vieux temps ? répéta Rebecca.

— Tante Margaret a travaillé pour les services de renseignements. Le MI6. Elle est classée secret d'État. En fait, elle a été anoblie. C'est dame Margaret Howard, même si elle n'utilise jamais son titre.

— Vraiment un titre imbécile, commenta tante Margaret. En dehors de l'Angleterre, on pense que vous dirigez une maison close.

— Alors, tu pars souvent en… excursion ? interrogea Rebecca.

— *Trop* souvent, intervint Jack. Et la Chine n'est pas le seul endroit où on a dû payer une caution pour la sortir de prison.

— On dirait que tu devrais intégrer tante Margaret dans tes équipes de l'IMU, remarqua Rebecca.

— J'ai déjà largement de quoi faire, plaisanta Jack. Et Margaret agit seule.

Elle hésita au pied des marches et jeta un regard à Jack.

— Avant de monter, je crains d'oublier. Ton ami Costas a appelé.

— Ah, oui ? À quel sujet ?

— Tu te souviens quand on s'est rencontrés pour la première fois ? Cela remonte à plus de dix ans, à l'inauguration de l'IMU.

— Je me souviens que Costas et toi avez beaucoup parlé poésie, et vous avez longuement débattu des légendes d'Arthur. Tu venais de prendre ta retraite et tu étais sur le point de reprendre ta passion d'étudiante à Oxford en écrivant un livre sur le Saint Graal et comment la légende avait influencé des générations d'explorateurs pour leurs propres quêtes. Mais en voyant ce que nous envisagions de faire avec l'IMU, tu t'es dit que tu pouvais encore te lancer dans l'aventure et, avant qu'on ne le sache, tu embarquais dans un avion qui revenait du Kazakhstan avec le plus grand butin des œuvres de grands maîtres jamais retrouvé.

— Juste la conclusion d'une vieille mission, expliqua tante Margaret en adressant un sourire à Rebecca. Je laissais juste un seigneur de guerre profiter de son Matisse, son Van Gogh et ses Rembrandt le temps qu'il nous fournisse de précieuses informations, mais ensuite j'ai décidé de les lui confisquer pour me remercier de ne pas l'avoir livré aux autorités.

Rebecca la fixait, sidérée.

— Tu as fait une chose pareille ? Laisser un seigneur de guerre s'en tirer pour quelques tableaux ?

— Oui, enfin, pas exactement, corrigea Jack. Ce truand-là trempait dans plusieurs sales histoires, volant des antiquités et des œuvres d'art qui lui servaient à financer ses trafics d'armes et de drogue.

Tante Margaret a révélé un réseau qu'Interpol a mis des années à démanteler, et il était essentiel de le garder en son sein autant que possible. Mais il est allé trop loin et a commencé à s'intéresser à notre découverte d'Atlantis. Disons juste qu'il a mal fini. Et donc, Costas ?

Tante Margaret partit vers une petite table et sortit d'un tiroir une enveloppe kraft fermée avec de la ficelle.

— Quand Costas m'a appelée ce matin, il m'a dit que le désert lui a fait penser à *La Terre vaine* de T.S. Eliot et ensuite à la quête du Saint Graal qui était la source d'inspiration du poème. Il a dit que l'endroit au bord du Nil où vous avez trouvé le temple du crocodile lui a fait penser au Fisher King, le guerrier blessé, gardien du Graal, mais dont le royaume est parti en ruines tandis qu'il veillait sur le Graal. Et ensuite, quand on vous a obligés à quitter le Soudan, il a pensé à la fragmentation de la quête du Graal, devenue le symbole d'un voyage vain sans début ni fin, comme la marche vers nulle part des personnages de Samuel Beckett dans *En attendant Godot*. Et ensuite, il s'est souvenu qu'il existait une personne destinée à trouver le Graal et à guérir la Terre.

— Nous avons étudié la légende à l'école, affirma Rebecca. Tu veux parler de sir Galaad.

Tante Rebecca tendit le paquet à Rebecca.

— Pourrais-tu donner ceci à Costas ? C'est une édition victorienne de la *Mort d'Arthur* par Malory, un peu abîmée, malheureusement. Il appartenait à mon arrière-grand-oncle, le colonel Howard, qui habitait ici même. Il aimait ce genre de chose et il paraît qu'il passait ses soirées au coin du feu à lire *Waverley* de sir Walter Scott et Tennyson et tout ce qu'il trouvait sur les aventures et les quêtes en vieil anglais et littérature nordique.

— Peut-être que c'était pour s'évader des peurs de l'époque qui ont conduit à la Première Guerre mondiale, suggéra Rebecca en tenant le livre fermement dans ses bras.

— Peut-être. Mais je pense que beaucoup d'hommes comme lui à cette époque voyaient leurs vies en ces termes, et je pense que pour eux la leçon du Graal était que la quête était aussi importante que le résultat, un trésor qui pouvait à jamais rester hors de portée. Le colonel Howard avait une dernière quête à accomplir, une qui avait commencé dans les premières années de sa vie dans la jungle du sud de l'Inde, et peut-être que ses lectures l'ont incité à reprendre l'aventure qui donnait le sel et le sens à sa vie.

— C'est vraiment une histoire pour moi, n'est-ce pas ? lança Jack.

— Tu n'attends pas de réponse, hein, Jack ? répondit tante Margaret en souriant, avant de tourner la tête vers le haut de l'escalier. J'ai dit à Costas qu'il n'avait pas à s'en faire. Tu es venu jusqu'ici, tu es reparti à l'aventure.

— Grâce à ma fille, affirma Jack en se tournant vers Rebecca.

— Oh, non, rétorqua Margaret en lui adressant un regard de plomb. Tu es venu jusqu'ici parce que *tu* le voulais. Jack Howard n'est pas fait pour errer sans but. Tu es ici parce que c'est dans tes gènes. C'est dans les miens aussi, alors je sais de quoi je parle.

— D'accord. Tu n'as pas tort, concéda Jack.

— Venez, dit-elle en les devançant dans l'escalier.

Vite, le thé va refroidir. On ne va pas bavasser comme ça toute la journée.

Elle les conduisit en haut des marches qui craquaient, longea les petites chambres du premier étage et partit vers le grenier. Jack se baissa pour passer la porte et la suivit avec Rebecca dans une pièce remplie de cartons et de caisses avec l'immense mur de bois qui donnait son nom au cottage.

— C'est ici que ton arrière-arrière-grand-père travaillait. Quand j'ai emménagé ici après avoir pris ma retraite, son bureau s'y trouvait encore, mais je l'ai fait descendre dans la pièce qui me sert de cabinet. C'est un peu poussiéreux ici.

Elle montra une partie du mur, où le plâtre et la peinture avaient été grattés.

— Voilà. Cela ressemble un peu à l'étoile du Khédive, vous ne trouvez pas ? Ces pyramides. J'ai l'étoile qui a été décernée à ton arrière-arrière-grand-père pour son service en Égypte.

Jack s'approcha pour observer. Dans le trou, se trouvait une dalle en pierre de quinze centimètres de long, incrustée de gravures. Il sut sans l'ombre d'un doute qu'elle provenait du mur qu'il avait vu dans le temple du crocodile d'Akhenaton. Il reconnut l'arrangement des lignes, ainsi que plusieurs des symboles solaires d'Aton dans le coin en haut de la grotte qui se terminaient juste après la dalle. Il reconnut également le motif du journal de Gordon, l'image du labyrinthe que Gordon avait récupérée dans le temple de la rivière.

Il s'était attendu à ce qu'il s'agisse de la dalle manquante. Ce qu'il n'avait pas imaginé, c'était l'image au centre.

Ce n'était pas une pyramide, mais trois. Une image connue dans le monde entier, un des symboles universels de l'archéologie : les trois pyramides de Gizeh. La plus petite, la pyramide de Mykérinos, où Vyse avait trouvé le sarcophage et la plaque, était traversée d'une ligne depuis son centre jusqu'à l'entrelacement des lignes en dessous, comme si elle était reliée à elles, comme un portail.

Jack trépignait d'enthousiasme. Maintenant il savait où se trouvait la ville de lumière d'Akhenaton. Pas dans les profondeurs du désert de Nubie, pas où Akhenaton avait reçu sa révélation, mais dans le cœur de l'Égypte antique, dans le plus vieux et le plus sacré des lieux, là où Akhenaton s'était vu gouverner l'Égypte pour l'éternité.

Et il était conscient que d'autres devaient également le savoir, al'Ahmed et ses disciples, dont les ancêtres avaient assisté à la quête de Gordon et qui avaient désormais dû voir la plaque dans l'épave de l'*Abbas* et devaient être sur la même piste. Soudain, il n'y avait plus de temps à perdre.

— Tu sais où se trouve Costas ? demanda Jack en direction de Rebecca.

— Avec Sofia. Il lui fait visiter le département d'ingénierie de l'IMU.

Il sortit son portable, composa le numéro et attendit. Après une autre tentative, Costas répondit.

— Jack, j'allais t'appeler.

Jack percevait le grondement des machines en fond sonore.

— Je suppose que tu veux parler du conseil d'administration. Il faut qu'on s'accorde sur notre version.

— Le conseil d'administration attendra. Il faut

qu'on prenne l'avion ce soir, avec tout notre matériel de plongée.

— Attends juste que je prévienne Sofia.

— Encore ! murmura Rebecca.

Tante Margaret donna un petit coup de coude à Jack.

— Fonce, Jack. Je ne sais pas où tu vas ni pourquoi tu y vas, mais ne laisse personne t'arrêter.

— Peut-être vraiment qu'on pourrait engager tante Margaret à l'IMU, déclara Jack en adressant un clin d'œil à Rebecca.

— Jack, appela Costas, de nouveau en ligne.

— Oui ?

— On va où ?

— En Égypte. Dans une pyramide. On va plonger dans la pyramide. Comme tu l'entends. Ça te va ?

— Et comment ! Prêt à partir.

26

Sur le plateau de Gizeh, Égypte

Deux jours plus tard, Jack se tenait seul sur le plateau de Gizeh à l'extérieur du Caire, éclipsé par l'immensité de la pyramide de Khéops à sa droite. Vingt minutes plus tôt, il s'était servi de l'autorisation exceptionnelle que lui avait fournie Aïcha pour passer le cordon de sécurité installé par la police pour interdire l'accès au plateau depuis des semaines désormais. Cela entrait dans le cadre d'un programme pour améliorer la protection des pyramides et permettre que les travaux essentiels de conservation et préservation suivent leur cours. Pour Hiebermeyer et son équipe, cela constituait un cadeau des dieux, l'occasion unique d'explorer l'intérieur des pyramides. Ce n'était alors pas Aïcha qui délivrait directement les permis, mais le contrôle du site avait été placé sous l'autorité du ministère de la Défense. Le passe provisoire d'une journée qu'elle avait obtenu pour Maurice la semaine précédente afin qu'il envoie un robot dans la pyramide de Mykérinos avait été prolongé d'une semaine. Cette nouvelle les avait poussés à fermer le site de Semna sur le Nil, ce qui leur avait évité de se faire chasser par al'Ahmed et les voyous de policiers qui avaient déporté sans ménagement Costas et Jack à la frontière soudanaise. Jack avait appelé Hiebermeyer depuis l'Angleterre pour lui annoncer l'extraordinaire découverte de la représentation de la pyramide sur la dalle de pierre, et le lendemain, il prenait l'avion pour rejoindre le *Seaquest II* qui revenait d'Espagne, et organiser le transport en hélicoptère vers Alexandrie de l'équipement dont Costas et Jack auraient besoin pour la fouille prévue dans la journée. Cela lui semblait encore un projet surprenant, mais il avait besoin de cela. Après tout ce temps à cogiter dans son bureau à cause de leur expulsion, il était heureux de retourner sur le terrain.

Ce n'était que le début de l'après-midi, mais le soleil brillait déjà d'une teinte rougeâtre, filtrée par la poussière et le nuage bas qui obscurcissait l'horizon du désert vers l'ouest. Il envoya un court texto à Rebecca qui était repartie à New York pour ses examens de fin de semestre et admira la pyramide à côté de lui, se servant de sa main comme visière pour se protéger de la réverbération du soleil. Il se rappela avoir un jour dit à Rebecca d'imaginer que les pyramides avaient été détruites et qu'ils devaient convaincre les gens qu'elles avaient existé. Ce serait une mission accueillie par beaucoup d'incrédulité. En les regardant aujourd'hui, il se remémora les affleurements de basalte en forme de pyramides qu'il avait vus dans le désert de Nubie depuis Semna. Il s'était alors demandé si l'idée de créer ces structures extraordinaires leur était venue de l'observation du désert, le paysage naturel des Égyptiens de l'Antiquité. Il se promit de soumettre cette hypothèse à Maurice et avança vers les blocs massifs à la base. C'était assez déconcertant de se trouver seul à un endroit généralement visité par des milliers de personnes tous les jours, dans un cadre entièrement façonné par l'homme et pourtant si improbable que l'esprit humain refuse d'y croire, et essayer de le considérer comme une poussée naturelle du substrat calcaire qui dépassait du sol du désert. Cela rendait la présence humaine étrangement éphémère, la même sensation qu'il avait connue au Soudan en pensant à l'expédition de secours pour Gordon, comme si la marque laissée par tous ces gens pouvait être balayée par un coup de vent sur le sable, telles les vagues de la mer qui lavent la côte.

Après dix minutes encore de marche rapide vers le sud-ouest, il dépassa la deuxième pyramide et vit enfin celle de Mykérinos, un dixième seulement de la taille de la plus grande pyramide, mais avec ses soixante-cinq mètres, tout de même un immense monument, de la hauteur du dôme de Saint-Paul à Londres. Devant l'entrée de la pyramide étaient garés deux 4 × 4 Toyota à côté d'une tente, et plusieurs personnes étaient affairées à transporter des caisses et du matériel. En approchant, il reconnut la silhouette caractéristique de Hiebermeyer avec ses *Lederhosen* et son vieux chapeau de cow-boy, et à côté de lui, celle encore plus caractéristique de Jacob Lanowski, qui portait même dans le désert sa blouse de laboratoire. Lanowski était relié à un engin qui ressemblait beaucoup à une plate-forme de fusée individuelle qu'il trimballait comme un déambulateur. Aïcha et Sofia prenaient des photos dans les fragments de maçonnerie tombés devant la pyramide et il ne vit Costas nulle part. Hiebermeyer l'aperçut et se redressa, le visage trempé de sueur malgré la fraîcheur de novembre.

— Ça fait plaisir de te voir, Jack !

Ils échangèrent une poignée de main sincère.

— Pas de temps à perdre, continua Hiebermeyer. Ton équipement doit arriver d'ici une demi-heure. Qui sait quand ils vont décider d'annuler nos permis ?

— Je ne préfère pas demander, dit Jack en jetant un œil vers Lanowski.

— Géophysique. Une sorte de sonar. Apparemment ça peut aussi détecter de l'eau. Je n'ai pas encore vu de résultat, mais le reste du matériel qu'il a apporté s'est révélé assez efficace.

Alors qu'ils partaient vers les véhicules, quelques coups de klaxon accompagnés de ronflements familiers les alertèrent. Et soudain une immense langue enveloppa le visage de Hiebermeyer, le faisant bredouiller et trébucher. Jack se retourna pour voir un chameau au-dessus de leurs têtes. Costas le montait, affublé de la tenue complète de Lawrence d'Arabie et de lunettes de soleil type aviateur. Il baissa les yeux vers Hiebermeyer.

— Vraiment, tu sais, les chameaux ont l'air de beaucoup t'apprécier.

— Et toi, on dirait que tu as surmonté ton dégoût, commenta Jack.

— Il fallait juste que je me fasse aux traditions du désert, rétorqua Costas, glissant du dos de la bête et caressant son cou avec affection. Du moment qu'on ne s'approche pas de son arrière-train, tout va bien.

Le chameau émit une sorte de gargouillis et une puanteur indescriptible vicia l'air.

— Oui, enfin, presque.

Ils s'écartèrent un peu du chameau, et Jack fit signe aux deux femmes.

— Les voilà ! s'exclama Lanowski qui luttait pour se débrancher de sa fusée.

Hiebermeyer les guida tous vers la pyramide.

— Venez, je vous expliquerai en marchant.

— Akhenaton, lança Costas, suivant le rythme tant bien que mal. C'est pour lui que nous sommes ici.

— Exactement, répliqua Hiebermeyer. Tout d'abord nous avons trouvé cette inscription d'Akhenaton à Troie sur les défenses des frontières, qui parlait de Semna. Ensuite, toi et Jack vous décidez de trouver le sarcophage de Mykérinos. Sacré moment, si vous voulez mon avis. Et là-dessus, moi, j'estime qu'il est grand temps que nous explorions cette pyramide de nouveau. Entre-temps, Aïcha commence les excavations à Semna et nous trouvons les preuves des expéditions d'Akhenaton dans le désert de Nubie. Je n'aurais jamais imaginé qu'il existait un lien entre Akhenaton et les pyramides. Mais j'aurais dû m'en douter. C'était le genre d'homme qui consolidait, pas un expansionniste. Il n'avait aucune intention d'exporter sa vision comme les jihadistes, mais de la rapporter en Égypte pour en faire profiter son peuple. Et pas dans la capitale royale où il avait grandi, Thèbes, une ville qu'il avait quittée écœuré, à cause de ses prêtres et de leurs mensonges, mais dans un endroit plus ancien et plus pur, où on pouvait voir tous les jours Aton briller à travers les formes créées par ses ancêtres, qui prendraient une autre signification sous son contrôle. Vers les pyramides de Gizeh.

Costas devait presque courir pour le rattraper.

— Mais avant que Jack ne trouve cette plaque avec la représentation des pyramides, qu'est-ce qui t'a fait penser au lien entre Akhenaton et cet endroit ?

— C'est ce que je dis *toujours* à mes étudiants. C'est ce que j'ai dit à Aïcha quand on a commencé à travailler ensemble. Toujours revenir aux textes originaux. Et je ne parle pas des textes anciens. Je parle des livres et des manuscrits des premiers explorateurs européens en Égypte, depuis le XVIIIe siècle. Beaucoup a été perdu : des fresques murales détruites quand les tombes ont été ouvertes et exposées aux éléments, des inscriptions vandalisées et saccagées. Les rapports des premiers archéologues sont une ressource unique, souvent consignés dans tous les détails.

Jack se pressait à côté de lui et le dévisageait.

— Le colonel Vyse ?

Rayonnant, Hiebermeyer s'arrêta pour sortir trois gros volumes de la sacoche qu'il transportait et les posa sur le sable.

— *Operations Carried on at the Pyramids of Gizeh in 1837*.

— Le livre qui contenait la clé du sarcophage de Mykérinos, commenta Costas.

— Jack et moi rêvions de découvrir ce sarcophage quand nous étions à l'école, confirma Hiebermeyer en hochant la tête avec enthousiasme. Nous étions tous les deux passionnés par le sujet, moi en égyptologue que je suis, Jack en plongeur. Et mon prof à Cambridge, M. Dillen, m'a offert cette première édition des travaux de Vyse à la remise des diplômes. J'ai dévoré jusqu'au dernier mot, mais ensuite je l'ai mis de côté et je n'y suis revenu qu'au début de cette année quand Jack m'a parlé de cette note très intéressante sur l'épave du *Beatrice* glissée entre les pages de l'édition qu'il m'avait montrée en Angleterre. Je savais que quelque chose dans ces livres m'avait échappé depuis que j'avais recommencé à me pencher sur Akhenaton à Troie et, dès que je les ai repris, j'ai compris de quoi il s'agissait. Vyse n'avait pas seulement étudié les pyramides de Gizeh. Il avait longé tout le Nil jusqu'aux grands temples d'Abou Simbel, et la plus grande partie du premier volume rend compte de ses découvertes. Mais j'avais complètement oublié qu'il s'était rendu à Amarna.

— Le nouveau capitole d'Akhenaton, murmura Costas.

Hiebermeyer ouvrit un des volumes à une page qu'il avait marquée.

— À cette date, Amarna était à peine connue. Après l'invasion de l'Égypte par Napoléon, son corps de savants avait visité le site en 1799, et sir John Gardner Wilkinson l'a examiné pour la première fois en 1824. Mais Vyse nous offre une étude unique des inscriptions sur les tombes qu'il a découvertes plusieurs années plus tard. C'est ce qui m'avait tracassé. Quand je l'ai relu, j'ai eu du mal à refréner mon enthousiasme.

— Crache le morceau, Maurice ! lança Costas.

Hiebermeyer repoussa ses lunettes en haut de son nez et se racla la gorge.

— Vyse nous explique que l'intérieur est constitué de trois petits appartements et semble avoir été couvert de peintures, presque entièrement délavées au moment où il les avait visités.

Il posa un doigt à côté du passage qu'il se mit à lire.

— « Les processions de prisonniers au teint rouge, mais avec des traits de Nègres, figuraient parmi les personnages, qui auraient pu être imaginaires ; et aussi un disque solaire d'où partaient des rayons, comme celui au-dessus de l'entrée, et dessous, un roi et une reine en habits de cérémonie ; le tout entouré de différents hiéroglyphes. »

— Ça ressemble beaucoup à ce qu'on a vu dans le temple du crocodile, déclara Jack.

— Attends la suite : « Au-dessus de la porte de cette tombe, un disque solaire est incrusté, et de lui partent des rayons terminés par des mains ; deux personnages, l'un d'eux manifestement un roi, sont représentés comme des fidèles, agenouillés ; et de chaque côté, des hiéroglyphes, des cercles ou des disques ont été introduits. »

Il montra un petit dessin que Vyze avait griffonné dans le texte, montrant l'image qu'il venait de décrire.

— Regardez ça. La partie inférieure de ce croquis, sous les fidèles à genoux, forme une pyramide tronquée, comme un grand autel. En voyant cela, j'ai entrepris de faire le récapitulatif de toutes les pyramides répertoriées en Égypte. À l'époque d'Akhenaton, beaucoup des pyramides plus petites tombaient déjà en ruines et étaient loin des centres administratifs. Donc il devait s'agir des pyramides de Gizeh. C'est tout à fait cohérent qu'Akhenaton ait choisi l'une d'elles pour célébrer son nouveau Dieu, au centre du site ancien le plus sacré d'Égypte. Et je doute qu'il ait opté pour les deux plus grandes pyramides, qui étaient toujours associées au culte de Khéops et de son fils, et qui auraient été plus difficiles à modifier pour les besoins d'Akhenaton. Donc j'en déduis que c'était la pyramide de Mykérinos.

— Et tu en as eu la confirmation quand nous avons trouvé la dalle qu'Akhenaton avait glissée dans son sarcophage, continua Jack. Quelque chose que Vyse aurait très bien pu prendre également dans la chambre funéraire, sur un mur sculpté qui aurait disparu depuis.

— Oui, mais ce n'était pas ce que j'avais imaginé au départ, dit Hiebermeyer en bondissant vers le bord de la pyramide et en posant une main sur l'un des immenses blocs de pierre de la partie inférieure de la structure. Vous voyez ceci ? Du granit apporté d'Assouan près de la frontière avec le Soudan. Chaque bloc pèse au moins trente tonnes. Cela a dû constituer un exploit incroyable de les transporter le long de la rivière et dans le désert jusqu'ici, il y a plus de quatre mille cinq cents ans.

— Mais le revêtement extérieur est inachevé. Elle n'a pas été entièrement recouverte de blocs de granit.

— L'hypothèse habituelle est que le revêtement a été abandonné à la mort de Mykérinos, mais que l'extérieur a par conséquent été terminé avec des briques de terre crue avant que la pyramide ne soit dédiée à son père.

— Je reconnais ce regard, affirma Jack en fixant Hiebermeyer. Tu as une autre théorie.

— Où trouve-t-on aussi du granit dans cette pyramide ?

— Si je m'en souviens bien, le centre de la pyramide est construit avec du calcaire des carrières du plateau, à l'exception du revêtement et quelques pierres dans la chambre funéraire, qui est aussi en granit d'Assouan.

Hiebermeyer se frappa la cuisse d'exaltation.

— Exactement. Et c'est là que j'ai accompli ma grande découverte. Pendant que vous deux et Sofia étiez dans le submersible devant le sarcophage qui s'était autrefois trouvé à l'intérieur de la pyramide, j'emmenais *Little Joey* renifler l'antichambre. Vous allez être sidérés d'entendre sur quoi je suis tombé. *Sidérés.*

Il se tourna vers Lanowski.

— Jacob, tu peux nous montrer la vue isométrique en 3D ?

Lanowski sortit son iPad de son sac, tapota sur l'écran et le tendit à Hiebermeyer, qui brandit l'image à ses amis réunis autour de lui.

— Vous voyez là tout le complexe connu à l'intérieur de la pyramide. Connu jusqu'à ce jour, devrais-je préciser, ajouta-t-il, une lueur dans le regard. Ici, dans l'entrée, vous apercevez la herse triple, les trois gros blocs de granit placés là pour dissuader les pilleurs de tombes à l'époque où la chambre était scellée avec la momie de Mykérinos dedans. Maintenant regardez ici.

Il tapa sur une icône et une autre image apparut, une photographie en gros plan d'un bloc de pierre.

— Vous reconnaissez ?

Costas s'approcha.

— C'est du granit. Du granit rouge du sud de l'Égypte. Et des hiéroglyphes sont gravés dessus. C'est un crocodile, non ? On a déjà vu le même, ça veut dire pharaon.

— Excellent. On va pouvoir faire un bon égyptologue de toi. Et les autres ?

— C'est le cartouche d'Akhenaton, affirma Jack.

Hiebermeyer le gratifia d'un sourire rayonnant.

— Et devine où *Little Joey* l'a trouvé ? Il a tendu sa caméra miniature dans une crevasse derrière une des herses.

— Bon sang, murmura Jack. Ce cartouche est un symbole royal traditionnel, non ? Cela voudrait dire qu'il date de la période d'Akhenaton.

— Cela signifie que les blocs de granit à l'intérieur de la chambre ne datent pas forcément de la période de Mykérinos, en définitive. Mille deux cents ans plus tard, le pharaon Akhenaton pourrait avoir ordonné que ces chambres soient scellées comme Fort Knox, se servant de la pierre la plus dure d'Égypte pour construire des herses qui auraient pris à une équipe de maçons des mois pour les buriner et les traverser.

— Alors tu penses que cette pyramide a été réutilisée, que c'était la tombe d'Akhenaton ? demanda Jack, incrédule. Je pensais qu'on l'avait localisée dans la Vallée des rois.

— Ça n'a jamais été que des spéculations, rectifia Hiebermeyer. Et je pense que c'était plus qu'une tombe. Jacob, tes résultats ?

Lanowski se racla la gorge.

— J'ai apporté notre radar à pénétration de sol, celui qui a servi pour trouver votre temple du crocodile au Soudan. Le plateau de Gizeh a été ratissé à de multiples reprises par des géophysiciens, mais personne n'a utilisé un équipement à pénétration profonde comme celui-ci. Une petite exploration dans le désert a immédiatement indiqué à l'est des pyramides, dans la direction du Nil, une concentration inhabituelle de tombes et de carrières dans le soubassement sous le sol. Mais plus en profondeur encore, on a détecté l'ombre faible de quelque chose d'autre, au niveau de la rivière environ. De larges structures rectilignes, comme des tunnels tracés dans la pierre, ou des canaux.

Hiebermeyer jeta un regard à Jack.

— Le colonel Vyse a noté qu'à de nombreux endroits le sol semblait creux. Il s'est contenté de frapper dessus avec un bâton en métal. Vous voyez ce que je veux dire ? Tout était écrit dans le livre, dans les premières descriptions de cet endroit. Mais les données de Lanowski sont incroyables. Nos techniciens de l'Institut d'Alexandrie les affinent à présent, pour rendre l'image plus claire. On dirait les contours pâles d'une partie d'image que nous avons déjà vue plusieurs fois, celle d'Akhenaton sur la plaque dans le sarcophage immergé, et le labyrinthe tracé par Gordon dans son journal et qui reproduisait la dalle coincée dans l'épave de l'*Abbas*.

— Un complexe mortuaire ? demanda Jack. Une ville des morts ?

— C'est ce que j'ai pensé, acquiesça Hiebermeyer. La préparation ultime pour la vie après la mort, comme la tombe de Toutânkhamon, mais sur une plus grande échelle, un dédale de chambres sous les pyramides. Mais je pense qu'il y a plus que cela. Je pense qu'Akhenaton voyait le site des pyramides comme le temple principal d'Aton. Je pense que ce lieu souterrain n'était pas recouvert d'un linceul de ténèbres comme une tombe perdue. Je ne pense pas que c'était une ville des morts, mais plutôt une ville des vivants. Une ville de lumière.

— Comment y accède-t-on ? demanda Costas.

— Vous vous souvenez de l'image de la plus petite des trois pyramides sur la plaque du caporal Jones ? Elle montre une ligne qui descend depuis le centre de la pyramide et jusqu'à la terre. Dès que Jack m'a montré cette image prise dans la maison de sa tante, je suis revenu ici en un éclair. J'ai compris que j'avais découvert bien plus que des blocs de granit, avec leurs cartouches incrustés. Ou plutôt, c'est *Little Joey* qui l'a découvert.

Il fit un geste de la main vers la tente à côté d'une voiture en stationnement.

— Suivez-moi.

Il les guida, consulta sa montre, puis scruta le plateau dans la direction du Caire vers l'est. Jack savait qu'il épiait le nuage de poussière qu'aurait soulevé un véhicule. Ils attendaient leur équipement de l'IMU qui devait arriver d'Alexandrie et surtout pas un convoi de la police égyptienne.

Hiebermeyer entra dans la tente, suivi par Jack et les autres. Il s'approcha d'un ordinateur portable sur une table entourée de câbles et de moniteurs de contrôle. L'écran affichait l'image figée d'une salle intérieure, avec une forme cylindrique sombre dans le fond et un bras métallique articulé sur le devant. Costas se pencha pour regarder.

— C'est *Little Joey* ! s'exclama-t-il.

Lanowski sourit de toutes ses dents.

— Je l'ai déshabillé pour qu'il puisse s'introduire dans un espace vraiment confiné. Vu comment tu l'avais conçu au départ, il ne pouvait entrer nulle part.

— Tu as fait quoi ? interrogea Costas en se tournant lentement vers Lanowski.

— C'est un passage inconnu jusque-là, déclara Lanowski, toujours rayonnant. Je l'ai trouvé grâce au sonar, et ensuite on l'a débloqué et on a envoyé le robot.

— Dans un conduit qui laisse entrer la lumière du jour vers l'antichambre, ajouta Hiebermeyer, la voix teintée d'excitation. C'est quand j'ai vu l'intensité du rayon et sa direction que j'ai compris que nous tenions quelque chose de nouveau. Il s'est reflété sur un bloc de granit au sol, un bloc auquel apparemment

Vyse n'avait pas touché, sans doute trop occupé par la découverte de la chambre du sarcophage. *Little Joey* a déclenché quelque chose et le bloc a coulissé sur le côté. C'est comme un puits aux bords complètement lisses, et le rayon de lumière se reflète sur une surface polie et bien plus en profondeur. Tout au fond, on trouve de l'eau. *De l'eau*, Jack. C'est pour cela que tu es ici. Je pense que ce qui se trouve là-dessous n'était pas seulement éclairé par la lumière d'Aton, le rayon de lumière qui s'infiltrait dans le temple, mais aussi un endroit souterrain, des canaux reliés au Nil et par conséquent à la source du Nil, le lieu du désert au sud qu'Akhenaton considérait comme le berceau du dieu soleil.

— On aura besoin d'équipement d'escalade pour le puits, affirma Costas.

— On a déjà installé un cadre en bois avec une corde pour permettre la descente. Si vous pouvez vous y introduire avec des tenues de plongée, on découvrira ce qui se cache dans les souterrains.

Jack fixa l'écran, en pleine réflexion.

— Et *Little Joey* ? Il fonctionne sous l'eau, n'est-ce pas ?

— On a eu une petite anicroche, déclara Hiebermeyer en toussotant.

Costas avança et s'empara des boutons de contrôle. L'image sur l'écran ne bougea pas. Il plissa les yeux vers Lanowski.

— Tu l'as coincé, c'est ça ?

— Si je ne l'avais pas dégraissé, il n'aurait pas pu entrer dans ce tunnel et nous ne serions pas ici, se défendit le scientifique.

— Et il ne serait pas embourbé, riposta Costas en

étudiant l'imbroglio de câbles autour de l'ordinateur. Je savais que je n'aurais dû faire confiance à personne avec mes jouets. Ça va me prendre des heures à réparer. La première chose, c'est de plonger pour le libérer physiquement.

— Pas le temps pour cela maintenant, déclara Hiebermeyer. J'attends une visite du chef de la sécurité égyptienne à n'importe quel instant. Tout ce qu'ils savent, c'est que nous réalisons un examen visuel du nouveau tunnel. Il faut que je te fasse entrer toi et Jack dans la pyramide avec votre équipement avant qu'ils n'arrivent.

— Comment tu as fait pour qu'ils ne t'embêtent pas jusque-là ? demanda Jack.

— Je leur ai dit que *Little Joey* a trouvé un baril de poudre enfoncé dans une fente au-dessus de l'entrée de l'antichambre.

— De la poudre ? s'étonna Costas, en montrant la forme cylindrique visible à l'écran. C'est ça ?

— Elle est couverte de poussière noire, l'enveloppe des insectes et des chauves-souris, expliqua Hiebermeyer. Mais le bois du baril est parfaitement préservé.

— Technique d'excavation du début du XIXe siècle, déclara Jack. C'est comme ça que Vyse a exploré l'intérieur des pyramides, il s'est frayé un chemin avec des explosions.

Costas montra l'entaille verticale sur le côté nord de la pyramide, puis les restes fragmentaires des blocs éparpillés sur le sol du désert.

— Là, par exemple, ils s'en sont donné à cœur joie.

— Tu as raison, mais pas avec de la poudre, précisa Hiebermeyer. C'était le fils du sultan Saladin au XIIe siècle, au temps des croisés. Il avait ordonné qu'on détruise la pyramide, mais ils ne sont pas allés plus loin que cela et ont dû abandonner.

— Pourquoi détruire les pyramides ? s'enquit Costas.

— Pour la même raison que les talibans détruisent les Bouddhas de Bâmiyân en Afghanistan, répondit Hiebermeyer. Le fils de Saladin a estimé que les pyramides allaient à l'encontre de l'islam. Des groupes d'extrémistes menaçaient de poursuivre son entreprise en Égypte, le gouvernement ne prend pas le risque à la légère.

Costas jeta un œil sceptique en direction de la pyramide.

— Il faudrait une bonne petite bombe thermonucléaire pour y parvenir. Sur chacune des pyramides.

— Tout le monde sait que les groupes extrémistes ont réuni assez de matériel fossile de l'Union soviétique dans le but de construire des engins assez gros pour causer ce genre de dégâts. Cela semble un vrai gâchis de ressources quand on pense qu'ils suffiraient à anéantir Londres ou New York, mais les spécialistes auxquels j'ai parlé pensent le contraire. Détruisez les pyramides et vous détruisez le tourisme du pays et toute son économie. Les retombées radioactives dans les banlieues du Caire inciteraient la population à se tourner contre les extrémistes, mais avec le bon discours ils peuvent leur faire croire que c'est la colère d'Allah qui s'est manifestée parce qu'ils ne se sont pas dévoués à la cause plus tôt. L'Égypte est déjà en équilibre instable et tend vers l'islamisme, et cela pourrait la faire basculer dans le fondamentalisme pur et dur. Une fois l'Égypte aux mains des extrémistes, les prochains sur la liste sont le Soudan et la Somalie, et ensuite la Libye, la Tunisie et l'Algérie. Une guerre nucléaire éclaterait au Moyen-Orient et Israël serait rayé de la carte. Les islamistes gagneraient bien plus pour la cause du jihad en détruisant les pyramides qu'en posant des bombes dans les capitales occidentales.

— J'ai compris, lança Costas. Donc, ça explique le périmètre de sécurité qui entoure le plateau.

— Ça explique aussi pourquoi c'est sûrement notre dernière chance de pouvoir explorer l'intérieur de la pyramide. Tout le plateau de Gizeh va entrer sous la juridiction du ministère de la Défense, et plus sous l'autorité du département des antiquités. À partir de maintenant, il faudra l'intervention de Dieu pour fouiller les endroits où une bombe risque d'être cachée.

— Et notre ami al'Ahmed du Soudan ? s'enquit Costas. On dirait bien qu'il est après la même chose que nous. Jack m'a lu un passage du dernier volume du journal de Gordon au sujet du Mahdi qui avait trouvé, enfant, un temple au bord du Nil avec la plaque d'Akhenaton à l'intérieur. Si al'Ahmed sait que la plaque est liée au Mahdi et si ses plongeurs réussissent à l'extraire de l'épave, il doit à l'heure qu'il est avoir vu une représentation de la pyramide identique à celle qui nous a amenés ici.

— Je pense que la fresque trouvée dans le temple du crocodile et celle du temple du Nil que le Mahdi a vu sont similaires. La clé pour nous était la dalle manquante du temple du crocodile qui montrait la pyramide, alors que la fresque dans l'autre temple pouvait être intacte. Si elle montrait également les trois temples de Gizeh, alors il est fort probable qu'al'Ahmed soit déjà sur nos traces.

— Ibrahim a quitté Wadi Halfa en avion ce matin pour aider à rassembler votre équipement sur le *Seaquest II* pour la plongée d'aujourd'hui, dit Aïcha à Jack. Tu voulais qu'on le fasse sortir du Soudan et on n'a pas traîné. Le Lynx de l'IMU est allé le chercher près de la frontière et il s'est fait prendre en chasse par des hélicoptères de la police soudanaise. J'ai réussi à le récupérer à Alexandrie avant de venir ici et il m'a dit que, pour l'instant, aucune plongée n'a encore été organisée pour fouiller l'*Abbas*, mais qu'une équipe se montait. Ils ont dû chercher des plongeurs de la marine soudanaise qui sauraient utiliser l'équipement de l'IMU qu'ils vous ont confisqué. Donc je ne pense pas qu'il suive déjà notre piste, mais c'est sûrement une question de temps. Ses entreprises familiales sont basées en Égypte et il peut également tirer des ficelles ici. C'est aussi pour cela que nous vous avons demandé de revenir si vite, toi et Costas, avant qu'un membre du gouvernement égyptien qu'al'Ahmed pourrait corrompre ne décide de nous interdire définitivement l'accès.

— Mais ce n'est pas un fondamentaliste, répliqua Costas. Il ne va pas vouloir détruire cet endroit.

— C'est un islamiste et il n'aurait pas de problème pour s'allier à des groupes extrémistes si ça sert ses intérêts, expliqua Aïcha. Mais son but est le même que le nôtre. Il veut trouver la ville de lumière d'Akhenaton. Et nous, nous voulons y parvenir avant lui. Il pourrait s'y trouver quelque chose d'une importance cruciale pour l'avenir du monde autant que pour le sort des pyramides, alors il vaut mieux s'assurer qu'on n'en perdra pas le contrôle. Il faut que nous sachions maintenant ce qui se cache sous la pyramide.

— Une question, lança Costas. Et le baril de poudre, on en fait quoi ?

— J'ai réussi à débrancher le détonateur, qui pend dans l'antichambre. On peut encore sentir le soufre dessus.

— Ah ! s'exclama Lanowski en levant un doigt, puis fouillant dans la poche de sa blouse, pour en sortir un briquet orange bon marché.

Il l'alluma puis le lança en direction de Costas.

— Je l'ai acheté à un petit garçon à l'entrée du site. Il m'a fait de la peine. Je *savais* qu'il servirait.

Costas l'alluma et regarda la flamme.

— Qu'est-ce que tu suggères exactement, Jacob ?

— Eh bien, le colonel Vyse a vraiment bien réussi, non ? Il a trouvé un bon nombre d'objets. Peut-être qu'il était à la recherche de quelque chose en particulier dans ce tunnel.

Costas retira son pouce de la molette, réfléchit un instant et hocha la tête lentement.

— Il faudra que je fasse d'abord sortir *Little Joey* de là, bien sûr. Qu'est-ce que tu en penses, Jack ?

— Je ne pense pas qu'on te l'ait dit, lança Jack en direction de Sofia. Mets Costas à côté d'un explosif et il part en courant.

Sofia s'approcha de Costas, lui prit le briquet et le rendit à Lanowski.

— J'ai une meilleure idée. Et si tu t'en servais pour allumer le barbecue que nous allons faire sur la plage après ? La fête que Jack a toujours promise à Costas.

— La fête qui n'a jamais eu lieu, renchérit Costas, maussade. Parce qu'il y a toujours un autre trésor fabuleux à découvrir.

Deux Range Rover arrivèrent en cahotant par la

route dans un nuage de poussière, s'arrêtant au bout de l'allée menant à la pyramide. Jack vit Ibrahim sortir du premier véhicule et un membre de l'équipage de l'hélicoptère de l'IMU qu'il avait déjà vu à bord du *Seaquest II*. Il posa les mains sur les hanches et se tourna vers les autres, le visage plus sérieux que jamais.

— Très bien, lança-t-il. L'équipement est arrivé, on commence.

27

— Jack ! Accroche-toi !

Une grosse détonation résonna depuis la chambre funéraire dans la pyramide, secouant la condensation sur les murs en pierre du puits où Jack se suspendait en équilibre instable au bout d'une corde. Il tourna sur lui-même à toute vitesse, frappant les parois pour éviter de s'écraser contre elles, s'accrochant à la corde qui le retenait à la structure en bois qu'ils avaient installée sur l'ouverture. Il souleva la visière de son casque et regarda vers le haut, goûtant l'humidité dans l'air et voyant le faisceau tremblant de la lampe de Costas à près de vingt mètres au-dessus de lui.

— C'était quoi, bon Dieu ? cria-t-il, sa voix résonnant dans le puits.

— L'entrée du tunnel, répondit Costas, le plus fort possible. Une énorme pierre est tombée à cinq mètres environ de la chambre funéraire. Ce n'était pas un accident, mais un piège de l'époque. Un des dispositifs pour arrêter les pilleurs de tombes. Tu as dû déclencher le système en descendant.

Jack essaya de freiner le balancement et regarda le curieux agencement de dalles en pierre à cinq mètres au-dessus de sa tête qui sortaient du mur comme les rayons d'une roue, offrant une ouverture juste assez grande au centre pour qu'il s'y engouffre. Il se souvint qu'une des dalles avait légèrement bougé quand il avait mis le pied dessus. Il avait étudié les pièges élaborés que les constructeurs de pyramides avaient placés autour des chambres funéraires et il était tout à fait possible que ces pierres aient provoqué la chute du bloc. Mais ce dispositif ne servait pas simplement à décourager les voleurs. Il baissa les yeux, la lumière de sa lampe se reflétant sur les murs lisses qui descendaient jusqu'à une mare, à dix mètres sous lui. C'était pour protéger l'accès à quelque chose de beaucoup plus précieux, à un trésor qui envoya une décharge d'adrénaline dans les veines de Jack comme chaque fois qu'il se sentait tout près de faire une découverte vertigineuse.

— On est pris au piège ? demanda Jack.

— Tu as tout compris. Ce bloc doit peser dix tonnes. Et la brèche dans la chambre est juste assez large pour laisser passer un rai de lumière, mais même pas un pigeon.

— Au moins personne ne peut nous suivre à l'intérieur.

— Oui, c'est génial, Jack. Très rassurant. Du coup, la perspective d'être enterrés ici comme une momie de pharaon pour le reste de l'éternité paraît tout de suite plus alléchante.

— Reste concentré, cria Jack. Nous sommes en train de faire ce qui nous a amenés ici. Ce puits doit conduire à d'autres accès. Ça signifie simplement que c'est un voyage à sens unique.

Il baissa de nouveau les yeux, cherchant le rayonnement du bâton lumineux qu'il avait jeté au fond du puits, mais il n'y était plus. Il en sortit un autre de la poche de sa combinaison, l'activa et le lança, suivant la lumière verte jusqu'à ce qu'elle atteigne l'eau, révélant les parois du puits avant de disparaître à son tour dans les profondeurs. Il regarda l'écran dans son casque, vérifiant que ses réserves d'air étaient encore pleines et réglant la température à l'intérieur de sa combinaison. Il avait dit à Costas de se concentrer, mais le conseil était surtout valable pour lui, et Costas le savait. La radio ne marchait pas dans le puits, et en fermant sa visière, il s'était complètement isolé. Il se rendit compte à quel point il en était arrivé à s'appuyer sur Costas, son compagnon depuis plus de vingt ans pour d'innombrables plongées dans des grottes, des mines et beaucoup d'autres endroits confinés. Mais cette fois, Jack devrait affronter sa plus grande peur tout seul, sa peur de se retrouver enfermé, de ne trouver aucune issue. Il sentit son cœur tambouriner et sa respiration s'accélérer.

Il se força à réfléchir en dehors des limites du puits. Ils avaient pris un risque immense. La pyramide était fermée au public depuis des semaines et Maurice Hiebermeyer et son équipe d'archéologues leur avaient servi de couverture, tenant à l'écart les curieux tandis qu'ils essayaient de découvrir le puits vertical représenté sur la gravure du temple de Sobek au Soudan. La succession d'indices qui les avait menés jusqu'ici avait été une piste extraordinaire, emmêlée dans une autre série de découvertes vieilles de près de cent trente ans par un groupe d'officiers britanniques dans la guerre contre le Mahdi, un conflit dont l'héritage avait déjà failli coûter à Jack sa réputation et sa carrière. Ils avaient été expulsés du Soudan pour avoir réalisé des fouilles sans permis, et si Hiebermeyer était contraint de faire appel à une équipe de secouristes pour tailler la pierre, il était évident qu'ils se feraient également chasser d'Égypte. Et si leur exploration devenait publique, les responsables de leur expulsion seraient mis au courant de leurs progrès, et ces individus crapuleux feraient tout pour mettre la main sur le trophée. Jack baissa de nouveau les yeux vers l'eau. Il n'y vit rien pour confirmer son pressentiment. Tout ce qui pouvait le guider désormais, c'était son instinct renforcé par des années de chance et d'intuition. Il devait rassembler toute sa détermination et continuer à descendre dans le puits jusqu'à enfin connaître la vérité.

Il se concentra sur cet objectif en scrutant sous lui, éprouvant le système d'assurage de son harnais, s'élevant et redescendant pour tester son poids sur la corde. Comme le faisceau de sa lampe s'attardait sur l'eau, il vit des bulles à la surface, comme un souffle fantomatique remontant à trois mille ans. Un effluve vint chatouiller ses narines. C'était une odeur connue, récente, mais il n'arrivait pas à la définir.

— Tu sens ça ? cria Costas au-dessus de lui.

— Ça vient de l'eau, répondit Jack. Sans doute un gaz naturel, du méthane peut-être. On devrait prendre nos masques.

— Ça sent comme dans le Nil.

Jack se rappela. *Bien sûr !* Ils venaient juste d'y plonger, en quête d'une ancienne entrée immergée vers la ville. C'était l'odeur caractéristique du Nil qui passait par le Caire, un fleuve dont les canaux construits par l'homme avaient autrefois léché les pyramides, mais qui était désormais à près de trois kilomètres de là. Jack se rappela soudain l'histoire du sauvage qui avait fait irruption de nulle part dans les rues du Caire dans les années 1890, avec des cheveux et une barbe jusqu'au torse comme un saint, montrant à tous ceux qui voulaient bien l'entendre son insigne des Ingénieurs Royaux et ses décorations de caporal, affirmant qu'il était un soldat britannique capturé par le Mahdi. Il prétendait s'être échappé et être venu au Caire, sachant qu'il existait une ville souterraine sous les rues modernes. Mais il y était resté enfermé et y avait survécu pendant des années, mangeant des bouts de momies, des rats et des poissons de la rivière. Est-ce que cela pouvait être vrai ? Jack réfléchit : *des poissons de la rivière*. Est-ce qu'il était possible que la rivière en dessous soit un ancien canal du Nil ? Si c'était le cas, alors ils avaient trouvé leur issue. Et c'était également par là qu'ils feraient une découverte qui étonnerait le monde.

— Au fait, ma tante Margaret a un livre pour toi. Un exemplaire de la *Mort d'Arthur* par Malory.

— Je sais, Rebecca me l'a déjà donné.

— Tu n'avais pas à te faire du souci. Pour moi, je veux dire. Mais j'apprécie.

— C'est ça les vrais amis.

Jack baissa les yeux, ébloui par le reflet.

— Enfin, maintenant je ne suis plus très sûr…

— Comment ça ?

— Pour notre quête. Ça pourrait bien être un aller simple.

— Allons, Jack. Ça ne peut pas être pire que la mare à crocodiles. C'est l'entrée du monde souterrain. La ville de lumière. Et tu vas replonger, tu adores ça.

Jack regarda une nouvelle fois sous lui, sentant son cœur s'emballer d'excitation. C'était vrai. *Il adorait ça.* Il leva la tête vers Costas.

— D'accord, j'y vais. Ouvre la dalle pour laisser entrer la lumière.

— Ferme ta visière, la lumière pourrait t'aveugler. Tu es prêt ?

— Prêt. On se retrouve de l'autre côté.

— J'y compte bien !

Jack baissa sa visière et la ferma hermétiquement, ensuite il alluma le filtre polarisé pour réduire la luminosité. En descendant, il avait vu plusieurs dalles en obsidienne polie incrustées dans le mur à différentes hauteurs, et Costas s'était aperçu qu'une des étroites fentes de lumière se réverbérerait sur le panneau supérieur pour se réfléchir ensuite sur la surface de l'eau. Une pierre sur le premier panneau pivotait pour le couvrir, mais ils avaient préféré ne pas s'en servir au cas où le rayonnement serait trop intense pour que Jack puisse voir dans le puits. Mais maintenant qu'il ne lui restait plus que quelques mètres, le moment était venu.

Jack entendit que Costas déplaçait la pierre. Et soudain il eut l'impression qu'on orientait sur lui un flash. Il mit un moment pour se remettre du choc. On aurait dit que la lumière du soleil était décuplée par les panneaux et brûlait comme du feu sur les derniers mètres du puits jusqu'à ce qu'il touche l'eau. La mare faisait office d'objectif, dirigeant le rayon lumineux sur un autre miroir tout au fond de l'eau qui se reflétait vers l'inconnu, dans la direction du Nil.

Jack comprit alors ce qui s'était passé. Il voyait ce qu'Akhenaton avait vu, la lumière d'Aton. Il était baigné dedans, comme Akhenaton l'avait été. Il se remémora toutes les images qui l'avaient conduit ici, les indices dans les gravures : l'image extraordinaire du pharaon et le labyrinthe de canaux et de tunnels, les bras tendus d'Aton englobant le tout. Akhenaton n'avait pas simplement bâti une nouvelle capitale à Amarna sur les bords du Nil. Il était venu ici dans le cœur de l'Égypte, dans les pyramides de Gizeh, dans un endroit illuminé par toute l'énergie et toute la lumière d'Aton : un endroit où toute la sagesse des siècles passés et toute la connaissance du monde seraient sous son égide, où il régnerait pour toujours, l'égal d'Aton, le roi des rois.

Il ressentit une secousse. Les dalles de pierre rayonnantes au-dessus de lui s'étaient refermées, le coupant de Costas et tranchant la corde. Il tomba, complètement déséquilibré, et se redressa ensuite pour toucher l'eau les pieds en avant. Il plongea en profondeur vers un autre monde, les yeux fermés.

Quand il les rouvrit, il sut qu'il était sur le point de réaliser la plus importante découverte de toute sa carrière, une découverte qui pourrait changer le cours du monde.

Il avait trouvé la ville de lumière d'Akhenaton.

NOTE DE L'AUTEUR

Mykérinos et Akhenaton

J'ai tout d'abord été fasciné par le récit du brick le *Beatrice*, alors que je faisais des recherches sur les antiquités grecques et romaines perdues au cours des expéditions vers l'Angleterre aux XVIIIe et XIXe siècles, quand le risque de naufrage pour les navires était très élevé. Un des objets qui n'était jamais arrivé à bon port était le sarcophage du pharaon de la quatrième dynastie, Mykérinos, pris dans sa pyramide en 1837 par le colonel britannique Howard Vyse et chargé à bord du *Beatrice* à Alexandrie, mais qu'on n'a plus jamais revu. Hormis la petite note fictionnelle que Hiebermeyer trouve dans son exemplaire de *Operations Carried on at the Pyramids of Gizeh in 1837* (Londres, 1840), les informations sur le *Beatrice* dont il est question dans le premier chapitre sont authentiques, y compris son utilisation précédente comme navire marchand pour le Canada comme il est mentionné dans le *Lloyd's Register*. Une aquarelle jamais publiée du *Beatrice* dans le port de Smyrne, en Turquie, peinte en 1832 par Raffaelo Corsini apparaît sur mon site web. L'épave et le sarcophage n'ont jamais été retrouvés, même s'il se pourrait fort bien que le navire ait sombré tout près des côtes espagnoles, dans le site imaginaire d'excavation du premier chapitre.

* * *

On ne sait pas si le colonel Vyse a rempli le sarcophage de Mykérinos d'autres objets anciens, et la plaque d'Akhenaton découverte par Jack et Costas est un élément de fiction. Pour moi, Akhenaton est le plus fascinant des pharaons d'Égypte, parce qu'il a « cassé le moule », même de son vivant uniquement, dans une culture depuis si longtemps réticente au changement et au développement intellectuel. Sa conversion au Dieu unique, Aton, et son identification probable au pharaon de l'histoire de Moïse dans l'Ancien Testament ont fait d'Akhenaton l'objet de spéculations et de controverses diverses et variées, comme les hypothèses de Sigmund Freud dans *Moïse et le Monothéisme* (Londres, 1939). Sa physionomie hors du commun, suggérée dans les représentations d'Akhenaton, a dû le mettre à part, dès son plus jeune âge, et lui valoir les moqueries des autres enfants, tout comme le futur empereur Claudius à Rome. Il est intéressant de se demander si cela peut expliquer son rejet du monde dans lequel il a grandi. Les gravures de lui accompagné de sa belle épouse Néfertiti et de leurs enfants comptent parmi les plus humains des portraits pharaoniques, suggérant que sa révélation d'Aton n'a pas seulement balayé les anciens dieux et les prêtres, mais aussi le malheur qu'il a dû connaître dans sa jeunesse.

On ne sait pratiquement rien du début de la vie d'Akhenaton, et l'idée qu'il est parti explorer en secret le désert de Nubie en quête d'une révélation est fictionnelle. Pourtant cette idée est séduisante à bien des égards : dans le désert, il aurait pu laisser derrière lui les dieux et les prêtres de l'ancienne religion dont l'existence le dérangeait clairement et il aurait pu aussi avoir visité un endroit qu'il considérait comme le berceau de sa culture. À Bouhen et Amada, deux forteresses construites au nord du désert de Nubie plusieurs siècles plus tôt, durant le Moyen Empire égyptien, les inscriptions montrent qu'en l'an 12 du règne d'Akhenaton, une expédition a été envoyée au sud vers la Nubie, pour une raison inconnue (Amada Stela CG 41806). Ce qui est certain, c'est que deux villes-temples ont été bâties au bord du Nil au nord de la Nubie durant son règne, à Kawa et Sesebi. Les deux villes étaient centrées sur les temples consacrés à Aton, et les deux contenaient des indices significatifs de l'attrait d'Akhenaton pour le désert au sud : à Sesebi, on a décelé, entre autres, une représentation unique d'Aton comme « Seigneur de Nubie », et l'ancien nom de Kawa, *Gem(pa)-aten*, signifie « Aton est découvert ».

La possibilité que l'expédition de l'année 12 ait été lancée pour chercher de l'or est mise en avant par la présence de mines d'or situées à Sesebi, ce qui a constitué la base pour la découverte fictionnelle de Hiebermeyer au chapitre 6. Les forteresses du Moyen Empire à Semna comptent parmi les vestiges les plus connus au Soudan, également pour leur emplacement spectaculaire au-dessus de la « Grande Porte » de la deuxième cataracte, désormais submergée du fait de la montée des eaux du Nil due à la construction du barrage d'Assouan. Une description très vivante et personnelle de Semna, comme le site apparaissait autrefois, a été faite par le colonel William Francis Butler dans *The Campaign of the Cataracts : Being a Personal Narrative of the Great Nile Expedition of 1884-5* (Londres, 1887) : c'était un « endroit sauvage et isolé », où « depuis la falaise au sommet rongé, sur la rive est [...] on ne peut voir que les crêtes irrégulières et les cimes calcinées de la solitude brutale ». Il décrit les traces archéologiques : « Sur les sommets battus par le vent des falaises abruptes [...] s'étendent deux temples en ruines ; les murs massifs mais effrités de la forteresse dominent toute la crête de la falaise du côté est. » Ma description de la géologie et de la topographie de la rivière se fonde sur les travaux de terrain menés en 1902 par le docteur John Ball (*Quarterly Journal of the Geological Society* 59.1, 1903), ainsi que sur les excavations à Semna réalisées depuis les années 1920 jusqu'au dernier projet datant des années 1960 avant que les sites se retrouvent inondés.

Dans mon roman, j'ai imaginé un abaissement des eaux du barrage pour que les ruines de certaines parties du plateau supérieur soient apparentes. Les excavations des années 1960 montrent que Semna avait constitué la plaque tournante d'un complexe de forteresses construites aux XVIIIe et XIXe siècles av. J.-C., quand le pharaon Sénousret I et ses successeurs avaient tenté de s'étendre sur le territoire nubien. Les découvertes ont complété les *Semna Dispatches*, un document trouvé à Thèbes en 1896, pour lequel le papyrus du chapitre 6 est un ajout fictionnel. Le culte de Sobek, le dieu crocodile, est particulièrement associé aux pharaons de ces dynasties, et d'immenses crocodiles devaient peupler les eaux du Sud, étant donné que la chasse y était moins courante – certains devaient même avoir la taille du béhemoth dans *A Frightful Incident*, un dessin tiré des explorations de David Livingstone qu'on peut trouver sur ma page web. Une grande partie du culte est connue grâce aux temples d'Arsinoé – connus en grec sous le nom de Crocodilopolis – et Kôm Ombo, et d'après les momies de crocodiles, un bon nombre desquelles ont récemment été étudiées avec un scanner à l'école de médecine de Stanford en Californie. Le temple submergé dédié à Sobek dans ce roman est fictionnel, mais l'emplacement est plausible. Semna se situait à un endroit dangereux de la rivière où les risques de se faire attaquer par un crocodile étaient très élevés, donc un endroit approprié pour des actes de propitiation et même de sacrifice. Mon idée d'un temple submergé m'a été inspirée par le projet des années 1960 de bâtir la façade du temple d'Abou Simbel à son emplacement actuel à côté du lac Nasser, laissant les chambres intérieures profondément submergées sous la paroi de la falaise, seuls les plongeurs y ayant accès aujourd'hui.

L'expédition de secours de Gordon

Le colonel William Francis Butler a également décrit un combat de tirs à longue distance entre ses hommes et les Arabes à côté de Kirbekan, ce qui a constitué la base de l'action entre le major Mayne et le sniper du Mahdi au chapitre 8. Sa description des cataractes est précieuse parce que l'atmosphère du lieu a en grande partie disparu avec la construction du barrage d'Assouan, et aujourd'hui cela demande un réel travail d'imagination de voir l'endroit comme il l'était à l'époque des pharaons ou au cours des jours de 1884 quand l'expédition de secours luttait pour remonter le Nil vers Khartoum. Un passionnant projet actuel pour étudier l'étendue de la ligne de chemin de fer construite par les ingénieurs britanniques pour épauler cette expédition montre que nombre de déchets sont restés dans le désert, la plupart préservés dans un état remarquable (des douilles usées, des boîtes de conserve et de tabac, des restes de détritus des campements et des provisions, et plusieurs tombes), balayés par les vents et perdus sous le sable du désert. Ces recherches constituent une nouvelle forme fascinante d'archéologie, fournissant une assise frappante pour comprendre les difficultés rencontrées par les anciennes campagnes dans le désert ainsi qu'une perspective nouvelle sur ce qui s'est réellement passé durant ces terribles mois qui ont précédé la chute de Khartoum en janvier 1885.

À l'automne de 1884, le monde était tenu en haleine par l'une des tragédies les plus spectaculaires de l'époque victorienne, le supplice du général Gordon à Khartoum et la progression de l'expédition envoyée par les Britanniques pour le sauver. Chaque semaine le *Illustrated London News* publiait de très beaux articles détaillés qui s'appuyaient sur les croquis envoyés par des correspondants sur le terrain, permettant aux lecteurs de suivre l'expédition kilomètre après kilomètre, dans son pénible périple à travers le Soudan contre le cours du Nil. Enfant, mon grand-père m'a offert en cadeau un volume relié du *Illustrated London News* de cette année-là, et j'adorais contempler les photos : elles semblaient représenter l'aventure impériale ultime. L'Empire était présenté sous son meilleur jour : les soldats et les marins, les voyageurs canadiens et les bateliers africains, tous unis et déterminés, pour une cause qui n'aurait pu être plus noble. Et quand l'action passait du Nil au désert, les illustrations montraient des scènes glorieuses de champs de bataille, de baïonnettes contre des lances, de la ténacité britannique devant la férocité de l'ennemi. Au moment où les quelques vaillants envoyés dans les bateaux à vapeur atteignaient Khartoum, le fait qu'ils arrivaient trop tard était presque secondaire. À la manière des Anglais, la défaite elle-même devint héroïque, d'autant plus après que Gordon a été pratiquement sanctifié pour son martyre. Des générations de futurs soldats se mettaient à rêver de sauver leurs propres Gordon, en vénérant l'image d'un homme qui avait choisi de mourir avec les honneurs, armes à la main, décidé de tuer autant d'ennemis qu'il le pouvait, plutôt que de fuir lâchement en abandonnant les femmes et les enfants qu'il avait juré de protéger.

Cette représentation de la situation n'est bien entendue qu'une facette de ces événements extraordinaires, mais il existe une version plus sombre, remplie d'ambiguïtés et de contradictions apparentes. Alors que je me détachais de ma fascination d'enfant pour étudier l'Antiquité classique, je me laissais largement influencer par la théorie du « grand homme », dans laquelle les fortes personnalités donnent toute son impulsion à l'histoire. En appliquant ce prisme aux événements de 1884-1885, sur une toile de fond d'actualités mondiales qui semblent avoir leur propre moment clé – la résurgence du jihad islamique et la cristallisation des pouvoirs politiques en Europe qui ont conduit à la Première Guerre mondiale –, ce sont les personnalités extraordinaires qui ressortent, certaines habitées de motivations bien éloignées d'un idéal héroïque. L'armée victorienne, en particulier les branches plus cérébrales telles que les Ingénieurs Royaux, pouvait attirer des hommes ambitieux, des intellectuels et des originaux auxquels on donnait souvent carte blanche. Les personnalités dans ce roman n'auraient pas pu être plus importantes : Gordon, déjà, insondable et fascinant, avec un charisme messianique qui a captivé le monde pendant ces mois ; Mohammed Ahmed, le Mahdi autoproclamé (« l'élu »), ancien constructeur de bateaux et soufi qui avait plus d'hommes sous ses ordres que n'importe quel dirigeant européen ; lord Wolseley, le mémorable général britannique de son époque, tatillon, maniaque et autoritaire ; et des hommes moins hauts gradés, mais tout aussi importants, parmi lesquels l'extravagant colonel Fred Burnaby, certainement le plus grand aventurier de la fin de l'ère victorienne ; et le major Herbert Kitchener des Ingénieurs Royaux, futur ennemi juré de la révolte mahdiste et commandant en chef qui a mené l'armée britannique dans le bain de sang de la Première Guerre mondiale.

Est-ce que Gordon a vraiment voulu être sauvé à la fin ? Est-ce que ceux envoyés à son secours ont vraiment voulu le sauver ? Ce sont des questions auxquelles il est difficile d'apporter des réponses. À l'arrière-plan se profilent l'ombre de la reine Victoria, ardente défenseuse de Gordon et porte-parole de la *vox populi,* et du Premier ministre William Ewart Gladstone, un homme déterminé à ne pas soutenir Gordon, malgré leur fascination commune pour l'histoire ancienne de la Palestine et des terres de la

Bible. Gladstone apparaît dans un autre de mes romans, *Le Masque de Troie*, dans lequel il voit la chute de Troie comme le sinistre présage des temps modernes, et pourtant son aversion pour la guerre est teintée de réalisme. Une fois qu'il a été évident que Gordon ne pourrait pas, ou ne voudrait pas être sauvé, Gladstone a pu être contraint de faire en sorte qu'il ne soit pas capturé. L'image de Gordon enchaîné aurait scandalisé l'opinion publique et sévèrement endommagé le prestige britannique à une époque où, dans le monde entier, la stratégie de la corde raide était à l'ordre du jour. Au moindre signe de faiblesse, la Russie pouvait donner l'ordre d'envahir l'Inde britannique, comme cela aurait pu arriver quand les Russes se sont disputés avec les Afghans dans l'incident du Panjdeh en mars 1885, quelques semaines à peine après la chute de Khartoum. Gordon le martyr était un poids que Gladstone pouvait peut-être plus facilement supporter que Gordon le triste prisonnier, ou pire, Gordon le musulman converti, obligé d'abandonner ses croyances à cause de l'indifférence du gouvernement à l'égard du supplice de ses bien-aimés Soudanais, se rangeant aux côtés du Mahdi. Si c'étaient bien les calculs de Gladstone, il n'a pas été déçu, le conflit avec la Russie ayant été évité et le prestige britannique restant intact, même si la grande guerre européenne qu'il redoutait le plus n'a été retardée que de quelques décennies, et la destruction finale des forces du Mahdi par Kitchener à Omdourman en 1898 n'est pas parvenue à éteindre la flamme du jihad allumée dans le désert dans les années 1880 et devenue une telle menace pour la paix mondiale aujourd'hui.

Dans ce roman, la base du récit de l'expédition

de secours de Gordon inclut du matériel non publié lié à mon arrière-arrière-grand-père, le colonel Walter Andrew Gale, des Ingénieurs Royaux, qui était un ami personnel de lord Kitchener et responsable du « comité des reliques de Gordon » alors qu'il était secrétaire du Royal Engineers Institute de 1889 à 1894. Son *Report of the Gordon Relics Committee* (1894) se trouve dans la bibliothèque des Ingénieurs Royaux à Chatham, où le musée contient une collection impressionnante des objets de Gordon qui m'ont donné la première source d'inspiration pour cette histoire. Parmi les sources publiées, je me suis appuyé sur des comptes rendus personnels, notamment *From Korti to Khartoum* (1885) du colonel sir Charles Wilson, *The Campaign of the Cataracts* (1887) du colonel William Francis Butler, et *The Royal Engineers in Egypt and the Sudan* (1937) du lieutenant-colonel E. W. C. Sandes, les derniers témoignages des officiers des Ingénieurs Royaux présents lors de la campagne.

La plupart des récits sur Gordon sont ouvertement hagiographiques, certains vantant ses attributs héroïques et d'autres son zèle religieux, en général les deux à la fois. Le même phénomène s'applique aux biographies de lord Kitchener. J'ai essayé de comprendre ces deux hommes en lisant leurs propres écrits et correspondances, dans le cas de Kitchener, ses contributions aux plusieurs volumes de *Survey of Western Palestine*, publié entre 1881 et 1885, quand il avait une trentaine d'années et les rapports de l'époque de 1884-1885 qui révèlent un homme à l'énergie et la présence hors du commun, un aventurier téméraire tout à fait différent de l'image du maréchal de la Première

Guerre mondiale si prédominante dans les mémoires populaires.

La source principale pour Gordon est le journal abrégé qu'il a écrit pendant le siège de Khartoum, et qui n'inclut malheureusement pas ce qu'il aurait pu écrire lors des derniers jours, publié en 1885, *Le Journal du général Gordon, siège de Khartoum*. Une facette de sa conception de la religion apparaît également dans le rapport de son séjour à Jérusalem, *Reflections in Palestine, 1883*, publié quand Gordon était déjà à Khartoum et qu'il n'a sans doute jamais vu.

Ironiquement, étant donné l'aura mystique bâtie autour de l'homme, ses journaux donnent une image plus intime et détaillée de Gordon qu'il n'est possible de trouver pour n'importe quel personnage de l'histoire. La teneur est avant tout pratique et pas du tout mystique, ses préoccupations quotidiennes incluant les provisions de nourriture, l'arrivée probable des secours et les autres responsabilités d'un commandant de garnison, y compris le compte des munitions pour répondre à l'attaque imminente des forces du Mahdi, et les listes des blessés et des morts. Ses instructions très claires pour supprimer de ses notes tout le matériel superflu indiquent qu'il aurait été choqué par les observations que ses admirateurs ont jugé convenable d'inclure dans *Reflections in Palestine, 1883*. Beaucoup des incidents qu'il évoque dans ma rencontre fictionnelle avec Mayne viennent de son journal, incluant le chargement défectueux dans un Remington qui a failli l'aveugler (12 décembre) et ses considérations sur Abraham Lincoln et l'esclavage (23 novembre). En créant un dialogue, j'ai repris des mots et des passages entiers de son journal pour représenter son utilisation du langage, intégrant sa façon de parler des forces du Mahdi comme des « Arabes », comme on le trouvait dans la plupart des récits des officiers britanniques de la campagne, le colonel Butler, par exemple.

La dernière entrée du journal de Gordon, citée au début de ce roman, frappe par sa finalité, comme la dernière entrée de Scott dans l'Antarctique. Et pourtant elle a été écrite le 14 décembre, quand il lui restait encore plus de cinq semaines à vivre, et il est fort probable qu'il ait continué à tenir un journal jusqu'à la fin. Personne ne sait s'il y a évoqué ses collections archéologiques et ethnographiques. Cependant, il a montré un intérêt évident sur ces sujets des années plus tôt quand il a invité Heinrich Schliemann à le rejoindre. Et plusieurs de ses employés administratifs et militaires au Soudan, incluant l'aventurier américain Charles Chaillé-Long, avaient clairement le profil de chasseurs de trésors. Il ne sera jamais possible de savoir ce que le Premier ministre Gladstone pensait de Gordon, mais il est vraisemblable que leur fascination commune pour l'histoire biblique et l'archéologie ait transcendé le fossé qui apparaissait publiquement entre eux, un fossé qui a grandi après la mort de Gordon, quand Gladstone a été férocement critiqué pour ne pas avoir ordonné une expédition de secours dans les temps.

Un autre personnage charnière dans cette histoire est sir Charles Wilson, qui a été condamné par Wolseley pour ne pas être arrivé à temps pour sauver Gordon, alors qu'il avait repris les commandes de la colonne du désert quand le brigadier général Herbert Stewart avait été mortellement blessé lors de la bataille d'Abu Klea. Le livre de Wilson, cité plus haut, réfutant les critiques de Wolseley, est le meilleur témoignage des dernières étapes de la campagne. On trouve une correspondance personnelle et des écrits concernant l'ensemble de sa carrière dans *The Life of Major-General Sir Charles William Wilson* du colonel sir Charles Watson, publié par les Ingénieurs Royaux en 1909. L'essence des activités de Wilson, cartographe, géographe et officier des services secrets, de l'Amérique du Nord à l'Asie Mineure et au Soudan, font de lui l'un des plus grands noms méconnus de la période victorienne, et il est passionnant d'imaginer que son rôle comme fondateur du War Office Intelligence Department, le prédécesseur des services de renseignements actuels, aurait pu inclure l'attribution d'un « permis de tuer », devenu un élément-clé des activités des espions comme nous les voyons depuis la publication des premiers romans de Ian Fleming.

La description de la bataille d'Abu Klea au chapitre 11 a été inspirée de témoignages, incluant celui du colonel sir Charles Wilson. Mille quatre cents troupes britanniques environ ont affronté onze mille derviches. En dix minutes de combats féroces, plus d'un millier de derviches ont été tués, coûtant la vie à quatre-vingt-un officiers britanniques et faisant cent vingt et un blessés. La bataille est devenue l'une des plus célèbres de l'histoire militaire, la dernière fois que les Anglais se sont battus dans une formation en carré d'infanterie, dans un conflit immortalisé par Rudyard Kipling dans son poème de 1890 « Fuzzy-Wuzzy » : « Voici pour toi Fuzzy-Wuzzy, dans ta patrie soudanaise, toi le pauvre païen des ténèbres, un combattant de premier ordre… On t'a pilé avec nos Martini, et on était beaucoup plus forts que toi, et pourtant, avec toutes les chances contre toi, Fuzzy-Wuzzy, tu as rompu notre carré d'infanterie. » (En plus de « derviches », les soldats britanniques appelaient couramment leurs ennemis soudanais des « Fuzzy-Wuzzi », un terme généralement réservé aux Beja hirsutes de la mer Rouge, qui étaient les premiers Soudanais combattus par les Britanniques dans des batailles rangées, au début de 1884, quand ils ont pour la première fois rompu un carré).

Le colonel Fred Burnaby comptait parmi les victimes d'Abu Klea, où il a été découvert par un officier, appuyé contre un rocher et entouré de derviches morts, une lance « ayant infligé une blessure mortelle au côté de son cou et de sa gorge », et son crâne « était fendu par une épée à deux mains ». Le jeune soldat qui avait le premier vu Burnaby et avait ensuite appelé un officier s'était demandé pourquoi « l'homme le plus courageux d'Angleterre » devrait mourir sans qu'on l'assiste. Les derniers mots qu'il a prononcés quand le jeune homme est venu à sa rescousse furent « Prends garde à toi, petit ». Burnaby était sorti du carré pour aider les escarmoucheurs à revenir dans la formation, un acte quasi suicidaire qui lui a coûté la vie. C'est le type d'action héroïque pour lequel la croix Victoria a été inventée, et il l'aurait reçue si son commandant, le brigadier général Stewart, n'avait pas lui-même succombé à ses blessures deux jours plus tard. Burnaby est mort comme il a vécu, plus grand que la vie, et pourtant on doit se souvenir de lui autant pour ses prouesses que pour son travail au sein des services secrets et en tant qu'aventurier, révélé dans son merveilleux livre *On Horseback through Asia Minor* (1878), toujours publié et largement lu aujourd'hui encore.

Il n'existe aucun témoignage de la mort de Gordon. L'une des représentations fantasques la plus connue, *General Gordon's Last Stand* par George William Joy (1885), qui montre Gordon attendant calmement en haut des marches, revolver dans une main, alors que les derviches s'approchent de lui avec leurs lances, reflète certainement une part de vérité. Le serviteur de Gordon, Orfali, rapporte que Gordon et ses gardes du corps soudanais ont combattu jusqu'à la fin, et que Gordon a tué lui-même bon nombre de ses ennemis. Ce qui semble sûr, c'est qu'il a été décapité et que sa tête a été rapportée au Mahdi, où elle a été exhibée à son prisonnier, l'officier autrichien Rudolf von Slatin, un ami de Gordon et futur inspecteur général du Soudan, dont la boîte de reliques de Gordon est placée au Royal Engineers Museum. « Un courageux soldat qui a succombé à son poste. Heureux celui qui est tombé, ses souffrances ont pris fin » est une réplique célèbre de von Slatin à ses ravisseurs. Ce que von Slatin a raconté sur la façon dont le corps de Gordon a été traité a renforcé la détermination de Kitchener de mettre en œuvre la terrible vengeance qu'il a infligée finalement à l'armée derviche treize ans plus tard, incluant la profanation de la tombe du Mahdi.

* * *

Le major Edward Mayne, agent de Charles Wilson, est bien entendu un personnage de fiction, même s'il porte le nom d'une famille anglo-irlandaise qui figure dans les listes de l'armée – un autre Mayne apparaît dans la Seconde Guerre mondiale dans mon roman *Le Masque de Troie* –, et j'ai élaboré sa carrière et ses intérêts en me basant sur les officiers des Ingénieurs Royaux de l'époque. C'est vrai aussi pour son subordonné dans la cataracte, le lieutenant Tanner, également fictionnel, qui est tué avec le général Earle dans la bataille que la colonne de la rivière a été finalement forcée de livrer à Kirbekan, quand plus de deux mille derviches ont été abattus contre quatre-vingts Anglais. Dans mon roman, le serviteur de Mayne, le caporal Jones, a échappé au combat parce qu'il a été réaffecté à la huitième compagnie de chemin de fer, qui construisait la ligne au sud de Korti. On le voit également dans mon roman *Tigres de guerre* dans la révolte indienne de 1879 en tant que sergent Jones (ayant été rétrogradé pour écart de conduite), et il est inspiré en partie par un vrai soldat de la compagnie de chemin de fer, 17818 Sapper M. Knight, dont l'étoile du Khédive et la médaille d'Égypte avec la mention « Nil 1884-5 » sont illustrées sur la couverture de l'édition originale de ce roman.

Le colonel William Francis Butler parle de son étonnement et de son plaisir à voir un canoë canadien en bouleau sur le Nil, sur la deuxième cataracte. C'est William Prince qui pagayait, « le chef des Indiens Moskégons », que Butler avait rencontré pour la première fois quatorze ans plus tôt, durant l'expédition de la rivière Rouge au Canada, un homme « à la carrure devenue plus imposante [...] mais toujours aussi vif et habile que lorsque je l'ai vu pour la dernière fois dans son canoë dans les eaux tumultueuses dont les échos se perdaient dans les forêts de pin à perte de vue du grand Lone Land ».

Un des aspects les plus extraordinaires de l'expédition de secours était l'embauche des Indiens Mohawks du Canada pour aider à la navigation des chaloupes sur le Nil, qui étaient supposées emmener les troupes britanniques vers Khartoum. Avec les Kroumen africains – des bateliers de la tribu Krou, admirés par Wolseley quand il a mené sa campagne contre les Ashanti en 1873 –, l'expédition comptait quatre cents voyageurs canadiens, recrutés parmi les bûcherons et les trappeurs qui avaient aidé Wolseley lors de son expédition de la rivière Rouge au Canada en 1870. L'élite parmi eux était constituée des soixante Mohawks de la vallée d'Ottawa, de langue iroquoise, ayant pour la plupart des origines françaises, descendants des redoutables alliés iroquois des Britanniques dans les guerres contre l'Amérique. Vers le milieu du XIXe siècle, ils s'étaient spécialisés dans le transport des troncs sur la rivière Ottawa et étaient proches des ingénieurs militaires britanniques et de leurs familles, qui habitaient à Ottawa pour construire et entretenir le canal Rideau, une partie du réseau de communication et d'alimentation destiné à ralentir une éventuelle attaque américaine. Dans mon roman, le major Ormerod, commandant en second du contingent, ainsi que Charrière, l'ami de Mayne, sont tous les deux fictionnels, mais sont inspirés par des personnages réels. Plusieurs des Mohawks sur le Nil étaient des vétérans de l'expédition de la rivière Rouge, et au moins l'un d'eux avait servi dans la Union Army lors de la guerre de Sécession. Le contingent des voyageurs était une force civile, engagée par Wolseley pour remonter des bateaux sur le Nil, et il n'a subi aucune perte humaine due à des batailles. Parmi les soixante morts, six se sont noyés dans le Nil, le reste a succombé à des maladies. L'expédition a fourni un précédent pour l'envoi de volontaires canadiens dans la guerre des Boers et la Première Guerre mondiale, parce que les soldats d'origines iroquoise et autres avaient acquis une solide réputation d'éclaireurs et de snipers, et beaucoup sont morts dans l'action.

En tant qu'archéologue, j'ai toujours été fasciné par le respect accordé aux reliques de Gordon après sa mort, quand il a été sanctifié par l'imagination populaire – une transformation qui, ironiquement, n'a été possible que par sa mort, mais a été clairement encouragée par ceux qui voulaient diriger sur lui l'attention publique pour la détourner de leur incapacité à l'avoir sauvé. Son élévation au rang de saint avait commencé de son vivant, et s'était épanouie lors du siège de Khartoum. Ses *Reflections in Palestine*, regroupées à partir de ses notes « avec un soin rigoureux par des amis de l'auteur », montrent la vénération presque mystique qu'ils vouaient à ses mots, avec toutes ses pensées inachevées qu'ils trouvaient et mettaient sur papier. Gordon le saint aurait peut-être pu prêter un œil indulgent à leurs efforts, mais il est difficile de croire que Gordon l'officier des Ingénieurs Royaux aurait approuvé. Après sa mort, ses admirateurs ont recherché partout ses reliques, certaines d'une authenticité discutable. Le Royal Engineers Museum contient un fragment de l'escalier en bois où on pense qu'il a péri et qui aurait été emporté du palais de Khartoum quand il a été démoli en 1898. Les doutes sur son origine véritable qu'auraient pu avoir ses adorateurs sont dissipés par l'étui en argent surmonté d'une croix qui le soutient, à l'instar des vestiges médiévaux. Plus étrangement encore, le musée détient une boîte qui viendrait de sir Rudolph Stain, un ami de Gordon emprisonné par les mahdistes pendant plus de dix ans, contenant entre autres une dent de Gordon, sa dernière allumette, un crayon et le cadavre de la mouche qui aurait marché sur son nez !

Le Gordon Relics Committee s'intéressait non pas à ce genre de reliques, mais à une collection plus conséquente d'objets ethnographiques, historiques et archéologiques que Gordon avait amassés au cours de ses différentes missions, incluant beaucoup de matériel provenant du Soudan. L'impressionnante exposition de ses reliques dans le Royal Engineers Museum à Chatham a constitué une importante source d'inspiration pour ce roman. Gordon portait un intérêt considérable à l'archéologie, qu'il partageait avec beaucoup de ses collègues ingénieurs, des hommes qui par vocation se passionnaient pour les structures et les artefacts, et comme beaucoup d'entre eux, il était un chrétien fervent, même si en particulier fasciné par la Terre sainte et les découvertes qui étaient faites là ainsi que dans les environs. Deux des ingénieurs de l'expédition de secours de Gordon, Kitchener et Wilson, comptaient parmi les plus importants archéologues de terrain du XIXe siècle, auteurs d'études en Palestine qui restent la base des connaissances archéologiques de la Terre sainte aujourd'hui encore. Ils étaient aussi les amis proches de Gordon, et en tant qu'officiers seniors des services secrets sur l'expédition, ils étaient très impliqués dans tous les aspects de l'opération. Les trois hommes devaient être animés d'une passion pour l'archéologie de l'Égypte et du désert plus au sud, à cause de son lien avec la Bible. Il est possible de les imaginer soudés par une entreprise commune telle que je la présente dans le roman, avec la recherche des antiquités de Gordon alliée à sa quête de la révélation personnelle dans le désert qui a pu inspirer Akhenaton, aussi bien que le Mahdi.

Les événements de 1884-1885 ont eu un impact colossal sur l'archéologie en Égypte. La guerre contre le Mahdi et la montée du jihad au Soudan dans les années 1880 ont des répercussions bien plus modernes, mais cette fascination qu'éveille cette période aujourd'hui provient non seulement de l'intérêt de toute une nation suscité par l'expédition de secours, et même du monde entier, à cette époque, mais aussi du fait que beaucoup en Angleterre aujourd'hui ont des ancêtres qui ont servi en Égypte et au Soudan, ou qui s'y sont rendus pendant les premières années de la domination britannique. Mon propre arrière-grand-père maternel était en Égypte avec le sixième régiment des Dragoon Guards en 1882, qui est arrivé peu de temps après la bataille de Tel el-Kebir. L'arrière-arrière-grand-père maternel de ma fille était ingénieur civil et a travaillé sur le premier barrage d'Assouan dans les années 1890, quand il habitait avec sa famille au Caire. En plus de ceux qui s'y trouvaient en poste, l'ouverture du canal de Suez en 1867, le « passage vers l'Inde » et la raison principale de la présence britannique en Égypte, signifiait que désormais les milliers de personnes qui allaient et venaient d'Inde, et qui auparavant passaient par le cap de Bonne-

Espérance, traversaient l'Égypte, et la visite du Caire pour voir les pyramides et Louxor devenait un rituel obligé comme les sites de Grèce et de Rome l'avaient été pour les « grands touristes » du siècle précédent. La fascination du monde de nos jours pour l'Égypte antique provient de cette accessibilité à ses monuments après la prise de pouvoir de l'Angleterre, non seulement pour les voyageurs fortunés, mais aussi pour les soldats et leurs familles qui se rendaient en Inde ou en repartaient. Vue sous cet angle, la guerre contre le Mahdi et ses successeurs, entraînant les Anglais de plus en plus loin dans leur engagement en Égypte et au Soudan, est étroitement liée au développement de l'égyptologie en tant que discipline, et des investigations archéologiques qui ont abouti à la spectaculaire découverte de la tombe de Toutânkhamon.

Dans les années 1880, les touristes les plus aventureux pouvaient se rendre en bateau sur le Nil vers la capitale d'Akhenaton, Amarna, et le temple d'Abou Simbel, son site original, aujourd'hui submergé sous les eaux du lac Nasser au nord de la frontière avec le Soudan. Très peu se sont risqués plus loin au sud, dans le désert de Nubie, où le barrage d'Assouan a énormément modifié l'apparence du Nil, inondant les cataractes, le terrible obstacle de l'expédition de 1884 de Wolseley. Le désert environnant est resté pratiquement inchangé. Sur le champ de bataille d'Abu Klea, on peut encore trouver la *zariba* britannique, ainsi que des douilles de Martini-Henry, mais c'est un endroit comme les autres lieux de grande antiquité dans le désert, du temps des pharaons et même avant, où les vents et le soleil cuisant semblent avoir réduit les traces des efforts humains à la même empreinte de pas poussiéreuse.

Le Mahdi, Mohammed Ahmed, est mort la même année que Gordon, de maladie ou empoisonné, nul ne le sait. La possibilité qu'il ait été assassiné par les Anglais ne peut être écartée. Les services secrets de Kitchener et ses fidèles disciples Ababda auraient pu trouver un moyen de s'infiltrer dans son campement. Kitchener avait juré de venger Gordon, de prendre une vie derviche « pour chaque cheveu de la tête de Gordon », une promesse amplement tenue en 1898 quand il a mené son armée contre le successeur du Mahdi à la bataille d'Omdourman, en dehors de Khartoum. Mais sa profanation de la tombe du Mahdi lui a valu l'opprobre de la reine Victoria et a contribué à alimenter une nouvelle génération de jihadistes.

Aujourd'hui à Khartoum, il reste peu de traces de ce qu'on pouvait voir en 1885, le palais ayant été reconstruit entièrement et le Nil ayant modifié l'apparence de la rive et de l'île de Tuti. Cependant, le palais a été bâti sur le site d'origine, et il est possible de regarder depuis ses fenêtres les berges du Nil bleu, comme le fait Mayne, mon personnage, où une ancienne forteresse est indiquée sur les cartes contemporaines. La disposition des forces du Madhi et l'aspect de Khartoum au cours de ses derniers jours sont documentés par des témoignages personnels, parmi lesquels celui du colonel Wilson qui n'a approché du palais sur le bateau à vapeur, le *Bordein*, que le lendemain de la mort de Gordon.

Aux abords de la ville d'Omdourman, la tombe du Mahdi a été restaurée, et Omdourman est le site d'une rare relique du Soudan de la campagne de 1884-1885 : la coque du *Bordein*, réchappée de la casse en 2010 et désormais exposée. Le site où l'*Abbas* a fait naufrage, un des épisodes de plongée de ce roman, n'a jamais été fouillé, même si le récit des armes et des équipements jetés par-dessus bord suggère que des artefacts doivent encore reposer au fond du Nil. Le colonel William Francis Butler a visité le site plusieurs mois après le naufrage, et il a constaté la présence de matériel sous l'eau. Pour m'inspirer de son apparence, j'ai étudié une épave de taille identique, sur la même période et la même profondeur, au Canada, dans un environnement d'eau douce et dans laquelle le métal et le bois doivent avoir été préservés de la même façon que dans le Nil. On peut me voir plonger la nuit vers l'épave et tirer avec un Martini-Henry, sur ma page web www.david-gibbins.com, ainsi que des images de médailles et des illustrations contemporaines de la campagne du Nil et des portraits des personnages historiques principaux.

Les citations au début de ce livre et la citation du Léviathan dans le chapitre 6 sont tirées de l'édition de 1885 de la version de la Bible de King James (pour la traduction française, la nouvelle édition de 1994 de la version massorétique). Au début du roman et aux chapitres 14 et 21 (la lettre du Mahdi), de *The Journals of Major-General C.G. Gordon at Khartoum, printed from original mss.* (publié par A. Egmot Hake, London, 1885, 395), et pour la traduction française, du *Journal du général Gordon. Siège de Khartoum : Préface par A. Egmont Hake avec notes et documents inédits*, 2002. Dans le prologue (l'hymne à Sobek), du *Papyrus Ramesseum 6* (EA 10759.1), traduit en anglais dans le British Museum online Research Catalogue. Dans le chapitre 3 (le pli de Semna), incluant les passages du

Semna Dispatches 80-1 (BM10752), également dans le British Museum online Research Catalogue. Dans le chapitre 4 (le rapport du conseil de guerre à Semna) de *History of the Sudan Campaign, compiled in the Intelligence Division of the War Office*, 1889, Vol. 1, p. 117 par Clovile, lieutenant colonel H.E. Dans le chapitre 9 (sur les crocodiles) de Plutarque, *Moralia* 75. Et dans la note de l'auteur, de *The Campaign of the Cataracts : Being a Personal Narrative of the Great Nile Expedition of 1884-5* (London, 1887) de William Francis Butler, et *Barrack-Room Ballads* (1892) de Rudyard Kipling.

Remerciements

Je tiens à exprimer toute ma gratitude à mon agent, Luigi Bonomi, et à mes éditeurs, Sherise Hobbs à Londres et Tracy Devine à New York ; à mes anciens éditeurs, Martin Fletcher et Caitlin Alexander ; à Jane Selley pour son excellente relecture du texte et de mes précédents romans ; à Lucy Foley pour son travail de production ; au reste de l'équipe de Headline, parmi lesquels Aslan Byrne, Darragh Deering, Marion Donaldson et Jane Morpeth, et aux représentants de Hachette dans le monde ; à Alison Bonomi, Amanda Preston et Ajda Vucicevic de Luigi Bonomi Associates, et à Nicky Kennedy, Sam Edenborough, Mary Esdaile, Julia Mannfolk, Jenny Robson et Katherine West de The Intercontinental Literary Agency ; à Gaia Banks and Virginia Ascione de Sheil Land Associates ; et à mon agent de cinéma, John Rush.

Je dois une reconnaissance sans borne à ma mère Ann Verrinder Gibbins pour le regard critique qu'elle pose sur l'ensemble de mon travail, à mon frère Alan qui plonge avec moi et dont on peut voir les films et les photos sur mon site web www.davidgibbins.com, et à Angie Hobbs pour son soutien. Beaucoup de l'inspiration de ce roman provient de mes voyages et explorations financés en partie par les bourses du Palestine Exploration Fund, du British School of Archeology à Jérusalem et du Winston Churchill Memorial Trust. Pour le matériel non publié et l'aide que j'ai reçue durant mes recherches, je remercie l'équipe du British Museum, le Ashmolean Museum, le Oriental Collections of the British Library, le National Army Museum et le Royal Engineers Museum et Library à Chatham dans le Kent. Je remercie également John Denner, Fred Van Sickle et Paul Clare pour leur contribution à mes connaissances des fusils Martini-Henry et Remington des années 1884 et 1885.

Je dédie ce roman à ma fille Molly, avec tout mon amour.

Composition et mise en pages
Nord Compo à Villeneuve-d'Ascq

Achevé d'imprimer en septembre 2014
par CPI à Barcelone

POCKET – 12, avenue d'Italie – 75627 Paris cedex 13

Dépôt légal : septembre 2014
S24762/01